젊은 사자들

젊은 사자들

젊은 사자들 (하)

The Young Lions

어윈 쇼 장편소설   정영문 옮김

THE YOUNG LIONS
by IRWIN SHAW (1948)

이 책은 실로 꿰매어 제본하는 정통적인 사철 방식으로 만들어졌습니다.
사철 방식으로 제본된 책은 오랫동안 보관해도 손상되지 않습니다.

내 아내에게

20

「사실대로 말하지.」콜클러가 말하고 있었다. 「자네를 다시 보게 되어 유감이야. 자네는 중대의 수치이고, 1백 년 안에는 자네를 군인으로 만들 수 있을 것 같지 않아. 하지만 자네를 두 동강 낸다 하더라도 노력은 해볼 거야.」

노아는 대위의 코끝에 있는 연한 색의 점이 씰룩거리는 것을 보았다. 모든 것이 그대로였다. 중대 사무실의 환한 빛도, 선임 병장의 책상 위 벽에 핀으로 꽂혀 있는 지저분한 농담 쪽지도 그대로였다. 콜클러 역시 똑같은 목소리로 똑같은 말을 하고 있는 것 같았다. 중대 사무실의 낡은 목재 가구와 먼지 긴 종이, 땀이 밴 군복, 소총 소제 기름, 맥주 등의 냄새도 그대로였다. 그가 다른 곳에 있었거나, 무슨 일인가가 일어났거나, 뭔가가 변했다는 것을 발견하기 어려웠다.

「당연한 일이지만 자네에게는 아무런 권리가 없어.」콜클러는 자신이 하는 얘기를 즐기며 천천히 말했다. 「외출도 휴가도 없어. 앞으로 두 주 동안은 사역을 하게 될 거고, 그 후로는 토요일과 일요일에 사역을 하게 될 거야. 알아들었나?」

「네, 대위님.」노아가 말했다.

「이전에 쓰던 침대를 써. 경고하건대, 애커먼, 자네는 다른 병사보다 다섯 배는 더 노력해야 할 거야. 그래야만 살아남을 수 있어. 알아들었나?」

「네, 대위님.」노아가 말했다.

「이제 꺼져. 다시는 중대 사무실에서 자네를 보고 싶지 않으니까. 이게 다야.」

「네, 대위님. 감사합니다.」노아는 경례를 한 다음 밖으로 나갔다. 그는 낡은 막사를 향해 친숙한 중대 앞길을 천천히 걸어갔다. 50미터 떨어진 곳에 있는 창문 사이로 흘러나오는 빛과, 그 안에서 친숙한 형체들이 돌아다니는 것을 보자 그는 입이 말랐다.

갑자기 그는 방향을 바꾸었다. 그를 뒤따라오던 세 명이 어둠 속에서 걸음을 멈췄다. 하지만 그는 그들을 알아볼 수 있었다. 도널리와 라이트와 헨켈이었다. 그는 그들이 자신을 향해 미소 짓고 있는 것을 볼 수 있었다. 그들은 서로 일정한 간격을 유지한 채로 살며시, 거의 눈에 띄지 않게 그를 향해 다가왔다.

「우리 셋이 자네를 환영하는 위원회를 만들었지.」도널리가 말했다. 「중대에서는 자네가 돌아왔을 때 멋진 환영식을 베풀어 주기로 했지. 그래서 이제 우리가 그 환영식을 해주려 하네.」

노아는 호주머니 속에 손을 넣었다. 그는 부대로 돌아오는 길에 시내에서 산 잭나이프를 꺼냈다. 그가 단추를 누르자 6인치 길이의 날이 밖으로 튀어나왔다. 손에 든 칼에 빛이 비치며 몹시 위험해 보였다. 칼을 본 세 사람은 걸음을 멈췄다.

「나를 건드리는 자는.」노아가 조용히 말했다.「이 칼 맛을 보게 될 거야. 이 중대 내의 누구든 다시 나를 건드리는 놈은 죽이고 말 거야. 이 얘기를 사람들에게 전해 줘.」

그는 칼을 엉덩이 높이로 든 채로 꼿꼿하게 서 있었다.

도널리는 칼을 본 다음 다른 두 명을 쳐다보았다.「아.」그가 말했다.「저 친구를 내버려 두지. 당분간은. 저놈은 미쳤어.」그들은 천천히 딴 곳으로 갔다. 노아는 칼을 든 채로 그대로 서 있었다.

「당분간은.」도널리가 큰 소리로 말했다.「당분간이라고 한 사실을 잊지 마.」

노아는 그들이 모퉁이를 돌아 사라질 때까지 그들을 쳐다보며 미소를 지었다. 그는 사악해 보이는 긴 칼날을 내려다보았다. 그는 칼을 접어 호주머니 속에 넣었다. 막사 쪽으로 걸어가며 그는 문득 자신이 생존 기술을 터득했다는 사실을 깨달았다.

하지만 그는 막사 문 앞에서 한참을 머뭇거렸다. 안에서 누군가가 〈그러면 나는 당신 손을 잡을 거예요. 그러면 당신은 이해할 거예요〉 하고 노래하는 소리가 들렸다.

노아는 문을 열고 안으로 들어갔다. 문 가까이 있던 라이커가 그를 보았다.「맙소사.」그가 말했다.「여기 누가 있는지 봐.」

노아는 호주머니 속에 손을 넣고 차가운 칼 손잡이를 잡았다.

「어이, 애커먼이야.」방 저쪽에 있던 콜린스가 말했다.

갑자기 사람들이 그의 주위로 모여들었다. 노아는 아무도 뒤에서 자신을 공격하지 못하도록 벽 쪽으로 물러섰다. 그는 칼날이 튀어나오게 하는 작은 단추에 손가락을 올려놓았다. 「어땠어, 애커먼?」 메이너드가 물었다. 「좋은 시간을 보냈어? 나이트클럽에도 가봤어?」

다른 사람들이 웃음을 터트렸고, 노아는 화가 치밀어 얼굴이 붉어졌다. 하지만 조심스럽게 그들의 웃음소리를 들은 그는 서서히 그것이 위협적이지 않다는 것을 깨달았다.

「오, 맙소사, 애커먼.」 콜린스가 말했다. 「자네가 탈영한 날 콜클러의 얼굴을 봤어야 하는데. 그랬다면 군에 들어온 보람을 느꼈을 거야. 그리고 그는 리킷을 족쳤지.」 모두들 영광의 그날을 떠올리며 웃음을 터트렸다.

「얼마 동안 사라졌던 거지, 애커먼?」 메이너드가 물었다. 「두 달?」

「4주.」 노아가 말했다.

「4주라고!」 콜린스가 소리쳤다. 「4주간의 휴가라! 내게도 그런 배짱이 있으면 하느님께 맹세컨대……」

「멋져 보여, 친구.」 라이커가 그의 어깨를 쳤다. 「멋지게 변했어.」

노아는 믿을 수 없다는 듯 그를 노려보았다. 이건 또 다른 술책이야, 하고 생각하며 그는 칼을 단단히 거머쥐었다.

「자네가 떠난 후.」 메이너드가 말했다. 「다른 세 명이 영감을 받아 탈영을 했지. 자네가 모범을 보인 거야. 대령이 와 모두가 있는 앞에서 콜클러를 족쳤지. 대령은 모두가 울타리를 넘는 우리 중대가 무슨 중대인지 알고 싶어 했지. 우리 중대가 부대 내에서 최악의 기록을 세우고 있거든. 콜클러는 자기 목이라도 매달 것처럼 보였어.」

「자.」 버네커가 말했다. 「막사 밑에서 이것을 발견한 후 자네를 위해 보관해 두었지.」그는 삼베로 싼 작은 꾸러미를 내밀었다. 노아는 천천히 꾸러미를 펼치며 환히 웃는 버네커의 아기 같은 얼굴을 바라보았다. 책 세 권이 그대로 있었다. 약간 곰팡이가 피긴 했지만 글은 읽을 수 있었다.

노아는 천천히 고개를 저었다. 「고마워.」 그가 말했다. 「고마워, 친구들.」 그는 책을 내려놓았다. 그는 감히 고개를 돌려 자신을 지켜보고 있는 사람들에게 얼굴 표정을 보일 수가 없었다. 그는 희미하게나마 군대와의 개인적인 휴전 협정이 이루어졌다는 것을 깨달았다. 그것은 칼의 위협과 당국에 저항했다는 그의 터무니없는 명성이라는 정신 나간 조건에 의해 이루어지긴 했지만 어쨌든 실질적인 것이었다. 그리고 그는 그 자리에 서서 침대 위에 놓인 너덜너덜해진 책들을 몽롱하게 내려다보며, 그의 뒤에서 사람들이 큰 소리로 떠드는 것을 들으며 그 휴전이 지속될 수도 있으며, 어쩌면 동맹 관계로 발전할 수도 있다는 것을 깨달았다.

21

아침에 소대장이 죽었고, 그래서 퇴각하라는 지시가 내려왔을 때 크리스티안은 소대를 지휘하게 되었다. 미군은 더 이상 진격해 오지 않았고, 아군 대대는 포격을 받은 마을이 굽어보이는 언덕 위에 진지를 구축했다. 집이 스물네 채 정도 있는 그 마을에는 이탈리아인 세 가족이 힘겹게 살고 있었다.

「군이 어떻게 돌아가는지 이해되기 시작했어.」 크리스티안은 어둠 속에서 누군가가 불평하는 소리를 들었다. 그들 소대는 절거덕 소리를 내며 먼지 속을 걸어가고 있었다. 「대령이 내려와 조사를 한 후 본부로 돌아가 장군에게 보고를 하지. 〈장병들이 따뜻하고, 축축하지 않은 막사에서 지내고 있으며, 직격탄을 맞았을 때에만 피해를 입을 수 있는 안전한 위치에 있다는 것을 기쁜 마음으로 보고드리는 바입니다. 마침내 장병들은 정기적으로 음식물을 받기 시작했고, 우편물도 일주일에 세 번 배달되고 있습니다. 미군은 자신들이 난공불락의 위치에 있다는 것을 알고는 어떤 활동도 하지 않으려 하고 있습니다.〉 그러면 장군은 〈아, 좋아, 우리는 후퇴할 거야〉라고 말하지.」

크리스티안은 목소리의 주인공을 떠올렸다. 덴 이병이다. 크리스티안은 방금 그가 한 말을 잘 기억해 두었다가 다음에 그를 상대할 때 써먹어야겠다고 생각했다.

그는 멍한 상태로 행군을 했다. 어깨에 멘 슈마이서 기관단총이 벌써부터 묵직하게 느껴졌다. 요즘 들어 그는 늘 피로했고, 말라리아로 인한 두통과 한기가 계속해서 찾아왔지만 증상이 심하지 않아 입원할 수도 없었다. 그럼에도 그는 쉽게 지치고 불안해졌다. 먼지 속을 힘없이 걸어가는 그는 제자리걸음을 하고 있는 것 같았다.

그는 둔중하게 〈최소한 우리는 어둠 속에서 비행기에 대한 걱정은 하지 않아도 돼〉 하고 생각했다. 하지만 그 기쁨은 해가 떠오르면 사라질 것이다. 어쩌면 포자[1] 근처에서는 젊은 미군 중위가 따뜻한 방에 앉아 아침 식사로 자몽 주스와 오트밀과 햄과 계란, 그리고 크림이 들어간 진짜 커피를 들며 조

1 이탈리아 풀리아주 포자현.

금 후 비행기에 올라탈 준비를 하고 있는지도 모른다. 그는 언덕 위로 날아와 길을 따라 얕은 구덩이 속에 웅크리고 있는, 검은 희미한 형체를 향해 기관총을 난사할 것이다. 그 순간이 찾아오면 크리스티안과 그의 소대 역시 목표물이 될 수도 있다.

힘겹게 걸음을 떼며 크리스티안은 미군에게 치를 떨었다. 그들이 미운 것은 총탄이나 비행기 때문이라기보다는 그들이 먹는 햄과 계란과 진짜 커피 때문이다. 그리고 담배 때문이기도 해, 하고 그는 생각했다. 다른 모든 것도 마찬가지지만 미군은 온갖 종류의 담배를 다 갖고 있었다. 그 모든 담배를 다 갖고 있는 나라를 어떻게 무찌른단 말인가?

그는 자신을 위로해 줄 담배 한 대가 너무나 간절했다. 하지만 그의 배낭 속에는 담배가 두 개비밖에 없었고, 그는 하루에 한 대씩만 피웠다.

크리스티안은 자신이 본 미군 조종사들의 얼굴을 생각했다. 그들은 독일군 전선에서 격추되어 호송되기를 기다리며 상처 하나 입지 않은 멍한 얼굴에 오만한 미소를 지으며 무심히 담배를 피우고 있었다. 다음번에 그들을 보게 되면 위에서 어떤 명령이 내려지든 그냥 쏴 죽일 거야, 하고 그는 생각했다.

그 순간 그는 바퀴 자국에 발이 걸리며 넘어졌다. 무릎과 엉덩이가 아팠고, 그는 소리를 질렀다.

「괜찮습니까, 병장님?」 그의 뒤에 있던 남자가 말했다.

「내 걱정은 마.」 크리스티안이 말했다. 「길 옆쪽을 따라가.」

그는 비틀거리며 일어서서 자신의 앞쪽에 있는 길 외에 다른 것에 대해서는 더 이상 생각하지 않았다.

크리스티안이 들은 대로 대대에서 온 연락병이 다리에서 기다리고 있었다.

그의 소대는 두 시간째 걷고 있었고, 이제 환한 대낮이었다. 그들은 자신들이 돌아온 작은 언덕의 반대쪽에서 비행기 소리가 나는 것을 들었지만 공격을 받지는 않았다.

연락병은 상병이었는데, 길가 도랑에 초조하게 숨어 있었다. 도랑의 물은 깊이가 15센티미터 정도 되었지만 상병은 편안함보다는 안전을 더 생각해 그곳에 숨어 있었다. 그는 진흙탕에서 일어났다. 다리 반대쪽에는 공병 분대가 크리스티안의 소대가 지나간 후 지뢰를 폭파하려고 기다리고 있었다. 사실 그것은 별로 다리 같지도 않았고, 골짜기는 물이 말라 있었다. 다리를 폭파한다 해도 적의 진격을 1분 이상 지연시키기는 어려웠지만 공병은 마치 고대의 종교 의식을 거행하듯 끈덕지게 폭파할 수 있는 모든 것들은 폭파했다.

「늦었군요.」 상병이 초조하게 말했다. 「무슨 일이 일어난 게 아닐까 걱정했습니다.」

「아무 일도 없었어.」 크리스티안이 부드럽게 말했다.

「잘됐군요.」 상병이 말했다. 「3킬로미터만 더 가면 돼요. 대위가 우리를 맞아 어디에 구덩이를 팔지 알려 줄 겁니다.」 그는 주위를 초조하게 둘러보았다. 상병은 늘 저격병의 총에 맞거나, 탁 트인 들판에서 전투기의 표적이 되거나, 언덕 위에서 포탄에 직접적으로 노출되고 말 거라고 생각하는 사람처럼 보였다. 그를 보며 크리스티안은 그가 조만간 죽게 될 거라고 확신했다.

크리스티안은 사람들에게 손짓을 했고, 사람들은 상병을 따라 다리를 건너기 시작했다. 〈잘됐군, 3킬로미터만 더 가면 대위가 결정을 내리기 시작할 거야〉 하고 크리스티안은 생각했다. 도랑 속에 있던 공병 분대는 아무런 감정도 드러내지 않고 조용히 그들을 지켜보고 있었다.

크리스티안은 다리를 건넌 후 걸음을 멈췄다. 그의 뒤에 있던 사람들이 자동적으로 걸음을 멈췄다. 의식적인 노력 없이 거의 기계적으로 크리스티안의 눈이 거리와 적의 접근 경로, 그리고 사정거리 등을 계산하기 시작했다.

「대위가 우리를 기다리고 있어요.」 소대 뒤쪽과, 그날 나중에 미군이 나타나게 될 도로를 번갈아 보며 상병이 말했다. 「왜 걸음을 멈췄죠?」

「조용히 해.」 크리스티안이 말했다. 그는 다시 다리를 건너갔다. 그는 도로 한가운데 서서 뒤를 돌아보았다. 도로는 5백 미터 정도 곧게 뻗은 후 언덕 뒤로 커브를 그리며 사라졌다. 크리스티안은 다시 몸을 돌려 아침의 연무 속으로 자기 앞에 있는 도로와 언덕들을 보았다. 그쪽의 도로는 덤불이 있는 바위 언덕 뒤로 커브를 그리고 있었다. 멀리 8백 미터 혹은 1킬로미터쯤 떨어진 곳에 거의 절벽 같은 가파른 비탈이 있었는데 그곳에도 바위가 노출되어 있었다. 그 바위 사이에 기관총을 설치하면 그곳에서 다리를 건너오는 적을 막을 수 있을 것 같았다.

상병은 그의 바로 앞에 서 있었다. 「귀찮게 하고 싶지는 않지만, 병장님」 상병이 떨리는 목소리로 말했다. 「대위님이 절대로 늦어서는 안 된다고 얘기했습니다. 그에게 변명을 하고 싶지 않아요.」

「조용히 해.」 크리스티안이 말했다.

상병이 뭐라고 하기 시작했다. 하지만 그는 곧 더 이상 말을 하지 않는 게 좋겠다고 생각한 듯 입을 닫았다. 그는 침을 삼키며 손으로 입을 문질렀다. 그는 다리의 첫 번째 돌 앞에 서서 비참한 얼굴로 남쪽을 응시했다.

크리스티안은 골짜기 옆쪽으로 천천히 내려가 메마른 계곡 바닥으로 갔다. 그는 계속해서 기계적으로 다리에서 10미터쯤 떨어진 곳에, 도로에서 이어진 완만한 비탈이 있는 것을 보았다. 그곳에는 깊은 구덩이나 바위는 없었다. 다리 아래로 계곡 바닥은 부드러운 모래로 이루어져 있었고, 곳곳에 닳은 돌과 관목이 있었다.

간단하게 해낼 수 있겠어, 하고 크리스티안은 생각했다. 그는 천천히 다시 도로 위로 올라갔다. 조심스럽게 다리에서 벗어난 소대는 이제 반대쪽 길가에 서서 비행기 소리만 들리면 공병이 파놓은 구덩이에 뛰어들 준비를 하고 있었다.

〈꼭 토끼 같군. 우리는 전혀 인간답게 살고 있지 않아〉 하고 크리스티안은 분노를 느끼며 생각했다.

상병은 다리 입구에서 초조하게 왔다 갔다 하고 있었다. 「이제 됐죠, 병장님? 이제 출발해도 되죠?」

크리스티안은 그를 무시했다. 다시 한번 그는 커브 길 앞에 있는 수백 미터에 이르는 곧은길을 보았다. 그는 눈을 반쯤 감았고, 그곳에 제일 먼저 온 미군 병사가 어떤 식으로 나타날지 거의 상상이 되었다. 그는 포복 자세로 굽은 길을 돌아 나오며 자신을 기다리고 있는 것이 없는지 확인할 것이다. 그 순간 그의 머리는 날아가게 될 것이다. 그런 다음 또 다른 머리가, 어쩌면 중위(미군은 얼마든지 내버릴 수 있는 중위가 무한하게 많은 것처럼 보였다)의 머리가 나타날 것이다. 그런 다음 분대 또는 소대 혹은 중대가 굽은 길을 돌아 언덕 옆쪽으로 몸을 붙인 채로 발밑에 지뢰가 없는지 조심하며 다리로 접근할 것이다.

크리스티안은 다리 반대쪽에, 1킬로미터쯤 떨어진 곳에 있는 언덕의 절벽 같은 옆면에 높이 솟아 있는 바위 덩어리를 다시 보았다. 그는 그곳에서라면 다리로 접근하는 적과 다리 자체를 통제할 수 있을 뿐만 아니라 그들이 방금 지나온 더 작은 언덕 사이로 나 있는, 남쪽으로 향하는 도로 또한 볼 수 있을 것이라고 거의 확신했다. 그는 아주 먼 거리에서도 미군이 언덕 뒤에서 움직이기 전에 그들을 볼 수 있을 것이다. 미군은 다리로 이어지는 굽은 도로에 모습을 드러낼 것이다.

그는 계획을 머릿속으로 정리하며 고개를 끄덕였다. 그런데 그 계획은 다른 누군가가 세워 그에게 제시한 후 그의 머릿속에 자리를 잡은 것 같았다. 그는 재빨리 다리를 건너갔다. 그는 공병을 지휘하고 있는 병장에게 갔다.

공병 병장은 캐묻는 듯한 얼굴로 그를 쳐다보았다. 「이 다리 위에서 겨울을 날 생각이오, 병장?」 공병이 말했다.

「다리 아래에 폭약을 설치했나요?」 크리스티안이 말했다.

「모든 준비가 끝났어요.」 공병이 말했다. 「당신들이 지나가면 1분 후 도화선에 불을 붙일 거요. 당신이 무슨 생각을 하는지는 모르겠지만 왔다 갔다 하면서 나를 초조하게 만들고 있어요. 이제 미군이 언제라도 나타날 수 있으니…….」

「도화선이 길어요?」 크리스티안이 말했다. 「15분쯤 탈 수 있을 정도로 길어요?」

「그런 것도 있죠.」 공병이 말했다. 「하지만 우리는 그것은 사용하지 않을 거요. 우리는 폭약에 1분짜리 도화선을 설치했어요. 그 정도 길이면 그것을 설치한 사람이 피할 수 있죠.」

「그건 치우고 긴 도화선을 설치해요.」크리스티안이 말했다.

「내 말을 들어 봐요.」공병이 말했다.「당신 일은 이 허수아비 같은 병사들을 내 다리 위에서 치우는 거요. 내 일은 그 다리를 폭파하는 거고요. 나도 당신 중대에게 뭘 하라고 얘기하지 않을 테니 당신도 내 다리에 대해 어떻게 하라고 얘기하지 마요.」

크리스티안은 병장을 조용히 노려보았다. 그는 키가 작았지만 뚱뚱했다. 그는 소화 기관이 좋지 않은 사람처럼 보였다. 성질이 급해 보이는 그는 자신이 더 상관이라는 식으로 굴고 있었다.「그리고 지뢰 10개도 필요해요.」도로 가장자리에 아무렇게나 쌓여 있는 지뢰들을 가리키며 크리스티안이 말했다.

「나는 저것들은 다리 반대쪽 도로에 설치할 거요.」공병이 말했다.

「미군은 지뢰 탐지기를 가져와 하나씩 제거할 거요.」크리스티안이 말했다.

「그건 나와는 상관없는 일이오.」공병이 퉁명스럽게 말했다.「나는 지뢰를 이곳에 설치하라는 지시를 받았고, 그렇게 할 거요.」

「나는 내 소대와 이곳에 남을 테니 이곳 도로에 지뢰를 설치하지 말아요.」크리스티안이 말했다.

「내 말을 들어 봐요, 병장.」공병이 말했다. 흥분하여 그의 목소리가 떨렸다.「지금은 논쟁을 벌일 때가 아니오. 미군이…….」

「저 지뢰를 들고.」크리스티안이 공병 분대를 향해 말했다.「나를 따라와.」

「이봐요.」공병이 고통스럽고 높은 목소리로 말했다.「공병 분대에게 명령을 내리는 건 당신이 아니라 나요.」

「그렇다면 저 지뢰를 들고 나를 따라오라고 해요.」 가능한 한 하르덴부르크 대위가 말하는 것처럼 들리게 하며 크리스티안이 차갑게 말했다.

공병 병장은 이제 분노와 공포로 숨을 헐떡였다. 그는 조금 전 상병처럼 미군이 아직 나타나지 않았는지 보기 위해 몇 초마다 굽은 도로 쪽을 쳐다보았다. 「좋아요, 좋아.」 그가 말했다. 「이건 나한테는 아무런 의미도 없는 짓이오. 지뢰가 몇 개가 필요하다고요?」

「열 개요.」 크리스티안이 말했다.

「이 군대의 문제는.」 공병이 투덜댔다. 「자기가 전쟁에서 이기는 법을 알고 있다고 생각하는 사람들이 너무 많다는 거야.」 하지만 그는 부하들에게 지뢰를 들라고 지시했고, 크리스티안은 그들을 골짜기 아래로 데려가 지뢰를 설치할 곳을 알려 주었다. 그는 사람들에게 구덩이를 관목으로 조심스럽게 덮고, 파낸 모래는 철모에 담아 가져가게 했다.

아래쪽에 있는 사람들을 지휘하면서도 그는 공병 병장이 다리 아래로 긴 도화선을 아무런 해도 못 끼칠 것처럼 보이는 작은 다이너마이트에 연결하는 것을 보며 미소를 지었다.

「됐어요.」 크리스티안이 다시 도로로 올라오자 공병 병장이 우울한 얼굴로 말했다. 지뢰는 만족스럽게 설치가 되었다. 「도화선을 설치했어요. 당신이 무엇을 하려는지 모르겠지만 어쨌든 설치했어요. 지금 불을 붙일까요?」

「이제 이곳을 떠나요.」 크리스티안이 말했다.

「이 다리를 폭파하는 것은 내 임무고, 나는 개인적으로 그것이 폭파되는 것을 봐야 해요.」 병장이 의기양양하게 말했다.

「미군이 거의 이곳에 이를 때까지는 도화선에 불을 붙여서는 안 돼요.」 이제 무척 흐뭇해진 크리스티안이 말했다. 「개인적으로 그때까지 다리 아래에 있고 싶다면 얼마든지 그렇게 해요.」

「지금은 농담할 때가 아니오.」 병장이 위엄 있게 말했다.

「이제 가요, 가란 말이오.」 크리스티안은 하르덴부르크가 그런 식으로 소리를 지른 것이 얼마나 효과가 있었는지를 떠올리며 사납게, 위협적으로, 목청껏 소리쳤다. 「지금부터 1분 안에 사라져요. 물러가지 않으면 다치게 될 거요!」 그는 병장을 때려눕혀 정신을 잃게 만들고 싶은 충동을 간신히 참고 있다는 듯 손을 비틀며 사납게 그를 노려보았다.

병장은 철모 아래의 통통한 얼굴이 창백해지며 뒤로 물러났다. 「당신은 전선에서 엄청난 스트레스를 받은 게 틀림없어요. 그래서 제정신이 아닌 게 분명해요.」 그가 거칠게 말했다.

「빨리 가요!」 크리스티안이 말했다.

병장은 서둘러 몸을 돌려 다리 반대쪽 자기 분대가 모여 있는 곳으로 걸어갔다. 그가 낮은 목소리로 뭐라고 짧게 말하자 분대원들이 도랑에서 올라왔다. 그들은 뒤도 돌아보지 않고 도로를 따라 걸어가기 시작했다. 크리스티안은 잠시 그들을 바라보며 미소를 짓고 싶었지만 그렇게 하지는 않았다. 미소를 짓게 되면 그 일화와 관련해 그의 부하들에게 줄 수 있는 바람직한 효과를 망칠 수도 있기 때문이다.

「병장님.」 대대에서 온 연락병인 상병이 다시 말했다. 그의 목소리는 그 어느 때보다 건조하고 높았다. 「대위님이 기다리고 있습니다.」

크리스티안이 그에게 다가갔다. 그는 그의 옷깃을 잡아 가까이 당겼다. 그의 눈은 노랬고 두려움으로 떨고 있었다.

크리스티안은 그를 거칠게 흔들었다. 그의 철모가 눈 위로 내려와 콧잔등에 걸쳐졌다. 「한마디만 더 하면 쏴 죽일 거야.」 그는 상병을 밀쳤다.

「덴!」 크리스티안이 소리쳤다. 다리 반대편에 있던 소대에서 한 인물이 천천히 나와 크리스티안을 향해 다가왔다. 「나를 따라와.」 덴이 오자 크리스티안이 소리쳤다. 크리스티안은 자신과 공병들이 묻은 작은 지뢰를 조심스럽게 피하며 골짜기의 옆면을 따라 반은 미끄러지며 걸어 내려갔다. 그는 아치형 다리의 북쪽에 있는 다이너마이트에 연결된 긴 도화선을 가리켰다.

「여기서 기다려.」 그가 조용히 옆에 서 있는 병사에게 말했다. 「내가 신호를 보내면 도화선에 불을 붙여.」

크리스티안은 8백 미터쯤 떨어진 곳에 있는 바위들을 가리켰다. 「저기 보이지? 도로가 굽어진 곳 아래에 있는 바위 말이야, 보이지?」

병사는 한참 동안 아무 말이 없었다. 「보입니다.」 덴이 마침내 속삭이듯 말했다.

바위는 거리 때문에 색이 분명치 않았지만 절벽의 초록색과 대비를 이루며 햇빛에 반짝이고 있었다. 「내 외투를 흔들 거야.」 크리스티안이 말했다. 「조심스럽게 지켜봐야 할 거야. 도화선에 불을 붙인 후 잘 타고 있는지 확인을 해. 시간은 충분할 거야. 그런 다음 도로 위로 올라와 길이 굽은 곳까지 달려가. 그런 다음 이곳에서 폭발음이 들릴 때까지 기다려. 그런 다음 도로를 따라서 우리가 있는 곳으로 와.」

덴은 멍청한 얼굴로 고개를 끄덕였다. 「저는 이곳에 혼자 있게 되는 건가요?」 그가 물었다.

「아니.」 크리스티안이 말했다. 「발레리나 둘과 기타 연주자를 붙여 줄게.」

덴은 웃지 않았다.

「이제 확실히 알아들었겠지?」 크리스티안이 물었다.

「네, 병장님.」 덴이 말했다.

「좋아.」 크리스티안이 말했다. 「내가 외투를 흔드는 것을 보기 전에 도화선에 불을 붙일 경우, 돌아올 생각은 하지 마.」

덴은 대답하지 않았다. 그는 전쟁 전에 항만 노동자로 일을 한, 몸집이 크고 동작이 굼뜬 친구로, 크리스티안은 그가 공산당에 가입한 적이 있을 것 같다고 생각했다.

크리스티안은 다리 아래 자신이 설치한 것을 마지막으로 본 후 아치형 다리의 축축하고 굽은 돌에 멍청하게 기대어 서 있는 덴을 보았다. 그런 다음 그는 다시 도로 위로 올라갔다. 크리스티안은 저 병사가 다음번에는 쉽게 비판하지 못할 것이라고 생각했다.

도로를 굽어보고 있는 바위까지 재빨리 걸어가는 데는 15분이 걸렸다. 그곳에 도착했을 때 크리스티안은 숨을 몹시 헐떡거렸다. 그의 뒤를 따르는 사람들은 철모와 소총 무게 때문에 몸이 굽은 채로 마치 남은 생애 동안 행군을 해야 하는 운명에 처한 사람들처럼 끈덕지게 걸음을 뗐다. 대열을 이탈하는 사람은 없었다. 소대 내의 가장 멍청한 자라도 자신들이 바위 뒤로 모습을 감추기 전에 자신들을 뒤쫓고 있는 미군이 다리에 먼저 도착한다면 먼 거리에서도 좋은 표적이 될 것이라는 사실은 알 수 있었다.

크리스티안은 걸음을 멈추고 자신의 거친 숨소리를 들으며 계곡 아래를 내려다보았다. 다리는 도로 위에 이는 먼지 속에서 작고 평화로우며 대수롭지 않게 보였다. 어디에서도 어떤 움직임도 보이지 않았고, 수 킬로미터에 걸쳐 뻗어 있는 계곡은 인간이 더 이상 사용하지 않아 버려지고 잊힌 것처럼 보였다.

크리스티안은 바위가 유리한 입지를 제공할 것이라는 자신의 추측이 옳았다는 사실을 확인하며 미소를 지었다. 언덕 사이의 틈을 통해 다리에서 얼마간 떨어진 곳에 있는 도로의 일부를 볼 수 있었다. 미군은 다리를 건넌 다음 잠시 바위 뒤로 모습을 감췄다가 그 바위를 따라 돈 후 다리와 연결된 길에 다시 모습을 나타내게 될 것이다. 그들이 조심스럽게 천천히 온다 하더라도 처음 모습을 드러낸 곳에서 다리까지 오는 데는 10분에서 12분도 걸리지 않을 것이다.

「하임스.」크리스티안이 말했다.「리히터. 자네들은 나와 함께 있어. 나머지 사람들은 상병과 함께 돌아가.」그는 상병을 향해 고개를 돌렸다. 상병은 이제 자신이 살해될 거라고 추측하고 있고 처형의 순간을 내일까지 미룰 수 있는 확률은 10퍼센트밖에 되지 않는다고 느끼는 사람처럼 보였다.「대위님한테는 우리가 가능한 한 빨리 돌아갈 거라고 말해.」크리스티안이 말했다.

「네, 병장님.」상병이 초조하면서도 행복한 듯 말했다. 그는 거의 뛰다시피 하며 도로가 굽어 있는, 안전한 곳을 향해 걸어가기 시작했다. 크리스티안은 상병을 따라가고 있는 소대를 바라보았다. 그들이 가고 있는 언덕 옆에 있는 도로는 높은 곳에 위치해 있었다. 구름 조각과 차가운 푸른 하늘을 배경으로 걸어가고 있는 그들은 영웅적인 동시에 슬프게 보였다. 그리고 그들이 한 명씩 언덕을 향해 가기 시작했을 때에는 바람이 부는 푸른 공간 속으로 발을 들여놓고 있는 것처럼 보였다.

하임스와 리히터는 기관총 사수이다. 그들은 길가의 바위에 몸을 기댄 채로 무겁게 서 있었다. 하임스는 총구와 탄약 상자를 들고 있었다. 기관총 아래에서 더 많은 탄약을 들고 있던 리히터는 땀을 흘리고 있었다. 그들은 믿을 만한 사람들이다. 하지만 추위 속에서 조심스럽지만 애매한 얼굴로 땀을 흘리며 서 있는 그들을 보며 크리스티안은 그 순간 아프리카의 사막에서 오래전에 죽은 그의 옛날 소대원들이 그 자리에 있었다면 더 나았을 거라고 생각했다. 그는 옛날 소대원들에 대해서는 오랫동안 생각해 본 적이 없지만 그런 식으로 또 다른 언덕에 남게 된 기관총 사수 둘을 보자 1년도 더 전에 서른여섯 명이, 잠시 후면 자신들의 무덤이 될 외로운 구덩이를 생각에 잠겨 순종적으로 파던 날 밤이 생각났다.

그는 어쩐 일인지 하임스와 리히터를 보고 있자 그들이 일을 맡길 만한 사람들이 아니라는 기분이 들었다. 약간 사기가 저하된 그들은 많은 것들을 겪으면서 젊음을 잃어버리고 민간인에 가깝게 된, 죽을 마음이 없는 또 다른 군대 소속의 병사였다. 크리스티안은 지금 그가 그 둘을 두고 떠날 경우 그들이 자신들의 위치에 오래도록 머물지 않을 거라고 생각했다. 크리스티안은 고개를 저었다. 〈아, 나는 바보가 되어 가고 있어〉라고 그는 생각했다. 〈그들은 괜찮을 거야. 게다가 그들이 나에 대해 어떻게 생각하고 있는지는 하느님만 알고 계실 거야.〉

두 사람은 바위에 무겁게 몸을 기댄 채로 크리스티안의 마음을 떠보기라도 하듯 경계하는 눈으로 그를 쳐다보았다. 그들은 그가 그날 아침 그들에게 죽어 달라고 부탁할지를 알아내려는 것 같았다.

「그걸 여기 설치해.」V자 형태 맞닿아 있는 두 바위 사이의 평평한 곳을 가리키며 크리스티안이 말했다. 두 사람은 천천히, 하지만 전문가처럼 기관총을 설치했다.

기관총이 설치되고 나자 크리스티안은 그 뒤로 몸을 숙여 그것을 지나갔다. 그는 기관총을 약간 오른쪽으로 돌린 후 총구를 바라보았다. 그는 먼 곳을 향해 가늠자를 조정해 언덕 아래쪽을 쏠 수 있게 설치했다. 가늠자의 섬세한 철제 선에 포착된, 멀리 아래쪽 다리에서는 누더기 같은 구름이 하늘을 가로지르며 순간적으로 햇빛의 반짝임을 바꾸고 있었다.

「적이 다리 가까이까지 오게 놔둬.」크리스티안이 말했다. 「지뢰가 설치되어 있을 수도 있다는 생각에 다리를 빨리 건너지는 않을 거야. 사격을 하라는 신호를 보내면 다리 근처에 있는 자들 말고 뒤쪽에 있는 자들을 겨냥해. 알았지?」

「다리 근처에 있는 자들 말고 뒤쪽에 있는 자들을 겨냥하라는 말씀이죠?」하임스가 크리스티안이 한 말을 반복했다. 그는 지지대에 올려 놓은 기관총을 아래위로 움직였다. 그는 생각에 잠겨 이를 혀로 문질렀다. 「적이 오고 있던 방향으로 돌아가지 않고 앞쪽으로 뛰어오기를 바라는 것이군요.」

크리스티안은 고개를 끄덕였다.

「적은 다리를 건너 달려가지는 않을 겁니다. 다리는 탁 트여 있으니까요.」하임스가 생각에 잠겨 말했다. 「골짜기와 다리 아래쪽으로 달려갈 겁니다. 그곳에서는 총탄을 피할 수 있으니까요.」

크리스티안은 미소를 지었다. 어쩌면 그는 하임스에 대해 잘못 생각했는지도 모른다. 하임스는 자신이 생각하는 계획을 알고 있는 게 분명했다.

「그렇게 되면 그 아래에 있는 지뢰밭으로 뛰어들게 되겠죠.」 하임스가 평탄한 목소리로 말했다. 「알겠어요.」

그와 리히터는 서로를 보며 고개를 끄덕였다. 그들의 몸짓에는 수긍의 뜻도 반대의 뜻도 실려 있지 않았다.

크리스티안은 미군을 보자마자 다리 아래에 있는 덴에게 신호를 보낼 수 있도록 외투를 벗었다. 그런 다음 그는 기관총 뒤에서 바위 위에 걸터앉아 있는 하임스 옆에 앉았다. 리히터는 두 번째 탄약통을 든 채로 한 쪽 무릎을 꿇고 앉아 있었다. 크리스티안은 전날 밤 죽은 중위에게서 훔친 쌍안경을 들었다. 그는 언덕 사이의 틈을 향해 그것을 맞췄다. 그는 쌍안경이 성능이 좋은 것이라는 것을 확인하며 조심스럽게 초점을 맞췄다.

도로의 틈에는 음산해 보이는 진한 초록색의 포플러나무가 두 그루 서 있었다. 바람에 나무가 반짝이며 흔들리고 있었다.

탁 트인 언덕은 추웠고, 크리스티안은 덴에게 외투를 흔들겠다고 한 것이 후회가 되었다. 외투는 벗지 않는 편이 좋을 뻔했다. 손수건을 흔들어도 충분했을 것이다. 그는 추위에 살갗이 수축되는 것을 느끼며 뻣뻣한 옷 속에서 불편하게 몸을 웅크렸다.

「담배를 피워도 될까요?」 리히터가 물었다.

「아니.」 쌍안경을 내리지도 않고 크리스티안이 말했다.

두 사람은 아무 말도 하지 않았다. 크리스티안은 담배에 대한 생각을 하며 이 친구한테 담배가 한 갑 혹은 두 갑이 있는 게 분명하다고 생각했다. 그가 죽거나 심한 부상을 입게 되면 잊지 말고 그의 호주머니를 뒤져 봐야지, 하고 그는 생각했다.

그들은 기다렸다. 계곡에서 솟구쳐 올라온 바람이 크리스티안의 귓속과 코 위쪽, 그리고 콧구멍 안쪽에서 무겁게 소용돌이쳤다. 그는 머리가 아프기 시작했는데 특히 눈 주위가 많이 아팠다. 그는 무척 졸렸다. 마치 3년 동안 잠을 자지 않은 것 같았다.

하임스는 크리스티안 앞에서 바위 위에 배를 깔고 몸을 쭉 폈다. 크리스티안은 잠시 망원경을 내려놓았다. 흙이 묻어 더러워진, 볼썽사납게 기운, 넓고 볼품없는 하임스의 바지 엉덩이 부위가 그를 올려다보고 있었다. 크리스티안은 웃고 싶은 충동을 누르며 멍청하게 〈가관이군, 아름다움과는 아주 거리가 먼 광경이야〉 하고 생각했다. 「성스러운 인간의 모습이야.」

그는 이마가 타는 듯했다. 말라리아 때문이다. 영국군과 프랑스군과 폴란드군과 러시아군과 미군뿐만 아니라 모기 또한 그의 적이다. 그는 열이 오르는 것을 느끼며 교활하게 〈이 일이 끝나고 나면 진짜로 심하게 병이 날 거야〉 하고 생각했다. 아무도 그것을 부인하지 못할 테고, 그러면 나를 후방으로 보내겠지. 그는 한기가 찾아오기를 기다리며 다시 한번 쌍안경을 눈 위로 들었다. 그는 피 속의 독소가 자신을 지배하기를 바랐다.

그 순간 그는 진흙 색깔의 작은 형체들이 포플러나무 앞으로 천천히 걸어오는 것을 보았다. 「조용히 해.」 하임스와 리히터가 말을 할 경우 미군이 그 소리를 들을 수도 있다는 듯 그가 경고하며 말했다.

쌍안경의 시계 너머로 진흙 색깔의 형체들이 도로 양쪽으로 두 줄로 걸어오는 것이 보였다. 소대처럼 보이는 그들은 멀리서도 지친 기색이 역력해 보였다. 크리스티안은 서른일곱, 서른여덟, 마흔둘, 마흔셋, 하고 숫자를 셌다. 그 순간 그들이 사라졌다. 포플러나무는 전처럼 흔들리고 있었고, 그들 앞에 있는 도로는 그 전과 똑같은 모습이었다. 크리스티안은 쌍안경을 내려놓았다. 이제 그는 정신이 번쩍 들었고 냉정해졌다.

그는 자리에서 일어나 크게 원을 그리며 외투를 흔들었다. 그는 미군이 지뢰를 찾아 초조하게 땅바닥을 내려다보며 산등성이의 가장자리를 따라 조심스럽게 천천히 걸어가는 것을 상상할 수 있었다.

잠시 후 그는 덴이 다리 아래에서 재빨리 올라와 도로로 뛰어가는 것을 보았다. 덴은 지친 듯 속도를 줄이며 도로를 따라 달리고 있었다. 그의 군화가 먼지를 조금 일으키고 있었다. 조금 후 그는 도로가 굽은 곳에 이르렀고 더 이상 모습이 보이지 않았다.

이제 도화선에는 불이 붙여진 상태였다. 미군이 여느 때와 다름없이 군인처럼 행동하기만 하면 되었다.

크리스티안은 따듯함에 감사하며 외투를 입었다. 그는 손을 호주머니 속에 찔러 넣었다. 아늑하고 차분한 느낌이었다.

기관총 앞에 있는 두 사람은 꼼짝 않고 있었다.

멀리서 비행기 엔진 소리가 단조롭게 들렸다. 크리스티안은 남서쪽으로 높은 곳에서 폭격기들이 대열을 이룬 채로 천천히 가고 있는 것을 보았다. 하늘에 있는 작은 반점들로 보이는 그것들은 폭격 임무를 띠고 북쪽으로 가고 있었다. 기관총 시계 너머로 참새 두 마리가 갈색 날개를 재빨리 움직이며 짹짹거리면서 절벽 앞쪽을 가로질러 날아가고 있었다.

하임스가 트림을 두 번 했다. 「죄송해요.」 그가 정중하게 사과했다.

그들은 기다렸다. 크리스티안은 〈시간이 너무 많이 걸려, 너무 많이〉 하고 초조하게 생각했다. 〈적들은 저기서 뭘 하고 있는 거야? 그들이 길이 굽은 곳에 이르기 전에 다리가 폭발할 거야. 그렇게 되면 이 모든 것이 소용없게 돼.〉

하임스가 다시 트림을 했다. 「속이 안 좋아.」 그가 고통스러운 얼굴로 리히터에게 말했다. 리히터는 기관총 탄창을 내려다보며 몇 년 동안 하임스가 자신의 위에 대해 이야기하는 것을 듣기라도 한 것처럼 고개를 끄덕였다.

크리스티안은 하르덴부르크라면 이 일을 좀 더 잘 처리했을 것이라고 생각했다. 그는 이런 식으로 도박을 하지는 않았을 거야. 그는 어떤 식으로든 좀 더 확실하게 했을 거야. 만약 다이너마이트가 폭발하지 않아 다리가 폭파되지 않을 경우 사단에 있는 사람들이 그것에 대한 얘기를 듣고 그 비참한 공병 병장을 취조하면 그는 크리스티안에 대해 이야기하게 될 것이다. 「제발.」 크리스티안은 「미군들이여, 어서 와, 제발〉 하고 기도했다.

크리스티안은 망원경을 다리로 이어지는 길에 맞췄다. 망원경이 흔들렸고, 그는 한기가 찾아오는 것을 알 수 있었다. 물론 그 순간에는 그것을 느끼지 못했다. 근처에서 부스럭거리는 작은 소리가 들렸고, 그는 자신도 모르게 망원경을 내렸다. 다람쥐 한 마리가 3미터쯤 떨어진 곳에 있는 바위 위로 올라가 잠시 그곳에 앉아 말똥말똥 반짝이는 눈으로 그들 세 사람을 바라보고 있었다. 크리스티안은 다른 시간에 다른 장소에서 새 한 마리가 숲속으로 난 길 위를 걸어가는 것을 본 기억을 떠올렸다. 파리 교외의, 프랑스인들이 뒤집어진 짐수레와 매트리스로 바리케이드를 쳤던 곳 앞에서였다. 다람쥐는 잠시 전쟁에 대해 호기심을 보이더니 자기에게 더 중요한 일을 하기 위해 다른 곳으로 갔다.

크리스티안은 눈을 깜박이며 다시 망원경을 눈에 댔다. 이제 다시 길 위로 모습을 드러낸 미군은 언제든 사격을 할 준비를 한 채로 몸을 숙이고 천천히 걸어가고 있었다. 그들의 긴장된 모습은 무방비 상태에 있는 옷 속의 육체가 자신들이 목표물이 되고 있다는 것을 인식하고 있다는 것을 드러내 주고 있었다.

미군은 참을 수 없을 정도로 천천히 움직이고 있었다. 그들은 아주 작게 걸음을 떼며 다섯 걸음마다 멈춰 섰다. 본래 그들은 신세계의 대담하고 무모한 젊은이들이다. 크리스티안은 뉴스를 통해 그들이 훈련하는 모습을 보았다. 그들은 단거리 주자처럼, 상륙함에서 밀려오는 파도 속으로 용감하게 뛰어내렸다. 한데 지금 그들은 달리지 않고 있다. 「더 빨리 가, 더 빨리.」 크리스티안은 자신이 속삭이고 있다는 것을 깨달았다. 「더 빨리…….」 미국인들이 자기 나라 군인들에 대해 믿어야만 하는 거짓말이란!

하임스가 트림을 했다. 늙은이가 내는 것 같은 그 소리는 귀에 거슬렸고 추하게 들렸다. 사람들은 나름대로 전쟁에 반응을 하고 있었는데 하임스는 자신의 배를 통해 반응하고 있었다. 그의 고향에 있는 사람들은 하임스와 그의 동료들과 관

런한 어떤 거짓말을 믿고 있을까? 「철십자 훈장을 받았을 때 너는 뭘 하고 있었니?」「어머니, 저는 트림을 하고 있었어요.」하임스와 크리스티안과 리히터만이 무엇이 진실인지 알고 있었다. 그들과, 1840년 햇빛 속에서 이탈리아 노동자들이 천천히 세운 오래된 돌다리에 살며시 접근하고 있는 마흔세 명의 적들만이 진실을 알고 있었다. 기관총 사수 둘과, 크리스티안과, 기관총 조준기 너머 8백 미터 떨어진 곳에서 먼지 속을 지나가고 있는 마흔세 명만이 진실을 알고 있었고, 그 진실로 인해 그들은 그날 아침 그곳에 없는 다른 누구보다도 서로 관련되어 있었다. 그들은 상대의 위가 심한 발작을 일으키며 수축되고 있다는 것을, 그리고 어디에서든 모두가 자신의 운명이 다했다는 느낌으로 소심하게 다리에 접근한다는 것을 알고 있었다.

크리스티안은 입술을 핥았다. 이제 도로의 굽은 곳에서 마지막 남자가 나왔고, 지휘를 하고 있는, 아이 같은 장교인 중위가 마지못해 대열 앞쪽으로 가고 있는, 지뢰 탐지기를 들고 있는 병사를 향해 손짓을 했다. 멍청하게도 그들은 천천히 한 곳으로 모이고 있었다. 그들은 이제 서로 좀 더 가까이 있는 것이 더 안전하다고 느끼고 있는 게 분명했다. 그들은 아직까지 총을 맞지 않을 것을 보면 그곳을 안전하게 지나갈 수 있다고 생각하고 있는지도 모른다.

지뢰 탐지기를 든 병사가 다리에서 20미터쯤 떨어진 도로를 훑기 시작했다. 그는 무척 조심스럽게 천천히 일을 했고, 그 사이 크리스티안은 도로 가운데 선 중위가 쌍안경을 눈에 대고 주위를 살피기 시작하는 것을 볼 수 있었다. 크리스티안은 무심코 그것이 독일에서 만들어진 차이스 쌍안경이 분명하다고 생각했다. 그는 쌍안경이 위쪽을 향하며 그들이 있는 바위에 거의 고정되는 것을 볼 수 있었다. 그 젊은 중위의 내면에 잠재된 군사 감각이 그의 앞에 위험이 있다면 그곳에 초점을 맞춰야 한다는 사실을 본능적으로 알아차리기라도 한 것 같았다. 크리스티안은 자신들이 안전하게 숨어 있다는 것을 확신하고 있었지만 그럼에도 좀 더 몸을 숙였다. 그들 위를 훑고 지나간 쌍안경은 다른 곳을 향했다.

「사격 개시.」 크리스티안이 속삭였다. 「뒤쪽을 쏴. 뒤쪽을 쏴.」

기관총이 불을 뿜기 시작했다. 기관총 소리는 산속의 고요를 깨며 광폭한 소리를 냈고 크리스티안은 여러 번 눈을 깜박였다. 길 위에서 두 명이 쓰러졌다. 나머지 사람들은 멍청하게도 그대로 서서 놀란 얼굴로 땅바닥에 쓰러진 사람들을 내려다보고 있었다. 길 위에서 세 명이 더 쓰러졌다. 잠시 후 미군들은 비탈을 내려가 골짜기와 다리 아래로 달려가기 시작했다. 〈이제야 질주를 하고 있군. 카메라맨은 어디 있지?〉 하고 크리스티안은 생각했다. 어떤 병사들은 총에 맞은 사람들을 들거나 끌고 가고 있었다. 그들은 발부리가 걸리며 비탈 아래로 굴렀다. 총을 내동댕이친 사람들도 있었다. 그들의 팔과 다리가 그로테스크하게 흔들렸다. 크리스티안은 거의 냉담한 마음으로 그 장면을 지켜보았다. 그 일은 자신과는 무관한, 아득한 일로 여겨졌다. 마치 개미가 구멍 안으로 끌고 온 딱정벌레 한 마리가 버둥거리고 있는 것을 바라보고 있는 것 같았다.

그 순간 첫 번째 지뢰가 폭발했다. 철모 하나가 수직으로 20미터쯤 날아오르면서 햇빛 속에서 둔하게 반짝이며 가죽 끈이 철모를 때리는 것이 보였다.

하임스는 사격을 중지했다. 그 순간 연이어 폭발음이 들리며 벽처럼 둘러싼 언덕에 메아리가 쳤다. 다리에서 커다란 먼지 구름과 연기가 치솟았다.

폭발음은 천천히 사라졌다. 마치 그 소리는 골짜기 사이와 산등성이를 따라 무겁게 움직이며 다른 장소에서 모이는 것 같았다. 다시 찾아온 고요는 위험한 동시에 초자연적인 것처럼 느껴졌다. 총구 너머로 방해를 받은 참새 두 마리가 사람들을 꾸짖듯 산만하게 우짖어 댔다. 아래쪽 아치형 다리 밑에서 한 인물이, 환자가 죽은 침대에서 몸을 일으키는 의사처럼 아주 천천히 그리고 엄숙하게 걸어 나왔다. 그 인물은 5~6미터를 걸은 후 천천히 바위 위에 앉았다. 크리스티안은 쌍안경으로 그 미국인을 보았다. 그의 셔츠는 그의 몸에서 벗겨져 딴 곳으로 날아가 있었고, 그의 창백한 살갗은 우윳빛이었다. 그는 아직도 소총을 갖고 있었다. 크리스티안이 바라보고 있는 사이 그 미국인은 대단히 신중히 그리고 진지하게 소총을 들었다. 크리스티안은 놀라며 그자가 자신들을 겨냥하고 있다고 생각했다!

소총 소리는 공허하고 평탄하게 들렸다. 탄환 소리가 그들의 머리에서 놀라울 정도로 가깝게 들렸다. 크리스티안은 미소를 지었다. 「끝내.」 그가 말했다.

하임스가 기관총의 방아쇠를 당겼다. 크리스티안은 망원경으로 그 미국인 주위로 총탄이 원을 그리며 박히면서 먼지를 일으키는 것을 볼 수 있었다. 미국인은 움직이지 않았다. 그는 일을 하는 목수처럼 전혀 서두르는 기색 없이 꼼꼼하게 소총에 새로 탄창을 천천히 넣었다. 하임스가 기관총을 움직이자 원형의 먼지 구름이 미국인에게 좀 더 가까워졌다. 하지만 그는 그들을 쳐다보지도 않았다. 그는 탄창을 꽂은 소총을 맨어깨로 다시 올렸다. 동료들이 모두 죽은 상태에서 돌 위에 편안하게 앉아 1~2초 후면 결국 자신을 죽이게 될 탄환 세례에는 주의조차 기울이지 않은 채, 맨눈으로는 제대로 보이지도 않는 기관총을 향해 한가롭게 하지만 신중하게 총을 쏘고 있는, 초록색과 갈색의 골짜기와 대조를 이루는, 피부가 하얀 상앗빛의, 셔츠도 입지 않은 남자에게는 정신 나간, 사람을 심란하게 하는 뭔가가 있었다.

「쏴버려.」크리스티안이 짜증스럽게 중얼거렸다.「자, 쏴버리란 말이야.」

하임스는 잠시 사격을 중지했다. 그는 눈을 가늘게 뜨고 조심스럽게 총을 겨냥했다. 뭔가를 꿰뚫는 듯한 날카로운 소리가 났다. 계곡 아래에서 나는 소총 소리는 무의미하고 아무런 위협도 되지 않는 것처럼 들렸다. 그럼에도 탄환이 계속해서 크리스티안의 머리 위로 지나가거나 그의 아래쪽에 있는 단단한 흙더미에 부딪치며 쿵 하는 소리를 냈다.

그 순간 하임스가 사거리를 확보해 한 발을 쏘았다. 미국인은 술에 취한 사람처럼 총을 내려놓았다. 그는 천천히 자리에서 일어나 다리 쪽으로 비틀거리지도 않고 두세 걸음을 뗐다. 그런 다음 그는 피곤한 사람처럼 누웠다.

그 순간 다리가 폭발했다. 돌 조각이 도로 위에 있는 나무로 튀면서 나무에 하얀 생채기를 내며 가지를 분질렀다. 먼지가 가라앉기까지는 긴 시간이 걸렸다. 마침내 먼지가 가라앉았을 때 크리스티안은 잔해 속에서 흙색의 군복을 입은 사람들이 여기저기에 이상한 각도로 쓰러져 있는 것을 보았다. 반라의 미국인은 흙과 돌의 작은 사태 속에서 사라지고 없었다.

크리스티안은 한숨을 쉬며 망원경을 내려놓았다. 이 아마추어들은 전장에서 뭘 하고 있는 거지, 하고 그는 생각했다.

하임스가 자리에 앉아 몸을 돌렸다. 「이제 담배를 피워도 되나요?」 그가 물었다.

「그래.」 크리스티안이 말했다. 「피워도 돼.」

그는 하임스가 담뱃갑을 꺼내는 것을 바라보았다. 하임스는 리히터에게 한 대를 권했고, 리히터는 조용히 담배를 받았다. 하지만 하임스는 크리스티안에게는 담배를 권하지 않았다. 구두쇠 같은 놈, 하고 크리스티안은 생각했다. 그는 호주머니에 손을 넣어 남은 담배 두 대 중 한 대를 꺼냈다.

그는 담뱃불을 붙이기 전에 한참 동안 담배를 입에 문 채로 맛을 느끼며 손가락으로 담배의 둥근 형태를 느꼈다. 그런 다음 한숨을 쉬며, 그 담배를 피워도 될 만한 일을 했다고 느끼며 불을 붙였다. 그는 연기를 깊이 들이켠 후 최대한 오랫동안 연기가 폐 속에 있게 했다. 그로 인해 약간 어지러웠지만 기분은 느긋했다. 다시 한 모금을 들이켜며 그는 〈하르덴부르크에게 이 이야기를 편지로 써 보내야겠어. 나에게 더 잘해줄 수 없었던 그는 기뻐할 거야〉 하고 생각했다. 그는 편안하게 몸을 기대고 심호흡을 하며 밝고 푸른 하늘과, 산속에 부는 바람에 머리 위쪽에서 빠르게 흘러가고 있는 작고 예쁜 구름을 보며 미소를 지었다. 그는 덴이 오기까지 최소한 10분 정도는 쉴 수 있다는 것을 알고 있었다. 정말 아름다운 아침이야, 하고 그는 생각했다.

그 순간 그는 한기가 그의 몸을 따라 길게 내려가는 것을 느꼈다. 〈아, 말라리아야〉 하고 그는 기분 좋게 생각했다. 〈이번에는 제대로 증상이 심해져 사람들은 나를 후방으로 보내게 될 거야. 완벽한 아침이야.〉 그는 다시 몸을 떨며 담배를 한 번 빨았다. 그런 다음 행복한 마음으로 바위에 등을 댄 채로 덴이 도착하기를 기다렸다. 그는 덴이 가급적 천천히 비탈을 올라오기를 바랐다.

22

「일어나, 휘테이크 일병.」병장이 말했고, 마이클은 자리에서 일어나 그를 따라갔다. 그들은 높고 어두운 널빤지를 댄 문이 달린 커다란 방으로 들어갔다. 방은 줄지어 늘어선 연한 초록색 거울에 수많은 노란 불빛을 반사시키고 있는 키가 큰 촛불들로 환했다.

광택이 나는 긴 탁자가 있고, 그 중간에 의자 하나가 놓여 있었다. 마이클은 의자가 그런 식으로 놓여 있으리라는 사실을 항상 알고 있었다. 그는 의자에 앉았고, 병장은 그의 뒤에 서 있었다. 그의 앞에는 잉크병과, 평범해 보이는 나무 펜이 놓여 있었다.

또 다른 문이 열리며 독일인 두 명이 들어왔다. 그들은 장군들로서 멋진 제복을 입고 있었다. 촛불 속에서 그들이 한 장식과 군화, 군화에 달린 박차, 외알 안경이 조용히 반짝였다. 그들은 완벽한 대열을 이루고 탁자로 가 군화 뒤축으로 요란한 소리를 내며 걸음을 멈춘 후 경례를 했다.

마이클은 의자에 앉은 채로 장중하게 경례를 했다. 장군 하나가 군복 단추를 풀고 둘둘 만 빳빳한 양피지 한 장을 천천히 꺼냈다. 그는 그것을 병장에게 줬다. 병장은 그것을 풀었다. 조용한 방에서 메마른 소리가 났다. 병장은 마이클 앞 탁자에 그것을 펼쳤다.

「항복 문서야.」병장이 말했다.「자네는 연합국을 위해 적의 항복을 받는 사람으로 뽑혔네.」

마이클은 진지하게 고개를 끄덕였다. 그는 무심코 서류를 훑어보았다. 그것은 정식으로 작성된 것처럼 보였다. 그는 펜을 들어 잉크에 적셨다.「마이클 휘테이크, 군번 32403008, 일병, 미군.」그는 아래쪽, 독일군 두 명의 서명 밑에 대담하게 휘갈겨 서명을 했다. 침묵 속에서 펜이 귀에 거슬리게 종이를 긁었다. 마이클은 펜을 내려놓았다. 그는 자리에서 일어났다.

「다 됐어요, 신사분들.」그가 평탄하게 말했다.

독일군 두 명이 경례를 했다. 그들은 경례를 하면서 몸을 떨었다. 마이클은 경례를 하지 않았다. 그는 그들 머리 너머에 있는 바닷빛 초록색 거울들을 잠시 보았다.

장군들은 정확하게 180도로 몸을 돌렸다. 그들은 밖으로 나갔다. 아무것도 없는 반짝이는 바닥 위로 패배한 프러시아인의 군화 소리와, 역설적으로 느껴지는 박차의 딸깡거리는 소리가 들렸다. 육중한 문이 열리며 그들은 밖으로 나갔다. 문이 닫혔다. 병장 또한 사라졌다. 마이클은 단 하나의 의자와 길고 반짝이는 탁자와 잉크병, 그의 서명이 있는 노르스름한 정사각형 양피지 한 장이 있는, 촛불이 비치는 방에 혼자 남게 되었다.

「그걸 놓고 양말을 집어!」둔중한 목소리가 소리쳤다.「일어나 닦아! 일어나 닦아!」

그 오래된 집 안에서 그리고 거리를 따라 늘어선 다른 집들에서 날카로운 호루라기 소리와 어둠 속에서 일어나고 있는 병사들의 절망적인 신음 소리가 들렸다.

마이클은 눈을 떴다. 그는 아래쪽 침대에 있었다. 그는 위쪽 침대의 닐빤지와 밀짚 매트리스를 올려다보았다. 위쪽 침대에 있는 사람은 잠을 잘 자지 못했고, 매일 밤마다 먼지와 밀짚 부스러기가 마이클 위로 떨어졌다.

마이클은 침대에서 훌쩍 발을 내렸다. 그는 모서리에 무겁게 앉아 치아 뒤의 시큼한 혀를 느끼며 씻지 않아 끔찍한 냄새가 나는 식은땀과, 그 방에 있는 스무 명에게서 나는 모직 냄새를 맡았다. 새벽 5시 반이었고 등화관제를 위해 쳐놓은 차양은 여태껏 한 번도 연 적이 없는 창문에 단단히 쳐져 있었다.

몸을 떨며 마이클은 옷을 입었다. 그의 마음은 그의 주위에서 하루를 맞을 준비를 하는 군인들의 신음 소리와 욕설, 그리고 외설적인 소음에 무감각했다.

그는 눈을 깜박이며 외투를 입고 사병 숙소로 접수된 낡은 집의 위태로운 계단을 비틀거리며 내려갔다. 그는 뼛속까지 시린 런던의 추위 속으로 나왔다. 길을 따라 다른 사람들은 몽롱한 얼굴로 아침 점호를 위해 모여들고 있었다. 마이클이 서 있는 지점에서 멀지 않은 곳에 19세기에 윌리엄 블레이크가 살며 작업을 했다는 것을 말해 주는 황동 명판이 붙어 있는 집이 있었다. 윌리엄 블레이크는 아침 점호를 보고 어떤 반응을 보였을까? 윌리엄 블레이크는 창밖을 내다보며 대서양의 다른 쪽에서 와 욕을 하며 모여들어 높고 엷고 어두운 안개 속에서 여전히 보이지 않는 방공(防空) 기구들 아래에

586

서서 몸을 떨고 있는, 맥주 때문에 배가 아픈 사람들을 보며 무슨 생각을 했을까? 윌리엄 블레이크는 은총을 향한 인류의 긴 진보 속에서 새로 시작된 날의 신선한 아침을 맞이하며 〈그걸 놓고 양말을 집어!〉라고 소리치는 병장에게 무슨 말을 했을까?

「갈리아니.」

「여기 있습니다.」

「애버내시.」

「여기 있습니다.」

「탯널.」

「여기 있습니다.」

「캐머가드.」

「여기 있습니다.」

「휘테이크.」

「여기 있습니다.」

윌리엄 블레이크, 나는 여기 있어. 존 키츠, 나는 여기 있어. 새뮤얼 테일러 콜리지, 나는 여기 있어. 조지 왕, 나는 여기 있어. 웰링턴 장군, 나는 여기 있어. 해밀턴 부인, 나는 여기 있어. 이제 휘테이크는 영국에서도 그곳에 있었다. 로런스 스턴, 나는 여기 있어. 헬 왕자, 나는 여기 있어. 오스카 와일드, 나는 여기 있어. 철모와 방독면과 PX 배급 카드를 갖춘 채 나는 여기 있어. 파상풍과 티푸스, 장티푸스와 천연두 주사를 맞은 채 나는 여기 있어. 영국인 가정(음식은 형편없었고, 주인이 더 먹겠느냐고 하면 거절해야 했다)에서는 어떻게 처신해야 하는지 지시를 받고, 피커딜리의 영국 창녀들에게서 매독이 옮지 않도록 조심하라는 경고를 받은 채로 나는 여기 있어. 영국군에 비해 손색이 없도록 황동 단추에 유약을 발라 광택을 내며 나는 여기 있어. 스핏파이어[2]가 도버 해협에서 추락해 죽은 패디 피너케인과 몽고메리, 아이젠하워, 로멜과 함께, 나는 여기 있어. 타자기와 복사지로 무장한 채로, 나는 여기 영국에 있어. 워싱턴과 17호 징병 위원회, 마이애미와 푸에르토리코, 트리니다드와 기아나와 브라질과 어센션섬[3]을 지나 나는 이곳에 와 있어. 밤에 꿈속의 상어처럼 수면 위로 올라와 3킬로미터 상공의 어둠 속에서 불도 켜지 않고 날아가는 비행기를 향해 사격을 하는 대양을 지나 나는 이곳에 와 있어. 역사와 나의 과거와 폐허와, 등화관제된 자정에 〈택시, 택시!〉 하고 소리치는 미국 중서부 출신의 목소리가 있는 곳에 나는 있어. 나의 이웃 윌리엄 블레이크여, 여기 한 미국인이 있어. 하느님이 우리 모두를 도와주시길.

「해산!」

마이클은 집 안으로 들어가 침대를 정리했다. 그는 면도를 하고 변소를 걸레로 닦은 후 딸깍거리는 소리가 나는 휴대용 알루미늄 식기 세트를 들고 천천히 밖으로 나갔다. 회색 거리가 런던의 여명 속에서 깨어나고 있었다. 아침 식사는 한때 백작 가족이 살던 커다란 붉은색 저택에서 했다. 랭커스터 전투기가 베를린에서 돌아와 템스강을 건너면서 머리 위쪽으로 수많은 엔진 소리가 꾸준하게 들렸다. 아침 식사로는 자몽 주스와 오트밀, 가루를 뿌린 계란과 자체의 기름 속에서 헤엄을 친 것 같은, 설익은 두꺼운 베이컨이 나왔다. 식사를 하면서 마이클은 〈왜 군은 취사병에게 커피 만드는 법을 가르치

2 제2차 세계 대전 때 사용된 영국 전투기.
3 남대서양에 있는 섬.

지 못하는 거지?〉 하고 생각했다. 이런 커피를 마시며 어떻게 살 수 있단 말인가?

「전투기 비행단은 코미디언과 무용수를 원합니다.」 마이클은 미군 위문 협회 소속으로 런던을 거쳐 간 유명 인사들의 사진이 줄지어 늘어서 있는 방의 책상에 앉아 있는 그의 상관인 민시 대위에게 말했다. 「그들은 더 이상 술을 마시기를 원치 않습니다. 지난달에는 조니 서터가 구타를 당했습니다. 그는 조종사 대기실에서 조종사에게 욕설을 해 주먹에 맞아 두 번이나 쓰러졌습니다.」

「플래너를 보내.」 민시가 힘없이 말했다. 민시는 천식이 있었고 술을 너무 많이 마셨다. 스카치와 런던의 기후 때문에 그는 늘 아침이면 비참해 보였다.

「플래너는 이질이 있고 도체스터를 떠나지 않으려 합니다.」

민시는 한숨을 쉬었다. 「그 여성 아코디언 연주자를 보내.」 민시가 말했다. 「머리가 파란 그녀 이름이 뭐였지?」

「그들은 코미디언을 원합니다.」

「아코디언 연주자밖에 없다고 해.」 민시는 코를 훌쩍이며 약이 가득한 튜브를 코 속에 찔러 넣었다.

「네, 대위님.」 마이클이 말했다. 「로버타 핀치 양은 스코틀랜드까지는 갈 수 없습니다. 그녀는 솔즈베리에서 신경 쇠약에 걸렸습니다. 그녀는 계속해서 사병 식당에서 옷을 벗으며 자살을 기도하고 있습니다.」

「감상적으로 노래하는 그 여자를 스코틀랜드로 보내.」 민시는 한숨을 쉬었다. 「그리고 핀치에 대한 정확한 보고서를 작성해 뉴욕의 본부로 보내. 그렇게 하면 그 문제는 해결될 거야.」

「맥린 단원은 리버풀 항구에 있습니다.」마이클이 말했다. 「하지만 그들의 배는 격리 중입니다. 선원 한 명이 수막염에 걸려 그들은 열흘 동안은 배에서 내릴 수가 없습니다.」

「더 이상 못 참겠어.」민시 대위가 말했다.

「중폭격 부대에서 나온 비밀 보고가 있습니다.」마이클이 말했다. 「래리 크로셋 밴드가 지난주 토요일 그곳에서 연주를 한 후 일요일 밤에 포커 게임을 했는데 부대원들로부터 1만 1천 달러를 땄다고 합니다. 코커 대령은 그들이 표시를 한 카드를 사용한 증거를 갖고 있다고 얘기하고 있습니다. 그는 돈을 돌려주지 않을 경우 기소를 할 거라고 합니다.」

민시는 힘없이 한숨을 쉬며 유리 튜브를 다른 코 속에 넣었다. 그는 전쟁 전 신시내티에서 나이트클럽을 운영했는데 종종 코미디언과 특별한 춤을 선보이는 무용수들이 있는 오하이오로 다시 돌아가고 싶어했다. 「코커 대령에게 내가 사건 전체를 수사하고 있다고 말해.」그가 말했다.

「수송 부대 사령부의 군목이 우리가 연출한 〈젊음의 어리석음〉이 상스럽다고 이의를 제기하고 있습니다. 그는 주인공이 〈제기랄〉이라는 말을 일곱 번 했으며 천진난만한 소녀 역을 한 여배우가 한 인물에게 2막에서 〈개자식〉이라는 말을 했다고 지적했습니다.」

민시는 고개를 저었다. 「그 풋내기에게 이번 공연에서는 상스러운 표현을 모두 없애라고 했어.」그가 말했다. 「그는 그렇게 하겠다고 맹세를 했어. 하여간 배우들이란!」그는 신음을 했다. 「군목에게 나도 전적으로 같은 생각이라며 상스러운 표현을 쓴 자들은 따끔한 맛을 보게 될 것이라고 전해.」

「지금으로서는 이게 전부입니다, 대위님.」마이클이 말했다.

민시는 한숨을 쉬며 약을 호주머니 속에 넣었다. 마이클은 방을 나서려고 했다.

「잠시만, 휘테이크.」민시가 말했다.

마이클은 몸을 돌렸다. 민시가 천식으로 인한 기침을 참느라 눈과 코가 빨개지고 눈에 눈물이 맺힌 채로 침통한 얼굴로 그를 쳐다보았다. 「맙소사, 휘테이크.」민시가 말했다. 「자네 모습이 끔찍해 보여.」

마이클은 전혀 놀라지 않고 너무 큰, 구겨진 셔츠와 불룩한 바지를 내려다보았다. 「네, 대위님.」마이클이 말했다.

「자네의 그런 모습에 나는 상관하지 않아.」민시가 말했다. 「나 혼자 있을 때는 얼굴을 검게 칠하고 풀로 엮은 치마를 입고 들어와도 괜찮아. 하지만 다른 부대에서 온 장교들은 좋지 않은 인상을 받을 거야.」

「네, 대위님.」마이클이 말했다.

「우리는 낙하산 부대원보다도 더 군인처럼 보여야 해. 우리는 빛을 발해야 해. 반짝거려야 하지. 자네는 불가리아군 취사병 같아.」

「네, 대위님.」마이클이 말했다.

「다른 셔츠를 구할 수가 없나?」

「두 달째 요청을 하고 있습니다.」마이클이 말했다. 「하지만 보급품을 담당하는 병장은 더 이상 나와는 얘기하지 않으려 합니다.」

「최소한 단추는 반짝이게 하게.」민시가 말했다. 「무리한 요구는 아니지?」

「네, 대위님.」마이클이 말했다.

「리 장군이 언젠가 이곳에 나타나지 않으리라는 법이 없잖은가?」

「네, 대위님.」마이클이 말했다.

민시가 말했다.「그리고 자네는 늘 책상 위에 너무 많은 서류를 펼쳐 놓고 있어. 그것 역시 좋지 않은 인상을 줘. 서랍 속에 넣게. 항상 책상 위에 서류 하나만 놓아 둬.」

「네, 대위님.」마이클이 말했다.

「한 가지 더 있어.」민시가 기가 죽은 목소리로 말했다.「혹시 현금이 좀 있나? 어젯밤 레장바사되르에서 수표를 저당 잡혔어. 그런데 월요일이 되어야 일당이 나와.」

「1파운드면 될까요?」

「그것뿐인가?」

「네, 대위님.」마이클이 말했다.

「좋아.」민시는 1파운드를 받았다.「고맙네. 자네가 우리와 함께 있어 기뻐, 휘테이크. 이 사무실은 자네가 오기 전에는 엉망이었어. 다만 자네가 좀 더 군인처럼 보였으면 좋겠어.」

「네, 대위님.」마이클이 말했다.

「모스코비츠 병장을 들여보내게.」민시가 말했다.「그 개자식은 돈이 엄청 많아.」

「네, 대위님.」마이클이 말했다. 그는 다른 사무실로 가 모스코비츠 병장에게 대위가 찾는다고 말했다.

1944년 겨울 런던에서는 하루하루가 그런 식으로 지나갔다.

「오, 나의 죄악은 야비하다.」폴로니우스가 사라진 후 왕이 말했다.「그 악취가 하늘을 찌르는구나. 그것은 가장 극악한 저주야. 형제 살인!」

무대 양쪽에 있는 작고 어두운 상자 속에서 〈공습경보〉를 알리는 불빛이 반짝거리며 잠시 후 사이렌 소리가 들렸다. 그리고 곧 멀리 해안 쪽에서 총성이 들렸다.

「나는 기도를 드릴 수가 없어.」 왕이 말을 이었다.

「몹시도 그러고 싶지만 더 강한 나의 죄의식이 나의 강한 의지를 물리치고 있어.」

전투기가 교외 지역을 가로지르며 총성은 빠르게 가까워졌다. 마이클은 주위를 둘러보았다. 연극 개막일이었다. 파격적인 새로운 햄릿이었다. 관객들은 전시에 입을 수 있는 최고의 옷을 입고 있었다. 헨리 어빙 경[4] 이후로 햄릿의 모든 개막작을 본 것처럼 보이는, 나이 든 여자들도 많이 있었다. 무대의 풍요로운 조명 속에는 하얀 머리에 검은 망사를 쓴 관객들이 내뿜는, 화답하는 빛이 섞여 있었다. 깊은 상처를 입은 왕이 수심에 잠겨 엘시노어에 있는 어두운 방을 왔다 갔다 하는 동안 나이 든 여자들과 다른 모든 사람들은 꼼짝도 않고 조용히 앉아 있었다.

「〈비열한 살인죄를 용서하소서〉라고 할까?」 왕이 큰 소리로 말했다. 「그럴 수는 없어. 나는 살인의 결과로 얻은 이득을 아직도 갖고 있지 않은가. 왕관과, 나 자신의 야망과, 왕비를.」

그것은 왕에게 중요한 장면이었고, 그는 열심히 연습을 한 게 분명해 보였다. 그는 무대를 장악하며 감정이 풍부한 긴 독백에 빠져 있었다. 저주를 받아 수심에 잠겼지만 지적인 면모를 보여 주고 있는 그는 햄릿이 무대 옆에서 그를 칼로 찌를지 말지를 고민하고 있는 상황에서 자신의 역할을 무척 잘해 내고 있었다.

총성이 런던 시내를 가로질러 극장을 향해 가까워졌고, 금

4 빅토리아 시대의 가장 중요한 배우 중 한 명.

박을 입힌 돔 위로 독일군 전투기의 고르지 않은 엔진 소리가 들렸다. 왕은 폭탄과, 비행기 엔진과, 총소리에 맞서 3백 년간의 영국적인 수사학을 뛰어넘어 더 큰 소리로 말하고 있었다. 관객 중 그 누구도 움직이지 않았다. 그들은 셰익스피어의 새로운 비극 작품을 처음 공연하는 날 오후 글로브 극장에 앉아 있기라도 한 것처럼 집중력과 호기심을 발휘하며 귀를 기울였다.

「이 세상의 타락한 물결 속에서는.」왕이 소리쳤다. 「죄로 더럽혀진 손도 황금으로 덧칠하면 정의를 밀쳐 낼 수 있으며 사악한 상으로도 법을 매수할 수 있지. 하지만 천국에서는 그게 통할 수 없어. 기만은 통하지 않아…….」

극장의 뒤쪽 벽 바로 뒤에서 총성이 들렸고 멀지 않은 곳에서 폭탄 두 개가 폭발했다. 극장이 살며시 흔들렸다. 「하느님 앞에서 우리 행위는 있는 그대로 드러나고.」왕은 큰 소리로 말했다. 그는 자신이 해야 하는 것을 전혀 잊지 않은 채 연출자가 지시한 대로 비극적으로 손을 움직이며 간헐적인 폭발음 사이로 천천히 여유 있게 말했다.

「우리는 자신의 죄와 마주 대하면서」하고 바깥에 있는 사람들이 다시 총에 장전을 하느라 잠시 총소리가 뜸해진 사이 말했다. 「모든 죄상을 일일이 실토할 수밖에 없지 않은가.」밖에서는 늘 폭탄이 가까이에서 떨어지는 것 같은 소리를 내는 로켓포의 포문이 열렸고, 왕은 다시 조용해질 때까지 기다리며 조용히 왔다 갔다 했다. 잠시 천둥소리가 같은 요란한 소리가 잦아들며 낮게 으르렁거리는 소리가 들렸다. 「그다음은 뭐지?」왕이 서둘러 말했다. 「뭐가 남아 있지? 회개하는 마음이 할 수 있는 것을 하도록 하라. 그것이 하지 못할 게 무엇이겠는가?」

그 순간 그는 다시 요란한 소리에 압도당했고, 극장은 소용돌이치는 합창 같은 총성에 흔들렸다.

불쌍한 사람, 하고 마이클은 생각했다. 그는 그가 경험했던 모든 개막일 밤을 떠올렸다. 「불쌍한 사람, 아주 중요한 순간에, 그 모든 일을 겪은 지금 이런 일을 다시 겪다니. 그는 독일군을 얼마나 미워할 것인가!」

「오, 비참한 상태여!」 흔들리고 부서지는 소리 사이로 그의 목소리가 희미하게 들렸다. 「오, 죽음처럼 검은 가슴이여.」

비행기가 머리 위로 날아갔다. 극장 뒤에 있는 포대에서 시끄러운 하늘을 향해 복수에 불타는 듯한 일제 사격을 가했다. 먼 곳의 총성 대신에 햄프스테드 근처의 포대에서 쏘는 포탄 소리가 요란하게 들렸다. 조금 후 또 다른 거리의, 어떤 장군의 장례식에서 군악대의 북이 연주되는 것처럼 배경 음악이 작아지고 있는 사이 왕이 천천히 말을 이었다. 그는 침착함을 유지하며 배우만이 그럴 수 있는 것처럼 충실하게 「오, 팔다리가 잘린 영혼은 자유로워지려고 할수록 더욱 꼼짝도 할 수 없구나! 천사들이여, 나를 도와주오!」 그는 축복받은 고요 속에서 말했다.

「그래, 어디 해보자. 완고한 무릎이여, 꿇을지어다. 강철같이 굳은 심장아, 갓난아기의 근육처럼 부드러워지렴! 그저 모든 것이 다 잘되기를.」

그가 제단에서 무릎을 꿇자 몸에 달라붙는 긴 검은색 바지를 입은 햄릿이 우아하고 어두운 모습으로 나타났다. 마이클은 주위를 둘러보았다. 모두들 침착한 얼굴로 집중한 채 무대를 바라보고 있었다. 나이 든 여자들과 제복을 입은 군인들 모두 조금도 동요하지 않았다.

당신들을 사랑해요, 하고 마이클은 말하고 싶었다. 〈당신들 모두를 사랑해요. 당신들은 세상에서 최고이며, 가장 강하고, 가장 멍청한 사람들이에요. 당신들을 위해서라면 나는 얼마든지 내 목숨을 내놓겠어요.〉

그는 복잡한 심정이었고 고개를 돌려, 의혹에 사로잡혀 기도로 숙부를 받아들이기보다는 칼로 그를 죽이려 하는 햄릿을 보며 의심스러운 눈물이 뺨을 따라 흘러내리는 것을 느꼈다.

멀리서 조용해지고 있는 하늘에서 한 발의 총성이 들렸다. 마이클은 〈어쩌면 여자들이 그렇듯이 기습에는 약간 늦지만 자신들의 의지를 나타내는 것에서는 최고인 여군 포대 중 하나에서 난 소리인지도 몰라〉 하고 마이클은 생각했다.

마이클이 극장에서 나와 하이드파크로 걸어가기 시작했을 때 런던은 곳곳이 밝은 화염에 휩싸여 있었다. 하늘이 반짝이며 구름에 오렌지색 빛이 비치고 있었다. 햄릿은 이제 죽었다. 「지금 고상한 마음을 가진 사람이 죽고 있구나.」 호레이쇼는 말했다. 「잘 가시오, 감미로운 왕자여. 천사의 무리가 당신이 안식하기를 노래하고 있소.」 마지막 독일군 비행기가 도버 해협을 건너가고 있는 사이 호레이쇼는 우연한 판단과 아무렇지 않은 살육이라는, 인간적이고 피비린내 나며 부자연스러운 행동에 대한 그의 마지막 대사를 했다. 막이 천천히 내려오고 안내인이 오필리아와 나머지 출연진을 향해 꽃을 들고 가는 사이, 영국인들은 자신들의 집에서 불타고 있었다.

피커딜리에서는 창녀들이, 행인들의 얼굴에 전등을 비춰보고 있는 대대원들 사이를 어슬렁거리면서 요란하게 깔깔

거리며 〈이봐요, 양키, 2파운드만 내요, 양키〉라고 소리치고 있었다.

마이클은 창녀와 헌병과 병사들이 뒤섞여 있는 거리를 천천히 걸어가며 햄릿이 포틴브라스와 그의 병사들에 대해 말하는 것을 생각했다. 〈엄청난 비용을 들인, 수많은 병력으로 이루어진 이 군대를 좀 보라. 마음이 섬세하고 부드러운 귀공자가 이끄는 이 군대를. 그의 정신은 신성한 야망에 부풀어 눈에 보이지 않는 사건에 대해서는 입을 삐죽이며 불확실한, 죽을 수밖에 없는 목숨을 운명과 죽음과 위험으로 내몰고 있다, 달걀 껍데기 같은 것을 위해서도.〉

우리는 눈에 보이지 않는 사건에 대해 입을 삐죽거리고 있지, 하고 마이클은 생각했다. 그는 어둠 속에서 창녀들과 흥정을 하고 있는 병사들을 바라보며 혼자 미소를 지으며, 〈저 얼마나 애석해하고 의심스러워하는 입들인가〉라고 생각했다. 〈달걀 껍데기보다는 더 나은 것을 위해 우리는 불확실하고 어차피 버릴 수밖에 없는 목숨을 노출시키고 있어. 한데 우리는 포틴브라스와 무대 뒤에 있는, 2만 명에 이르는 무장한 그의 병사들과 얼마나 다른가? 어쩌면 셰익스피어는 허풍을 치고 있었는지도 모른다. 어쩌면 어떤 군대도, 폴락 전쟁에서 돌아온 훌륭한 늙은 포틴브라스의 군대도 극작가가 주장한 것처럼 위풍당당하지도, 열성적이지도 않았을지 모른다. 셰익스피어는 자신이 거짓말을 하고 있다는 것을 알고 있었지만 좋은 얘깃거리가 되고 햄릿의 미묘한 상황에 편리하게 맞아떨어져 그 이야기를 집어넣은 것이다. 포틴브라스의 보병 부대 소속의 어떤 일병이 마음이 섬세하고 부드러운 대장과, 그의 부푼, 신성한 야망에 대해 생각했다는 이야기는 듣지 못했다. 만약 그랬다면 그것은 어쩌면 흥미로운 장면이 될 수도 있을 것이다. 환상을 갖고 명예를 위해 침대로 가듯 무덤 속으로 가는 2만 명의 사람들.〉 마이클은 자기 주위에서 멀지 않은 곳에 어쩌면 자신을 포함해 2만 명이 넘는 사람들을 위한 무덤이 기다리고 있는지도 모른다는 생각을 했다. 하지만 어쩌면 3백 년 사이에 그 환상과 명예는 그 힘을 일부 잃어버렸는지도 모른다. 그럼에도 우리는 가고 또 간다. 몸에 달라붙는 바지를 입은 남자가 그토록 예찬한, 고상한 확실성이라는 텅 빈 운문 속에서는 아니지만, 그럼에도 우리는 간다. 흐느적거리는 고통스러운 산문 속에서, 일상적으로 사용하거나 이해하기에는 너무 난해한 법률 용어 속에서, 우리의 적은 아니지만 그렇다고 딱히 친구도 아닌 민사 법정에서 내려진, 대체로 우리에게 불리한 판결을 통해서, 그리고 딱히 우리의 동료라고 할 수 없는 배심원의 결정에 힘입어 꽤 정직하다고 할 수 있는, 정확히 자기 관할도 아닌 사건을 주재하는 판사가 건네준 영장에 의해 우리는 전선으로 간다. 〈가라〉고 그들은 말한다. 〈가서 조금 죽도록 하라. 우리에게는 나름의 이유가 있다.〉 그러면 우리는 그들을 제대로 믿지도, 의심하지도 않으며 간다. 〈가라〉고 그들은 말한다. 〈가서 조금 죽도록 하라. 네가 죽더라도 상황은 나아지지 않겠지만 그렇다고 더 나빠지지도 않을 것이다.〉 우리를 위해 깃털을 날리며 고상한 자세를 취하면서 명분에 대해 훌륭하고 유려한 언어로 말해 줄 포틴브라스는 어디에 있는가? 프랑스인들이 말하듯 그런 자는 존재하지 않는다. 그런 자는 어디에도 없다. 미국에도 영국에도 없다. 그런 자가 설사 프랑스에 있다 해도 그는 입을 다물고 있으며, 러시아에 있다 해도 그는 너무도 교활하다. 포틴브라스는 지상에서 사라졌다. 처칠은 그런 사람이 되려고 많은 시도를 했다. 하지만 사람들이 마침내 그의 속을 떠보았을 때 그에게는 3년 전 전쟁을 알린 나팔 소리처럼 공허하고 낡은 목소리밖에 남아 있지 않았다. 오늘날 우리가 눈에 보이지 않는 사건에 대해 삐죽거리는 입 모양은 회의적인 미소로 바뀌었다. 이건 신랄한 입들의 전쟁이야, 하고 마이클은 생각했다. 「그럼에도 그 전쟁을 통해 1600년대 초 글로브 극장에서 기꺼이 돈을 지불한, 피에 굶주린 관객들을 기쁘게 하기 위해 우리 중 많은 이들이 죽게 될 거야.」

마이클은 하이드파크를 따라 천천히 걸으며 서펜타인 연못[5]의 수면 위에 앉아 있는 백조들과, 일요일이면 다시 나올 연사들과, 이제 독일군 비행기가 영국을 벗어나 차를 끓이며 쉬고 있을 병사들을 생각했다. 그는 적기 마흔 대를 추락시킨, 도버의 포병 부대 소속의 아일랜드 출신 대위가 런던에 휴가를 와서 대공포에 대해 한 말을 떠올렸다. 「런던의 대공포가 적기를 맞힌 적은 한 번도 없어.」 그는 분명치 않은 부드러운 발음으로 경멸하며 말했다. 「런던이 완전히 잿더미가 되지 않은 게 신기해. 병사들은 대공포를 설치한 곳 주위에 진달래를 심고 포신을 반짝반짝 빛이 나도록 닦느라 바쁘지. 처칠 양이 우연히 들렀을 때 예뻐 보이도록 말이야. 포들은 다 무용지물이야.」

이제 늙은 나무들과 흠집이 난 건물 위로 달이 떠오르고 있었고, 공습에 부서진 창문 위로 병사들과 그들의 여자들이 걸어가면서 유리 깨지는 소리가 났다.

「포들은 다 무용지물이야.」 마이클은 나직하게 혼잣말을

5 하이드파크에 있는 S자 모양의 연못.

하며 제복에 지난 전쟁에서 받은 훈장을 달고 있는, 거구의 수위를 지나쳐 도체스터 호텔 안으로 들어갔다. 「포들은 다 무용지물이야.」 마이클은 그 표현이 마음에 들었고, 그래서 그 말을 되풀이했다.

댄스 음악이 로비까지 흘러나왔고, 나이 든 여자들은 조카들과 함께 근엄하게 차를 마시고 있었으며, 예쁜 여자들이 미 공군 장교들의 팔짱을 끼고 미국인이 운영하는 바로 가고 있었다. 그 장면을 보며 마이클은 자신이 전에 이런 상황에 대한 모든 것과, 지난 전쟁에 대해 어디선가 읽은 것 같은 느낌이 들었다. 인물과 무대와 행위는 정확히 똑같았으며 의상은 알아차리기 어려울 정도밖에는 다르지 않았다. 그는 〈시간이라는 요술 때문에 우리는 우리의 젊은 시절 로맨스에서는 주인공이 되지만 그 안에서 로맨틱하게 나타나는 데에는 항상 너무 늦지〉 하고 생각했다.

그는 위층으로 올라가 아직도 파티가 계속되고 있는, 루이즈가 기다리겠다고 한 넓은 방으로 갔다.

「저길 봐요.」 문 가까이 있던, 머리칼이 검고 키가 큰 여자가 말했다. 「일병이에요.」 그녀는 자기 옆에 있는 대령에게로 몸을 돌렸다. 「런던에 일병이 한 명 있다고 했죠.」 그녀가 마이클에게로 몸을 돌렸다. 「다음 주 화요일 밤에 저녁 식사 하러 올래요?」 그녀가 말했다. 「당신에게 명사 대접을 해줄게요. 군대의 기둥 같은 존재이니까요.」

마이클은 그녀를 향해 미소를 지었다. 그녀 옆에 있는 대령은 마이클이 마음에 들지 않는 모양이었다. 「꼭 와요, 내 사랑.」 대령은 그녀의 팔을 단단히 거머쥐었다. 「당신이 오면 레몬을 줄게요.」 물결이 이는 실크 옷을 입은 그녀가 대령과 함

600

께 물러가며 어깨 너머로 말했다. 「진짜 레몬 하나를요.」

마이클은 방 안을 둘러보았다. 장군이 여섯 명이나 있는 것을 발견한 그는 무척 불편했다. 그는 그 전에 장군이라곤 한 번도 만나 본 적이 없었다. 그는 맞지 않는 셔츠와 제대로 광택을 내지 않은 단추를 초조하게 내려다보았다. 장군 하나가 다가와 단추를 제대로 닦지 않았다고 그의 이름과 계급과 군번을 대라고 해도 놀랄 일은 아니었다.

그는 루이즈를 잠시 보지 못했다. 그는 수줍음을 느꼈고, 방의 다른 쪽 끝에 위치한, 중요해 보이는 낯선 사람들이 있는 바로 가 마실 것을 달라고 하기가 창피했다. 열여섯 번째 생일을 보낸 후 그는 남은 인생 동안 수줍음을 극복할 수 있을 것이라고 생각했다. 그 후 그는 어디에서나 편안하게 느꼈고, 생각을 자유롭게 얘기했으며, 지금은 더 이상 그렇지 않지만 어떤 무리에도 자신이 받아들여졌다고 느꼈다. 하지만 군에 입대한 후 그에게는 자신이 어려서 알았던 것보다도 훨씬 더 강력하고 사람을 마비시키는, 때늦은 수줍음이 생기게 되었다. 그는 장교들과 전투에 참가했던 사람들, 그리고 다른 때라면 무척 편안히 대했을 여자들에게도 수줍음을 느꼈다.

그는 장군들을 바라보며 출입구의 한 쪽 옆에 서서 잠시 머뭇거렸다. 그는 그들의 얼굴이 마음에 들지 않았다. 약간 살이 찌기 시작하고 너무도 편안해 보이는 그들은 새로운 판촉 활동을 하려 드는 사업가와 소읍의 상인, 공장 소유주의 얼굴과 너무도 닮아 있었다. 독일군 장군들의 얼굴이 더 낫다고 그는 생각했다. 물론 독일군 장군들의 얼굴이 더 잘생겼다는 것은 아니지만 장군의 얼굴로는 그들의 얼굴이 더 낫다고 그는 무심히 생각했다. 〈그들의 얼굴은 더 엄격하고 더 잔인하고 더 단호해 보였어. 장군이라면 두 가지 얼굴 중 하나를 갖고 있어야 해〉 하고 그는 생각했다. 〈장군은 무감각한 동물적인 용기를 갖고, 멍이 든 찢어진 눈으로 재빨리 세상을 차갑게 바라보는 헤비급 권투 선수의 얼굴을 갖고 있거나 악의적인 환희와 죽음에 대한 기대가 실린, 사악하고 거의 광기에 찬, 도스또예프스끼의 소설 속에 등장하는, 뭔가에 사로잡힌 듯한 얼굴을 하고 있어야 해. 하지만 우리의 장군들은 건물 부지나 진공청소기를 팔 사람들처럼 보여. 그들은 결코 사람들을 요새의 벽까지 인도할 수 있는 사람들로는 보이지 않아. 포틴브라스여, 포틴브라스여, 당신은 유럽을 떠난 적이 한 번도 없는가?〉

「무슨 생각을 하고 있어요?」루이즈가 물었다.

그는 몸을 돌렸다. 그녀는 그의 옆에 서 있었다. 「장군들 얼굴.」그가 말했다. 「마음에 들지 않아.」

「당신의 문제는.」루이즈가 말했다. 「사병의 심리를 갖고 있다는 거예요.」

「맞는 말이야.」그는 루이즈를 노려보았다. 그녀는 회색 플래드 정장과 검은색 블라우스를 입고 있었다. 작고 우아한 몸 위로 단정하게 흘러내린 그녀의 밝은 붉은색 머리칼이 제복을 입은 사람들 가운데서 빛을 발하고 있었다. 그는 자신이 루이즈를 사랑하는지, 아니면 그녀에게 화가 나 있는지 전혀 알 수가 없었다. 그녀의 남편은 태평양의 어딘가에 있는데 그녀는 그에 대해서는 거의 이야기하지 않았다. 그리고 그녀는 전시 정보국에서 받은 비밀스러운 무슨 일을 하고 있으며, 영국의 모든 거물들을 알고 있는 것처럼 보였다. 그녀는 남자들을 다루는 솜씨가 뛰어났고, 주말마다 시골에 있는 유명한 별장에 초대를 받았다. 그리고 그곳에서 계급이 높은 수다스러운 장교들은 위험한 비밀을 수도 없이 그녀에게 털어놓는 것처럼 보였다. 가령 마이클은 그녀가 디데이가 언제인지, 독일 내의 어떤 목표물이 다음 달에 폭격을 받을지, 그리고 루스벨트가 언제 스탈린과 처칠을 다시 만날지 알고 있다고 확신했다. 보기보다 젊은 그녀는 서른을 훌쩍 넘겼는데 전쟁 전에는 세인트루이스에서 제법 잘살았고, 남편은 그곳 대학에서 강의를 했다. 마이클은 그녀가 전쟁이 끝나면 상원 의원에 출마하거나 어딘가의 대사로 임명될 게 틀림없다고 생각했다. 그 생각을 하자 그는 부갱빌[6]이나 뉴칼레도니아의 진창 속에서, 세인트루이스에 있는 자신의 괜찮은 집과 조용한 아내에게 돌아갈 날만을 꿈꾸고 있는 그녀의 남편이 불쌍하게 여겨졌다.

「왜 내게 신경을 쓰지?」 자신이 말을 하고 있는 사이 고위 장교 두세 명이 굳은 얼굴로 자기를 바라보고 있다는 것을 의식하며, 그녀에게 미소를 지으며 마이클이 물었다.

「나는 군대의 정신과 접촉하고 싶은 거예요.」 루이즈가 말했다. 「사병이 어떻게 성장하는지도 보고 싶고요. 나는 그 주제에 대해 『레이디스 홈 저널』에 기사를 쓸 수도 있을 거예요.」

「이 파티 비용은 누가 대고 있지?」 마이클이 물었다.

「전시 정보국이오.」 그의 팔을 단단히 잡으며 루이즈가 말했다. 「군과, 우리의 고상한 동맹국인 영국인과 좋은 관계를 유지하는 게 좋으니까요.」

「장군들이 마시는 스카치에 내 세금도 포함되어 있겠군.」 마이클이 말했다.

「불쌍한 사람.」 루이즈가 말했다. 「그들을 원망하지 마요.

6 솔로몬 제도에 있는 섬.

그들의 좋은 시절도 거의 끝나 가고 있으니까요.」

「여기서 나가지.」 마이클이 말했다. 「숨을 못 쉬겠어.」

「술 마시고 싶지 않아요?」

「생각 없어. 전시 정보국 소속인 당신 생각은 어때?」

「내가 사병들에 대해 참지 못하는 한 가지가.」 루이즈가 말했다. 「그들이 상처받은 도덕적 우월감을 내뿜고 있다는 거예요.」

「여기서 나가지.」 마이클은 머리가 회색인 영국군 대령 하나가 그들에게 오고 있는 것을 보았고, 루이즈를 문 쪽으로 가게 했다. 하지만 이미 늦은 상태였다.

「루이즈.」 대령이 말했다. 「클럽에 가서 저녁 식사를 할 생각인데 바쁘지 않다면…….」

「미안해요.」 마이클의 팔을 가볍게 잡으며 루이즈가 말했다. 「데이트 상대가 도착했거든요. 트리너 대령님, 휘테이크 일병입니다.」

「안녕하십니까, 대령님.」 마이클은 거의 무의식적으로 차려 자세를 취하며 악수를 했다.

그는 눈빛이 냉담하고 활기 없는, 잘생기고 호리호리한 대령이 제복의 옷깃에 장군들의 붉은 금장을 달고 있는 것을 보았다. 대령은 마이클에게 미소를 짓지 않았다.

「진짜로 바쁜가요, 루이즈?」 그가 무례하게 말했다.

그는 그녀 가까이에 서서 그녀를 노려보았다. 구두 굽을 약간 흔드는 그의 얼굴은 이상할 정도로 창백했다. 그 순간 마이클은 그의 이름이 떠올랐다. 오래전 그는 루이즈와 대령 사이에 뭔가가 있었다는 이야기를 들은 적이 있었고, 사무실에 있는 민시는 루이즈와 마이클이 바에 함께 있는 것을 보고는 신중하게 행동하라는 이야기를 했다. 이제 대령은 군대를 지휘하고 있지는 않지만 최고 사령부의 전략 위원회에 있었고, 민시의 말에 따르면 연합군의 정치에 막강한 힘을 행사하고 있었다.

「애기했잖아요, 찰스.」 루이즈가 말했다. 「바쁘다고요.」

「물론 그렇겠죠.」 대령이 다소 술에 취한 듯 짧게 말했다. 그는 몸을 돌려 바 쪽으로 갔다.

「이제 곧 휘테이크 일병은 선두에 선 상륙정을 타게 되겠군.」 마이클이 부드럽게 말했다.

「바보 같은 얘기 말아요.」 루이즈가 쏘아붙였다.

「농담이야.」

「바보 같은 농담이에요.」

「맞아. 바보 같은 농담이지. 이제 내게 명예 전상장을 줘.」 그는 자신이 그것을 심각하게 받아들이고 있지 않다는 것을 보여 주려고 그녀를 향해 미소를 지었다. 「이제 당신이 미 육군에서 내가 설 자리를 날려 버렸으니 가도 될까?」

「장군 몇 명을 만나고 싶지 않아요?」

「다음에.」 마이클이 말했다. 「1960년쯤에. 당신 외투를 가져와.」

「좋아요.」 루이즈가 말했다. 「그냥 가버리지 말아요. 그냥 가버리면 가만히 있지 않겠어요.」 마이클은 생각에 잠겨 그녀를 바라보았다. 그녀는 방 안에 있는 다른 사람들에 대해서는 모두 잊은 채 그에게 가까이 서 있었다. 그녀는 머리를 한쪽으로 기울인 채로 그를 무척 심각하게 쳐다보고 있었다. 그녀는 진심으로 그 말을 했어, 하고 마이클은 생각했다. 〈진심이야.〉 그는 혼란스러웠고, 동시에 마음이 푸근했으며 조심스럽기도 했다. 〈그녀는 무엇을 바라는 걸까?〉 단정한 밝은색 머리와, 속내를 드러내고 있는 듯한 침착한 눈을 바라보는 그의 머릿속에 그런 생각이 떠올랐다. 〈그녀는 무엇을 바라는 걸까? 그게 무엇이든, 나는 그것을 원치 않아〉 하고 그는 반항적인 생각을 했다.

「왜 나와 결혼하지 않죠?」 그녀가 말했다.

마이클은 눈을 깜박이며 주위에 있는 장군들과 장교들의 옷에 달린 별과 장식을 보았다. 그곳은 그런 질문을 하기에는 너무도 어울리지 않는 곳이었다.

「왜 나와 결혼하지 않죠?」 그녀가 다시 조용히 말했다.

「제발.」 그가 말했다. 「외투를 가져와.」 갑자기 그는 그녀가 무척 싫었다. 문득 그는 멀리 밀림 속에서 해병대 제복을 입고 있는, 대학 교수인 그녀의 남편에게 미안한 마음이 들었다. 그는 단순한 불운으로 이 전쟁에서 죽게 될, 단순하고 슬프지만 괜찮은 사람임에 분명했다.

「내가 취했다고 생각지 말아요.」 루이즈가 말했다. 「당신이 오늘 밤 이곳에 들어온 순간부터 그 질문을 하게 되리라는 것을 알고 있었어요. 당신이 나를 보기 전에 5분 동안 당신을 지켜봤어요. 그리고 내가 원하는 게 그것이라는 걸 알 수 있었어요.」

「적절한 경로를 통해.」 마이클은 최대한 가볍게 말했다. 「사령관실에서 허락을 받을게.」

「농담하지 마요, 제기랄.」 루이즈가 말했다. 그녀는 휙 하고 몸을 돌려 외투를 가지러 갔다.

그는 방을 가로질러 가는 그녀를 바라보았다. 트리너 대령이 그녀를 멈춰 세웠다. 마이클은 그가 그녀의 팔을 잡고 재빨리 은밀하게 그녀와 얘기를 나누는 것을 보았다. 그녀는 몸을 빼내 옷을 보관해 둔 곳으로 갔다. 마이클은 그녀가 우아하면서도 새침하고 딱딱한 표정으로 예쁜 다리와 작은 발을 여성스러우면서도 분명하게 움직이며 가볍게 걸어가는 것을 보았다. 마이클은 당혹스러웠고 바에 가 술을 한잔 달라고 할 수 있는 용기가 생기지 않는 것이 아쉬웠다. 진짜 전쟁에 나가기 전, 참전을 기다리며 민시의 우스꽝스러운 사무실에서 모든 것을 희극적이면서도 창피하게 생각하며 지낸 당시에는 모든 것이 너무도 가볍고, 대수롭지 않았으며, 아무런 책임감도 느껴지지 않았다. 그는 나름대로 우쭐한 기분이었고, 루이즈는 똑똑하게도 사랑에 미치지는 못했지만 그래도 사랑보다 나은 뭔가를 통해 얇은 방패를 쳐 군대가 우스꽝스러운 방식으로 끝없이 그를 못 살게 구는 것을 막아 주었다. 그런데 이제 그런 시간이 끝났는지도 모른다. 마이클은, 여자들은 결코 잠깐 머무는 법을 배우지 못한다는 생각을 했다. 여자들은 본래 영구적인 정착자로, 전쟁의 소용돌이 속에서도, 국가가 무너지고 있는, 대륙 침공이 임박한 때에도 본능적으로 집요하게 가정을 꾸리고자 한다. 〈아니야, 나는 결코 가정을 갖지 못할 거야〉 하고 마이클은 생각했다. 다만 나 자신을 보호하기 위해 이번 한 번만 넘어가는 거야.

장군이건 장교건 무슨 상관인가, 하고 그는 생각했다. 그는 곧은 자세로 재빨리 방을 가로질러 바로 갔다.

「위스키와 소다요.」 그가 바텐더에게 말했다. 그는 술에 고마워하며 한 모금을 길게 마셨다.

영국군 병참 부대 소속의 한 대령이 마이클 옆에서 영국군 공군 중령과 얘기를 나누고 있었다. 그들은 그에게는 아무런 관심을 보이지 않았다. 대령은 약간 술에 취해 있었다. 「허버트, 친구.」 대령이 말했다. 「나는 아프리카에 있었고 분명히 말할 수 있네. 미군은 한 가지 점에서는 훌륭하네. 아주 훌륭하지. 그 점은 부인할 수가 없어. 그들은 병참에 있어서만큼은 훌륭하네. 트럭과 정유 차량 등은 훌륭해. 하지만 허비트, 그들은 싸울 줄은 몰라. 만약 몽고메리가 현실적인 사람이라면 그들에게 〈친구들, 우리가 트럭을 당신들에게 줄 테니까 당신들은 탱크와 총을 모두 우리에게 줘요. 당신들은 뭔가를 끌고 나르는 일을 해요. 그 일에 관해서는 당신들이 최고니까요. 그러면 우리는 즐겁게 싸움을 하죠. 그렇게 되면 크리스마스 때쯤이면 우리 모두 집에 돌아갈 수 있을 거요〉라고 말할 거야.」

중령은 진지한 얼굴로 고개를 끄덕였고 두 영국군 장교는 위스키를 더 주문했다. 마이클은 뒷머리의 가늘고 하얀 머리칼 사이로 반짝이는 대령의 분홍색 두개골을 바라보며 〈전시 정보국이 납세자의 돈을 이들에게 낭비하고 있어〉라고 생각했다.

그 순간 루이즈가 헐렁한 회색 외투를 입은 채로 방으로 들어오는 것이 보였다. 그는 잔을 내려놓고 서둘러 그녀에게 갔다. 그녀의 얼굴은 더 이상 심각해 보이지 않았다. 다만 이제는 세상 사람들이 하는 말을 절반은 믿지 않는 것처럼, 여느 때처럼 약간 캐묻는 듯한 미소를 짓고 있었다. 마이클은 그녀와 팔짱을 꼈다. 그는 그녀가 옷을 보관하는 방에서 어느 순간 거울을 보며, 오늘 밤에는 더 이상 속내를 내비치지 않겠다고 혼잣말을 하면서 아까 전의 표정으로 돌아왔으리라고 생각했다. 이제 장갑을 끼는 그녀는 완벽한 모습이고, 무척이

나 유연해 보였다.

「오, 맙소사.」그녀를 문 쪽으로 데려가며 미소를 지으며 마이클이 말했다. 「이제 나는 심각한 위험에 처하게 된 거군.」

루이즈는 그를 쳐다보았다. 어느 정도는 그가 한 말을 이해한 것처럼 보였다. 그녀는 생각에 잠겨 미소를 지었다. 「당신이 위험에 처해 있지 않다고는 생각지 않아요.」그녀가 말했다.

「맙소사, 안 돼.」마이클이 말했다. 그들은 함께 웃으며 도체스터 호텔의 로비와, 조카들과 차를 마시고 있는 나이 든 여자들과, 예쁜 여자들과 함께 있는 젊은 공군 대위들과, 끔찍한 영국 재즈 음악 사이를 지나 밖으로 나왔다. 영국의 재즈는 그것에 생명을 불어넣어 주며 색소폰과 드럼 연주자들에게 〈오, 친구, 틀렸어요! 친구, 이걸 들어 봐요, 그건 이렇게 연주해야 해요, 느슨하게 연주를 해요, 친구, 그 불쌍한 호른을 가볍게 들고요〉라고 말해 줄 흑인이 없어 너무도 슬프게 들렸다. 마이클과 루이즈는 다시 한번 팔짱을 끼고 가볍게 걸어갔다. 어쩌면 그것은 금방이라도 깨질 것 같은 그들의 행복한 사랑의 한순간인지도 몰랐다. 휴일 밤 상쾌하게 추운 공기 속에서 하이드파크 위로 독일군이 남긴, 꺼져 가는 불길이 하늘을 밝히고 있었다.

그들은 천천히 피커딜리를 향해 걸어갔다.

「오늘 밤 결심한 게 있어요.」루이즈가 말했다.

「뭘?」마이클이 말했다.

「당신을 장교로 만들어야겠어요. 최소한 중위로요. 평생 사병으로 남아 있는 건 멍청한 일이에요. 내 친구들 몇 명과 얘기해 볼 거예요.」

마이클은 웃음을 터트렸다. 「쓸데없는 일 하지 마.」

「장교가 되고 싶지 않아요?」

마이클은 어깨를 으쓱했다. 「어쩌면 되고 싶어 하는지도 모르겠어. 하지만 그 문제에 대해서는 생각해 본 적이 없어. 그렇다 하더라도 괜히 쓸데없는 일은 하지 마.」

「왜죠?」

「아무도 그렇게 해주지 못할 거야.」

「그들은 뭐든 할 수 있어요.」 루이즈가 말했다. 「내가 부탁하면…….」

「아무 일도 일어나지 않을 거야. 서류는 워싱턴에서 거부될 거야.」

「왜죠?」

「워싱턴에 내가 공산주의자라고 말하는 사람이 하나 있거든.」

「말도 안 되는 소리예요.」

「말도 안 되는 소리지.」 마이클이 말했다. 「하지만 현실이 그래.」

「당신, 공산주의자예요?」

「루스벨트와 비슷한 입장이지. 마이클이 말했다. 「아마 사람들은 루스벨트 역시 장교가 되는 것을 막을걸?」

「시도는 해봤나요?」

「그럼.」

「오, 맙소사.」 루이즈가 말했다. 「정말로 멍청한 세상이에요.」

「그건 그다지 중요하지 않아.」 마이클이 말했다. 「어쨌든 우리는 전쟁에서 이길 거야.」

「화가 나지 않았나요?」 루이즈가 말했다. 「그 사실을 알게 되었을 때?」

「약간 화가 났을 거야.」마이클이 말했다.「하지만 화가 나기보다는 슬펐지.」

「모든 것을 내던지고 싶지 않았나요?」

「한두 시간은 그랬을 거야.」마이클이 말했다.「하지만 곧 그것 또한 유치한 태도라고 생각했지.」

「당신은 지나치게 이성적이에요.」

「그런지도 몰라. 하지만 그렇게 끔찍할 정도로 이성적이지는 않아.」마이클이 말했다.「어쨌든 나는 별로 군인 같지가 않지. 그렇다고 나 때문에 군대가 커다란 손실을 입고 있는 건 아니야. 군에 입대하면서 나는 군대가 하라는 대로 하겠다고 마음을 먹었어. 나는 전쟁을 믿어. 하지만 그렇다고 해서 군대를 믿는다는 건 아니야. 나는 그 어떤 군대도 믿지 않아. 지각이 있고, 성숙한 인간이라면 군대에서 정의를 기대할 수는 없지. 다만 승리만 기대할 수 있을 뿐이야. 그 점만 본다면 우리 군대는 지금껏 존재한 군대 중 최고의 군대일 거야. 나는 우리 군대가 나를 최대한 잘 돌봐 주고, 내가 죽는 것을 막아 줄 거라고 믿고 있어. 그리고 우리 군대는 인간의 통찰력과 능력이 보일 수 있는 한에서 최대한 저렴한 비용으로 결국에는 승리할 것이라고 믿고 있어.」

「그건 냉소적인 태도예요.」루이즈가 말했다.「전시 정보국은 그런 태도를 좋아하지 않을 거예요.」

「그럴 수도 있지.」마이클이 말했다.「나는 군대가 타락하고, 비효율적이며, 잔인하고, 낭비적일 거라고 생각했어. 그리고 실제로 역사상의 모든 군대와 마찬가지로 그랬어. 하지만 내가 입대하기 전에 생각했던 것보다는 훨씬 덜 그랬어.

가령 미군은 독일군에 비해 훨씬 덜 타락했지. 그건 우리한테
는 좋은 일이야. 우리가 다른 군대라면 미래에 획득하게 될
승리가 더 나쁠 수도 있지만 우리에게는 이것이 지금 이 시대
에 기대할 수 있는 최고의 승리가 될 거야. 그 점에 대해 나는
고마워하고 있어.」

「어떻게 할 거예요?」 루이즈가 말했다. 「전쟁 내내 그 멍청
한 사무실에 있으면서 무대 뒤에서 코러스 걸이나 구슬리고
있을 건가요?」

마이클이 미소를 지었다. 「사람들은 좋지 않은 방식으로
전쟁을 경험했어.」 그가 말했다. 「하지만 나만 그럴 거라고는
생각지 않아.」 그는 생각에 잠겨 말했다. 「어떻게 하다 보면
군이 나를 결국에는 내가 생활비를 벌 수 있는 곳으로 보내
주게 될 것 같아. 그곳에서는 적을 죽여야 하고, 어쩌면 내가
죽임을 당할 수도 있겠지.」

「그 느낌은 어때요?」 루이즈가 말했다.

「두려워.」

「그런 일이 일어날 거라고 왜 그렇게 확신하죠?」

마이클은 어깨를 으쓱했다. 「모르겠어.」 그가 말했다. 「전
조 같은 건지도 몰라. 나로 인해 정의가 실현되는 동시에 내
게 정의가 실현될 거라는 신비스러운 느낌이 들어. 1936년
이후로, 스페인 내전 이후로 나는 언젠가 대가를 지불하라는
요구를 받게 될 거라는 것을 느꼈어. 나는 몇 년 동안 그것을
피해 왔는데 매일같이 그 느낌은 강해졌지. 분명히 대가를 지
불하라는 요구가 있게 될 거야.」

「아직 그 대가를 지불하지 않았다고 생각하는 거예요?」

「약간은 지불했지.」 마이클이 미소를 지었다. 「빚에 대한

이자 정도는. 하지만 원금은 그대로야. 언젠가는 사람들이 내게 원금을 달라고 할 거야. 하지만 미군 위문 부대 내에서는 아니지.」 그들은 세인트제임스가로 접어들었다. 한쪽 끝에서 중세풍의 버킹엄 궁전이 어둡게 자리하고 있었고, 시계가 부드러운 회색으로 희미하게 반짝이고 있었다.

「어쩌면.」 루이즈가 어둠 속에서 미소를 지으며 말했다. 「어쩌면 당신은 전혀 장교 타입이 아닌지도 몰라요.」

「아닐 거야.」 마이클은 진지하게 동의를 했다.

「그렇지만.」 루이즈가 말했다. 「당신은 최소한 병장은 될 수도 있을 거예요.」

마이클이 웃음을 터트렸다. 「시대가 이상하게 변했군.」 그가 말했다. 「파리의 퐁파두르 부인은 마셜의 지휘봉을 자신에게 유리하게 이용하고 있고, 루이즈 M. 킴버는 자기 일병을 병장으로 만들려고 영국군의 침대에 들어가려 하고 있군.」

「추한 모습 보이지 말아요.」 루이즈가 위엄 있게 말했다. 「이제 당신은 할리우드에 있지 않아요.」

〈나를 눕혀 줘요〉 하고 넓은 거리를 대각선 방향으로 나란히 지나가고 있던 젊은 영국 해군 병사 셋이서 노래를 했다. 〈클로버 속에. 나를 눕히고 다시 그 짓을 해줘요.〉

「오늘 밤 당신을 만나기 전 도스또예프스끼에 대해 생각하고 있었어.」 마이클이 말했다.

「나는 교양 있는 남자를 싫어해요.」 루이즈가 단호하게 말했다.

「도스또예프스끼의 작품 속에서, 그게 누구였지, 그래, 미슈킨 왕자는 죄의식 때문에 창녀와 결혼하려 했어.」

「나는 『데일리 익스프레스』만 읽어요.」 루이즈가 말했다.

「시대는 덜 극적으로 변했지.」 마이클이 말했다. 「나는 누구와도 결혼하지 않아. 나는 죄책감 때문에 일병으로 남아 있는 것뿐이야. 그건 그렇게 힘들지 않아. 어쨌든 나와 같은 사람들이 8백만 명은 있으니까.」

〈오, 이건 네 번째야〉 하고 수병들은 왕궁 쪽으로 걸어가며 노래했다. 〈그런데 그녀는 내게 더 많은 것을 요구했어. 오, 나를 눕혀 줘요, 그리고 다시 그 짓을 해줘요.〉

마이클과 루이즈는 골목으로 접어들었다. 그곳에는 단 한 채의 집만이 폭격을 받은 상태였다. 멀어지고 있는 젊은 수병들의 목소리가 점차 조용해지며 외롭게 들렸다. 그들이 부르는 노래의 가사는 상스러웠지만 음은 감미로웠다.

연합군 사교 클럽은 그 인상적인 이름에도 불구하고 먼지 낀 깃발이 있는, 지하실의 작은 방 세 개로 이루어진 곳이었다. 그곳에서는 술통 두 개 위에 긴 널빤지를 박아 바로 이용하고 있었다. 클럽에서는 이따금 사슴 고기와 스코틀랜드산 연어, 그리고 주인 여자가 미국인 입맛에 맞게 얼음을 가득 넣은 주석 대야에 넣어 두었다가 꺼내 주는 차가운 맥주를 마실 수 있었다. 그곳에 오는 프랑스인들은 늘 합법적인 가격에 알제리산 포도주도 마실 수 있었다. 거의 모두가 필요할 경우 외상을 할 수 있었고, 필요하건 필요치 않건 여자를 구할 수도 있었다. 남편들이 이탈리아에서 제8군에 근무하는 것처럼 보이는, 거의 중년에 이른 네다섯 명의 굶주린 듯한 눈빛을 가진 여자들이 자발적으로 그곳을 운영하고 있었는데 문을 닫고 난 후면 불법적이지만 편리하게도 맥주 외의 다른 술을 제공했다.

　마이클과 루이즈가 그곳에 들어갔을 때 누군가가 뒤쪽 방에서 피아노를 연주하고 있었다. 바에서는 영국군 조종사 병장들이 나지막하게 노래를 하고 있었고, 미 육군 여상병 한 명이 술에 취해 누군가의 부축을 받으며 화장실로 가고 있었다. 브루클린에서 태어나 1930년대에 어쩌다 프랑스에서 서커스단을 운영했으며, 전쟁 초기에 프랑스 기병대에서 복무를 한 중년의 익살스러운 코미디언처럼 보이는, 파본이라는 이름의 미군 중령이 커다란 탁자에 앉아 비싼 커다란 시가를 계속해서 피워 대며 종군 기자 네 명에게 연설을 하듯 이야기하고 있었다. 구석에는 얼굴이 검은 거구의 프랑스인 한 명이 거의 눈에 띄지 않게 앉아 있었다. 영국 정보부를 위해 한 달에 두세 번 낙하산으로 프랑스 땅에 뛰어내린다는 소문이 도는 그는, 마티니 잔을 씹고 있었는데, 술에 취하거나 밤늦게 기분이 좋지 않을 때면 그렇게 했다. 뒤쪽 방에 있는 작은 주방에서는 클럽을 운영하는 여자 한 명의 마음을 사로잡은, 키가 크고 살이 찐 미군 헌병 고참 상사가 프라이팬 가득 생선을 튀기고 있었다. 주방 근처 작은 탁자에서는 그날 오후 킬[7]에서 폭격을 하고 막 돌아온, 스물세 살 된 공군 소령과 종군 기자 한 사람이 포커를 치고 있었고, 마이클은 소령이 〈150파운드를 더 걸죠〉라고 말하는 것을 들었다. 마이클은 소령이 진지한 얼굴로 150파운드에 대한 약식 차용증을 쓴 후 그것을 탁자 한가운데 내려놓는 것을 보았다. 〈당신은 150파운드를 더 걸었어요〉라고 상대가 말했다. 그는 미국 종군 기자 옷을 입고 있었지만 말투는 헝가리인처럼 들렸다. 그 역시 약식 차용증을 써 돈도 별로 없는 탁자 한가운데 내려놓았다.

7 독일 슐레스비히 홀슈타인주의 주도.

「위스키 두 잔 줘요.」 마이클이 런던에 휴가를 와 있는 동안 바 뒤에서 서빙을 하고 있는 영국군 병장에게 말했다.

「위스키는 없어요, 대령님.」 치아가 전혀 없는 병장이 말했다. 마이클은 영국군에서 배급하는 식량 때문에 그의 잇몸이 좋지 않은 상태일 기라고 생각했다. 「미안해요.」

「진 두 잔 줘요.」

무거운 전투복 위에 점이 찍힌 넓은 회색 앞치마를 두른 병장은 우아하고도 솜씨 좋게 두 잔을 따랐다.

다른 방에서는 피아노 소리에 맞춰 남자들이 떨리는 목소리로 노래하고 있었다.

내 아버지는 암시장에서 식료품을 팔고, 내 어머니는 불법적으로 진을 만들고, 내 누이는 길모퉁이에서 죄를 팔고 있네, 맙소사, 그렇게 해서 돈이 굴러들어 오네!

마이클은 루이즈를 향해 잔을 들었다. 「건배.」 그들은 술을 마셨다. 「6실링이에요, 대령님.」 병장이 말했다.

「장부에 달아 놔요.」 마이클이 말했다. 「오늘 밤에는 빈털터리예요. 나는 호주로 차출될 거예요. 그곳 공군에 소령인 내 동생이 있는데, 그가 비행기 값과 생활비를 대줄 거예요.」

병장은 고깃국물 자국이 있는 장부에 마이클의 이름을 꼼꼼하게 기입한 후 미지근한 맥주 두 병을 따 조종사 병장들에게 줬다. 조종사들은 옆방에서 들려오는 노래에 마음이 사로잡힌 채 잔을 들고 있었다.

「샤를 드골 장군의 이름으로 당신에게 한마디 하고 싶소.」 프랑스인이 말했다. 그는 잠시 마티니 잔을 씹는 것을 그만둔 상태였다. 「프랑스와 프랑스군의 지도자인 샤를 드골 장군을 위해 잠시 자리에서 일어나 주겠소?」

모두가 프랑스군의 장군을 위해 무심히 자리에서 일어났다. 「나의 좋은 친구들이여.」 프랑스인이 강한 러시아어 발음으로 큰 소리로 말했다. 「나는 신문이 하는 말을 믿지 않아요. 나는 신문과 신문 기자 모두를 증오하죠.」 그는 파본 대령 주위에 있는 종군 기자 넷을 사납게 노려보았다. 「샤를 드골 장군은 민주주의자로, 영예로운 분이죠.」 그는 자리에 앉아 씹고 있던 마티니 잔을 흐리멍덩하게 바라보았다.

모두가 다시 자리에 앉았다. 뒷방에 있는 영국 공군 병사들의 목소리가 바에까지 들렸다. 〈루르[8]를 떠나는 랭커스터 한 대가 있네〉 하고 그들은 노래했다. 〈겁에 질린, 걸핏하면 바닥에 엎드리는 사람들을 태우고 영국 본토를 향하고 있네…….〉

「신사분들.」 여주인이 말했다. 그녀는 한쪽 귀에 안경을 건 채로 벽에 붙어 있는 의자 위에서 자고 있었다. 그녀는 눈을 뜨고 사람들을 향해 미소를 지으며 화장실에서 돌아오는 미 육군 소속 여군을 가리키며 「저 여자가 내 스카프를 훔쳐 갔어요」 하고 말했다. 그런 다음 그녀는 다시 잠이 들었다. 잠시 후 그녀는 코를 심하게 골았다.

「이곳이 마음에 드는 건.」 마이클이 말했다. 「오래된 영국의, 잠이 든 것 같은 분위기 때문이야. 이곳에는 그 느낌이 너무도 강해. 크리킷 경기장 같아. 교구 목사의 정원에서 차가 나오고 딜리어스[9]의 음악이 들리는 것 같은.」

〈오, 그들은 내 불알을 쏴 없앴어〉 하고 다른 방에 있는 영

8 독일 북서부에 있는 공업 지대.
9 영국의 자연주의 작곡가.

국 공군 병사들이 노래했다. 〈그리고 내 자지를 못 쓰게 만들었어, 오, 그들을 축복하라, 사내들이여, 그들 모두를 축복하라……〉

그날 오후 워싱턴에서 출발해 영국에 막 도착한, 병참 부대 소속의 건장한 소장이 바로 들어왔다. 검은 베일을 쓴, 치아가 길고, 체구가 큰 젊은 여자가 그의 팔을 잡고 있었다. 수염이 무성한, 술에 취한 대위 한 사람이 조심스럽게 그의 뒤를 따르고 있었다.

「아.」 소장이 말하며 얼굴에 따뜻한 미소를 가득 지은 채 루이즈를 향해 곧장 갔다. 「친애하는 M. 킴버 부인.」 그는 루이즈에게 키스를 했다. 치아가 긴 여자가 모두를 향해 유혹적으로 미소를 지었다. 그녀는 눈에 이상이 있는 듯 계속해서 재빨리 눈을 깜박였다. 나중에 마이클은 그녀의 이름이 커니이며, 남편이 영국 공군 소속 조종사로 있던 중 1941년 런던 상공에서 격추되었다는 사실을 알게 되었다.

「록랜드 장군님.」 루이즈가 말했다. 「휘테이크 일병입니다. 그는 장군들을 사랑하죠.」

장군은 손이 으깨질 정도로 세게, 진심으로 마이클과 악수를 나눴다. 마이클은 장군이 미 육군 사관학교에서 풋볼을 한 게 틀림없다고 생각했다. 「만나서 기쁘네, 친구.」 장군이 말했다. 「자네를 파티장에서 봤지. 이 아름다운 젊은 부인과 함께 몰래 빠져나가더군.」

「그는 일병으로 남으려고 고집을 부리고 있죠.」 루이즈가 미소를 지으며 말했다. 「우리가 그를 위해 할 수 있는 일이 없을까요?」

「나는 직업적인 일병들이 싫어.」 장군이 말했다. 그의 뒤에 있던 대위가 진지하게 고개를 끄덕였다.

「저도 그렇습니다.」 마이클이 말했다. 「중위가 되면 기쁠 것입니다.」

「나는 직업적인 중위도 싫네.」 장군이 말했다.

「그렇군요, 장군님.」 마이클이 말했다. 「괜찮으시다면 저를 중령으로 만들어 주실 수도 있을 겁니다.」

「그러고 싶을지도 모르겠군.」 장군이 말했다. 「그러고 싶을지도 모르겠어. 지미, 이 친구 이름을 받아 놔.」

장군과 함께 온 대위는 호주머니를 뒤져 암시장 택시 서비스를 광고하는 명함을 꺼냈다. 「이름과 계급과 군번을 말해.」 그가 기계적으로 말했다.

마이클은 이름과 계급과 군번을 말했고 대위는 명함을 조심스럽게 안쪽 주머니에 넣었다. 마이클은 그가 셔츠를 뒤로 젖힌 채로 밝은 붉은색 멜빵을 메고 있는 것을 보았다.

이제 장군은 루이즈를 구석으로 데리고 가 벽에 세워 놓고 서로 얼굴을 가까이 댄 채로 있었다. 마이클이 그들 쪽으로 가는데 치아가 긴 여자가 중간에 끼어들어 부드러운 미소를 지으며 눈을 깜박였다. 「내 명함이에요.」 그녀가 말했다. 그녀는 마이클에게 빳빳하고 작은 하얀색 명함을 건네주었다. 마이클은 그것을 내려다보았다. 〈오틸리 먼셀 커니 부인, 리젠트가 4027.〉

「매일 아침 11시까지는 있어요.」 분명하게 미소를 지으며 커니 부인이 말했다. 그런 다음 그녀는 베일을 나부끼며 딴 곳의 탁자들을 돌아다니며 명함을 나눠 주었다.

마이클은 진을 한 잔 더 마신 후 파본 대령이 종군 기자들과 앉아 있는 탁자로 갔다. 그곳에 있는 두 사람은 아는 사람들이었다.

「전쟁이 끝나면.」 파본이 말하고 있었다. 「프랑스는 좌파로 기울 거예요. 그것에 대해 우리가 할 수 있는 일은 아무것도 없어요. 영국이나 러시아가 할 수 있는 일도 없고요. 앉게 휘테이크, 우리한테 위스키가 있어.」

마이클은 잔을 비운 후 자리에 앉아 종군 기자 하나가 스카치를 따라 주는 것을 바라보았다.

「나는 민정 업무를 담당하고 있죠.」 파본이 말했다. 「그런데 위에서 나를 어디로 보낼지 모르겠어요. 하지만 지금 여기서 얘기할 수 있는 건 나를 프랑스로 보낼 경우 그건 지나친 장난이 되리라는 거죠. 프랑스인들은 150년 동안 스스로를 통치해 왔고 어떤 미군이 시청 건물의 어디에 배관 공사를 해야 하는지 묻기라도 하면 그냥 웃기만 할 거요.」

「5백 파운드를 더 걸겠어요.」 다른 탁자에 있는 헝가리 종군 기자가 말했다.

「알았어요.」 공군 소령이 말했다. 두 사람은 약식 차용증을 썼다.

「무슨 일인가, 휘테이크?」 파본이 물었다. 「장군이 자네 여자를 가로챈 건가?」

「잠시 빌려준 것뿐이에요.」 장군이 루이즈 쪽으로 몸을 기울인 채로 거칠게 웃고 있는 바 쪽을 쳐다보며 마이클이 말했다.

「계급의 특권이군.」 파본이 말했다.

「장군들은 여자들을 사랑하죠.」 종군 기자 하나가 말했다. 「그는 2주 동안 카이로에 있으면서 적십자사 여자 넷과 관계를 가졌죠. 그리고 워싱턴에 돌아가서는 수훈장을 받았어요.」

「자네도 이것을 받았나?」 파본이 커니 부인의 명함을 흔들었다.

「가장 소중한 기념품 중 하나죠.」명함을 내밀며 마이클이 진지하게 말했다.

「저 여자는 명함을 인쇄하는 데 많은 돈을 들였을 거야.」파본이 말했다.

「그녀의 아버지가.」종군 기자 하나가 말했다.「맥주 공장을 운영하고 있죠. 돈이 아주 많아요.」

〈나는 공군에 입대하고 싶지 않아〉 하고 뒤쪽 방에 있는 영국 공군 병사들이 노래를 했다. 〈나는 전쟁에 나가고 싶지 않아. 차라리 나는 피커딜리 언더그라운드를 돌아다니며 지체 높은 여자가 버는 돈을 쓰며 살고 싶어……〉

밖에서 공습 경보가 들렸다.

「독일군은 무척 헤퍼지고 있어요.」종군 기자 하나가 말했다.「어제 나는 독일 공군이 끝장이 났다는 것을 결정적으로 증명하는 기사를 썼죠. 제8공군과 제9공군, 그리고 영국 공군에게 파괴된 것으로 보고된 독일 공군의 항공기와 공습에서 추락한 전투기의 비율을 모두 합해 보았더니 그들은 자신들의 전력 대비 마이너스 168퍼센트로 작전을 수행하고 있더군요.」

「공습이 겁나나요?」에이헌이라는 이름의, 키가 작고 살이 찐 종군 기자가 마이클에게 물었다. 그는 둥근 얼굴이 무척 심각해 보였고, 술을 많이 마셔 불그죽죽했다.「이건 그냥 하는 질문이 아니에요.」에이헌이 말했다.「나는 자료를 수집하고 있어요. 두려움에 대해『콜리어스』에 기사를 쓸 거예요. 두려움은 이 전쟁에 연루된 모든 사람의 가장 공통된 요소로, 순수한 상태의 두려움을 조사해 보면 흥미로울 거예요.」

「글쎄요.」마이클이 말했다.「생각해 보면…….」

「나 자신은」 하고 에이헌이 진지한 얼굴로 마이클에게 몸을 기울였다. 그의 숨결에서 양조장 냄새가 났다. 「나는 두렵지 않을 때보다는 땀을 흘리고 모든 것을 훨씬 더 명료하게, 더 자세하게 보죠. 아직 그 이름을 말할 수는 없지만 과달카날 앞바다에서 어떤 해군 함정에 타고 있었는데, 일본군 비행기 한 대가 수면 위 3미터 높이에서 내가 서 있던 포탑으로 돌진했죠. 나는 고개를 돌렸고 내 옆에 있던 남자의 오른쪽 어깨를 보았죠. 그를 안 지 3주가 되었고, 벗은 몸도 보았죠. 그 순간 그 전에는 알아차린 적이 없는 어떤 것을 알아차렸죠. 그의 오른쪽 어깨에는 분홍색 맹꽁이자물쇠와 빗장에 뒤엉킨 초록색 덩굴식물이 문신으로 새겨져 있었는데, 그 위에는 〈사랑은 모든 것을 정복한다〉라는 말이 자홍색 로마자로 새겨져 있었죠. 나는 그것을 완벽하게, 분명히 기억해요. 만약 누군가가 그것을 그대로 이 식탁보 위에 그려 보라고 하면 그대로 그릴 수도 있어요. 그래, 당신은 삶이 위험에 처하게 되었을 때 모든 것이 더 명료해지나요, 아니면 덜 명료해지나요?」

「글쎄요.」 마이클이 말했다. 「사실 나는 아직…….」

「나는 숨을 쉬기도 어려워요.」 마이클을 엄한 시선으로 바라보며 에이헌이 말했다. 「마치 아주 높은 고도에서 비행기에 탄 채로 산소마스크 없이 공기가 희박한 허공 속을 날고 있는 것 같죠.」 그는 갑자기 마이클에게서 얼굴을 돌렸다. 「위스키 좀 건네줄래요?」 그가 말했다.

「나는 전쟁에는 그다지 관심이 없어요.」 파본이 말했다. 멀리서 공습에 맞서 사격을 가하는 소리가 들렸다. 「내가 입은 제복이 무엇을 말해 주든지 나는 민간인이죠. 나는 전쟁이 끝난 후의 평화에 더 관심이 있어요.」

이제 비행기는 머리 위에 있었고, 바깥의 총성은 아주 컸다. 비행기들은 한 대 혹은 두 대씩 날아와 거리 위로 급강하하고 있었다. 커니 부인은 생선을 들고 부엌에서 나오는 헌병 고참 상사에게 명함을 건네주고 있었다.

파본 대령이 말했다. 「전쟁은 과거의 일이 되었죠. 따라서 나는 그것에 흥미가 없어요. 일본군이 진주만을 공습했다는 소식을 들은 순간부터 나는 우리가 이길 거라는 사실을 알고 있었죠.」

〈오, 얼마나 아름다운 아침인가〉 하고 피아노 가까이 있던 한 미국인이 노래했다. 〈오, 얼마나 아름다운 날인가. 모든 것이 내 뜻대로 되리라는 좋은 느낌이 드네.〉

「미국은 전쟁에서 질 수가 없어요.」 대령이 말했다. 「당신들도 나도 그 사실을 알고 있어요. 그리고 이제는 일본도 독일도 그것을 알고 있어요. 다시 말하지만」 하고 그는 시가를 길게 빨며 어릿광대처럼 얼굴을 찌푸리며 말했다. 「나는 전쟁에는 관심이 없어요. 나는 평화에 관심이 있는데, 그건 그 문제가 여전히 의심스럽기 때문이죠.」

마이클에게 늘 철조망과 박차를 연상시키는, 까칠까칠하고 뾰족한 모자를 쓴 폴란드군 대위 두 명이 들어와 못마땅하다는 듯이 굳은 얼굴로 바 쪽으로 갔다.

파본이 말했다. 「세계는 좌익으로 기울 거예요. 미국을 제외한 모든 세계가. 사람들이 마르크스를 읽거나 러시아에서 선동가들이 나올 것이기 때문은 아니죠. 다만 전쟁이 끝난 후면 그렇게밖에 될 수 없기 때문이죠. 나는 미국이 고립되고 세상 사람들의 미움을 사고 퇴보할까 봐 두려워요. 우리는 숲속에 있는 외로운 집에 사는 늙은 여자들처럼 살게 될 거예요. 문을 잠근 상태로 잠을 이루지 못하며 매트리스 속에 많은 돈을 숨긴 채 침대 밑을 들여다보며 살게 될 거예요. 매순간 바람이 불고 마루가 삐걱거리겠죠. 우리는 살인자들이 집에 침입해 우리를 죽이고 우리의 보물을 빼앗아 갈 거라고 생각하며 살 거예요.」

헝가리인 종군 기자가 탁자로 와 물병에 위스키를 채웠다. 「나도 내 나름대로 생각이 있어요.」 그가 말했다. 「나중에 나는 그것을 『라이프』에 실을 거예요. 미국의 자본주의 체제를 구하는 법에 대해 나 라슬로 치기가 쓴 글을요.」 근처 그린 파크의 포대에서 쏘는 포탄 소리가 잠시 요란하게 들렸고, 그 헝가리인은 술을 마시며 뭔가를 나무라듯 천장을 바라보았다. 「나는 그것을 민주주의 체제의, 안내인이 딸려 있는 관광이라고 부르죠.」 소음이 약간 잦아들자 그가 말했다. 「지금 우리 주위를 둘러봐요.」 그는 과장되게 팔을 활짝 벌리며 말했다. 「뭐가 보이죠? 유례 없는 번영이 보이죠. 일을 하고 싶어 하는 모든 남자들에게 훌륭한 일자리가 있어요. 평상시에는 고무젖꼭지 씻는 일도 못 맡던 여자들이 지금은 일주일에 87달러를 벌며 정밀 공구를 만들고 있어요. 평화 시에 미시시피에서 교통경찰로 일하며 1년에 1천1백 달러를 벌던 사람들이 이제는 대령이 되어 초봉으로 한 달에 620달러를 받고 있어요. 집안의 재산만 축내던 대학생들이 이제는 공군 소령이 되어 한 달에 570달러를 벌고 있어요. 공장은 밤낮 없이 가동되고, 실업자는 전혀 없죠. 모두가 고기를 더 많이 먹고, 영화를 더 자주 보고, 그 어느 때보다 더 많이 섹스를 하죠. 모두가 기민하고 행복하며 육체적으로 좋은 상태에 있죠. 이 모든 혜택의 원천은 뭐죠? 전쟁이죠. 하지만 당신들은 전쟁이 영원히 계속될 수는 없다고 말하죠. 안타까운 일이지만 그건 사실이에요. 결국 독일은 우리를 배신하고 붕괴하게 될 거예요. 그렇게 되면 공장은 문을 닫고 우리는 실업자가 되거나 봉급이 줄어들게 될 거예요. 그건 재앙이죠. 그 상황에 대처할 수 있는 방법은 두 가지가 있어요. 독일이 계속해서 싸우게 하는 거죠. 하지만 독일을 믿을 수는 없어요. 아니면…….」 그는 위스키를 죽 들이켠 후 활짝 미소를 지었다. 「아니면 전쟁이 계속되는 척하는 거죠. 계속해서 공장을 가동해 렌치를 든 모든 사람이 한 시간에 250달러를 벌게 해주면서 1년에 비행기를 5천 대 생산하고, 한 대에 10만 달러 하는 탱크와 대당 9백만 달러 하는 항공 모함을 생산하는 거죠. 물론 그렇게 되면 과잉 생산이라는 문제가 생길 수도 있겠죠. 하지만 치기 시스템은 모든 것을 해결해 주죠. 그때가 되면 일본과 독일이 우리의 상품을 처리해 우리 시장이 과잉 공급 상태에 처하게 되는 것을 막아 줄 거예요. 그들은 우리의 비행기를 격추시키고, 항공 모함을 침몰시키고, 우리가 만든 옷에 구멍을 내줄 거예요. 그건 간단한 문제죠. 우리 스스로가 독일군이 되고 일본군이 되어야 해요. 매달 우리는 필요한 B-17 폭격기의 양과, 할당된 항공 모함의 수와, 구체적인 탱크 수를 집계하고, 그것들을 어떻게 할지 결정하는 거예요.」 그는 술에 취해 자부심에 찬 모습으로 관객들을 둘러보았다. 「우리는 그것들을 바다에 침몰시키고 그 즉시 새로 주문을 하는 거죠.」 그가 무척 심각한 모습으로 말했다. 「가장 미묘한 문제는 인간이라는 요소죠. 상품의 과잉 생산은 해결할 수 없는 문제가 아니에요. 하지만 인간의 과잉 생산은 위험한 문제죠. 지금 인간이 얼마나 죽어 가고 있는지 모르겠어요. 한 달에

10만 명, 아니면 20만 명? 평화 시에는 사람들을 죽이는 데 반대할 거예요. 그것이 경제를 최고 상태로 유지하더라도요. 어떤 조직들이 항의를 하고, 교회가 나름의 입장을 밝히겠죠. 물론 나는 그 어려움을 이해해요. 하지만 우리가 문명화된 인간이라는 점을 기억해야죠. 사람을 죽여서는 안 돼요. 그냥 군대에 있게 해야죠. 봉급을 주고, 진급을 시키며, 장군들에게 훈장을 주고, 그들의 아내에게 가족 수당을 주고, 군인들을 미국 바깥에 있게 해야죠. 적절한 지침을 통해 한 나라에서 다음 나라로 대규모로 보내는 거예요. 그들은 사기를 진작시키고, 번영을 확산시키며, 외국에서 많은 미국 돈을 쓰고, 멋지고 민주적인 신세계의 씨앗으로 많은 외국의 외로운 여자들을 임신시키고, 해당 지역 사람들에게 가장 유용한 활기와 솔직함에 대한 모범을 보이는 거죠. 대체로 그들은 조국의 노동력과는 경쟁하지 않을 거예요. 이따금 그들 중 많은 수를 제대시켜 집으로 보내야 하죠. 조국에 돌아간 그들은 아내와 장모와 민간인 피고용자들과 함께 옛날처럼 다시 살게 될 거예요. 하지만 그들은 곧 자신들이 얼마나 멍청했는지 알게 되겠죠. 그들은 다시 군에 들어가게 해달라고 난리를 칠 거예요. 하지만 최고만 다시 받아 줘야죠. 결국 세계를 돌아다니는 1천만에서 1천2백만 사이의 최고 정예만 남게 될 거예요. 그래서 미국에는 약간 머리 회전이 둔하고 멍청하며, 서로 치열하게 경쟁하지 않는 사람들만 남게 될 거예요. 그렇게 되면 미국에서 자주 문제가 되고 있는 초조한 긴장은 천천히 완화되어 사라지게 될 거예요.」

바깥 하늘 어둠 속에서 폭풍우 속에서 열차가 전복하듯, 천둥이 치는 듯한 요란한 소리가 들렸고, 모두들 바닥에 엎드렸다.

폭발음이 고막을 때렸다. 바닥이 융기했다. 수많은 유리창이 깨지는 소리가 들렸다. 불빛이 깜박거렸고, 마이클은 자고 있던 주인 여자가 의자에서 옆으로 미끄러지는 것을 보았다. 하지만 그녀의 안경은 여전히 한쪽 귀에 걸려 있었다. 폭발음이 점차 작아지며 건물들이 무너지고 벽이 부서지고 벽돌이 거실과 사이의 통로로 쏟아졌다. 마치 열 명이 한꺼번에 건반을 두드린 것처럼 뒤쪽 방에 있던 피아노가 요란한 소리를 냈다.

「5백 파운드를 더 걸겠어요.」 바닥에 있던 헝가리인의 목소리가 들렸고, 마이클은 웃음을 터트렸다. 그는 자신이 살아 있으며, 자신들이 폭격을 받지는 않았다는 것을 깨달았다.

불빛이 깜박거렸다. 모두들 자리에서 일어났다. 누군가가 바닥에 있는 주인 여자를 들어 올려 다시 의자에 앉혔다. 그녀는 여전히 자고 있었다. 그녀가 갑자기 눈을 뜨더니 앞쪽을 차갑게 바라보았다. 「자고 있는 사이 늙은 여자의 스카프를 훔치는 일은.」 그녀가 말했다. 「경멸스러운 일이야.」 그녀는 다시 눈을 감았다.

「제기랄.」 헝가리인이 말했다. 「술잔을 잃어버렸어.」 그는 위스키를 한 잔 가득 따랐다.

「보이죠?」 마이클 옆에 서 있던 에이헌이 말했다. 「나는 무진장 땀을 흘리고 있어요.」

폴란드군 대위 두 사람이 다시 뾰족한 모자를 썼다. 그들은 경멸스러운 표정으로 주위를 둘러본 후 밖으로 나갔다. 문 앞에서 그들은 걸음을 멈췄다. 벽에는 루스벨트와 처칠, 장제스와 스탈린의 포스터가 걸려 있었다. 폴란드인 하나가 손을 뻗어 스탈린 사진을 떼어 냈다. 그는 사진을 재빨리 네 등분한 다음 비스듬히 방 안으로 던졌다. 「볼셰비키 돼지들!」 그가 소리쳤다.

마티니 잔을 씹던 프랑스인이 자리에서 일어나 폴란드인들을 향해 의자를 집어 던졌다. 의자는 뾰족한 모자를 스쳐 지나가 벽에 부딪혔다. 폴란드인들은 몸을 돌려 달아났다.

「방할 자식들!」 프랑스인이 탁자를 흔들며 소리쳤다. 「또 다시 이곳에 오면 고환을 잘라 버리겠어!」

「저 사람들은.」 주인 여자가 눈을 감은 채로 말했다. 「지금부터 이곳에 출입 금지예요.」

마이클은 바 끝을 바라보았다. 소장은 루이즈에게 팔을 편안하게 두른 채로 그녀의 엉덩이를 살며시 토닥이고 있었다. 「자, 자, 귀여운 부인」 하고 그는 말하고 있었다.

「좋아요, 장군님.」 루이즈는 차갑게 미소를 짓고 있었다. 「전투는 끝났어요. 이제 철수해요.」

헝가리인이 말했다. 「폴란드인들은 자연의 아이들이죠. 하지만 그들이 사자처럼 용감하다는 사실만큼은 부인할 수가 없죠.」 그는 고개를 숙여 절을 한 다음 침착하게 공군 소령이 앉아 있는 탁자로 갔다. 그는 자리에 앉아 천 파운드 차용증을 쓴 다음 카드를 세 번 섞었다.

긴 사이렌 소리가 꺼지며 공습이 끝났다는 것을 알려 주었다.

그 순간 마이클은 몸이 떨리기 시작했다. 그는 이를 꽉 다문 채로 손으로 의자 바닥을 꽉 쥐었지만 턱이 떨렸다. 그는 다시 시가에 불을 붙이고 있는 파본을 향해 멍하게 미소를 지었다.

「휘테이크.」 파본이 말했다. 「도대체 자네는 군에서 뭘 하고 있나? 자네를 볼 때마다 자네는 어딘가에서 한잔하고 있었어.」

「별로 하는 일이 없죠, 대령님」하고 말한 마이클은 입을 닫았다. 한마디도 더 하는 게 어려웠고, 턱이 빠질 것만 같았다.

「프랑스어를 할 수 있나?」

「조금요.」

「운전은 할 수 있나?」

「네, 대령님.」

「내 밑에서 일하고 싶은가?」파본이 물었다.

「네, 대령님.」마이클이 대답했다. 파본이 계급이 더 높았기 때문이다.

「두고 보세, 두고 보세.」파본이 말했다.「내 밑에서 일하던 자가 성도착 혐의로 기소되었는데, 유죄 판결을 받을 것 같네.」

「네, 대령님.」

「2주 안에 내게 연락을 하게.」파본이 말했다.「흥미로운 결과가 기다릴지도 몰라.」

「감사합니다, 대령님.」마이클이 말했다.

「시가를 피우나?」

「네, 대령님.」

「여기 있네.」파본은 시가 세 대를 내밀었고 마이클은 그것을 받았다.「이유는 모르겠지만 자네는 눈이 지적으로 보여.」

「감사합니다.」

파본은 록랜드 장군을 쳐다보았다.「장군이 자네 여자를 강간하기 전에 다시 저쪽으로 가보는 게 좋을 것 같네.」

마이클은 시가를 호주머니 속에 집어넣었다. 그는 전기에 감전된 것처럼 손가락이 떨려 호주머니 단추를 잠그는 것도 무척 어려웠다.

「나는 아직도 땀을 흘리고 있어요.」마이클이 탁자를 떠나는 순간 에이헌이 말했다. 「하지만 모든 것이 놀라울 정도로 분명해요.」

마이클은 존경을 표하면서도 단호하게 록랜드 장군 옆에 섰다. 그는 헛기침을 했다. 「죄송하지만, 장군님.」 그가 말했다. 「숙녀분을 집에 데려다줘야 할 것 같은데요. 그녀의 어머니에게 자정 전에 집에 데려다주겠다고 약속했거든요.」

「당신 어머니가 런던에 있소?」 장군이 루이즈에게 물었다.

「아니요.」 루이즈가 말했다. 「하지만 휘테이크 일병은 세인트루이스에 있는 어머니를 알고 있죠.」

장군은 유쾌하게 웃었다. 「혼나겠군. 그녀의 어머니라. 이건 새로운 이야기인데.」 그는 마이클의 등을 세게 쳤다. 「행운을 비네, 아들.」 그가 말했다. 「자네를 만나 기쁘네.」 그는 방을 둘러보았다. 「오틸리는 어디 있지?」 그가 물었다. 「그녀는 여기서도 명함을 나눠 주고 있는 거야?」 그는 커니 부인을 찾아 수염을 기른 대위와 함께 다른 곳으로 갔다. 그녀는 화장실에서 조종사 병장 하나와 있었다.

루이즈가 마이클을 향해 미소를 지었다.

「즐거웠어?」 마이클이 물었다.

「멋졌어요.」 루이즈가 말했다. 「폭탄이 떨어진 순간 장군이 내 바로 위로 쓰러졌어요. 그는 그 상태로 여름을 보낼 것처럼 보였어요. 갈 준비가 되었어요?」

「그래.」 마이클이 말했다.

그는 그녀의 손을 잡았고 그들은 밖으로 나갔다.

「5백 달러를 더 걸겠어요.」 닫힌 문 뒤로 헝가리인이 말하고 있었다.

바깥 공기에서 더럽고 위협적인 연기 냄새가 났다. 잠시 마이클은 걸음을 멈춘 채로 다시 턱이 떨리고 신경이 곤두서는 것을 느꼈고, 하마터면 몸을 돌려 안으로 뛰어 들어갈 뻔했다. 하지만 곧 그는 자제력을 발휘해 루이즈와 함께 연기가 나는 어두운 거리를 걸어가기 시작했다.

세인트제임스가에서 유리잔 부딪치는 소리가 희미하게 들렸고, 연기 사이로 오렌지색 불꽃이 반짝였다. 그리고 그가 들어 본 적이 없는 둔탁한 소리도 들렸다. 그들은 모퉁이를 돌아 궁전 쪽을 바라보았다. 거리에 깔린 수많은 깨진 유리가 흔들리는 오렌지색 불꽃을 반사하고 있었다. 궁전 앞에서는 불빛이 작은 물웅덩이에 비치고 있었다. 둔탁한 소리는 이단 기어로 웅덩이 위를 지나가고 있는 구급차와 소방차에서 나는 것이었다. 마이클과 루이즈는 서로 아무 말도 없이 얼어붙은 초원을 걷는 사람들처럼 깨진 유리를 밟으며 재빨리 폭탄이 떨어진 곳으로 갔다.

궁전 앞에 있던 소형차 한 대가 직격탄을 맞은 상태였다. 거대한 압착기를 통과한 것처럼 부서지고 압축된 차는 벽에 붙어 있었다. 운전을 하던 사람이나 다른 승객의 모습은 흔적도 없었다. 도로 오른쪽에서 한 노인이 조심스럽게 쓸어 모으고 있는 것이 그들의 잔해인지도 모른다. 진한 파란색의 여자용 베레모 하나가 그 재앙에도 거의 아무런 손상을 입지 않은 채로 차의 한쪽에 놓여 있었다.

궁전을 마주보고 있는 집들은 앞쪽이 파괴되긴 했지만 그대로 서 있었다. 슬프면서도 친숙해 보이는 방들은 사람들이 살 준비가 된 것처럼 보였다. 식탁 위에는 식탁보가 깔려 있었고, 침대 커버는 뒤집어져 있었으며 벽시계는 여전히 작동하고 있었다. 집안 살림이 폭격의 여파로 밤의 시선에 노출되어 있었다. 마이클은 이것이야말로 늘 극장에서 만들어 내려고 했던 효과라고 생각했다. 네 번째 벽을 제거해 관객으로 하여금 집 안의 생활을 엿보게 하는 것이다.

부서진 집에서는 아무런 소리도 들리지 않았지만, 마이클은 어쩐지 폭격에 희생된 사람은 별로 없다는 생각을 했다. 근처에는 깊이 판 방공호가 많이 있고, 사람들이 조심했을 것이라고 생각하며 그는 스스로를 위로했다.

파괴된 건물 안에 있는 누군가를 구하려는 노력은 아무도 하지 않는 것처럼 보였다. 소방관들은 파괴된 하수도 본관에서 물이 치솟아 생긴 물웅덩이를 기계적으로 건너다니고 있었다. 공습 구조 팀이 좀 더 확실히 파괴된 것으로 보이는 곳을 향해 산만하게, 조용히 가고 있었다. 그것이 다였다.

궁전 벽 앞에, 보초들이 서 있다가 반 구역 떨어진 곳에서 장교가 나타나면 행진을 하며 나무 인형처럼 우스꽝스럽게 경례를 하던 곳에는 이제 아무도 없었다. 마이클은 보초들이 자리를 뜨는 것이 허용되지 않았다는 것을 알 수 있었다. 그들은 구식 병정처럼 거드름을 피우며 뻣뻣하게 그 자리에 서서 폭탄 세례를 받으며 그들 뒤에 있는 유리창이 깨지고 위쪽에 있는 탑의 낡은 시계가 돌쩌귀에서 느슨해져 음울한 모습으로 걸려 있게 된 사이 죽어 간 것이 틀림없다. 그동안 마이클은 1백 미터 떨어진 곳에서 위스키 잔을 손에 쥔 채로 자리에 앉아 미소를 지으며 헝가리인이 민주주의 체제의, 안내인이 딸린 관광에 대해 이야기하는 것을 듣고 있었다. 그리고 머리 위에서는 날아가는 비행기 속에 자포자기 심정의 소년이 몸을 웅크린 채로, 서치라이트에 눈부셔하며 앉아 있었을 것이다. 그의 아래쪽에서는 폭탄이 터지고 불꽃들이 번쩍거리는 가운데 런던이 미친 듯이 흔들리고 있었을 것이다. 그의 머리 주위로 템스강과 국회 의사당과 하이드파크 코너와 마블 아치가 미친 듯이 흔들리는 가운데 비행기 날개에 대공 포탄이 박혔을 것이다. 그는 비행기 속에 몸을 웅크린 채로 앉아 떨리는 상태로 아래를 내려다보며 독일 공군이 영국인을 죽여야 할 때 눌러야 하는 단추를 눌렀고, 폭탄이 자동차와 베레모를 쓴 여자와, 1백 년 동안 그곳에 서 있던 집들과, 영국 황태자가 살며 조용하면서도 악명 높은 파티를 열던 궁전을 지키는 영예로운 일을 하느라 다른 의무로부터는 면제된 부대 소속의 보초 둘에게로 떨어졌을 것이다. 〈만약 비행기에 탄 그 소년이 2분의 1초 빨리 혹은 2분의 1초 늦게 단추를 눌렀다면, 혹은 서치라이트가 저녁에 1초 일찍 그 조종사의 눈을 멀게 하지 않았다면 무슨 일이 일어났을까?〉 만약, 만약, 만약…… 마이클은 그랬다면 자신은 연합군 사교 클럽의 잔해 속에서 피를 흘리며 누워 있고, 보초들과 베레모를 쓴 여자는 살아 있고, 파괴된 집들은 그대로 있고, 시계는 계속해서 가고 있을 거라고 생각했다.

마이클은 그러한 숙명론적인 가정이 전쟁에 대한 가장 진부한 생각이라는 것을 알고 있었다. 그럼에도 그런 생각을 하지 않을 수 없었고, 이튿날 찾아오는 또 다른 가정과 직면하며 살아가게 되는 우연의 연속에 대해 생각지 않을 수 없었다.

「자, 내 사랑.」 루이즈가 말했다. 그는 그녀가 떨고 있는 것을 느낄 수 있었고, 그것이 놀라웠다. 그녀는 늘 너무도 침착하고 차분했기 때문이다. 「우리는 여기에서 아무런 도움이 되지 못할 거야. 집으로 가지.」

그들은 조용히 몸을 돌려 다른 곳으로 갔다. 그들 뒤로 소방관들이 부서진 밸브를 찾았고, 하수도 본관에서 치솟던 물길이 잦아들더니 완전히 멈췄다. 궁전 앞에 파인 물웅덩이는 검고 조용했다.

그날 런던에는 다른 많은 일들이 일어났다.

프랑스 침공 계획에 대한 보고를 받은 소장은 처음 이틀 동안 해변에 보병 사단 하나를 더 배치할 수 있도록 신청을 했다.

두 시간 동안 임무를 행하면서 적기 여섯 대를 격추시킨 스핏파이어 조종사는 술에 취해 외출 금지 처분을 받은 후 자신의 어머니 침실에서 총을 쏴 자살을 했다.

남자 주역 무용수가 무의식에 잠재된 욕망을 상징화하며 배를 깔고 무대를 기어가는 새 발레 공연이 연습에 들어갔다.

남성용 중산모를 쓰고 긴 검은색 실크 스타킹을 신은 소녀가 어떤 뮤지컬 코미디에서 〈다시 불이 비칠 때면 나는 밝아질 거예요〉라고 노래하자 4분의 3이 미국인인 관객들이 합창을 했다.

그로브너 광장에 있던, 2년 동안 일주일에 7일, 하루에 열여섯 시간씩 일한 병참 부대 소속 소령의 위벽에 마침내 위궤양으로 인한 구멍이 났다. 그는 책상 위에 있던 비망록을 들어 비밀문서 표시를 막 한 상태였다. 그것은 105밀리미터 탄약 120톤을 싣고 사우샘프턴으로 가던 리버티호가 중급 스콜이 휘몰아치는 대양 한가운데에서 부서져 유실되었다는 내용을 담고 있었다.

석 달 전 로리앙[10] 상공에서 실종된 것으로 처리된, 유타 출

10 프랑스 서부 브르타뉴주에 있는 도시.

신의 B-17 폭격기 조종사가 클래리지스 호텔에 환하게 웃으
며 나타나 40개의 프랑스어 단어로 가장 비싼 방을 달라고 했
다. 그는 그 후 20분 동안 항상 지니고 다니던 작은 수첩을 이
용해 열여섯 통의 전화를 했다.

캔자스 출신의 스무 살 된 농부는 물에서 헤엄치는 법을 배
우기 위해 차가운 물속에서 여덟 시간을 보냈는데, 그것은 대
륙 침공 때 유럽의 해안에서 물속에 있는 장애물을 폭파하기
위한 훈련이었다.

하원에서는 미군 병사들이 강간 혐의로 기소되어 미군 법
정에서 형이 선고되어 교수형당한 사실에 대한 설명을 요구
하는 질문이 내무부 장관에게 쏟아졌다. 영국 법에는 강간범
에게 사형을 선고하는 조항이 없었다. 그리고 민사 사건으로
간주되어야 하는 그 범법 행위는 영국 왕의 통치 지역에서 영
국인 민간인에게 행해졌다.

하이델베르크 대학 철학 박사 학위 소지자로, 이제는 영국
육군 공병대의 일병인 한 병사는 셸락[11]으로 방수 천에 그림
을 그리며 하루를 보냈다. 점심시간에 그는 독일어로 칸트와
슈펭글러의 말을 동료 병사들에게 인용하며 다하우의 막사
에 새로 도착한 유대인들에 대한 이야기를 했다.

정오 무렵 첼시의 한 하숙집에 있는 하녀가 방에서 가스 냄
새가 나는 것을 알아차리고는 문을 열고 미군 병장과 영국인
여자가 침대 위에 알몸으로 누워 있는 것을 발견했다. 두 사
람은 죽어 있었다. 침대에 들어가면서 그들은 가스히터를 틀
어 놓았다. 여자의 남편은 인도에 있었고 병장의 아내는 몬태
나에 있었다. 미군은 병장의 아내에게 남편이 심장 마비로 죽

11 라크를 정제해 얇게 굳힌, 니스 등의 원료.

었다고 알렸다. 그는 스물한 살이었다.

해안 경비대 사령실의 중위는 클럽에서 점심을 먹은 후 부대로 복귀해 리버레이터를 타고 일상적인 잠수함 정찰을 나갔다. 비행기는 공중으로 날아올라 비스케이만을 향해 남쪽으로 간 후 다시는 소식이 들리지 않았다.

공습 구조 팀 감독이 지하실에서 머리가 검은 일곱 살짜리 소녀를 꺼냈다. 그녀는 8일 전 공습 때 이후로 그곳에 갇혀 있었다.

한 미 육군 상병은 점심을 먹으러 그로브너 광장을 지나가면서 111번 경례를 했다.

폭탄 해체 부대 소속의 한 스코틀랜드인은 서로 가로질러 걸쳐 있는 대들보 두 개 사이에 조심스럽게 접근해 전날 밤 폭발하지 않은 9백 킬로그램짜리 폭탄의 뇌관을 천천히 빼냈다. 폭탄은 45분 동안 시계가 똑딱이는 것 같은 이상한 소리를 냈다.

스물다섯 된 미국 시인으로, 공병 병장인 한 병사는 사흘 외출증을 받고 런던에 와서 웨스트민스터 사원을 천천히 걷다가 키츠와, 바이런과, 셸리와, 다른 시인들을 합친 수보다 많은 방들이 누군지 알 수 없는 유명인의 유골에 헌정되어 있다는 것을 깨닫고는 그 사원이 워싱턴에 있을 경우 휘트먼보다 더 많은 굴드가, 그리고 소로보다 더 많은 해리먼이 있게 될 거라는 생각을 했다.

〈미국인들은 뭐가 문제야? 아무런 문제도 없어. 다만 그들은 너무 많은 봉급을 받고, 너무 많이 먹으며, 옷이 지나치게 많고, 섹스를 과도하게 하는 것뿐이야. 그리고 그들이 이곳에 있다는 것도 문제지〉라는 미국인에 대한 농담이 그날 하루 동안 1천2백 번 반복되었다.

아버지가 안치오[12] 남쪽 구덩이 속에서 독일군 박격포 부대의 공격을 받으며 웅크리고 있는 동안 어린아이 셋을 둔 어머니는 한 시간 45분 동안 줄을 서서 기다린 후 뼈를 발라 낸 대구 5백 그램을 들고 집에 돌아갔다. 그녀는 아이들을 보며 그들을 죽여 버릴까 생각했지만 그렇게 하지 않는 게 낫다는 생각을 한 후 감자 하나와 콩가루를 넣은 생선 스튜를 만들었다.

양쪽 군대의 고위 장교들로 이루어진 위원회가 소집되어 유럽 침공에 대한 영화를 제작하는 문제를 상의했다. 그 일에서 가장 중요한 문제는 당사자들의 팀워크였다. 영국 공군 대표는 영국 지상군 대표와 싸웠고, 제8공군 대표는 미 해군 대표와 싸웠으며, 미 육군 병참 부대 대표는 해안 경비대 사령실 대표인 영국군 대위에게 분노를 터트렸다. 결국 그 문제는 더 높은 위원회에 상정해야 한다는 것으로 결론이 났다.

정오 무렵 버클리 광장 옆의 사무실에서 일을 하는 영국군 행정병들이 공습에 대비한 방공호와 죽은 나무들이 실린 고물 트럭 사이에서 총검 훈련을 하는 것이 목격되었다. 그 사이 다른 행정병들은 차가운 벤치에 앉아 축축한 햇빛 속에서 점심을 먹고 있었다.

영국의 한 위원회는 미군의 낮 동안의 폭격이 실용적이지 못하며 낭비가 심하다는 것을 입증하는 보고서를 완성했다. 표현에 있어 조심성을 기한 그 보고서는 본부에 올리기 위한 것이었다.

노란 수선화가 길모퉁이에 있는 행상의 손수레에 처음 모습을 드러냈고, 기운 옷을 입은 남루한 사람들은 기대에 찬

12 이탈리아 라치오주에 있는 도시.

마음에 그 연약한 꽃을 한 다발 사 뿌듯해하며 사무실과 집으로 가져갔다.

내셔널 갤러리에서 점심시간에 열린 콘서트에서 한 삼중주단이 슈베르트와 월턴과 바흐의 작품들을 연주했다.

사람들이 땔감으로 사용하기 위해 화이트채플 근처에 있는 울타리를 부쉈다. 그 울타리에는 1942년에 커다랗고 하얀 글씨로 쓴 〈이제 제2전선을 열라〉라는 말이 그대로 있었다.

인디아 부두 옆의 템스강 어귀에서 시애틀 출신의 한 상선 선원이 그날 밤 공습이 있기를 기도했다. 두 달 후면 그의 아내가 또 다른 아이를 낳을 예정이었고, 그가 항구에 있는 동안 배를 향한 공습이 있을 때마다 보너스를 받았기 때문이다.

또한 4백만 명에 이르는 사람들이 사무실과 공장과 상점으로 가 10시와 4시에 잠시 휴식 시간을 가지며 차를 마시며 꾸준히, 하지만 천천히, 기계적으로 일했다. 그들은 더하기와 빼기를 하고, 수리를 하고 광택을 내고, 조립을 하고 바느질을 하고, 짐을 나르고 분류를 하고, 타자를 치고 서류철을 만들고, 돈을 벌고 잃었다. 그들은 그 모든 일을 그들과 접촉한 미국인들을 짜증나게 하는, 지각 있고 유능하지만 느린 방식으로 했다. 그 후 그들은 집에 갔고, 그들 중 일부는 밤사이 공습이 진행되는 동안 똑같이 느리고 위엄 있고 지각 있는 방식으로 죽었다.

「햄릿」이 처음 무대에 오르고 나흘 후 마이클은 특별 봉사 중대 사무실로 불려 갔다. 그곳에서 그는 먹을 것과 숙소에 관한 것들을 안내받았다. 그는 리치필드에 있는 보병 보충병 기지에 가 보고를 하라는 지시를 받았다. 그는 두 시간 안에

짐을 싸야 했다.

23

　상륙정은 단조로운 원을 그리며 앞으로 나아갔다. 배 양쪽에서 분무가 뿜어져 나오며 미끄러운 갑판에 물웅덩이 같은 것이 만들어졌다. 사람들은 무기 위로 몸을 숙인 채 몸이 젖지 않게 하려고 애를 쓰고 있었다. 상륙정은 새벽 3시 이후로 해변에서 1.6킬로미터 떨어진 곳에 머물고 있었다. 이제 7시 반이고, 모든 대화는 한참 전에 끊긴 상태였다. 함정에서 가한 사전 포격은 이제 거의 끝이 났고, 가상 공습 역시 마찬가지였다. 저공 비행을 하면서 내뿜은, 만의 후미진 곳에 걸쳐 있던 연막도 이제는 물 가장자리까지 물러나 있었다. 모두들 젖어서 추위에 떨고 있다. 그리고 토할 것 같은 사람들을 빼고는 모두가 배가 고팠다.

　노아는 그것을 즐기고 있었다.

　그는 상륙정의 뱃머리에서 몸을 웅크린 채로 그가 특별히 관리하는 TNT 폭약이 젖지 않도록 조심했다. 북해의 소금물이 철모에 뿌려지는 것을 느끼며, 날카롭고 사나운 아침 공기를 들이켜며 노아는 스스로 즐기고 있었다.

　그것은 그의 연대가 실시하는 마지막 공격 훈련이었다. 유럽의 해변에 상륙하는 것을 대비한 그 훈련에서는 해군과 공군의 지원 아래 실탄 사격을 했다. 3주 동안 그들은 서른 명이 한 팀이 되어 연습했는데, 소총수와, 바주카포와 화염 방사기 그리고 폭파를 담당하는 병사들로 이루어진 각 팀은 토치카를 공격하도록 훈련받았다. 그들은 이번 훈련을 끝으로 실전에 배치될 것이다. 한데 중대 사무실에는 천국을 약속하는 것 같은 사흘짜리 외출증이 노아를 기다리고 있었다.

버네커는 뱃멀미로 얼굴이 연한 초록색이었고, 계속해서 아래위로 움직이는 상태에서 최소한 뭔가 확실하고 든든한 것을 찾기라도 한 것처럼 농부 같은 그의 커다란 손은 소총을 거의 발작적으로 거머쥐고 있었다. 그가 노아를 향해 맥없는 미소를 지었다.

「쉬지 않고 계속해서 뛰어다닌 노새 같아.」 그가 말했다. 「나는 건강한 사람이 아니야.」

노아는 그를 향해 미소를 지었다. 그는 지난 3주 동안 함께 일하면서 버네커를 잘 알게 되었다. 「이제 얼마 남지 않았어.」 노아가 말했다.

「기분이 어때?」 버네커가 물었다.

「괜찮아.」 노아가 말했다.

「내 배와 자네 배를 바꿀 수만 있다면 내 아버지가 30헥타르의 땅에 설정한 저당권이라도 줄 수 있겠어.」 버네커가 말했다.

수면 위로 확성기 소리가 요란하게 들렸다. 상륙정은 갑자기 방향을 바꿔 해변을 향해 속도를 높였다. 노아는 축축한 철 갑판 위에서 몸을 웅크린 채 이동식 계단이 내려지자마자 뛰어내릴 준비를 했다. 속도를 높이고 있는 선체에 점차 파도가 거세게 몰아치는 동안 그는 부대로 돌아가면 모든 것이 끝났다는 것을 알리는, 호프가 보낸 전보가 도착해 있을지도 모른다고 생각했다. 그럼 나중에 편안하게 앉아 아들에게 〈네가 태어난 날 나는 10킬로그램의 다이너마이트를 갖고 영국 해안에 상륙하고 있었다〉라고 말하게 되겠지. 노아는 미소를 지었다. 물론 호프가 아기를 낳는 동안 그녀 곁에 있으면 더 좋을 테지만 지금 상황은 나름대로 장점이 있었다. 지금은 현재 일에 너무도 정신이 팔린 나머지 걱정 따위는 거의 할 수가 없었다. 지금은 복도를 초조하게 왔다 갔다 하거나, 담배를 너무 많이 피우거나, 비명 소리에 귀를 기울일 필요가 없었다. 물론 그런 생각은 이기적인 것이었지만 나름대로 일리가 있었다.

상륙정이 부드러운 해변에 닿으며 곧 이동식 계단이 내려졌다. 노아는 장비들이 등과 옆구리에 세게 부딪치는 것을 느끼며, 동시에 차가운 물이 각반 속으로 쏟아져 들어오는 것을 느끼며 아래로 뛰어내렸다. 그는 작은 모래 언덕으로 달려가 그 뒤에 엎드렸다. 다른 사람들도 상륙정에서 뛰어내려 재빨리 흩어진 다음 구덩이와 관목 뒤에 몸을 숨겼다. 소총수들이 해변을 내려다보고 있는 작은 절벽 위에 세워진, 70미터 떨어진 곳에 있는 토치카를 향해 사격을 개시했다. 폭약 담당 병사들이 조심스럽게 철조망까지 기어가 도화선에 불을 붙인 후 뒤쪽으로 달려왔다. 폭약이 폭발하며 비행기에서 뿌린 연기의 부드럽고 진한 냄새에 날카로운 폭약 냄새가 더해졌다.

노아는 버네커의 보호를 받으며 자리에서 일어나 철조망 가까이 있는 구덩이를 향해 달려갔다. 버네커가 그의 위로 쓰러졌다.

버네커는 숨을 몹시 헐떡이고 있었다. 「마른 땅은 멋지지 않아?」 버네커가 말했다.

그들은 서로를 보며 웃었다. 그런 다음 천천히 머리를 구덩이 밖으로 내밀었다. 사람들은 연한 회색의 토치카 옆쪽에서 배운 대로 정확히 일을 하고 있었다. 그들은 신호에 따라 앞으로 달려 나가는 풋볼 팀 선수들 같았다.

다시 바주카포가 불을 뿜었고, 시끄러운 폭발음이 들렸다. 토치카에서 커다란 콘크리트 덩어리가 공중으로 날아올랐다.

「이런 때에는.」 버네커가 말했다. 「나는 나 자신에게 한 가지 질문만 해. 우리가 이 모든 일을 겪는 동안 독일군은 뭘 하고 있느냐는 거지.」

노아는 구덩이에서 나와 폭약을 든 채로 몸을 웅크리고 달려가 철조망에 난 구멍 속을 지나갔다. 바주카포가 다시 불을 뿜었고, 노아는 날아오는 콘크리트 조각에 맞지 않도록 모래 위에 엎드렸다. 버네커는 숨을 헐떡이며 그의 옆에 엎드려 있었다.

「나는 땅을 가는 게 힘들다고 생각했어.」 버네커가 말했다.

「이봐, 농부 출신 친구.」 노아가 말했다. 「우리는 지금 상륙 작전을 하는 중이야.」 그는 자리에서 일어났다. 버네커는 투덜대며 자리에서 일어났다.

그들은 오른쪽으로 달려가 2미터 높이의 모래 언덕 뒤로 몸을 던졌다. 모래 언덕 위의 풀이 축축한 바람에 흔들리고 있었다.

그들은 화염 방사기를 든 병사가 조심스럽게 토치카로 기어가는 것을 지켜보았다. 그들을 지원하는 소총수들이 쏘는 총탄이 계속해서 그들 머리 위로 날아가 콘크리트 벽에 맞고 튕겨 나갔다.

지금 호프가 나를 볼 수 있다면 좋으련만, 하고 노아는 생각했다.

화염 방사기를 든 사람이 이제 제 위치에 섰고, 그와 함께 있는 다른 사람이 등에 멘 실린더의 꼭지를 돌렸다. 엄청나게 무거운 실린더를 메고 있는 사람은 도널리였다. 그가 그 일을 맡게 된 것은 소대 내에서 힘이 제일 셌기 때문이다. 도널리는 화염 방사기를 쏘기 시작했다. 불길이 뿜어져 나왔고, 강한 바람에 불규칙적으로 흔들렸다. 진한 기름 냄새가 났다. 도널리는 원을 그리며 불길을 토치카 틈 사이로 뿜었다.

「좋아, 노아.」 버네커가 말했다. 「네 차례야.」

노아는 벌떡 일어나 도널리가 있는 토치카 쪽으로 달려갔다. 이제 토치카 안에 있는 사람들은 이론적으로 모두 죽거나 부상을 당했거나 화상을 입었거나 기절한 상태였다. 노아는 깊은 모래 속에서도 꿋꿋하게 달려갔다. 조각이 나고 검게 그을린 콘크리트와 위험한 좁은 틈, 해변 뒤쪽의 가파른 진한 초록색 절벽, 그리고 그을음이 남아 있는 회색 하늘 등 모든 것이 무척 분명하게 보였다. 그는 힘이 넘쳤고, 무거운 폭약을 들고 몇 킬로미터를 갈 수도 있을 것 같았다. 그는 달리면서도 고르게, 그리고 깊게 숨을 쉬었다. 그는 어디로 가야 하는지, 그리고 무슨 일을 해야 하는지 정확하게 알고 있었다. 토치카에 이른 그는 미소를 짓고 있었다. 그는 재빨리, 그리고 노련하게 폭약을 벽 아래로 던졌다. 그런 다음 긴 막대에 달려 있는 다른 폭약을 환기 구멍 속으로 집어넣었다. 그는 작업을 하면서도 소대원 모두가 자신을 지켜보고 있다는 것을 의식했다. 그는 일종의 의식처럼 진행하는 그 마지막 단계의 일을 전문가처럼 완벽하게 해내고 있었다. 이제 불이 붙은 도화선이 탁탁 타들어 가고 있었다. 노아는 몸을 돌려 9미터 떨어진 곳에 있는 개인호로 달려갔다. 그는 구덩이 속에 뛰어들어 머리를 숙였다. 잠시 해변에서는 풀밭 위를 휩쓸고 지나가는 바람 소리 외에는 아무 소리도 들리지 않았다. 그런 다음 차례로 폭발음이 들렸다. 콘크리트 조각이 공중으로 치솟은 후 그가 있는 곳에서 가까운 모래 위로 떨어졌다. 그는 고개를 들었다. 토치카는 완전히 폭파되어 시커먼 연기를 내뿜고 있었다. 노아는 사리에서 일어났다. 그는 꽤나 자랑스럽게 미소를 지었다.

부대에서 그들의 훈련을 책임지고 있던 중위가 그에게로 걸어왔다. 그는 훈련을 지켜보고 있었다.

「좋아.」 중위가 말했다. 「잘했어.」

노아는 버네커를 향해 손을 저었고, 자리에서 일어나 소총에 몸을 기대고 있던 버네커는 화답을 했다.

우편실에 호프가 보낸 편지가 도착해 있었다. 노아는 근엄한 얼굴로 천천히 편지를 열었다.

〈여보〉 하고 편지는 시작되었다. 〈아직 아무 일도 없어. 배가 산만 해. 이곳 사람들은 아기가 태어나면 체중이 70킬로그램은 나갈 거래. 나는 늘 먹어 대고 있어. 사랑해.〉

노아는 편지를 세 번 읽었고, 이제 어른이자 아버지가 된 기분이었다. 그는 편지를 조심스럽게 접어 호주머니에 넣은 다음 사흘짜리 통행증을 받을 준비를 하러 천막으로 갔다.

그는 깨끗한 셔츠를 꺼내기 위해 배낭을 뒤지다가 그 안에 숨겨 놓은 상자가 있는지 확인했다. 긴 내의에 싼 그것은 그대로 있었다. 시가 스물다섯 개가 든 상자였다. 그는 그것을 미국에서 사 바다 건너까지 가져왔다. 이제 그것들을 사람들에게 줄 날이 거의 된 것이다. 그는 인생의 대부분을 아무런 의식이나 기념식도 치르지 않고 살아와 자식의 탄생을 시가를 나눠 주는 것으로 축하한다는 단순하고, 다소 바보 같은 생각을 하는 것만으로도 마음이 근엄해졌다. 시가는 버지니아의 뉴포트 뉴스에서 8달러 75센트라는 거금을 주고 샀으며, 상자는 배낭에서 많은 공간을 차지했지만 그는 한 번도 돈이나 공간에 대해 불평을 하지 않았다. 노아는 어쩐지 사람들에게 뭔가를 주는 것으로 어색하게나마 축하를 함으로써 5천 킬로미터나 떨어진 곳에 있긴 하지만 아이가 실제로 존재한다는 것을 느낄 수 있으며, 자신과 주위 사람들에게 아이와 자신의 존재감을 심어 줄 수 있다고 느꼈다. 그리고 그것은 아버지와 아들 또는 아버지와 딸이라는 적절하고 정상적인 관계 속에서였다. 그렇지 않을 경우 군복을 입은 사람들 가운데서 보내는 그날이 여느 날과 다르지 않은 날이 될 것이고, 병사들 역시 여느 병사들과 다르지 않은 병사들이 될 것이다. 하지만 사람들의 환심을 사기 위해 준 시가에서 연기가 피어오르는 한 그는 천만 병사 가운데 한 명 이상의 존재가 되고, 총과 경례, 철모와 인식표로 상징되는 병사 이상의 존재가 될 것이다. 그는 아버지가 되고, 여러 세대에 걸친 인간들을 연결하는 사랑의 피조물이 될 것이다.

「오.」 신발은 벗었지만 외투는 그대로 입은 채로 침대에 누워 있던 버네커가 말했다. 「저기 있는 애커먼을 봐! 멕시코의 댄스홀에서 토요일 밤을 보내는 사람처럼 멋져 보여. 런던의 여자들은 저 빛을 보면 하수구 속에 들어가 치마를 내릴 거야.」

노아는 귀에 익숙한 농담을 하는 버네커가 고마워 미소를 지었다. 모든 것이 플로리다에서와는 무척 달랐다. 전투가 가까워질수록 그들의 목숨이 중대에 있는 다른 사람들에게 달려 있게 될 날이 더욱 가까워졌다. 그리고 차이가 없어질수록 그들 모두는 더욱더 서로서로 연결되었고, 더욱 친근해졌다. 「나는 런던에 가는 게 아냐.」그가 조심스럽게 넥타이를 매며 말했다.

「서식스에 공작부인이 있어.」버네커가 난로 근처에서 발톱을 깎고 있던 엉거 상병에서 말했다. 「아주 은밀한 관계지.」

「서식스에 공작부인 따위는 없어.」노아가 말했다. 그는 군복의 겉옷을 입고 단추를 잠갔다.

「그럼 어디에 가는 거야?」

「도버에.」노아가 말했다.

「도버라고!」버네커가 놀라며 자리에서 일어났다. 「사흘짜리 통행증으로?」

「응.」

「독일군이 계속해서 도버에 폭탄을 퍼붓고 있는데도?」버네커가 말했다. 「정말로 그곳에 갈 거야?」

「응.」노아는 그들에게 손짓을 한 후 천막 밖으로 나갔다. 「월요일에 봐.」

버네커는 놀란 얼굴로 그가 나가는 것을 바라보았다. 그런 다음 그는 어깨를 으쓱했다. 「저 친구는.」그가 말했다. 「아무 이유 없이 고민을 하는 게 문제야.」그는 자리에 누웠고 1분 30초 만에 잠이 들었다.

노아가 나무와 벽돌로 지은, 낡지만 깨끗한 호텔에서 나왔을 때 프랑스에서는 해가 뜨고 있었다.

그는 영국 해협 쪽을 향해 난 돌길을 걸어갔다. 지난밤은 엷은 안개가 끼고 조용했다. 그는 마을 중심부에 있는 식당에 갔는데 그곳에서는 3인조 밴드가 연주를 했고, 영국군 병사들과 그들의 여자들이 커다란 플로어에서 춤을 췄다. 노아는 춤을 추지 않았다. 그는 혼자 앉아 설탕을 넣지 않은 차를 홀짝이다가 어떤 여자가 자신과 어울리고 싶다는 듯 바라보는 것을 보고는 수줍게 미소를 지으며 머리를 치켜들었다. 그는 춤추는 것을 좋아했지만 자신의 아내가 출산의 고통을 겪고 있고, 아이가 세상을 향해 첫울음을 터트리고 있을 그 순간에 여자를 팔에 안고 춤을 추는 것은 어울리지 않는다고 생각했다.

그는 일찍 호텔로 돌아가는 길에 댄스홀에 있는, 〈폭격이 진행되는 동안에는 춤을 삼갈 것〉이라고 적힌 표지판을 지나쳤다.

그는 차갑고 휑한 방 안에 틀어박힌 채 커다란 사치감을 느끼며 침대로 올라갔다. 혼자였고, 편안했으며, 월요일 밤까지는 누구도 그에게 뭔가를 지시하지 않을 것이다. 그는 침대에 앉아 자신이 호프를 만났을 때 쓴 수백 통의 편지를 떠올리며 그녀에게 편지를 썼다. 〈침대에 앉아 있어〉라고 그는 썼다. 〈진짜 호텔에 있는 진짜 침대에 앉아 있어. 사흘간은 자유로운 몸이야. 당신 생각을 하며 이 편지를 쓰고 있어. 내가 어디 있는지는 얘기할 수 없어. 검열관이 좋아하지 않을 테니까. 하지만 오늘 밤 육지 위로 안개가 끼었고, 내가 방금 밴드가 「내 기억 속에서」라는 곡을 연주하고, 《폭격이 진행되는 동안에는 춤을 삼갈 것》이라고 적힌 표지판이 있는 식당에서 돌아왔다는 얘기는 아무 문제 없이 할 수 있어. 그리고 당신을 사랑한다는 얘기는 할 수 있는 것 같아.

나는 무척 잘 지내고 있어. 그리고 지난 3주 동안 사람들이 우리를 무척 힘들게 했지만 나는 몸무게가 2킬로그램이나 늘었어. 집에 돌아가면 살이 너무 쪄 당신도 아이도 나를 알아보지 못할 수도 있을 거야.

여자 아이가 태어날지도 모른다는 것에 대해 걱정하지 마. 여자 아이라도 나는 무척 기쁠 거야. 정말이야. 아이의 교육에 대해 여러 가지 생각을 하고 있어.〉 그는 깜박이는 희미한 불빛 속에서 받침대 위로 몸을 숙인 채 간절한 마음으로 편지를 썼다. 〈그리고 나는 이런 생각을 했어. 나는 요즘 아이들에게 강요되고 있는, 교육에 대한 새로운 생각이 마음에 들지 않아. 나는 사람들이 아직 형성되지 않은 어린 마음에 무엇을 강요하고 있는지 보았어. 나는 우리 아이를 그런 짓으로부터 구하고 싶어. 아이로 하여금 자유로운 표현을 할 수 있도록 머릿속에 떠오르는 뭐든 할 수 있게 하는 건, 내가 보기에는 전혀 말이 안 돼. 그렇게 할 경우 아무런 존경심도 없는, 우는 소리를 하는 응석받이가 되게 할 뿐이야.〉 노아는 스물세 살짜리가 가질 수 있는 지혜를 모두 동원해 나름대로 깊이 있게 글을 썼다. 〈어쨌든 그것은 잘못된 관념에 기초해 있어. 세상은 어떤 아이도, 심지어는 우리 아이 역시도 자신의 욕망에 따라서만 행동하게 내버려 두지 않을 거야. 아이로 하여금 그렇게 할 수 있다고 믿게 하는 것은 무척 잘못된 일이야. 나는 보육원이나 유치원에 보내는 것에 대해서도 반대해. 나는 우리가 처음 8년 동안은 아이가 알아야 할 모든 것을 다른 누구보다도 잘 가르칠 수 있다고 생각해. 나는 아이에게 너무 일찍 읽는 것을 가르치는 것에 대해서도 반대해. 내가 하는 얘기가 너무 독단적으로 들리지 않기를 바라. 하지만 우리는 이런 문제를 논의해서 어떤 합의에 이를 만한 시간이 없었어.

지금 내가 이 편지를 쓰고 있는 순간에 아직 시작되지도 않았을 수도 있는 불쌍한 어린 생명을 두고 너무 근엄하게 편지를 쓰는 것에 대해 비웃지 말아 줘. 하지만 이번 외출을 끝으로 오랫동안 외출을 나오지 못할 수도 있어. 그리고 이번이 내가 그 문제에 대해 지각 있는 생각을 조용히, 평화롭게 할 수 있는 마지막이 될지도 몰라.〉

〈나는 확신해〉라고 노아는 천천히 그리고 조심스럽게 글을 썼다. 〈사지가 곧고 머리 회전이 빠른 훌륭한 아이일 거라고. 그리고 우리가 그 아이를 무척 사랑할 거라고. 내 온 마음과 몸으로 그 아이와 당신에게 돌아갈 것이라고 약속할게. 무슨 일이 있어도 돌아갈 거라는 점을 나는 알고 있어. 돌아가 기저귀 가는 것을 도와주고, 잠자리에서 아이에게 이야기를 해주고, 시금치를 먹여 주고, 잔에 든 우유를 마시는 법을 가르쳐 주고, 일요일에는 공원에 데려가고, 동물원에서 동물 이름들을 얘기해 주고, 어린 소녀들을 때려서는 안 되는 이유와, 아빠가 엄마를 사랑하는 만큼 아이도 엄마를 사랑해야 하는 이유를 설명해 주겠어.

마지막 편지에서 당신은 아이가 사내아이일 경우 내 아버지의 이름을 따 부르는 문제에 대해 생각해 보고 있다고 했지? 그렇게 하지 말아 줘. 나는 내 아버지를 별로 좋아하지 않았어. 물론 아버지가 한 어떤 것들은 훌륭했지만 말이야. 나는 지금껏 살면서 아버지로부터 벗어나려고 애를 썼어. 괜찮다면 당신 아버지 이름을 따 조너선이라고 불러. 나는 당신 아버지가 약간 겁이 나긴 하지만 버몬트에서 크리스마스 아침을 보낸 후로 그를 존경하게 되었어.

당신 걱정은 안 해. 당신이 멋진 모습을 보여 주리라는 것을 알고 있으니까. 내 걱정도 하지 마. 이제 아무 일도 일어나지 않을 거야.

사랑해,
노아가

　추신. 오늘 저녁 식사를 하기 전에 시를 한 편 썼어. 내 첫 작품이야. 이건 요새화된 진지를 공격하는 것에 대한 생각이야. 이렇게 시작돼. 아무에게도 보여 주지 마. 부끄러우니까.

　마음의 선동을 조심하라,
　그것은 전쟁을 위해 만들어지지 않았다.
　단단한 문을 연약하게 두드리는 일을
　두려워하라.

　이게 첫 연이야. 오늘 두 연을 더 써서 보내 줄게. 내게 편지를 보내 줘, 내 사랑, 제발, 제발……〉

　그는 편지를 단정하게 접은 후 침대에서 내려와 군복의 겉옷 호주머니 안에 넣었다. 그런 다음 불을 끄고 서둘러 따뜻한 시트 속으로 들어갔다.

　그날 밤에는 폭격이 없었다. 새벽 1시 무렵 사이렌 소리가 들렸지만 그것은 런던을 공습한 후 서쪽으로 16킬로미터 떨어진 해안을 건너 본국으로 돌아가는 비행기 몇 대 때문이었다. 총성도 전혀 들리지 않았다.

　노아는 길을 걸어가면서 외투 아래로 불룩한 편지를 만졌다. 그는 그 마을에 편지를 검열할 수 있는 미군 부대가 있는지 궁금했다. 그는 자기가 좋아하지 않는 자기 중대의 장교들이 호프에게 보내는 편지를 읽는 생각을 할 때면 늘 구역질이 났다.

이제 해가 떠 희미한 안개 속에 불타고 있었다. 아침이 밝아 오면서 집들은 창백하게 반짝였다. 노아는 폭탄에 집 네 채가 부서진 후 깨끗하게 치워진 곳을 지나갔다. 그는 그 폐허를 지나가며 마침내 전쟁 중인 마을에 있게 되었다는 생각을 했다.

그의 아래로 회색의 차가운 영국 해협이 가로놓여 있었다. 수면 위로 옅은 안개가 껴 프랑스 해안을 볼 수는 없었다. 작고 속도가 빠른 영국군 어뢰정 세 척이 항구에 있는 콘크리트 계류지로 들어오고 있었다. 그것들은 전날 밤 거품을 일으키며 서치라이트가 비치고 총탄이 빗발치는 적의 해안을 공습해, 3백 미터 상공으로 물이 치솟게 하는 어뢰를 발사한 후 돌아온 상태였다. 이제 그것들은 여름 휴양지의 고속정처럼 평온한 모습으로 속도를 줄인 채로 일요일 아침 햇살을 받으며 천천히 들어오고 있었다.

노아는 전쟁 중인 마을에 있게 되었다는 생각을 다시 조용히 했다.

거리 끝에는 영국 해협의 바람에 씻긴 검은 청동 기념물이 하나 있었다. 노아는 그것에 새겨진 글을 읽어 보았다. 그 글은 1914년과 1918년 사이 그곳을 지나 프랑스로 간 영국군 병사들을 기리는 것이었다.

그리고 이제 다시 병사들은 1939년에 이곳을 지나가 1940년에 프랑스의 됭케르크에서 이곳으로 돌아오겠군, 하고 노아는 생각했다. 〈지금부터 20년 후에 병사들은 도버에서 어떤 기념물의 비문을 읽게 될까? 그리고 그들은 어떤 전쟁을 떠올리게 될까?〉

노아는 계속해서 걸음을 옮겼다. 그는 마을이 온통 자신의 차지가 된 것 같았다. 길은 영국의 많은 곳이 그렇듯이, 신중하고 애정이 많긴 하지만 상상력이 부족한 정원사가 훌륭하게 가꾼 정원을 연상시키는, 바람에 노출된 초지를 가로질러 그 유명한 절벽 위로 이어졌다.

그는 팔을 흔들며 재빨리 걸어갔다. 소총도, 배낭도, 철모도, 수통도, 대검집도 없는 상태라 걸음걸이는 가볍고 수월했으며, 상쾌한 겨울 아침, 건강한 몸은 기운이 넘쳤다.

그가 절벽 꼭대기에 이르자 연무는 사라지고 파란 해협이 기분 좋게 반짝이며 멀리 프랑스까지 환하게 보였다. 멀리 칼레의 절벽이 서 있었다. 노아는 걸음을 멈추고 바다를 가로질러 바라보았다. 프랑스는 놀라울 정도로 가까이 있었다. 그는 트럭 한 대가 오르막길을 따라, 깨끗한 공기 위로 첨탑이 솟아 있는 교회를 지나 천천히 움직이는 것이 보이는 것만 같았다. 어쩌면 그것은 독일 육군 트럭으로, 그 안에는 병사들이 타고 있을지도 모른다. 그리고 어쩌면 그들은 교회로 가고 있는지도 모른다. 그 정도 거리에서 적을 볼 수 있고, 적 역시 망원경으로 이쪽을 볼 수 있다는 생각을 하자 이상한 느낌이 들었다. 물론 지금은 양쪽 진영 사이의 거리로 인한 일종의 휴전 상태이다. 그런데 이쪽에서 적을 볼 수 있거나 적이 이쪽을 볼 수 있을 경우에는 그 즉시 서로를 죽이는 일이 잇따를 수밖에 없다는 생각이 들었다. 서로를 평화롭게 바라보는 일에는 뭔가 인위적이며 가식적인 것이 있었다. 그리고 그것은 사람을 불편하게 하고 만족스럽지 못하게 하는 전쟁의 어떤 측면이다. 노아는 적을 나중에 죽이는 것이 더 힘들 거라는 이상한 생각이 들었다.

그는 절벽 꼭대기에 서서 유럽 대륙의, 선명하지만 미심쩍은 해안을 바라보았다. 부두와 첨탑, 지붕과 나무가 전시의 하늘 위로 솟아 있는 칼레는 그의 아래에 있는 도버와 마찬가지로 일요일 아침의 고요 속에 조용히 놓여 있었다. 그는 로저가 그날 그곳에 자신과 함께 없는 것이 아쉬웠다. 로저라면 역사적으로 긴밀한 관계에 있는 두 마을에 관해 뭔가 모호하면서도 중요한 이야기를 했을 것이다. 실제로 오랜 세월에 걸쳐 두 마을 사이에는 소형 어선과 관광객과 대사와 병사와 해적, 고성능 폭탄이 오고갔다. 로저가 필리핀의 정글에 낀 이끼와 종려나무 사이에서 죽어 간 것을 생각하면 너무도 가슴이 아프다. 그가 만약 죽을 수밖에 없었다 해도 그가 그토록 사랑한 프랑스의 해변에 상륙하다 총탄에 맞거나, 어느 여름 내내 함께 술을 마신 카페 주인을 찾아 파리 근처에 있는 시골 마을로 미소를 지으며 차를 타고 가다가 총에 맞아 죽었다면 얼마나 더 그럴듯했을 것인가? 아니면 이탈리아에서, 그가 1936년 가을 나폴리에서 로마로 가던 중에 들른 어촌 마을에서 적과 싸우다가 죽었다면 얼마나 더 그럴듯했을 것인가? 그 경우 그는 그 마을의 교회와 시청과 여자의 얼굴을 알아보며 죽어 갔을 것이다. 노아는 죽음에 나름의 공정한 등급이 있다는 것을 깨달았다. 그런데 로저의 죽음은 그 가운데서도 가장 낮은 등급이었다. 〈여유를 갖고 사랑을 멋진 것으로 만들어 봐. 당밀로 사탕을 만들듯이. 한데 돈은 벌고 있는 거야? 내가 알고 싶은 건 그것뿐이야.〉

그 후 노아는 전쟁이 끝나면 호프와 함께 이곳으로 다시 오겠다고 결심했다. 〈나는 바로 이곳에 서 있었어. 무척이나 조용했지. 저곳에 지금 보이는 그대로의 프랑스가 있어. 오늘까지도 왜 마지막 외출을 이곳 도버로 나왔는지 모르겠어. 모르겠어. 이곳이 어떤지 보고 싶은 호기심 내지는 욕망 때문이었는지도 몰라. 정말로 전쟁이 벌어지고 있는 마을과, 적이 있는 곳을 보고 싶었는지도 몰라. 적에 대해 무척 많은 이야기를 들었이. 그들이 어떻게 싸우는지, 어떤 무기를 사용하는지, 어떤 끔찍한 일들을 저질렀는지에 대해. 나는 최소한 그들이 있는 곳을 보고 싶었어. 그런데 이따금 폭격이 있었지. 한데 나는 군에서 애기한 것과는 달리 누군가가 분노해 총을 쏘는 소리는 한 번도 듣지 못했어.〉

〈아냐, 우리는 전쟁에 대한 애기는 결코 하지 않을 거야〉라고 노아는 생각했다. 우리는 어느 여름날에 손을 잡고 걷다가 풀밭 위에 나란히 앉아 해협 건너를 바라보며 〈저길 봐, 프랑스에 있는 교회의 첨탑이 보이지? 정말 아름다운 오후야〉라고 말할 것이다.

폭발음이 고요를 뒤흔들었다. 노아는 항구를 내려다보았다. 창고 가운데 폭탄이 떨어진 곳에서 멀리서 보기에 장난스러워 보이는 작은 연기가 천천히 치솟았다. 그런 다음 연이어 폭발음이 들렸다. 마을의 지붕 위로 불규칙한 모양의 연기가 피어올랐다. 굴뚝 하나가 천천히 쓰러졌다. 하지만 너무 멀어 사탕으로 만들어진 벽돌처럼 부드럽게 무너지며 아무 소리도 들리지 않았다. 폭발음은 모두 일곱 번 들렸다. 그런 다음 다시 고요가 찾아왔다. 마을은 다시 안식일의 잠에 빠진 것처럼 보였다.

바다 건너편에 있는 독일군은 그 공격으로 분을 풀고 만족한 듯 더 이상 포격을 하지 않고 기다렸다.

영국군 쪽에서는 아무런 반응도 없었다. 폭발에 의한 먼지

구름이 치솟았지만 5분이 지나자 그것 또한 가라앉았고, 무슨 일이 있었다는 사실 또한 믿기가 어려워졌다.

노아는 폭발이 어떤 모습으로 보였고 어떻게 들렸는지 그 정확한 인상을 마음속에 새기기라도 하듯 천천히 언덕을 내려가 마을로 향했다. 그 모든 것이 너무도 아득하고, 유치할 정도로 심술궂고, 그 어떤 계획도 없이 일어난 것처럼 여겨졌다. 〈이게 다인가?〉 그는 아래로 내려가며 몸의 균형을 잡으려 애를 쓰면서 〈이런 것이 전쟁이란 말인가?〉 하는 생각을 떨칠 수 없었다.

이제 마을은 깨어나 있었다. 검은색 깃털이 달린 모자를 쓴 두 노파가 그물 장갑을 낀 손에 기도서를 든 채로 천천히 교회 쪽으로 가고 있었다. 멋진 군복을 입은, 키가 큰 해병대 중위 한 명은 팔을 하얀 삼각건에 고정시킨 채로 우아한 모습으로 재빨리 자전거를 타고 가고 있었다. 그리고 아주 어린 한 소녀가 교회에 가는 숙모의 손에 이끌려 가다가 노아를 쳐다보며 진지한 얼굴로, 영국의 아이들이 미군 병사를 볼 때면 늘 그러하듯 「껌 있어요? 껌요?」라고 말했다.

「해리엇!」 숙모가 차갑게 소리쳤다.

노아는 미소를 지으며 교회로 끌려가는 그 작은 금발 머리 소녀를 향해 고개를 저었다.

한 가족이 높은 검은색 문을 열고 거리로 나왔다. 아버지와 어머니, 그리고 네 살에서 열 살에 이르는 몇몇 아이들과 함께였다. 아버지는 가장 어린 아이의 손을 잡고 있었다. 그는 고급스러워 보이는 양복 아래로 배가 불룩했고, 낡긴 했지만 깨끗이 솔질한 모자 아래의 얼굴은 졸린 것 같으면서도 흡족한 표정이었다. 어머니는 양치기 개처럼 아이들을 몰아 교회로 향했다.

다리를 드러낸 아주 예쁜 소녀 하나가 헐렁한 외투를 입은 채로 『선데이 타임스』를 읽으며 무심한 표정으로 그들 사이를 걸어가고 있었다.

차갑고 말을 삼가는 듯한, 전형적인 영국군 병장의 얼굴을 한 이가 권위 의식과 능력을 뽐내는 듯한 뻣뻣한 태도로 그의 팔짱을 낀 아내와 함께 길 건너편에서 걸어가고 있었다. 그의 아내는 젊었고, 노아는 그녀가 자기 남편의 태도에 어울리게 살아가려고 애쓰고 있다는 것을 알 수 있었다. 하지만 남편을 비스듬히 바라보는 그녀의 얼굴에는 미소가 피어올랐고, 그 모습은 그 상황과 어울리지 않아 더욱 매력적으로 보였다. 그녀는 마치 무장한 차량 행렬 속에서 우연히 길을 잃게 된, 원기 넘치고 털이 많은 셰틀랜드산 조랑말을 탄, 형형색색의 리본으로 머리를 묶은 아이처럼 보였다.

「좋은 아침이에요.」 마을 사람들은 폭격을 받은 길을 걸어가며 서로에게 인사했다. 「아름다운 날이에요. 또다시 불쌍한 핀칠리 부인의 생선 가게에 폭탄이 떨어졌다고 하더군요. 한데 주말에 앨버트와 함께 있게 되어 좋지 않아요? 안개가 걷혀 좋지 않아요? 오늘은 프랑스가 보여요. 저녁 식사 후 절벽에 올라가 프랑스를 볼 거예요. 그래요, 시드니에게서 소식을 들었어요. 상태가 아주 좋다고 해요. 고마워요. 아주 좋대요. 3주 전에 마지막 실밥을 뽑았죠. 이제 그는 휴양차 캘커타로 휴가를 갈 거예요. 로버타는 미군 병장 애인과 함께 이번 주말에 다시 왔죠. 그는 그 맛있는 미국산 과일 샐러드가 든 커다란 깡통과 체스터필드 열 갑을 가져왔죠. 사랑스러운 아이예요. 아주 사랑스러워요. 그의 얘기로는 외출 허가가 한 달 후면 나올 거래요. 한데 군대에서는 모든 게 느리게 이루어지죠. 그들은 이곳에서 결혼식을 올릴 거예요. 공습 전에 결혼식을 올릴 것을 대비해 나는 레드와인 목사님께 미리 부탁을 드려 놓았죠. 좋은 아침 보내세요.」

노아는 교회 앞에서 걸음을 멈췄다. 육중한 사각형 탑이 있는 낮은 석조 건물이었다. 마치 그 교회의 주인인 하느님은 많은 것을 금지하는 구약성서의 하느님처럼, 오랜 세월에 걸쳐 도버에서 살아 온 사람들에게 허식이나 애매한 태도를 허용하지 않은, 엄격한 율법을 강요하는 하느님처럼 보였다. 그리고 그 하느님은 해안과 절벽과 차가운 물과 폭풍의 하느님으로, 정의에 집착하지만 자비에는 인색한 하느님이었다. 교회 잔디밭 위에는 공습에 대비한 방공호가 하나 있었다. 그리고 뒤쪽 목사관 근처에는 지그재그 모양의 철조망이 쳐져 있었고, 잔디밭 구석에는 탱크를 막는 피라미드 모양의, 위협적으로 보이는 콘크리트 덩어리가 놓여 있었다. 그것은 독일군을 막기 위한 것이었는데, 독일군은 1940년에는 그곳을 돌파하겠다고 호언을 했지만 아직까지 절벽을 올라오지 못하고 있었다.

이미 예배가 시작된 상태였고, 사람들이 오르간 연주에 맞춰 찬송가를 부르고 있었다. 각이 진 회색 돌 사이로 들리는, 깊고 둔중한 오르간과 남자들의 목소리 위로 울려 퍼지는 여자 소프라노와 아이들의 목소리는 놀라울 정도로 섬세하고 가볍게 들렸다. 노아는 충동적으로 교회 안으로 들어갔다.

사람들은 몇 되지 않았다. 노아는 교회 뒤쪽에 있는 빈 참나무 의자에 앉았다. 창문이 많이 깨져 있었다. 그중 어떤 것에는 마분지가 대어져 있었고, 깨진 유리 조각이 무거운 납

틀 속에 날카롭게 박혀 반짝이고 있었다. 해협을 가로질러 온, 소금기를 머금은 바람이 틈새로 들이치며 베일과, 성경책 페이지와, 목사의 길고 하얀 머리칼을 나부끼게 했다. 설교단에 꿈을 꾸듯 서 있는 목사는 찬송가에 맞춰 발을 살며시 굴리고 있었다. 하얀 머리가 나부끼는 그는 얼굴이 메마르고 야위어 푸가나 별에 너무 깊이 빠진 나머지 이발소에 가는 것을 잊은 늙은 피아니스트나 천문학자처럼 보였다.

노아는 유대인 교회에 간 적이 없다. 종교 문학에 대한 그의 아버지의 과장되고 수사학적인 친밀함이 어린 시절 노아의 마음에 하느님에 대한 생각을 먹구름처럼 드리웠다. 그리고 그는 군대에서 유대교인이건 기독교인이건 군목에게 이야기해 본 적이 없었다. 그들은 늘 지나치게 퉁명스럽거나 인정이 많거나, 너무도 군인 같거나 세속적이었고, 다른 대위나 사령관과 다를 바가 없었다. 그래서 노아는 그들로부터 그 어떤 영적인 위안도 얻을 수 없을 것 같았다. 그는 항상 그가 그들에게 가 〈신부님, 저는 죄를 지었습니다〉 또는 〈신부님, 저는 무척 두렵습니다〉라고 말할 경우 그들은 그의 어깨를 두드리며 군대 규칙을 들먹이며 가서 소총을 닦으라고 할 것만 같았다.

노아는 예배에는 거의 귀를 기울이지 않았다. 그는 설교 내용에는 무관심한 채로 다른 사람들이 일어나면 일어났다가 앉으면 자리에 앉았다. 그러면서도 찬송가의 나지막하고 감미로운 소리에 귀를 기울이며, 머리 위쪽 창문 틈새로 스머드는 겨울 바다의 햇빛이 희미하게 비치고 있는 목사의 지친 듯하면서도 우아한 얼굴에 시선을 고정시키고 있었다.

사람들 사이에서 마지막으로 부스럭거리는 소리가 들렸

다. 기도서를 넘기는 소리와 발을 끄는 소리, 아이들이 서로에게 〈쉬〉 하고 말하는 소리가 들렸다. 그런 다음 목사는 생각에 잠겨 몸을 숙이며 핏기가 없는 커다란 손으로 광택이 나는 검은색 나무 설교단을 잡고 설교를 시작했다.

노아는 처음에는 그 이야기를 이해할 수 없었다. 그의 마음은 그가 종종 음악을 들을 때와 같은 상태에 빠져 있는 것 같았다. 그는 음악을 들을 때에도 멜로디나 작곡가의 주제의 전개를 따르지 않고 추상적인 소리에 자극되어 마음 자체가 만들어 내는 이미지의 독립적인 연속에 빠지는 경우가 있었다. 목사의 목소리는 노인의 그것처럼 낮고 부드러우며 친근했다. 그리고 그의 목소리는 깨진 창문 사이로 들어온 바람 소리에 잠시 들리지 않곤 했다. 직업적인 열정이 결여되어 있고, 훈계하는 것처럼 들리지 않는 그 목소리는 새로운 생각으로 하느님과 자신의 신도들에게 말하는 것처럼 들렸다. 그리고 과거의 종교적 헌신을 담지 않은 그 목소리는 낡은 설교와 의식으로부터 자유로운 것으로, 교회와는 어울리지 않는, 진정으로 종교적인 목소리였다.

「사랑은.」 노인이 말했다. 「예수님의 말씀으로 그것은 분리도, 교활한 계산도, 해석의 다양성도 인정하지 않습니다. 우리는 이웃을 우리 자신처럼, 그리고 적을 우리의 형제처럼 사랑하라는 말을 듣습니다. 그런데 그 말과 그 의미는 우리의 행동이 저울질되는 쇠로 만들어진 추처럼 분명합니다.

우리는 해협의 둑에 사는 것이 아니라 해협에 사는 사람들입니다. 우리는 바다의 이끼와, 난파한 배의 잔해와, 바다 속의 흔들리는 양치류와, 어두운 해저에 가라앉은, 죽은 사람들의 뼈 사이에서 살고 있습니다. 그런데 우리 위로는 인간과 하느님에 대한 증오의 깊은 물결이 출렁이고 있습니다. 지금 북쪽에서 몰아쳐 온 파도가 절망이라는 북극의 물결로 우리를 살찌우고 있습니다. 우리는 총들 가운데 살고 있습니다. 그런데 그 뻔뻔스러운 총소리가 하느님의 부드러운 음성을 익사시키고 있습니다. 그 요란한 총성 위로 복수의 사나운 외침만이 들릴 뿐입니다. 우리는 우리의 도시들이 적의 폭탄에 부서지는 것을 보며, 이른 나이에 적의 총탄에 맞은 아이들을 애도하며, 증오에 찬 적들의 도시와 그곳의 아이들에게 잔인하고 사납게 역습을 가합니다. 적은 호랑이보다도 더 야만적이며, 상어보다도 더 굶주려 있으며, 늑대보다도 더 잔인합니다. 우리는 우리의 소박한 삶을 지키기 위해 적에게 맞서 적을 공격합니다. 하지만 그 과정에서 우리는 그들보다 한술 더 뜹니다. 그런데도 우리는 이 모든 것이 끝난 후 승리가 우리의 것인 척할 수 있을까요? 우리가 지키고 있는 것은 우리가 승리하게 되면서 사라지게 될 것입니다. 한데 그것은 우리가 패배할 경우에는 결코 사라지지 않을 것입니다. 우리는 깊은 원한을 느끼며 이곳에 앉아 일요일에 우리가 하는 말이 하느님께 이를 수 있다고 생각할 수 있을까요? 무고한 사람들을 죽이고, 교회와 박물관에 폭탄을 투하하고, 도서관을 불태우고, 금세기의 오물이라고 할 수 있는 뾰족한 강철과 부서진 콘크리트 사이에 아이들과 어머니들을 묻으며 한 주를 보낸 후에 말입니다.

신문에서 독일이라는 불행한 땅에 닥치는 대로 수천 톤의 폭탄을 투하했다는 기사를 읽었다고 자랑해서는 안 됩니다. 그 폭탄들은 나와 여러분의 교회, 그리고 여러분 자신과 하느님께 마구 투하된 것입니다. 그 대신, 위험하게 무장한, 그래서 죽일 수밖에 없는 독일군 병사 한 사람을 죽인 것에 대해 어떻게 애도했는지를 이야기하십시오. 그러면 나는 당신을 나와 내 교회, 그리고 영국의 수호자라고 말할 것입니다.

여러분 중에는 몇몇 병사들의 모습도 보입니다. 당연하게도 여러분은 〈병사에게 사랑은 뭐죠? 병사가 어떻게 예수님의 말씀에 복종하죠? 병사가 어떻게 적을 사랑할 수 있죠?〉라고 물을 것입니다. 나는 이렇게 말할 것입니다. 사람을 죽이되 최소한으로 죽이고, 죄의식과 슬픔을 갖고 죽이십시오. 그 죄의식은 당신뿐만 아니라 당신의 수중에 들어오게 된 사람 또한 느껴야 하는 죄의식입니다. 오늘 얼마 전 당신을 죽이러 적을 이곳으로 오게 한 것은 당신의 무관심과 정신의 나약함과 탐욕이 아닌가요? 적은 고투를 벌이며 흐느끼며 당신에게 소리쳤고, 당신은 〈내게는 아무 소리도 들리지 않아. 적의 목소리는 바다 건너까지 들려오지 않아〉라고 말했죠. 그러자 적은 절망적인 상태에서 총을 들었고, 결국 당신은 〈그의 목소리가 분명하게 들려. 이제 적을 죽이지〉라고 말했죠.」

노인의 목소리는 부드러웠고 더욱 약해졌다. 「이제 적을 알게 되었다고 해서 자신이 옳다고 생각지는 마십시오. 적을 죽여야 한다면 죽이십시오. 잘못된 생각을 갖고 있고, 마음이 약한 우리는 적을 죽이되 후회를 하고 슬퍼하며 죽일 때에만 평화에 이를 수 있습니다. 전쟁터에서 이 세상을 떠나는 불멸의 영혼들을 위해서라도 절대로 닥치는 대로 적을 죽이지는 마십시오. 여러분의 탄창 속에 자비를, 배낭 속에 용서를 지니고 다니십시오. 복수심에 적을 죽이지는 마십시오. 복수는 여러분의 것이 아니라 하느님의 것입니다. 여러분이 누군가의 목숨을 앗을수록 여러분의 삶은 더욱 가난해진다는 사실을 명심하십시오.

자, 여러분. 바다 속에 있는 잔해에서, 바다 속 양치식물의 정글에서 나와 스스로를 따뜻한 파도로 살찌우십시오. 비록 우리가 도살자를 상대하고 있지만 도살 행위로 우리의 손을 더럽히지 않게 하십시오. 우리의 적을 유령으로 만드는 대신 형제로 만드십시오. 우리가 자랑하듯 우리의 손에 하느님의 칼이 있다면 그것이 고결한 강철이라는 사실을 명심하고, 우리 영국인의 손으로 그것을 분주한 도살자의 칼로 만드는 일은 없게끔 합시다.」

노인은 한숨을 쉬며 몸을 약간 떨었다. 창문 사이로 불어온 바람에 그의 머리가 날렸다. 그는 꿈을 꾸듯 사람들이 그의 앞에 있는 것도 잊은 것처럼 무심히 그들의 머리를 바라보았다. 그런 다음 반은 비어 있는 자리를 인자하게 내려다보며 미소를 지었다.

그가 기도를 드리고 마지막 찬송가를 불렀지만 노아는 아무 소리도 들을 수가 없었다. 목사의 말에 그는 흥분을, 그리고 노인과 주위에 있는 사람들과, 해협의 이곳과 건너편에서 자신들의 총 옆에 서 있는 병사들과, 살아 있거나 죽어 갈 모든 것에 애정을 느꼈다. 그리고 그는 이상한 희망이 차오르는 것을 느꼈다. 그는 논리적으로는 노인이 말한 것에 동의하지 않았다. 자신이 싸우고 있는 전쟁에서는 적을 죽여야 하며 자신 또한 적의 목표물이 될 수밖에 없었다. 그것은 불가피한 일이다. 노인의 말처럼 하는 것은 군대를 위태롭게 만들며, 적에게 유리하게 해 그 때문에 어느 날 자신의 생명을 잃을 수도 있다. 그렇지만 목사의 설교에 그는 희망을 느꼈다. 만약 일곱 발의 악의적인 폭탄의 잔해가 아직 제대로 치워지지 않은 때, 전쟁으로 교회가 부서지고, 병사들이 상처를 입고, 민간인이 가족을 잃은 그러한 때 그러한 곳에서 형제애와 자비에 대해 그토록 열정적으로 말하고, 보복에 대한 두려움 없이 마음껏 이야기할 수 있는 누군가가 있다면 세상은 끝난 것이 아니다. 노아는 영국 해협 건너편에서는 누구도 자신의 목소리를 낼 수 없으며, 그에 따라 해협 너머에 있는 사람들이 결국에는 전쟁에서 패배할 것이라는 것을 알고 있었다. 세계는 그들의 수중이 아니라, 나이 든 목사 앞에서 약간 졸리고 약간 멍한 상태로 고개를 끄덕이며 앉아 있는 사람들의 수중에 들어올 것이었다. 노아는 누군가가 비논리적이지만 엄격하고 사랑스러운 목소리를 높일 수 있는 한 자신의 아이가 확신과 희망 속에서 살아갈 수 있으리라고 생각했다.

「아멘.」 목사가 말했다.

「아멘.」 신도들이 다 함께 말했다.

노아는 천천히 자리에서 일어나 밖으로 나갔다. 하지만 그는 문 앞에서 걸음을 멈추고 기다렸다. 밖에서는 한 아이가 활과 화살로 탱크 방어물 하나를 겨냥하고 있었다. 아이는 화살을 쏘았지만 빗나갔다. 그는 화살을 주워 와 다시 조심스럽게 겨냥을 했다.

목사가 문 앞에 서서 일요일에 배급되는 고기를 먹으러 가는 신도들과 진지한 표정으로 악수를 나누었다. 강한 바람에 그의 머리칼이 그 어느 때보다 거세게 흩날렸고, 노아는 그의 손이 심하게 흔들리는 것을 보았다. 목사는 무척 늙고 허약해 보였다.

노아는 신도 모두가 흩어지기를 기다렸다. 그런 다음 목사가 몸을 돌려 안으로 들어가려 하는 순간 그에게로 갔다.

「목사님.」 노아가 부드럽게 말했다. 그는 무슨 말을 해야 좋을지 정확히 알 수 없었다. 그를 전율케 한 감사하는 마음과 희망을 어떻게 말로 표현해야 하는지 알 수가 없었다. 「목사님, 저는…… 기다렸다가…… 제대로 표현하지 못해…… 죄송합니다…….」

노인은 차분하게 그를 바라보았다. 원시인 그의 눈은 검고 슬프게 보였으며 눈가에는 깊은 주름이 패여 있었다. 그는 천천히 고개를 끄덕이며 노아의 손을 잡아 흔들었다. 그의 손은 메마르고 무척 약했고, 노아는 그것을 아주 조심스럽게 흔들었다.

「아, 좋소.」 목사가 말했다. 「고맙소. 내가 이야기를 한 건 당신과 같은 젊은이를 향해서였소. 당신과 같은 사람들이 결정을 내려야 하니까요…… 고맙소.」 그는 노아의 군복을 호기심 있게 바라보았다. 「아.」 그가 정중하게 말했다. 「캐나다인인가요?」

노아는 미소를 짓지 않을 수 없었다. 「아니요, 목사님.」 그가 말했다. 「미국인입니다.」

「아, 미국인이라고요?」 노인이 약간 놀라며 말했다. 「네, 그래요.」 노아는 노인이 미군이 참전한 사실을 제대로 이해하지 못했으며, 그가 그 이야기를 수없이 듣고도 잊어버렸고, 그에게는 모든 군복이 똑같이 보일 거라는 생각을 했다. 「아, 환영해요, 환영해요.」 노인이 따뜻하지만 애매하게 말했다. 「아, 정말로 환영해요.」 노인은 갑자기 자신의 뒤쪽에 있는 교회의 창문을 올려다보며 말했다. 「새로 창문을 수선해야 해요. 외풍이 아주 심해요.」

「아닙니다, 목사님.」 노아가 말했다. 그는 미소를 지을 수밖에 없었다. 「외풍은 전혀 느끼지 못했습니다.」

「그렇게 말해 주니 고맙군요.」 목사가 말했다. 「미국에서 왔다고요?」 목사는 다시금 정중하게 놀라움을 표현했다. 「하느님이 당신을 축복하시길. 앞으로 있을 끔찍한 날들을 보낸 후 사랑하는 사람들이 있는 고향으로 안전하게 돌아가길 바랍니다.」 그는 교회 안으로 들어가려고 했다. 그러다가 갑자기 몸을 돌려 다시 돌아왔다. 그는 거의 거칠게 노아를 바라보았다. 「진실을 말해 봐요.」 그가 말했다. 「내가 쓸데없는 말을 하는 늙은 바보 같소?」 그가 노아의 두 팔을 놀라울 정도로 세게 잡았다.

「아닙니다, 목사님.」 노아가 부드럽게 말했다. 「위대한 분이라고 생각합니다.」

노인은 노아의 얼굴에서 자신의 나이와 낡은 생각에 대한 조롱이나 두둔의 흔적을 찾으려는 듯 노아를 뚫어지게 쳐다보았다. 그런 다음 자신이 본 것에 만족한 듯 노아의 팔에서 손을 떼고 미소를 지으려 했다. 하지만 그는 얼굴이 떨렸고, 눈에는 그늘이 드리워졌다.

「젊은이.」 그가 속삭였다. 그는 고개를 저었다. 「때로 노인은 자신이 어떤 세계에 살고 있는지 전혀 모르기도 하오. 그리고 자신이 죽은 사람을 위해 말하고 있는지 태어나고 있는 사람을 위해 말하고 있는지 모르기도 하오. 나는 신도들을 보면서 50년 전에 죽은 사람들의 얼굴을 찾으며, 한동안 그들이 기억날 때까지 그들에게 이야기를 하오. 몇 살이오, 젊은이?」

「스물셋입니다, 목사님.」 노아가 말했다.

「스물셋이라.」 목사는 생각에 잠겨 말했다. 「스물셋이라.」 그는 천천히 손을 뻗어 노아의 뺨을 만졌다. 「살아 있는 얼굴이군. 살아 있어. 당신의 안전을 위해 기도드리겠소.」

「고맙습니다, 목사님.」노아가 말했다.

「젊은이.」목사가 말했다.「군대에서는 사람을 죽이라고 가르치겠죠?」

「네, 목사님.」노아가 말했다.

「그건 정말이지 추한 일이오.」목사가 말했다.「아, 내가 군대를 얼마나 증오하는지…….」그는 눈을 깜빡였고, 잠시 자신이 누구에게 이야기하는지 잊은 것처럼 보였다. 그는 주위를 모호하게 둘러보았다.「언제 일요일에 다시 와요.」무척 피로한 목소리로 그가 말했다.「그때면 창문을 갈아 끼웠을 거요.」그는 갑자기 몸을 돌려 어두운 구멍처럼 보이는 문으로 들어갔다.

부대로 돌아온 노아는 전보가 와 있는 것을 발견했다. 전보는 7일 만에 그에게 전달된 것이었다. 그는 손목과 손가락 끝의 피가 요동치는 것을 느끼며 서투르게 전보를 열었다. 그는 〈사내아이, 3킬로그램, 기분이 아주 좋아, 사랑해, 사랑해. 호프〉라는 글을 읽었다.

그는 멍한 상태로 중대 사무실을 나갔다.

저녁 식사 시간에 그는 동료들에게 시가를 나눠 주었다. 그는 플로리다에서 맞서 싸웠던 모두에게 시가를 나눠 주는 이유를 조심스럽게 이야기했다. 미국으로 전출된 브레일스퍼드는 그곳에 없었지만 나머지 사람들은 놀란 얼굴로 부끄러워하며 불편하게 시가를 받았다. 그리고 그들은 노아와 악수를 하며, 마치 그들 역시 가는 비가 내리는 영국에서, 살상 무기들 사이에서, 아주 멀리서 태어난 아기의 아버지가 된 경이로

움을 나누기라도 하듯 멍청하지만 따뜻한 축하의 말을 했다.

「사내아이라고!」 골든 글로브 헤비급 권투 선수로서 화염 방사기를 맡고 있는 도널리가 우악스러운 주먹으로 노아의 손을 얼얼할 정도로 힘껏 잡아 흔들며 말했다. 「사내아이라고! 그 아이에 대해 아는 게 있어? 사내아이라고! 그 불쌍한 어린것이 자기 아버지처럼 군복을 입는 일은 없기를 바라네. 이거 고마워.」 그는 선물로 받은 시가의 냄새를 맡았다. 「정말 고마워. 훌륭한 시가야.」

하지만 마지막 순간 노아는 리킷 병장과 콜클러 대위에게는 차마 시가를 줄 수가 없었다. 대신 그는 버네커에게 세 개를 주었다. 한 대는 자신이 피웠다. 태어나서 처음으로 피운 시가였다. 그런 다음 멍한 상태로 약간 어지러움을 느끼며 잠자리에 들었다.

24

문이 열렸고, 회색 옷을 입은 그레첸 하르덴부르크가 서 있는 것이 보였다.

그녀가 문을 조금 열어 밖을 내다보며 말했다. 「그래, 무슨 일이죠?」

「안녕.」 크리스티안이 미소를 지으며 말했다. 「베를린에서 막 도착했어요.」

그레첸은 문을 조금 더 연 후 그를 자세히 바라보았다. 잠시 그의 어깨 견장을 본 그녀의 얼굴에 그것을 알아본 듯한 기색이 떠올랐다. 그녀가 말했다. 「아, 병장님. 환영해요.」 그녀는 문을 열었지만 크리스티안이 키스를 하기도 전에 손을 내밀었다. 그들은 악수를 했다. 그녀의 손은 앙상했고, 떨리는 듯했다.

「잠시만요.」그녀가 사과를 했다.「홀의 불이…… 그런데 당신은 변했군요.」그녀는 뒤로 물러나 그를 따지듯이 바라보았다.「체중이 너무 많이 빠졌어요. 그리고 얼굴색도…….」

「황달에 걸렸죠.」크리스티안이 재빨리 말했다. 그 자신도 얼굴색이 마음에 들지 않았고, 그래서 사람들이 그에 대해 이야기하는 것을 좋아하지 않았다. 그런 식으로 문 앞에 서서 자신의 유쾌하지 않은 용모에 대한 이야기를 나누는 것은 그레첸과의 만남에서 그가 생각한 것이 아니었다.「말라리아와 황달을요. 그 때문에 베를린에 오게 되었죠. 병가를 냈죠. 조금 전 기차에서 내렸어요. 그런 다음 곧바로 이곳으로…….」

「기분이 좋군요.」얼굴을 가리고 있는, 빗질을 하지 않은 머리칼을 뒤로 넘기며 그레첸이 기계적으로 말했다.「당신이 와 기뻐요.」

「안으로 들어오라고 하지 않을 건가요?」크리스티안이 말했다. 그러면서 그는 〈그녀를 보자마자 또다시 사정을 하는군〉 하는 쓰라린 생각을 했다.

「오, 미안해요.」그레첸이 날카롭게 웃었다.「낮잠을 자고 있었어요. 아직도 몽롱한 것 같아요. 물론, 물론, 들어와요…….」

그녀는 그의 뒤로 문을 닫고 친밀하게 그의 팔을 꽉 잡았다. 기억이 생생한 방 안으로 들어서며 크리스티안은 아직도 괜찮을 것이라고 생각했다. 〈그녀는 처음에는 놀랐지만 이제는 괜찮아진 것 같아.〉

거실에 들어선 그가 그녀 쪽으로 가자 그녀는 몸을 피하며 담뱃불을 붙인 후 자리에 앉았다.

「앉아요.」 그녀가 말했다. 「내 예쁜 병장님. 가끔 당신에게 무슨 일이 일어났을지 궁금했어요.」

「편지를 보냈어요.」 뻣뻣하게 자리에 앉으며 크리스티안이 말했다. 「여러 번 편지를 보냈어요. 그런데 한 번도 답장을 않더군요.」

「편지는…….」 그레첸은 얼굴을 찌푸리며 담배를 든 손을 흔들었다. 「그냥 시간이 없었어요. 늘 답장을 보내려 했지만…… 결국에는 태워 버렸죠. 그냥 불가능했어요. 하지만 당신 편지는 마음에 들었어요. 정말이에요. 당신이 우크라이나에서 당한 일은 끔찍해요, 그렇지 않아요?」

「나는 우크라이나가 아니라 아프리카와 이탈리아에 있었어요.」 크리스티안이 침착하게 말했다.

「그렇죠, 그렇죠.」 그레첸은 창피해하는 기색도 없이 말했다. 「우리는 이탈리아에서는 아주 잘하고 있어요. 그렇지 않나요? 유일하게 희망적인 곳이죠.」

크리스티안은 이탈리아가 어떻게 희망적으로 보일 수 있는지 궁금했지만 아무 말도 하지 않았다. 그는 이야기하는 그레첸을 자세히 살펴보았다. 그녀는 나이가 훨씬 더 들어 보였는데, 구겨진 회색 가운을 입어 더욱 그렇게 보였다. 그녀의 눈은 노랬고, 아래로 처져 있었으며, 머리칼은 푸석했고, 젊음으로 힘이 넘쳤던 몸은 이제 무뎌지고 떨리고 있었으며, 초조한 것처럼 보였다.

「이탈리아에 있었다니 당신이 부럽군요.」 그녀가 말했다. 「베를린은 점점 사람 살 곳이 못 되어 가요. 난방도 안 되고, 거의 매일 밤 공습이 있어 밤에 잠을 자는 것도 불가능하죠.

옮겨 다니는 것도 불가능해요. 그냥 따듯한 곳에서 지내기 위해 이탈리아로 전출되려고 애를 썼죠.」 그녀가 웃음을 터트렸다. 그녀의 웃음에는 울먹임이 실려 있었다. 「나는 정말로 휴가가 필요해요.」 그녀가 재빨리 말을 이었다. 「우리가 조국에서 어떤 상황에서 얼마나 열심히 일을 했는지 당신은 모를 거예요. 나는 종종 내 부서의 책임자에게 이런 상황에서 싸워야 한다면 병사들 역시 파업을 할 거라고 얘기하죠. 그의 면전에다 대고요.」

크리스티안은 〈그녀의 말에 싫증이 나다니 놀랍군〉 하고 생각했다.

「오.」 그레첸이 말했다. 「진짜 기억나요. 내 남편의 중대. 그래요, 그 검은색 레이스. 그건 지난여름에 도둑맞았어요. 베를린 사람들이 얼마나 정직하지 못하게 되었는지 당신은 모를 거예요. 당신도 청소하는 여자 모두를 매처럼 잘 지켜봐야 해요.」

그녀의 결점을 하나 더 보태며 〈수다스럽기까지 하군〉 하고 크리스티안은 생각했다.

「전선에서 돌아온 병사에게 이런 얘기를 해서는 안 되죠.」 그레첸이 말했다. 「모든 신문이 베를린에 사는 모두가 얼마나 용감한지, 그들이 아무런 불평 없이 얼마나 잘 고통을 참고 있는지 계속해서 떠들고 있죠. 하지만 당신에게 그 무엇도 숨길 필요가 없어요. 길에 나가자마자 모두가 불평하는 것을 듣게 될 테니까요. 이탈리아에서 뭘 가져왔나요?」

「뭘요?」 크리스티안이 놀라며 물었다.

「뭔가 먹을 것이요.」 그레첸이 말했다. 「많은 남자들이 치즈나 맛있는 이탈리아산 햄을 갖고 돌아오죠. 당신 역시……」

그녀는 애교 있게 미소를 지으며 아주 친근한 모습으로 앞쪽으로 몸을 기울였다. 그녀의 가운이 약간 벌어지며 날카로운 가슴 선이 드러났다.

「아뇨.」크리스티안이 짧게 말했다.「황달 외에는 아무것도 가져오지 않았어요.」

그는 피로했고 약간 망연자실했다. 그는 그레첸과 한 주를 보내려고 베를린에 온 것이다. 그런데 이제…….

「먹을 것이 충분치 않아서는 아니에요.」그레첸이 딱딱한 말투로 말했다.「하지만 먹을 것이 다양하지 않아서…….」

〈오, 맙소사.〉크리스티안은 속으로 신음을 했다.〈2분밖에 되지 않았는데 먹을 것에 대한 얘기나 하고 있다니!〉

「얘기해 봐요.」그가 불쑥 말했다.「남편에게서 소식을 들었나요?」

「내 남편은.」그레첸이 먹을 것에 대한 얘기를 그만두는 것이 아쉬운 듯 스스로를 수습하며 말했다.「음, 자살했어요.」

「뭐라고요?」

「자살했어요.」그레첸이 가볍게 말했다.「주머니칼로요.」

「그럴 리가.」크리스티안이 말했다. 그토록 힘이 넘치고 복잡하고 냉혹하고 합리적이며 사나운 사람이 자살을 하다니 믿기가 어려웠다.「그에게는 너무도 많은 계획들이 있었는데…….」

「그의 계획에 대해서는 나도 알아요.」그레첸이 슬픈 듯이 말했다.「이곳으로 돌아오고 싶어 했죠. 그는 자신의 사진을 보냈어요. 어떻게 누구에게 시켜 그 얼굴을 찍게 했는지는 모르겠어요. 한쪽 시력을 회복한 그는 갑자기 돌아와 나와 함께 살기로 결심을 했죠. 그의 모습이 어땠는지 당신은 상상도 못할 거예요.」그녀는 눈에 띄게 몸을 떨었다.「그런 사진을 자기 아내에게 보내다니 미친 게 틀림없어요. 그는 자신은 이해할 것이며, 그걸 이겨 낼 만큼 충분히 강하다고 썼어요. 그는 처음부터 이상하긴 했지만 얼굴도 없는 그는…… 어쨌든 전쟁 중이라 하더라도 한계는 있기 마련이죠. 그는 인생에는 공포가 따르기 마련이며, 우리 모두가 그것을 견딜 수 있어야 한다고 썼어요.」

「그래요.」크리스티안이 말했다.「기억해요.」

「오!」그레첸이 말했다.「그가 그런 얘기를 당신에게도 했을 거라고 생각해요.」

「그래요.」크리스티안이 말했다.

「그래요.」그레첸이 토라진 얼굴로 말했다.「나는 그에게 아주 신중하게 편지를 썼죠. 그 편지를 쓰는 데 꼬박 하룻밤이 걸렸어요. 이곳은 불편할 것이며, 최소한 그 얼굴을 어떻게 할 때까지는 군 병원에서 치료를 받는 게 좋을 거라고 했죠…… 하지만 솔직히 말하면 그 얼굴을 어떻게 할 수는 없어요. 그건 얼굴이 아니니까요. 그가 여기서 나와 함께 사는 건 있을 수가 없는 일이에요. 하지만 편지는 아주 조심스럽게 썼죠.」

「그 사진을 갖고 있나요?」크리스티안이 갑자기 물었다.

그레첸은 그를 이상하다는 듯이 쳐다보았다. 그녀는 가운을 여몄다.「그래요.」그녀가 말했다.「갖고 있어요.」

「이해가 안 돼요.」자리에서 일어나 벽에 붙어 있는 책상으로 가며 그녀가 말했다.「왜 그것을 보고 싶어 하는지.」그녀는 책상 서랍 두 개를 초조하게 뒤적이더니 작은 사진 한 장을 꺼냈다. 그녀는 잠시 그것을 바라보더니 크리스티안에게 건네주었다.「여기요.」그녀가 말했다.「마치 요즘은 모두가 더 무서운 것들을 필요로 하는 것 같아요.」

크리스티안은 사진을 바라보았다. 군복의 빳빳한 칼라 위로 누구의 얼굴인지 알 수 없는 상처 입은 살 밖으로 일그러진 밝은 한쪽 눈이 냉혹하고도 당당하게 쳐다보고 있었다.

「이걸 가져도 될까요?」 크리스티안이 말했다.

「요즘 들어 당신들은 점점 더 이상해지고 있는 것 같아요.」 그레첸이 날카롭게 말했다. 「때로 나는 당신들 모두를 감옥에 가둬야 한다는 생각이 들곤 해요. 정말로요.」

「이걸 가져도 될까요?」 사진을 내려다보며 크리스티안이 다시 말했다.

「그렇게 해요.」 그레첸은 어깨를 으쓱했다. 「나한테는 아무 소용도 없는 것이니까요.」

「나는 그에게 굉장한 유대감을 느꼈어요.」 크리스티안이 말했다. 「그에게 많은 신세를 졌죠. 그는 내가 아는 다른 누구보다도 많은 것을 가르쳐 주었죠. 그는 진정한 거인이에요.」

「병장님.」 그레첸이 재빨리 말했다. 「내가 그를 좋아하지 않았다고는 생각지 마요. 나는 그를 좋아했어요. 무척 좋아했죠. 하지만 되도록이면 이런 식으로 그를 기억하고 싶어요.」 그녀는 은테를 두른 하르덴부르크의 사진을 탁자에서 들어 감상적인 얼굴로 만졌다. 모자를 쓴, 잘생기고 근엄한 모습의 사진이었다. 「우리가 결혼한 첫 달에 찍은 사진이죠. 그 역시 내가 이런 식으로 자신을 기억하기를 바랄 거예요.」

문에서 열쇠가 돌아가는 소리가 들렸고, 그레첸은 초조하게 얼굴을 찌푸리며 가운의 끈을 좀 더 단단히 묶었다. 「병장님.」 그녀가 서둘러 말했다. 「이제 가셔야 할 것 같아요. 지금 바쁘고…….」

검은 외투를 입은 체구가 큰 여자가 방 안으로 들어왔다.

철제 안경 너머로 작은 눈이 차가워 보이는 그녀는 회색 머리칼을 이마에서 뒤로 빗어 넘겼다. 그녀는 크리스티안을 한 차례 훑어보았다.

「안녕, 그레첸.」 그녀가 말했다. 「아직 옷을 안 입었어요? 저녁 식사를 하러 가야죠.」

「손님이 와서요.」 그레첸이 말했다. 「남편이 있던 중대 소속의 병장님이에요.」

「그래요?」 여자의 목소리가 차갑게 캐묻는 듯 높아졌다. 그녀는 크리스티안을 마주 보았다.

「병장님…… 병장님.」 그레첸이 주저하는 목소리로 말했다. 「대단히 죄송하지만 당신 이름이 기억이 나지 않아요.」

이 여자를 죽이고 싶어, 하고 크리스티안은 생각했다. 그는 손에 하르덴부르크의 사진을 든 채로 중년 여자를 마주하고 서 있었다. 「디스틀이요.」 그가 차분하게 말했다. 「크리스티안 디스틀이요.」

「디스틀 병장님, 지게 양이에요.」

크리스티안은 여자를 향해 고개를 까닥했다. 그녀는 잠시 눈을 아래로 내리깔며 인사를 받았다.

「지게 양은 파리 출신이에요.」 그레첸이 초조하게 말했다. 「국방부에서 일하고 있죠. 아파트를 얻을 때까지 나와 함께 살 거예요. 무척 중요한 인물이죠, 그렇지 않나요, 여보?」 그레첸은 자신의 마지막 한마디에 깔깔 웃었다.

여자는 그녀를 무시했다. 그녀는 네모나고 강해 보이는 손에서 장갑을 벗기 시작했다. 「죄송해요.」 그녀가 말했다. 「목욕을 해야 해요. 뜨거운 물이 나오나요?」

「미지근한 물밖에는 나오지 않아요.」 그레첸이 말했다.

「그만하면 됐어요.」체구가 큰 그 여자는 욕실로 사라졌다.

「무척 지적인 여자죠.」그레첸은 크리스티안을 쳐다보지도 않았다. 「사람들이 그녀에게 충고를 구하기 위해 수시로 찾아오는 것을 보면 놀랄 거예요.」

크리스티안은 모자를 집어 들었다. 「이제 가야 해요.」그가 말했다. 「사진 고마워요. 잘 있어요.」

「잘 가요.」가운의 깃을 초조하게 여미며 그레첸이 말했다. 「문을 꽝 닫아 줄래요? 자물쇠는 자동이에요.」

25

「내가 보기에는.」베르가 말했다. 그들은 해변을 따라 맨발로 시원한 모래를 밟으며 신발이 있는 곳으로 걸어가고 있었다. 5천 킬로미터 떨어진 미국에서 건너온 파도 소리가 고요한 공기 속에서 봄의 노래처럼 들렸다. 「독일은 앞으로 1년이면 끝날 거야.」베르는 걸음을 멈추고 담뱃불을 붙였다. 가는 담배를 감싼 그의 노동자 같은 튼튼한 손이 거대하게 보였다. 「어디에나 폐허뿐이야. 열두 살 된 아이들이 1킬로그램의 밀가루를 훔치기 위해 수류탄을 사용하고 있어. 길에서는 젊은 남자를 찾아볼 수가 없어, 목발을 한 사람 외에는. 나머지는 모두 러시아와 프랑스와 영국의 포로수용소에 있으니까. 늙은 여자들은 감자가 든 자루를 들고 길을 걸어가다가 갑자기 굶주림 때문에 쓰러져 죽곤 하지. 돌아가고 있는 공장은 전혀 없어. 모두 폭탄을 맞아 무너져 버렸으니까. 정부도 없어. 러시아인과 미국인이 만든 군법이 있을 뿐이지. 학교도 집도 미래도 없어.」

베르는 걸음을 멈추고 바다를 바라보았다. 노르망디 해안의 초봄을 생각하면 놀라울 정도로 따스하고 부드러운, 늦은 오후였다. 예쁜 오렌지색 공 모양의 해는 평화롭게 수면 아래로 가라앉고 있었다. 모래 언덕 위의 뾰족한 풀은 정적 속에서 거의 움직이지 않았다. 해변을 따라 검고 구불구불하게 나 있는 길은 텅 비어 있었고, 멀리 연한 빛의 돌로 지은 농가는 오래전부터 방치된 것처럼 보였다.

「미래도 없어.」 길게 뻗어 있는 가시 철망 너머로 바다를 바라보며 베르가 생각에 잠긴 얼굴로 다시 말했다. 「미래도 없어.」

베르는 크리스티안이 새로 배치된 중대의 병장이다. 나이가 서른 가량으로 건장하고 말수가 적은 그는 아내와 두 아이를 1월에 베를린에서 일어났던 영국 공군의 공습 때 잃었다. 그는 이야기하려 들지 않았지만 가을에 러시아 전선에서 부상을 입었고, 프랑스에는 크리스티안이 베를린에서 휴가를 보낸 후 그곳에 도착하기 몇 주 전에 왔다.

그를 알게 된 지 한 달 만에 크리스티안은 그를 무척 좋아하게 되었다. 그 역시 크리스티안을 좋아하는 것처럼 보였다. 그들은 새싹이 트고 있는 시골을 오랫동안 산책하거나 그들 대대가 주둔하고 있는 마을의 카페에서 지역 특산인 칼바도스와 사과주를 마시며 남는 시간을 함께 보내기 시작했다. 그들은 외출할 때면 허리띠에 찬 권총집에 권총을 넣고 다녔는데 상관으로부터 늘 마키[13]의 활동에 주의하라고 경고받았기 때문이다. 하지만 그 동네에서는 아무런 일도 없었고, 크리스티안과 베르는 계속되는 경고가, 상부의 심화되고 있는 초조

13 제2차 세계 대전 중 프랑스의 반독일 유격대.

감과 불안을 드러내는 증상일 뿐이라고 생각했다. 그래서 그들은 들판과 해변을 태연하게 돌아다녔으며, 길에서 만나게 되는 프랑스인들에게 정중한 태도를 보였다. 프랑스인들 역시 시골 사람답게 말을 삼가고 심각한 표정이긴 했지만 무척 친절했다.

크리스티안이 베르에게서 제일 마음에 드는 점은 그가 정상이라는 것이다. 알렉산드리아 외곽에서 악몽 같은 밤을 보낸 이후로 크리스티안이 관계하는 다른 모든 사람들은 지나치게 긴장해 있거나 초조해하거나 원한에 사무쳐 있거나 신경질적이거나 몹시 피로해하고 있었다. 하지만 베르는 평화로운 시골 풍경처럼 차분하고 이성적이며 건강했고, 크리스티안은 그와 함께 지내면서, 말라리아에 걸리고 포탄 세례를 받아 쇠약해진 마음이 느긋하고 차분해지는 것을 느꼈다.

처음 노르망디에 있는 대대로 전출되었을 때 크리스티안은 화가 났다. 할 만큼 했어, 하고 그는 생각했다. 〈더 이상은 못하겠어.〉 베를린에서 그는 아프고 나이가 든 것처럼 느껴졌다. 그는 밤에 적기가 날아올 때에도 침대에서 일어나지 않고 하루에 열여섯 시간에서 열여덟 시간씩 졸며 휴가를 모두 보냈다. 그는 아프리카와 이탈리아, 그리고 으깨져 아직 완전히 낫지 않은 다리와 재발하는 말라리아에 대해 물리도록 생각했다. 〈더 이상 내게서 뭘 원하는 것인가? 이제 사람들은 미군이 해변에 상륙했을 때 내가 그들을 맞이하기를 바라고 있는 게 분명해.〉 그는 자신에 대한 역겨운 동정심을 느끼며 〈이건 지나쳐, 내게서 그런 걸 요구할 권리는 없어〉 하고 생각했다. 분명히 아무런 부상도 입지 않은 수백만 명의 다른 병사가 있었다. 왜 그들을 이용하지 않는 것인가?

한데 그때 그는 베르를 알게 되었고, 초연함에서 나오는 베르의 힘이 천천히 그를 치유해 주었다. 평화로운 가운데 건강하게 한 달을 보내면서 그는 체중이 늘었고 혈색도 정상으로 돌아왔다. 그는 전혀 두통을 느끼지 못했고, 상태가 좋지 않은 다리 역시 뒤틀린 힘줄에 결국에는 적응한 것 같았다.

그리고 지금 베르는 해변의 시원한 모래 위를 나란히 걸으며 참담한 이야기를 하고 있었다. 「전혀 미래가 없어. 전혀. 미군이 유럽에 상륙하는 일은 결코 없을 거라고들 얘기하고 있지. 말도 안 되는 얘기야. 그들은 묘비 사이에서 휘파람을 불며 사기를 북돋고 있어. 문제는 그 묘비가 그들의 것이 아니라 우리의 것이 될 거라는 점이지. 미군은 곧 상륙할 거야. 그러기로 마음을 먹었으니까. 죽는 데 이의는 없어.」 베르가 말했다. 「하지만 쓸모없이 죽고 싶지는 않아. 우리가 뭘 하든 미군은 상륙할 거야. 그리고 독일로 쳐들어가 그곳에서 러시아군과 만나겠지. 그렇게 되면 독인은 영원히 끝장이 나는 거야.」

그들은 잠시 말없이 걸어갔다. 크리스티안은 발가락 사이로 파고드는 모래의 감촉을 느꼈다. 그것은 어린 시절 그가 맨발로 달리던 때를 떠올리게 했다. 그는 아름다운 해변에서 행복하고 멋진 오후를 보냈었다. 그는 베르가 요구하는 것만큼 침착하게 생각에 잠길 수가 없었다.

「라디오에서 독일이 미국에게 올 테면 오라며 허풍 치는 소리를 들었어.」 베르가 말했다. 「비밀 병기가 있다는 듯이. 그리고 독일은 언제라도 러시아가 영국과 미국에 대항해 싸울 거라고 말하고 있지. 하지만 그 이야기들을 들으면 머리를 벽에 찧고 울고만 싶어. 왜 그런지 알아? 그건 독일이 거짓말을 하고 있어서가 아니라 그 거짓말이 너무도 약하고 뻔뻔스러우며 경멸스럽기 때문이야. 그건 언어를 모욕하는 거야. 독일군 수뇌부는 뒷짐을 지고 앉아 머릿속에 떠오르는 아무 말이나 지껄이지. 그런데 그건 그들이 우리를 경멸하기 때문이야. 그들은 독일인 전부와 베를린 사람들 모두를 경멸하지. 그들은 우리가 바보여서 누군가가 말만 하면 전부 믿는다는 것을 알고 있어. 그리고 그들은 점심시간과 오후에 술을 한잔 하기까지 15분 사이에 자기들이 꾸며 내는 말도 안 되는 모든 얘기를 위해 우리가 죽을 준비가 되어 있다는 것을 알고 있지.

내 얘기를 들어 봐. 내 아버지는 지난번 전쟁에서 4년간 싸웠어. 폴란드와 러시아와 이탈리아와 프랑스에서. 아버지는 세 번 부상을 입었고, 1918년 아르곤[14] 숲에서 들이켠 가스 후유증으로 1926년에 죽었지. 우리는 너무도 멍청해서 권력을 가진 자들이 마치 영화의 속편에서처럼 똑같은 싸움을 다시 하게 만드는 데 놀아나고 있어! 같은 노래와 같은 군복, 같은 적, 그리고 같은 패배가 반복되고 있지. 새로운 것은 오직 무덤뿐이야. 그리고 이번에는 끝도 달라질 거야. 독일은 결코 아무것도 배우지 못하지만 다른 나라들은 이번에 뭔가를 배울 거야. 그리고 이번에는 달라. 이번에 패배하게 되면 훨씬 더 나쁠 거야. 지난번 전쟁은 단순하고 괜찮은 유럽 스타일의 전쟁이었어. 모두가 그것을 이해할 수 있었고, 용서할 수 있었지. 그런 전쟁을 1천 년 동안 해왔으니까. 그것은 일반적이고 예측 가능한 동일한 규칙 아래에서 문명화된 기독교인 신사와, 또 다른 문명화된 기독교인 신사가 싸운 같은 문화 내부의 전쟁이었지. 전쟁이 끝났을 때 내 아버지는 자신의 연대와 함께 베를린으로 행진해 돌아갔고, 여자들은 길에서 그들

14 프랑스 북동부에 있는 지역.

에게 꽃을 던졌어. 아버지는 군복을 벗고 당신의 법률 사무실로 돌아가 아무 일도 없었던 것처럼 민사 법정에서 사건을 맡았지. 하지만 이번에는 아무도 우리에게 꽃을 던지지 않을 거야. 우리 중 누군가가 살아남아 베를린으로 행진해 돌아간다 하더라도.

이번 전쟁은 같은 문화 내부의 단순하고 이해할 수 있는 전쟁이 아냐. 이번 전쟁은 동물 세계가 인간의 집을 공격하는 것이야. 자네가 아프리카와 이탈리아에서 뭘 봤는지는 모르겠지만 나는 내가 러시아와 폴란드에서 무엇을 보았는지 알아. 우리는 길이가 1천6백 킬로미터에 폭이 1천6백 킬로미터에 이르는 공동묘지를 만들었어. 남자, 여자, 아이, 폴란드인, 러시아인, 유대인 등 가리지 않고 죽였지. 그것은 인간의 행동이 아니야. 그것은 닭장 속에 들어간 족제비가 하는 짓과 다를 바 없었어. 마치 동구에서 살아 있는 뭔가를 남겨 놓을 경우 어느 날 증인이 나타나 우리에게 불리한 증언을 할 것처럼 느낀 거지. 그리고 이제……」 베르는 낮고 평탄한 목소리로 말했다. 「그 일이 있은 후 이제 우리는 마지막 실수를 저질렀어. 우리는 전쟁에서 지고 있어. 족제비는 마지막 코너로 몰리고 있고, 인간은 마지막 처벌을 준비하고 있어. 우리에게 무슨 일이 일어날 것 같나? 말해 보지. 어떤 밤이면 나는 내 아내와 두 아이가 죽은 것에 대해 하느님께 감사를 드리지. 전쟁이 끝났을 때 그들이 독일에 살지 않아도 되는 것에 대해. 어떤 밤이면……」 베르는 바다를 바라보며 말했다. 「바다를 보면서 나는 나 자신에게 〈저 속으로 뛰어들어! 헤엄쳐서 영국이나 미국으로 가, 아니면 8천 킬로미터를 헤엄쳐 이 모든 것에서 벗어나!〉라고 말하지.」

그들은 이제 신발이 있는 곳에 이르러 무거운 군화 위로 서서 징이 박힌 둔한 모습의 검은색 가죽 신발을, 그것이 자신들의 고통을 상징하는 것인 양 바라보았다.

「하지만 나는 영국이나 미국으로 헤엄쳐 갈 수는 없어. 나는 이곳에 있어야 해. 나는 독일인이고, 독일에서 일어나는 모든 일은 내게도 일어나게 될 거야. 내가 이런 식으로 얘기를 하는 이유도 거기에 있어. 자네가 만약 이 얘기를 누군가에게 하게 되면 바로 그날 밤 누군가가 나를 끌고 가 총살을 시키겠지.」

「아무 말도 하지 않을게.」 크리스티안이 말했다.

「한 달 동안 자네를 지켜보고 있었네.」 베르가 말했다. 「지켜보며 판단을 해왔네. 내가 자네에 대해 잘못 생각했다면, 그리고 자네가 내가 생각하는 사람이 아니라면 나는 목숨이 위태롭게 될 거야. 좀 더 자네를 지켜보고 싶었지만 우리에게는 시간이 없어.」

「나에 대해서는 걱정하지 마.」 크리스티안이 말했다.

「우리에게는 단 한 가지 희망이 있을 뿐이야.」 모래 속에 파묻혀 있는 신발을 보며 베르가 말했다. 「독일을 위한 한 가지 희망이 있지. 세상에 아직도 독일에 동물만이 아니라 인간이 존재한다는 사실을 보여 줘야 해. 인간이 자신을 위해 행동할 수 있다는 것을 보여 줘야 해.」 베르는 신발에서 눈을 떼고 크리스티안을 빤히 쳐다보았고, 크리스티안은 그가 계속해서 자신에 대해 판단하고 있다는 것을 알 수 있었다. 크리스티안은 아무 말도 하지 않았다. 그는 혼란스러웠고, 베르의 말을 들어야 한다는 사실에 화가 났지만 그의 말에 매혹되었고, 그것에 귀를 기울여야 한다는 것을 알고 있었다.

「히틀러와 그의 하수인들이 권력을 쥐고 있는 한 영국도 러시아도 미국도, 그 누구도 독일과 평화 조약을 체결하지 않을 거야. 인간이 호랑이와 평화 조약을 체결하는 일은 없으니까. 독일에 있는 뭔가를 구하려 한다면 지금 즉시 평화 조약을 체결해야 해. 그런데 그건 무슨 의미일 것 같나?」 베르는 강연을 하는 사람처럼 물었다. 「그건 독일인 스스로 호랑이를 몰아내야 한다는 것을 의미하지. 독일인 스스로 위험을 무릅써야 하고 그렇게 하는 과정에서 피를 뿌려야 해. 적이 우리를 물리친 후 선물을 주듯 정부를 세워 주기를 기다려서는 안 돼. 그렇게 되면 통치할 게 전혀 남지 않게 되고, 그렇게 하고자 하고 그렇게 할 수 있는 힘을 갖고 있는 그 누구도 남지 않게 될 테니까. 그것은 자네와 내가 나머지 세상에 독일을 위한 희망이 있다는 것을 증명하기 위해 독일인을 죽일 준비를 해야 한다는 것을 의미해.」 다시 그는 크리스티안을 쳐다보았다. 그는 못을 하나씩 박아 확신이 들게 해서 나를 파멸시키고 있어, 하고 크리스티안은 분개하며 생각했다. 그럼에도 그는 베르의 말을 중단시킬 수 없었다.

「내가 혼자서 이 일을 꾸미고 있다고 생각지는 말아 줘. 나는 혼자가 아냐. 군대 내부와 독일 전역에서 그 계획이 서서히 준비되고 있고, 사람들이 모여들고 있어. 우리가 성공하리라는 보장은 할 수 없어. 단지 한쪽에는 죽음과 폐허가 있지만 다른 한쪽에는……」 그는 어깨를 으쓱했다. 「얼마간의 희망도 있지.」 그는 말을 이었다. 「우리를 구할 수 있는 정부는 하나밖에 없어. 우리가 나서서 직접 일을 할 경우 우리는 그 정부를 세울 수 있어. 하지만 우리를 대신해 적이 그렇게 하도록 내버려 둘 경우 대여섯 개의 정부가 존재하게 될 거야.

그렇게 되면 그 정부들 모두가 무의미하고 쓸모없는 것이 될 거고 결국에는 정부가 없는 것이나 마찬가지가 될 거야. 그 경우 1950년에 비해 1920년은 유토피아처럼 보이게 되겠지. 우리가 나서서 직접 일을 한다면 우리는 공산주의 정부를 세울 수 있고, 하룻밤 사이 우리는 공산주의 유럽의 중심이 될 거야. 대륙의 나머지 국가들은 우리를 살찌우고 우리를 강하게 해줄 거야. 영국과 미국이 무슨 말을 하든지 우리에게 다른 형태의 정부는 없어. 미국이 민주주의라고 부르는 것 아래에서 독일인들이 서로를 죽이는 짓을 못하게 막는 것은 자주 관리 제도를 통해 늑대를 양 우리 가까이 가지 못하게 하는 것이나 마찬가지야. 바깥에 밝은 색 페인트를 새로 칠한다고 무너지고 있는 건물이 계속 서 있지는 못해. 벽과 기초에 철골을 박아야 해. 미국인은 단순하고 뼈에 지방이 많이 붙어 있지. 그들은 사치와 민주주의의 쓰레기에 탐닉하고 있지. 그들은 자기들의 체제가 자기들의 법률 책에 적혀 있는 근사한 말이 아니라 피부 밑의 따뜻한 지방층에 기초하고 있다는 사실을 깨닫지 못하고 있어.」

베르의 그 말은 크리스티안이 전에 들은 어떤 이야기를 떠오르게 했다. 언제 그런 이야기를 들었을까? 그는 오래전 스키 슬로프에서 마거릿 프리맨틀과 함께했던 아침을 떠올렸다. 그때 그는 다른 이유로 같은 말을 하고 있었다. 필요한 다른 대답을 얻기 위해 똑같은 논쟁을 늘 다르게 하는 것은 얼마나 혼란스러우며 피곤한 일인가, 하고 크리스티안은 생각했다.

「우리는 바로 이곳에서 도울 수 있어.」 베르가 말했다. 「우리는 프랑스에 있는 많은 사람들과 연결되어 있어. 지금 우리를 죽이려는 프랑스 사람들과. 하지만 하룻밤 사이 그들은 우리의 가장 믿음직한 동맹 세력이 될 수 있어. 폴란드와 러시아, 노르웨이, 네덜란드, 그리고 다른 어디에서나 마찬가지야. 하룻밤 사이에 우리는 독일이 중심이 된, 단 하나의 단결된 유럽을 미국에게 보여 줄 수 있어. 그렇게 되면 미국은 싫든 좋든 그것을 받아들일 거야. 그렇지 않을 경우……」 그는 어깨를 으쓱했다. 「그렇지 않을 경우 초반에 죽는 게 나아. 이제 지금 이곳에서 해야 하는 구체적인 것들이 있어. 자네도 그 일을 하고 싶어한다고 사람들에게 얘기해도 괜찮을까?」

베르는 갑자기 모래 위에 앉아 양말을 신기 시작했다. 그는 조심스럽게 양말의 주름을 펴 천천히 모래를 털어 냈다.

크리스티안은 바다를 바라보았다. 그는 친구에 대한 분노로 피로했고 혼란스러웠다. 〈요즘 같은 때에 무슨 선택을 한단 말인가?〉 크리스티안은 화가 났다. 하나의 죽음과 또 다른 죽음, 밧줄과 총 그리고 독약과 칼 사이의 선택이 있을 뿐이다. 〈내가 길고 평화롭고 건강에 좋은 휴가를 보냈고, 이렇게 많은 일을 겪지도, 상처를 입지도, 아프지도 않았다면 얼마나 좋았을까? 그랬다면 이 모든 문제를 이성적으로 차분하게 보며 올바른 얘기를 하고 정의를 위해 무기를 들 수도 있었을 거야.〉

「신발을 신게.」 베르가 말했다. 「돌아가야 해. 지금 당장 대답을 하지 않아도 돼. 하지만 그 문제에 대해 생각해 보게.」

〈생각해 보라고?〉 크리스티안은 시무룩한 미소를 지으며 생각했다. 그것은 환자가 자기 배 속에 있는 암에 대해 생각하고, 선고를 받은 사람이 자신의 형량에 대해 생각하고, 목표물이 자신을 죽일 탄환에 대해 생각하는 것과 다를 바 없었다.

「내 말을 잘 듣게.」베르가 한 손에 신발을 든 채로 고개를 들었다. 「이 얘기를 누군가에게 할 경우 어느 날 아침 자네 등에 칼이 꽂히게 될 걸세. 나는 어떻게 되든 상관없이. 나는 자네를 정말로 좋아하네. 하지만 나는 나 자신을 보호해야 했고, 그래서 사람들에게 내가 자네에게 얘기를 할 거라는 말을 했네.」

크리스티안은 전쟁이 일어나기 전 그의 집에 라디오를 고치러 온 사람이나, 그가 학교에 가는 길에 어린아이들 둘이 길을 건너는 것을 도와주던 교통경찰관 같은 차분하고 건강하며 꾸밈없는 얼굴을 바라보았다.

「걱정할 필요 없다고 했지?」크리스티안이 무겁게 말했다. 「생각할 필요도 없어. 지금 바로 얘기해 주지. 나는…….」

그 순간 그 소리가 들렸고, 크리스티안은 반사적으로 모래 위로 몸을 숙였다. 탄환이 그의 머리 주위 모래 속에 박히는 소리가 들렸고, 그는 쇠가 팔을 찢는, 낯설지만 통증은 느껴지지 않는 충격을 느꼈다. 그는 고개를 들었다. 그의 위쪽 50미터 지점에서 급강하를 했던 스핏파이어가 다시 하늘 위로 치솟고 있었다. 날개에 그려진, 국적을 나타내는 원형 표지가 반짝였고, 햇살에 꼬리가 은색으로 밝게 빛이 났다. 비행기는 요란한 소리를 내며 바다 위로 날아갔고, 곧 갈매기 크기의 작고 우아한 형태로 바뀌었다. 그것은 햇살 위로, 놀라울 정도로 청명한 초록색과 자주색의 봄날 오후 속을 날아 바다 위에서 넓은 원을 그리고 있는 다른 비행기와 합류했다.

잠시 후 크리스티안은 베르를 쳐다보았다. 그는 똑바로 앉아 생각에 잠겨 배 위에 댄 손을 내려다보고 있었다. 손가락 사이에서 피가 천천히 새어나오고 있었다. 베르는 잠시 손가락을 뗐다. 피가 고르지 않게 들쭉날쭉 솟구쳤다. 베르는 그것에 만족한 듯 다시 손을 상처에 댔다.

그는 크리스티안을 바라보았다. 그 후 그 순간을 떠올리며 크리스티안은 베르가 당시 부드러운 미소를 지었다고 믿었다.

「무척 아플 거야.」 베르가 차분하게 말했다. 「나를 의사에게 데려다줄 수 있어?」

「적기가 내려왔어.」 크리스티안은 하늘에서 반짝이는 두 개의 작은 점으로 사라지고 있는 비행기를 바라보며 멍청하게 말했다. 「적들은 돌아가기 전 탄환이 몇 발 남아 있었고, 그래서 그것들을 써버려야 했던 거야.」

베르는 몸을 일으키려 했다. 그는 한쪽 무릎을 꿇었지만 결국에는 다시 주저앉아 생각에 잠긴 멍한 표정을 지었다. 「움직일 수가 없어.」 그가 말했다. 「나를 데리고 갈 수 있겠나?」

크리스티안은 베르에게로 가 그를 일으키려 했다. 하지만 곧 자신의 오른팔이 말을 듣지 않는 것을 발견했다. 그는 놀라 자신의 팔을 쳐다보았고, 다시 한번 자신 또한 총에 맞았다는 사실을 떠올렸다. 그의 소매는 피에 젖어 있었고 팔은 여전히 아무런 감각이 없었지만 상처는 벌써 소매의 천에 피가 응고되면서 달라붙고 있었다. 그는 성한 한쪽 팔로는 베르를 일으킬 수가 없었다. 그는 베르를 반쯤 일으켰다가 잠시 숨을 헐떡이며 멈췄다가 베르의 겨드랑이 아래로 팔을 꼈다. 이번에는 베르는 딸깍거리는 소리와 거품이 끓는 듯한 이상한 기계적인 소리를 내고 있었다.

「안 되겠어.」 크리스티안이 말했다.

「나를 내려놓게.」 베르가 말했다. 「오, 이런, 나를 내려놓게.」

크리스티안은 부상당한 베르를 최대한 살며시 모래 위로

내려놓았다. 베르는 다리를 뻗고, 다시 손을 배에 난 상처에 댄 상태로 앉아 피스톤 소리 같은, 거품이 끓는 듯한 이상한 소리를 내고 있었다.

「가서 도움을 청할게.」크리스티안이 말했다.「사람을 데리고 올게.」

베르는 무슨 말인가 하려 했지만 그의 입에서는 아무 말도 나오지 않았다. 그는 고개를 끄덕였다. 햇볕에 그을린 얼굴 위로 깨끗한 금발 머리가 뒤엉킨 모습의 그는 여전히 차분하고 느긋하며 건강해 보였다. 크리스티안은 조심스럽게 자리에 앉아 신발을 신으려 했지만 왼손만으로는 어떻게 할 수가 없었다. 결국 그는 포기했다. 거짓된 동작으로 베르의 어깨를 쳐주며 안심시킨 후 그는 도로를 향해 맨발로 무거운 걸음을 천천히 떼기 시작했다.

도로까지 아직 50미터쯤 남은 상태에서 그는 자전거를 타고 가는 프랑스인 두 명을 보았다. 그들은 물이 있는 들판에 길고 멋진 그림자를 드리우며 일정하게, 지치는 기색도 없이 페달을 밟으며 가고 있었다.

크리스티안은 그들을 멈춰 세우고 성한 팔을 흔들며 프랑스어로 소리를 쳤다.「친구! 동지! 멈춰요!」자전거가 멈춰 섰고, 크리스티안은 모자를 쓴 두 남자가 자신을 의심스러운 듯 쳐다보는 것을 보았다.「부상을 당했어요! 부상을 당했어요!」이제 반짝이는 바다 근처에서 작은 꾸러미처럼 보이는 베르를 향해 손을 흔들며 크리스티안이 소리를 질렀다.「도와줘요! 도와줘요!」

자전거가 거의 멈추려는 순간 크리스티안은 두 남자가 서로에게 질문을 하듯 서로를 쳐다보는 것을 보았다. 하지만 곧 그들은 핸들 위로 몸을 숙이며 재빨리 속도를 높였다. 그들은 25미터에서 30미터쯤 떨어진 가까운 곳에서 크리스티안을 지나쳐 갔다. 그는 지친, 갈색의 차가운 얼굴을 잘 볼 수 있었다. 진한 파란색 모자를 쓴 그들의 얼굴은 무표정했고, 굳어 있었다. 그리고 곧 그들은 방향을 틀어 높은 모래 언덕 뒤로 사라져 버렸다. 언덕 너머로는 거의 2킬로미터에 이르는 길이 뻗어 있었는데 그 길과, 크리스티안 주위의 시골 모두가 텅 비어 있었다. 바다의 가장자리만이 여전히 깨끗한 진한 붉은색으로 비치고 있었고 나머지 풍경은 파란색 황혼 속으로 가라앉고 있었다.

크리스티안은 두 남자를 향해 흔들 것처럼 팔을 들었다. 그는 그들이 사라진 것을 믿을 수 없다는 듯, 그들이 페달을 밟아 사라져 버렸다고 생각하는 건 자신이 부상을 당해 머릿속이 몽롱하기 때문인 것처럼 팔을 들었다. 그는 고개를 저었다. 그런 다음 멀리 가까스로 보이는 집을 향해 터벅터벅 걷기 시작했다.

1분쯤 후 그는 걸음을 멈춰야 했다. 숨이 무척 가빴고, 다시 팔에서 피가 나기 시작한 것이다. 그 순간 비명 소리가 들렸다. 그는 몸을 돌렸고 짙어지는 어둠 속, 베르를 남겨 놓고 온 곳을 보았다. 한 남자가 베르 위로 몸을 숙이고 있었고, 베르는 모래 위에서 힘겹게 기어서 달아나려고 하고 있었다. 베르가 다시 비명을 질렀고, 그의 위로 몸을 숙이고 있던 남자는 한 발을 길게 떼어 베르의 옷깃을 잡아 그를 옆으로 굴렸다. 크리스티안은 남자가 손에 든 칼이 은빛으로 둔하게 반짝이는 바다의 빛에 반사되며 날카롭고 밝게 빛나는 것을 보았다. 베르는 다시 비명을 지르기 시작했지만 그 소리를 끝내지도 못했다.

크리스티안은 왼손으로 허리띠에 찬 권총집을 열었지만 권총을 꺼내는 데는 한참이 걸렸다. 그는 그 남자가 칼을 버리고 베르의 권총집에서 권총을 꺼내려 하고 있는 것을 보았다. 그 남자는 권총을 꺼내 호주머니에 넣은 다음 근처에 놓여 있던 크리스티안의 신발을 집어 들었다. 크리스티안은 권총을 꺼내 왼손으로 힘겹게 안전장치를 풀었다. 그런 다음 총을 쏘기 시작했다. 그는 왼손으로는 한 번도 권총을 쏘아 본 적이 없었고, 그래서 탄환은 제멋대로 날아갔다. 하지만 프랑스인은 높은 모래 언덕을 향해 달아나기 시작했다. 크리스티안은 조용히 쓰러져 있는 베르를 향해 해변을 힘겹게 걸어가며 이따금 걸음을 멈춰 재빨리 달아나고 있는 프랑스인을 향해 총을 쏘았다.

크리스티안이 얼굴을 위로 하고 팔을 활짝 편 채로 누워 있는 베르에게 갔을 때 그가 쫓고 있던 남자는 자전거를 타고 모래 언덕 뒤에서 뛰쳐나온 다른 남자와 함께 어둡고 울퉁불퉁한 길을 따라 달아나고 있었다. 크리스티안은 그들을 향해 마지막 한 발을 발사했다. 가까운 거리가 틀림없었다. 그는 두 번째 자전거 핸들에서 신발 한 켤레가 떨어지는 것을 보았다. 그 자전거에 타고 있던 남자는 총탄 소리에 겁을 먹은 것이 분명했다. 프랑스인들은 멈추지 않았다. 그들은 자전거 핸들 위로 몸을 숙인 채로 도로와 해변의 희미한 모래, 철조망, 그리고 두개골 모양과 함께 〈주의, 지뢰밭〉이라고 적힌 작은 노란색 표지판 위로 퍼지고 있는 라벤더 향기 속으로 사라졌다.

크리스티안은 친구를 내려다보았다.

베르는 얼굴에 일그러진 공포의 표정을 지은 채로 반듯이 드러누워 하늘을 바라보고 있었다. 프랑스인이 칼로 불필요하게 길게 그은 그의 턱 아래에서 끈끈한 피가 흘러나오고 있었다. 크리스티안은 멍청한 얼굴로 베르를 내려다보며 생각했다. 〈아냐, 이건 불가능한 일이야. 불과 5분 전만 해도 그는 자리에 앉아 신발을 신으며 정치학 교수처럼 독일의 미래에 대해 논하고 있었어. 그런데 전투기를 타고 급강하한 영국인들과, 칼을 숨긴 채로 자전거에 탄 프랑스 농부들은 정치에 대한 나름의 관념을 갖고 있었어.〉

크리스티안은 고개를 들었다. 해변은 희미했고 텅 비어 있었으며, 바다는 조용한 파도가 일으키는 작은 거품을 모래 위로 올려 보내고 있었다. 모래 위의 발자국은 선명했다. 잠시 크리스티안은 뭔가 꼭 해야 할 일이 있다고 생각했다. 그가 한 가지 올바른 일을 할 경우 그 5분이 사라지며, 비행기가 급강하를 하지도, 자전거에 탄 두 남자가 그곳을 지나가지도 않고, 베르는 이제 모래에서 생각에 잠긴 건강한 모습으로 일어나 크리스티안에게 결정을 내리라고 재촉할 것 같았다.

크리스티안은 고개를 저었다. 그는 〈그 5분이 존재했고 지나가 버렸다는 건 터무니없는 일이야〉 하고 생각했다. 〈그 사이 무의미한 일들이 아무렇지 않게 일어났어. 오후에 프랑스 상공을 선회한 후 집으로 돌아가 데번에 있는 맥주집에서 맥주를 한잔하려던, 시력이 좋은 영국군 조종사 하나가 모래 위에 있는 작은 형체 둘을 보았고, 햇볕에 그을린 농부들이 어쩔 수 없이 칼을 사용했어. 이제 독일의 미래는 방금 죽은 독일인이자 로스토프 집안의 안톤 베르 없이 결정되게 되었어. 해변을 거닐기 좋아했고, 철학자이기도 했던 베르 없이.〉

크리스티안은 몸을 숙였다. 그는 숨을 헐떡이며 그의 친구에게서 한 쪽 신발을 벗겼고, 그런 다음 다른 쪽 신발을 천천히 벗겼다. 그 일을 하면서 그는 그 망할 자식들이 최소한 이 신발은 가져가지 못할 것이라고 생각했다.

그런 다음 그는 발을 끌며 모래를 지나 도로가 있는 곳으로 향했다. 그는 프랑스인들이 떨어트린 자신의 신발도 집어 들었다. 그런 다음 그는 신발 두 켤레를 부상당한 팔로 가슴에 안고 맨발로, 부드럽고 시원하게 느껴지는 도로를 따라 5킬로미터 떨어진 대대 본부를 향해 터벅터벅 걸어가기 시작했다.

이튿날 팔에 삼각건을 댄 크리스티안은 그다지 아픔도 느끼지 못하면서 사람들이 베르를 묻는 것을 바라보았다. 중대 전체가 광택이 나는 구두를 신고 소총에 기름을 칠한 채로 행사 때 입는 엄숙한 복장으로 나와 있었다. 대위가 그 기회를 빌려 한마디 했다.

「자네들에게 약속하지.」 주위에 떨어지는 프랑스 북부 해안의 굵은 빗줄기에도 아랑곳하지 않고 배를 집어넣은 채로 대위가 꼿꼿이 서서 말했다. 「반드시 이 병사의 복수를 해주겠다는 것을.」 목소리가 높고 귀에 거슬리는 그는 대부분의 시간을 자신이 숙소로 쓰고 있는 농장에서, 이전 주둔지인 디종에서 노르망디로 데려온, 다리가 굵은 프랑스 여자와 함께 보내고 있었다. 이제 임신한 프랑스 여자는 그 핑계로 하루에 다섯 끼씩 엄청나게 먹어 대고 있었다.

「반드시 복수할 것이다.」 대위가 다시 말했다. 「복수하고말고.」 그의 모자 아래로 흘러내린 빗방울이 코 위에 떨어졌다. 「이 지역 사람들은 우리가 진정한 친구이자 잔인한 적이라는 사실과, 자네들의 목숨이 나와 총통 각하께 소중하다는 점을 알게 될 것이다. 이제 우리는 그 살인자들을 잡아야 한다.」

대위는 비 오는 날 술집의 아늑한 구석에서 여자와 함께 느긋하게 앉아 손으로 맥주를 따뜻하게 데우며, 전날 해질 무렵 자신들의 건강을 위해 노르망디 하늘에서 멋지게 급강하를 해 맨발로 있던 독일군 둘을 향해 사격한 일을 우월감 넘치는 영국인답게 자랑하고 있을 영국군 조종사를 막연하게 떠올렸다.

「우리는 그자들에게 야만적인 행동을 일삼는 것이 아무 도움이 되지 않는다는 것을 가르칠 것이다.」 대위가 소리쳤다. 「우리가 우정의 손을 내밀었는데 그 보상으로 암살자의 칼과 마주하게 된다면 어떻게 그것을 갚아야 하는지 알아야 한다. 이러한 배반과 폭력 행위는 그들 내부에 존재하는 것이 아니다. 그런 일을 저지른 자들은 해협 건너편에 있는 이들의 사주를 받은 것이다. 스스로를 영국인과 미국인으로 부르는 이 야만인들은 여러 번 전투에서 패한 후 다른 누군가를 소매치기와 강도로 고용했다. 전쟁의 역사상…….」 이어지는 대위의 목소리는 빗속에서 더욱 커졌다. 「지금 우리의 적만큼 인간의 법을 완전히 짓밟은 국가는 없었다. 조국의 무고한 여자와 아이들에게 폭탄이 떨어지고 있고, 그들이 유럽에서 고용한 자들이 어두운 밤에 그들과 싸우는 우리 병사들의 목을 칼로 긋고 있다. 하지만…….」 대위의 목소리는 거의 비명에 가깝게 높아졌다. 「그 모든 것이 그들에게 아무런 소용이 없을 것이다! 아무런! 나는 이러한 일이 나와 독일인 모두에게 어떤 효과를 끼치는지 알고 있다. 우리는 더욱 강해지고, 더욱 분개하며, 우리의 결심은 분노로 자라날 것이다!」

크리스티안은 주위를 둘러보았다. 다른 사람들은 빗속에

슬픈 모습으로 서 있었다. 그들의 얼굴은 결심과 분노로 단호해 보이지 않았다. 온화한 모습의 그들은 다소 겁을 먹은 듯했고, 약간 지루해 보였다. 보통 대대보다 약간 평균 연령이 높고, 몸이 불편한 민간인과 이제 갓 열여덟 살이 된 소년들로 최근에 구성된 그 대대는 보충 대대로서 많은 인원이 다른 전선에서 부상을 입은 상태였다. 갑자기 크리스티안은 대위가 딱하게 여겨졌다. 대위는 수많은 전투에서 전멸한, 더 이상 존재하지 않는 군대에게 연설하고 있었다. 그는 이제 아프리카와 러시아의 무덤 속에 조용히 누워 있는, 분노에 찬 수백만 명의 유령에게 연설하고 있었다.

「마지막으로 그들은.」 대위가 소리쳤다. 「자신들의 구덩이에서 나와야 할 것이다. 그들은 영국의 부드러운 침대에서 기어 나오고, 자기들이 고용한 암살자들에게 더 이상 의지하지 말고, 군인처럼 이곳 전장에서 우리를 만나러 와야 할 것이다. 나는 그 생각 속에서 그날을 위해 살고 있다. 나는 그들을 향해 〈자, 군인처럼 독일군과 싸우는 것이 어떤 것인지 보도록 해!〉라고 소리치는 바이다. 나는 그날을 강철 같은 자신감을 갖고 맞을 것이다.」 대위는 근엄한 얼굴로 말했다. 「나는 그날을 사랑과 헌신으로써 맞을 것이다. 그리고 나는 자네들 모두가 똑같은 불길을 느끼고 있다는 것을 알고 있다.」

크리스티안은 다시 한번 다양한 계급장을 달고 있는 병사들을 둘러보았다. 그들은 합성 고무로 만든 어깨 망토 속으로 스며드는 비를 맞으며 지친 모습으로 서 있었다. 그들의 군화는 천천히 프랑스의 진흙 속으로 가라앉고 있었다.

「병장은」 하고 열려 있는 무덤을 향해 대위가 극적인 몸짓을 했다. 「그 위대한 날 육신이 우리와 함께하지는 못할 테지만 정신만큼은 우리와 함께하며 우리의 사기를 북돋우며, 우리가 주춤거리기 시작할 때면 단호하게 서 있으라고 소리칠 것이다.」

대위는 얼굴을 닦은 후 군목에게 자리를 내주었고, 군목은 기도를 했다. 군목은 감기를 심하게 앓고 있었고, 감기가 폐렴으로 바뀌기 전에 비를 피해 안으로 들어가고 싶어 했다.

삽을 든 사람이 와서 한쪽에 쌓아 놓은, 물에 젖은 흙을 무덤 속에 퍼붓기 시작했다.

대위는 지시를 내린 후 외투 아래의 엉덩이가 너무 흔들리지 않게 똑바로 걸으며 다른 무덤이 여덟 개밖에 없는 작은 공동묘지에서 중대를 이끌고 나와 마을의 중심가로 갔다. 길에는 민간인이 전혀 없었고, 마을의 모든 집은 비와, 독일군과의 전쟁에 대비해 덧문이 닫혀 있었다.

친위대 중위는 무척 마음이 따뜻했다. 그는 커다란 장교용 차를 타고 본부로 왔었다. 그는 작은 쿠바 산 시가를 계속해서 피웠는데 지하 맥주홀에 들어서는 맥주 외판원처럼 기계적인 밝은 미소를 지었다. 그에게서는 또한 브랜디 냄새가 났다. 그는 크리스티안과 나란히 차의 편안한 뒷좌석에 앉아 있었다. 그들은 해변 도로를 따라 작은 이웃 마을로 가고 있었는데 그곳에는 용의자가 구금되어 있었다. 크리스티안은 그의 신원을 확인하러 그곳에 가고 있었다.

「두 남자를 잘 봤지, 병장?」크리스티안을 바라보고 기계적인 미소를 지으며, 시가를 만지작거리면서 친위대 중위가 말했다.「그들을 쉽게 확인할 수 있겠지?」

「네, 중위님.」크리스티안이 말했다.

「좋아.」중위는 크리스티안을 바라보며 웃었다.「무척 간단한 일이 될 거야. 나는 단순한 사건을 좋아하지. 다른 수사관들은 단순한 사건을 맡을 때면 우울해지기도 하지. 그들은 대단한 형사인 척하기를 좋아하지. 또한 복잡하고 모호한 것이라면 무엇이든 좋아하지. 자신들이 얼마나 똑똑한지를 보여줄 수 있으니까. 하지만 나는 그렇지 않아. 나는 달라.」그는 크리스티안을 바라보며 따뜻하게 웃었다.「나는 맞는지 틀린지, 이 사람인지 아닌지 분명한 것을 좋아하지. 그 나머지는 지적인 자들이 알아서 할 일이야. 전쟁 전 나는 레겐스부르크의 가죽 제품 공장에서 기계공으로 일했고, 솔직히 얘기해 그다지 생각이 깊지 못해. 나는 프랑스인을 다루는 데에서 한 가지 간단한 철학을 갖고 있지. 그건 내가 그들에게 솔직할 테니 그들 또한 내게 솔직해야 한다는 거야.」그는 손목시계를 보았다.「지금이 오후 3시 반이야. 자네는 5시까지는 중대로 돌아가게 될 거야. 약속하지. 신속하게 해치우지. 이건지 저건지 결론을 내릴 거야. 그런 다음 떠나는 거야. 시가를 피우겠나?」

「아닙니다, 중위님.」크리스티안이 말했다.

「다른 장교들은 이렇게 병장과 뒷자리에 앉아 시가를 권하려 들지 않지. 하지만 나는 달라. 나는 내가 가죽 공장에서 일했다는 사실을 잊은 적이 없어. 그것이 독일 군대의 잘못 중 하나지. 모두가 자신들이 민간인이었으며 다시 민간인이 될 거라는 사실을 잊고 있지. 모두가 카이사르와 비스마르크처럼 굴고 있어. 하지만 나는 달라. 나는 모든 게 간단하고 명료해. 자네가 나와 같이 일을 하면 나도 자네와 같이 일을 해.」

지하실에 혐의자가 갇혀 있는 시청에 차가 도착했을 때 크리스티안은 이름이 라이히부르거인 친위대 중위가 완전히 바보라는 결론에 이르렀다. 그는 중위가 만년필 하나가 없어진 사건을 조사한다고 해도 그것조차 믿을 수가 없을 것 같았다.

중위는 차에서 뛰어내려 맥주 외판원처럼 미소를 지으며 유쾌한 얼굴로 볼썽사나운 석조 건물 안으로 활기차게 들어갔다. 크리스티안은 그를 따라 벽이 더러운 휑한 방으로 들어갔다. 사무용 의자 하나와, 칠이 벗겨지고 있는 카페 의자 세 개밖에 없는 그 방에는 만화로 그린 알몸의 윈스턴 처칠이 마분지에 압정으로 박혀 있었는데 그 지역 친위대 파견대가 그것을 다트 보드로 사용하고 있었다.

「앉게, 앉아.」 중위가 의자를 가리켰다. 「편하게 해. 그리고 최근에 부상을 당했다는 사실을 잊지 말게.」

「네, 중위님.」 크리스티안은 자리에 앉았다. 그는 중위에게 두 프랑스인을 알아볼 수 있다고 말한 것이 후회가 되었다. 그는 중위가 혐오스러웠고, 그와는 더 이상 그 무엇도 하고 싶지 않았다.

「전에도 부상을 당한 적이 있나?」 중위가 다정하게 미소를 지으며 말했다.

「네.」 크리스티안이 말했다. 「한 번 있습니다. 아니, 실제로는 두 번입니다. 아프리카에서 한 번 심하게 부상을 당했고, 1940년 파리 외곽에서 머리에 찰과상을 입은 적이 있습니다.」

「세 번 부상을 당한 거군.」 중위는 잠시 좀 더 진지해졌다. 「자네는 운이 좋은 사람이야. 자네는 결코 죽지 않을 걸세. 뭔가가 자네를 지켜 주고 있는 게 분명해. 물론 그것을 믿진 않지만 나는 운명론자야. 부상만 입게 되는 사람이 있는가 하면 죽게 되는 사람이 있지. 나는 아직까지는 아무런 상처도 입지 않았어. 하지만 나는 전쟁이 끝나기 전에 죽게 되리라는 것을 알고 있어.」그는 어깨를 으쓱하며 환한 미소를 지었다. 「나는 그런 유형이야. 그래서 즐기고 있지. 나는 프랑스에서 제일 요리를 잘하는 여자와 살고 있어. 그녀에게는 여자 형제가 둘 있지.」그는 크리스티안에게 눈웃음을 치며 껄껄 웃었다. 「총탄은 만족해하는 사람을 꿰뚫을 거야.」

문이 열리며 친위대 일병 한 명이 수갑을 찬 남자를 데리고 들어왔다. 세파에 찌든, 키가 큰 남자는 두렵지 않다는 것을 보여 주려고 무척 애를 쓰고 있었다. 그는 손을 뒤로 한 채로 문 앞에 서서 얼굴 근육에 힘을 줘 입술로 경멸을 드러내고 있었다.

중위는 그를 향해 다정하게 미소를 지었다. 「자.」중위가 굵은 프랑스어로 말했다. 「우리는 당신의 시간을 낭비하지 않을 작정이오.」그는 크리스티안에게로 고개를 돌렸다. 「이 사람이 맞나, 병장?」

크리스티안은 프랑스인을 바라보았다. 프랑스인은 숨을 깊이 들이켠 후 당혹감과 억제된 증오가 뒤섞인 바보 같은 얼굴로 크리스티안을 노려보았다. 크리스티안은 머릿속에서 미약하지만 난폭한 분노를 느꼈다. 그 멍청한 용기를 보이고 있는 얼굴 아래로 프랑스인의 교활하고 악의적이며 완고한 역사 전체가 숨어 있었다. 그들은 열차 안에서 같은 칸을 타고 갈 때면 상대를 조롱하는 듯한 침묵을 지켰고, 그들 두세 명이 구석 테이블에서 술을 마시고 있는 카페에서 누군가가 걸어 나가면 경멸 섞인 웃음을 터트리곤 했다. 그리고 그들은 파리가 침공당한 첫날 교회 벽에다 오만하게도 1918이라는 숫자를 적었다. 크리스티안을 노려보는 프랑스인은 얼굴을 찌푸린 상태에서도 입가에 메마른 웃음을 머금고 있었다. 저 누런 이를 소총 개머리판으로 칠 수만 있다면 그 이상 바랄 게 없겠어, 하고 크리스티안은 생각했다. 그는 그런 사람들과 함께 일을 하고자 했던, 너무도 이성적이고 점잖은 베르를 생각했다. 이제 베르는 죽었고 이 남자는 아직 살아 의기양양하게 미소를 짓고 있었다.

「네.」크리스티안이 말했다. 「이 사람이 맞습니다.」

「뭐라고?」그 남자가 멍청하게 말했다. 「뭐라고? 제정신이 아니군.」

중위는 날렵하게 손을 뻗었다. 다소 땅딸막하고 부드러워 보이는 그의 몸에서 그런 날렵한 동작이 나온다는 게 믿기지 않았다. 그는 손으로 남자의 턱을 감쌌다. 「친애하는 친구.」 중위가 말했다. 「얘기하라고 할 때만 하도록 해요.」 그는 그 어느 때보다도 당황해하는 프랑스인 위로 서 있었다. 프랑스인은 입술을 치아 위로 움직이며 상처 난 입에서 흐르는 약간의 핏방울을 핥고 있었다. 「자.」 중위가 프랑스어로 말했다. 「이것으로 어제 오후 당신이 이 마을에서 북쪽으로 6킬로미터 떨어진 해변에서 독일군 병사의 목을 그었다는 게 입증되었소.」

「제발.」프랑스인이 멍한 얼굴로 말했다.

「자, 이제는 당신에게 한 가지 이야기만 들으면 돼요.」 중위가 말을 멈췄다. 「당신과 함께 있었던 남자의 이름만.」

「제발.」프랑스인이 말했다. 「오후 내내 마을을 떠나지 않았다는 것을 증명할 수 있어요.」

「물론 그렇겠죠.」 중위가 다정하게 말했다. 「한 시간 안에

1백 명의 서명을 받아 무엇이든 증명할 수 있겠죠. 하지만 우리는 그런 것에는 관심이 없어요.」

「제발.」 프랑스인이 말했다. 「나는 자전거가 없어요.」

중위가 친위대 일병에게 고개를 까닥했다. 일병은 프랑스인을 거칠지 않게 의자에 앉혀 묶었다.

「우리는 무척 단도직입적이죠.」 중위가 말했다. 「나는 병장에게 그가 중대에 돌아가 저녁 식사를 할 수 있을 거라고 약속을 했고, 그 약속을 지킬 작정이오. 그리고 내게 털어놓지 않으면 당신이 나중에 후회하게 될 거라는 것을 약속하죠. 자⋯⋯.」

「나는 자전거도 없어요.」 프랑스인이 중얼거렸다.

중위는 책상으로 가 서랍을 열었다. 그는 집게를 꺼내 와 프랑스인이 묶여 있는 의자 뒤에서 그것을 접었다 폈다 하면서 천천히 걸어다녔다. 집게에서는 삐걱거리는 소리가 났다. 잠시 후 중위는 민첩하게 몸을 숙여 프랑스인의 오른손을 잡았다. 그런 다음 아무렇지 않게, 전문가처럼 아주 재빨리 그 남자의 엄지손가락에서 손톱을 뽑아냈다.

그가 내지르는 비명은 크리스티안은 어디에서도 들은 적이 없는 것이었다.

「얘기한 것처럼.」 중위가 프랑스인 뒤에 서서 말했다. 「나는 무척 단도직입적이죠. 우리에게는 치러야 할 전투가 아직 많이 남아 있고 나는 시간 낭비를 좋아하지 않아요.」

「제발.」 프랑스인이 신음을 했다.

중위가 다시 몸을 숙였고, 다시 비명이 들렸다. 중위는 레겐스부르크의 가죽 공장에서 기계공으로 일하고 있는 것처럼 차분했고 거의 지루해하기까지 했다.

의자에 밧줄로 묶여 있던 프랑스인의 몸이 앞쪽으로 기울었지만 그는 의식은 멀쩡했다.

「이건 일반적인 절차에 지나지 않아요, 친구.」 프랑스인의 앞쪽으로 돌아 나오며 중위가 말했다. 「이건 단지 우리가 이 문제에 대해 무척 진지하게 생각하고 있다는 것을 알게 해주려는 것에 지나지 않아요. 자, 친구의 이름을 대주겠소?」

「나는 몰라요, 몰라.」 프랑스인이 신음을 했다. 고통 외에는 아무런 표정도 없는 그의 얼굴에서 땀이 흘러내렸다.

그것을 지켜보던 크리스티안은 약간 기운이 빠졌고 어지러웠다. 사타구니에 깃털 달린 다트가 박혀 있는, 알몸의, 돼지 같은 윈스턴 처칠의 만화가 벽에 붙어 있는 작고 휑한 방에서 비명 소리는 참을 수 없게 들렸다.

「이제 나는 당신이 믿지 못할 만한 뭔가를 할 작정이오.」 중위가 말했다. 그는 프랑스인의 고통이 꿰뚫기 어려운 벽을 만들기라도 한 것처럼 보통 때보다 약간 더 큰 소리로 말했다. 「내가 단도직입적인 사람이라고 했죠. 이제 그걸 증명하려고 해요. 나는 느리게 조사하는 것을 참지 못해요. 나는 한 단계에서 다른 단계로 곧장 나아가죠. 내가 얘기한 것처럼 당신이 믿지 못할 수도 있지만, 당신과 함께 있던 사람의 이름을 대지 않을 경우 당신의 오른쪽 눈을 파내겠어요. 지금 이 순간, 이 방에서 내 손으로 직접 그렇게 할 겁니다.」

프랑스인은 자신도 모르는 사이에 눈을 감은 채로 낮게 숨을 헐떡이며 메마른 입술 사이로 말을 내뱉었다.

「제발.」 그가 속삭였다. 「이건 완전히 실수예요. 나는 몰라요.」 그런 다음 그는 정신이 번쩍 난 사람처럼 논리적인 얘기를 했다. 「나는 자전거도 없어요.」

「병장.」 중위가 크리스티안에게 말했다. 「이제 자네는 더 이상 있을 필요가 없네.」

「감사합니다, 중위님.」 크리스티안이 말했다. 그의 목소리가 떨렸다. 그는 조심스럽게 문을 닫은 후 밖으로 나가 복도 벽에 몸을 기댔다. 친위대 일병이 소총을 든 채로 문 근처에 무표정하게 서 있었다.

30초 후 다시 들린 비명은 크리스티안의 목 뒤쪽을 쓰라리게 했고, 그 소리는 그의 폐에서도 들리는 것 같았다. 그는 눈을 감은 채로 벽에 뒤통수를 댔다.

그는 그런 일이 이따금 일어난다는 것을 알고 있었지만 햇살이 환한 오후 그곳에서, 황량한 작은 마을의 먼지 낀 수수한 방에서 일어날 수도 있다는 사실이 믿기지 않았다. 바로 길 건너편에는 창문에 소시지가 매달려 있는 식료품 가게가 있었다. 그리고 그 방에는 살이 찐 알몸의, 불그레한 남자의 만화가 걸려 있었다.

잠시 후 문이 열리며 중위가 나왔다. 그는 미소를 짓고 있었다. 「효과가 있었어.」 그가 말했다. 「단도직입적인 것이. 그것이 최선의 방법이지. 여기 있게.」 그가 크리스티안에게 말했다. 「곧 돌아오겠네.」 그는 다른 방으로 사라졌다.

크리스티안과 다른 병사는 벽에 기대어 서 있었다. 일병은 담뱃불을 붙였지만 크리스티안에게는 권하지 않았다. 그는 낡은 시청 건물의 금이 간 석벽에 몸을 기댄 채로 서서 잠을 청하는 사람처럼 눈을 감고 담배를 피웠다. 크리스티안은 중위가 들어간 방에서 병사 두 명이 나와 거리로 나가는 것을 보았다. 그리고 그가 몸을 기대고 있는 문 뒤에서 속삭이며 흐느끼는 소리가 높아졌다가 낮아지는 것이 들렸다. 그 프랑스인은 기도를 드리고 있었다.

5분 후 병사 둘이 키가 작고 얼굴이 둥근, 대머리 남자 하나를 데리고 시청으로 왔다. 모자를 쓰고 있지 않은 그는 공포에 질려 눈을 이리저리 굴리고 있었다. 병사들이 그의 팔꿈치를 잡고 중위가 기다리고 있는 방 안으로 데리고 들어갔다. 「중위님이 보자고 합니다.」병사가 크리스티안에게 말했다.

크리스티안은 천천히 복도를 걸어가 다른 방으로 들어갔다. 살이 찐 프랑스인은 손으로 머리를 감싼 채로 흐느끼며 바닥에 앉아 있었다. 겁에 질려 오줌을 싼 듯 그의 주위가 젖어 있었다. 중위는 책상에 앉아 타자로 편지를 쓰고 있었다. 그 방에서는 행정병 한 명이 병사들의 급료 지불 명부를 작성하고 있었고, 창문 근처에서 쉬어 자세로 서 있던 다른 병사 한 명은 젊은 어머니가 금발 아이 하나를 데리고 양념 파는 가게 안으로 들어가는 것을 바라보고 있었다.

크리스티안이 들어가자 중위가 고개를 들었다. 그는 바닥에 있는 프랑스인을 향해 고갯짓을 했다. 「다른 한 명이 맞아?」그가 물었다. 크리스티안은 먼지 낀 나무 바닥 위에, 자신의 오줌 한가운데 앉아 있는 프랑스인을 바라보았다.

「네.」그가 말했다.

「그를 데려가.」중위가 말했다.

창가에 있던 병사가 프랑스인에게로 갔다. 프랑스인은 멍한 얼굴로 크리스티안을 올려다보았다. 「이 사람은 본 적이 없어요.」그가 말했다. 그 사이 병사는 그의 옷깃을 잡아 그를 일으켜 세우고 있었다. 「하느님 앞에 맹세컨대 이 사람은 본 적이 없어요.」

병사가 그를 끌고 밖으로 나갔다.

중위가 즐겁게 미소를 지으며 말했다. 「이제 끝났어. 이제 서류가 반 시간 안에 대령에게 가면 이 사건은 내 손을 떠나게 될 거야. 자…… 중대로 바로 돌아가길 원하나, 아니면 오늘 밤 이곳에 머물기를 원하나? 여기에는 괜찮은 병장 전용 식당이 있네. 그리고 내일 처형 장면을 볼 수도 있을 걸세. 내일 아침 6시네. 마음대로 하게.」

「여기 머물겠습니다.」 크리스티안이 말했다.

「좋아.」 중위가 말했다. 「데허 병장이 옆방에 있네. 그에게 가 내가 자네를 보냈다고 하게. 그가 자네에게 필요한 것을 준비해 줄 걸세. 내일 아침 이곳에서 5시 45분에 보지.」 그는 편지로 고개를 돌렸고, 크리스티안은 밖으로 나왔다.

처형은 시청 지하실에서 집행되었다. 지하실은 길고 축축했으며 전구 두 개가 켜져 있었다. 흙을 다져 만든 바닥에는 한쪽 벽 근처에 말뚝 두 개가 박혀 있었다. 말뚝 뒤에는 칠을 하지 않은 나무로 만든 얇은 관 두 개가 있었는데 불빛에 둔하게 반짝이고 있었다. 지하실은 감옥으로도 사용되었고, 그래서 사형 선고를 받은 죄수들이 더러운 벽에 분필과 숯으로 살아 있는 동안 마지막으로 쓴 글이 적혀 있었다.

「하느님은 없어.」 총을 쏘게 될 병사 여섯 명 뒤에 서서 크리스티안은 그 글을 읽었다. 「제기랄, 제기랄, 제기랄. 내 이름은 자크이다. 내 아버지의 이름은 라울이다. 내 어머니의 이름은 클라리스이다. 내 누이의 이름은 시몬이다. 내 삼촌의 이름은 에티엔이다. 내 아들의 이름은……」 그 남자는 말을 끝내지 못한 상태였다.

사형 선고를 받은 두 남자가 각각 두 병사 사이에서 안으로 들어왔다. 그들은 오랫동안 다리를 사용한 적이 없는 사람처럼 움직였다. 말뚝을 본 키가 작은 남자는 낮게 흐느꼈지만, 눈이 한쪽밖에 없는 남자는 다리를 제대로 가누지 못했지만 경멸의 표정을 드러내려고 턱 근육 당기는 법을 떠올리려고 애쓰고 있었다. 크리스티안은 병사들이 재빨리 그를 말뚝에 묶는 동안 그가 그런 표정을 짓는 데 거의 성공했다는 것을 알아차렸다.

소대를 지휘하는 병장이 첫 번째 명령을 내렸다. 그의 목소리 또한 초라한 지하실에는 어울리지 않게 행진을 할 때처럼 공식적으로 들렸고, 그 때문에 이상하게 여겨졌다.

붕대를 감은, 눈이 하나밖에 없는 남자가 소리쳤다. 「너희들은 결코…….」

하지만 총성에 그의 말이 끊겼다. 총탄이 키가 작은 남자를 묶은 밧줄을 끊었고 그가 앞으로 쓰러졌다. 병장이 서둘러 달려가 키가 작은 남자의 머리에 총을 한 방 쏜 후 다른 남자의 머리에 한 발을 쏘았다. 잠시 화약 냄새가 지하실의 다른 축축하고 부패한 듯한 냄새를 흐려 놓았다.

중위가 크리스티안에게 고개를 까닥했다. 크리스티안은 그를 따라 위층으로 올라갔다. 안개가 낀 회색빛 속에서 그는 계속해서 소총 소리 때문에 귀가 멍했다.

중위가 희미하게 미소를 지었다. 「어땠나?」 그가 물었다.

「괜찮았습니다.」 크리스티안이 평탄한 목소리로 말했다. 「아무렇지 않았습니다.」

「좋아.」 중위가 말했다. 「아침은 들었나?」

「아뇨.」

「나와 함께 가세.」 중위가 말했다. 「아침 식사가 기다리고 있네. 건물 다섯 채만 지나면 돼.」

그들은 나란히 걸어갔다. 그들의 발자국 소리가 바닷가의 진줏빛 안개 속에서 부드럽게 울려 퍼졌다.

「첫 번째 남자.」 중위가 말했다. 「눈이 하나밖에 없는 남자는 독일군을 전혀 좋아하지 않았어, 그렇지 않나?」

「그렇습니다, 중위님.」 크리스티안이 말했다.

「그를 제거한 건 잘한 일이야.」

「네, 중위님.」

중위는 걸음을 멈추고 약간 미소를 지으며 크리스티안을 마주 보았다. 「그들이 아니었지, 그렇지?」 그가 말했다.

크리스티안은 잠시 머뭇거렸다. 「솔직히, 중위님.」 그가 말했다. 「잘 모르겠습니다.」

중위는 좀 더 활짝 미소를 지었다. 「자네는 지적인 사람이네.」 그가 가볍게 말했다. 「효과는 같아. 우리가 심각하다는 것을 그들에게 보인 거야.」 그는 크리스티안의 어깨를 두드렸다. 「부엌으로 가 르네에게 나한테 줄 아침 식사를 자네에게 주라고 내가 얘기했다고 말하게. 그런 얘기를 할 수 있을 만큼은 프랑스어를 할 수 있지, 그렇지?」

「네, 중위님.」 크리스티안이 말했다.

「좋아.」 중위는 마지막으로 크리스티안의 어깨를 두드린 후 커다랗고 단단한 문을 지나 창가와 앞쪽 정원에 제라늄이 있는 회색 집으로 들어갔다. 크리스티안은 뒷문 쪽으로 돌아갔다. 그는 달걀과 소시지 그리고 진짜 크림을 넣은 커피를 곁들인 푸짐한 아침 식사를 했다.

추락해 불타고 있는 글라이더에서 연기가 솟아오르며 축축한 동쪽 하늘을 더럽히고 있었다. 사방에서 소형 화기가 발사되고 있었다. 더 많은 비행기와 글라이더가 계속해서 날아왔고, 모두가 그것들을 향해 대공포와 기관총, 소총 등 온갖 종류의 화기로 탄환을 발사했다. 크리스티안은 펜슈비츠 대위가 울타리에 서서 중대 바로 앞에 추락한 글라이더를 향해 권총을 발사하는 것을 보았다. 추락하며 불길에 휩싸인 글라이더에서 사람들이 비명을 지르며 날개 쪽 불길을 헤치고 땅 위로 뛰어내리고 있었다.

모두가 다른 누군가를 향해 사격을 해댔고, 무척 혼란스러웠다. 이제 네 시간째 전투가 벌어지고 있었고, 펜슈비츠는 공황 상태에서 중대를 해안 쪽으로 나 있는 도로 위로 3킬로미터를 행군하게 했다. 그곳에서 적의 사격을 받은 그들은 여덟 명을 잃은 후 다시 후퇴하며 어둠 속에 쓰러져 있는 사람들을 일으켜 세워 농장 위의 집으로 들어갔다. 그 후 아침 7시쯤 펜슈비츠는 대공포 포대의 긴장한 보초가 쏜 총탄에 맞았고, 중대는 잠시 동안의 소강상태에서 돌로 지은 노르망디의 크고 낡은 헛간 벽 뒤쪽으로 물러났다. 그 안에서는 검은색과 하얀색의 살찐 암소들이 그들을 의심스러운 눈으로 바라보고 있었다. 크리스티안은 주위를 둘러보았고, 단지 열두 명이 남아 있는 것을 보았다. 장교는 전혀 없었다.

암소들을 보며 크리스티안은 〈멋지군, 다섯 시간 동안 전투를 했는데 중대가 남아나질 않았군〉 하고 생각했다. 〈나머지 독일군도 이런 상태라면 저녁쯤이면 전쟁이 끝날 거야.〉

하지만 그 소리로 미루어 보아 나머지 독일군은 더 나은 상태에 있는 것처럼 보였다. 꾸준하게 들리는 사격 소리는 조직적인 것처럼 들렸다. 그리고 깊게 울리는 포탄 소리도 일정한 간격으로 들렸다.

크리스티안은 생각에 잠겨 남은 중대원들을 바라보았다. 그는 그들이 거의 쓸모가 없다는 사실을 깨달았다. 그중 한 명이 자신을 위한 구덩이를 파고 있었고, 나머지 사람들은 그를 따라 하고 있었다. 그들은 벽 아래, 헛간의 부드러운 땅바닥에 미친 듯이 구덩이를 파고 있었다. 이미 대여섯 명은 진한 갈색 흙을 파낸 후 엉덩이를 대고 앉아 있었다.

〈쓸모가 없어, 아무 쓸모가 없어〉 하고 크리스티안은 생각했다. 그는 공포에 질려 서로 함께 있으면 좀 더 안전하다고 잘못 생각하는 많은 사람들은 보아 왔다. 그들에 비하면 이탈리아에서 함께 싸운 하임스와 리히터 그리고 덴은 진정한 영웅이었다. 잠시 그는 그 겁쟁이들은 그대로 둔 채로 몰래 빠져나가 제대로 싸움을 하고 있는 중대를 찾아 합류하는 방안을 생각했다. 하지만 곧 그는 그 생각은 떨쳐 버렸다. 〈그들을 행군시켜 들판을 가로질러 기관총 총구 앞으로 가게 하면 이들 역시 싸우게 될 거야〉 하고 그는 비통한 생각을 했다.

그는 제일 가까이 있는 병사에게 갔다. 그는 몸을 숙인 채로 60센티미터 아래에서 발견한 나무뿌리와 씨름하고 있었다. 크리스티안은 그를 세게 걷어찼고, 그는 거름 속에 얼굴을 처박으며 넘어졌다.

「그 망할 놈의 구덩이에서 나와.」 크리스티안이 소리쳤다. 「미군이 마음 내킬 때 와서 너를 죽일 때까지 이곳에 엎드려 있을 수는 없어. 나와, 나와!」 그는 옆에 있는 병사의 갈비뼈를 걷어찼다. 그 병사는 구덩이 파는 일을 멈추지 않았고, 크리스티안의 말을 못 들은 것처럼 보였다. 그가 판 구덩이가 가장 깊었다. 그는 한숨을 쉬며 구덩이에서 나왔다. 그는 크리스티안을 쳐다보지 않았다.

크리스티안이 말했다. 「너는 나와 함께 가도록 해. 나머지는 여기 있어. 뭔가를 먹도록 해. 한참 동안 먹을 기회가 없을 테니까. 곧 돌아오겠어.」

그는 자신이 걷어찬 남자의 어깨를 떠밀어 얼굴이 하얗게 질린 사람들과 의심스러운 눈초리를 보내고 있는 암소들을 지나 집 쪽으로 가기 시작했다.

뒷문은 잠겨 있었다. 크리스티안은 총으로 그것을 요란하게 쳤다. 그 소리에 그와 함께 있던 병사가 몸서리를 쳤다. 크리스티안은 마침내 그의 이름이 부슈펠더라는 것이 기억이 났다. 〈아무 짝에도 쓸모가 없어, 아무 짝에도〉 하고 크리스티안은 생각했다.

크리스티안은 다시 문을 두드렸다. 빗장이 벗겨지는 소리가 들렸다. 잠시 후 문이 열렸고, 색이 바랜 초록색 앞치마를 입은, 키가 작고 살이 찐 노파가 서 있는 것이 보였다. 그녀는 치아가 없었고, 주름진 입술이 메말라 있었다.

「우리는 아무 잘못도 없어.」 노파가 말했다.

크리스티안은 그녀를 밀치고 들어갔고, 부슈펠더가 그를 따라갔다. 부엌에 들어서자 그는 거구의 힘 있는 사람처럼 보였다. 마치 그가 부엌을 꽉 채우고 있는 것처럼 여겨졌다. 그는 소총을 손에 든 채로 스토브에 기대어 섰다.

그는 방을 둘러보았다. 그곳은 연기와 오랜 세월로 검게 변해 있었다. 커다란 바퀴벌레 두 마리가 차가운 스토브 위를 지나가고 있었다. 창턱에는 양배추 잎에 싼 버터가 조금 있었고, 탁자 위에는 커다란 빵 한 덩어리가 놓여 있었다.

「버터와 빵을 갖고 가.」 크리스티안이 부슈펠더에게 말했다. 그런 다음 그는 노파에게 프랑스어로 말했다. 「집에 있는 술 모두를 내놓길 바라요, 어머니.」 그가 말했다. 「포도주, 칼바도스, 마르크[15] 등 뭐든지요. 술을 한 방울이라도 숨기려 할 경우 집을 불태우고 암소를 모두 죽이겠어요.」

노파는 항의를 하듯 입술을 떨며 부슈펠더가 버터를 챙기는 것을 바라보고 있었다. 그러다가 크리스티안이 이야기하자 그에게로 고개를 돌렸다. 「이건 야만적인 일이야.」 그녀가 말했다. 「사령관에게 자네를 고발하겠어. 그는 우리 가족을 잘 알고 있고, 내 딸이 그의 집에서 일을 해.」

「술을 모두 내놓도록 해요, 어머니.」 그가 거칠게 말했다. 「빨리요.」

그는 위협적으로 총을 흔들었다.

노파는 부엌 구석으로 가 들창을 들어 올렸다. 「알루아」 하고 그녀가 소리쳤다. 그녀의 목소리가 발아래 있는 지하실에서 공허하게 울려 퍼졌다. 「독일군이야. 칼바도스를 원해. 그걸 가져와. 모두 가져와. 그렇게 하지 않으면 암소를 죽이겠대.」

크리스티안은 속으로 웃음을 지었다. 그는 창밖을 내다보았다. 중대원들 모두가 그대로 있었다. 총이 없는 두 명이 새로 합류한 상태였다. 그들은 커다랗게 몸짓하며 재빠르게 말을 하고 있었고, 나머지 사람들이 그들을 에워싸고 있었다.

지하실 계단을 밟는 소리가 들렸고, 알루아가 2리터짜리 항아리를 들고 부엌으로 나왔다. 예순이 넘은 그는 오랜 세월 동

---

15 포도 등을 짜낸 찌꺼기로 만든 브랜디.

안 노르망디에서 농부로 일해 얼굴에 주름이 깊게 파여 있었다. 항아리를 쥔, 보기 흉한, 커다란 갈색 손이 떨리고 있었다.

그가 말했다. 「이게 내가 담근 최고의 사과주야. 더 이상 아무것도 숨기지 않았어.」

「좋아요.」 칼바도스를 받으며 크리스티안이 말했다. 「고마워요.」

「고맙다고 하는군.」 노파가 분노를 삭이며 말했다. 「하지만 갚겠다는 얘기는 결코 하지 않는군.」

「계산서를 제출해요.」 미소를 지으며 크리스티안이 말했다. 그는 문득 그 장면을 즐기고 있는 자신을 발견했다. 「친구인 사령관에게요. 자, 가지.」 그는 부슈펠더를 툭 쳤다.

부슈펠더는 문 밖으로 나갔다. 소형 화기 소리가 훨씬 가까운 곳에서 새롭게 들렸고, 낮게 나는 비행기 소리가 요란하게 들렸다.

「뭐지?」 알루아가 초조하게 문 밖을 내다보았다. 「연합군이 상륙한 건가?」

「아뇨.」 술을 든 크리스티안이 문 밖으로 나가며 말했다. 「그냥 일상적인 작전이에요.」

「우리 암소들은 어떻게 해야 되지?」 알루아가 그의 뒤에다 대고 소리쳤다. 「그것들을 어디에다 두지?」

크리스티안은 노인의 말에 대답하지 않았다. 그는 헛간 벽 쪽으로 가 항아리를 땅바닥 위에 놓았다.

「자.」 그가 말했다. 「다들 와 이걸 마시도록 해. 양껏 마시고 수통을 이걸로 채우도록 해. 그런 다음 10분 안에 연대를 공격할 준비를 해.」 그는 사람들을 향해 미소를 지었지만 아무도 미소 짓지 않았다. 하지만 그들은 한 명씩 와 술을 마신 후 수통을 채웠다.

「쑥스러워하지 마.」 크리스티안이 말했다. 「조국을 위해 건배하는 것이니까.」

새로 합류한 두 명이 마지막으로 왔다. 그들은 걸신이 들린 사람처럼 술을 마셨다. 긴장되어 보이는 그들의 눈은 충혈되어 있었다. 그들은 술을 뺨에 흘렸다.

「너희 두 명은 어떻게 된 거야?」 그들이 항아리를 내려놓자 크리스티안이 물었다.

두 사람은 서로를 쳐다볼 뿐 말을 하지 않았다.

「그들은 여기서 2킬로미터 떨어진 곳에 있었죠.」 크리스티안 옆에 서 있던 다른 부대원 중 한 명인 스타우흐가 말했다. 그는 한 손에 들고 있던 커다란 버터 덩어리를 탐욕스럽게 깨물며 수통에 가득 찬 칼바도스를 마셔 버터를 씻어 내렸다. 「2킬로미터 떨어진 곳에서 대대가 기습을 받았죠. 그 대대만 남았어요. 미군 낙하산병들의 공격을 받았죠. 그들은 포로는 데리고 가지 않았어요. 모두 죽였죠. 그들 모두 취해 있어요. 그들은 탱크와 대포로 무장하고 있죠.」 스타우흐의 목소리는 버터와 사과 브랜디 때문에 높고 고르지 않았다. 「적은 수천 명에 이르죠. 그들은 여기서부터 해안까지 쫙 퍼져 있어요. 그런데 아군의 조직적인 저항은 전혀 없죠.」

두 생존자는 크리스티안과 스타우흐를 번갈아 가며 보면서 시종 고개를 끄덕이고 있었다. 「이들 얘기로는 우리 또한 고립되었다고 해요.」 스타우흐가 말을 이었다. 「사단 본부에서 빠져나온 자 얘기로는 그곳에 아무도 남아 있지 않대요. 적은 장군을 쏘아 죽였고, 대령 두 명을 칼로 베어 죽였대요.」

「닥쳐.」 크리스티안이 스타우흐에게 소리쳤다. 그는 도망자 두 명을 향해 몸을 돌렸다. 「꺼져 버려.」그가 말했다.

「하지만 어디로…….」그중 하나가 물었다. 「사방에 적의 낙하산병들이…….」

「꺼져 버려.」크리스티안은 그들이 5분간 소대원과 머물며 그들에게 준 불운을 저주하며 큰 소리로 말했다. 「1분 후에도 모습이 보이면 대원들에게 사격을 하라고 할 거야. 그리고 다시 내 눈에 띄면 군법 회의에 회부해 탈영죄로 총살을 당하게 할 거야.」

「제발, 병장님.」

「1분이야.」크리스티안이 말했다.

두 병사는 눈을 번득이며 주위를 둘러보더니 몸을 돌려 걸어가기 시작했다. 잠시 후 그들은 겁에 질려 달리기 시작했다. 이웃의 들판에 있는 울타리 사이로 사라질 무렵 그들은 미친 듯이 뛰어가고 있었다.

크리스티안은 칼바도스를 길게 들이켰다. 목구멍을 타고 내려가는 술이 따끔하고 후끈하게 쓰라렸다. 하지만 잠시 후 그는 자신감과 힘이 넘치는 것을 느꼈다. 그는 반쯤 감은 눈으로 소대원들을 바라보며 그들을 최정예 부대의 완전한 중대원처럼 싸우게 만들 것이라고 생각했다.

「한 잔 더 마셔.」그가 소리쳤다. 「파티를 하기 전에 한 잔 더 마셔.」

그들 모두는 함께 술을 마셨다. 그런 다음 그들은 들판에 서 있는 두꺼운 울타리를 따라 도랑 속에서 한 줄로 걷기 시작했다. 크리스티안이 앞장을 서 총소리가 들리는 동쪽으로 향했다.

그들은 들판 끝이나 울타리가 쳐진 좁은 도로 가장자리에

이를 때마다 잠시 걸음을 멈추며 10분 동안 재빨리 움직였다. 걸음을 멈출 때면 크리스티안이나 다른 누군가가 울타리 사이로 지나가 길이 안전한지 확인한 후 나머지 사람들에게 손짓을 했다. 부대원들은 무척 잘 처신했다. 크리스티안은 칼바도스가 큰 효과를 내는 것에 만족했다. 병사들은 긴장해 촉각을 곤두세우고 있었지만 더 이상 겁에 질려 있지 않았고 피로도 잊은 듯했다. 그들은 지시에 재빠르게 반응을 했고, 위험을 무릅썼으며, 다른 들판에서 날아온 기관총탄이 그들 머리 위 나무에서 터졌을 때에도 아무렇게나 사격을 가하지 않았다.

크리스티안은 연대 본부가 아직 있다면 그들을 한 시간 안에 그곳으로 데리고 가 확실한 전투 계획을 갖고 있는 장교들의 지휘 아래 조직화된 집단으로 만들 수 있으며 그들이 그날 놀고먹지는 않은 셈이 되리라고 생각했다.

그때 그들은 불운과 맞닥뜨렸다. 들판 구석의 두꺼운 울타리 아래에 있는 도랑 속에 숨어 있던 기관총이 불을 뿜었다. 그들이 엄호를 하기도 전에 두 명이 총에 맞았다. 그중 한 명은 키가 작고, 얼굴이 슬퍼 보이는 중년의 사내인데, 그는 턱에 총탄이 맞아 얼굴의 아래쪽 반이 보기에도 구역질이 날 정도로 엉망이 되었다. 그는 자신의 피에 익사당하지 않으려고 시끄러운 소리를 내고 있었다. 크리스티안이 그에게 붕대를 감는 것을 도왔지만, 그는 너무도 심하게 피를 흘리고 있었고, 그래서 그를 위해 할 수 있는 게 별로 없었다.

「그냥 여기 있어.」 크리스티안이 부상당한 두 명에게 말했다. 「여기는 안전해. 연대와 합류한 후 자네들을 도우러 다시 올게.」 그들 둘의 살아 있는 모습은 분명 다시 보지 못할 터였지만 그는 장담하듯 말했다.

턱에 부상을 당한 남자는 피에 젖은 붕대 뒤에서 애처로운 소리를 냈지만 크리스티안은 무시했다. 그는 다른 사람들에게 앞으로 나아가라고 지시했다. 하지만 아무도 움직이지 않았다.

「자.」크리스티안이 말했다.「빨리 움직일수록 여기서 빠져나갈 가능성은 더 높아져. 가만히 있을 경우 총탄에 맞게 될 거야.」

「잠시만요, 병장님.」풀이 자라는 도랑 속에서 몸을 웅크린 채로 스타우흐가 말했다.「우리를 바보로 만들어 뭘 어떻게 하겠다는 거죠? 우리는 고립되었고, 아무런 가능성이 없어요. 여기에는 망할 놈의 미군 사단 병력이 있는데 우리는 그들 한가운데 있어요. 게다가 이 두 사람은 곧 도움을 받지 못할 경우 죽게 될 거예요. 소총에 백기를 매달아 이 울타리 밖으로 나가 항복하죠.」그는 크리스티안의 얼굴을 마주 보는 것은 피하며 서툴게 말을 멈췄다.

크리스티안은 다른 사람들을 쳐다보았다. 창백한 얼굴로 도랑 너머를 바라보고 있는 그들의 모습은 술을 마셔 일시적으로 생겨났던 자신감이 영원히 사라져 버렸다는 것을 말해 주고 있었다.

「저 울타리 사이로 제일 먼저 나가는 자를.」그는 차분하게 말했다.「내 손으로 직접 쏘겠어. 다른 제안 있나?」

누구도 아무 말도 하지 않았다.

「우리는 연대를 찾을 거야.」크리스티안이 말했다.「스타우흐, 자네가 인솔해. 나는 뒤쪽에서 자네들 모두를 지켜볼 거야. 울타리 이쪽에서 도랑 속에 몸을 숨긴 채로 가도록 해. 몸을 낮추고 빠르게 움직이도록 해. 좋아, 지금 출발해.」

열 명이 하나하나 도랑을 기어가는 동안 크리스티안은 허리에 찬 슈마이서 권총을 언제라도 뽑을 준비를 한 채 그들을 지켜보았다. 턱에 부상을 입은 남자는 크리스티안이 그의 옆을 지나가는 동안에도 여전히 물에 빠져 죽어 가는 사람처럼 애처로운 소리를 내고 있었지만 그 소리는 점차 약해지며 고르지 않게 변해 가고 있었다.

그들은 두 번 걸음을 멈췄고 독일군 탱크가 해변을 향해 맹목적으로 길을 따라 가고 있는 것을 보았다. 그것은 위안이 되었다. 그리고 그들은 미군 세 명이 탄 지프가 농가 모퉁이를 돌아가는 것을 한 번 보았다. 크리스티안은 도망을 치고, 드러눕고, 흐느끼고, 죽고 싶은 충동과, 그것을 극복하고 그의 앞에 있는 사람들을 쓸어버리고 싶은 충동을 동시에 느꼈다. 그들은 들판 귀퉁이에서 폭탄에 사지가 찢겨져 발을 들고 누워 죽어 있는 암소 두 마리와, 도로를 따라 정신 없이 달리다가 멈춰선 후 또다시 달리는, 미친 듯한 눈매의 말 한 마리를 보았다. 말의 발굽이 축축한 흙 위에서 다급한 소리를 내고 있었다. 여기저기에 죽은 독일군과 미군이 아무렇게나 널려 있었고, 그들이 누워 있는 모습과 무기의 방향만으로는 전선이 어떤 식으로 구축되어 있는지, 또는 전투가 어떤 식으로 벌어졌는지 알기 어려웠다. 이따금 그들 머리 위로 하늘에서 폭탄이 날아가는 소리가 들렸다. 들판 한 곳에는 거의 수학적인 배열로, 낙하산이 펼쳐지지 않은 미군 다섯 명의 시체가 놓여 있었다. 그들은 너무도 심하게 부딪친 나머지 땅에 박혀 있었고, 어떤 외국 군대가 술에 취한 채로 내무 검사를 받는 것처럼 끈이 찢어지고, 장비가 어지럽게 널브러져 있었다.

그 순간 크리스티안은 30미터 앞, 도랑 끝에서 조심스럽게 손을 흔드는 스타우흐를 보았다. 크리스티안은 다른 사람들을 지나쳐 몸을 웅크린 채로 달려갔다. 그가 도랑 끝에 이르자 스타우흐가 울타리에 난 작은 구멍 사이로 가리켰다. 20미터 떨어진, 울타리의 다른 쪽에는 낙하산병 둘이 나무에 걸려지상 2미터 높이에서 대책 없이 매달려 있는 다른 미군 하나를 끌어내리려고 애를 쓰고 있었다. 크리스티안은 두 발을 발사했고, 땅 위에 있던 두 명이 그 즉시 쓰러졌다. 그들 중 하나는 몸을 움직이며 한쪽 팔꿈치로 일어서려고 하고 있었다. 크리스티안은 다시 총을 발사했고, 그 미군은 나동그라지며 꼼짝 않고 누워 있었다.

나무에 걸려 있는 미군은 끈을 풀려고 애를 썼지만 소용이 없었다.

크리스티안은 스타우흐가 자신 옆에서 몸을 웅크린 채로 시끄럽게 입술을 핥는 소리를 들을 수 있었다. 크리스티안은 앞쪽에 있는 세 명에게 자신을 따르라고 한 후 다 함께 죽은 동료 위의 나무에 매달려 있는 미군에게 조심스럽게 다가갔다.

크리스티안은 미소를 지으며 미군을 올려다보았다. 「프랑스가 어떤가, 양키?」 크리스티안이 물었다.

「망할 놈의 독일놈.」 낙하산병이 말했다. 운동선수처럼 강한 얼굴을 가진 그는 코가 깨져 있었고, 눈은 냉혹하고 거칠었다. 그는 줄을 푸는 것은 포기하고 나무에 매달려 크리스티안을 노려보았다. 「이봐 독일놈.」 미군이 말했다. 「나를 내려주면 너희들의 항복을 받아들이지.」

크리스티안은 그를 향해 미소를 지었다. 〈이 벌레 같은 것들 대신 저런 자들이 몇 명만 있다면 좋을 텐데〉 하고 크리스티안은 생각했다.

그는 낙하산병을 총으로 쏘았다.

그는 죽은 미군의 다리를 두드렸다. 그것은 자신도 이해할 수 없는 몸짓으로, 연민과 찬사 그리고 조롱이 섞인 것이었다. 그런 다음 그는 나머지 소대원들이 있는 곳으로 갔다. 미군들 모두가 조금 전 죽은 병사 같다면 우리는 승산이 없어, 하고 크리스티안은 생각했다.

아침 10시경 그들은 연대 본부 인원 중 남은 병력과 함께 동쪽으로 이동하고 있는 대령을 만났다. 그들은 정오가 되기 전까지 두 번 싸웠지만 대령은 싸우는 방법을 알고 있었고, 그들은 계속해서 대열이 해체되지 않은 채 이동했다. 크리스티안의 소대원들은 대령이 지휘하는 사람들 이상도 이하도 아니게 싸웠다. 밤이 되었을 때 그들 중 네 명이 죽었고, 스타우흐는 기관총탄에 다리가 부러진 후 뒤에 남게 될 거라는 얘기를 듣자 머리에 총을 쏴 자살했다. 하지만 그들은 괜찮게 싸웠고, 그 첫날만 해도 기회가 수없이 많았지만 누구도 항복하려 들지 않았다.

<h1 style="text-align:center">27</h1>

「털사에서 고등학교를 다닐 때.」 팬스톡이 망치로 천천히 못을 빼내며 말했다. 「다들 나를 스터드라고 불렀지. 열세 살 때부터 내 가장 큰 관심은 여자였어. 이 마을에서 영국 창녀를 찾을 수 있다면 이곳에서 하는 것도 상관하지 않겠어.」 그는 생각에 잠긴 얼굴로 낡은 목재에서 못을 뽑아 옆에 있는 깡통 속에 던져 넣었다. 그런 다음 그는 늘 물고 다니는 씹는

담배의 시커먼 액을 뱉었다.

마이클은 군복 뒷주머니에서 진 한 병을 꺼내 길게 들이켰다. 그는 팬스톡에게는 권하지 않고 술병을 치웠다. 매주 토요일 밤이면 취하는 팬스톡은 주중에는 술을 마시지 않았고, 아직 아침 10시밖에 되지 않은 상태였다. 게다가 마이클은 팬스톡에게 진력이 났다. 그들은 이제 보충 중대에서 두 달 넘게 함께 지내고 있었다. 어느 날 그들은 목재에서 못을 뽑은 후 펴는 일을 함께했고, 그 이튿날에는 취사반에서 함께 일했다. 배식반 병장은 그들 두 사람을 좋아하지 않았고, 지금까지 통틀어 열다섯 번 그들에게 주방에서 제일 더러운 일을 시켰다. 그들은 기름이 묻은 커다란 단지를 문질러 씻었고, 하루 일과가 끝난 후 스토브를 청소해야 했다.

마이클은 자신과, 너무 멍청해 다른 어떤 것도 할 수 없는 팬스톡이 남은 전쟁 기간과, 어쩌면 남은 인생 전부를 목재에서 못을 뽑는 일과 주방일을 번갈아 하면서 보낼지도 모른다고 생각했다. 그런 생각이 들자 마이클은 탈영을 생각하기도 했지만 진으로 타협을 했다. 그것은 무척 위험한 일이었다. 부대는 유형지 같았고, 사람들은 근무 중 음주 같은 더 작은 일로도 몇 년씩 징역형을 선고받았다. 하지만 술을 마시고 정신이 몽롱해지면서 마이클은 계속해서 살아갈 수 있었고, 그는 그 위험을 기꺼이 감수했다.

그는 목재 다루는 일을 하게 된 직후 파본 대령에게 편지를 보내 전출을 보내 달라고 했지만 아무런 답신이 없었고, 이제 마이클은 편지를 쓰거나 달리 빠져나갈 궁리를 하는 일에도 지친 상태였다.

「군대에서 제일 좋았던 때는.」 팬스톡이 말했다. 「세인트루이스의 제퍼슨 부대에 있던 때야. 바에서 세 자매를 만났지. 그들은 세인트루이스에 있는 양조장에서 일을 했어. 각각 열여섯, 열다섯, 열넷이었지. 오자크산 출신의 촌년들이었지. 그들은 양조장에서 석 달 일하기 전까지는 스타킹도 한 켤레 없더군. 외국으로 전출되었을 때 무척 아쉬웠어.」

「이봐.」 마이클이 천천히 못을 박으며 말했다. 「다른 얘기 좀 하면 안 돼?」

「그냥 시간을 보내려는 것뿐이야.」 팬스톡이 기분이 상해 말했다.

「다른 식으로 시간을 보내 봐.」 시큼하고 톡 쏘는 진이 뱃속을 휘젓는 것을 느끼며 마이클이 말했다.

그들은 아무 말 없이 나무판자에 망치질을 했다.

총을 든 간수 하나가 목재 조각이 가득한 외바퀴 손수레를 미는 두 죄수 뒤를 따라왔다. 죄수들은 목재를 더미 위에 쏟아 부었다. 그들 모두는 앞날에 중요한 것이라고는 하나도 없는 것처럼 무척 천천히 움직였다.

「빨리 움직여.」 총에 몸을 기대며 간수가 나른하게 말했다. 죄수들은 그에게는 신경 쓰지 않았다.

「휘테이크.」 간수가 말했다. 「병을 꺼내 봐.」

마이클은 우울하게 그를 쳐다보았다. 그는 끄나풀들은 어디에서나 똑같다는 생각을 했다. 그들은 범법 행위를 눈감아 주는 대신 뭔가를 갈취했다. 그는 술병을 꺼내 병목을 닦은 후 간수에게 건네주었다. 그는 간수가 한 모금을 길게 들이켜는 것을 부럽게 바라보았다.

「나는 휴일에만 술을 마시지.」 술병을 돌려주며 간수는 미소를 지었다.

마이클은 술병을 치웠다. 「오늘은 무슨 날이야?」 그가 물었다. 「크리스마스인가?」

「못 들었어?」

「뭘?」

「오늘 아침 아군이 해안을 공격했어. 오늘이 디데이야. 이곳에 있어 기쁘지 않아?」

「그 얘기는 어떻게 알고 있지?」 마이클이 믿지 못하겠다는 듯 물었다.

「아이젠하워가 라디오에서 연설했어. 그걸 들었어.」 간수가 말했다. 「그는 우리가 망할 놈의 프랑스인들을 해방시키고 있다고 했어.」

「어제 무슨 일이 일어날 줄 알았어.」 죄수 중 하나가 말했다. 키가 작고 생각이 많은 것처럼 보이는 그는 중대 사무실에서 중위를 쓰러트려 30년 형을 선고받았다. 「사람들이 내게 와 내가 보병으로 다시 돌아갈 경우 사면을 해 명예롭게 석방시켜 주겠다고 했거든.」

「그래서?」 팬스톡이 관심을 보이며 말했다.

「사양하겠다고 했지.」 죄수가 말했다. 「명예로운 석방은 곧 국립묘지행을 의미하니까.」

「그 망할 놈의 입 좀 닥쳐.」 간수가 나른한 목소리로 말했다. 「그리고 다시 수레를 밀어. 휘테이크, 디데이를 축하하기 위해 한 잔 더 하지.」

「축하할 게 없는데.」 마이클이 말했다. 그는 진을 아끼고 싶었다.

「왜 그렇게 고마움을 모르지?」 간수가 말했다. 「자네는 이곳에서 안전하게 잘 지내고 있어. 그 때문에 어느 해변에서 엉덩이에 폭탄 파편이 박힌 채로 누워 있을 일도 없을 거야. 그것만 봐도 축하할 일은 많지.」 그는 손을 내밀었고, 마이클은 술병을 건네주었다.

「그 진은 한 모금에 2파운드는 나가.」 마이클이 말했다.

간수는 미소를 지었다. 「속아서 샀군.」 그가 말했다. 그는 길게 들이켰다. 두 죄수는 목이 타는 듯 애처롭게 바라보았다. 간수는 병을 마이클에게 주었다. 마이클도 한 모금 들이켰다. 그날은 디데이였다. 그는 자기 연민의 감정이 알코올처럼 자기 몸을 훑는 것을 느꼈다. 그는 죄수들을 차갑게 바라보며 술병을 치웠다.

「오늘에야 늙은 루스벨트가 마침내 만족하겠군. 수많은 미군을 죽게 만든 뒤에야.」 팬스톡이 말했다.

「그는 휠체어에서 벌떡 일어났을 거야.」 간수가 말했다. 「그런 다음 백악관에서 춤을 췄을 거야.」

「그가 독일에게 선전 포고를 한 날 백악관에서 칠면조와 프랑스산 포도주로 커다란 연회를 베풀었고, 그 후 다들 테이블과 책상 위에 누워 있었다는 얘기를 들었어.」 팬스톡이 말했다.

마이클은 숨을 깊게 들이켰다. 「독일이 미국에 전쟁을 선포했어.」 그가 말했다. 「상관없는 일이지만 어쨌든 그랬어.」

「휘테이크는 뉴욕 출신의 공산주의자야.」 팬스톡이 간수에게 말했다. 「그는 루스벨트에게 열광하고 있지.」

「나는 누구에게도 열광하지 않아.」 마이클이 말했다. 「다만 독일이 미국에 전쟁을 선포한 건 사실이야. 이탈리아도 마찬가지고. 진주만 공습이 있은 지 이틀 후.」

「자네들 생각은 어떤가?」 팬스톡이 말했다. 그는 간수와 죄수들에게로 고개를 돌렸다. 「내 친구의 생각을 고쳐 줘.」

「우리가 전쟁을 시작했어.」 간수가 말했다. 「우리가 전쟁을 선포했지. 분명하게 기억나.」

「그렇지?」 팬스톡이 두 죄수에게 말했다.

둘은 고개를 끄덕였다. 「우리가 선생을 선포했지.」 보병으로 다시 돌아갈 경우 명예롭게 석방될 거라는 제안을 받은 남자가 말했다.

「맞아.」 웨일스에서 수표를 위조하다가 붙잡히기 전에 공군에 있던 다른 죄수가 말했다.

「봤지.」 팬스톡이 말했다. 「4대 1이야, 휘테이크. 다수의 말이 옳아.」

마이클은 술에 취해 팬스톡을 노려보았다. 갑자기 만사에 대해 아무렇지 않아 하면서도 심술궂어 보이는, 여드름이 난 그 얼굴이 참을 수 없이 여겨졌다. 오늘만큼은, 이런 날만큼은 더 이상 참을 수가 없어, 하고 마이클은 무겁게 생각했다. 「아무것도 모르는, 쓰레기 같은 개자식.」 마이클이 화가 치민 상태에서도 분명하게 말했다. 「한 번만 더 입을 열면 죽여 버리겠어.」

팬스톡은 살며시 입술을 움직였다. 그런 다음 그는 더러운 갈색 침을 뱉었다. 담배 진액이 마이클의 얼굴에 묻었다. 마이클은 팬스톡에게 달려들어 그의 턱을 두 번 쳤다. 팬스톡은 넘어졌지만 곧 한쪽 끝에 커다란 못이 세 개 박힌, 가로와 세로가 각각 50센티미터와 1미터에 이르는 무거운 각목을 들고 일어났다. 그는 그것을 마이클을 향해 휘둘렀고, 마이클은 달아나기 시작했다. 간수와 두 죄수는 뒤로 물러나 그들에게 자리를 내주었다. 그들은 흥미롭게 두 사람을 지켜보고 있었다.

팬스톡은 살이 쪘지만 무척 빨랐고, 곧 가까이 다가와 마이클의 어깨를 쳤다. 마이클은 날카로운 못이 어깨에 박혔다가 빠져나가는 것을 느꼈다. 그는 몸을 숙여 널빤지를 집어 들었다. 그가 몸을 펴기도 전에 팬스톡이 그의 머리 옆쪽을 때렸다. 마이클은 못이 그의 광대뼈를 긁으며 지나가는 것을 느꼈다. 그는 몸을 돌려 팬스톡의 머리를 때렸다. 팬스톡은 마이클 주위로 작은 반원을 그리며, 옆쪽으로 이상하게 걷기 시작했다. 팬스톡이 다시 팔을 휘둘렀지만 힘이 없었다. 마이클은 눈에 피가 나 거리를 정확하게 판단하기가 어려웠지만 쉽게 주먹을 피할 수 있었다. 그는 냉담하게 기다렸고, 팬스톡이 각목을 다시 치켜드는 순간 앞으로 다가가 널빤지를 야구 방망이를 휘두르듯 옆으로 휘둘렀다. 널빤지는 팬스톡의 목과 턱에 맞았고, 그는 손과 무릎을 짚으며 주저앉았다. 그는 그런 식으로 앉아 멍청한 얼굴로 목재를 쌓아놓은 바닥 위로 피어오르는 엷은 먼지를 바라보고 있었다.

「좋아.」간수가 말했다.「괜찮은 싸움이었어. 너희들.」그가 죄수들을 향해 말했다.「저 망할 자식을 제대로 앉혀.」

죄수 둘이 팬스톡에게 가 그를 상자에 기대어 앉혔다. 팬스톡은 다리를 앞쪽으로 죽 뻗은 채로 햇빛이 비치는 바닥을 멍청하게 바라보았다. 그는 숨을 가쁘게 몰아쉬고 있었지만 그뿐이었다.

마이클은 널빤지를 집어 던지고 손수건을 꺼냈다. 그는 손수건을 얼굴에 대었다가 떼며 그 위에 묻은 커다란 붉은 자국을 호기심 있게 바라보았다.

디데이에 부상을 당했군, 하고 그는 생각하며 미소를 지었다.

장교 한 명이 1백 미터쯤 떨어진 막사 모퉁이를 도는 것을 본 간수가 죄수들에게 서둘러 말했다.「자, 움직여.」그런 다음 그가 마이클과 팬스톡에게 말했다.「다시 작업을 해. 미소 짓는 잭이 오고 있어.」

간수와 죄수들은 재빨리 딴 곳으로 갔고, 마이클은 장교가 다가오는 것을 바라보았다. 장교는 걸코 비소를 짓는 일이 없어 〈미소 짓는 잭〉이라는 별명으로 불렸다.

마이클은 팬스톡을 잡아 일으켜 세웠다. 그는 팬스톡의 손에 망치를 쥐여 줬고, 팬스톡은 반사적으로 판자를 치기 시작했다. 마이클은 판자를 집어 그것들을 쌓아 놓은 곳으로 가 살며시 내려놓았다.

그런 다음 그는 팬스톡이 있는 곳으로 가 자신의 망치를 집어 들었다. 미소 짓는 잭이 다가왔을 때 둘은 열심히 일하고 있었다. 〈군법 회의 감이야, 근무 중 음주와 싸움에다 불복종 죄까지 5년 형은 되겠어〉 하고 마이클은 생각했다.

「여기 무슨 일이야?」미소 짓는 잭이 말했다.

마이클과 팬스톡은 망치질을 멈췄다. 그들은 고개를 돌려 중위를 마주 보았다.

「아무 일도 없습니다, 중위님.」중위가 숨 냄새를 맡지 못하도록 최소한으로 입술을 벌리며 마이클이 말했다.

「싸우고 있었던 거야?」

「아닙니다, 중위님.」공동의 적에게 대항해 단결하며 팬스톡이 말했다.

「그 상처는 어쩌다 생긴 거야?」중위가 마이클의 광대뼈 위로 난, 세 줄의 핏줄기를 가리키며 물었다.

「미끄러졌습니다, 중위님.」마이클이 상냥하게 말했다.

미소 짓는 잭의 입술이 화가 나 일그러졌고, 마이클은 그가

〈다들 똑같아, 모두가 나를 바보로 만들고 있어. 미군 사병 전체에서 한마디라도 믿을 만한 말을 하는 놈이 없어〉 하고 생각하고 있다는 것을 알 수 있었다.

「팬스톡!」 미소 짓는 잭이 말했다.

「네, 중위님?」

「이 친구가 말하는 게 사실인가?」

「네, 중위님. 그는 미끄러졌습니다.」

미소 짓는 잭은 화가 나 주위를 둘러보았다. 「거짓말하고 있다는 게 밝혀지면……」 그는 나머지 문장은 위협적으로 남겨 놓았다. 「좋아, 휘테이크, 이곳 일을 정리해. 중대 사무실에 자네의 전출 명령이 내려와 있어. 가서 확인해.」

그는 다시 한번 두 사람을 노려본 후 경례를 받고 몸을 돌려 다른 곳으로 갔다.

마이클은 물러가고 있는 중위의 등을 바라보았다.

「개자식.」 팬스톡이 말했다. 「다시 너를 만나게 되면 면도날로 목을 따버릴 거야.」

「자네를 알게 되어 기뻐.」 마이클이 가볍게 말했다. 「이제 주방에 가 단지에서 광이 나게 잘 닦도록 해.」

그는 망치를 집어 던진 후 뒷주머니를 만져 술병이 보이지 않는지 확인한 뒤 가벼운 걸음으로 중대 사무실로 걸어갔다.

그 후 마이클은 명령서를 호주머니에 넣고 이마에 반창고를 붙인 채 배낭을 쌌다. 파본 대령이 전화로 연결되었고, 마이클은 그 즉시 런던에서 그에게 보고를 해야 했다. 술을 홀짝이고 짐을 싸며 마이클은 모험을 하지도, 뭔가에 자원하지도, 그 무엇도 진지하게 받아들이지도 않으리라는 계획을 세웠다. 〈그냥 살아남는 거야, 그뿐이야〉 하고 그는 생각했다.

〈그것이 지금껏 내가 배운 유일한 교훈이야.〉

그는 이튿날 군용 트럭을 몰고 런던으로 갔다. 지나가는 길에 있는 마을 사람들은 손가락으로 V자를 만들며 즐거워했다. 그들은 모든 트럭이 프랑스로 향하고 있다고 생각하고 있었던 것이다. 마이클과 트럭에 탄 다른 병사들은 미소를 짓고 웃음을 터트리며 냉소적인 표정으로 손을 흔들어 주었다.

그들은 런던 근처에서 무장한 보병이 가득 탄 영국군 호송대를 지나쳐 갔다. 맨 뒤쪽 트럭에는 분필로 〈좋아할 것 없어, 여자들이여, 우리는 영국군이야〉라는 말이 적혀 있었다.

미군 트럭이 그들 옆을 지나갈 때에도 영국군 보병들은 고개조차 들지 않았다.

28

전쟁은 여러 다양한 수준에서 존재한다. 총성이 들리는 곳에서 130킬로미터쯤 떨어진 최고 사령부에는 순수하게 도덕적인 수준이 존재한다. 모든 것이 조용하고 효율적인 그곳에서는 총을 쏠 일도, 총에 맞을 일도 없는 병사들이 서류철이 든 캐비닛을 매일 아침 청소하고, 고위 장성들은 다림질한 군복을 입은 채로 자리에 앉아, 인간적으로 가능한 모든 일이 행해졌으며 그 나머지는 하느님의 판단에 맡긴다는 취지의 성명서를 준비한다. 그런데 그 하느님은 이날 일을 위해 허세를 부리며 일찍 일어났으며 전함과 물에 빠져 죽는 사람, 고성능 폭약의 투하, 폭격기 사수의 정확성, 해군 장교의 기술, 지뢰에 의해 갈기갈기 찢어져 공중으로 날아오르는 사지, 바다 가장자리에 박힌 철제 말뚝에 부딪치는 파도의 소용돌이, 포상에서의 포탄 장전, 그리고 두 군대 사이의 사소한 충돌로부터 멀리 있는 건물 등과 관련해 결정적인 역할을 하면서도 편파적이다. 그런데 적의 최고 사령부에서도 그날 아침 병사가 서류철의 먼지를 털었으며 장군들은 다른 모양의, 다림질한 군복을 입은 채로 앉아 아주 비슷한 지도들을 보며 아주 비슷한 보고서를 읽고, 자신들의 도덕적 힘과 지적 독창성을 130킬로미터 떨어진 곳에 있는 아군과 적군의 그것들과 비교를 했다. 아세테이트 오버레이에 싸인 채 붉은색과 검은색 크레용으로 표시된 커다란 지도가 벽에 걸려 있는 그 방에서는 전투가 신속하게 질서 있고 형식적인 모습을 취한다. 지도 위에서는 항상 한 가지 계획이 이루어진다. 계획 1이 실패할 경우 계획 2가 시도된다. 그리고 계획 2가 부분적으로만 성공할 경우 사전에 준비된, 변형된 계획 3이 수행된다. 장군들은 모두 웨스트포인트와 슈판다우 그리고 샌드허스트에서 같은 책으로 공부했으며, 그들 중 다수가 직접 책을 썼고 서로의 책을 읽었으며, 모두가 시저가 다소 비슷한 상황에서 무엇을 했는지, 나폴레옹이 이탈리아에서 어떤 실수를 저질렀는지 그리고 루덴도르프[16]가 1915년 전선에서 소강상태를 어쩌다 자신에게 유리하게 이용하는 데 실패했는지 알고 있다. 그리고 그들 모두는 영국 해협의 반대쪽에서 전투의 운명을, 또는 더 나아가 국가의 운명을 결정할 수도 있는 판단을 내려야 할 정도로 상황이 결정적으로 바뀌는 일이 없기를 희망한다. 그럼에도 그 결정은 그들에게서 인간이 감당하기 어려운 용기를 요구

16 제1차 세계 대전 당시 독일군 8군 참모장으로, 한때 독일인의 우상이었음.

하기도 하며, 그들을 남은 평생 동안 파멸시킬 수도 있다. 잘못된 결정을 내릴 경우 그들은 모든 명예와 명성을 잃기도 한다. 그래서 그들은 제너럴 모터스나 프랑크푸르트의 이게파르벤[17]의 사무실과 비슷한 자신들의 사무실, 즉 속기사와 타자수가 있고, 홀에서는 비서에게 치근덕거리는 일이 일어나는 곳에 느긋하게 앉아 지도를 보고 보고서를 읽으며 계획 1과 2와 3이 그로브너 광장과 빌헬름가에서 이야기된 것에서 심각한 수정 없이 실현되어 전선에 있는 사람들이 알아서 처리할 수 있게 되기를 기도한다.

　전선에 있는 사람들은 사태를 다른 수준에서 본다. 그들은 전장을 분리시키는 적절한 방법에 대해 질문을 받은 적이 없다. 그들은 예비 폭격의 길이에 대한 이야기를 들은 적이 없다. 기상학자들은 6월의 조수의 높낮이나 폭풍이 불어올 가능성에 대해 그들에게 가르친 적이 없다. 그들은 16시까지 내륙 1.6킬로미터까지 접근하는 과정에서 잃게 되어도 좋은 사단의 수를 논의한 회의에 참석한 적도 없다. 그리고 상륙정에는 서류철을 넣어 두는 캐비닛도, 치근덕거릴 속기사도 없다. 또한 2백만 명에 이르는 병사들의 행동이 홍보 자료와 역사가들의 기록에 적합한, 분명하고 조직적이며 지적인 상징체계가 되는 지도도 없었다.

　전장의 병사들은 철모와 구토, 녹색 물, 유탄 발사기, 연기, 추락하는 비행기, 혈장, 해저 장애물, 총, 감각이 없는 창백한 얼굴들, 혼란 속에서 달리고 떨어지는 사람들을 보게 된다. 그런데 그것들은 그들이 자신들의 일자리와 아내를 떠나 자기 나라의 군복을 입은 후에 배운 어떤 것과도 상관이 없는

17 나치가 장악한 화학 그룹.

것처럼 보인다. 머릿속에서 시저와 클라우제비츠와 나폴레옹의 말들이 떠나지 않는, 120킬로미터 떨어진 곳에서 지도 앞에 앉아 있는 장군들에게는 모든 것이 완전히 또는 거의 계획대로 이루어지지만 전장에 있는 사람들에게는 모든 것이 잘못된다.

「오, 하느님.」 작전 개시 두 시간 후, 해안에서 1.6킬로미터 떨어진 곳에 있는, 상륙정에 탄 보병들에게 폭탄이 떨어지자 현장에 있는 사람들이 흐느낀다. 부상당한 사람들은 미끄러운 갑판 위에서 「오, 하느님, 다 끝났어」 하고 비명을 지르기 시작한다.

120킬로미터 떨어진 곳에 있는 장군들에게는 부상자에 대한 보고가 오히려 힘이 나게 한다. 하지만 현장에 있는 사람들에게 주위 사람들이 부상당하는 일은 힘이 빠지게 한다. 자신이나 옆에 있는 사람이 폭탄에 맞거나, 15미터 떨어진 곳에 있는 배가 폭발하거나, 다리 위에 있던 기수가 허리띠 아래로 아무것도 남지 않아 자기 어머니를 향해 소녀 같은 높은 목소리로 비명을 지를 때면 자신이 끔찍한 사고를 당한 것처럼 보일 것이다. 그 순간 그가, 120킬로미터 떨어진 곳에 있는 누군가가 그 사고를 예상했고, 그것을 부추겼으며, 그런 일이 일어나도록 준비했다는 사실을 믿는 것은 생각할 수도 없다. 그 일이 있은 후 장군(그는 폭탄과, 상륙정에 탄 보병과, 젖은 갑판과 비명을 지르는 기수에 대해 알고 있는 게 분명하다)은 모든 것이 계획대로 될 거라고 보고할 수 있을 것이다.

현장에 있는 사람은 〈오, 하느님!〉 하고 흐느끼며 수륙 양용 탱크가 파도 속으로 가라앉는 것을 본다. 어쩌면 해치를 열고 한 명이 나올 수도 있다. 그리고 그는 흐느끼면서 옆에 이상하게 생긴, 떨어져 나간 다리 하나가 있는 것을 보며 그 것이 자기 다리라는 것을 깨닫는다. 또한 그는 이동식 계단이 내려지면서 자기 앞에 있는 열두 명이 기관총탄에 맞아 차가 운 물속으로 줄지어 떨어지는 것을 보며 〈오, 하느님!〉 하고 흐느낀다. 또 다른 누군가는 해변에서 공군이 만들어 놓을 거 라고 한 구덩이를 찾다가 실패해 고개를 숙이고 엎드려 있다 가 그의 바로 위에 떨어지는 박격포탄에 맞기도 하며, 1940년 조지아주의 베닝 기지에서부터 친하게 지내 온 친구가 지뢰 를 밟고 몸이 날아올라 등이 목에서부터 엉덩이까지 벌어진 채로 철조망에 걸리는 것을 보며 〈오, 하느님, 다 끝났어〉 하 고 흐느끼기도 한다.

상륙정에 탄 보병들은 오후 4시가 될 때까지도 물에서 허 우적거렸다. 오후에 바지선 한 척이 부상당한 자들을 데리고 가 환자들에게 붕대를 감아 주고 수혈을 해주었다. 노아는 붕 대를 감은 사람들이 담요를 두른 채로 들것에 실리는 것을 보 며 어쩔 수 없이 부러움을 느꼈다. 〈저들은 돌아가고 있어, 열 시간 후면 영국에, 그리고 열흘 후면 미국에 가게 될 거야, 싸 울 필요가 없게 된 저들은 얼마나 운이 좋은가.〉

한데 그 바지선이 30미터도 못 가서 폭탄에 맞는 게 보였 다. 배 옆으로 물이 솟구쳤고, 잠시 아무 일도 일어나지 않는 것처럼 보였다. 하지만 그 순간 배가 천천히 옆으로 기울며 담요와 붕대와 들것이 1~2분 사이에 차가운 초록색 물속으 로 잠겼으며 그것으로 끝이었다. 두개골에 포탄 파편 조각이 박힌 도널리도 부상당한 사람 중 하나였다. 노아는 거품과 흐 린 물속에서 도널리를 찾았지만 그의 흔적은 어디에도 없었

다. 그는 화염방사기를 써볼 기회도 없었어, 하고 노아는 생각했다. 〈그 모든 훈련을 받고도.〉

콜클러는 보이지 않았다. 그는 하루 종일 배 아래쪽에 있었고, 그린 중위와 소렌슨 중위가 갑판에 있는 그들 중대의 유일한 장교였다. 그린 중위는 몸이 약하고 여자처럼 보였고, 그래서 훈련을 받는 내내 모두가 점잔을 빼며 걷는 그의 걸음과 높은 목소리를 놀렸다. 하지만 갑판 위에서 부상당한 사람과 아픈 사람과 죽을 것이 확실한 사람들 사이를 걸어다니는 그는 유쾌하고 유능해 보였다. 그는 환자들에게 붕대를 감아주고 수혈을 해주었으며 계속해서 배가 침몰하지 않을 것이며, 해군이 엔진을 고치고 있고, 15분 후면 해변에 도착할 거라고 모두에게 말했다. 그는 여전히 그 멍청해 보이는, 점잔을 빼는 듯한 걸음걸이로 걸었고, 목소리도 높고 여자 같았지만 노아는 전쟁 전 사우스캐롤라이나에서 포목상을 한 그린 중위가 배에 타고 있지 않았다면 중대원 절반이 오후 2시 이전에 물속으로 뛰어들었을 거라고 생각했다.

해변에서는 사태가 어떻게 진행되고 있는지 말할 수 없었다. 버네커는 이런 상황에 대해 농담까지 했다. 아침 내내 그는 노아의 팔에 매달리며 귀에 거슬리는 이상한 목소리로 말했고, 폭탄이 가까운 수면에 떨어지자 「오늘 우리는 폭탄에 맞게 될 거야」라고 말했다. 하지만 정오가 되자 그는 자신을 추슬렀다. 그는 더 이상 토하지 않았고, 전투 식량을 먹으면서 치즈가 말라 있는 것에 대해 불평을 했다. 그런 다음 그는 체념을 했는지 더 낙관적으로 변했다. 노아가, 폭탄이 떨어지고 있고, 사람들이 달려가고, 지뢰가 터지고 있는 해변을 바라보며 버네커에게 「어때?」 하고 묻자 버네커는 「모르겠어.

신문 배달을 하는 아이가 내 『뉴욕 타임스』를 아직 배달하지 않았어」라고 말했다. 그것은 농담으로는 신통치 않은 것이었지만 노아는 마구 웃어 댔고, 버네커는 기분이 좋아져 히죽 웃었다. 그 후 그들 중대가 독일 깊숙이 진격했을 때에도 누군가가 어떤지 물었을 때 〈신문 배달을 하는 아이가 내 『뉴욕 타임스』를 아직 배달하지 않았어〉라는 대답이 유행어처럼 쓰였다.

노아는 멍한 상태에서 춥고 긴 몇 시간을 보냈다. 훨씬 나중에 갑판이 피와 해수로 미끄러운 배가 공회전을 하고 있고, 폭탄이 이따금 주위에 아무렇게나 떨어지고 있던 그때를 떠올릴 때면 그는 버네커의 농담과, 그린 중위가 몸을 숙인 채로 이상할 정도로 집요하게 철모를 들고 부상당한 병사가 속에 든 것을 게워 내도록 한 일, 배에서 일어난 피해를 조사하기 위해 옆쪽에 매달려 있던, 상륙정 함장인 해군 중위의 얼굴과 같은 시시한 인상만 떠올릴 수 있었다. 해군 중위는 화가 나고 당황해, 근시가 심한 심판이 잘못 판정을 해 화가 난 야구 선수처럼 얼굴이 붉어져 있었다. 그리고 머리에 붕대를 감은 도널리의 얼굴도 기억이 났다. 그는 평소의 거칠고 잔인한 모습은 사라지고, 의식이 없어 영화 속의 수녀처럼 편안하고 차분한 모습을 하고 있었다. 노아는 그 모든 것들과 함께, 자신이 한 시간에 열 번도 넘게 배낭 속에 든 뇌관이 물에 젖지 않았는지 확인을 한 것과, 소총의 안전장치가 제대로 잠겨 있는지 보고 또 본 것이 기억났다. 그는 2분마다 그것을 잊고 또다시 확인했다.

그가 아무런 생각 없이 입술을 굳게 다문 채로, 무력하게 사타구니를 난간에 걸치고 있을 때 두려움이 파도처럼 밀려왔다. 그런 다음 아무것도 느낄 수 없는 상태가 찾아왔다. 마치 그에게는 아무 일도 일어나지 않고 있는 것 같았다. 그리고 그런 일은 그에게 일어날 수 없는 것처럼 여겨졌다. 그에게는 아무 일도 일어나지 않고 있기 때문에 다칠 수 없을 것 같았고, 다칠 수 없기 때문에 두려워할 게 아무것도 없는 것 같았다. 한번은 그는 지갑을 꺼내 한참 동안 호프의 사진을 바라보았다. 호프는 미소를 지으며 팔에 통통한 아기를 안고 있었고, 아기는 입을 활짝 벌리고 하품을 하고 있었다.

두려움을 느끼지 못하는 동안 그의 마음은 아무런 의식적인 방향 없이 치달았다. 마치 그의 일부는 그날의 활동에 싫증이 나, 창문 바깥에는 햇살이 환하고, 책상 위에서 곤충이 졸린 소리를 내는 6월의 어느 날 책상에 앉아 꿈을 꾸고 있는 학생처럼 과거의 기억을 즐기고 있는 것 같았다. 그리고 일주일 전 사우샘프턴 근처의 어느 연단에서 콜클러 대위가 연설을 하던 것이 기억이 났다. (그 일은 불과 일주일 전에 있었다. 5월의 감미로운 향기가 나는 숲속에서였는데 그날 하루 그는 세 끼 모두 맛있는 식사를 하고, 오락실로 쓰이는 텐트 안에서 맥주를 마신 상태였다. 탱크와 포 위에 꽃이 걸려 있었고, 그날 「퀴리 부인」이라는 영화를 두 번이나 보았다. 그 영화에서 그리어 가슨은 숙녀처럼 멋진 옷을 입고 라듐을 연구하고 있었으며, 베티 그레이블의 맨 다리 — 그녀의 다리가 보병의 사기를 위해 무엇을 하고 있는지는 아무도 알 수 없었다 — 는 텐트 속으로 바람이 불 때마다 화면 위에서 깜박거렸다. 그것이 불과 일주일 전이라는 게 믿어지지 않았다.) 「이제 공연 시간이 되었어, 친구들.」 (콜클러 대위는 연설을 하면서 〈친구들〉이라는 말을 적어도 스무 번은 사용했다.) 「자네들은 세상의 어떤 병사보다도 잘 훈련을 받았어. 해안에 상륙하게 되면 그곳에서 만나게 될 지저분한 작자들보다 더 잘 준비가 되어 있을 거야. 모든 것이 자네들에게 유리할 거야. 이제 문제는 적에게 대항해 얼마나 배짱을 보여 주는가에 있어. 친구들, 자네들은 해안에 상륙해 독일놈들을 죽이게 될 거야. 그 망할 놈들을 죽이는 것, 지금부터는 그것만 생각하면 돼. 자네들 중 일부는 부상을 당하고, 일부는 죽게 되겠지. 솔직하게 얘기하자면 다수가 죽게 될 수도 있어.」그는 자신의 표현에 흡족해하며 천천히 이야기했다. 「친구들, 자네들이 군에 입대한 이유도, 지금 이곳에 있는 이유도, 해안에 상륙하게 될 이유도 거기에 있어. 아직 그 생각에 익숙지 않다면 지금부터 익숙해지도록 해. 애국심에 호소하는 연설을 하지는 않겠어. 자네들 중 일부는 죽게 되겠지만 독일군을 많이 죽인 후 그렇게 될 거야. 만약 누군가가……」그 말을 하며 그는 노아를 발견하고는 그를 차갑게 노려보았다. 「이곳에 있는 누군가가 뒤로 물러나거나 어떤 식으로든 자기 목숨만 건지려고 임무를 소홀히 한다면 내가 그 옆에 있으면서 모두가 자신의 몫을 다 하는지 지켜볼 거라는 사실을 명심하도록 해. 우리 중대는 사단에서 최고의 중대가 될 거야. 나는 우리 중대를 그렇게 만들 거라고 작심했어, 친구들. 이 전투가 끝나면 나는 소령으로 진급될 거야. 자네들은 나를 도와야 해. 나는 자네들을 위해 일을 했고, 이제 자네들이 나를 위해 일을 해야 해. 워싱턴에서 특수 임무와 사기를 진작시키는 일을 하는 자들은 이런 연설을 좋아하지 않겠지. 나는 그런 작자들 따위는 상관하지 않아. 그들은 자네들에게 영향을 끼쳤고, 나는 중간에 끼어들지 않았어. 그들은 자네들의 머릿속을 그 망할 놈의 팸플릿과, 고상하고 감상적인 생각과, 탁구공으로 채웠지. 나는 뒷짐을 진 채로 그들이 얼마든지 그렇게 하도록 내버려 두었어. 나는 그들이 자네들을 아기처럼 만들고, 부드러운 젖꼭지를 내밀어 빨게 하고, 엉덩이에 파우더를 뿌리고, 자네들이 영원히 살게 될 것이며 군대가 어머니처럼 자네들을 돌볼 거라는 생각을 갖게 하도록 내버려 두었어. 이제 그들은 끝났어. 자네들은 내 말만 들어야 해. 지금부터 자네들이 명심해야 하는 것은 한 가지밖에 없어. 우리 중대는 사단 내의 다른 어떤 중대보다도 독일놈을 더 많이 죽일 거야. 그리고 나는 독립 기념일에 소령이 될 거야. 설령 그것이 우리 중대가 다른 어떤 중대보다도 더 많은 사상자를 내게 된다는 것을 의미하더라도 내가 말할 수 있는 건 단 한 가지밖에 없어. 그것은 자네들이 관광을 하러 유럽에 온 게 아니라는 거야. 병장, 중대를 해산시켜.」

「차려! 중대, 해산!」

콜클러 대위는 하루 종일 보이지 않았다. 어쩌면 갑판 아래에서 그들이 프랑스에 도착한 사실을 알리는 연설문을 준비하고 있는지도 몰랐다. 아니면 죽었을 수도 있었다. 살면서 연설이라곤 한 번도 한 적이 없는 그린 중위는 부상을 당한 사람들 상처 부위에 술파닐아미드[18]를 쏟아 붓고, 죽은 자를 덮개로 가리고, 살아 있는 자들에게 미소를 지으며 사방에서 튀고 있는 물에 젖지 않도록 소총 총구를 막으라고 주의를 주고 있었다.

오후 4시 반에 마침내 해군이 그린 중위가 약속한 대로 엔진을 고쳤고, 15분 후 상륙정에 탄 보병들이 해안으로 상륙했

18 화농성 질환 특효약.

다. 수백 명이 앞뒤로 왔다 갔다 하며 탄약 상자를 나르고, 전투 식량을 쌓고, 전선을 늘이고, 부상자를 후송하고, 바지선과 불도저 그리고 박살이 난 야포의 시커먼 잔해 사이에 밤을 보낼 구덩이를 파느라 해변은 분주했고, 안전하게 여겨졌다. 이제 소형 화기 소리는 아주 멀리, 해변이 내려다보이는 절벽의 반대쪽에서 들렸다. 이따금 지뢰가 터지고, 포탄이 모래 위에서 폭발했지만 당분간은 해변이 안전한 게 분명했다.

상륙정이 얕은 물속으로 코를 박자 콜클러 대위가 갑판 위에 모습을 나타냈다. 그는 옆구리에 매단 멋진 가죽 권총집에 손잡이에 진주를 박은 45구경 권총을 차고 있었다. 그는 중대의 누군가에게 그것이 아내가 준 선물이라고 이야기한 적이 있다. 그는 권총을 허벅지 아래쪽에 허세를 부리듯 차고 있었는데 마치 서부 영화 전문 잡지의 표지를 장식한 보안관처럼 보였다.

수륙 양용 탱크 부대의 공병 상병이 상륙정에 신호를 보내 사람들로 들끓는 해변에 그들을 상륙시켰다. 그는 피로해 보였지만 평생의 대부분을 폭탄이 떨어지고 기관총탄이 쏟아지는 프랑스 해안에서 보낸 사람처럼 느긋해 보였다.

상륙정 옆쪽의 이동식 계단이 내려지고, 콜클러 대위가 중대를 해변으로 이끌고 가기 시작했다. 하지만 계단은 하나밖에 작동하지 않았다. 다른 쪽은 배가 포탄에 맞았을 때 부서진 상태였다.

콜클러 대위는 계단 끝으로 갔다. 계단은 부드러운 모래로 연결되어 있었고, 파도가 밀려왔을 때 그것은 1미터 정도 물에 잠겨 있었다. 콜클러는 한 발을 공중에 든 채로 걸음을 멈췄다. 그런 다음 그는 발을 다시 계단 위에 올려놓았다.

「이쪽으로 오십시오, 대위님.」공병 상병이 말했다.

「여기 아래에 지뢰가 있어.」콜클러가 말했다. 그는 불도저로 모래 언덕 위에 길을 내고 있던 공병 소대를 가리켰다. 「저들을 이쪽으로 오게 해 이곳의 지뢰를 제거하도록 해.」

「거기에는 지뢰가 없습니다, 대위님.」상병이 지친 듯이 말했다.

「지뢰를 봤다고 하잖아, 상병.」콜클러가 소리쳤다.

상륙정을 지휘하던 해군 중위가 계단을 내려갔다. 「대위님.」그가 초조하게 말했다. 「병사들을 이 배에서 내리게 하시죠. 우리는 이곳을 떠나야 합니다. 저는 이 해변에서 밤을 보내고 싶지 않습니다. 그리고 우리 배의 엔진은 이 모래를 빠져나갈 만큼 튼튼하지 않습니다. 10분만 더 지체하게 되면 빠져나가지 못할 겁니다.」

「계단 끝에 지뢰가 있어.」콜클러가 큰 소리로 말했다.

「대위님.」상병이 말했다. 지친 듯이「세 개 중대가 같은 곳에서 내렸지만 아무도 지뢰를 밟지 않았습니다.」

「명령이야.」콜클러가 말했다. 「가서 저들을 이쪽으로 오게 해 지뢰를 제거해.」

「네, 대위님.」상병이 어깨를 으쓱하며 말했다. 그는 담요에 싸여, 단정하게 줄지어 늘어선 시체 열여섯 구를 지나 불도저가 있는 곳으로 갔다.

「다들 이 배에서 바로 내리지 않을 경우.」해군 중위가 말했다. 「미 해군은 상륙정 한 척을 잃게 될 겁니다.」

「중위.」콜클러가 차갑게 말했다. 「자네는 자네 일이나 상관해. 나는 내 일을 할 테니까.」

「10분 내에 내리지 않을 경우.」계단을 다시 올라오며 중위가 말했다. 「당신과 당신 중대 모두를 바다로 데리고 나갈 겁니다. 그렇게 되면 다시 마른 땅을 보고 싶다면 해병과 합류해야 할 겁니다.」

콜클러가 말했다. 「이 모든 문제를 적절한 경로를 통해 보고할 걸세, 중위.」

「단 10분입니다.」 중위가 망가진 다리를 건너며 어깨 너머로 사납게 소리쳤다.

「대위님.」 사람들로 북적이는 계단 위에서 그린 중위가 높은 목소리로 말했다. 계단에는 사람들이 줄지어 서서 더러운 초록색 물을 의심스러운 눈초리로 바라보고 있었다. 물 위에는 버려진 구명조끼와 목재 기관총탄 상자, 마분지로 만들어진 전투 식량 상자 등이 떠다니고 있었다. 「대위님.」 그린 중위가 말했다. 「제가 기꺼이 앞장을 서죠. 상병이 괜찮다고 했으니…… 다들 내 발자국을 따라서…….」

「나는 이 해변에서 내 부대원을 한 명도 잃고 싶지 않아.」 콜클러가 말했다. 「그대로 있어.」 그는 아내가 준, 진주가 손잡이에 박혀 있는 권총을 단호한 태도로 살짝 잡았다. 노아는 권총집 아래쪽에 생가죽으로 만든 작은 술 장식이 달려 있는 것을 보았다. 그 권총집은 크리스마스 때 남자 아이들이 선물로 받는 카우보이 의상과 어울리는 것이었다.

이제 공병 상병이 그의 상관인 중위와 함께 해변을 가로질러 돌아오고 있었다. 철모를 쓰지 않은 중위는 키가 크고 거구였다. 그는 어떤 무기도 소지하지 않고 있었다. 바람에 타서 얼굴이 붉은 그는 땀을 흘리고 있었다. 군복 소매를 걷어붙여 검게 때가 탄 커다란 손을 드러낸 그는 군인보다는 집에 돌아가는 십장처럼 보였다.

「자, 대위님.」 공병 중위가 말했다. 「해변으로 내려오십시오.」

「여기 지뢰가 있어.」 콜클러가 말했다. 「사람들을 오게 해 지뢰를 제거해.」

「지뢰는 없습니다.」 중위가 말했다.

「지뢰를 봤어.」

대위 뒤에 있던 사람들은 불편한 기색으로 그들이 하는 애기를 듣고 있었다. 이제 몇 발자국만 떼면 해변에 도착하게 되는 사람들은 배 위에 있는 것을 더 이상 참을 수 없었다. 그들은 배 위에서 그날 무척 고생을 한 상태였다. 그리고 파도에 부딪치며 엔진 소리를 내고 있는 배는 여전히 손쉬운 목표물이 되고 있었다. 모래 언덕과, 여우 굴과, 여러 가지 잔해가 있는 해변은 집처럼 안전하게 보였다. 그곳은 물 위에 떠 있는, 해군이 지휘하는 배와는 완전히 다른 곳으로 보였다. 그들은 콜클러 뒤에 서서 그를 증오하며 그의 등을 바라보고 있었다.

공병 중위는 무슨 말을 하려고 입을 열다가 대위가 허리에 찬 권총을 보았다. 그는 약간 미소를 지으며 입을 다물었다. 그런 다음 그는 무표정하게, 아무 말도 없이 신발과 각반을 신은 채로 물속으로 걸어 들어가 자신의 허벅지에 부딪치는 파도에는 신경도 쓰지 않고 왔다 갔다 한 후 계단 위와 그 주변을 돌아다녔다. 그는 아무런 표정 없이 사람들이 지나갔을 모든 곳을 샅샅이 밟았다. 그런 다음 콜클러에게는 아무 말도 하지 않고 물 밖으로 나왔다. 지친 그의 넓은 등이 약간 굽어 보였다. 그는 무거운 걸음으로 부하들이 철제 가로대가 박혀 있는 커다란 콘크리트 덩어리 위로 불도저를 몰고 있는 곳으로 돌아갔다.

콜클러가 갑자기 계단 아래쪽으로 내려갔지만 아무도 웃지 않았다. 콜클러는 몸을 돌려 세심하게, 그리고 위엄 있게 프랑스 땅에 발을 내디뎠고, 중대원들이 한 명씩 차가운 바닷물과, 유럽 내륙에서 커다란 전투가 있던 첫날 생겨난, 물에 떠다니는 잔해들 사이를 지나 그의 뒤를 따랐다.

그들 중대는 첫날에는 아무 싸움도 하지 않았다. 그들은 굴을 파고, 저녁으로 전투 식량(쇠고기 덩어리와 비스킷, 비타민이 든 초콜릿으로 이루어진 전투 식량에서는 그것을 만든 공장 냄새가 났고, 보통 음식보다 더 딱딱하고 미끄덩거렸다)을 먹었으며 소총을 소제했고, 새로운 중대들이 해변으로 들어오는 것을 지켜보며 기분 좋은 우월감을 느꼈다. 새로 온 중대의 병사들은 이따금 떨어지는 폭탄에 초조해했고, 지뢰 때문에 안절부절못했다. 콜클러는 내륙 어딘가에 있는 연대를 찾아간 상태였는데 연대가 정확히 어디에 있는지는 아무도 몰랐다.

밤은 어두웠고, 바람이 많이 불었으며 습하고 추웠다. 해가 질 무렵 독일군 비행기가 날아왔고, 해변에 있던 배와 해변의 대공포에서 쏜 총탄이 하늘을 밝게 수놓았다. 노아의 옆에 있는 모래 위에 파편들이 부드럽게 박혔고, 노아는 무기력하게 하늘을 바라보며, 사는 동안 과연 자신이 위험에서 벗어나게 될 날이 있을지 궁금해했다.

중대원들은 콜클러가 연대에서 돌아온 새벽 무렵에 잠에서 깼다. 그는 밤사이 길을 잃은 채로 자신의 중대를 찾아 왔다 갔다 하다가 결국 초조해하던 통신대 보초의 총격을 받았다. 그 후 그는 돌아다니는 것이 너무 위험하다고 판단하고 구덩이를 파고 숨어 아군에게 총격을 받지 않을 만큼 날이 밝기를 기다렸다. 그는 지쳐서 수척해 보였지만 속사포처럼 지시를 내린 후 중대를 절벽 위로 이끌고 갔다. 중대원들은 흩어져 그의 뒤를 따라갔다.

이제 노아는 감기가 걸려 재채기를 하며 코를 풀어 댔다. 그는 긴 모직 속옷과 모직 양말 두 켤레, 야전 재킷을 꺼입고 그 위에 화학 약품으로 처리된, 바람을 막아 주는 뻣뻣한 군복을 입고 있었지만, 연기에 검게 그을린, 파괴된 독일군 토치카와 회색 군복을 입은 채로, 아직 묻히지도 않은 상태로 죽어 있는 병사들과, 여전히 악의적인 모습으로 해변을 향하고 있는 망가진 독일군 포를 지나 발이 빠지는 모래를 걸어가는 동안 살 아래로 얼어붙은 뼈가 서로 부딪치는 것처럼 느꼈다.

탄약을 가득 실은 트레일러를 끄는 트럭과 지프가 그들 중대를 지나갔고, 새로 도착한 무적의 부대처럼 보이는 탱크 부대 소대가 위험스럽게 오르막길을 올라갔다. 헌병들은 교통정리를 했고, 공병들은 도로를 만들었으며, 불도저 한 대는 활주로를 만들고 있었다. 들것에 실린 부상병들이 꼭대기에 타고 있는 구급차 지프가 위험 표시가 있는 지뢰밭 사이를 지나 절벽 아래, 바람이 불지 않는 곳에 있는 공터로 향하고 있었다. 폭탄이 떨어져 구멍이 여기저기 나 있는 넓은 들판에서는 병사들이 죽은 미군을 묻고 있었다. 그 모든 것이 혼란스럽기는 했지만 어떤 질서가 있는 것 같았고, 힘이 넘치는 것처럼 느껴졌다. 그것을 보고 있자 노아는 어린 시절 시카고에서 서커스단이 텐트를 치고 동물들과 그들의 우리를 준비하던 때가 생각났다.

절벽 꼭대기에 이른 노아는 몸을 돌려 해변을 바라보며 그

광경을 마음속에 새기려 했다. 내가 돌아가게 되면 호프와 장인어른은 지금이 어땠는지 알고 싶어 할 거야, 하고 그는 생각했다. 전쟁과는 거리가 먼, 아름다운 먼 훗날 그들과 대화할 것을 생각하자 어쩐지 그날이 찾아오는 것이 더욱 불확실해 보였다. 노아는 자신이 부드러운 플란넬 바지와 파란색 셔츠를 입고 손에 맥주잔을 든 채로 단풍나무 아래에서 어느 밝은 일요일 오후 미소를 지으며 오래된 위대한 전쟁에 관한 이야기로 친척들을 지루하게 하며 그날을 축하할 수 있게끔 살아 있을 것 같지가 않았다.

미국의 공장에서 만들어진 쇳덩어리가 널려 있는 해변은 거인들을 위한 어떤 가게의, 잡동사니가 가득한 지하실처럼 보였다. 해변 가까이, 방파제로 사용하기 위해 아군이 침몰시키고 있는 낡은 부정기 화물선 바로 뒤 구축함에서 그들 머리 위로 내륙의 방위 거점을 향해 포를 쏘고 있었다.

「전쟁은 이렇게 하는 거야.」 버네커가 노아 옆에서 말했다. 「진짜 침대와 커피가 갑판 아래에서 제공되고 있습니다, 대위님. 준비가 되면 사격을 할 수 있어, 그리들리. 우리가 지능이 산토끼만큼만 되었다면 해군에 입대했을 거야, 애커먼.」

「자, 움직여!」 리킷이 그들 뒤에서 이전과 똑같이 호통을 치며 말했다. 그의 목소리만큼은 아무리 바다를 항해하고 적을 죽여도 변하지 않을 것이었다.

「저자가 무인도에 남게 되면 가장 같이 있고 싶은 사람이야.」 버네커가 말했다.

그들은 몸을 돌려 해변을 뒤로 하고 내륙을 향해 갔다.

그들이 반 시간 행군을 했을 때 콜클러가 다시 길을 잃은 게 분명해졌다. 그는 헌병 두 명이 자신들이 길 한쪽에 판 깊은 구멍 속에서 철모와 어깨만 밖으로 드러낸 채로 교통정리를 하고 있는 교차로에 중대를 멈추게 했다. 노아는 콜클러가 화가 난 몸짓으로 움직이는 것을 볼 수 있었고, 헌병에게 사납게 고함을 지르는 그의 목소리를 들을 수 있었다. 헌병들은 모르겠다며 고개를 저었다. 그러자 콜클러는 다시 지도를 꺼내 도와주러 옆으로 온 그린 중위에게 소리를 질렀다.

「무도회장에서 쟁기를 찾지 못하는 대위가 있어서 우리는 운이 좋아.」버네커가 머리를 흔들며 말했다.

「돌아가.」그들은 콜클러가 그린 중위에게 소리치는 것을 들었다.「자리로 돌아가. 나는 내가 무엇을 하고 있는지 알아.」

그는 높은 초록색 울타리 사이에 있는 길로 접어들었고, 중대는 천천히 그를 따라갔다. 총성이 계속 들리고 있었지만 울타리 사이는 더 어두웠고, 훨씬 더 조용했다. 사람들은 매복하기 위해 만든, 조밀하게 뒤엉킨 나뭇잎들을 불편하게 바라보았다.

아무도 말이 없었다. 그들은 축축한 도로 양쪽으로 걸어가며 신발이 두꺼운 진창에 빠지는 소리 위로 부석거리는 소리와, 소총의 노리쇠를 푸는 소리, 그리고 독일군이 속삭이는 소리를 들으려고 애를 썼다.

이윽고 도로가 들판으로 이어졌고, 햇빛이 잠시 구름 사이로 비쳤다. 그들은 기분이 조금 나아졌다. 들판 한가운데서 맨발인 소녀의 도움을 받으며 한 노파가 우울한 모습으로 암소의 젖을 짜고 있었다. 노파는 낡은 수레 옆에서 등받이가 없는 의자에 앉아 있었다. 수레의 채 사이에는 털이 많은 커다란 말 한 마리가 서 있었다. 노파는 어깨가 매끈하고 깨끗해 보이는 암소의 젖꼭지를 잡고 천천히, 그리고 모든 것에 무심한 듯 젖을 짰다. 이따금 사람들 머리 위로 폭탄이 날아 갔고, 아주 가까운 거리에서 기관총 소리가 요란하게 들렸지 만 노파는 한 번도 고개를 들지 않았다. 그녀와 함께 있는 소 녀는 열여섯도 안 되어 보였는데 누더기 같은 초록색 스웨터 를 입고 있었다. 머리에 붉은색 리본을 맨 그녀는 병사들에게 관심을 보였다.

「나는 이곳에서 저들이 하는 일을 도와야겠어.」 버네커가 말했다. 「나중에 전쟁 결과를 내게 얘기해 줘, 애커먼.」

「그냥 가.」 노아가 말했다. 「다음 전쟁에서는 우리 모두가 보급 부대에서 일하게 될 거야.」

「나는 저 소녀가 마음에 들어.」 버네커가 말했다. 「저 소녀를 보니 아이오와가 떠올라. 애커먼, 할 줄 아는 프랑스어가 있어?」

「*À votre santé*.」 노아가 말했다. 「그게 내가 아는 전부야.」

「*À votre santé*.」 버네커가 소녀에게 미소를 지으며 소총을 흔들며 소리쳤다. 「*À votre santé*, 자기야. 그리고 *À votre santé*, 당신의 늙은 어머니도.」

소녀는 미소를 지으며 손을 흔들었다.

「쟤는 나를 좋아하고 있어.」 버네커가 말했다. 「내가 무슨 말을 한 거지?」

「당신의 건강을 위해 건배.」

「제기랄.」 버네커가 말했다. 「그건 너무 형식적이야. 뭔가 친밀한 얘기를 하고 싶어.」

「*Je t'adore*.」 노아가 기억 속의 뭔가를 떠올리며 말했다.

「그건 무슨 뜻이야?」

「당신을 흠모한다는 뜻이야.」

「그게 더 친밀하군.」 버네커가 말했다. 이제 그는 들판 끝에 있었다. 그는 몸을 돌려 철모를 벗고 고개를 숙이며 커다란 철모를 우아하게 휘둘렀다.「오, 자기.」그가 우렁차게 소리쳤다. 그의 농부 같은 커다란 손에 든 철모가 반짝였고, 그의 햇볕에 그을린 얼굴은 진지하면서도 사랑스러웠다.「오, 자기야, *Je t'adore, Je t'adore.*」

소녀는 미소를 지으며 다시 손을 흔들었다.「*Je t'adore*, 나의 미국인 아저씨.」그녀가 프랑스어로 소리쳤다.

「프랑스는 지구상에서 가장 위대한 나라야.」버네커가 말했다.

「그만해, 색골.」리킷이 앙상하고 예리한 엄지손가락으로 그를 재촉하며 말했다.

「나를 기다려 줘.」버네커가 초록색 들판 너머로, 그의 고향 아이오와의 암소들과 무척 흡사한 소들의 등 너머로 소리쳤다.「나를 기다려 줘, 자기야, 프랑스어로 그 말을 어떻게 하는지는 모르겠지만 나를 기다려 줘. 돌아올게.」

의자에 앉은 노파는 고개도 들지 않고 암소에게서 손을 떼고는 소녀의 엉덩이를 세차게 때렸다. 그 소리가 들판 끝까지 들렸다. 소녀는 고개를 숙이고 울기 시작했다. 그녀는 수레 반대쪽으로 가 자취를 감췄다.

버네커는 한숨을 쉬었다. 그는 철모를 쓰고 울타리 사이를 지나 다른 들판으로 갔다.

세 시간 후 콜클러는 연대를 찾았고, 30분 후에는 독일군과 만났다.

여섯 시간 후 콜클러는 중대를 적에게 포위되게 만들었다.

남은 중대 병력이 방어용으로 사용한 농가는 거의 포위 공격에 대항할 목적으로 지은 것처럼 보였다. 돌벽은 두꺼웠고, 창문은 좁았으며, 슬레이트 지붕은 불에 타지 않을 것처럼 보였다. 바위 같은 커다란 목재가 바닥과 천장을 지탱하고 있었고, 부엌에는 펌프가 있었다. 그리고 깊은 지하실은 부상자를 안전하게 수용하기에 안성맞춤이었다.

그곳은 대포 공격에도 한동안은 끄떡없을 것처럼 보였다. 아직까지는 독일군이 박격포 이상의 중화기를 사용하지 않았고, 그래서 그 집으로 철수한 서른다섯 명은 당분간은 무척 안전할 것 같았다. 그들은 창문에서 울타리와, 집을 둘러싸고 있는 다른 건물 사이에서 순간적으로 보이는 형체들을 향해 급하게 사격을 했다.

촛불을 밝힌 지하실에는 부상자 네 명과 사망자 한 명이 사과술 통 사이에 누워 있었다. 농가의 주인인 프랑스인 가족은 처음 총소리가 났을 때 지하실로 대피해 이제는 상자 위에 앉아, 그들의 지하실에서 죽으려고 너무도 먼 곳에서 온, 겁에 질린 사람들을 조용히 바라보고 있었다. 그들 가족은 지난번 전쟁 때 마른에서 부상을 당한, 나이가 50인 가장과, 비슷한 나이로 몸이 야위고 호리호리한 그의 아내, 그리고 두 딸로 이루어져 있었다. 나이가 각각 열두 살과 열여섯 살인 두 딸은 무척 못생겼는데, 공포에 질려 멍한 상태로 술통 사이에 쭈그리고 앉아 있었다.

그날 일찍 의무병 모두가 죽었고, 그래서 그린 중위가 시간이 날 때마다 지하실로 내려가 응급 처치를 해주었다.

농부는 아내와 사이가 좋지 않았다. 「내 마누라는 집을 떠나지 않으려 했어요.」 그가 화가 나 말했다. 「전쟁이 일어나든 말든. 〈오, 안 돼요, 르맹. 나는 내 집을 병사들에게 내놓지 않을 거예요〉라고 말했죠. 부인, 이제 마음에 드오?」

부인은 대답하지 않았다. 그녀는 상자 위에 멍청하게 앉아 사과술 한 잔을 홀짝이며, 촛불 속에서 식은땀을 흘리고 있는 부상자들의 얼굴을 신기한 듯 바라보았다.

독일군이 1층 거실 창문에 기관총을 쏘아 대자 유리가 깨지고, 가구가 흔들리는 소리가 들렸다. 그녀는 술을 더 빨리 마셨다. 그뿐이었다.

농부가 발아래 있는 죽은 미군을 향해 말했다. 「절대로 여자들 말을 듣지 말아요. 아무리 얘기해도 그들은 전쟁이 심각한 일이라는 것을 이해하지 못해요.」

1층에서는 사람들이 창문에 가구를 쌓아 놓고 구멍 사이와 쿠션 위로 사격을 하고 있었다. 그린 중위가 이따금 사람들에게 지시를 했지만 아무도 주의를 기울이지 않았다. 2백 미터 떨어진 울타리나 나무 사이에서 조금이라도 움직이는 게 보이면 그들은 사격을 가한 후 안전을 위해 바닥에 엎드렸다.

식당에는 육중한 참나무 탁자의 상석에 콜클러 대위가 앉아 있었다. 그는 철모를 쓴 머리를 손 위로 숙인 채 옆구리에 맨 밝은 색 가죽 권총집에 진주가 손잡이에 박힌 권총을 차고 있었다. 그는 안색이 창백했고, 자고 있는 것처럼 보였다. 아무도 그에게 말을 하지 않았고, 그 역시 아무에게도 말하지 않았다. 그린 중위가 그가 아직 살아 있는지 보러 오자 그는 단 한 번 「자네는 조서를 작성해야 해」라고 말했다. 「나는 소렌슨 중위에게 계속해서 우리의 측면에 있는 L 중대와 연락을 유지하라고 했어. 내가 그에게 지시를 내렸을 때 자네는 그곳에 있었지, 그렇지 않나?」

「네, 맞습니다, 중위님.」 그린 중위가 높은 목소리로 말했다.「그 말을 들었습니다.」

「그 사실을 종이에 적어야 해.」콜클러가 낡은 참나무 탁자를 내려다보며 말했다.「되도록 빨리.」

「대위님.」그린 중위가 말했다.「한 시간 후면 어두워질 겁니다. 이곳에서 빠져나가려면 그때가…….」

하지만 콜클러 대위는 농부의 식당에 있는 탁자에 앉아 자신만의 생각에 빠져, 그린 중위가 그의 발아래 카펫 위에 침을 뱉은 후, 페인 상병이 이제 막 폐에 총탄을 맞은 채 거실로 다시 돌아갈 때에도 아무 말도 하지도 않고 고개를 들지도 않았다.

위층, 부부의 침실에서는 리킷과 버네커, 그리고 노아가 쟁기와 마차가 보관되어 있는 헛간과 광 사이의 길을 맡고 있었다. 벽에는 나무로 만든 작은 십자가와, 부부가 결혼식 날 마지못해 찍은 것 같은, 경직된 모습의 사진이 걸려 있었다. 또 다른 벽에는 증기선 노르망디호가 조용하고 환한 푸른 바다를 가로지르는 모습의, 프랑스 증기선 회사의 포스터가 액자에 끼워져 걸려 있었다.

커다란 침대 위에는 수를 놓은 하얀 시트가 깔려 있었고, 탁상 위에는 레이스 장식이 있는 작은 깔개가 놓여 있었으며, 벽난로 위에는 도자기로 만든 고양이가 있었다.

첫 전투를 하기에는 안성맞춤인 곳이군, 하고 노아는 생각하며 소총의 탄창을 바꿔 끼웠다.

바깥에서 연이어 총소리가 들렸다. 창문 두 개 중 한 곳 옆에 서 있던 리킷은 브라우닝 자동 소총을 든 채로 꽃무늬가 그려진 벽지에 몸을 밀착했다. 노르망디호 포스터 위에 끼워져 있던 유리가 산산조각이 났다. 거대한 증기선에 커다란 구멍이 난 그림이 벽에서 흔들렸지만 떨어지지는 않았다.

노아는 깔끔하게 정리한 커다란 침대를 바라보았다. 그는 그 아래로 기어 들어가고 싶은, 억누르기 힘든 충동을 느꼈다. 그는 창문 가까이 몸을 웅크리고 있던 곳에서 침대를 향해 한 발자국을 떼기까지 했다. 그는 떨고 있었다. 그가 손을 움직이려 하자 손은 무의미한 커다란 원을 그리며 방 한가운데 있는, 숄이 덮인 탁자 위의 작은 파란색 화병을 넘어뜨렸다.

침대 밑으로만 들어가면 안전할 것 같았다. 그렇게 하면 죽지 않을 것 같았다. 그는 나무 바닥의 먼지 속에서 숨어 있을 수 있었다. 독일군 절반이 그를 에워싸고 있는 것 같은 상황에서 벽지가 발린 작은 방에 서서 총에 맞는 것은 안 될 일이었다. 그는 울타리 사이의 길을 택하지도, L 중대와 연락이 끊어지게 하지도, 구덩이를 파야 하는 곳에서 구덩이 파는 일을 소홀히 하지도 않았다. 누구도 그에게 리킷 옆, 창문에 서서 머리가 날아가게 할 수는 없었다.

「저 창문으로 가!」 리킷이 다른 창문을 가리키며 사납게 소리쳤다. 「저기로 가! 적이 쳐들어오고 있어.」

리킷은 창가에서 몸을 노출시킨 채로 되는 대로 사격을 하고 있었다. 그 반동에 그의 엉덩이와 팔과 어깨가 흔들렸다.

저자가 보지 않을 때 침대 밑으로 기어 들어가는 거야, 그러면 내가 어디 있는지 아무도 모를 거야, 하고 노아는 꾀바른 생각을 했다.

버네커는 다른 창문에서 사격을 하며 「노아! 노아!」 하고 소리치고 있었다.

노아는 마지막으로 침대를 한번 보았다. 깔끔하게 정리된 침대는 아늑하게 보였다. 침대 뒤, 벽에 걸려 있던 십자가가 갑자기 침대 시트 위로 떨어졌고, 예수는 박살이 났다.

노아는 창가로 달려가 버네커 옆에 몸을 웅크렸다. 그는 집 앞길을 향해 되는 대로 사격을 했다. 그런 다음 그곳을 보았다. 회색 옷을 입은 자들이 몸을 숙인 채로 떼를 지어 미친 듯이 집 쪽으로 뛰어오고 있었다.

조준을 해(원의 중심에 목표물을 들어오게 해 가늠쇠의 꼭대기에 올려놓으면 관절염이 있는 맹인도 목표물을 맞힐 수 있다는 걸 명심하며) 떼를 지어 몰려오는 형체들을 향해 총을 쏘며 노아는 〈저들은 저러면 안 돼, 저렇게 함께 오면 안 돼〉라고 생각했다. 그는 쏘고 또 쏘았다. 리킷은 다른 창문에 서서 총을 쏘았고, 버네커는 그의 옆에서 숨을 참은 채로 아주 신중하게 총을 쏘고 있었다. 노아는 높게 울부짖는 소리를 들었고, 그것이 어디에서 들리는 것인지 궁금했다. 한참 후에야 그는 그것이 자신이 내는 소리라는 사실을 깨달았다. 그 순간 그는 그 소리를 멈췄다.

아래층에서도 요란한 총성이 들렸다. 회색 형체들이 계속해서 넘어졌다가 일어났고, 기어가다가 다시 쓰러졌다. 적 세 명이 수류탄을 던질 수 있을 정도로 가까운 곳까지 왔지만 수류탄은 창문에 맞지 않고, 벽에서 터졌다. 리킷이 그들 모두를 맞혔다.

다른 회색 형체들은 진격을 멈춘 것처럼 보였다. 잠시 정적이 찾아왔고, 적들은 진흙으로 지은 헛간 안에서 꼼짝 않고 있었다. 그런 다음 그들은 몸을 돌려 달아나기 시작했다.

노아는 놀란 얼굴로 그들을 바라보았다. 그는 그들이 집까지 오고 말 거라고 생각했다.

「자, 자!」 리킷이 소리치고 있었다. 그는 미친 듯이 다시 장전을 했다.「저 망할 자식들을 다 죽여 버려! 없애 버려!」

노아는 고개를 흔든 후 이상하고 서툰 모습으로 달아나고 있는 적 한 명을 향해 조심스럽게 조준했다. 방독면이 든 통이 소총을 내던진 그의 엉덩이에서 흔들거렸다. 그가 헛간 뒤로 사라지려는 순간 노아는 눈을 가늘게 뜨고 방아쇠를 살며시 당겼다. 손가락 안쪽에 뜨거운 쇠가 느껴졌다. 적은 길게 미끄러졌고, 더 이상 움직이지 않았다.

「그거야, 애커먼, 그거야!」창가에 있던 리킷이 신이 나 소리쳤다.「그렇게 하는 거야.」

이제 길은 더 이상 움직이지 않는 회색 형체를 제외하고는 텅 비어 있었다.

「적이 사라졌어.」노아가 멍청하게 말했다.「이제 없어.」

그는 자신의 뺨을 뭔가가 축축하게 누르는 것을 느꼈다. 버네커가 그에게 키스를 하고 있었다. 버네커는 소리를 지르면서 그에게 키스를 하며 웃고 있었다.

「몸을 낮춰.」리킷이 소리쳤다.「그 창문에서 몸을 낮춰.」

그들은 머리를 숙였다. 바로 그 순간 창문 사이로 총탄이 날아오는 소리가 들렸다. 탄환이 노르망디호 아래 벽에 박혔다.

노아는 무척 놀라면서도, 〈고마워, 리킷〉하고 생각했다.

문이 열리며 그린 중위가 들어왔다. 그는 눈이 결막염에 걸린 것처럼 붉었고, 피로로 턱이 처져 있었다. 그는 한숨을 쉬며 천천히 침대에 앉아 손을 다리 사이에 찔러 넣었다. 그는 앞뒤로 몸을 흔들었고, 잠시 노아는 그가 침대 위로 쓰러져 잠이 드는 것은 아닌가 하고 걱정을 했다.

「그들을 물리쳤어요, 중위님.」리킷이 행복한 얼굴로 말했다.「본때를 보여 줬어요. 그 망할 자식들에게요.」

「그래.」 그린 중위가 귀에 거슬리는 목소리로 말했다. 「잘했어. 다친 사람은 없어?」

「네.」 리킷이 미소를 지었다. 「우리는 강한 팀이죠.」

「다른 방에서는 모리슨과 실리가 총에 맞았어.」 그린이 피로한 얼굴로 말했다. 「그리고 아래층에서는 페인이 폐에 총을 맞았어.」

노아는 목이 굵은 페인이 플로리다에 있는 병원의 병동에서 〈전쟁이 끝난 후면 어떤 친구든 고를 수 있어〉라고 말한 것을 기억했다.

그린이 연설을 시작하듯 갑자기 얼굴이 환해지며 말했다. 「한데.」 그는 막연하게 방 안을 둘러보았다. 「저거 노르망디호 아냐?」 그가 물었다.

「맞습니다.」 노아가 말했다. 「노르망디호입니다.」

그린은 멍청하게 미소를 지었다. 「유람선 예약을 해야겠군.」 그가 말했다.

아무도 웃지 않았다.

손으로 눈을 비비며 그린이 말했다. 「어두워지면 우리는 이곳에서 빠져나가야 해. 아래층에는 탄약이 거의 다 떨어졌어. 적이 다시 쳐들어올 경우 우리는 속수무책이야. 우리는 케첩을 바른 프렌치프라이처럼 될 거야.」 그가 막연하게 말했다. 「어두워지면 알아서들 이곳을 벗어나도록 해. 두세 명씩 짝을 지어.」 그는 귀에 거슬리는 목소리로 말했다. 「중대원 모두가 두세 명씩 한 조를 이뤄 흩어지는 거야.」

「중위님.」 리킷이 얼굴을 창밖으로 살짝 내민 채로 밖을 내다보며 말했다. 「중위님, 콜클러 대위님이 그렇게 지시를 내린 건가요?」

「이건 내가 내리는 지시야.」중위가 말했다. 그는 깔깔 웃었다. 그런 다음 웃음을 멈추고 단호한 표정을 지었다.「이제부터는 내가 지휘를 할 거야.」그가 공식적으로 말했다.「내 지휘를 따르도록 해.」

「대위님이 죽었나요?」리킷이 물었다.

「꼭 그런 건 아니야.」그린이 말했다. 그는 갑자기 하얀 시트에 누워 눈을 감았다. 하지만 그는 계속해서 말했다.「대위는 이제 퇴역을 했어. 그는 내년 침공을 위해 준비를 할 거야.」그는 커다란 침대 위에 눈을 감은 채로 누워 깔깔 웃었다. 그런 다음 갑자기 벌떡 일어났다.「무슨 소리가 들리지 않았어?」그가 초조하게 물었다.

「아뇨.」리킷이 말했다.

「적이 어두워지기 전에 탱크를 몰고 올 경우 우리는 케첩을 바른 프렌치프라이처럼 될 거야.」

「이곳에 바주카포 한 대와 포탄 두 발이 있습니다.」리킷이 말했다.

「나를 웃기지 마.」그린이 몸을 돌려 노르망디호를 바라보았다.「내 친구 하나가 저 배를 탄 적이 있지.」그가 말했다.「루이지애나 뉴올리언스 출신의 보험회사 직원이었어. 셰르부르에서 뉴저지의 암브로스 등대까지 가는 동안 세 여자와 잠자리를 같이했지. 한데…….」그가 진지한 얼굴로 말했다.「바주카포를 사용해. 탱크를 박살 내는 데 쓰라고 있는 거니까. 그렇지 않나?」그는 손과 무릎을 대고 창문 쪽으로 기어갔다. 그는 천천히 머리를 들어 밖을 내다보았다.「죽은 독일군 열네 명이 보이는군.」그가 말했다.「살아 있는 적들은 지금 무슨 계획을 세우고 있을 것 같나?」그는 슬픈 얼굴로 고개를 저은 후 창문에서 다른 곳으로 기어갔다. 그는 일어나기 위해 노아의 다리를 붙들어야 했다. 「우리 중대는.」 그가 의아한 얼굴로 말했다. 「우리 중대는 끝났어. 전투가 있는 어느 날 끝날 거야. 모든 게 불가능해 보이지 않나? 자네들은 누군가가 그것과 관련해 뭔가를 했다고 생각하겠지. 어두워지면 알아서들 이곳에서 벗어나 우리 쪽 진영으로 가도록 해. 행운을 비네.」

그는 아래층으로 내려갔다. 방 안에 있던 사람들은 서로를 쳐다보았다. 「좋아.」 리킷이 시큰둥하게 말했다. 「자네들은 아직은 다치지 않았어. 저 창문으로 가.」

아래층 식당에는 제이미슨이 콜클러 대위 앞에 서서 소리를 지르고 있었다. 제이미슨은 실리가 눈에 총탄을 맞았을 때 그의 옆에 있었다. 제이미슨과 실리는 켄터키의 같은 마을 출신이다. 그들은 어려서부터 친구였고 함께 입대했다.

「네놈이 그렇게 하도록 내버려 두지 않겠어, 이 망할 놈의 장의사 같으니라고.」 제이미슨은 여전히 짙은 색 탁자에 앉아 머리를 손으로 감싸고 있는 대위를 향해 사납게 소리를 지르고 있었다. 제이미슨은 방금 그들이 어두워져 그곳을 빠져나갈 때 실리를 부상자들과 함께 지하실에 내버려 둘 거라는 이야기를 들었다. 「우리를 이 안으로 데리고 들어온 건 당신이야. 그러니 당신이 우리를 데리고 나가! 모두 다!」

그 방에는 다른 세 명이 더 있었지만 그들은 전혀 참견하지 않고 멍하게 제이미슨과 대위를 바라보고 있을 뿐이었다.

「빨리, 관 닦는 일이나 하는 개자식아.」 탁자 위로 몸을 천천히 숙였다가 들며 제이미슨이 소리를 질렀다. 「그냥 거기 앉아 있지만 말고. 일어나 무슨 말이라도 해봐. 영국에서는 엄청나게 지껄여 댔지, 그렇지 않아? 너는 아무도 총을 네게 쏘지 않을 때에는 허풍을 쳤어, 그렇지 않아? 이 장의사 놈아. 독립 기념일에는 소령이 될 거라고 했지! 폭죽이 터지는 가운데. 그 망할 놈의 장난감 권총 좀 치워! 그 총을 더는 못 참겠어!」

제이미슨은 미친 듯이 몸을 숙여 진주가 박힌 45구경 권총을 권총집에서 빼내 구석으로 던졌다. 그런 다음 서투르게 권총집을 떼어 내려 했지만 소용이 없었다. 그는 단검을 꺼내 마구 잘라 허리띠에서 권총집을 떼어 냈다. 그는 반짝이는 권총집을 바닥에 던지고 발로 밟았다. 콜클러 대위는 꼼짝도 하지 않았다. 다른 병사들은 벽에 기대어 있는 참나무 탁자 앞에 멍청하게 서 있었다.「우리 중대가 사단 내의 다른 어떤 중대보다도 독일놈을 많이 죽일 거라고? 우리가 유럽에 온 이유도 거기에 있다고? 모두가 자신의 몫을 다 하는지 지켜볼 거라고 했지. 오늘 독일군을 몇 명이나 죽였지, 이 개자식아? 자, 일어나, 일어나란 말이야!」제이미슨은 콜클러를 잡아 일으켜 세웠다. 콜클러는 계속해서 멍하게 탁자를 바라보았다. 제이미슨이 뒤로 물러나자 콜클러는 바닥에 주저앉아 그대로 있었다.「연설을 하란 말이야, 대위!」대위를 굽어보며 서서 제이미슨은 그에게 소리를 지르며 군화로 발길질을 했다. 「지금. 연설을 하란 말이야. 어떻게 하면 하루 만에 중대 전체를 잃어버릴 수 있는지 강연을 하란 말이야. 부상병들을 어떻게 독일군에게 넘겨 줄 수 있는지 강연을 하란 말이야. 지도 읽는 법과 군대의 예절에 대해 연설을 하란 말이야, 그게 듣고 싶어 미치겠어. 지하실로 내려가 실리에게 응급 처치에 대해 연설을 하고 총알이 박힌 눈으로 너를 보라고 해. 자, 연설을 해봐. 소령이 어떻게 미리 측면을 방어하는지, 우리가 얼마나 잘 준비가 되어 있는지, 그리고 어떻게 우리가 세상에서 가장 잘 준비된 군인인지에 대해 얘기해 보란 말이야.」

그린 중위가 들어왔다. 「나가, 제이미슨.」 그린 중위가 차분하게 말했다. 「모두 자기 위치로 돌아가.」

「저는 대위의 연설을 듣고 싶습니다.」 제이미슨이 완강하게 말했다. 「저와 아래층에 있는 친구들을 위한 짧은 연설만 들으면 됩니다.」

「제이미슨.」 그린 중위의 목소리는 떨렸지만 권위가 실려 있었다. 「위치로 돌아가. 명령이야.」

방 안에는 침묵이 감돌았다. 밖에서 독일군이 기관총을 몇 발 쏘았지만 모두 벽에 박혔다. 제이미슨은 소총의 안전장치를 만지작거리고 있었다. 「알아서들 처신해.」 그린이 학생들에게 얘기를 하는 선생처럼 말했다. 「나가서 알아서들 처신해.」

제이미슨은 천천히 몸을 돌려 밖으로 나갔다. 다른 세 명도 그를 따라갔다. 그린 중위는 바닥에 한쪽 옆으로 조용히 누워 있는 콜클러 대위를 바라보았다. 그린 중위는 그를 일으켜 주려 하지도 않았다.

노아가 탱크를 본 것은 거의 어두워졌을 때였다. 탱크는 긴 포신을 겨냥한 채로 생각에 잠긴 사람처럼 길을 따라오고 있었다.

「올 것이 왔어.」 눈을 창턱 바로 위로 올리고 꼼짝도 않은 채 노아가 말했다.

탱크는 잠시 뭔가에 걸린 것처럼 보였다. 궤도가 돌며 부드러운 진흙에 박혔고, 기관총은 앞뒤로 불규칙적으로 움직였다. 그것이 노아가 처음 본 독일군 탱크였다. 그것을 본 그는 거의 최면에 걸린 것 같았다. 무척 크고, 악의로 가득 찬 것처럼 보이는 탱크는 그 무엇으로도 파괴할 수 없는 것처럼 여겨졌다. 그는 이제 할 수 있는 일은 아무것도 없다고 느꼈다. 그는 자포자기 심정이 들면서 동시에 위안이 되었다. 〈이제 할 수 있는 일은 아무것도 없어.〉 그 탱크가 그에게서 결정과 책임 등 모든 것을 없애 주었다.

「이리로 와.」 리킷이 말했다. 「애커먼.」

노아는 리킷이 바주카포를 들고 서 있는 창가로 뛰어갔다. 「이 망할 놈의 것이 쓸모가 있는지 시험해 봐야겠어.」 리킷이 말했다.

노아는 창문 앞에서 몸을 웅크렸고, 리킷은 바주카포를 그의 어깨 위에 올려놓았다. 노아는 창밖으로 노출되어 있었지만 이상하게도 상관이 없는 것처럼 느껴졌다. 탱크가 집 앞길에 그토록 가까운 곳에 있는 상태에서는 집 안의 모두가 똑같이 노출되어 있었다. 노아는 고르게 숨을 쉬며 리킷이 어깨 위의 바주카포를 제대로 고정시키기를 기다렸다.

「탱크 뒤에는 소총수들이 있어.」 노아가 차분하게 말했다. 「열다섯 명쯤 돼.」

「그들은 기습을 준비하고 있어.」 리킷이 말했다. 「가만히 서 있어.」

「가만히 서 있어.」 노아가 짜증을 내며 말했다.

리킷은 바주카포를 이리저리 움직이고 있었다. 바주카포를 발사하려면 탱크가 80미터까지 접근해야 했다. 리킷은 무척 신중했다. 「사격하지 마.」 그가 다른 창문에 있는 버네커에게 말했다. 「이곳에 우리가 없는 척하는 거야.」 그가 껄껄 웃었다. 노아는 리킷의 웃음에 약간 놀랐다.

탱크가 다시 움직이기 시작했다. 마치 탱크는 포탄을 발사하지 않아도 적을 마비시키는 힘이 있음을 스스로 이해하는 지능이 있는 것처럼, 상대를 깔보는 듯한 태도로, 생각에 잠긴 사람처럼 움직이고 있었다. 하지만 그것은 몇 미터를 전진한 후 다시 멈춰 섰다. 독일군은 탱크 뒤, 궤도 사까이서 몸을 웅크리고 있었다.

기관총이 불을 내뿜으며 건물에 총탄 세례를 뿌렸다.

「맙소사.」 리킷이 말했다. 「가만히 서 있어.」

노아는 창틀에 몸을 기댔다. 그는 곧 총에 맞게 될 거라고 확신했다. 그의 상체 전체가 노출되어 있었다. 그는 황혼의 짙어지는 그림자 속에서 희미하게 움직이는 탱크의 총을 내려다보았다.

그 순간 리킷이 바주카포를 발사했다. 포탄이 공중으로 아주 신중하게 날아갔다. 그런 다음 탱크에 부딪치며 폭발했다. 노아는 몸을 낮추는 것도 잊은 채로 그것을 내다보았다. 잠시 아무 일도 일어나지 않았다. 그런 다음 포가 무겁게 아래쪽으로 기울며 땅을 가리키다가 멈췄다. 탱크 안에서 조용한 폭발음이 들렸다. 운전석 틈과 해치 가장자리에서 연기가 몇 줄기 새어나왔다. 그런 다음 여러 차례 폭발이 있었다. 탱크가 흔들리더니 그 자리에 멈춰 섰다. 그런 다음 폭발이 멈췄다. 탱크는 여전히 위험하고 악의에 가득 찬 것처럼 보였지만 더 이상 움직이지 않았다. 노아는 탱크 뒤에 있던 병사들이 달아나는 것을 바라보았다. 길을 따라 달아나는 그들 중 누구도 이쪽을 향해 총을 쏘지 않았다. 그들은 헛간 뒤로 사라졌다.

「쓸모가 있군.」 리킷이 말했다. 「우리가 탱크를 직접 맞혔어.」 그는 노아의 어깨에서 바주카포를 내려 벽에 세웠다.

노아는 계속해서 길을 내다보았다. 아무 일도 없었던 것처럼 보였다. 탱크는 오랫동안 그곳 풍경의 일부를 이루고 있었던 것처럼 보였다.

「맙소사, 노아.」버네커가 소리를 쳤다. 그때서야 노아는 버네커가 자신의 이름을 계속해서 부르고 있는 것을 깨달았다.「그 창문에서 멀어져.」

갑자기 노아는 커다란 위험을 느끼며 창문에서 멀어졌다.

리킷이 다시 브라우닝 자동 소총을 들고 창문 앞 자기 자리로 갔다.「멍청하긴.」리킷이 화가 나 말했다.「우리는 이 농가를 떠나서는 안 돼. 우리는 이곳에서 크리스마스까지 있을 수 있어. 기저귀 외판원인 그린은 배짱이라곤 없어.」그는 길을 향해 총을 쏘았다.「꺼져, 이 자식들아.」그가 중얼거리듯 말했다.「내 탱크에서 떨어져.」

그린 중위가 방 안으로 들어왔다.「아래층으로 내려와.」그가 말했다.「어두워지고 있어. 2~3분 후에 떠날 거야.」

「저는 잠시 이곳에 있을 작정입니다.」리킷이 중위를 무시하듯 말했다.「그래서 독일놈들이 충분히 멀리 갔는지 볼 겁니다.」그는 노아와 버네커에게 손짓을 했다.「자네들은 지금 내려가 독일군이 자네들을 발견할 경우 빌어먹을 새처럼 날아가.」

노아와 버네커는 서로를 쳐다보았다. 그들은 브라우닝 자동 소총을 커다란 손에 든 채로 창가에 서 있는 리킷에게 무슨 말인가 하고 싶었지만 무슨 말을 해야 좋을지 알 수 없었다. 그들이 문 밖으로 나가 그린 중위를 따라 아래층 거실로 내려갈 때에도 리킷은 그들을 쳐다보지도 않았다.

거실에는 땀과 화약 냄새가 자욱했고, 바닥에는 빈 탄창 수백 개가 나뒹굴고 있었다. 거실은 위층 침실보다 더 전쟁터 같았다. 창문에는 가구가 쌓여 있었고, 나무 의자들은 부서져 조각이 나 있었으며, 사람들이 벽에 기댄 채로 바닥에 무릎을 꿇고 앉아 있었다. 황혼의 어둠 속에서 노아는 콜클러가 식당 바닥에 누워 있는 것을 보았다. 대위는 팔을 양쪽으로 뻣뻣하게 뻗은 채로, 눈도 깜박이지 않고 천장을 바라보며 등을 대고 누워 있었다. 그는 콧물이 흘렀고, 이따금 세게 코를 풀었지만 그것이 그에게서 나는 유일한 소리였다. 그가 코를 푸는 것을 보자 노아는 자신도 감기에 걸렸다는 사실을 떠올렸고, 그래서 뒷주머니에서 꺼낸, 땀에 젖은 카키색 손수건으로 코를 풀었다.

거실은 무척 조용했다. 파리 한 마리가 초조하게 방 안을 돌아다녔고, 라이커가 그것을 향해 철모를 두 번 휘둘렀지만 빗나갔다.

노아는 바닥에 앉아 오른쪽 각반과 신발을 벗었다. 그는 무척 조심스럽게 양말을 폈다. 손가락으로 발을 주무른 후 다시 양말을 신자 무척 만족스러웠다. 방 안에 있던 다른 사람들은 마치 그가 아주 흥미로운 연기를 하고 있다는 듯 그를 차분하게 바라보았다. 노아는 신발을 신은 다음 각반을 다시 차고 끈을 꼼꼼하게 묶은 후 조심스럽게 바짓단을 내렸다. 그는 두 번 요란하게 재채기를 했고, 라이커가 그 소리에 약간 움찔하는 것을 보았다.

「신의 은총이 있기를.」 버네커가 말했다. 그는 노아를 향해 미소를 지었고, 노아 역시 그를 향해 미소를 지었다. 멋진 친구야, 하고 노아는 생각했다.

「뭘 해야 할지 모르겠어.」 그린 중위가 갑자기 말했다. 그는 식당 입구 근처에서 몸을 숙이고 있었다. 그는 침묵 속에서 연설을 준비한 것처럼 말을 했다. 하지만 그는 자신의 목소리가 그토록 갑자기 튀어나온 것에 놀란 것처럼 보였다. 「어떻게 돌아가는 것이 가장 좋을지 모르겠어. 자네들 생각을 얘기해 봐. 밤에는 총탄의 불빛이 보이고, 낮에는 총성이 들리지. 아군이 어디 있는지 자네들은 알지도 몰라. 하지만 지도는 소용이 없어. 가능한 한 도로는 멀리해야 해. 인원이 적게 무리를 지어 갈수록 돌아갈 수 있는 가능성이 더 커질 거야. 이런 상황이 되어 미안해. 하지만 그냥 이곳에 앉아 기다릴 경우 모두 죽게 될 거야. 하지만 여길 떠날 경우 우리 중 일부는 살아남을 거야.」 그는 한숨을 쉬었다. 「어쩌면 우리 중 다수가.」 그는 유쾌한 목소리로 말했다. 「어쩌면 우리들 대부분이. 부상자들은 지금 최대한 편하게 있어. 아래층에 있는 프랑스 사람들이 그들을 돌볼 거야. 내 말을 못 믿겠거든.」 그는 방어적인 태도로 말했다. 「내려가서 직접 확인해.」

아무도 움직이지 않았다. 위층에서 급하게 브라우닝 자동 소총을 쏘아 대는 소리가 들렸다. 리킷은 그곳 창문 앞에 서 있어, 하고 노아는 생각했다.

그린 중위는 막연한 태도로 이야기했다. 「하지만 상황이 무척 안 좋아. 하지만 이런 일을 예상해야 해. 이따금 이런 일이 일어나기 마련이니까. 나는 대위를 데리고 가려고 해.」 그는 지치고 가는 목소리로 말했다. 「하고 싶은 말이 있으면 지금 하도록 해.」

아무도 이야기를 하려 하지 않았다. 노아는 갑자기 무척 슬프게 느껴졌다.

「좋아.」 그린 중위가 말했다. 「이제 어두워졌어.」 그는 자리에서 일어나 창가로 가서 밖을 내다보았다.「그래.」그가 말했다.「어두워졌어.」그는 방 안에 있는 사람들에게로 몸을 돌렸다. 이제 대부분의 병사들이 벽에 등을 댄 채로 바닥에 앉아 고개를 숙이고 있었다. 그들을 보자 노아는 전반전과 후반전 사이에 쉬고 있는, 지고 있는 풋볼 팀이 떠올랐다.

「좋아.」그린 중위가 말했다.「지체해서는 안 돼. 누가 먼저 갈래?」

아무도 움직이지 않았다. 고개를 돌리는 사람도 없었다.

「조심해.」그린 중위가 말했다.「아군 진영에 이르면 사람들이 우리가 미군이라는 것을 절대적으로 확신하기 전까지는 몸을 노출시키지 마. 아군 총에 맞고 싶은 사람은 없지? 누가 먼저 갈래?」

아무도 움직이지 않았다.

「나는 부엌문을 통해 나가라고 충고하고 싶어.」그린 중위가 말했다.「뒤쪽에 헛간이 있어 몸을 어느 정도 숨길 수 있을 거야. 그리고 30미터 떨어진 곳에 울타리가 있어. 더 이상 내가 명령을 내리지 않아도 이해해 줘. 모두 자네들에게 달렸어. 이제 누군가가 출발하는 게 좋을 거야.」

아무도 움직이지 않았다. 바닥에 앉아 있던 노아는 〈참을 수 없어, 참을 수 없어〉 하고 생각했다. 그가 자리에서 일어났다.「좋습니다.」그가 말했다. 그것은 누군가가 그렇게 말해야 했기 때문이다.「제가 앞장을 서겠습니다.」그는 재채기를 했다.

버네커가 자리에서 일어났다.「저도 가겠습니다.」그가 말했다.

라이커도 자리에서 일어났다.「될 대로 되라지.」그가 말했다.

카울리와 디머스도 자리에서 일어났다. 그들의 신발이 돌바닥 위에서 미끄러지는 소리를 냈다.「망할 놈의 부엌은 어디 있지?」카울리가 말했다.

〈라이커와 카울리와 디머스〉 하고 노아는 생각했다. 그 이름들에는 뭔가가 있었다. 이제 우리는 다시 싸울 수 있어, 하고 그는 생각했다.

「충분해.」그린이 말했다.「선발대로는 충분해.」

그들 다섯 명은 부엌으로 들어갔다. 다른 사람들은 그들을 쳐다보지도 않았고, 아무 말도 하지 않았다. 부엌 바닥에는 지하실로 난 들창이 열려 있었다. 촛불이 먼지가 이는 사이로 희미하게 비치고 있었고, 죽어 가고 있는 페인의 신음 소리가 들렸다. 노아는 지하실을 내려다보지 않았다. 그린 중위가 부엌문을 아주 조심스럽게 열었다. 귀에 거슬리는 긁히는 소리가 들렸다. 사람들은 잠시 꼼짝 않고 있었다. 위에서는 브라우닝 자동 소총 소리가 들렸다. 리킷이 혼자서 전쟁을 치르고 있군, 하고 노아는 생각했다.

축축한 밤공기에서는 농장 냄새가 났다. 열린 문틈으로 암소들의 감미로운 냄새가 강하게 풍겨 들어왔다.

노아는 손으로 재채기를 막았다. 그는 사과를 하듯 주위를 둘러보았다.

「행운을 비네.」그린 중위가 말했다.「누가 먼저 갈 건가?」

동으로 만든 프라이팬과 커다란 우유 용기 등이 있는 부엌에서 사람들은 문과 문틀 사이로 보이는 희부연 밤을 바라보았다. 노아는 〈참을 수 없어, 참을 수 없어. 이런 식으로 이곳에 있을 수는 없어〉 하고 생각했다. 그는 라이커를 지나쳐 문

쪽으로 갔다.

그는 심호흡을 하며 〈재채기를 해서는 안 돼, 재채기를 해서는 안 돼〉 하고 생각했다. 그런 다음 그는 몸을 숙이고 문틈으로 빠져나갔다.

그는 헛간을 향해 갔다. 그는 소총을 양손으로 들어 뭔가에 부딪치지 않도록 하면서 아주 조심스럽게 걸음을 내디뎠다. 그는 안전장치를 풀었는지 아닌지 기억이 나지 않았고, 그래서 방아쇠에서 손가락을 뗐다. 그는 그의 뒤에 있는 사람들이 소총의 안전장치를 잠갔기를 바랐다. 그렇지 않을 경우 자칫 그에게 총을 쏠 수도 있었다.

진흙 속에서 그의 신발이 뭔가를 빠는 듯한 소리를 냈고, 그는 철모 끈이 뺨을 때리는 것을 느꼈다. 그 소리는 작았지만 그의 귀에서 아주 가까워 무척 크게 들렸다. 더 짙어진 어둠 속에 있는 헛간의 그림자까지 이른 그는 암소 냄새가 나는 나무에 몸을 기댄 채로 철모 끈을 턱 아래로 잠갔다. 다른 사람들이 한 명씩 부엌문을 나와 뜰을 건너왔다. 그의 주위에 있는 사람들의 숨 가쁜 호흡 소리가 무척 크게 들렸다. 집 안과 지하실에서 길고 높은 비명 소리가 들렸다. 비명 소리가 바람이 없는 밤공기 속에서 울려 퍼졌고, 노아는 헛간 벽에 몸을 더욱 밀착했지만 아무 일도 일어나지 않았다.

그는 땅에 엎드려 하늘을 배경으로 희미하게 윤곽이 보이는 울타리를 향해 기어가기 시작했다. 울타리 뒤쪽, 먼 곳에서 포탄이 번쩍였다.

울타리를 따라 도랑이 나 있었고, 노아는 그 안으로 들어가 기다리며 규칙적으로 가볍게 숨을 쉬려고 애를 썼다. 그의 뒤를 따르는 사람들의 소음이 위험할 정도로 크게 들렸지만 좀 더 조용히 하라고 신호를 보낼 방법이 없었다. 다들 한 명씩 그의 옆으로 들어왔다. 도랑의 젖은 풀 속에서 무리를 지어 있는 그들의 호흡 소리는 그들이 그곳에 있다는 것을 알리는 휘파람 소리처럼 들렸다. 그들은 꼼짝도 하지 않았다. 그들은 서로 몸을 기댄 채로 도랑 속에 엎드려 있었다. 노아는 모두가, 다른 누군가가 자신들을 이끌어 주기를 기다리고 있다는 것을 알아차렸다.

이들은 내가 그 일을 해주길 원하고 있어, 하고 분통을 터트리며 노아는 생각했다. 〈왜 내가 그래야 하지?〉

하지만 그는 몸을 일으켜 울타리 사이로 포탄의 섬광이 번쩍이는 곳을 바라보았다. 울타리 너머 다른 쪽에는 탁 트인 들판이 있었다. 노아는 어둠 속에서 어떤 형체들이 움직이는 것을 볼 수 있었지만 그것들이 가축인지 사람인지는 알 수 없었다. 소리를 내지 않고 울타리를 빠져나가는 것은 불가능했다. 노아는 가장 가까이 있는 사람의 다리를 건드리며 자신이 가겠다는 신호를 보냈다. 그런 다음 울타리를 따라 난 도랑을 따라 농가에서 멀어져 갔다. 다른 사람들도 한 명씩 그의 뒤를 따라 기어갔다.

노아는 천천히 기어가며 5미터마다 걸음을 멈추고 땀이 몸을 적시는 것을 느끼며 귀를 기울였다. 울타리는 단단했고, 그의 위로 바람이 불안하게 살랑거리며 불 때마다 희미한 소리를 냈다. 이따금 작은 동물이 놀라 지나갔고, 나무 위에서 어떤 긴장한 새가 공허한 날갯짓을 하며 공중으로 날아올랐다. 하지만 여전히 독일군의 흔적은 없었다.

땅바닥을 기어가며, 축축한 도랑의 진흙에서 나는 부패한 냄새를 맡으며 노아는 어쩌면 성공할 수 있을지도 모른다고 생각했다.

그 순간 그는 손을 내밀었고 딱딱한 뭔가를 만졌다. 그는 경직된 자세로 꼼짝 않고 엎드려 오른손을 천천히 내밀었다. 쇠로 만들어진 둥근 뭔가처럼 여겨졌다. 〈이건……〉 그리고 그는 축축하고 끈적끈적한 뭔가를 만졌다. 노아는 자신 앞에 있는 그것이 시체라는 것을 깨달았다. 그는 시체의 철모와 얼굴을 매만졌던 것이다. 그는 그 남자가 얼굴에 총격을 받았다는 것을 깨달았다.

그는 조금 뒤로 물러나 고개를 돌렸다.

「버네커.」 그가 속삭였다.

「뭐야?」 버네커의 목소리는 목이 졸린 사람의 목소리처럼 멀게 느껴졌다.

「내 앞에.」 노아가 속삭였다. 「시체가 있어.」

「뭐라고? 안 들려.」

「시체가 있어. 죽은 사람이 있다고.」 노아가 속삭였다.

「누군데?」

「제기랄.」 버네커가 그토록 멍청한 것에 화가 나 노아가 속삭였다. 「그걸 내가 어떻게 알아?」 그런 식으로 멍청한 얘기가 오가는 것에 그는 하마터면 웃음을 터트릴 뻔했다. 「이 사실을 뒤쪽으로 전달해.」 노아가 속삭였다.

「뭐라고?」

노아는 버네커가 말할 수 없이 미웠다. 「이 사실을 뒤쪽으로 전달하라고.」 노아가 좀 더 큰 소리로 말했다. 「멍청한 짓을 하지 않게 말이야.」

「알았어.」 버네커가 말했다. 「알았어.」

노아는 뒤에 있는 사람들이 속삭이는 소리를 들었다.

「됐어.」버네커가 마침내 말했다.「다들 들었어.」

노아는 시체 위를 천천히 기어갔다. 손을 시체의 부츠 위에 올려놓은 그는 죽은 자가 독일군이라는 것을 문득 깨달았다. 미군은 부츠를 신지 않았다. 그는 하마터면 걸음을 멈추고 사람들에게 자신이 깨달은 것을 이야기할 뻔했다. 그는 시체가 아군이 아니라는 것을 알게 되자 기분이 훨씬 더 나아졌다. 하지만 그 순간 그는 미군 낙하산병 역시 부츠를 신는다는 사실을 떠올렸다. 시체는 낙하산병일 수도 있었다. 그는 계속해서 기어가며 그 생각을 했다. 한데 그런 생각을 하느라 피로와 두려움을 어느 정도 이길 수 있었다. 〈아냐, 미군 낙하산병은 레이스가 달린 부츠를 신는데 이 부츠에는 레이스가 없어〉 하고 그는 결론을 내렸다. 〈독일놈이야. 죽은 독일놈 하나가 도랑 속에 누워 있는 거야.〉 철모의 모양으로 알 수도 있었다. 물론 철모는 적과 아군의 것이 무척 비슷하긴 했다. 그런데 그는 독일군 철모를 한 번도 만져 본 적이 없었다.

그는 들판 끝에 이르렀다. 도랑과 울타리는 오른쪽으로, 들판의 가장자리를 따라 이어져 있었다. 노아는 조심스럽게 손을 내밀었다. 울타리에 작은 틈이 있었고, 그 반대쪽에는 좁은 도로가 있었다. 그들은 결국에는 도로를 건너가야 할 것 같았고, 지금이 그렇게 하기에 좋은 때처럼 보였다.

노아는 버네커에게 고개를 돌렸다.「내 말을 들어.」노아가 속삭였다.「여기서 울타리를 지나갈 거야.」

「알았어.」버네커가 속삭였다.

「울타리 반대쪽에 도로가 있어.」

「알았어.」

그때 도로를 살며시 걸어가고 있는 사람들 소리와 쇠로 만든 장비들이 딸각거리는 소리가 들렸다. 노아는 버네커의 입을 손으로 막았다. 그들은 귀를 기울였다. 도로 위에는 서너 명이 있는 것처럼 보였고, 그들은 천천히 걸어가며 서로 이야기하고 있었다. 그들은 독일어로 말하고 있었다. 노아는 고개를 내민 채로 귀를 기울였다. 그는 독일어를 전혀 몰랐지만 그가 엿듣는 모든 말이 소중한 것처럼 여겨졌다.

독일군은 곧 다시 돌아올 보초들처럼 느긋한 걸음으로 지나갔다. 그들의 목소리가 밤하늘 아래로 희미해졌지만 노아는 그들의 부츠 소리를 한참 동안 들을 수 있었다.

라이커와 디머스 그리고 카울리가, 노아가 도랑 측면에 몸을 기대고 있는 곳으로 왔다.

「도로를 건너는 거야.」 노아가 속삭였다.

「제기랄.」 노아는 디머스의 거칠고 떨리는 목소리를 알아차렸다. 「가고 싶으면 가. 나는 이곳에 있겠어. 이 도랑 속에.」

「아침이 되면 적이 너를 발견할 거야. 날이 밝자마자.」 그곳까지 사람들을 이끈 그는 디머스와 다른 사람들이 도로를 건너게 해야 한다는 불합리한 책임감을 느끼며 다급하게 말했다. 「이곳에 있을 수는 없어.」

「안 된다고?」 디머스가 말했다. 「두고 봐. 저기서 엉덩이에 총을 맞고 싶은 사람은 가서 그렇게 해. 하지만 나는 안 가.」

그 순간 노아는 디머스가 독일군이 울타리 반대쪽에서 자신감에 차 몸을 숨기지도 않고 걸어가는 소리를 들은 순간 자포자기했다는 사실을 깨달았다. 디머스를 농가에서 2백 미터를 가게 한 것이 절망이었는지 용기였는지는 알 수 없지만 그 모두가 바닥이 난 것이다. 〈어쩌면 그의 말이 옳을 수도 있어. 그가 얘기한 대로 하는 게 옳을 수도 있어〉 하고 노아는 생각했다.

「노아.」 초조하지만 억제된 버네커의 목소리가 들렸다. 「어떻게 할 거야?」

「나 말이야?」 노아가 말했다. 그 순간 그는 버네커가 자신에게 의지하고 있다는 사실을 깨달았다. 「나는 울타리를 지나갈 거야.」 노아가 속삭였다. 「디머스도 이곳에 있어서는 안 돼.」 그는 다른 누군가가 디머스에게 무슨 말을 속삭여 주기를 기다렸지만 아무도 그렇게 하지 않았다.

「좋아.」 노아가 말했다. 그는 울타리 사이를 빠져나가기 시작했다. 그는 그 사이를 조용히 빠져나갔다. 젖은 나뭇가지에서 물방울이 그의 얼굴 위로 떨어졌다. 도로는 갑자기 무척 넓어 보였다. 또한 도로는 무척 울퉁불퉁했고, 신발의 고무창이 도로 중간에서 미끄러지면서 그는 하마터면 넘어질 뻔했다. 그가 자세를 바로 잡는 순간 쇠가 부드럽게 딸랑거리는 소리가 들렸지만 앞으로 나아가는 수밖에 없었다. 그는 울타리 사이로 탱크가 지나가 억센 나뭇가지와 날카로운 초록색 나뭇잎이 꺾여 있는 곳을 볼 수 있었다. 그 공간은 15미터쯤 되었다. 그는 몸을 숙인 채로 도로 가장자리 근처로 갔다. 노출된 몸은 알몸처럼 여겨졌다. 그는 다른 사람들이 그의 뒤로 몸을 숙이고 걸어오는 소리를 들었다. 그는 도로 반대쪽에 혼자 엎드려 있을 디머스를 생각하며 그 순간 그가 어떻게 느끼고 있을지 궁금해졌다. 디머스는 혼자서 항복할 준비를 한 채로 새벽이 밝기를 기다리며 자기를 처음 발견하게 될, 제네바 협약에 대해 들은 바가 있는 독일군 병사를 기다릴 것이었다.

그의 뒤쪽 먼 곳에서 브라우닝 자동 소총 소리가 들렸다. 아무것도 포기하지 않은 리킷이 위층 침실 창문에서 욕을 하며 총을 쏘고 있었다.

그 순간 톰슨 소형 기관총 소리가 들렸다. 20미터도 채 떨어지지 않은 곳에서 들리는 것 같았다. 그의 앞에서 섬광이 야만적으로 번쩍였다. 독일군이 소리를 질러 댔고, 다른 총에서도 불을 뿜었다. 노아는 재빨리, 요란스러운 소리를 내며 울타리에 난 구멍을 향해 달려가 그 안으로 몸을 내던지며 머리 주위로 탄환이 시끄럽게 날아가는 소리를 들었다. 그리고 다른 사람들이 그의 뒤를 달려오며 신발이 진흙에서 첨벙거리는 소리를 들었다. 그들은 통과가 쉽지 않은 울타리를 지나가느라 애를 먹고 있었다. 총소리가 더욱 요란해졌고, 1백 미터쯤 떨어진 도로 위로 예광탄이 터졌다. 하지만 예광탄은 하늘 높은 곳에서 터졌다. 어쩐지 노아는 나뭇가지 사이에서 쓸데없이 터지고 있는 예광탄을 보자 위안이 되고 안전한 것처럼 느껴졌다.

이제 그는 들판에 들어서 있었다. 다른 사람들이 그의 뒤를 따르는 상태에서 그는 들판을 가로질러 달려갔다. 그의 앞쪽에서 예광탄이 아무렇게나 터졌고, 왼쪽에서 놀란 독일군들이 소리를 지르는 것이 들렸지만 그들 주위를 겨냥해 사격을 하는 적은 없는 것 같았다. 노아는 숨이 몹시 가빴고, 자신이 고통스러울 정도로 천천히 달려가는 것처럼 느껴졌다. 노르망디 전역에 지뢰들이 깔려 있어, 하고 그는 막연하게 생각했다. 그 순간 그는 앞쪽 어둠 속에서 움직이는 형체들을 보았고, 하마터면 달려가면서 그것들을 향해 총을 쏠 뻔했다. 하지만 그 형체들은 동물의 낮은 소리를 냈고, 하늘을 배경으로 뿔이 솟아 있는 것을 얼핏 보았다. 이제 그는 암소 네댓 마리 사이를 달려가고 있었다. 일단 적의 사격으로부터는 안전한 것 같았다. 소의 젖은 옆구리가 느껴졌고, 우유 냄새가 진하게 났다. 그 순간 암소 한 마리가 총에 맞아 쓰러졌다. 그는 그 소에 밀려 넘어졌고, 소위 반대쪽에 몸을 숨겼다. 암소가 충동적으로 발길질을 하며 일어나려 했지만 소용이 없었다. 암소는 계속해서 몸을 굴렸다. 다른 사람들이 노아를 지나쳐 달려갔고, 노아는 다시 자리에서 일어나 그들을 뒤따라 달리기 시작했다.

그는 다시 숨이 가빴고, 이제 한 걸음도 더 내디딜 수 없을 것 같았다. 하지만 이제 그는 빗발치는 총탄에도 아랑곳하지 않고 몸을 똑바로 세운 채로 달렸다. 가슴이 너무도 아파 더 이상 몸을 숙일 수도 없었던 것이다.

그는 달려가고 있는 한 사람을, 그런 다음 또 다른 사람들을 지나쳐 달려갔다. 그는 다른 사람들이 숨을 헐떡이는 소리를 들었다. 달려가면서도 그는 자신이 그토록 빨리 달려 다른 사람들과의 거리를 늘리는 것에 놀랐다.

문제는 독일군이 그들 위로 빛을 비추기 전에 들판을 가로질러 다른 울타리와 도랑에 이르러야 한다는 것이었다.

하지만 그날 밤 독일군은 시골의 어느 곳에도 불을 비출 기분이 아닌 것 같았다. 적의 총성이 산만해지며 잦아들었다. 노아는 하늘을 배경으로 검게 솟아 있는 울타리까지 마지막 20미터를 달려갔다. 울타리 뒤로 잎사귀가 무성한 나무들이 일정한 간격으로 서 있었다. 그는 땅바닥으로 몸을 날렸다. 그는 숨을 헐떡이며 그곳에 엎드려 있었다. 폐로 들어가는 공기가 휘파람 소리를 냈다. 동료들이 한 명씩 그의 옆으로 몸을 날렸다. 그들 모두는 얼굴을 땅에 댄 채로 젖은 흙을 만지며 엎드려 숨이 가빠 아무 말도 하지 못하고 있었다. 그들 위로 예광탄이 호를 그리며 날아갔다. 하지만 곧 예광탄은 들판의 다른 쪽 구석 위로 떨어졌다. 들판 끝에서 요란한 소리가 들렸고, 독일군들이 소리치는 소리가 들렸다. 희미하게 들리는 그 소리는 화가 난 것처럼 들렸다. 하지만 기관총은 더 이상 암소들을 죽이지 않았다.

그런 다음 정적이 찾아왔다. 네 사람이 숨을 헐떡이는 소리만 들렸다.

한참 후 노아가 일어나 앉았다. 그는 막연하게 머릿속으로 〈또다시 내가 먼저 가야 해〉라고 생각했다. 〈라이커, 카울리.〉 그는 다소 유치한 생각을 했다. 그것은 어두운 땅 위에 몸을 숙인 채로 앉아 땀을 흘리며 숨을 헐떡이고 있는 자신과는 아무런 상관도 없는 것 같았다. 〈라이커, 카울리, 디머스, 리킷, 그들 모두는 플로리다에서 한 짓에 대해 내게 사과를 해야 할 거야.〉

「자.」 노아가 냉정하게 말했다. 「이제 매점에 가도록 하지.」

한 사람씩 자리에서 일어나 앉았다. 그들은 주위를 둘러보았다. 어둠 속에서는 아무런 소리도 들리지 않았고 아무런 움직임도 보이지 않았다. 멀리 농가에서 리킷이 브라우닝 자동 소총을 쏘아 대는 소리가 들렸지만, 그것은 그들과는 아무런 상관도 없는 일처럼 여겨졌다. 멀리 다른 쪽에서는 공습이 이루어지고 있었다. 검은 하늘에서 터지는 포탄의 섬광은 오래된 사진 속의 불꽃놀이처럼 보였다. 〈독일군이 해변을 공습하고 있어. 독일군이 틀림없어. 아군은 밤에 이곳 상공을 날지 않아〉 하고 노아는 생각했다. 그는 자신이 정확하게, 그리고 도움이 되는 방식으로 어떤 인상을 받아들이며 해석한다는 사실에 기분이 좋아졌다. 〈우리는 계속해서 저쪽으로 가

기만 하면 돼, 그렇게만 하면 돼.〉

「버네커.」 자리에서 일어나며 노아가 속삭였다. 「한 손으로 내 허리띠를 잡아. 카울리는 버네커의 허리띠를, 그리고 라이커는 카울리의 허리띠를 잡게 해. 길을 잃지 않도록.」

사람들은 그의 말에 복종하며 자리에서 일어나 서로의 허리띠를 잡았다. 그런 다음 노아가 앞장을 선 상태에서 그들은 줄을 지어 어둠 속을 지나 희미한 지평선을 향해 가기 시작했다.

그들이 포로들을 본 것은 새벽 무렵이었다. 이제 서로의 허리띠를 잡지 않아도 될 정도로 밝았다. 울타리 뒤에 엎드려 좁은 포장도로를 건너갈 준비를 하고 있던 그들은 가까이서 발자국 소리를 들었다.

잠시 후 60명쯤 되는 미군이 줄을 지어 오는 것이 보였다. 그들은 느릿느릿 걷고 있었고, 독일군 여섯 명이 톰슨 소형 기관총을 든 채로 그들을 감시하고 있었다. 그들은 노아에게서 3미터도 안 되는 곳을 지나갔다. 그는 그들의 얼굴을 자세히 보았다. 그들의 얼굴에는 수치와 안도감, 그리고 반은 무의식적이고 반은 의식적인 일종의 멍한 표정이 뒤섞여 있었다. 그들은 생각에 빠져 젖은 불빛 속을 걷고 있는 것처럼 보였다. 그들의 신발이 내는 불규칙적인 부드러운 소리만 들렸다. 그들은 소총이나 배낭 또는 다른 장비가 없어 다른 병사들보다 더 수월하게 걷고 있었다. 그토록 가까운 거리에서 그들을 지켜보면서도 노아는 60명에 이르는 미군이 일종의 대열을 형성해, 무장도 하지 않은 채로 아무 짐도 없이 손을 호주머니에 찔러 넣은 채로 걸어가는 것을 보며 이상한 느낌을 받았다.

　그들은 도로 저편으로 사라졌고, 행군하는 소리는 이슬에 젖은 울타리 사이로 천천히 희미해졌다.

　노아는 고개를 돌려 옆에 있는 사람들을 보았다. 그들은 고개를 든 채로 아직도 포로들이 사라진 곳을 보고 있었다. 버네커와 카울리의 얼굴에는 아무런 표정도 없었다. 다만 뭔가에 반한 듯한, 어떤 흥미로운 표정만 서려 있는 것 같았다. 하지만 라이커의 표정은 이상해 보였다. 노아는 그를 유심히 바라보았다. 그리고 잠시 후 움푹 들어간 충혈된 눈과, 진흙이 묻은, 아무렇게나 자란 수염 아래 그의 얼굴에서 조금 전 지나간 포로들에게서 나타난 수치와 안도감이 뒤섞여 있는 표정을 보았다.

　「할 말이 있어.」 라이커가 보통 때의 목소리와는 무척 다른, 쉰 듯한 목소리로 말했다. 「우리는 아주 잘못하고 있어.」 그는 노아나 다른 사람들은 보지도 않고 계속해서 도로를 바라보고 있었다. 「이런 식으로 우리 네 명이 함께 가서는 가망이 없어. 한 명씩 흩어지는 수밖에 없어.」 그는 말을 중단했다. 아무도 얘기를 하지 않았다.

　라이커는 계속해서 도로를 바라보고 있었다. 아주 희미하게 포로들이 행진하는 소리가 들렸다. 노아는 그 소리를 그 순간 듣고 있는 것인지, 아니면 기억하고 있는 것인지 분명히 구분할 수 없었다. 「이성적으로 생각해 봐.」 라이커가 거칠게 말했다. 「네 명이 함께 가면 좋은 표적이 될 수밖에 없어. 한 명만이 제대로 숨을 수 있어. 자네들이 어떻게 할지는 모르겠지만 나는 따로 가겠어.」 라이커는 다른 사람들이 무슨 말을 하기를 기다렸지만 아무도 이야기하지 않았다. 그들은 울타리 근처 축축한 풀 속에서 얼굴에 아무런 표정도 없이 엎드려 있었다.

「좋아.」라이커가 말했다. 「지금이 절호의 기회야.」그가 몸을 일으켰다. 그는 잠시 머뭇거렸다. 그런 다음 울타리를 빠져나가기 시작했다. 그는 몸을 반쯤 숙인 채로 도로 가장자리를 보았다. 두꺼운 팔을 아래로 늘어뜨리고, 검고 억센 손을 무릎 가까이 내리고 있는 그는 커다란 곰 같았다. 그는 포로들이 사라진 방향의 도로를 바라보았다.

노아와 다른 두 명은 그를 지켜보았다. 라이커는 걷기 시작하면서 몸을 더 꼿꼿이 했다. 그의 모습은 이상해 보였고, 노아는 과연 뭐가 이상해 보이는지 생각해 내려고 애를 썼다. 라이커가 15미터쯤 떨어진 곳에서 좀 더 빨리 걷기 시작했을 때 노아는 무엇이 이상한지 깨달았다. 라이커는 무장을 하지 않은 상태였다. 노아는 라이커가 몸을 웅크리고 있던 곳을 내려다보았다. 총구가 진흙으로 막힌 개런드 소총이 풀 위에 놓여 있었다.

노아는 다시 라이커를 쳐다보았다. 커다란 어깨 위 머리에 철모를 똑바로 쓴 거구의 그는 이제 빠르게, 거의 뛰어가고 있었다. 도로의 모퉁이에 이른 그는 머뭇거리며 손을 들었다. 그런 다음 손을 머리 위로 올렸고, 그것이 노아가 본 라이커의 마지막 모습이었다. 라이커는 손을 머리 위로 높이 든 채로 굽은 길을 돌아가고 있었다.

「소총수를 한 명 잃었군.」버네커가 말했다. 그는 개런드 소총을 들어 탄창을 꺼냈다. 그런 다음 탄창을 집어 호주머니 속에 넣었다.

노아가 자리에서 일어났고, 버네커가 그의 뒤를 따랐다. 카울리는 머뭇거렸다. 하지만 그 역시 곧 한숨을 쉬며 자리에서 일어났다.

노아는 울타리를 지나 도로를 가로질러 갔다. 다른 두 명도 재빨리 그의 뒤를 따랐다.

멀리, 해안 쪽에서 총성이 꾸준하게 들려왔다. 울타리를 따라 천천히, 조심스럽게 움직이며 노아는 〈최소한 미군이 아직도 프랑스에 있긴 하군〉 하고 생각했다.

헛간과 그 옆에 있는 집은 방치된 것처럼 보였다. 헛간 앞마당에는 죽은 암소 두 마리가 발을 든 채로 누워 있었다. 소들은 이미 썩어 몸이 부풀어 오르고 있었다. 하지만 회색의 커다란 석조 건물은 평화롭고 안전해 보였다. 그들은 자신들이 엎드려 있는 도랑 너머로 그곳을 바라보고 있었다.

이제 그들은 지쳐 있었고, 마약을 한 사람들처럼 무감각한 상태에서 몸을 숙이고 기다시피 하며 나아갔다. 노아는 뛰어야 하는 일이 생긴다 하더라도 결코 그렇게 할 수 없을 거라는 생각을 했다. 그들은 독일군을 몇 번 보았고, 그들이 지나가는 소리를 여러 번 들었다. 노아는 한 번은 오토바이를 탄 독일군 두 명이 땅바닥 위로 몸을 숙인 자신들을 본 것이 틀림없다고 생각했다. 하지만 독일군들은 조금 속도를 늦추며 앞쪽을 본 후 계속해서 나아갔다. 독일군이 그들을 뒤쫓지 않은 것이 그들 나름대로 두려움을 느껴서인지 아니면 오만한 무관심 때문인지는 알 수 없었다.

카울리는 움직일 때마다 무척 힘겹게 호흡을 했다. 그의 코에서는 휘파람 소리 같은 소리가 났고, 그는 울타리를 오르다가 두 번이나 떨어졌다. 그 역시 자신의 소총을 버리려고 했지만 노아와 버네커가 10분에 걸쳐 그를 설득해 총을 버리지 못하게 했다. 버네커가 그의 소총을 자신의 소총과 함께 30분 정도를 갖고 간 후에야 카울리는 그것을 다시 달라고 했다.

그들은 휴식을 취해야 했다. 그들은 지난 이틀 동안 잠을 자지 못했고, 하루 전부터 아무것도 먹지 못한 상태였다. 그래서 헛간과 집을 보자 좋은 일이 생길 것 같았다.

「철모를 벗어 이곳에 둬.」 노아가 말했다. 「똑바로 서서 천천히 걸어가.」

헛간까지 가자면 50미터쯤 되는 공터를 지나가야 했다. 누군가가 그들을 볼 경우, 그들이 자연스럽게 걷는 것을 보면 독일군으로 생각할 것이 분명했다. 이제 노아는 결정을 하고 지시를 내려야 했다. 다른 두 명은 아무런 이의를 제기하지 않고 그의 말에 복종했다.

그들은 모두 자리에서 일어나 소총을 어깨에 메고 최대한 자연스럽게 헛간으로 걸어갔다. 건물들 사이의 고요와 텅 빈 느낌은 먼 곳에서 들리는 총성 때문에 더욱 강화되었다. 헛간 문은 열려 있었고, 그들은 죽은 암소들에게서 나는 냄새를 지나쳐 안으로 들어갔다. 노아는 주위를 둘러보았다. 먼지 긴 어둠 속으로 건초를 넣어 두는 위층으로 나 있는 사다리 하나가 보였다.

「올라가.」 노아가 말했다.

카울리가 먼저 올라갔다. 한참이 걸렸다. 그런 다음 버네커가 조용히 카울리를 따라 올라갔다. 노아는 심호흡을 하며 사다리 단을 잡았다. 그는 위를 올려다보았다. 모두 열두 개의 단이 있었다. 그는 고개를 저었다. 열두 개의 단을 오르는 것은 불가능해 보였다. 그는 매 단마다 쉬며 오르기 시작했다. 낡은 나무는 곧 부서질 것 같았고, 꼭대기에 가까워지자 헛간 냄새가 더욱 진해지고, 먼지도 더 많아졌다. 그는 재채기를 했고, 하마터면 떨어질 뻔했다. 사다리 꼭대기에서 그는 위층 바닥으로 몸을 던질 수 있는 힘이 생기기를 기다리며 한참을 그대로 있었다. 버네커가 그의 옆에 무릎을 꿇고 앉아 손을 그의 겨드랑이 아래에 넣었다. 그가 세게 노아를 당겼고, 노아는 위층 바닥 위로 몸을 내던졌다. 그는 버네커의 힘에 놀라면서도 고맙게 생각되었다. 그는 자리에 앉아 끝에 있는 작은 창문 쪽으로 기어갔다. 그는 바깥을 내다보았다. 자신이 있는 높은 곳에서 5백 미터쯤 떨어진 곳에서 트럭과 재빨리 움직이는 작은 형체들을 볼 수 있었지만 그 모든 것은 멀게 느껴졌고, 위험하지 않게 여겨졌다.

약 8백 미터 떨어진 곳에서는 불길이 솟으며 농가 한 채가 천천히 타고 있었지만 그것 역시 정상적이며, 그들과는 아무런 상관이 없는 것처럼 여겨졌다. 그는 눈을 깜박이며 창문에서 고개를 돌렸다. 버네커와 카울리가 어떻게 해야 좋을지 묻는 듯한 얼굴로 그를 쳐다보았다.

「우리는 집을 찾아낸 거야.」 노아가 말했다. 그는 자신이 한 말이 확실하며, 사람들에게 기운이 나게 해줄 거라는 생각을 하며 멍청하게 미소를 지었다. 「자네들은 뭘 할지 모르겠지만 나는 잠을 조금 자야겠어.」

그는 소총을 조심스럽게 내려놓고 바닥 위에 몸을 뻗었다. 그는 눈을 감은 채로 카울리와 버네커가 편안하게 자리를 잡는 소리를 들었다. 그는 잠이 들었다. 하지만 10초 후 밀짚이 목을 간질이는 것을 느끼며 잠에서 깼다. 그는 근육을 통제하는 법을 잊은 것처럼 머리를 살짝 젖혔다. 근처에서 포탄 두 발이 떨어졌고, 그는 그들 중 한 명이 다른 사람들이 자는 동안 보초를 서야 한다는 약간 불편한 감정을 느꼈다. 그는 잠시 후 자리에서 일어나 그 문제를 버네커와 카울리에게 얘기해야겠다는 생각을 한 후 다시 잠이 들었다.

그가 잠에서 깼을 때에는 거의 어두워져 있었다. 이상하게 무거운, 요란한 소리가 헛간을 가득 채우고 있었다. 나무 기둥과 바닥이 흔들거리고 있었다. 한참 동안 노아는 꼼짝도 하지 않았다. 밀짚 위에 꼼짝 않고 누워 오래된 건초와 동물들의 냄새를 맡으며 생각도 하지 않고 그 소리가 무엇인지 궁금해하지도 않으면서 있는 것이 감미로운 동시에 무척 사치스럽게 느껴졌다. 그는 배가 고프거나 목이 마른 것에 대해서도, 집에서 그토록 먼 곳에 있는 것에 대해서도 걱정하지 않았다. 그는 고개를 돌렸다. 버네커와 카울리는 아직도 자고 있었다. 카울리는 코를 골고 있었지만 버네커는 조용히 자고 있었다. 황혼의 희미한 빛 속에서 그의 얼굴은 아이 같았고, 편안해 보였다. 노아는 버네커가 믿음직스럽게 조용히 자고 있는 모습을 보며 살며시 미소를 지었다. 하지만 그 순간 노아는 자신이 어디에 있는지 생각해 냈고, 바깥의 소음이 무엇인지 알 수 있었다. 커다란 트럭들이 지나가고 있었고, 여러 마리의 말이 끄는 마차가 삐걱거리며 가고 있었다.

노아는 천천히 자리에 일어나 앉았다. 그는 창가로 기어가 바깥을 내다보았다. 독일군 트럭이 울타리에 난 틈을 지나 옆 들판으로 가고 있었다. 트럭 꼭대기에는 병사들이 조용히 앉아 있었다. 들판에서는 사람들이 다른 트럭과 마차에 탄약을 싣고 있었다. 노아는 자신이 보고 있는 것이 커다란 탄약고라는 사실을 깨달았다. 그리고 이제 짙어 가는 어둠 속에서, 연합군 공군으로부터 안전한 상태에서 독일군은 이튿날을 위해 포탄을 준비하고 있었다. 노아는 눈을 가늘게 뜨고 희미한 안개와 어둠 속에서 사람들이 분주하지만 조용히 피크닉용 바구니처럼 보이는 긴 용기에 담긴 88밀리미터 포탄을 트럭과 마차에 싣는 것을 바라보았다. 오래전 전쟁에 등장했던 것 같은 말들이 그토록 많이 보이는 것이 무척 이상했다. 사람들이 머리에 고삐를 씌워 쥐고 있는데도 참을성 있게 서 있는 그 커다란 동물들을 보자 모든 것이 구식이고, 전혀 위험하지 않은 것처럼 여겨졌다.

사단의 포병 부대에서는 이 탄약고에 대해 알고 싶어 할 거야, 하고 그는 즉시 생각했다. 그는 호주머니를 뒤져 짧은 연필 한 자루를 꺼냈다. 그는 상륙정에서 그 연필로 호프에게 편지를 썼다. 〈그것이 며칠 전 일이었던가?〉 당시 편지를 쓰는 것이 자신이 어디에 있는지를, 그리고 그의 주위로 떨어지는 포탄을 잊는 좋은 방법인 것처럼 여겨졌다. 하지만 편지를 많이 쓰지는 못한 상태였다. 〈사랑하는 당신에게, 늘 당신을 생각해.〉(이런 순간에 그런 이야기를 쓰는 것은 너무 일상적이고 진부하게 여겨졌다. 한 번도 이야기한 적이 없는, 깊이 숨겨 온 비밀을 더 심오하고 솔직하게 써야 할 것 같았다.) 〈우리는 곧 작전에 돌입해. 아니 지금 작전 중이라고 말할 수도 있겠어. 전투 한가운데서 자리에 앉아 아내에게 편지를 쓸 수 있다는 것을 당신이 믿기는 어렵겠지만……〉 그런데 거기까지 쓰고 나자 그는 손이 떨리기 시작해 더 이상 편지를 쓸 수 없어 편지와 연필을 다시 넣어야 했다. 그는 호주머니에 편지가 있나 확인을 했지만 찾을 수가 없었다. 그는 지갑에서 호프와 아기 사진을 꺼냈다. 그것을 뒤집자 호프가 손으로 〈걱정하는 어머니와 아무런 걱정이 없는 아이의 사진이야〉라고 쓴 글이 보였다.

노아는 창밖을 내다보았다. 8백 미터쯤 떨어진 곳에 탄약고와 나란히 교회 첨탑이 하나 보였다. 그는 조심스럽게 작은 지도를 그려 첨탑을 넣고 거리를 표시했다. 서쪽으로 5백 미터쯤 떨어진 곳에는 집 네 채가 있었고, 그는 그것들을 지도에 표시했다. 그는 자신이 그린 지도를 심각하게 바라보았다. 그만하면 된 것 같았다. 이 지도는 아군 진영으로 돌아가게 될 경우 도움이 될 것이다. 그는 교회에서 8백 미터, 그리고 집 네 채에서 5백 미터 떨어진 곳에서 사람들이 기계적으로 밀짚 바구니를 나무 아래에 쌓는 것을 바라보았다. 탄약고가 위치한 들판의 다른 쪽에는 아스팔트 도로가 있었고, 그는 굽은 모양을 표현하는 데 신경을 쓰며 그 도로 또한 표시를 했다. 그는 사진을 지갑 속에 넣었다. 그는 새로운 호기심을 갖고 시골의 들판을 내다보았다. 마차와 트럭 일부는 6백 미터쯤 떨어진 곳에서 아스팔트 도로와 교차하는 흙길로 접어들고 있었다. 그들은 나무 뒤로 자취를 감췄다. 그들은 나무의 다른 쪽에서 다시 모습을 드러내지 않았다. 그곳에 포대가 있는 게 분명했다. 나중에 내려가 직접 그곳을 볼 수도 있을 것이다. 그리고 그것은 사단에도 흥미로운 소식이 될 게 분명했다.

이제 그는 초조했지만 기운이 났다. 어쩌면 불과 8킬로미터 떨어진 곳에 있는 사단의 포대에서 텅 빈 들판을 향해 맹목적으로, 포탄을 낭비하며 사격을 가하고 있는데 그 모든 정보를 호주머니 속에 담은 채로 그곳에 마냥 앉아 있는 현실이 참을 수 없게 느껴졌다. 그는 창문에서 떨어져 버네커와 카울리가 자고 있는 곳으로 갔다. 그는 몸을 숙여 버네커를 깨우려다가 멈췄다. 완전히 어두워져 헛간을 떠나려면 15분은 더 있어야 할 것 같았다. 그리고 그들에게 좀 더 휴식을 취하게 하는 게 좋을 것 같았다.

노아는 다시 창가로 갔다. 그의 바로 아래로 무거운 마차 한 대가 지나가고 있었다. 병사 한 명이 무리를 천천히 이끌고 있었고, 말들은 머리를 아래위로 힘차게 움직였다. 다른 병사 두 명이 나란히 걷고 있었는데 하루의 일과를 마친 후 생각에 잠겨 들판에서 집으로 돌아가고 있는 농부들처럼 보였다. 그들은 고개는 들지 않았지만 삐걱거리는 마차 옆에서 걸어가며 계속 앞쪽 땅을 주시하고 있었다. 병사 하나가 의지하는 듯이 팔을 들어 마차 옆에 손을 올려놓고 있었다.

마차는 삐걱거리는 소리를 내며 탄약고 쪽으로 가고 있었다. 노아는 고개를 저으며 버네커와 카울리를 깨우러 갔다.

그들은 운하의 가장자리에 있었다. 별로 넓지는 않았지만 깊이가 얼마나 되는지는 알 수가 없었다. 기름기가 있는 수면이 달빛 속에서 위험하게 반짝였다. 그들은 둑에서 10미터쯤 뒤쪽에 있는 덤불숲 뒤에 숨어 의심스러운 눈으로 물결이 이는 물을 바라보고 있었다. 간조였고, 반대쪽 둑은 수면 위로 어둡고 축축하게 보였다. 이제 밤은 거의 다 지나갔고, 곧 새벽이 밝을 것이 분명했다.

노아가 사람들을 숨겨진 포대 가까이로 데리고 가자 카울리는 불평을 했지만 나머지 사람들과 함께 갔다. 「제기랄.」 카울리가 속삭였다. 「지금은 훈장을 타려고 애쓰기에는 좋지 않은 때야.」 하지만 버네커가 노아를 지지했고, 카울리는 어쩔 도리가 없었다.

하지만 이제 젖은 풀밭에 엎드려 고요하게 흐르는 물 너머를 보고 있자 카울리가 갑자기 「나는 안 돼. 나는 수영을 못해」 하고 말했다.

「나도 수영을 못해.」 버네커가 말했다.

운하 건너편 어딘가에서 기관총 소리가 들렸고, 몇 발이 그들 머리 위로 날아갔다.

노아는 한숨을 쉬며 눈을 감았다. 운하 건너편에서 아군이 사격을 하고 있는 게 분명했다. 사격은 그들을 향하고 있었다. 운하는 폭이 20미터 정도로 너무도 가까운 거리였는데 나머지 둘이 수영을 못 했다. 그는 지갑 속에 든 사진을 느낄 수 있었다. 그리고 그 사진 뒤쪽에는, 호프의 글 위로 탄약고와 포대, 그들이 지나친 작은 탱크 부대 등이 정확하게 표시된 지도가 그려져 있었다. 20미터만 건너면 되었다. 많은 시간을 피로하게 보냈고, 이제 그곳을 건너지 않게 되면 사진을 찢어 버리고 포기를 하는 게 나을 것 같았다.

「아주 깊지 않을 수도 있어.」 노아가 말했다. 「물이 빠져나갔어.」

「나는 수영을 못해.」 카울리가 말했다. 겁에 질린 그의 목소리는 완강했다.

「버네커.」 노아가 말했다.

「모험을 해보지.」 버네커가 천천히 말했다.

「카울리.」

「나는 물에 빠져 죽게 될 거야.」 카울리가 속삭였다. 「디데이 전날 꿈을 꿨는데 꿈속에서 물에 빠져 죽었어.」

「내가 잡아 줄게.」 노아가 말했다. 「나는 수영을 할 줄 알아.」

「나는 물에 빠져 죽게 될 거야.」 카울리가 말했다. 「물속으로 들어가 물에 빠져 죽는 꿈을 꿨어.」

「운하 건너편에는 아군이 있어.」노아가 말했다.「아군이.」

「우리를 향해 총을 쏠 거야.」카울리가 말했다.「우리가 누군지 묻지도 않고. 아군에게 죽기는 싫어. 물속에 있는 우리를 보고 우리에게 총격을 가할 거야. 그리고 나는 수영을 못해.」

노아는 소리를 지르고 싶었다. 그리고 키울리와 버네커와 달빛 속에서 반짝이는 운하와, 마구 쏘아 대는 기관총 총탄에서 벗어나 미친 듯이 소리를 지르고 싶었다.

다시 기관총 소리가 들렸다. 그들은 기관총탄이 그들 머리 위로 날아가는 것을 보았다.

「저 개자식은 긴장하고 있어.」카울리가 말했다.「그는 우리가 누군지 묻지도 않을 거야.」

「옷을 벗어.」목소리를 무척 차분하게 하며 노아가 말했다. 「옷을 모두 벗어. 수심이 깊을 경우를 대비해.」그는 신발 끈을 풀기 시작했다. 그는 오른쪽에서 나는 소리로 버네커 역시 옷을 벗고 있다는 것을 알 수 있었다.

「나는 아무것도 벗지 않을 거야.」카울리가 말했다.「나는 이 모든 것에 충분히 질렸어.」

「카울리.」노아가 말했다.

「너와는 더 이상 말하지 않겠어. 너한테도 질렸어. 네가 무슨 일을 하고 있다고 생각하는지 모르겠지만 더 이상 너와 함께하지 않겠어.」카울리의 목소리가 신경질적으로 높아졌다. 「나는 플로리다에서도 네가 미쳤다고 생각했어. 한데 지금은 더 미친 것 같아. 나는 수영을 못해. 수영을 못한단 말이야.」 이제 그는 거의 외치고 있었다.

「조용히 해.」노아가 거칠게 말했다. 조용히 그럴 수만 있다면 그는 카울리를 총으로 쏘았을 것이다.

　카울리는 더 이상 아무 말도 하지 않았다. 노아는 그가 어둠 속에서 무겁게 숨을 쉬는 것을 들을 수 있었지만 그는 말을 하지 않았다.

　노아는 기계적으로 각반과 신발, 재킷과 바지, 그리고 긴 모직 속옷을 벗었다. 그런 다음 셔츠와 긴 소매가 달린 모직 속옷 상의를 벗었다. 그러고는 지도가 든 지갑이 들어 있는 셔츠를 다시 입고 조심스럽게 단추를 잠갔다.

　맨 다리에 차가운 밤공기가 느껴졌다. 그는 긴 간격으로 심하게 몸을 떨기 시작했다.

　「카울리.」노아가 속삭였다.

　「꺼져.」카울리가 말했다.

　「나는 준비가 됐어.」버네커가 말했다. 감정이 실려 있지 않은 그의 목소리는 침착했다.

　노아는 자리에서 일어났다. 그는 운하를 향해 내리막길을 내려가기 시작했다. 버네커가 그의 뒤를 따르는 소리가 희미하게 들렸다. 맨발 아래로 풀밭은 무척 차갑고 미끄러웠다. 그는 몸을 숙인 채로 재빠르게 움직였다. 운하에 이른 그는 지체하지 않았다. 그는 몸이 물을 부드럽게 튀기는 소리에 신경을 쓰며 안으로 뛰어들었다. 하지만 물속에 뛰어들며 미끄러졌다. 그는 머리가 물속에 빠졌고, 물을 꽤 마셔야 했다. 탁한 소금물을 마시자 속이 메스꺼웠고, 코로 물이 들어가면서 머리가 아팠다. 그는 둑을 잡은 채로 발을 내디뎌 섰다. 머리가 물 위로 나와 있었다. 최소한 둑 가까운 쪽은 수심이 1.5미터 정도밖에 되지 않았다.

　그는 고개를 들었다. 창백한 얼굴의 버네커가 그를 내려다보고 있는 게 보였다. 그 순간 버네커가 그의 옆으로 다가왔다.

「내 어깨를 잡아.」 노아가 말했다. 그는 버네커가 젖은 그의 모직 셔츠 사이로 우악스럽게 자신을 잡는 것을 느꼈다.

그들은 운하를 건너기 시작했다. 바닥은 끈적거렸고, 노아는 물뱀이 있을까 봐 무척이나 걱정스러웠다. 또한 바닥에는 홍합도 있었고, 발가락이 날카로운 모서리에 부딪혔다. 그는 고통으로 소리를 지르지 않도록 참아야 했다. 그들은 발로 구멍이나 갑자기 물이 깊어지는 곳이 없는지 확인을 하며 꾸준히 운하를 건너갔다. 물은 노아의 어깨까지 차올랐고, 그는 대양의 파도가 밀려오는 것을 느꼈다.

그때 기관총 소리가 들렸고, 그들은 걸음을 멈췄다. 하지만 탄환은 그들 머리 훨씬 위쪽으로, 독일군을 향해 오른쪽으로 날아가고 있었다. 그들은 한 걸음 한 걸음 운하의 반대쪽으로 걸음을 옮겼다. 노아는 카울리가 그들을 지켜보며, 운하를 건너는 것이 가능하며 자신도 그렇게 할 수 있고 헤엄을 칠 필요도 없다는 생각을 하기를 바랐다. 그런데 그 순간 물이 더 깊어졌다. 노아는 헤엄을 쳐야 했지만 노아보다 머리가 하나는 더 큰 버네커는 그럴 필요가 없었다. 여전히 그는 입과 코를 물 밖으로 내놓은 채로 노아의 겨드랑이를 팔과 손으로 튼튼하게 받치고 있었다. 반대쪽 둑이 조금씩 더 가까워졌다. 소금을 머금은 진흙과 썩어 가는 조개 냄새가 역하게 났다. 고향의 부두에서 나는 냄새 같았다. 발을 더듬으며, 서로 꼭 달라붙은 채로 물속을 조심스럽게 움직이며 그들은 재빨리, 그리고 조용히 올라갈 수 있는 마땅한 장소를 찾아 둑을 바라보았다. 그들 앞의 둑은 가팔랐고 미끄러웠다.

「이곳은 안 돼.」 노아가 속삭였다. 「이곳은 안 돼.」

그들은 둑에 이르러 그곳에 기댄 채로 휴식을 취했다.

「저 멍청한 개자식 카울리.」 버네커가 말했다.

노아는 고개를 끄덕였지만 카울리에 대한 생각을 하고 있지 않았다. 그는 둑을 아래위로 쳐다보았다. 파도가 좀 더 거세지면서 그들의 어깨에 부딪혔다. 노아는 버네커의 등을 두드렸고, 그들은 파도와 나란히 조심스럽게 둑을 따라가기 시작했다. 이제 노아는 추위로 더 심하게 몸을 떨었다. 그는 이를 앙다물어 턱을 고정시키려 했다. 머릿속으로 그는 〈멍청하게, 6월에, 6월의 달빛 속에서 프랑스 해안에서 헤엄을 치고 있어. 6월의 달빛 속에서〉라는 생각만 되풀이했다. 그는 멍청하게 미소를 지었다. 살면서 그토록 추위에 떤 적은 없었다. 둑은 가팔랐고, 이끼로 미끄럽고 축축했다. 날이 밝기 전 그들이 둑을 올라갈 수 있는 곳은 어디에도 없는 것처럼 보였다. 노아는 조용히 버네커의 어깨에서 손을 떼고 운하 한가운데로 떠내려가 그곳에서 평화롭게 영원히 물속에 빠져 죽는 것에 대한 생각을 했다.

「여기.」 버네커가 속삭였다.

노아는 고개를 들었다. 둑 일부가 무너져 내려 발을 올려놓을 만한 곳이 있었다. 둥근 바위의 가장자리가 어두운 진흙 밖으로 튀어나온 그곳은 거칠었고, 잡초가 자라고 있었다.

버네커가 몸을 숙여 노아의 발에 손을 받쳤다. 그가 노아를 둑 위로 올려 주는 순간 물이 튀기는 요란한 소리가 들렸다. 노아는 잠시 둑 가장자리에 엎드려 숨을 헐떡이며, 몸을 떨었다. 그런 다음 둑 위로 올라가 버네커가 올라오는 것을 도왔다. 가까운 곳에서 자동화기가 사격을 개시했고, 총탄이 그들을 지나쳐 갔다. 그들은 맨발로 미끄러지면서도 30미터쯤 떨어진 곳에 있는 덤불숲 가장자리로 달려갔다. 다른 총들도 사격

을 개시했고, 노아는「사격 중지! 사격 중지! 사격 중지! 미군
이야. C 중대야! 찰리 중대야!」하고 소리를 지르기 시작했다.

그들은 덤불숲에 이르러 그 뒤에 있는 은신처 속으로 뛰어
들었다. 이제 운하 건너편에 있던 독일군도 사격을 하고 있었
다. 노아와 버네커 때문에 그들 또한 잠시 잊고 있던 전투를
다시 하게 된 것 같았다.

5분 후 사격이 갑자기 멈췄다.

「내가 소리를 지를게.」노아가 속삭였다.「몸을 낮추고 있어.」

「좋아.」버네커가 조용히 말했다.

「사격 중지!」노아가 소리쳤다. 하지만 목소리를 평탄하게
하느라 소리를 크게 내지는 못했다.「사격 중지! 미군 두 명이
있어. C 중대야! C 중대야! 사격 중지!」

그는 말을 멈췄다. 그들은 몸을 떨며 흙을 껴안은 채로 귀
를 기울였다.

마침내 아군의 목소리가 들렸다.「거기서 나와.」그 목소리
는 심한 조지아 사투리로 말하고 있었다.「머리에 손을 얹어.
지금 당장 그렇게 해. 갑자기 움직이거나 하지 마.」

노아가 버네커의 어깨를 두드렸다. 그들은 자리에서 일어
나 손을 머리에 얹었다. 그런 다음 심한 조지아 사투리로 말
하고 있는 사람을 향해 걸어가기 시작했다.

「맙소사!」그 목소리가 말했다.「털을 다 뽑은 오리보다도
더 심한 알몸이야.」

그 순간 노아는 자신들이 괜찮을 거라는 것을 알 수 있었다.

참호 속에서 한 형체가 일어나 그들에게 소총을 겨냥했다.
「이리 와, 병사.」그가 말했다.

노아와 버네커는 손을 머리 위에 얹은 채로 땅속에서 나오

788

는 병사를 향해 갔다. 그들은 그에게서 1.5미터쯤 떨어진 곳에서 걸음을 멈췄다.

참호 속에는 그들을 향해 총을 겨누고 있는 또 다른 한 명이 몸을 웅크린 채로 있었다.

「어떻게 된 거야?」 그가 의심스러운 듯 물었다.

「고립되었어.」 노아가 말했다. 「C 중대야! 돌아오는 데 사흘이 걸렸어. 이제 손을 내려도 돼?」

「인식표를 봐, 버넌.」 구덩이 속에 있던 병사가 말했다.

심한 조지아 사투리를 쓰는 자가 조심스럽게 소총을 내려놓았다. 「그대로 서서 인식표를 던져.」

노아가, 그런 다음 버네커가 인식표를 던지자 귀에 친숙한, 딸그랑 소리가 조그맣게 들렸다.

「이리 줘 봐, 버넌.」 구덩이 속에 있던 병사가 말했다. 「내가 볼게.」

「아무것도 보이지 않을걸.」 버넌이 말했다. 「그 안은 노새 똥구멍처럼 어두워.」

「줘 봐.」 구덩이 속에 있던 병사가 손을 뻗으며 말했다. 잠시 후 그가 몸을 숙여 담뱃불을 붙이면서 뭔가가 긁히는 듯한 작은 소리가 들렸다. 그는 불을 완전히 가렸고, 노아는 어떤 빛도 볼 수가 없었다.

바람은 세기를 더해 가고 있었고, 노아의 얼어붙은 몸 위로 젖은 셔츠가 펄럭거리고 있었다. 그는 몸을 따뜻하게 하기 위해 팔짱을 꽉 꼈다. 구덩이 속에 있는 자는 인식표를 확인하는 데 무척이나 오래 걸렸다. 마침내 그가 고개를 들었다. 「이름?」 그가 노아를 가리키며 말했다.

노아는 자신의 이름을 말했다.

「군번은?」

노아는 턱이 뻣뻣하고, 입 안에서 소금기가 맡아졌지만 말을 더듬지 않으려 애를 쓰며 군번을 얘기했다.

「인식표에 있는 이 H는 뭐야?」병사가 의심스러운 듯 물었다.

「히브루.」노아가 말했다.

「히브루라니?」조지아 출신이 말했다.「그게 뭐야?」

「유대인.」노아가 말했다.

「왜 아무도 그런 얘기를 나한테 해주지 않았지?」조지아 출신이 안심이 되는 듯 말했다.

「이봐.」노아가 말했다.「우리를 전쟁이 끝날 때까지 이곳에 세워 둘 거야? 얼어 죽겠어.」

「들어와.」구덩이 속에 있던 병사가 말했다.「편히 있어. 15분 후면 날이 밝을 거야. 그때 자네들을 C 중대에 데려다줄게. 내 뒤쪽에 도랑이 있고 그 안에 숨어 있을 수 있을 거야.」

노아와 버네커는 그를 지나쳐 구덩이 속으로 들어갔다. 병사는 그들에게 인식표를 던져 주며 호기심 있게 쳐다보았다.

「어땠어?」그가 물었다.

「멋졌어.」노아가 말했다.

「사교 클럽보다도 더 재미있었어.」버네커가 말했다.

「그랬겠지.」조지아 출신이 말했다.

「이봐.」노아가 버네커에게 말했다.「이걸 받아.」그는 버네커에게 지갑을 건네주었다.「그 안에 내 아내의 사진이 있는데 그 뒤쪽에 지도가 있어. 내가 15분 내에 돌아오지 않을 경우 그걸 G2에 전달해 줘.」

「어디에 가는데?」버네커가 물었다.

「카울리를 데리러.」노아가 말했다. 그는 자신이 그런 말을 하는 것에 약간 놀랐다. 그는 그 생각을 한 적도, 그 문제를 따져 본 적도 없었다. 어쩐 일인지 지난 사흘 동안 그는 자동적으로 결정을 내리고, 다른 사람들을 책임지는 일에 익숙해져 있었다. 이제 자신이 안전하게 되자 운하가 너무 깊다고 생각하며 반대쪽 둑, 덤불 뒤에서 홀로 몸을 웅크리고 있을 카울리의 모습이 떠올랐다.

「카울리라는 친구는 어디 있는데?」조지아 출신이 말했다.

「운하 반대쪽에.」버네커가 말했다.

「카울리 씨를 무척 좋아하는 모양이군.」희부연 밤하늘 속으로 운하 건너편을 바라보며 조지아 출신이 말했다.

「그에게 푹 빠져 있지.」노아가 말했다. 그는 다른 사람들이 그가 가는 것을 막아 주기를 바랐지만 아무도 어떤 말도 하지 않았다.

「얼마나 걸릴 것 같아?」구덩이 속에 있던 자가 말했다.

「15분.」

「자.」그가 말했다.「이게 15분 동안 용기를 나게 할 거야.」 그가 병을 하나 내밀었다. 병은 밤새 차가운 진흙 속에 박혀 있어 바닥에 진흙이 묻어 있었다. 노아는 코르크를 빼내고 길게 들이켰다. 그는 눈에 눈물이 고였고, 목과 가슴이 참을 수 없이 뜨거웠다. 그리고 마치 전기 히터를 켠 것처럼 배 속이 따뜻해졌다.「이게 뭐야?」병을 도로 건네주며 그가 물었다.

「과실주야.」구덩이 속에 있던 자가 말했다.「사과주 같아. 물을 건너기 전에 마시기 좋은 거지.」그는 그것을 버네커에게 건네주었고, 버네커는 천천히 조심스럽게 들이켰다.

버네커가 병을 내려놓았다.「한데.」그가 노아에게 말했다. 「카울리를 데리러 갈 필요는 없어. 그에게도 기회가 있었어.

네가 그에게 빚진 건 아무것도 없어. 나라면 안 갈 거야. 그를 구하러 가는 게 당연하다는 생각이 들면 나도 함께 가겠어. 하지만 그런 생각이 들지 않아, 노아.」

「15분 안에 돌아오지 않을 경우.」 노아가 말했다. 그는 버네커가 차분하게 논리적으로 생각할 수 있는 것에 탄복했다. 「지도를 정보 장교에게 전달해 줘.」

「그래.」 버네커가 말했다.

조지아 출신이 말했다. 「진지에 가서 걸핏하면 총을 쏘아 대는 자들에게 네게 총을 쏘지 말라고 해야겠어.」

「고마워.」 그 말을 한 후 노아는 맨 다리 위로 젖은 셔츠를 펄럭거리며, 배 속을 뜨겁게 만드는 알코올을 느끼며 운하 쪽으로 가기 시작했다. 운하 둑에 이른 그는 걸음을 멈췄다. 이제 파도가 더 세게 밀려오고 있었고, 차가운 물이 둑에 부딪치며 소리를 내고 있었다. 지금 돌아갈 경우 그는 30분 후면 지휘 본부나 병원에 가 있을 수 있다. 그리고 어쩌면 따뜻한 술을 마신 후 담요를 두르고 간이침대에서 며칠 혹은 몇 달을 잘 수도 있다. 그는 자신이 할 수 있는 일을 했고, 누구도 그가 잘못을 했다며 비난할 수 없었다. 그는 그 모든 어려움을 뚫고 그곳까지 왔고, 버네커를 데려왔으며, 지도를 만들었다. 그리고 포기하는 것이 너무도 쉬웠을 때에도 포기하지 않고 모험을 했으며, 그린 중위가 그들에게 지시한 것은 알아서들 아군 진영까지 돌아오라는 것뿐이었다. 그리고 카울리를 찾는다 해도 그가 또다시 운하를 건너는 것을 거부할지도 모른다. 그리고 이제 운하는 더 깊어지고 있었고, 파도가 밀려들고 있었다.

노아는 잠시 둑 위에서 무릎을 꿇고 앉아 밀려드는 바닷물을 보며 머뭇거렸다. 그런 다음 둑 아래 물속으로 들어갔다.

물은 생각보다도 더 차가웠다. 물이 그의 가슴을 파고들 것처럼 때렸다. 그는 심호흡을 한 후 이따금 발을 헛디디며 재빨리 반대쪽 둑으로 걸어갔다. 반대쪽에 이른 그는 물살에 맞서며 자신과 버네커가 얼마나 멀리 왔는지, 그들이 뛰어내린 둑 위의 장소가 어땠는지 기억하려고 애를 썼다. 그는 차가운 물이 가슴에 부딪치는 것을 느끼며, 이따금 멈춰 서서 무슨 소리가 들리는지 귀를 기울이며 천천히 걸어갔다. 멀리 하늘에서 비행기 한 대가 지나가는 소리가 들렸고, 전선에 새벽이 찾아오기 전 마지막 독일군 비행기를 쫓아 버리려는 대공포 소리가 간헐적으로 들렸다. 하지만 가까운 곳에서는 아무런 소리도 들리지 않았다.

그는 본 적이 있는 듯한 곳으로 가 천천히, 힘겹게 물 밖으로 나갔다. 그는 운하에서 덤불숲 쪽으로 갔다. 그는 덤불숲에서 1.5미터 떨어진 곳에서 걸음을 멈추고「카울리, 카울리」하고 속삭였다. 아무런 응답이 없었다. 노아는 어쩐지 그곳이 그들이 카울리를 내버려 두고 간 곳처럼 여겨졌다. 그는 좀 더 가까이 다가갔다.「카울리.」그가 좀 더 큰 소리로 불렀다.「카울리.」

덤불 속에서 부스럭거리는 소리가 들렸다.「날 내버려 둬.」카울리가 말했다.

노아는 목소리가 들리는 곳으로 기어갔다. 어두운 나뭇잎 사이에서 희미한 그림자처럼 카울리의 머리가 나타났다.「너를 데리러 왔어.」노아가 속삭였다.「이리 나와.」

「날 내버려 둬.」카울리가 말했다.

「깊지 않아.」노아가 사납게 말했다.「제기랄, 깊지 않다니까. 헤엄칠 필요가 없어.」

「농담하는 거야?」카울리가 말했다.

「지금 버네커는 건너갔어. 이리 와. 사람들이 우리를 기다리고 있어. 보초들이 우리를 기다리고 있어. 자, 밝아지기 전에 가도록 해.」

「확실해?」카울리가 못 믿겠다는 듯 말했다.

「확실해.」

「제기랄.」카울리가 말했다.「나는 안 가.」

아무 말 없이 노아는 둑 쪽으로 가기 시작했다. 그 순간 그의 뒤에서 부스럭거리는 소리가 들렸고, 카울리가 자신을 뒤따르고 있는 것을 알 수 있었다. 운하 가장자리에서 카울리는 또다시 하마터면 마음을 바꿀 뻔했다. 노아는 아무 말 없이 물속으로 들어갔다. 이번에는 물이 전혀 차갑게 느껴지지 않았다. 무감각해진 게 분명해, 하고 노아는 생각했다. 카울리가 첨벙 뛰어들었다. 노아는 그가 허우적거리지 않도록 단단히 붙들었다. 그는 카울리가 몸을 떠는 것을 물에 젖은 무거운 옷을 통해 느낄 수 있었다.

「나를 꼭 잡아.」노아가 말했다.「그리고 조용히 해.」

그들은 운하를 건너기 시작했다. 이제 모든 것이 무척 빠르게 이루어지는 것처럼 보였다. 그 모든 것이 일상적인 일처럼 익숙하게 여겨졌다. 노아는 반대편 둑으로 재빨리 가면서 거의 아무것에도 신경을 쓰지 않았다.

「오, 맙소사.」카울리는 계속해서 귀에 거슬리는 초조한 목소리로 중얼거리고 있었다.「오, 맙소사. 오, 맙소사. 오, 맙소사.」하지만 그는 노아 뒤에 바싹 달라붙어 있었다. 그리고 깊은 곳에 이르러서도 꾸준하게 걸음을 옮겼다. 그들이 반대쪽

794

둑에 이르렀을 때에도 노아는 걸음을 멈추지 않았다. 그는 몸을 돌려 파도에 대항하며 자신과 버네커가 올라갔던 곳을 찾았다.

그는 생각보다 훨씬 일찍 그곳에 이르렀다. 「여기야.」 그가 몸을 돌리며 말했다. 「내가 올라가는 걸 도와줄게.」

「오, 맙소사.」 카울리가 말했다. 「오, 맙소사.」

노아는 간신히 카울리를 둑 위로 올라가게 했다. 카울리는 무겁고 굼떴다. 그는 돌 하나를 찼고, 돌은 요란한 소리를 내며 물속으로 떨어졌다. 하지만 그는 한쪽 무릎을 둑 꼭대기로 올렸고, 다른 쪽 다리를 끌어올리기 시작했다. 그 순간 총소리가 짧게 들렸다.

카울리는 미친 듯이 서서 팔을 휘둘렀다. 그는 앞쪽으로 뛰어가려 했지만 빙글 돌며 뒤로 넘어졌다. 그의 무거운 신발이 노아의 머리에 세게 떨어졌다. 카울리는 단 한 번 비명을 질렀다. 그런 다음 물속으로 처박혔다. 그는 다시 나오지 않았다. 노아는 둑 아래에 서서 카울리가 사라진 곳을 멍하니 바라보았다. 그는 그쪽으로 한 걸음 뗐지만 아무것도 볼 수가 없었고, 무릎이 풀리기 시작하는 것을 느꼈다. 그는 다시 둑으로 갔다. 그런 다음 천천히, 무감각하게 기어오르기 시작했다. 그는 익사하는 꿈을 꿨어, 익사하는 꿈을 꿨어, 하고 노아는 생각했다.

둑 꼭대기에 이른 그는 통제할 수 없을 정도로 몸을 떨었다. 버네커와 조지아 출신의 병사가 그에게로 달려와 그를 데리고 운하에서 딴 곳으로 데리고 갈 때에도 그는 계속해서 몸을 떨고 있었다.

　30분 후, 중대 지휘 본부 바깥에서 죽은 병사에게서 벗긴, 세 사이즈나 큰 군복을 입은 노아는 사단 정보 장교 앞에 서 있었다. 정보 장교는 얼굴이 둥글고 키가 작으며 머리가 센 중령이었다. 그는 얼굴에 온통 자주색 약을 바른 상태였는데 수염에도 약이 발러 있었다. 그는 농가진에 걸려 다른 임무를 하면서도 그것을 치료하려고 애를 쓰고 있었다.

　사단 지휘 본부는 모래주머니가 쌓여 있는 헛간이었다. 흙바닥 여기저기에서 사람들이 자고 있었다. 아직도 약간 어두웠고, 그래서 정보 장교는 노아가 그린 지도에 촛불을 비춰봐야 했다. 발전기와 본부의 전기 장비 모두가 해변에 상륙하는 동안 침수되었기 때문이다.

　버네커는 눈을 거의 감은 채로 노아 옆에서 꿈을 꾸듯 서 있었다.

　「좋아.」 정보 장교가 여러 번 고개를 끄덕이며 말했다. 「좋아, 아주 좋아.」 하지만 노아는 그가 무슨 말을 하고 있는지 도무지 기억할 수가 없었다. 그는 자신이 무척 슬프다는 것은 알고 있었지만 왜 슬픈지 도무지 기억이 나지 않았다.

　「아주 좋아, 제군들.」 얼굴이 빨간 사람이 친절하게 말하고 있었다. 그는 그들을 향해 미소를 짓고 있는 것처럼 보였다. 「무엇보다도 자네들에게 훈장이 수여될 거야. 이걸 포병대에 바로 보내겠네. 오늘 오후에 들르게. 결과를 얘기해 주지.」

　노아는 왜 그의 얼굴이 빨간지, 그리고 그가 무슨 말을 하고 있는지가 약간 궁금했다.

　「사진을 돌려받고 싶습니다.」 그가 분명하게 말했다. 「제 아내와 아들 사진입니다.」

　「그래, 물론 그래야지.」 자주색과 회색의 수염에 둘러싸인 누런 이를 드러내며 장교는 더욱 활짝 미소를 지었다. 「오늘 오후 자네들이 다시 돌아오면 C 중대의 인원을 다시 짤 거야. 자네 둘을 포함해 마흔 명 가까이가 돌아왔어. 에번스.」그는 헛간 벽에 기대어 자고 있는 것처럼 보이는 병사에게 소리쳤다. 「이 두 병사를 C 중대로 데리고 가. 걱정 마.」그가 노아를 향해 미소를 지으며 말했다. 「멀리 걸어가지 않아도 돼. 옆 들판에 있어.」그는 다시 지도 위로 몸을 숙이고 고개를 끄덕이며 「좋아, 아주 좋아」하고 말하고 있었다. 에번스가 와 버네커와 노아를 데리고 헛간을 나와서 아침 안개를 지나 옆 들판으로 갔다.

그들이 제일 먼저 본 사람은 그린 중위였다. 중위는 그들을 한 번 본 후 「저기 담요가 있어. 그것을 감고 자도록 해. 질문은 나중에 하지」라고 말했다.

담요가 있는 곳으로 가는 길에 그들은 중대 행정병인 실즈를 지나쳐 갔다. 실즈는 벌써 들판 가장자리를 따라 늘어서 있는 나무 아래에 있는 도랑 속에 전투 식량 상자 두 개로 자신이 쓸 작은 책상을 만들어 놓은 상태였다. 「이봐.」실즈가 말했다. 「자네들 우편물이 있어. 처음 배달된 거지. 하마터면 돌려보낼 뻔했어. 자네들이 실종되었다고 생각했거든.」

그는 배낭을 뒤져 봉투를 몇 개 꺼냈다. 그 가운데는 호프가 손으로 주소를 쓴, 노아에게 보내는 갈색 마닐라지 봉투도 있었다. 노아는 그것을 받아 자신이 입고 있던, 죽은 자의 셔츠 속에 넣고 담요 세 개를 집었다. 그는 버네커와 함께 나무 아래로 가 담요를 펼쳤다. 그들은 주저앉아 조금 전 받은 신발을 벗었다. 노아는 마닐라지 봉투를 열었다. 작은 잡지가 떨어졌다. 그는 눈을 깜박이며 호프의 편지를 읽기 시작했다.

〈자기에게〉라고 그녀는 썼다. 〈잡지에 대해 곧바로 설명을 해야 할 것 같아. 당신이 영국에서 내게 써 보낸 시는 내가 혼자 갖고 있기에는 너무 좋은 것처럼 보였고, 그래서 당신 허락도 없이 그것을 잡지사에 보냈어.〉

노아는 잡지를 집어 들었다. 그는 표지에서 자신의 이름을 보았다. 그는 잡지를 펼쳐 페이지를 넘겼다. 그런 다음 다시 자신의 이름과 깔끔한 몇 줄의 시를 보았다.

〈마음의 선동을 조심하라. 그것은 전쟁을 위해 만들어지지 않았다…….〉

그가 말했다. 「이봐, 버네커.」

「응?」 버네커는 자신의 편지를 읽다 말고 포기한 채로 담요 밑에서 등을 대고 누워 하늘을 바라보고 있었다. 「뭘 원해?」

「이봐, 버네커.」 노아가 말했다. 「내 시가 잡지에 실렸어. 읽어 볼래?」

버네커는 한참 동안 아무 말이 없다가 자리에 일어나 앉았다.

「물론이지.」 그가 말했다. 「줘봐.」

노아는 자신의 시가 있는 페이지를 접어 잡지를 그에게 건네주었다. 그는 시를 읽은 친구의 얼굴을 유심히 바라보았다. 버네커는 글을 느리게 읽었고, 시를 읽는 그의 입술이 달싹거렸다. 한두 번 그는 눈을 감았고, 약간 머리를 흔들었지만 시를 끝까지 읽었다.

「훌륭해.」 버네커가 말했다. 그는 잡지를 바로 옆에, 담요 위에 앉아 있는 노아에게 건네주었다.

「진짜야?」 노아가 물었다.

「훌륭한 시야.」 버네커가 진지하게 말했다. 그는 강조를 하듯 고개를 끄덕였다. 그런 다음 뒤로 드러누웠다.

노아는 인쇄된 자신의 이름을 쳐다보았다. 하지만 다른 글은 그 순간 그의 눈에 들어오지 않았다. 그는 잡지를 죽은 자의 셔츠 속에 다시 넣은 후 따뜻한 담요 속에 누웠다.

눈을 감기 직전 그는 리킷을 보았다. 리킷이 그의 위로 서 있었다. 리킷은 깨끗이 면도를 하고, 새 군복을 입고 있었다. 「오, 맙소사.」 노아 위쪽에서 리킷이 말했다. 「오, 맙소사. 아직도 우리 부대에 유대인이 있어.」

노아는 눈을 감았다. 그 후 그는 리킷이 한 말이 자신의 인생에서 많은 것을 달라지게 했다는 것을 알게 되지만 그 순간에는 잠을 자고 싶은 마음밖에는 없었다.

29

도로 가에는 〈다음 1킬로미터는 적의 포화 공격을 받은 곳임. 75미터 간격을 유지할 것〉이라는 팻말이 있었다.

마이클은 파본 대령을 비스듬히 쳐다보았다. 하지만 지프 앞자리에 앉은 파본은 그들이 영국 해협을 건너려고 기다리던 중 영국의 공연가에서 산 추리소설을 읽고 있었다. 마이클이 본 사람 중 달리는 지프에서도 책을 읽을 수 있는 사람은 파본이 유일했다.

마이클은 액셀러레이터를 더 밟았고, 지프는 텅 빈 길을 질주했다. 오른쪽에는 폭격을 당한 비행장이 있었는데, 그곳에는 독일군 비행기 잔해들이 널려 있었다. 밝은 여름 오후였고, 앞쪽 멀리 밀밭 위로 연기가 한 줄기 피어오르고 있었다. 지프는 적의 공격을 피할 수 있는 나무숲을 향해 포장도로를 빠르게 달렸고, 약간 오르막길을 지나면서 적의 포화 공격을 받은 1킬로미터를 모두 지나갔다.

마이클은 속으로 살며시 한숨을 쉬며 조금 천천히 차를 몰았다. 그들 앞쪽, 전날 영국군이 점령한 도시 캉에서 중화기 소리가 불규칙적으로 요란하게 들렸다. 파본 대령이 캉에서 뭘 하려는지 마이클은 알 수 없었다. 민정 장교로 여러 부대를 이동하며 일을 하는 파본은 전선의 한쪽 끝에서 다른 쪽 끝까지 옮겨 다닐 수 있었고, 그의 차를 모는 마이클은 기분 좋은, 약간 졸린 관광객처럼 노르망디 전역을 방문하며 모든 것을 보았다. 파본은 책을 읽지 않을 때면 어떤 장소에서 싸우고 있는 아군에게 밝은 얼굴로 고개를 끄덕이거나 주민들에게 파리 사람이 쓰는 프랑스어로 빠르게 말을 하거나 이따금 종잇장에 메모를 하거나 했다. 밤이면 파본은 카랑탕 근처 들판에 깊게 판 참호 속에 들어가 직접 보고서를 타자로 쳐 어떤 곳으로 보냈다. 하지만 마이클은 그 보고서를 본 적도 없고, 그것들이 어디로 보내지는지도 정확히 알 수 없었다.

「이 책은 쓰레기 같아.」 파본이 말했다. 그는 책을 지프 뒷자리로 던졌다. 「바보들이나 추리 소설을 읽지.」 그는 광대처럼 얼굴을 찌푸리며 주위를 둘러보았다. 「가까이 왔나?」 그가 물었다.

늘어선 농가들 뒤에 숨어 있는 포대에서 사격을 했다. 무척 가까이에서 들리는 소음에 앞 유리창이 흔들렸고, 마이클은 다시 한번 아랫배가 간질거리는 듯한 충격을 느꼈다. 그는 가까운 곳에서 총성이 들릴 때면 여전히 적응이 안 되었다.

「거의 다 왔습니다.」 마이클이 우울한 얼굴로 말했다.

파본은 껄껄 웃었다. 「처음 5백 곳의 상처가 가장 견디기 어렵지.」그가 말했다.

〈개자식, 어느 날 이 자식이 나를 죽게 만들 거야〉 하고 마이클은 생각했다.

환자들로 가득한 영국군 구급차가 그들을 지나쳐 울퉁불퉁한 길을 빠르게 달려갔다. 마이클은 잠시 구급차 뒤에 탄, 들것 위에서 뒤척이며 숨을 헐떡이고 있는 부상병들에 대한 생각을 했다.

도로 한쪽에는 시커멓게 불에 타 찢어져 있는 영국군 탱크가 한 대 있었는데 그 안에서 죽은 자의 냄새가 났다. 지도 위에서, 그리고 BBC 방송을 통해 새로 함락한 것으로 알려진 도시에 접근할 때마다 똑같은, 썩어 가고 있는 달콤한 냄새가 났는데, 그것은 승리의 광경과는 거리가 멀게 보였다. 마이클은 차를 몰고 가면서 강한 햇볕에 코가 타는 것을 느끼며, 먼지 긴 고글 사이로 눈을 찌푸리며 영국에서 목재 다루는 일이나 하는 편이 나았을 거라는 생각을 했다.

그들은 언덕 꼭대기에 이르렀다. 그들 앞쪽으로 캉 시가 있었다. 영국군은 그곳을 점령하기 위해 한 달을 싸웠는데 막상 그곳을 잠시 보게 되면 그들이 왜 그렇게 애를 썼는지가 의아하게 생각되었다. 벽은 그대로 서 있었지만 남아 있는 집은 거의 없었다. 석조 건물들이 밀집해 있는 도시의 전 구역이 무너져 있었고, 시선이 미치는 곳 전체에서 사정은 마찬가지였다. 〈트리프 알라 모드 드 캉.〉[19] 마이클은 뉴욕의 프랑스 식당에서 본 메뉴를 떠올렸다. 그리고 중세사 시간에 들은 캉 대학을 생각했다. 그 순간 영국군의 박격포는 캉 대학 도서관

19 동물 내장과 양파를 쪄서 만든 요리.

의 어지럽게 널린 책들 사이에서 포탄을 발사하고 있었고 캐나다 병사들은 다른 때라면 동물 내장이 무척 솜씨 좋게 준비되었을 부엌에서 기관총 위로 몸을 웅크린 채로 사격을 하고 있었다.

이제 그들은 돌을 깐 도로가 꼬불꼬불 나 있는 그 도시의 외곽에 있었다. 파본은 마이클에게 차를 멈추라는 신호를 했고, 마이클은 도로 옆 도랑을 따라 나란히 서 있는 수도원의 육중한 석벽 옆에 차를 세웠다. 도랑에는 캐나다 병사들이 몇 명 있었는데 그들은 미군을 신기한 듯 쳐다보았다.

우리는 영국군 철모를 써야 해, 하고 마이클은 초조하게 생각했다. 우리가 쓰고 있는 이 망할 놈의 것은 영국군에게 독일군 철모처럼 보일 게 틀림없어. 영국군은 먼저 총을 쏜 후 우리가 소지한 서류를 나중에야 살펴볼 거야.

「어때?」파본이 지프에서 내려 도랑으로 가더니 그곳에 있던 병사들에게 물었다.

「끔찍합니다.」키가 작고 얼굴이 검은, 이탈리아인처럼 보이는 캐나다인이 말했다. 그는 도랑 속에 서서 미소를 짓고 있었다. 「시내로 들어갈 건가요, 대령님?」

「어쩌면.」

「사방에 저격수가 깔려 있습니다.」캐나다인이 말했다. 포탄 하나가 날아오는 소리가 들렸고, 캐나다 병사들은 도랑 속으로 몸을 숨겼다. 지프에서 신속하게 나올 수 없었던 마이클은 몸을 낮추며 손으로 얼굴을 가렸다. 폭발은 없었다. 바르샤바와 프라하의 용감한 노동자들이 포탄 외피를 모래와 강철 조각 그리고 〈슈코다[20]의 반파시스트 폭약 공장 노동자들

20 세계에서 가장 오래된, 체코의 자동차 회사.

이 인사를 드림〉이라는 영웅적인 메모로 채워 만든 불발탄인가, 하고 마이클은 생각했다. 〈아니면 신문과 미국 전시 정보국에서 애기하는 낭만적인 이야기처럼 포탄이 여섯 시간 후 모두가 그것에 대해 잊고 있을 때 폭발하는 것인가?〉

캐나다인이 도랑 속에 서서 화가 나 말했다. 「우리는 이곳에 쉬러 오는데 3분마다 땅바닥에 엎드려야 하죠. 이게 영국군의 휴식처에 대한 생각입니다!」 그는 침을 뱉었다.

「지뢰도 있나?」 파본이 물었다.

「그럼요.」 캐나다인이 공격적으로 말했다. 「왜 지뢰가 없겠습니까? 지금 양키 스타디움에 있다고 생각하십니까?」

그의 발음은 브루클린에서나 자연스럽게 들릴 것 같았다. 「자네는 어디 출신인가?」 파본이 물었다.

「토론토 출신입니다.」 병사가 말했다. 「또다시 나를 토론토에서 끌어내려고 하는 자가 있으면 포드 자동차로 그의 귀를 짓밟아 놓겠습니다.」

다시 포탄이 날아가는 소리가 들렸고, 마이클은 이번에도 너무 느려 지프에서 내리지 못했다. 캐나다 병사들은 마술처럼 사라졌다. 파본은 태연하게 지프에 몸을 기대기만 했다. 이번에는 포탄이 폭발했지만 1백 미터쯤 떨어진 곳에서였고, 그들 쪽으로는 아무것도 날아오지 않았다. 수도원 벽의 다른 쪽에 있던 화기 두 대가 재빨리 응수를 했다.

캐나다인이 다시 도랑 속에서 몸을 일으켰다. 「휴식처라니.」 그는 이를 갈며 말했다. 「나는 미군에 입대해야 했습니다. 이 주위에는 영국군이라곤 보이지 않죠.」 그는 증오로 이글거리는 표정에 침침한 눈으로 황폐한 거리와 부서진 건물들을 노려보았다. 「상황이 힘들어지면 모두 캐나다 병사들에게 맡기죠. 영국군은 바이외[21]의 창녀집 너머로는 오지 않죠.」

「이제…….」 파본은 캐나다 병사의 엉뚱한 얘기에 미소를 지었다.

「제 말에 대해 따지고 들지 마십시오, 대령님. 제 말에 대해 따지고 들지 마십시오.」 토론토 출신의 병사가 큰 소리로 말했다. 「논쟁을 하기에는 너무 초조합니다.」

「좋아.」 파본이 미소를 지으며 말했다. 그는 철모를 썼다. 무성한 눈썹 위로 쓴 철모는 우스꽝스러운 변기처럼 보였고, 그는 전혀 군인 같지 않았다. 「따지고 들지 않겠네. 나중에 보세.」

「대령님이 총에 맞지 않으면요.」 캐나다인이 말했다. 「그리고 제가 그사이 탈영을 하지 않으면요.」

파본은 그에게 손을 흔들었다. 「마이클.」 그가 말했다. 「이제 내가 운전을 하지. 자네는 뒷자리에 앉아 눈을 크게 뜨고 있어.」

마이클은 뒷자리로 가 더 쉽게 사방으로 총을 쏠 수 있도록 천장을 접을 수 있게 되어 있는 지프의 꼭대기에 높이 앉았다. 파본은 운전대를 잡았다. 파본은 그런 순간이면 늘 가장 위험하고, 책임이 무거운 일을 맡았다.

파본은 다시 한번 캐나다인에게 손을 흔들었지만 캐나다인은 손을 흔들지 않았다. 지프는 도로를 따라 시내로 들어갔다.

마이클은 카빈 소총의 탄창에 있는 먼지를 불어 날린 후 안전장치를 풀었다. 파본이 폐허 사이로 난, 쑥대밭이 된 길을 따라 천천히 차를 모는 사이 마이클은 소총을 무릎 위에 올려놓은 채로 앞쪽을 주시했다.

폐허 사이에 숨어 있는 영국군 포대에서 다시금 사격을 개

21 노르망디에 있는 도시.

시했다. 파본은 도로를 막고 있는 벽돌 부스러기와 돌을 피하기 위해 차를 지그재그로 몰아야 했다.

마이클은 아직 무너지지 않은 집들의 창문을 보았다. 문득 캉이, 블라인드가 쳐진 창문들의 도시로 여겨졌다. 창문들은 폭격과 탱크전, 그리고 독일군과 영국군의 포격에도 불구하고 기적적으로 남아 있었다. 마이클은 그토록 높이 앉아, 폐허가 된 텅 빈 거리를 가고 있으려니 자신이 마치 발가벗겨져 무방비 상태에 처해 있는 것처럼 느껴졌다. 그 창문 뒤에는 독일군 저격수가 성능이 뛰어난 망원 렌즈에 눈을 댄 채로 소총을 만지작거리며 무방비 상태의 멍청한 병사가 탄 지프가 더 가까이 오기만을 기다리며, 미소를 지으며 조용히 숨어 있을 수도 있다.

죽는 건 상관없어, 하고 마이클이 우울하게 혼잣말을 하고 있는데 갑자기 그의 뒤쪽에서 창문이 열리는 소리가 들리는 것 같았고, 그래서 그는 몸을 숙였다. 〈싸우다가 죽는 건 상관없어, 하지만 전직 서커스 도박사와 함께 관광을 하다가 이런 식으로 죽는 건……〉 그는 자신이 엎드려 있다는 것을 알아차렸다. 그는 어떤 식으로 죽어도 상관없는 것 같았다. 죽어도 별 문제가 없는 것처럼 여겨졌다. 전쟁은 느리게 진행되고 있었고, 그가 죽는다 하더라도 그 자신과 그의 가족 외의 다른 누군가에게는 아무런 차이가 없었다. 그가 죽든 죽지 않든, 20세기의 바로 그 순간에 군대는 이동하고, 진짜 전투가 벌어지는 곳에서는 기관총이 서로를 죽이고, 항복 문서가 작성될 것이다. 〈아냐, 살아남는 거야, 살아남아야 해.〉 그는 목재를 다루던 때를 떠올리려고 애를 썼다.

포탄이 그의 주위 사방에서 떨어졌다. 캉의 구시가의 지하실과 오래된 정원 벽과, 전쟁이 일어나기 전에는 배관공이었고 푸줏간 주인이었지만 이제는 죽은 프랑스인들의 거실에서 포대 병력이 모습을 감춘 채로 어딘가에 전화를 하고, 지도 위에 숫자를 적고, 사정거리를 조정하고, 지금은 사정거리를 8킬로미터로 맞추고 있지만 다음에는 11킬로미터로 맞추기 위해 복잡한 방법으로 포신을 높이고 있는 것을 상상하기란 쉬운 일이 아니었다. 〈캉은 얼마나 넓고, 얼마나 많은 사람들이 살고 있었지? 이곳은 버펄로 또는 저지시티 또는 패서디나와 비슷했을까?〉

지프는 천천히 앞으로 나아갔다. 파본은 주위를 흥미롭게 바라보고 있었고, 마이클은 자신의 등이 점점 더 발가벗겨지는 것처럼 느껴졌다.

그들은 모퉁이를 돌아 심하게 손상을 입은 3층짜리 집들이 있는 거리로 들어섰다. 집들 뒷벽에서 벽돌 부스러기가 떨어졌고, 남자와 여자가 폐허의 높은 곳에서, 이전에는 자신들의 집이었지만 이제는 쓰레기 더미에 불과한 곳에서 몸을 숙인 채로, 마치 산딸기를 따는 사람처럼 여기저기서 누더기 같은 옷과 램프, 스타킹, 냄비 등을 줍고 있었다. 그들은 영국군의 포격과 저격수, 강 건너편에서 시내를 향해 포탄을 퍼붓고 있는 독일군에 대해서는 아랑곳하지 않았다. 그들은 자신들의 집과, 돌과 목재의 잔해 속에 자신들이 평생에 걸쳐 마련한 물건들이 있다는 사실에만 정신이 팔려 있었다.

길에는 외바퀴 손수레와 유모차가 있었다. 사람들은 잔해 속에서 먼지가 나는 물건들을 보물처럼 소중하게 한 아름 집어 손수레와 유모차 속에 담았다. 그들은 지나가는 미군이나 캐나다 병사가 탄 지프나 구급차 등은 쳐다보지도 않고 기계적으로 잔해 위로 올라가 추억이 담긴, 부서진 물건들을 또다시 파내기 시작했다.

가을에 수확을 하는 사람들처럼 참을성 있게 일을 하는 그들을 지나쳐 가며 마이클은 잠시 자신이 어깨뼈 사이의 부드러운 작은 부분에 총을 맞을 수도 있다는 생각을 잠시 잊었다. 그는 늘 그곳에 총을 맞을 준비가 된 것처럼 느꼈다. 아니면 앞에서 맞을 경우 갈비뼈 아래, 심장이 요동치는 부분에 맞을 수도 있었다. 그는 자리에서 일어나 폐허가 된 자기 집을 뒤지고 있는 프랑스인들에게 연설을 하고 싶었다. 〈떠나요〉라고 그는 외치고 싶었다. 〈시내를 떠나요. 그곳에는 죽음을 무릅쓰고 찾을 만한 게 없어요. 당신들이 듣고 있는 소리는 포탄이 터지는 소리입니다. 포탄이 터지면서 뿜어져 나오는 강철 조각은 민간인이건 군인이건 가리지 않아요. 전쟁이 끝난 다음에 돌아와서 일을 해요. 당신들의 보물은 안전할 겁니다. 누구도 그것들을 원하지 않으며, 사용할 수도 없습니다.〉

하지만 그는 아무 말도 하지 않았고, 지프는 주민들이 물건에 대한 광적인 집착을 보이며 은색 테두리가 있는 할머니의 사진과 여과기와 조각칼과, 포탄이 떨어지기 전에는 하얬을, 수를 놓은 침대보를 파내고 있는 길을 따라 천천히 나아갔다.

그들은 건물 모두가 완전히 무너져 한 쪽이 트인, 황폐하고 넓은 광장으로 들어섰다. 반대쪽에는 오른강이 흐르고 있었다. 마이클은 그 뒤로 독일군이 진지를 구축하고 있으며, 강 건너 어딘가에서 자신들이 타고 있는, 천천히 움직이는 지프를 살펴보고 있다는 것을 알 수 있었다. 그는 파본 또한 그 사실을 인식하고 있다는 것을 알 수 있었지만 파본은 속도를 높이거나 하지 않았다. 〈이 망할 자식은 뭘 증명하려는 거지?

그리고 왜 그는 혼자서 그 일을 하지 않는 거지?〉 하고 마이클은 생각했다.

하지만 아무도 그들에게 사격하지 않았고, 그들은 계속해서 나아갔다.

총성이 규칙적으로 들리긴 했지만 모든 것이 무척 조용하게 여겨졌다. 며칠 동안 먼지와 호송대와 포탄 파편 사이를 지나며 지프의 엔진 소리를 계속해서 들어 온 터라 더 이상 어떤 소리에도 특별히 귀를 기울이게 되지는 않았다. 그럼에도 마이클은 구시가지의 황폐한 거리에서 어딘가에서 누군가가 부스럭거리는 소리나 문고리가 돌아가는 소리, 총의 노리쇠를 당기는 소리 등이 나지는 않는지 조심스럽게 귀를 기울였다. 그는 그런 소리가 들리는 순간 반경 1백 미터 내의 포병 연대 전체가 일제히 포문을 연다 해도 그것을 들을 수 있으리라고 확신했다.

파본은 여름 햇살이 강하게 비치는 시내를 천천히 나아갔다. 시내에는 마이클이 프랑스에 발을 디디기 오래전 세잔과 르누아르 그리고 피사로의 그림에서 본 자주색 그림자들이 드리워져 있었다. 파본은 차를 세우고 더 이상 존재하지 않는 거리 이름이 적힌, 시 공무원이 자랑스러워할, 손상되지 않은 표지판을 보았다. 조금 후 파본은 다시 천천히, 흥미로운 방식으로 차를 몰았고, 마이클은 철모 아래로 보이는 그의 굵고 건강하며 갈색으로 탄 목을 바라보거나 어느 순간에라도 그에게 총을 쏠 수도 있는 저격병이 숨은 석조 건물의, 구멍이 뚫린 회색 벽을 바라보았다.

파본은 다시 속도를 높여 한때 중심가였던 곳을 지나갔다. 「1938년 이곳에 와 주말을 보낸 적이 있어.」 파본이 뒤를 돌아보며 말했다. 「영화를 제작하는 친구와, 그의 회사 여직원 둘과 함께.」 그는 생각에 잠겨 고개를 저었다. 「아주 멋진 주말을 보냈지. 이름이 쥘인 그 친구는 1940년에 살해당했지.」 파본은 부서진 가게를 바라보았다. 「전혀 못 알아보겠어.」

〈멋지군, 이자는 단역 배우 둘과, 6년 전 죽은 제작자와 함께 보낸 주말을 추억하느라 내 목숨을 위태롭게 하고 있어〉라고 마이클은 생각했다.

그들은 사람들의 움직임이 활발한 거리로 들어섰다. 트럭들이 교회 옆으로 몰려들고 있었고 프랑스 국내 항독군 완장을 찬 프랑스 사람 서너 명이 철조망을 따라 순찰을 돌고 있었으며, 캐나다 병사 몇 명은 부상당한 민간인이 트럭에 탈 수 있도록 돕고 있었다. 파본은 교회 앞 작은 광장에 지프를 세웠다. 포장도로 위에는 낡은 여행 가방과 버들가지로 만든 광주리, 여행용 손가방, 그리고 가정용품이 안에 들어 있는 리넨과, 시트와 담요가 든 자루 등이 높게 쌓여 있었다.

풀을 먹인, 아주 깨끗한, 연한 파란색 드레스를 입은 소녀가 자전거를 타고 가고 있었다. 푸른빛이 도는 산뜻한 검은 머리를 밝은 드레스 위로 늘어뜨린 그녀는 무척 예뻤다. 마이클은 그녀를 호기심 있게 바라보았다. 그녀는 증오와 경멸을 담은 표정으로 차갑게 그를 쳐다보았다. 〈그녀는 폭탄이 떨어진 것에 대해, 자신의 집이 무너지고, 연인이 어디에 있는지 알 수 없고, 어쩌면 아버지가 죽은 것에 대해 나를 탓하고 있어〉라고 마이클은 생각했다. 소녀는 구급차와 포탄 자국이 있는 돌을 지나 예쁜 치마를 나부끼며 지나갔다. 마이클은 그녀를 뒤쫓아 가 이야기를 하고 설득시키고 싶었다. 〈그런데 무엇을 설득시킨단 말인가? 죽음의 도시 한가운데서도 예쁜

다리를 예찬하는 자신이 냉혈한도 심술궂은 군인도 아니라
는 사실을? 아니면 그녀의 비극을 이해하며, 그녀가 그토록
빨리, 한눈에 자신을 판단해서는 안 된다는 사실을? 또는 그
녀가 그에게서 자비심과 이해심을 기대하듯 그녀 또한 그에
대한 자비심과 이해심을 가져야 한다는 사실을?〉

소녀가 사라졌다.

「들어가지.」파본이 말했다.

바깥의 밝은 햇빛 속에 있다 들어가자 교회 안은 무척 어두
웠다. 마이클은 먼저 냄새부터 맡았다. 수세기에 걸쳐 사람들
이 예배를 드리며 피운 낡은 초와 향 냄새와 함께 헛간과, 노
인들과, 약품과, 죽어 가는 사람들의 냄새가 뒤섞여 났다.

그는 문 앞에 서서 눈을 깜박이며 이제 짚이 깔린 거대한
돌바닥 위에서 아이들이 뛰어다니는 소리에 귀를 기울였다.
머리 위 높은 곳에는 커다란 포탄 구멍이 나 있었다. 그 사이
로 쏟아져 들어오는 햇살이 강렬한 호박색 서치라이트처럼
교회 안의 어둠을 비추고 있었다.

눈이 어둠에 적응되었을 때 그는 교회가 무척 붐비는 것을
발견했다. 그 도시의 모든 거주자들이, 혹은 아직 도망가지
못했거나 죽지 않은 사람들 모두가 맹목적으로 하느님의 보
호를 받으려고 그곳으로 와 안전한 곳으로 갈 수 있기를 기다
리는 것처럼 보였다. 그는 노인들을 위한 거대한 종교적 안식
처에 자신이 있게 된 것 같은 인상을 받았다. 잡동사니가 널
려 있는 바닥과 담요와 짚단 위에는 금방이라도 부서질 것 같
은, 피골이 상접한, 노란 얼굴의 주름진 팔순 노인 수십 명이
누워 있었다. 그들은 멍한 얼굴로, 앙상한 손으로 목을 쓰다
듬거나 기운이라곤 없는 동작으로 담요 끝을 밀거나 동물처

럼 날카로운 소리를 내며 중얼거리고 있거나 죽어 가는 사람의 충혈된 눈으로 자신들 위에 서 있는 사람들을 바라보거나 너무 늙어 움직일 수도 없거나 이미 돌보기에는 너무 늦어 바닥을 오줌으로 적시고 있었다. 어떤 노인들은 한 달 동안 자신들의 도시를 휩쓴, 젊은이들의 전쟁에서 입은 상처에 댄 지저분한 붕대를 긁고 있었다. 그들은 암과 결핵과 동맥 경화와 신장병과 괴저와 영양실조와 노망으로 죽어 가고 있었다. 여기저기로 신성하면서도 감상적으로 보이는 햇살이 스며들고 있고, 먼지와 빛이 증오로 가득한 얼굴 위로 춤을 추고 있는 가운데 폭탄을 맞은 교회 안에서 각종 병을 가진 그들이 냄새를 풍기며 무기력하게 있는 것을 보자 마이클은 약간 숨이 막혔다. 그들과 밀짚 요와 지저분한 잡동사니와 암 환자와 엉덩이뼈가 부서져 영국군이 오기 5년 전부터 몸져누워 있던 노인들과, 스당과 차드 호수와 오랑에서 증손자를 잃은 노파들 사이를 아이들이 뛰어다니며 놀고 있었다. 아이들은 독일군 포탄에 뚫린 구멍 사이로 새어 들어오는 금빛 빛 속에서 잠시 환한 모습을 보이다가 물가를 날아다니는 곤충처럼 자주색 그늘 속으로 뛰어들었다. 그들의 높은 웃음소리가 돌바닥에 앉아 있는, 이미 죽은 것이나 다름없는 노인들의 머리 위로 울려 퍼졌다.

〈이것이 전쟁이야. 이것이 결국 전쟁이야〉 하고 마이클은 생각했다. 그곳에는 총탄 사이에서 거칠게 소리치는 대위도, 대단한 명분을 위해 적의 대검을 향해 몸을 던지는 병사도, 공식적인 성명이나 선전 활동도 없었다. 그곳에는 단지 폐허 속의 좋지 않은 냄새가 나는 구석에 사람들이 데려와 아무렇게나 돌바닥 위에 내던져 놓은, 뼈가 약하고, 이가 없으며, 안색이 창백하고, 귀가 먹고, 성적 기능이 완전히 없어진, 고통받는 늙은이들과, 술래잡기 놀이를 하며 뛰어다니는 아이들이 있을 뿐이다. 그 사이 바깥의 5천 킬로미터 떨어진 곳에서는 대단한 진실인 것처럼 여겨지는 슬로건을 반항하는 듯한, 쉴 새 없이 들리는 포성이 공허하게 울리고 있었다. 노인들은 그 모든 슬로건이 닿지 않는 곳에서, 춤을 추는 아이들의 발 사이에서 동물처럼 신음하며 병참 장교가 이틀 정도 시간을 내 탄약을 실어 나르는 트럭 세 대를 가져와 자신들을 또 다른 파괴된 도시로 싣고 가 내려놓기를 기다리고 있었다. 다른 도시에서도 그들은 싸움에는 아무런 관심도 없이 사람들의 관심에서 멀어진 채 있게 될 것이었다.

「대령님.」 마이클이 말했다. 「민정 사무실에서는 이 상황에 대해 무슨 말을 할 수 있을까요?」

파본은 마이클을 향해 부드러운 미소를 지으며 그의 팔을 살며시 잡았다. 훨씬 더 나이가 많고 경험이 풍부한 그 역시 마이클이 그것에 대해 얼마간 죄의식을 느끼고 있으며, 그 때문에 신경이 날카로운 상태라는 것을 이해하는 것처럼 보였다. 「내 생각에는.」 그가 말했다. 「여기서 나가야 할 것 같아. 영국군이 알아서 할 거야.」

아이 둘이 파본에게 와 그의 앞에 섰다. 그중 하나는 네 살쯤 된, 작고 허약해 보이는 소녀로, 커다란 눈이 수줍어 보였다. 그녀는 두세 살 더 어리지만 더욱 수줍어하는 남동생의 손을 잡고 있었다.

「부탁인데.」 어린 소녀가 프랑스어로 말했다. 「정어리 좀 주세요.」

「안 돼, 안 돼!」 작은 꼬마가 화가 나 그녀에게서 손을 빼

손목을 세게 때렸다. 「정어리는 안 돼. 이 사람들에게서는 안 돼. 이 사람들에게서는 비스킷을 달라고 해야 해. 정어리를 준 사람은 다른 이들이야.」

파본은 마이클을 향해 미소를 지으며 몸을 굽혀 어린 소녀를 살며시 안았다. 그녀에게 파시즘과 민주주의 사이의 차이는 각각 정어리와 비스킷을 기대할 수 있는 정도의 차이일 뿐이었다. 소녀는 눈물을 참았다. 「물론이지.」 파본이 프랑스어로 말했다. 「물론.」 그가 마이클에게로 고개를 돌렸다. 「마이클.」 그가 말했다. 「가서 전투 식량을 가져오게.」

밖으로 나온 마이클은 햇볕과 신선한 공기에 고마워하며 지프에서 전투 식량 하나를 집어 들었다. 교회 안으로 들어간 그는 파본을 찾았다. 그가 손에 마분지 상자를 든 채로 서 있는데 머리가 헝클어진 일곱 살짜리 소년 하나가 짓궂은 미소를 지으며 다가와 간청을 하면서도 뻔뻔스러운 태도로 「담배 있어요? 아빠한테 갖다줄 담배 있어요?」 하고 말했다.

마이클은 호주머니 속에 손을 넣었다. 하지만 예순쯤 된 살찐 여자가 소년에게로 와 그의 어깨를 잡았다. 「안 돼요.」 그녀가 마이클에게 말했다. 「안 돼요. 담배를 주지 말아요.」 그녀는 소년에게로 몸을 돌려 아이를 나무라는 할머니처럼 화를 냈다. 「안 돼!」 그녀가 화가 나 말했다. 「담배를 피우면 성장이 멈추는 거 몰라?」

옆 거리에 포탄이 한 발 떨어졌고, 마이클은 소년의 대답을 듣지 못했다. 소년은 곧 할머니의 손아귀에서 빠져나가 늙은 이들 사이로 달아났다.

할머니가 고개를 저었다. 「제멋대로예요.」 그녀가 마이클에게 말했다. 「요즘 아이들은 완전히 제멋대로예요.」 그녀는 근엄한 표정으로 고개를 숙여 인사를 한 다음 다른 곳으로 갔다.
마이클은 파본이 쭈그리고 앉아 소녀와 남동생에게 이야기하고 있는 것을 보았다. 마이클은 약간 미소를 지으며 파본에게로 갔다. 파본은 소녀에게 전투 식량을 주며 이마에다 살머시 입을 맞췄다. 아이 둘은 심각한 얼굴로 교회 다른 쪽에 있는 작은 공간으로 가 방금 얻은 보물 상자를 열어 평화롭게 맛을 보았다.
마이클과 파본은 바깥으로 나갔다. 교회 문 앞에서 마이클은 다시 한번 고개를 돌려 천장이 높고, 역한 냄새가 나는, 그 늘진 실내를 마지막으로 한 번 보지 않을 수 없었다. 문 가까이 있던 한 노인이 힘없이 한 손을 공중으로 흔들었지만 아무도 관심을 보이지 않았다. 교회 안 저쪽에서는 아주 작아 보이는 연약한 아이 둘이서 전투 식량 위로 몸을 웅크린 채로 초콜릿을 번갈아 가며 조금씩 떼어 먹고 있었다.

밖에 나온 그들은 조용히 지프에 탔다. 다시 파본이 운전대를 잡았다. 지프 옆에는 예순쯤 되어 보이는 땅딸막한 프랑스인 하나가 서 있었다. 그는 파란색 데님 재킷과 스무 군데는 기운 것 같은 불룩한 바지 차림이었다. 그는 손을 떨며 프랑스 군인처럼 파본과 마이클에게 경례를 했다. 파본은 노인에게 경례를 했다. 노인은 작업모 아래로 사나워 보이는 큰 머리를 가진 데다 노란 수염이 무성해 프랑스의 정치가 클레망소를 조금 닮아 보였다.
프랑스인은 파본에게로 가 악수를 한 다음 마이클에게로 와 또다시 악수를 했다. 「미군.」 그가 영어로 천천히 말했다. 「자유, 박애, 평등.」

814

〈오, 맙소사, 애국자군〉 하고 마이클은 시큰둥하게 생각했다. 교회에서 좋지 않은 경험을 하고 나온 후 그는 애국자를 만날 기분이 아니었다.

「나는 미국에 일곱 번 갔죠.」 노인이 프랑스어로 말했다. 「한때 영어를 원어민처럼 말했지만 모두 잊어버렸어요.」

포탄이 근처 길에 떨어졌고, 마이클은 파본이 출발하기를 바랐지만 파본은 편하게 운전대 위로 몸을 숙인 채로 프랑스인의 말을 듣고 있었다.

「나는 선원이었죠.」 프랑스인이 말했다. 「상선을 탔죠. 뉴욕과 브루클린, 뉴올리언스, 볼티모어, 샌프란시스코, 시애틀, 노스캐롤라이나를 방문했죠. 아직도 영어를 술술 읽을 수 있어요.」

그는 말을 하면서 앞뒤로 몸이 약간 흔들거렸고, 마이클은 그가 술에 취한 게 틀림없다고 생각했다. 그는 눈에 이상하게도 겁먹은 표정이 서려 있었고, 침으로 젖은 수염 아래로 입술이 떨리고 있었다.

「1차 대전 때.」 프랑스인이 말을 이었다. 「보르도 해안에서 어뢰 공격을 받았죠. 대서양 바다에서 여섯 시간을 보냈어요.」 그는 활기 찬 모습으로 고개를 끄덕였는데, 오히려 더 술에 취한 것처럼 보였다.

마이클은 자신이 그곳을 떠나야 한다고 생각하는 것을 파본이 알아주기를 바라며 초조하게 발을 굴렀다. 하지만 파본은 꼼짝도 하지 않았다. 그는 프랑스인의 말을 흥미로운 듯 듣고 있었고, 프랑스인은 지프가 훌륭하고 자랑스러운 말이라도 되는 듯 애정을 보이며 차를 두드리고 있었다.

「1차 대전 때.」 프랑스인이 말했다. 「나는 상선에 자원을 했죠.」그 얘기는 마이클이 이미 들은 것이었다. 프랑스인은 1940년 전투와 프랑스의 함락에 대해 이야기했다. 벌써 세 번째 듣는 얘기야, 하고 마이클은 속으로 생각했다. 〈유럽인 치고 같은 이야기를 너무 많이 하고 있어.〉「나는 나이가 너무 많았고, 보병 사무실에 있던 사람들은.」프랑스인은 지프 후드를 두드리며 화가 난 얼굴로 말을 이었다. 「상황이 절망적으로 변하면 나를 부르겠다고 하더군요.」그는 빈정거리는 투로 웃음을 터트렸다. 「하지만 사무실의 젊은이들에게는 상황이 충분히 절망적인 것이 된 적이 없죠. 그들은 결코 나를 부르지 않았어요.」그는 주위의, 햇빛이 비치는 교회와 그 앞에 쌓여 있는 남루한 물건들과 벽돌 부스러기가 널려 있는 광장과 폭격을 받은 집들을 막연하게 바라보았다. 「하지만 내 아들은 해군에 있었죠. 오랑에서 영국군에게 살해당했죠. 아프리카의 오랑에서. 원한은 없어요. 전쟁은 전쟁일 뿐이니까.」

파본은 그를 동정하듯 그의 팔을 살며시 잡았다.

「외아들이었죠.」프랑스인이 차분하게 말을 이었다. 「그가 어린아이였을 때 뉴욕과 샌프란시스코에 대해 얘기해 주곤 했죠.」그는 갑자기 왼쪽 소매를 걷어 올렸다. 아래쪽 팔에 문신이 새겨져 있었다. 「이걸 봐요.」그가 말했다. 마이클은 앞쪽으로 몸을 기울였다. 불룩한 근육 위로, 그의 늙었지만 튼튼한 팔에 낭만적인 구름 위로 치솟아 있는 울워스 빌딩이 초록색으로 새겨져 있었다. 「뉴욕에 있는 울워스 빌딩이죠.」전직 선원이 자랑스러운 듯 말했다. 「그 건물을 보고 무척 깊은 인상을 받았죠.」

마이클은 몸을 뒤로 기댄 채로 이제 파본이 가기를 바라며 발을 살며시 굴렀다. 하지만 파본은 꼼짝도 하지 않았다.

「아름답군요.」파본은 프랑스인에게 따뜻하게 말했다.

프랑스인은 고개를 끄덕이며 소매를 내렸다.

「당신들이 마침내 와줘서 무척 기뻐요.」프랑스인이 말했다.「미군이 와서.」

「고마워요.」파본이 말했다.

「미군 비행기가 처음 날아왔을 때, 비록 우리 위로 폭탄을 떨어트리긴 했지만 나는 내 집 지붕에 서서 손을 흔들었죠. 그리고 이제 당신들이 이렇게 왔어요.」그가 생각에 잠긴 표정으로 말했다.「나는 당신들이 오는 데 왜 그렇게 오래 걸렸는지도 이해해요.」

「고마워요.」파본이 다시 말했다.

「사람들이 뭐라 하든 전쟁이 끝나는 건 시간문제가 아니에요. 갈수록 전쟁은 이전 전쟁보다 더 오래가죠. 그것이 역사의 단순한 수학이죠.」프랑스인은 강조를 하며 세차게 고개를 끄덕였다.「기다리는 일이 유쾌하지 않다는 것을 부인하지 않아요. 당신들은 독일군이 어떤지, 그들 치하에서 하루하루를 사는 게 어떤지 모를 거예요.」프랑스인은 누더기 같은 낡은 가죽 지갑을 꺼내 펼쳤다.「프랑스가 점령된 내내, 첫날부터 이것을 갖고 다녔죠.」그는 파본에게 지갑을 보여 주었고, 마이클은 몸을 숙여 그것을 보았다. 지갑의 노란색 셀룰로이드 커버 아래에는 색이 바랜 작은 삼색기가 있었다.「독일군이 내가 이것을 갖고 있는 것을 발견했다면.」프랑스인이 얇은 모슬린 천을 바라보며 말했다.「나를 죽였을 거예요. 하지만 나는 4년 동안 이것을 지니고 다녔죠.」

그는 한숨을 쉬며 지갑을 치웠다.

「나는 방금 전선에서 돌아왔죠.」 그가 말했다. 「누군가가 영국군과 독일군 사이에 있는, 강을 가로지르는 다리 위에 나이 든 어떤 여자가 누워 있다며 가서 내 아내가 아닌지 보라고 하더군요. 나는 가서 봤죠.」 그는 말을 멈추고 부서진 교회 첨탑을 올려다보았다. 「내 아내였어요.」

그는 조용히 서서 지프를 두드리고 있었다. 파본도 마이클도 아무 말을 하지 않았다. 「40년이 됐죠.」 프랑스인이 말했다. 「결혼한 지 40년이 됐죠. 우여곡절이 많았어요. 우리는 강 건너편에 살았어요. 그녀는 앵무새나 암탉을 잃어버려 그것을 찾으러 갔다가 독일군의 기관총에 맞은 것 같아요. 예순이 된 여자에게 기관총을 쏘다니. 독일군은 상상하기 어려운 인간들이에요. 그녀는 드레스를 입은 채로 머리를 떨어뜨리고 그곳에 누워 있었죠. 캐나다 병사들이 내가 그녀를 데리러 가는 것을 막으려 했어요. 전투가 끝날 때까지 기다리라고 했죠. 그녀는 훌륭한 드레스를 입고 있었어요.」 그는 울기 시작했다. 눈물이 그의 수염으로 흘러내렸고, 그는 그것을 삼켰다. 「40년이 됐죠. 나는 그녀를 30분 전에 봤어요.」 그는 울며 다시 지갑을 꺼냈다. 그가 사납게 말했다. 「그렇다 하더라도……..」 그는 지갑을 펼쳐 미친 듯이, 열정적으로 셀룰로이드 커버 아래에 있는 삼색기에 입을 맞췄다. 「그렇다 하더라도.」

그는 고개를 저으며 지갑을 치웠다. 그는 다시 한번 지프를 두드렸다. 잠시 후 그는 경례도 작별 인사도 하지 않고 부서진 가게의 철골 구조물과 쌓여 있는 돌더미를 지나쳐 거리를 걸어갔다.

마이클은 얼굴이 아프게 굳어지는 것을 느끼며 그를 바라보았다.

파본은 한숨을 쉬며 지프의 시동을 걸었다. 그들은 시 외곽을 향해 천천히 갔다. 마이클은 계속해서 창문을 바라보고 있었지만 겁은 나지 않았다. 어쩐지 이제는 저격수가 없을 것 같았다.

그들은 수도원 벽을 지나갔지만 토론토 출신의 병사는 보이지 않았다. 파본은 액셀러레이터를 세게 밟았고, 그들은 속도를 내 시내를 빠져나갔다. 그들이 수도원 앞에 멈추지 않은 것은 다행이었다. 3백 미터쯤 지났을 때 그곳에서 폭발음이 들린 것이다. 그들이 있었던 곳에서 먼지 구름이 위로 솟구쳤다.

파본 역시 뒤를 돌아보았다. 마이클과 그는 서로를 쳐다보았다. 그들은 미소를 짓지도, 말을 하지도 않았다. 파본은 다시 고개를 돌리고 운전대 위로 몸을 숙였다.

그들은 적의 포화 공격을 받았다는 표시가 있는 1킬로미터를 아무 문제없이 가로질러 갔다. 그 후 파본은 지프를 멈추고 마이클에게 운전대를 잡게 했다.

운전석에 오른 마이클은 잠시 뒤를 돌아보았다. 지평선 너머로 파괴된 것이건 파괴되지 않은 것이건 도시가 있다는 표시는 어디에도 없었다.

그는 차를 출발시켰다. 운전대를 잡자 기분이 좀 나아졌다. 그들은 아무 말 없이 오후의 노란색 햇빛이 비치는 사이로 미군 진영을 향해 천천히 나아갔다.

1.6킬로미터를 더 간 그들은 길 양쪽에서 줄을 지어 오는 부대를 보았고, 이상하고 날카로운 어떤 소리를 들었다. 잠시

후 그들은 그것이 보병 대대라는 것을 알게 되었다. 스코틀랜드인과 캐나다인으로 이루어진 두 중대 앞에는 백파이프를 부는 사람이 행진하고 있었다. 그들은 왼쪽으로 밀밭이 있는 길을 향해 천천히 걸어오고 있었다. 천천히 강 쪽으로 행진하고 있는 다른 부대는 밀밭 위로 머리와 무기만 보였다.

백파이프 소리는 황량한 시골의 탁 트인 곳에서 사납고 우스꽝스러우며 병적으로 들렸다. 마이클은 다가오는 부대들을 향해 아주 천천히 차를 몰았다. 수류탄과 탄띠, 그리고 기관총탄 상자를 찬 사람들은 무거운 군복 속으로 땀을 흘리며 힘겹게 걷고 있었다. 백파이프를 부는 사람 바로 뒤, 제일 먼저 오는 중대 앞에서 지휘관이 걷고 있었다. 몸집이 크고 얼굴이 붉은 대위는 젊었고, 붉은 콧수염을 무성하게 기르고 있었다. 작은 단장을 든 그는 흐느끼는 듯한 백파이프 음악이 즐거운 행진곡이라도 되는 듯 부대원들 앞에서 힘차게 걸음을 떼고 있었다.

지프를 본 장교는 미소를 지으며 단장을 흔들었다. 마이클은 그의 뒤쪽에 있는 병사들을 보았다. 땀 아래로 그들의 얼굴은 긴장되어 있었고, 아무도 웃지 않았다. 그들의 전투복과 장비는 새것으로 깨끗했고, 마이클은 그들이 첫 싸움에 나가고 있다는 것을 알 수 있었다. 그들은 멍한 시선으로, 붉은색이 도는 얼굴에 뒤틀린 표정을 지은 채, 지나친 부담감을 느끼는 듯 이미 지친 모습으로 조용히 걸어가고 있었다. 그들은 뭔가에 귀를 기울이는 것처럼 보였지만, 백파이프나 멀리서 들려오는 총성 또는 신발이 땅에 끌리는 소리가 아니라 자신들의 깊은 내부에서 일어나고 있는 어떤 싸움 소리에 귀를 기울이고 있는 것 같았다. 그런데 그 싸움 소리는 자신의 내부에서 희미하게 들리는 것이어서 그 의미를 파악하고자 할 경우 세심한 주의를 기울여야 했다.

지프가 바로 옆까지 오자 스무 살의 운동선수 같은 장교는 탐스럽고 매력적인 수염 아래로 하얀 이를 드러내며 활짝 미소를 지으며, 지프가 1.5미터밖에 떨어져 있지 않았는데도 1백 미터 떨어진 곳에서도 들릴 정도로 큰 소리로 말했다. 「멋진 날이지 않습니까?」

「행운을 비네.」 파본이 자신의 목소리를 통제할 수 있는, 싸움터에서 돌아가고 있는 사람의 절제된 목소리로 간단하게 말했다. 「모두에게 행운을 비네, 대위.」

대위는 다정하게 단장을 흔들었고, 지프는 나머지 중대원을 지나쳐 갔다. 맨 뒤에는 철모에 적십자가 그려진 의무병이 따라가고 있었는데, 구급함을 손에 든, 젊은 그는 생각에 잠긴 얼굴로 뭔가에 귀를 기울이고 있었다.

중대가 밀밭으로 더 깊이 들어갈수록 백파이프 음악은 희미한 갈매기 소리처럼 들렸다. 그리고 중대는 일부러 살랑거리는 금빛 바다 속으로 행진해 들어가는 사람들처럼 보였다.

마이클은 점차 커지는 총소리에 잠에서 깼다. 그는 우울했다. 그는 잠이 든 참호의 축축한 흙냄새를 맡았다. 머리 위 소형 텐트에서는 먼지와 시큼한 냄새가 났다. 그는 완전한 어둠 속에서 뻣뻣하게 누워 있었다. 너무 피곤해 움직일 수가 없었다. 하지만 담요 안은 따뜻했고, 그는 매순간 가까워져 오고 있는 총성에 귀를 기울였다. 늘 있는 야간 공습이군, 하고 그는 생각하며 독일군과 밤을 저주했다.

이제 총성은 아주 가깝게 들렸고, 포탄이 근처에 떨어지는 소리와 쇳조각이 땅에 박히는 둔탁한 소리도 들렸다. 마이클은 뒤쪽으로 손을 뻗어 철모를 집어 사타구니 위에 올려놓았다. 그리고 그의 옆 구덩이 속에 있는 배낭을 꺼냈다. 배낭에는 여분의 속옷과 바지와 셔츠가 들어 있었다. 그는 배낭을 배와 가슴 위에 올려놓았다. 그런 다음 팔로 머리를 감쌌다. 팔에서는 그의 살 냄새와, 소매가 긴 모직 속옷에 밴 땀 냄새가 났다. 몇 주째 노르망디에서 밤이면 밤마다 이런 일을 겪을 만큼 겪었으니 이제 적이 자기를 맞춰도 된다고 그는 생각했다. 그는 자기 몸의 어느 부위가 가장 취약하고 어느 부위가 가장 소중한지, 그리고 어느 부위를 보호해야 하는지 이미 결론을 내린 상태였다. 다리나 팔이 맞을 경우에는 그다지 심각하지 않을 것이다.

그는 완전한 어둠 속에 누워 머리 위에서 들리는 요란한 소리에 귀를 기울였다. 그는 잠을 잔 깊은 구덩이가 안전하고 아늑하게 여겨지기 시작했다. 구덩이 안에는 추락한 글라이더에서 잘라 낸 뻣뻣한 천이 덮여 있었고, 그는 사치스러운 느낌이 나는 동양풍의 비단을 깔고 누웠다. 그 비단은 본래 신호를 보내는 데 사용된 천이었다.

마이클은 몇 시인지 궁금했지만 너무 피곤해 플래시를 찾아 손목시계를 보는 것도 어려웠다. 그는 새벽 3시에서 5시까지 보초를 서야 했는데 그 사이 다시 잠을 자는 편이 나을지 알 수 없었다.

공습은 계속되었다. 비행기들은 아주 낮은 곳에서 기관총을 쏘고 있는 것 같았다. 그는 기관총탄과 머리 위쪽의 요란한 비행기들 소리에 귀를 기울였다. 〈공습이 몇 차례나 있었지? 스무 번? 서른 번?〉 독일 공군은 서른 번이나 그를 죽이려 했지만 실패했다. 물론 그들에게 개인적인 원한이 있어서는 아니었다.

그는 총에 맞는 이런저런 상상을 했다. 다리의 살이 많은 부위에 20센티미터 길이의 멋진 상처를 입을 수도, 허벅지 뼈가 살짝 부러지는 부상을 당할 수도 있었다. 마이클은 명예 제대 증명서를 지닌 채로 명예 전상장을 가슴에 달고 목발을 짚으며 뉴욕의 그랜드 센트럴 역의 계단을 용감하게 오르는 자신을 상상했다.

그는 담요 아래에서 몸을 조금 움직였다. 그의 위에 있던 배낭이 살아 있는 따뜻한 동물처럼 조금 움직였다. 마치 위에 여자가 올라타고 있는 것만 같았다. 갑자기 그는 여자가 주체할 수 없을 정도로 그리웠다. 그는 사랑을 나눴던 여자들과, 그 일이 있었던 장소들을 생각했다. 처음 관계를 가진 여자는 루이즈로, 그녀는 열여섯밖에 되지 않았지만 자신이 무엇을 원하는지 정확하게 알고 있었다. 어느 토요일 밤, 그녀의 부모님이 세 구역 떨어진 곳에 브리지 게임을 하러 갔을 때였다. 침대 옆 책상 위에 그녀의 교과서가 있었고, 현관문에서 열쇠 돌아가는 소리가 나는지 계속 귀를 기울였던 기억이 났다. 루이즈라는 이름의 또 다른 여자들도 있었다. 어쩐지 그는 루이즈라는 이름의 여자를 무척이나 많이 알았던 것 같았다. 할리우드에서 다른 세 명의 여자들과 함께 산, 워너 브러더스 소속의 작은 스타였던 여자와, 뉴욕 60번가에 있는 레스토랑의 현금 출납계원이었던 여자, 런던에서의 공습 당시 전기 히터가 방을 따뜻한 붉은색으로 비추던 때 사랑을 나눴던 루이즈. 그는 이제 모든 루이즈와 모든 메리와 마거릿을 마음 속으로 사랑했다. 그는 딱딱한 땅바닥 위에서 상심한 사람처럼 몸을 뒤척이며 그들이 웃던 방식과 어깨와 다리의 부드러운 살갗, 그리고 그들과 사랑을 나눌 때 그들이 했던 말들을 생각했다.

그는 자신이 가질 수도 있었지만 이런저런 이유로 삼갔던 모든 여자들을 생각했다. 10년 전 키가 크고 금발인 헬렌은 남편이 시가를 사러 간 사이 식당에서 의미심장하게 그와 무릎을 비비며 뭔가를 속삭였다. 하지만 그녀의 남편은 대학 시절 마이클의 제일 친한 친구였고, 마이클은 반은 충격으로, 반은 고상한 마음에 물러났다. 그는 키가 크고 풍만한 친구의 아내를 생각하며 어둠 속에서 괴로움으로 몸부림을 쳤다. 그리고 극장에 가고 싶다며 그에게 온 플로렌스도 있었다. 플로렌스는 무척 어렸고, 무뎠다. 마이클은 그녀가 처녀라는 것을 알고는 처녀가, 자신을 사랑하지도 않으며, 앞으로도 사랑하지 않을 남자에게 그토록 순순히 자신을 줘서는 안 된다는 감상적인 생각을 했다. 그는 고향이 같은, 호리호리하고 약간 굼뜬 그녀를 생각하며 배낭 아래에서 슬픔으로 몸을 비틀었다.

그리고 남편이 피아니스트인 현대 무용수도 있었다. 그녀는 23번가에서 있었던 파티 때 술에 취한 척하며 그의 무릎 위에서 잠이 들었다. 하지만 당시 마이클은 뉴로셸 출신의 선생에게 정신이 팔려 있었다. 그리고 루이지애나 출신의 여자가 있었는데 그녀에게는 거구의 남자 형제 셋이 있었고, 마이클은 솔직히 그들이 겁이 났다. 그리고 겨울밤 뉴욕의 빌리지 11번가에서 그와 시간을 보내고 싶다는 듯 조용히 뒤를 돌아본 여자도, 핼리팩스 출신의, 엉덩이가 펑퍼짐한 젊은 간호원도 있었다. 당시 그 간호원의 오빠는 다리가 부러진 상태였다. 그리고……

마이클은 자포자기 상태에서 먼저 접근했지만 거부한 여자들의 육체를 생각하며 축축한 캔버스 밑에서 이를 갈며 끈덕지게 떠오르는 지난날을 생각하며 한탄을 했다. 〈이 무식하고 허풍만 떠는 망할 자식〉 하고 그는 생각했다.

그런데 그가 함께 잠자리에 든 후 무시한 여자들 모두 — 캐서린, 레이철, 페이스, 엘리자베스 — 와 쾌감을 느꼈던 그 모든 소중한 시간들은 다시는 그에게 찾아오지 않을 것처럼 여겨졌다. 그는 비참하게 신음을 하며 분노에 차서 배낭을 움켜쥐었다.

하지만 자신이 거부하지 않은 여자들도 꽤 많다고 생각하며 그는 스스로를 위안했다. 실제로 그는 그런 식으로 생각을 하며 자신이 거부하지 않은 여자들이 그토록 많다는 것을 떠올리자 창피했다. 그렇지만 동시에 그때 당시에는 창피하지 않았으며, 그런 일로 인해 방해를 받지도 않았다는 생각을 하자 기뻤다.

그럼에도 그는 돌아가게 되면 달라질 거라고 생각했다. 그의 인생의 그 부분은 끝이 난 것이다. 이제 그는 질서 있고 점잖으며, 충실하고 가치 있는, 잘 관리되는 삶을 원했다. 마거릿. 그는 오랫동안 마거릿에 대해 생각하는 것은 피해 왔다. 포탄 파편이 비오듯 부드럽게 떨어지는 지금, 땅속의 축축하고 거친 구덩이 속에서 그는 그녀를 생각지 않을 수 없었다. 내일 그녀에게 편지를 쓸 거야, 하고 그는 마음을 먹었다. 〈지금 그녀가 무엇을 하고 있는지는 상관없어. 돌아가게 되면 그녀와 결혼을 하는 거야.〉 그는 재빨리 마거릿이 이전과 똑같은 애정을 보이며 자신과 결혼할 것이 틀림없다고 스스로를 설득했다. 그들은 시내에 있는, 햇빛이 비치는 아파트를 구해 아이들을 낳고 그는 더 이상 인생을 허비하지 않고 열심을 일할 것이다. 어쩌면 극장 일은 그만둘 수도 있다. 아니, 어쩌면 이미 그만둔 것이나 다름없었다. 어쩌면 정치에 뛰어들 수도 있다. 그에게 정치가로서의 재능이 있는지도 모른다. 끝내는 자신과, 그날 밤 전선에서 죽어 가고 있는 불쌍한 병사들과, 캉의 교회 안 짚 더미 위에 누워 있는 늙은 남녀와, 절망하고 있는 캐나다인과, 백파이프 뒤에서 〈멋진 날이지 않습니까?〉라고 우렁차게 말한, 수염을 기른 대위와, 정어리를 달라고 한 어린 소녀를 위해 뭔가 도움이 되는 일을 해야 했다. 어쩌면 그렇게 함으로써 죽음이 공통 요소가 아닌 세상을, 늘어 가는 묘지 속에서 사람들이 살아가지 않는 세상을, 그리고 장의사였던 병장이 지배하지 않는 세상을 만들 수 있을지도 모른다.

한데 나중에 사람들이 자신의 말에 귀 기울이기를 바랄 경우 그럴 수 있는 권리를 쟁취해야 했다. 전쟁 내내 민정 담당 대령의 운전병 노릇이나 하고 있을 수는 없었다. 그의 앞쪽에 있는, 두렵고 역겨운 최전선에서 돌아온 사람만이, 그들이 자신들의 생각을 위해 실제로 대가를 치렀으며, 사람들이 자신에게 영원히 빚을 지고 있다는 사실을, 권위를 갖고 말할 수 있을 것이다.

내일 파본에게 전출을 보내 달라고 해야겠어, 하고 마이클은 졸린 가운데 생각했다. 〈그리고 마거릿에게 편지를 써야겠어. 그녀도 알아야 하고, 준비를 해야 해.〉

바깥에서는 총성이 멎고, 비행기들은 독일군 진영을 향해 희미한 소리를 내며 날아가고 있었다. 마이클은 가슴에서 배낭을 내리고 사타구니에서 철모를 치웠다. 〈오, 하느님. 이런 상태가 얼마나 더 오래갈까요?〉 하고 마이클은 생각했다.

그때 그가 교대를 해야 하는 보초가 텐트 속으로 머리를 들이밀며 담요 속에 있는 마이클의 발가락을 잡아당겼다.

「일어나, 휘테이크.」보초가 말했다. 「산책을 가야지.」

「알았어, 알았어.」담요를 밀치며 마이클이 말했다. 그는 몸을 떨며 서둘러 신발을 신었다. 그는 야전 재킷을 입고 카빈 소총을 들고 심하게 몸을 떨며 어두운 바깥으로 나갔다. 구름이 껴 있었고, 이슬비가 내리고 있었다. 마이클은 텐트 속에 손을 집어넣어 비옷을 꺼내 입었다. 그런 다음 지프에 몸을 기댄 채로 다른 보초와 얘기를 하고 있는 보초에게로 가 「좋아, 이제 자러 가」라고 말했다.

그는 다른 보초 옆에, 지프에 기대어 서서 몸을 떨며, 이슬비가 얼굴 아래로 떨어지며 옷깃 아래로 스며드는 것을 느끼며, 축축하고 차가운 어둠 속을 들여다보며, 공습이 진행되는 동안 생각했던 모든 여자들을 떠올렸고, 마거릿과 그녀에게 편지를 쓰기로 한 일을 떠올렸다. 무척 감동적이면서도 부드럽고 애틋하며 진실하고 사랑스러운 편지를 써 그녀가 서로를 얼마나 필요로 하는지를 알게 해야 했다. 그러면 전쟁이 끝난 후 그가 슬픔에 잠긴, 혼란스러운 미국으로 돌아가면 그녀는 그를 기다리고 있을 것이었다.

「이봐, 휘테이크.」다른 보초인 르로이 킨 이병이었다. 그는 벌써 한 시간째 보초를 서는 중이었다. 「마실 것 없어?」

「응.」마이클이 말했다. 그는 수다스럽고 도벽이 있는 킨을 좋아하지 않았다. 그리고 킨은 무엇보다도 함께 있으면 불운이 찾아온다는 명성이 자자했다. 그것은 그가 처음 노르망디의 부대를 떠났을 때 그가 타고 있던 지프가 포격을 받아 그 안에 있던 두 명이 부상을 당하고 한 명이 죽었기 때문이다. 그럼에도 킨은 아무 데도 다친 데가 없었다. 「미안해.」 마이클은 딴 곳으로 조금 걸음을 옮겼다.

「아스피린은 있어?」 킨이 물었다. 「머리가 몹시 아파.」

「잠시만.」 마이클은 텐트로 가 아스피린이 든 작은 깡통을 갖고 왔다. 그는 깡통을 킨에게 건네주었다. 킨은 여섯 알을 꺼내 입 속에 털어 넣었다. 마이클은 그것을 지켜보며 혐오감으로 입 안이 꼬이는 것을 느꼈다.

「물은 안 마셔?」 마이클이 물었다.

「뭣 때문에?」 킨이 말했다. 그는 서른쯤 된, 키가 크고 앙상한 사내였는데 그의 형은 1차 대전 때 의회에서 수여하는 명예 훈장을 받았고, 그래서 그는 가족의 영광에 부합하게 살려고 애를 쓰며 자신이 야성적인 성격의 소유자라는 것을 드러내려고 했다.

킨은 아스피린 통을 마이클에게 돌려주었다. 「머리가 깨질 듯해.」 킨이 말했다. 「변비 때문이야. 닷새 동안 화장실에 가지 못했어.」

딕스 기지를 떠난 후로 그런 표현을 하는 자는 본 적이 없다고 마이클은 생각했다. 그는 들판 가장자리를 따라 나 있는 텐트 옆을 천천히 걸어가며 킨이 자신을 따라오지 않기를 바랐다. 하지만 그의 옆에서 킨이 둔하게 신발을 끄는 소리가 들렸고, 마이클은 그를 따돌릴 길이 없다는 것을 깨달았다.

「전에는 소화 기능이 완벽했어.」 킨이 우는 듯한 목소리로 말했다. 「한데 결혼을 하고 나서부터 문제가 생겼지.」

그들은 조용히 걸어 텐트가 줄지어 서 있는 끝에 이르렀다.

그곳에는 장교들이 사용하는 화장실이 있었다. 그곳에서 그들은 몸을 돌려 되돌아가기 시작했다.

「내 아내가 나를 숨 막히게 했어.」킨이 말했다.「그녀는 당장 아이 셋을 가져야 한다고 고집을 피웠지. 믿기 어렵겠지만 그렇게 아이를 바라던 그녀는 불감증이었어. 그녀는 내가 몸에 손을 대는 것도 참지 못했어. 결혼식을 치르고 6주가 지나면서 나는 변비가 생겼어. 그리고 그 후로는 하루도 건강하지 못했어. 자네 결혼했나, 휘테이크?」

「이혼했어.」

「나도 그럴 수만 있다면.」킨이 말했다.「이혼을 하겠어. 그녀는 내 인생을 망쳐 놓았어. 나는 작가가 되고 싶었어. 작가들을 많이 알고 있어?」

「몇 명은 알아.」

「하지만 아이가 셋이나 있는데 작가가 되는 건 불가능했지.」어둠 속에서 킨의 목소리는 사무치게 들렸다.「처음부터 그녀는 나에게 덫을 씌웠어. 전쟁이 시작되었을 때 내가 입대하려고 그녀에게 무슨 일자리를 구해 주었는지 자네는 모를 거야. 내 형이 훈장을 타기도 한, 나와 같은 집안 출신은……그가 어떻게 훈장을 받게 되었는지 얘기했나?」

「그래.」마이클이 말했다.

「어느 날 아침 독일군 열한 명을 죽였지. 열한 명을.」회한과 놀라움이 섞인 킨의 목소리는 노래를 부르는 것처럼 들렸다.「나는 낙하산 부대에 지원하고 싶었어. 그런데 그 얘기를 하자 내 아내가 발작을 일으키더군. 불감증에, 존경심 부족에, 두려움에, 발작에. 그녀는 그런 여자였어. 지금 내가 뭘 하고 있는지 봐. 파본은 나를 싫어해. 그는 어디에 갈 때 나를 데리고 간 적이 한 번도 없어. 오늘 전선에 나갔지, 그렇지?」

「그래.」

「내가 뭘 하고 있는지 알아?」 훈장을 탄 사람의 동생이 분을 삭이며 물었다. 「여기 앉아 명부를 작성하고 있었어. 다섯 장씩 타지를 쳤지. 진급과 훈장 기록, 배급품 등에 관한 내용을. 정말이지 나는 내 형이 살아 있지 않아 기뻐.」

그들은 빗속에서 천천히 걸음을 옮겼다. 빗물이 그들의 철모에서 떨어졌고, 그들은 카빈 소총 총구가 젖지 않도록 총구를 아래쪽으로 했다.

「해줄 얘기가 있어.」 킨이 말했다. 「2주 전쯤 독일군이 하마터면 이곳으로 쳐들어올 뻔했을 때, 그리고 우리를 방어선의 일부로 세운다는 얘기가 나돌았을 때 나는 그들이 쳐들어오기를 기도하고 있었어. 정말이야. 기도를 했지. 그래서 우리가 싸울 수 있도록.」

「자네는 정말로 바보야.」 마이클이 말했다.

「나는 위대한 병사가 될 수 있어.」 킨이 트림을 하며 거칠게 말했다. 「위대한 병사가. 나는 그 사실을 알고 있어. 내 형을 봐. 그가 스무 살이나 많긴 했지만 우리는 진짜 형제야. 파본도 그 사실을 알고 있어. 그가 나를 이곳에서 타자나 치게 하면서 변태적인 즐거움을 누리는 것도 바로 그 때문이야. 다른 사람들은 데리고 나가면서 말이야.」

「머리에 탄환이 박히면.」 마이클이 말했다. 「자네는 무척 좋아하겠군.」

「상관없어.」 킨이 평탄한 어조로 말했다. 「상관없어. 내가 죽더라도 누구에게도 안부를 전해 주거나 하지는 마.」

마이클은 킨의 얼굴을 보고 싶었지만 어둠 속에서 그것은 불가능했다. 그는 불감증인 아내와 변비가 있으며, 형과 영웅에 사로잡혀 있는 그에게 연민을 느꼈다.

「장교 후보생 학교에 갔어야 했어.」킨이 말을 이었다. 「그랬다면 훌륭한 장교가 되었을 거야. 지금쯤 내 중대를 거느리고 있겠지. 그리고 틀림없이 은성 훈장을 받았을 거야.」그들이 나란히 비가 떨어지고 있는 나무 밑을 걸어가는 동안에도 정신 나간 듯한 그의 얘기는 계속 이어졌다. 「나는 나 자신을 알아. 나는 용감한 장교가 되었을 거야.」

마이클은 그 말에 미소를 짓지 않을 수 없었다. 어쩐 일인지 이번 전쟁 동안에는 성명서나 인용문의 수사학적 표현 외에는 그런 말을 들은 적이 없었다. 용감하다는 단어는 이번 전쟁과 어울리지 않았다. 킨 같은 남자나 그 말에 현실성과 의미가 있다고 믿으며 그토록 감상적으로 사용할 수 있었다.

「용감한.」킨이 단호한 태도로 그 말을 반복했다. 「내 아내에게도 그런 나의 모습을 보여 줄 수 있었을 거야. 그리고 훈장을 달고 런던으로 돌아가 여자들로 넘치는 긴 거리를 지나갔을 거야. 하지만 지금은 이병이어서 그런 행운이 따르질 않았어.」

마이클은 영국 여자들과 특별히 잘 어울린 이병들 모두를 생각하며 미소를 지었다. 하지만 킨은 가슴에 훈장을, 어깨에 별을 달고 세상 어디에 가도 바에서도 침실에서도 불감증인 여자를 만나게 될 것이 틀림없었다.

「내 아내도 그 사실을 알고 있었어.」킨이 불평을 했다. 「그래서 그녀는 내가 장교가 되지 못하도록 한 거야. 그녀는 그 사실을 알고 있었어. 그런데 내가 그녀에게 무슨 짓을 했는지를 알게 되었을 때는 너무 늦은 상태였어. 나는 이미 해외에

와 있었어.」

마이클은 이제 즐거웠고, 자신의 문제에 더 이상 신경을 쓰지 않아도 되게 해준 것에 대해 옆에 있는 남자에게 뒤틀린 고마움을 느꼈다.

「자네 아내 모습은 어떤가?」그가 악의에 차 물었다.

「내일 사진을 보여 주지. 예뻐.」킨이 말했다.「몸매가 아주 좋지. 다른 누군가가 옆에 있으면 항상 생기 있게 미소를 짓는데, 그럴 때면 세상에서 가장 사랑스러운 여자처럼 보이지. 하지만 우리 둘만 있을 때면 빙하 한가운데 있는 것 같아. 내 아내 같은 여자들은.」킨이 축축한 어둠 속에서 신음을 하듯 말했다.「그들은 사람을 속이고, 우리는 나중에 가서야 무슨 일이 일어나고 있는지 알게 되지. 그리고…….」그는 가슴속에 있던 말들을 쏟아 냈다.「그녀는 내 돈을 몽땅 챙기고 있어. 나는 이 끔찍한 곳에 마냥 앉아 그녀가 내게 한 모든 짓을 떠올리지. 그럴 때면 미칠 것 같아. 전투를 하게 되면 잊을 수 있을 텐데 말이야. 이봐, 휘테이크.」킨이 열정적으로 말을 했다.「자네는 파본과 사이가 좋지. 그는 자네를 좋아하지. 나를 위해 그에게 얘기해 주지 않겠나?」

「무슨 얘기를 해줬으면 하는데?」

「나를 보병 부대로 전출시켜 주거나.」킨이 말했다. 〈이유야 어떻든 이자 역시 그것을 원하고 있군〉하고 마이클은 생각했다.「아니면 그가 부대를 떠날 때 나를 데리고 나가 달라고 해줘. 나야말로 그가 필요로 하는 사람이야. 배짱이 좋은 나는 죽는 걸 두려워하지 않아. 지프가 포격을 받아 다른 사람들이 파편에 맞았을 때 나는 영화관에서 스크린으로 그것을 보듯 냉정하게 그들을 그냥 바라보았어. 파본이 필요로 하

832

는 사람은 나 같은 사람이야.」

과연 그럴까, 하고 마이클은 생각했다.

「얘기해 주겠나?」 킨이 사정을 했다. 「그렇게 해주겠나? 내가 무슨 얘기를 꺼내려 할 때마다 그는 〈킨 이병, 그 목록을 타자로 다 쳤나?〉 하고 말하지. 그리고 그는 나를 비웃어. 나는 그가 나를 비웃는다는 것을 알 수 있어.」 킨은 사납게 말했다. 「그는 고든 킨의 동생인 나를 이곳 통신 지역에서 명부나 치게 하면서 변태적인 즐거움을 누리고 있어. 휘테이크, 제발 나를 위해 그에게 얘기를 해주게. 누군가가 도와주지 않으면 전쟁이 끝날 때까지 나는 단 한 번도 적과 싸워 보지 못할 거야!」

「알았어!」 마이클이 말했다. 「얘기해 볼게.」 그 순간 그는 잔인한 욕망을 느꼈다. 킨과 같은 자는 자신이 얘기를 하는 모두에게서 잔인한 욕망을 이끌어 냈다. 「하지만 한 가지 말하겠는데 자네가 전투를 하게 되더라도 내 옆에서는 하지 않기를 바라.」

「고마워, 친구, 정말 고마워.」 킨이 진심으로 말했다. 「파본에게 나에 대해 얘기해 주겠다니 고마워. 이 일은 잊지 않겠네. 정말이야.」

마이클은 킨을 앞질러 갔다. 킨은 한동안 뒤처져 마이클이 한 말을 생각해 보는 듯했다. 그 후 둘은 이야기하지 않았다. 하지만 한 시간 정도 지났을 무렵, 킨이 쉬러 들어가기 전 그들은 다시 만났다. 킨은 한참 동안 고심한 듯 생각에 잠긴 얼굴로 말했다. 「내일 병가를 내겠어. 그리고 설사제인 황산 마그네슘을 조금 먹어야겠어. 일단 대장 운동이 원활해지면 모든 게 다 잘될 것 같아. 그때부터 나는 새로운 사람이 될 수 있을 거야.」

「내 온 마음을 담아 그렇게 되기를 비네.」마이클이 진지하게 말했다.

「파본에게 나에 대해 얘기해 주는 거 잊지 않을 거지?」

「잊지 않을게. 그리고 자네를 낙하산을 짊어지게 해 로멜 장군의 사령부 위에 떨어트려야 한다고 얘기해 주겠네.」

「자네에게는 우스울지도 몰라.」킨이 슬픈 표정으로 말했다. 「하지만 자네도 나와 같은 집안 출신이고 집안에서 기대하는 대로 살아야 한다면…….」

「파본에게 얘기해 볼게.」마이클이 말했다. 「스텔레바토를 깨워 내보내. 내일 아침에 봐.」

「누군가와 이런 얘기를 나눌 수 있어 무척 위안이 돼.」킨이 말했다. 「고마워, 친구, 정말 고마워.」

마이클은 훈장을 탄, 죽은 사람의 동생이 스텔레바토가 자고 있는 텐트를 향해 무겁게 걸음을 옮기는 것을 바라보았다.

스텔레바토는 키가 작고 뼈가 가는, 열아홉 살 된 이탈리아인이었다. 그는 얼굴이 플러시로 만든 소파 쿠션처럼 가무잡잡했다. 보스턴 출신인 그는 얼음 장수였는데, 이탈리아어 발음이 섞인 영어를 말했고, A를 찰스강 주변 거리에 사는 사람들처럼 거칠고 길게 발음했다. 보초를 설 때면 그는 한 곳에 서 있었는데 늘 지프 후드에 기대어 있었다. 그럴 때면 그 무엇도 그를 움직이게 하지 못했다. 미국에서 보병이었던 그는 걷는 것을 무척이나 싫어하게 되어 50미터 떨어진 화장실에 갈 때에도 지프를 타고 갔다. 영국에 있을 때 그는 의무대 전체와 끈덕진 싸움을 벌인 끝에 자신의 발이 평발이어서 행군을 하는 데는 적합하지 않다는 것을 받아들이게 했다. 그가 마침내 파본의 운전병으로 기용된 것은 그에게 가장 큰 승리였고, 그는 그것을 진주만 공습 이후로 일어난 다른 어떤 일보다도 소중하게 기억하고 있었다. 마이클은 그를 무척 좋아했고, 이날처럼 그들이 함께 근무를 할 때면 지프 후드에 기댄 채로 몰래 담배를 피우며 서로 속내를 털어놓았다. 마이클은 스텔레바토가 숭배하는 영화배우들을 만난 이야기를 해주었고, 스텔레바토는 보스턴에서 얼음과 석탄이 어떤 경로로 팔리는지 자세하게 이야기했다. 그리고 그는 세일럼가의 아파트에 사는 아버지와 어머니 그리고 세 아들의 삶에 대해 얘기했다.

「꿈을 꾸고 있었어요.」 전혀 군인 같지 않은, 땅딸막한 실루엣의 스텔레바토가 소총을 어깨에 아무렇게나 멘 채로 단추를 모두 푼 비옷 속으로 몸을 웅크리며 말했다. 「그 망할 자식 킨이 나를 깨웠을 때 미국에 대한 꿈을 꾸고 있었어요. 그런데 킨이라는 자식은.」 스텔레바토가 화가 나 말했다. 「그는 문제가 있는 것 같아요. 그는 늘 내게 와 경찰이 공원 벤치에 있는 부랑아를 찰 때처럼 내 정강이를 때려요. 그러면서 소동을 피우죠. 그는 부대 전체가 깰 만큼 큰 소리로 계속해서 〈일어나, 이봐. 밖에 비가 내리고 있어. 산책을 해야지. 자, 일어나, 이봐. 차가운 빗속에서 산책을 해야지〉라고 말하죠.」 스텔레바토는 슬픈 얼굴로 고개를 저었다. 「그가 얘기를 하지 않아도 비가 내리는 건 알 수 있는데 말예요. 그 작자는 사람들을 비참하게 만드는 걸 즐기고 있어요. 그런데 나는 꿈을 꾸고 있었고, 그 꿈을 계속해서 꾸고 싶었어요.」 스텔레바토의 목소리가 더 부드러워지며 아련해졌다. 「아버지와 트럭에 타고 있었어요. 여름 햇살이 환한 날이었고, 내 아버지는 내 옆자리에 앉아 졸면서 그 이상하게 생긴 작은 검은색 시가인 이탈로 발보를 피우고 있었죠. 그 시가를 알아요?」

「그래.」마이클이 말했다.「다섯 개비에 10센트 하지.」

「이탈로 발보.」스텔레바토가 말했다.「그는 이탈리아에서 날아온 사람이죠. 그는 오래전 이달리아인들에게는 대단한 영웅이었고, 사람들은 시가에 그의 이름을 붙였죠.」

「그에 대한 얘기는 들었어.」마이클이 말했다.「아프리카에서 죽었지.」

「그런가요? 그 얘기를 아버지에게 보내는 편지에 써야겠군요. 그는 글을 못 읽지만 내 여자친구 안젤리나가 집에 와 아버지와 어머니에게 편지를 읽어 주죠. 어쨌든 아버지는 그 시가를 피우고 있었어요.」보스턴의 여름이 배경인 꿈 얘기를 하는 스텔레바토의 목소리가 다시 부드러워졌다.「우리는 집집마다 들러야 했기 때문에 천천히 가고 있었죠. 아버지는 잠시 졸다가 깨어 〈니키, 오늘 슈워츠 부인에게 25달러어치를 갖다줘. 현금을 내야 한다고 얘기해〉라고 말했죠. 나는 운전대를 잡고 있는 것처럼 그의 목소리를 들을 수 있었어요.」스텔레바토는 중얼거리듯 말했다.「그래서 나는 트럭에서 내려 얼음을 들고 슈워츠 부인 집 계단을 올라갔죠. 그런데 그때 아버지가 내 뒤에서 〈니키, 바로 내려와야 해. 슈워츠 부인과 꾸물대지 마〉라고 소리쳤어요. 그는 늘 그런 식으로 내게 소리쳤죠. 그런 다음 그는 다시 잠이 들었고, 내가 얼마나 지체했는지 알 수 없었죠. 슈워츠 부인이 문을 열어 주었어요. 그런데 집 안에는 동네의 온갖 고객들이 다 있었어요. 이탈리아인, 아일랜드인, 폴란드놈, 유대인 등 모두가요. 나는 모두에게 무척 인기가 있었죠. 내가 하루 동안 배달을 하며 얻어

먹게 되는 위스키와 커피 케이크와 누들 수프를 보면 놀랄 거예요. 금발에 살이 찐, 착한 슈워츠 부인이 문을 열어 주며 내 뺨을 토닥이며 〈니키, 덥구나, 맥주를 한 잔 줄 테니 기다려〉라고 말했죠. 하지만 나는 〈아래층에서 아버지가 기다리고 있어요. 그리고 지금 완전히 깨어 있어요〉라고 말했죠. 그녀는 4시에 다시 오라며 25센트를 주었어요. 나는 아래층으로 내려갔죠. 아버지는 속이 상한 사람처럼 보였어요. 그는 〈니키, 너는 사업가가 될지 농부가 부상으로 탄 황소 같은 존재가 될지 결정을 해야 해〉라고 말했어요. 하지만 그는 곧 웃음을 터트리며 〈25센트를 받아 왔으니 됐어〉라고 말했죠. 그런데 어떻게 된 일인지 그 순간 일요일인 것처럼 가족 모두가 트럭에 타고 있었어요. 내 여자친구 안젤리나와 그녀의 어머니도 있었어요. 우리는 해변에서 집으로 돌아가고 있었고, 나는 그냥 안젤리나의 손을 잡고 있었죠. 그녀는 내가 다른 뭔가를 하는 것은 허락하지 않았어요. 우리는 결혼할 테니까요. 한데 그녀의 어머니는 또 다르게 얘기해요. 어쩌다 우리는 탁자에 앉아 있었죠. 내 두 형제를 포함해 모두가 다 있었어요. 그들 중 하나는 과달카날에, 다른 하나는 아이슬란드에 있죠. 아버지는 당신이 직접 만든 포도주를 따르고, 어머니는 스파게티가 담긴 커다란 접시를 가져오고 있었어요. 그 망할 자식 킨이 정강이를 때려 나를 깨운 건 그 순간이었어요.」

스텔레바토는 잠시 아무 말이 없었다. 「그 꿈을 끝까지 꾸고 싶었는데 말예요.」 그는 부드럽게 말을 했고, 마이클은 그가 흐느끼고 있는 것을 보았다.

마이클은 일부러 아무 말도 하지 않았다.

「우리는 제너럴 모터스 트럭 두 대를 갖고 있었죠. 노란색으로.」그는 고향에 대한 향수로 목소리가 잠겨 있었다. 그는 아버지와 보스턴의 거리, 매사추세츠의 날씨, 슈워츠 부인의 몸, 약혼녀의 손, 집에서 담근 포도주, 그리고 일요일 밤 스파게티를 먹으며 떠드는 형제들의 목소리를 그리워하고 있었다. 「우리는 사업을 확장하고 있었어요. 아버지는 이탈리아에서 건너와 열여덟 살 된 말 한 마리와 중고 마차로 사업을 시작했죠. 전쟁이 시작되었을 때 우리는 트럭이 두 대가 있었지만 한 대를 더 사고 운전사를 한 명 고용할 생각이었죠. 그런데 나와 내 형제들이 군대에 끌려가 트럭을 팔아야 했죠. 아버지는 글을 읽지도 쓰지도 못하고, 트럭도 몰 줄 몰라 말을 한 마리 더 샀죠. 내 여자친구는 편지에 아버지가 말을 사랑한다고 썼어요. 점이 있는 말은 무척 어리죠. 일곱 살밖에 안 됐어요. 하지만 이제 제너럴 모터스 트럭은 없죠. 우리는 사업을 괜찮게 했어요. 아침 9시와 오후 4시 사이에 배달을 할 때면 나는 열네 명에 이르는 여자들 집을 언제든지 들를 수 있었어요.」스텔레바토는 어린아이처럼 자랑을 했다.「할리우드에서도 그런 일은 없을걸요.」

「맞아, 니키.」마이클이 말했다.「할리우드에서도 그런 일은 없어.」

「하지만 내가 돌아가면..」스텔레바토가 차분하게 말했다.「모든 게 달라져 있을 거예요. 나는 안젤리나와 결혼할 거예요. 하지만 그녀의 마음이 바뀔 경우 다른 누군가와 하게 되겠죠. 나는 아이들을 몇 키우게 될 거예요. 나는 한 여자만 사랑할 거예요. 만약 그녀가 나를 속이고 바람을 피울 경우 얼음송곳을 두개골에 박을 거예요.」

이 이야기를 마거릿에게 보내는 편지에 써야겠군, 하고 마이클은 생각했다. 전쟁에 지친 어떤 영혼이 배달을 하는 길에 열네 명의 여자를 만나면서도 사랑은 한 명하고만 하려 든다는 이야기를.

마이클은 근처에 있는 텐트에서 누군가가 나오는 소리를 들었다. 그는 어떤 그림자가 다가오는 것을 보았다.

「누구야?」 그가 물었다.

「파본.」 어둠 속에서 목소리가 들렸고, 조금 후 「파본 대령이야」 하는 소리가 들렸다.

파본이 마이클과 스텔레바토에게로 왔다. 「누가 보초를 서고 있지?」 그가 물었다.

「스텔레바토와 휘테이크입니다.」 마이클이 말했다.

「안녕, 니키.」 파본이 말했다. 「좋은 시간 보내고 있나?」

「네, 대령님.」 스텔레바토의 목소리는 따뜻하고 유쾌하게 들렸다. 그는 자신을 군인보다는 마스코트처럼 대하는 파본을 무척 좋아했다. 두 사람은 이따금 이탈리아어로 지저분한 농담과 이탈리아에 대한 이야기를 나누었다.

「휘테이크.」 파본이 말했다. 「괜찮아?」

「아주 좋습니다.」 마이클이 말했다. 비가 내리는 어둠 속에는 환한 대낮에는 대령과 사병 사이에 있을 수 없는 친근함과 느긋함이 있었다.

「좋아.」 파본이 말했다. 그들 옆, 지프 후드에 생각에 잠긴 얼굴로 몸을 기대는 그의 목소리는 피로하게 들렸다. 그는 무심히 담뱃불을 붙였다. 갑자기 켜진 작은 불에 그의 무성한 눈썹이 검게 반짝였다.

「저와 교대하려고 나오셨나요, 대령님?」 스텔레바토가 물었다.

「그렇지는 않아, 니키. 그런데 자네는 잠을 너무 많이 자. 늘 그렇게 잠만 자면 아무것도 되지 못할 거야.」

「아무것도 되고 싶지 않습니다.」 스텔레바토가 말했다. 「그 냥 돌아가 얼음 배달을 하고 싶을 뿐입니다.」

「이 친구가 자네에게도 열네 명의 여자에 관한 거짓말을 하던가?」 파본이 말했다.

「하느님께 맹세하건대 그건 정말입니다.」 스텔레바토가 말했다.

「여자에 관해 진실을 말하는 이탈리아인을 본 적이 없네.」 파본이 말했다. 「내가 보기에 니키는 총각이야.」

「그들이 제게 보낸 편지를 보여 드리죠.」 스텔레바토가 말했다. 그의 목소리는 상처를 입은 듯 들렸다.

「대령님.」 어둠 속에서 농담을 하고 있자 용기가 생겨 마이클이 말했다. 「잠시 얘기를 드리고 싶습니다. 지금 주무시러 가지 않으시면요.」

「잠을 잘 수가 없어.」 파본이 말했다. 「말해 보게, 산책을 하지.」 그와 마이클은 함께 두세 걸음을 뗐다. 파본이 걸음을 멈추고 스텔레바토에게 「낙하산병과 남편들을 조심하게, 니키」라고 소리쳤다.

그들이 지프에서 멀어지는 동안 파본이 마이클의 팔을 살며시 잡았다. 「그런데 말이야.」 파본이 부드럽게 말했다. 「니키는 얼음 배달에 대해서는 진실을 말하고 있는 것 같아.」 그가 껄껄 웃었다. 「그래 무슨 얘긴가, 마이클?」 그의 목소리가 좀 더 진지해졌다.

「부탁을 드릴까 합니다.」 마이클은 말을 머뭇거렸다. 또다시 끝없는 결정을 내려야 해, 하고 그는 생각했다. 「저를 전투 부대로 전출시켜 주셨으면 합니다.」

파본은 잠시 조용히 걸어갔다. 「뭣 때문인가?」 그가 물었다. 「우울해서인가?」

「그럴 수도 있습니다.」 마이클이 말했다. 「그럴 수도 있습니다. 오늘 교회에서의 일도 그렇고, 캐나다 병사들도…… 모르겠습니다. 왜 전쟁에 참가했는지 생각나기 시작한 것 같습니다.」

「왜 전쟁에 참가했는지 알겠다는 건가?」 파본이 메마른 웃음을 터트렸다. 「운이 좋군.」 그들은 열 발자국을 아무 말 없이 걸어갔다. 「내가 니키 나이였을 때.」 그가 마침내 놀라운 얘기를 했다. 「어떤 여자가 나를 힘들게 했는데 그때가 내 인생에서 가장 힘든 때였네.」

마이클은 파본이 자신을 무시하는 태도에 화가 나 입술을 깨물었다.

「오늘 밤, 공습이 진행되는 동안 텐트에 누워 있으면서 그 기억을 떠올렸네.」 파본이 생각에 잠겨 말했다. 「그 때문에 잠을 잘 수가 없었네. 당시 나는 열아홉 살이었고, 뉴욕에서 희극 극단을 운영하고 있었지. 일주일에 3달러를 벌었고, 어떤 여자 아이를 센트럴파크 사우스에 있는 아파트에서 지내게 했지. 아름다운 여자였네.」 오래전 센트럴파크 사우스에 있는 아파트에서 지내던 아름다운 여자에 대한 추억과 갈망으로 가득한 그의 목소리는 슬픔으로 부드러웠다. 「나는 그녀에게 반해 있었지. 나는 그녀에게 내가 버는 돈을 모두 썼고, 하루 종일 그녀 생각을 하곤 했지. 열아홉 살에 나처럼 우습게 생긴 사람이라면 자신을 만나 주는 여자에게 무척 고마워했을 거야. 나와 함께 있는 그녀를 처음 본, 엘리베이터 운전자와 유색 인종의 하녀들이 무슨 생각을 했는지는 알 수 없어. 그런데 그녀에게는 친구가 한 명 있었네. 미니애폴리스 출신으로, 같은 나이트클럽에서 일했지. 나는 거의 매일 밤 그 둘을 데리고 나가 저녁 식사를 했어. 그들은 내 농담에 웃고, 멍청한 선물들을 사줘 나를 어른처럼 느끼게 해주었지. 그들은 머리를 흔들며 내가 술을 너무 많이 마시고 담배를 너무 많이 피운다고 걱정을 했어. 그런 두 여자와 함께 있으면 자신이 미국 대통령보다도 더 중요한 인물인 것처럼 느껴졌지. 열아홉 살에 나는 내가 맨해튼에서 가장 유망하고 독특한 인간이라고 생각했지. 그러던 어느 날 집에 일찍 돌아온 나는 그들이 함께 침대에 있는 것을 발견했어.」파본은 걸음을 멈추고 나무 아래 서 있는 무기 운반차 위에 씌워진 캔버스를 생각에 잠긴 채 끌어당겼다. 「내가 방에 들어갔을 때 그들이 나를 쳐다보던 모습은 결코 잊지 못할 거야. 차갑고 사나웠으며, 나를 경멸하는 듯한 시선이었어. 그때 내 여자친구가 깔깔 웃었어. 머릿속에 가장 먼저 떠올랐던 생각이 기억나. 〈내가 이탈리아계라 나를 비웃고 있어.〉 나는 그들에게 가 내가 더 이상 팔을 들 수 없을 때까지 때렸어. 그들은 내게서 벗어나려 했지만 입도 열지 못했어. 그들은 비명을 지르거나 간청을 하지도 않고 계속해서 알몸으로 아파트 안을 뛰어다니고 있었어. 넘어지기도 했지만 아무 소리도 내지 않았어. 결국 나는 아파트를 나왔지. 아래층 거리로 나간 나는 모두가 나에 대해 알고 있다고 확신했어. 뉴욕에 있는 모두가. 내가 바보이며, 남자로서 시원찮다는 것을. 그것을 참을 수가 없었어. 나는 프랑스 증기선 사무실로 가 이튿날 출항하는 샹플랭호 표를 샀지. 나는 가는 동안 내내 술에 취해 있었고, 파리에 도착했을 때에는 수중에 40달러가 있었어. 나는 그 후로 그 침실에서 계속해서 도망쳐 왔어. 오, 하느님.」그는 비가 내리는 어두운 하늘을 올려다보았다. 「그리고 20년 후, 공습이 이루어지는 동안 지하에 판 구덩이 속에서 잠에서 깨어 그 생각을 하며 부끄러움으로 머리끝에서부터 발끝까지 빨개졌지. 내 얘기를 들어줘 고맙네.」파본은 무뚝뚝하게 말을 했다. 「충분히 어둡고 내가 충분히 술에 취했을 때에만 그 얘기를 할 수 있지. 얘기를 하는 게 많은 도움이 되었네. 이제 자러 가야겠네.」

「대령님.」마이클이 말했다. 「부탁을 드리려고 했습니다.」

「뭐라고?」파본이 걸음을 멈추고 마이클에게로 고개를 돌렸다.

「저를 전투 부대로 전출시켜 줬으면 합니다.」그런 영웅적인 부탁을 하는 것이 멍청하다고 느끼며 마이클이 말했다.

파본은 시큰둥하게 웃었다. 「자네는 어떤 침실에서 도망쳐 왔나?」그가 물었다.

「그런 게 아닙니다.」어둠 때문에 용기가 나는 것을 느끼며 마이클이 말했다. 「그냥 쓸모 있는 사람이 되어야 할 것 같아서…….」

「대단한 자기중심주의군.」파본이 말했다. 마이클은 그의 목소리에 실린 혐오감에 깜짝 놀랐다. 「나는 지적인 병사를 싫어해! 자네는 요즘 들어 군이 해야 하는 일이 자네가 변덕스럽고 좀스러운 양심을 만족시키기 위해 적절한 희생을 치를 수 있도록 확실히 해주는 것뿐이라고 생각하나? 군 복무에 만족하지 못하나?」그가 거칠게 물었다. 「지프를 모는 것은 대학 졸업생에게는 어울리지 않는다고 생각하나? 자네는 불알에 탄환이 박히기 전까지는 만족하지 못할 걸세. 군은 자네 문제에는 관심이 없어, 휘테이크 씨. 군은 필요하면 자네를 이용할 테니까 걱정 말아. 4년 사이 단 1분을 이용할지도 모르지만 어쨌든 이용할 거야. 그리고 어쩌면 그 1분 사이에 자네는 죽을 수도 있어. 하지만 그 사이 자네의 얄팍한 양심에서 비롯된 문제로 나를 찾아와 부탁하지는 말게. 나는 부대를 돌아다니느라 바쁘고 하버드 출신의 풋내기 일병을 위해 뭔가를 해줄 시간도 기력도 없어.」

「저는 하버드를 다니지 않았습니다.」마이클이 멍청하게 말했다.

「전출 얘기는 다시는 하지 말게, 병사.」파본이 말했다.「잘 자게.」

「네, 대령님.」마이클이 말했다.「감사합니다, 대령님.」

파본은 몸을 돌려 젖은 풀밭 위로 신발이 미끄러지는 소리를 내며 자신의 텐트를 향해 어둠 속을 걸어갔다.

〈개자식, 이래서 장교는 믿을 수가 없다니까〉 하고 마이클은 생각했다. 그는 상처받았다. 천천히, 그는 비에 젖은 밤에 희미한 그림자로만 보이는, 줄지어 서 있는 텐트를 지나 터벅터벅 걸어갔다. 그는 상처받았고 동시에 창피했다. 전쟁의 그 어떤 것도 자신이 생각한 대로 되지 않았다. 그는 자신의 텐트 앞에서 걸음을 멈춰 손을 뻗어 숨겨 놓은 칼바도스 병을 꺼냈다. 그는 길게 한 모금을 들이켰다. 알코올이 그의 가슴을 뜨겁게 쓸어내렸다. 나는 셰르부르 근처 야전병원에서 십이지장에 궤양이 생겨 죽게 될지도 몰라, 하고 마이클은 생각했다. 〈1사단 병력과, 토치카와 파괴된 고대의 도시들을 공격하다 죽은 29사단 병력들과 같은 공동묘지에 묻히겠지. 그렇게 되면 일요일에 프랑스인들이 와 슬픔에 잠겨 내게 고마움을 표하며 무덤에 꽃을 놓겠지.〉 그는 한 모금을 더 들이켜 병을 비운 후 병을 텐트 속에 넣었다.

그는 생각에 잠겨 산책을 했다. 그는 칼바도스에 약간 취해 꿈을 꾸듯, 모두가 도망을 치고 있다고 생각했다. 〈레즈비언으로부터, 자신들의 부모인 이탈리아인과 유대인으로부터, 불감증인 아내와 의회로부터, 명예 훈장을 받은 형으로부터, 보병 부대로부터, 회한으로부터, 양심과 잘못 보낸 인생으로부터 도망을 치고 있어. 8킬로미터 밖에 있는 독일군도 마찬가지야. 그들이 무엇으로부터 도망을 치고 있는지 알면 재미있을 텐데. 평화에 대한 끔찍한 기억으로부터 자포자기 심정으로 도망을 쳐 서로에게 가고 있는 두 군대.〉

여명이 독일군이 있는 하늘 위로 퍼지는 것을 바라보며 마이클은 〈아, 오늘 죽게 된다면 얼마나 멋질까?〉 하는 생각을 했다.

30

9시가 되자 비행기가 날아오기 시작했다. B-17과 B-24, 미첼과 머로더이다. 노아는 한 번에 그토록 많은 비행기를 본 적이 없었다. 그 모습은 공군 신병 모집 포스터에 있는 그림 같았다. 밝은 파란 하늘을 질서정연하게, 알루미늄 동체를 반짝이며 날아가는 그것들은 미국 공장의 지칠 줄 모르는 힘에 받치는 헌사 같았다. 노아는 지난 한 주 동안 버네커와 함께 지낸 구덩이 속에 서서 편대를 이뤄 날아가는 비행기를 흥미롭게 바라보았다.

「이제 때가 되었군.」 버네커가 시큰둥하게 말했다. 「망할
놈의 공군. 사흘 전에 왔어야 하는데.」

노아는 독일군 대공포 포탄이, 아주 높은 곳을 반짝이며 날
아가는 비행기 사이에서 검게 터지는 광경을 아무 말 없이 바
라보았다. 여기저기서 비행기가 포탄에 맞아 대열에서 이탈
했다. 포탄에 맞은 비행기 몇 대는 기수를 선회해 연기를 길
게 내뿜으며 불시착할 만한 들판을 향해 미끄러지듯 내려갔
지만 다른 비행기들은 밝은 하늘을 배경으로 조용히 희미하
게 폭발한 후 연기와 화염에 휩싸여 수천 미터 아래로 곤두박
질쳤다. 여기저기서 낙하산이 펼쳐졌고, 프랑스의 환한 여름
아침을 배경으로 그것들은 흰색 비단 파라솔처럼 보였다.

버네커의 말이 옳았다. 공격은 사흘 전에 시작되었어야 한
다. 하지만 그 사이 날씨가 좋지 않았다. 전날 공군은 비행기
를 몇 대 보냈지만 구름이 너무 짙어 한 차례 폭격을 개시한
후 돌아갔고, 보병들은 구덩이 속에 있어야 했다. 하지만 이
날 아침은 공격을 하기에 더할 나위 없었다.

「오늘은 충분히 날씨가 맑아.」 버네커가 말했다. 「9킬로미
터 높이에서 독일군 전체를 죽이기에.」

11시가 되었을 때 공군이 지상에 밀집한 미군 부대 앞에
있는 적군을 이론적으로는 모두 궤멸시키거나 사기를 완전
히 꺾어 놓은 것으로 여겨졌고, 이제 보병이 움직일 차례였
다. 보병은 기갑 부대를 위한 통로를 확보해 기갑 사단이 독
일 후방 깊숙이까지 들어갈 수 있게 해야 했다. 이제 중대를
지휘하고 있는 그린 중위는 그 모든 것을 병사들에게 무척 분
명하게 설명해 주었다. 지상에 있는 병력들은 공군이 그토록
일을 깔끔하게 처리했다는 것에 대해 회의적이었지만 하늘

을 나는 거대한 비행기들을 보자 일이 수월할 것이라고 믿지 않을 수 없었다.

〈좋아, 이제 퍼레이드만 남았어〉라고 노아는 생각했다. 적지에서 며칠을 보내고 돌아온 뒤로 그는 별일 없이 며칠을 쉬면서 이제부터는 초연한 태도를 보여 리킷과 중대의 다른 사람들이 그에게 보이는 증오로부터 자신을 보호하겠다는 생각을 했다. 그는 비행기를 보고, 그것들이 투하한 폭탄의 요란한 소리를 들으며 한편으로는 리킷이 고맙기도 했다. 리킷은 노아가 무슨 일을 하든, 그가 혼자서 파리를 점령하든, 하루에 나치 친위대 여단 한 개 병력을 모두 죽이든 결코 그를 받아들이지 않을 것이고, 따라서 노아는 스스로를 입증할 필요가 없었다.

이제 자신에게 달린 것은 아무것도 없다고 노아는 생각했다. 〈나는 대세에 따라 움직이면 되는 거야. 너무 빨리도 너무 느리게도, 너무 좋게도 너무 나쁘게도 하지 않으면 돼. 사람들이 진격할 때 나도 진격하고 사람들이 뛸 때 나도 뛰면 되는 거야.〉 상록수 울타리 뒤의 축축한 구덩이 속에 서서 폭탄이 떨어지고 대공 포탄이 하늘을 수놓는 요란한 소리를 들으며 그는 자신의 새로운 결정을 생각하자 이상하게도 마음이 편안했다. 그것은 그의 가장 소중한 희망이 가장 쓰라린 방식으로 사라진 후에 찾아온 우울하고 절망적인 평화였지만 그럼에도 그것은 위안이 되고 마음을 느긋하게 해주었으며, 그 안에 생존에 대한 약속을 담고 있었다.

그는 비행기를 흥미롭게 바라보았다. 그는 폭격의 충격으로 멍해진 귀가 좀 더 잘 들리도록 머리를 흔들며, 눈을 가늘게 뜬 채 울타리 사이로 적의 전선을 바라보며 공군의 가상 폭격선 뒤에 있는 독일군에게 미안한 심정을 느꼈다. 그는 사정거리가 1킬로미터에 이르는 소총으로 무장한 채로 땅 위에 서서 하늘을 날고 있는, 아무런 인격이 없는 비행기에 적대적인 증오를 느꼈다. 구덩이 속에 무기력하게 몸을 웅크리고 있을 적은 공중에서 공격을 받는 동시에 8킬로미터 떨어진 아군 진영에서 퍼붓는, 무게가 450킬로그램이나 나가는 포탄 공격을 이중으로 받고 있었다. 그는 옆에 있는 버네커를 보았고, 그의 젊은 얼굴에 떠오른 고통스러운 표정을 통해 그 역시 같은 생각을 하고 있다는 것을 알 수 있었다.

「맙소사.」 버네커가 속삭였다. 「왜 멈추지 않는 거지? 그만하면 충분한데. 뭘 원하는 거지? 다진 고기 파이를 만들려는가?」

이제 독일군 대공포는 조용해졌고, 비행기들은 조용히, 연습 비행을 하듯 안전하게 하늘을 날아가고 있었다.

그때 그의 주위로 풀밭이 들썩이는 소리가 들렸다. 버네커가 그를 잡아 구덩이 속으로 끌고 들어갔다. 그들은 최대한 구덩이 아래쪽으로 들어가 몸을 웅크렸다. 그들의 다리가 서로 꼬였고, 그들은 철모를 쓴 머리를 땅에 박았다. 그들 주위로 포탄이 떨어지며 귀를 멍하게 했다. 하늘로 날아오른 흙과 돌과 부러진 나뭇가지가 그들 위로 떨어졌다.

「오, 망할 자식들.」 버네커가 말했다. 「이 살인자들.」

그들은 사방에서 사람들이 비명을 지르고 부상자들이 울부짖는 소리를 들었다. 하지만 포탄이 조밀한 간격으로 융단 폭격을 하듯 떨어지는 가운데 구덩이 밖으로 나가는 것은 불가능했다. 노아는 비행기들이 나른하게 날아가는 소리를 들을 수 있었다. 그것들은 자신의 일을 하듯 조용히 날아갔다. 그리고 그 안에 탄 자들은 자신들의 기술을 확신하며, 자신들이 하는 일의 결과에 대해 미리 기뻐하고 있는 게 분명했다.

「오, 쉽게 살아가고 있는, 초과 수당을 받는 저 비참한 살인 자들.」버네커가 말했다.「저들은 우리 모두를 죽일 거야.」

〈군이 내게 마지막으로 하게 될 것도 그거야. 군은 결국에는 나를 죽일 거야〉라고 노아는 생각했다. 〈군은 독일군을 믿지 못해 직접 그 일을 하게 될 거야. 호프에게만큼은 어떤 일이 있었는지 말하지 않았으면 좋겠어. 그녀는 결코 미군이 나를 죽였다는 것을 알아서는 안 돼.〉

「돈을 벌려면 공군이 되어야 해!」폭발음 사이로 버네커가 소리를 지르고 있었다. 이제 그의 목소리는 증오로 가득 차 있었다.「모두가 병장이고 대령이지! 노든 폭격 조준기라고! 현대 과학의 경이로움이라고! 우리는 이것을 예상했어야 했어! 저들은 어느 날 스위스를 폭격하기도 했어! 정밀 폭격이라고! 저 망할 자식들은 자기 나라와 다른 나라도 구분하지 못하는데 아군과 적군을 어떻게 구분할 수 있겠어!」

그는 화가 나 10센티미터 떨어진 곳에 있는 노아의 얼굴에 대고 침을 튀기며 소리치고 있었다. 노아는 버네커가 구덩이 속 깊은 곳에 있는 자신들로 하여금 마지막 희망과 생명에 매달리도록 그렇게 소리치고 처신한다는 것을 알고 있었다.

「저들은 상관 안 해.」버네커가 소리쳤다.「누굴 맞혔는지. 저들은 하루에 1백 톤의 폭탄을 떨어트리라는 지시를 받을 뿐이지. 저들은 포탄을 자신들의 어머니에게 떨어트린다 해도 상관 안 해. 저 망할 놈의 조종사는 어젯밤에 외출해 임질에 걸려 오늘 아침 약간 초조했고, 그래서 일찍 돌아가 병가를 내려고 하는지도 몰라. 그 때문에 2~3분 먼저 단추를 누른 거야. 또 다른 작전일 뿐인데 무슨 상관이야, 하고 생각하고 있을 거야. 그는 다섯 번만 더 출격하고 나면 다음 달에는 집에 돌아가 있게 될 거야. 맹세컨대 다음에 가슴에 날개를 달고 있는 자를 보면 맨손으로 죽이고 말 거야.」

그 순간 기적처럼 폭격이 멈췄다. 계속해서 하늘에서는 엔진 소리가 들리고 있었지만 어떻게 해서 수정이 이루어진 듯 비행기는 다른 목표물을 향해 움직이고 있었다.

버네커는 천천히 몸을 일으켜 밖을 내다보았다. 「오, 맙소사.」 뭔가를 본 버네커가 충격을 받은 목소리로 말했다.

노아 또한 무릎이 떨리고 힘이 빠지는 것을 느끼며 자리에서 일어났다. 하지만 버네커가 그를 뒤로 밀어 앉혔다.

「그대로 있어.」 버네커가 사납게 말했다. 「의무병이 시체들을 치울 때까지. 어쨌든 죽은 자들은 대부분 대체 병력들이야. 그대로 있어.」 그는 노아를 힘껏 밀어 앉혔다. 「그 멍청이들이 곧 돌아와 다시 포탄을 투하하기 시작할 거야. 노출된 곳에 있으면 안 돼. 노아.」 그는 노아 옆에 앉아 튼튼한 손으로 노아의 팔을 꽉 잡았다. 「노아, 우리는 함께 있어야 해. 너와 나는. 항상. 우리는 서로에게 행운을 주고 있어. 우리는 서로를 돌보는 거야. 우리가 함께 있으면 아무 일도 일어나지 않을 거야. 망할 놈의 중대원 전체가 죽더라도 너와 나는, 우리는 살아남을 거야.」

그가 노아를 세차게 흔들었다. 그의 눈은 사나웠고, 강한 믿음으로 넘치는 목소리는 거칠었다. 그는 여러 차례, 영국 해협에서, 포위된 농가에서, 카울리가 익사한 날 밤 운하의 미끄러운 바닷물 속에서 믿음을 시험받았다.

「약속해, 노아.」 버네커가 속삭였다. 「누구도 우리 사이를 갈라놓지 못하게 할 거라고. 결코! 사람들이 아무리 애를 써도! 약속해!」

　친구의 요구와 신비로운 믿음에 노아는 울기 시작했다. 눈물이 하염없이 뺨을 흘러내렸다. 「그래, 조니.」 그가 말했다. 「약속할게, 조니.」 잠시 그는 버네커와 함께 있자 자신들이 어떤 계시를 받은 것처럼, 그리고 자신들이 함께하는 한 앞으로 무슨 일이 있어도 살아남을 거라는 믿음이 생겼다.

　20분 후 남은 중대원들은 구덩이에서 나와 공군이 실수를 해도 안전할 만한 곳으로 철수했다. 그들은 울타리를 지나 폭탄 자국이 있는 들판을 가로질러 이론적으로 독일군이 모두 죽거나 완전히 사기가 꺾여 있을 곳을 향해 갔다.

　사람들은 소총과 기관단총을 든 채 수확이 끝난 초지를 한 줄로 서서 천천히 걸어갔다. 〈이게 중대 전체란 말인가, 이게 남은 병력 전부란 말인가?〉 노아는 멍한 상태에서 약간 놀라며 생각했다. 〈그 주 초에 투입된 대체 병력 전부는 총 한 번 쏘지 못하고 모두 죽었단 말인가?〉

　옆 들판에서도 또 다른 병사들이 둑을 향해 줄을 지어 지친 모습으로 생각에 잠겨 천천히 걸어가고 있는 것이 보였다. 둑 아래에는 도랑이 하나 있었는데 그것은 초록색 풍경을 가로지르는 날카로운 선처럼 보였다. 그들 머리 위로 여전히 포격이 이루어지고 있었지만 소형 화기 소리는 전혀 들리지 않았다. 비행기들은 영국으로 돌아간 상태였고, 땅 위에는 적의 레이더 장비를 교란하기 위해 떨어트린 반짝이는 은색 금속 조각들이 뒤덮여 있었다. 초록색 풀밭 사이에서, 햇빛을 받아 반짝이는 그 조각들이 조니 버네커 옆에서 나란히 걸어가고 있는 노아의 시선을 계속해서 끌었다.

몸을 숨길 수 있는 둑까지 가는 데에는 많은 시간이 걸릴 것처럼 보였지만 결국 그들은 그곳에 이르렀다. 여전히 그들을 향해 사격을 하는 사람은 없었지만, 신호를 보내지도 않았는데도 사람들은 자동적으로 작은 도랑 속으로 몸을 던져 풀이 자라는 안전한 둑에 엎드렸다. 마치 그것을 목적으로 며칠간 전투를 한 사람들처럼 그들은 그곳에 엎드려 있었다.

「발딱 일어나!」똑같은 음색으로, 똑같은 어휘로 말하는 리킷의 목소리가 들렸다. 그는 플로리다에서 누군가를 시켜 화장실을 청소하게 할 때에도, 노르망디에서 기관총의 위치를 지정할 때에도 똑같이 호통을 쳤다. 「전쟁은 끝나지 않았어. 도랑에서 나와.」

노아와 버네커는 부드러운 풀밭으로 고개를 돌린 채로 수줍게 엎드려 있었다. 그들은 리킷이 그곳에 없는 척, 그가 살아 있지 않은 척했다.

대체 병력 서너 명이 장비 소리를 내며 자리에서 일어나 둑을 기어 올라가기 시작했다. 리킷은 그들을 따라가 둑 위에 서서 나머지 사람들을 향해 소리쳤다. 「자, 발딱 일어나, 일어나란 말이야.」

어쩔 수 없이 노아와 버네커도 자리에서 일어나 2미터 높이의 미끄러운 둑을 기어 올라갔다. 그들 주위에 있던 나머지 사람들도 천천히 그렇게 했다. 먼저 위에 올라간 버네커가 노아를 도와주었다. 그들은 선 채로 잠시 앞쪽을 바라보았다. 폭탄을 맞은 암소들이 나뒹굴고 있는 긴 들판이 앞쪽으로 펼쳐져 있었고, 그 너머에는 일정한 간격으로 늘어선 나무들이 울타리처럼 서 있었다. 무척 조용했다. 먼저 올라간 대체 병력 서너 명이 머뭇거리면서도 앞장을 서 걸어갔고, 리킷은 계속해서 호통을 치고 있었다.

다른 사람들을 따라 조용한 들판을 가로지르며 몇 발자국을 떼면서 노아는 그 어느 때보다도 리킷이 미웠다.

그 순간 아무런 경고도 없이 기관총탄 세례가 쏟아지기 시작했다. 그의 주위로 수천 발의 총탄이 날아갔고 사람들이 쓰러졌다. 노아는 총이 기계적으로 조작되는 희미한 소리를 들었다.

사람들은 잠시 주춤했지만 총탄이 날아오는 울타리 쪽을 당황해 바라보았다.

「진격! 진격!」 총성 사이로 리킷이 미친 듯이 소리쳤다. 「계속 앞으로 가!」

하지만 이제 절반 정도가 쓰러진 상태였다. 노아는 버네커의 팔을 잡았고, 그들은 몸을 돌려 낮춘 채로 몇 미터를 뛰어 둑 가장자리로 갔다. 그들은 숨을 헐떡이며 안전한 도랑 속에 몸을 던졌다. 다른 사람들도 하나둘씩 도랑 속으로 뛰어들었다. 리킷이 팔을 흔들며 목구멍에서 피처럼 보이는 것이 흘러나오는데도 불구하고 소리를 지르며 둑 가장자리로 왔다. 그는 다시 총탄에 맞았고 노아의 몸 위로 얼굴을 박으며 쓰러졌다. 노아는 병장의 뜨거운 피가 자신의 얼굴을 축축이 적시는 것을 느낄 수 있었다. 리킷은 노아의 어깨에 손을 두른 채로 등에 있는 줄을 잡으며 그에게 매달렸지만 그는 뒤로 물러났다.

「오, 이 망할 자식들!」 리킷이 분명하게 말했다. 「오, 이 망할 자식들!」 그런 다음 그는 힘이 빠지며 노아의 발 옆으로 쓰러졌다.

「죽었어.」 버네커가 말했다. 「그 개자식이 마침내 죽었어.」

버네커는 리킷의 시신을 한쪽으로 끌어당겼고, 노아는 천천히 얼굴에 묻은 피를 닦았다.

총성이 멈췄고, 들판에 있는 부상자들의 외침 소리를 빼고는 다시 조용했다. 하지만 누군가가 어떻게 할 건지 보기 위해 둑 너머로 고개를 조심스럽게 내밀자 다시 총성이 들리기 시작했다. 둑 가장자리에 있는 풀이 흔들렸고, 때로는 풀이 잘려 공중으로 날아올랐다. 남은 중대원들은 완전히 지쳐 도랑 속에 엎드려 있었다.

「공군이 적을 모두 궤멸시키거나 사기를 완전히 꺾어 놓은 것 아냐? 맹세컨대 다음에 가슴에 날개를 달고 있는 자를 보면 맨손으로 죽이고 말 거야.」 버네커가 차갑게 말했다.

이제 사람들은 숨을 좀 더 정상적으로 가다듬고 다른 누군가가 뭔가를 하기를 기다리며 조용히 엎드려 있었다.

잠시 후 그린 중위가 모습을 나타냈다. 노아는 그린 중위가 도랑 쪽으로 와 여자 같은 높은 목소리로 진격하라고 외치는 소리를 들었다. 「이럴 수는 없어.」 그린 중위가 말했다. 「일어나. 계속 진격해. 계속 진격해. 이곳에 마냥 있을 수는 없어. 2소대가 저 기관총들을 없애려고 병력을 보내고 있어. 우리는 이곳에서 엄호를 해줘야 해. 자, 일어나, 일어나라고.」

그린 중위의 목소리는 날카로웠지만 절망적으로 들렸다. 사람들은 그를 쳐다보지도 않았다. 그들은 중위를 무시하며 둑의 비탈에 나 있는 부드러운 풀을 향해 얼굴을 돌리고 있었다.

그때 갑자기 그린 중위가 둑에 올라섰다. 그는 꼭대기에 서서 애걸하듯 소리를 쳤지만 아무도 움직이지 않았다. 노아는 흥미롭게 그린 중위를 바라보며 그가 죽기를 기다렸다. 기관총이 다시 불을 뿜었지만 그린은 미친 사람처럼 뛰어다니며

「아주 쉬워. 아무렇지 않아. 자 나와」 하고 정신없이 소리쳤다.

그린은 들판 쪽으로 뛰어내려 도랑에서 멀리, 탁 트인 들판을 걸어갔다. 총성이 다시 멈췄고, 모든 사람들은 중위가 떠난 것에 기뻐했다.

이런 식이야, 하고 노아는 생각했다. 〈나는 영원히 살 거야. 다른 모두가 하는 대로만 하면 돼. 내가 그냥 여기 있다고 해서 나를 어떻게 하겠어?〉

그들 양쪽으로 치열한 전투 소리가 들렸지만 그들은 아무것도 볼 수 없었고, 사태가 어떻게 진행되고 있는지 알 수 없었다. 하지만 도랑은 안전하고 조용했다. 독일군은 도랑 속에 있는 그들에게는 어떻게 할 수 없었고, 도랑 속에 있는 사람들 역시 독일군에게 아무런 해도 끼치고 싶지 않았다. 노아는 도랑 속에 그렇게 있자 영원히 안전할 것 같았고, 그것이 기분 좋게 느껴졌다. 언젠가는 독일군이 철수하거나 다른 아군이 그들을 포위하게 될 것이다. 그때가 되면 일어나 움직일 수도 있다. 하지만 그전까지는 그렇게 꼼짝 않고 있으면 되었다.

버네커가 전투 식량을 꺼내 열었다. 「쇠고기 덩어리.」 칼로 한 쪽을 베어 먹으며 그가 평탄한 목소리로 말했다. 「누가 이런 걸 발명했지?」 그는 인스턴트 레모네이드 가루가 담긴 작은 봉지를 던졌다. 「목이 말라 죽지는 않았으면 좋겠군.」 그가 말했다.

노아는 아무것도 먹고 싶지 않았다. 이따금 그는 1.5미터 떨어진 곳에 죽어 누워 있는 리킷을 바라보았다. 리킷의 눈은 크게 떠져 있었고, 피가 묻은 얼굴은 여전히 분노로 찌푸려져 있었다. 그는 죽어서도 명령을 하고 있는 것처럼 보였다. 입 아래로 그의 목이 심하게 찢어져 구멍이 나 있었다. 노아는 죽은 적의 모습에 즐거워하려 했지만 그것이 불가능하다는 것을 깨달았다. 리킷은 그렇게 죽음으로써 사람들을 괴롭히는 사악하고, 입이 더러운 살인자이자 잔인한 병장에서, 또 다른 전사한 미군이자 친구이자 사라진 아군이 된 것이었다.

노아는 고개를 저으며 리킷에게서 눈을 돌렸다.

그린 중위가 다시 도랑 쪽으로 왔다. 그의 옆에는 키가 큰 누군가가 있었다. 그는 천천히 걸으며 도랑 속에서 나올 생각을 않고 쉬고 있는 사람들을 생각에 잠겨 바라보았다. 그린과 그가 가까이 왔을 때 버네커가 「맙소사, 별 두 개야」라고 말했다.

노아는 자리에 앉아 그를 바라보았다. 그는 군에 들어온 지 몇 달 동안 그토록 가까운 거리에서 소장을 본 적이 없었다.

「에머슨 장군이야.」 버네커가 초조하게 속삭였다. 「여기서 뭘 하고 있는 거지? 왜 집에 가지 않고 있지?」

갑자기 장군이 날렵하게 둑 위로 올라가 독일군이 훤히 볼 수 있는 곳에 섰다. 그는 천천히 옆으로 걸으며 그를 멍하게 올려다보고 있는, 도랑 속의 병사들에게 말을 했다. 그는 권총집에 권총을 차고 있었고, 팔 아래에 단장을 끼고 있었다.

누군가가 장군처럼 옷을 입은 게 분명해, 하고 노아는 생각했다. 「그린이 우리에게 속임수를 쓰고 있는 거야.」

다시 기관총이 불을 뿜었지만 장군은 보폭을 바꾸지 않았다. 그는 잘 훈련받은 운동선수처럼 느긋하게 걸으며 앞쪽에 있는, 도랑 속의 병사들에게 말을 했다.

「좋아, 제군들.」 노아는 그가 다가와 말하는 것을 들었다. 그의 목소리는 크지 않았고, 차분하고 다정했다. 「이제 일어나. 하루 종일 이곳에 있을 수는 없어. 일어나. 이곳 전선을 지키며 진격하는 거야. 다음 울타리가 있는 곳까지만 가면 돼. 그것뿐이야. 자, 이곳에 그렇게 있을 수는 없어.」

노아는 장군의 왼쪽 손이 휙 젖혀지며 손목에서 핏방울이 떨어지는 것을 보았다. 장군은 입을 살짝 비틀었지만 단장을 더욱 힘껏 잡은 채로 차분하지만 날카롭게 계속해서 말을 하고 있었다. 그는 노아와 버네커 앞에서 걸음을 멈췄다. 「좋아, 제군들.」그가 친절하게 말했다. 「이제 여기로 올라와.」

노아는 그를 바라보았다. 장군의 잘생기고 긴 얼굴은 슬퍼 보였다. 가늘고 지적이며 조용해 보이는 그 얼굴은 과학자나 의사에게서 볼 수 있는 것이었다. 그의 얼굴을 보고 있자 노아는 혼란스러웠다. 마치 군이 줄곧 자신을 속여 온 것처럼 느껴졌다. 슬프지만 용기가 넘치는 그 얼굴을 보고 있자 그는 문득 그런 사람이 말하는 뭔가를 거부할 수 없을 것 같았다.

그는 몸을 움직였고, 버네커 또한 움직이는 것을 느꼈다. 장군의 입가에 잠시 고마움을 표하는 듯한 미소가 살짝 번졌다. 「그거야.」그가 말했다. 그는 노아의 어깨를 두드려 주었다. 노아와 버네커는 15미터를 달려가 구덩이 속에 몸을 숨겼다.

노아는 뒤를 돌아보았다. 이제 총탄이 빗발치고 있었지만 장군은 여전히 둑에 서 있었다. 사람들이 뛰쳐나와 들판을 가로질러 뛰어갔다.

노아는 적을 향해 고개를 돌리며 이 일이 있기 전까지는 장군이 무슨 소용이 있는지 몰랐다는 생각을 막연하게 했다.

다른 두 명이 구덩이 속으로 뛰어드는 순간 그는 버네커와 함께 구덩이에서 뛰쳐나갔다. 절반밖에 남지 않은 중대는 마침내 진격하고 있었다.

20분 후 그들은 적이 기관총을 발사하던 울타리에 이르렀다. 사정거리까지 접근한 병사들이 박격포로 들판 구석에 있는 적의 기관총들을 파괴했고, 노아와 그의 중대가 그곳에 갔을 때에는 다른 곳에 있던 적들도 철수한 상태였다.

노아는 모래주머니가 무겁게 쌓여 있는, 파괴된 진지 옆에 무릎을 꿇고 앉았다. 부서진 기관총 앞에는 독일군 세 명이 죽어 있었다. 독일군 하나는 아직까지도 기관총 뒤에 무릎을 꿇고 앉아 있었다. 버네커는 발을 뻗어 무릎을 꿇고 앉아 있는 독일군을 밀었다. 독일군은 살며시 옆쪽으로 굴러 떨어졌다.

노아는 고개를 돌리고 수통에 든 물을 조금 마셨다. 그는 갈증으로 목이 탔다. 그는 하루 종일 한 번도 총을 쏜 적이 없었지만 1백 번 가까이 총을 쏴 그 반동으로 아픈 듯 팔과 어깨가 쑤셨다.

그는 울타리 사이를 바라보았다. 3백 미터쯤 떨어진 곳에 폭탄 구멍과 죽은 암소가 있는 들판 너머로 또 다른 두꺼운 울타리가 있었고, 그곳에서 기관총이 불을 뿜고 있었다. 그는 그린 중위가 자신 쪽으로 걸어오며 다시 한번 사람들을 재촉하는 것을 보고 한숨을 쉬었다. 그는 멍하니 있다가 문득 장군이 어떻게 되었는지 궁금해졌다. 그러다가 버네커와 함께 다시 뛰기 시작했다.

3미터쯤 갔을 때 노아가 총에 맞았지만 버네커가 울타리 뒤쪽 안전한 곳으로 그를 끌고 갔다.

놀라울 정도로 빨리 의무병이 왔다. 노아는 아주 빨리 많은 양의 피를 흘렸다. 그는 추웠고, 모든 것이 아련하게 느껴졌다. 의무병의 얼굴이 그의 위쪽에서 흐릿하게 보였다. 의무병은 눈이 찢어지고 수염이 말쑥한 그리스인이었다. 그가 버네커의 도움을 받으며 노아에게 수혈을 하는 동안 이상하게 생긴 짙은 눈과 엷은 수염이 얼굴에서 따로 떨어져 공중에 떠다니는 것 같았다. 이건 충격적이야, 하고 노아는 흐릿하게 생각했다. 〈지난번 전쟁 때는 사람들이 총에 맞고도 괜찮아 담배를 한 대 달라고 했어. 어디선가 본 잡지에 그렇게 나와 있었어. 그런 다음 그는 10분 후 죽었지. 하지만 이번 전쟁은 달라. 이번 전쟁은 최신식 전쟁으로 얼마든지 수혈을 받을 수 있어.〉 눈이 찢어진 그리스인 의무병은 그에게 모르핀을 주사했다. 〈의무병의 임무를 다하는 이 친구는 무척 사려 깊군.〉 펜실베이니아의 스크랜턴에 있는 즉석요리 전문 식당에서 요리사로 일했던 의무병이 그토록 마음에 드는 것이 이상했다. 햄과 계란, 햄버거, 그리고 깡통에 든 수프를 조리했던 그는 이제 통에 든 피를 부상자에게 수혈하고 있었다. 그의 이름은 마르코스였다. 오데사 출신의 애커먼과 아테네 출신의 마르코스는 어느 여름 오후 노르망디 지방의, 파괴된 생로 시 근처 어딘가에서 수혈 튜브를 통해 서로 연결되어 있었다. 그리고 그것은 그들 옆에서 몸을 웅크린 채로 흐느끼고 있는, 버네커라는 이름의, 아이오와 출신의 농부도 마찬가지였다.

「노아, 노아.」 아이오와 출신의 사내가 흐느끼고 있었다. 「기분이 어때? 괜찮아?」

노아는 자신이 조니 버네커를 올려다보며 미소를 짓고 있다고 생각했지만 곧 아무리 애를 써도 얼굴에 아무런 표정도 떠오르지 않는다는 것을 깨달았다. 여름의 정오 무렵인데도 무척 추웠다. 자신은 젊고, 그곳은 프랑스이며, 시기는 6월인데도 무척 추웠다.

「조니.」 그가 가까스로 속삭였다. 「걱정 마, 조니. 스스로를 잘 돌보게. 돌아올게, 조니, 정말이야, 돌아올게.」

이제 전쟁은 우습게 바뀌었다. 더 이상 호통도 욕설도 없었다. 리킷도 없었다. 리킷은 노아의 품 안에서 피를 흘리며 죽었다. 이제 목소리도 손도 부드러운, 눈이 찢어진, 즉석요리 전문 요리사밖에 없었다. 이상한 그리스 이름을 갖고 있는 그는 예수처럼 인자했다. 눈이 찢어지고, 엷은 수염을 기른 그는 정말로 예수 같았다. 또한 손에 단장을 든 채로 포화 속으로 걸어 나가 자신의 사명을 다한, 얼굴이 가늘고 슬퍼 보였던 장군도 있었다. 장군의 얼굴은 슬픔과 위엄으로 넘쳤고, 그가 말하는 것은 그 무엇도 거부할 수 없었다. 그리고 흐느끼고 있는 그의 형제 조니 버네커가 있었다. 노아는 자신들이 서로에게 행운을 주고 있어 중대원 전체가 죽더라도 결코 서로를 저버리지 않겠다고 약속했다. 그리고 살아남을 거라고 약속했다. 하지만 그 약속은 지키기 어려운 것이었다. 그들 모두 앞에는 여전히 가로질러 가야 하는 들판이 여럿 있었고, 울타리도 많이 있었다. 어쨌든 노아에게는 튜브와 지혈대와 모르핀과 눈물의 흐릿한 모습 속에서 군대의 모든 것이 부드럽지만 신속하게 달라졌고, 달라지고 있었다.

사람들이 노아를 들것에 태워 데려가기 시작했다. 노아는 고개를 들었다. 그의 친구 조니 버네커가 철모를 벗은 채로 땅바닥에 앉아 슬픔으로 몸을 가누지 못하고 있었다. 노아는 그에게 결국에는 모든 것이 괜찮아질 거라고 소리치려 했지만 목소리가 나오지 않았다. 딴 곳으로 실려 가며 그는 고개를 떨어뜨리고 눈을 감았다. 더 이상 혼자 남게 된 친구의 모습을 보는 것을 참을 수 없었다.

31

죽은 말들이 썩어 부풀어 오르며 강한 여름 햇살 속에서 악취를 풍기고 있었다. 그 냄새와 함께 죽은 의무병들에게서 나는 코를 찌르는 의약품 냄새와 매캐한 화약 냄새가 났다. 도로에는 뒤집어진 마차와 흩어져 있는 서류들, 그리고 부서져 쓸모없게 된, 적십자가 그려진 상자들이 나뒹굴고 있었다. 사상자들은 이미 치워진 상태였지만 호송대는 미군의 융단 폭격 후에도 그곳에 남아 긴 언덕을 올라가고 있었다.

크리스티안은 슈마이서를 든 채로 스무 명쯤 되는 무리와 함께 천천히 걸어가고 있었는데 그들 가운데 아는 사람은 아무도 없었다. 그는 사흘 전 배치된, 급조된 소대에서 이탈해 그날 아침 일찍 그들 무리에 합류했다. 그는 자신의 소대가 밤사이 미군에게 항복한 게 틀림없다고 생각했다. 크리스티안은 더 이상 소대원들이나 그들의 행동에 대해 책임을 지지 않아도 되는 것에 안도감을 느꼈다.

아무런 소용도 없는 적십자 마크를 달고 있는, 죽은 의무병들을 보며 그는 분노와 절망이 치미는 것을 느꼈다. 그리고 사상자들을 가득 실은 채로 마차를 끌며 힘들게 천천히 언덕을 올라가고 있던 사람들 위로 파괴적인 욕망에 기관총과 로켓포를 쏟아 부은, 시속 6백 킬로미터로 날아간 젊은 미군들에게 분노를 느꼈다.

그는 주위 사람들을 보았고, 그들이 똑같은 분노를 느끼고 있지 않다는 것을 깨달았다. 그들에게 남은 것은 절망뿐이었다. 충혈된 눈으로 지쳐 발을 질질 끌며 걸어가고 있는 그들은 이미 분노를 넘어선 상태였다. 그들은 무거운 배낭을 메고 있었고, 어떤 이들은 무기도 없이 초토화된 의무대와 점점 더 악취를 풍기는 말을 지나쳐 걸어가고 있었다. 그들은 이성도 희망도 상실한 채로, 청명하지만 위험스러운 하늘을 멍한 눈으로 경계하며, 몸을 눕히고 죽어 갈 수 있는 시원한 은신처를 찾아가는 동물처럼 천천히 동쪽을 향해 걸어가고 있었다. 그들 중 일부는 그 모든 후퇴와 죽음에도 불구하고 정신 나간 구두쇠처럼 아직도 전리품을 들고 가고 있었다. 한 명은 누구의 집인지 알 수 없는, 음악을 사랑하는 어떤 사람의 집 거실에서 훔친 바이올린을 손에 들고 있었다. 또 다른 병사의 배낭에는 은촛대 두 개가 꽂혀 있는 게 보였다. 그는 그 고통 속에서도 식당과 테이블보와 음식과 부드러운 불빛이 있는 미래에 대한 믿음을 아직도 갖고 있다는 것을 소리 없이, 끈질기게 보여 주는 것 같았다. 철모를 쓰지 않은, 눈이 충혈된 거구의 사내는 긴 금발 머리에 먼지를 뒤집어쓰고 배낭에 카망베르 치즈가 든 나무 통 열두 개를 넣은 채 걸어가고 있었다. 몸이 건장해 재빨리 걷고 있던 그가 크리스티안 옆을 지나가는 순간 녹고 있는 치즈의 숙성된 냄새가 죽은 의무병들의 냄새와 함께 뒤섞이며 역겹게 풍겨 왔다.

그들 무리 앞쪽에 마차가 한 대 있었는데 그 위에는 88밀리미터 대공포 한 대가 실려 있었다. 그사이 말들은 공포로 사납게 날뛰다가 죽었고, 포와 마차는 피로 범벅이 되어 있었다. 독일군은 비행기에 대항하는 말 같아, 하고 그는 멍하게 생각했다. 최소한 아프리카에서는 그는 차를 타고 후퇴했다. 그는 오토바이와 하르덴부르크, 이탈리아 장교의 차, 그리고 지중해를 건너 자신을 이탈리아로 데려가 준 병원 비행기를 떠올렸다. 전쟁이 계속될수록 점점 더 원시적인 방식으로 싸우게 되는 것이 독일군의 운명인 것처럼 보였다. 그리고 독일군의 모든 것은 대용품일 뿐이었다. 대용품 가솔린, 대용품 커피, 대용품 혈액, 대용품 병사.

그는 평생을 후퇴만 하며 살아온 것 같았다. 그는 이제 더이상 어떤 곳으로 진격한 기억이 나지 않았다. 〈후퇴가 나의 상황이고 전반적인 존재 조건이야. 늘 다치고 지친 상태에서 죽은 독일군의 냄새를 코끝으로 맡으며 뒤로 물러나는 거야. 등 뒤에서는 적기가 반짝이는 날개를 흔들며 춤을 추고 있고, 비행기 안에서 안전한 조종사들이 미소를 지으며 1분에 수백 명을 죽이는 사이에.〉

그의 뒤에서 요란하게 나팔을 부는 소리가 들렸고, 크리스티안은 한쪽으로 비켜났다. 지붕을 덮은 작은 차 한 대가 먼지를 일으키며 지나갔다. 크리스티안은 시가를 피우고 있는, 깨끗하게 면도를 한 사람을 얼핏 보았다.

그때 누군가가 소리를 질렀고, 하늘에서 비행기 엔진 소리가 들렸다. 크리스티안은 도로에서 떨어져, 이런 순간을 위해 독일군이 프랑스의 여러 도로에 일정한 간격으로 파놓은 구덩이 속으로 몸을 날렸다. 그는 감히 위를 쳐다보지 못하고, 머리를 손으로 감싸고 축축한 땅속 깊이 몸을 웅크린 채로 다시 돌아오고 있는 비행기와 쏟아지는 총탄 소리를 들었다. 두 차례 공격을 한 후 비행기는 사라졌다. 크리스티안은 자리에서 일어났다. 그는 구덩이에서 나왔다. 그와 함께 걷던 사람들은 모두 무사했지만 작은 자동차는 뒤집혀 나무에 기댄 채로 불에 타고 있었다. 안에 타고 있던 두 사람은 바깥으로 튕겨나와 도로 한가운데 처박혀 있었다. 다른 두 명은 가솔린이 쏟아지고, 고무와 가죽이 찢어진 차 안에서 불타고 있었다.

크리스티안은 얼굴을 아래로 한 채로 처박혀 있는 두 사람에게로 천천히 갔다. 그는 그들이 죽었는지 보기 위해 그들을 만지거나 하지 않았다.

「장교들은.」 그의 뒤에 있던 누군가가 말했다. 「차를 타고 가고 싶어 하지.」 그의 뒤에 있던 사람이 침을 뱉었다.

사람들은 죽은 두 사람과 불에 타고 있는 자동차를 지나쳐 갔다. 잠시 크리스티안은 시체를 치우라는 명령을 내릴까도 생각했지만 그럴 경우 누군가가 따지고 들 수도 있었다. 그리고 그 순간에는 시체 두 구를 길 한쪽으로 치우든, 치우지 않든 별로 상관없는 것처럼 여겨졌다.

크리스티안은 불편한 다리가 떨리는 것을 느끼며 다시 한번 동쪽을 향해 천천히 걷기 시작했다. 그는 코를 풀고 침을 뱉은 후 다시 한번 죽은 말의 냄새와 쏟아진 의약품 냄새를 느끼려고 했다.

이튿날 아침 그는 운이 좋았다. 그는 밤사이 다른 사람들에게서 멀어져 달빛 속에서 어둡고 텅 비고 생명이라곤 없는 것 같은 어떤 마을의 외곽을 향해 천천히 걸어갔다. 그는 밤에 혼자서 그 마을을 지나가는 것은 좋은 생각이 아니라는 결론을 내렸다. 마을 사람들이 어둠 속을 혼자서 방황하는 병사를 보고는 그를 잡아 총과 부츠와 군복을 뺏은 후 울타리 속에 가둬 굶어 죽게 할 수도 있었다. 그래서 그는 나무 아래에서 야영을 하며 비상식량을 아껴 먹은 후 동이 틀 때까지 잠을 잤다.

그런 다음 그는 돌이 깔린 길을 빠른 걸음으로 걸어 회색 교회와, 읍사무소 앞에 있는, 승리를 상징하는 종려나무와 총검 동상을 지나 마을을 서둘러 통과했다. 사람들의 모습은 전혀 보이지 않았다. 프랑스인들은 독일군이 그곳을 통과해 철수하는 사이 모두 숨어 버린 듯했다. 개와 고양이들 또한 패잔병들이 그곳을 지나가는 동안 숨어 있는 것이 더 안전하다는 것을 아는 것처럼 보였다.

그의 운이 바뀐 것은 그 마을의 반대쪽에서였다. 그는 여전히 마지막 남은 집 몇 채를 지나가고 있었고, 그래서 걸음을 서두르고 있었다. 그는 숨이 몹시 가빴고, 그 순간 그의 앞쪽 도로의 굽은 길 근처에서 자전거를 타고 오는 누군가를 보았다.

크리스티안은 걸음을 멈췄다. 자전거를 탄 사람은 서두르고 있었다. 그는 고개를 숙인 채로 크리스티안이 서 있는 곳을 향해 빠르게 페달을 밟고 있었다.

크리스티안은 도로 한가운데로 가 기다렸다. 그는 열다섯 혹은 열여섯쯤 되어 보이는 소년을 보았다. 모자는 쓰지 않고 파란색 셔츠와 낡은 프랑스군 바지를 입고 있는 소년은 도로 한쪽으로 조용히 서 있는 포플러나무 사이로, 시원하고, 엷은 안개가 긴 여명 속을 달려가고 있었다. 그의 앞쪽으로 그의 다리와 자전거 바퀴의 그림자가 길고 부드럽게 드리워져 있었다.

30미터까지 다가왔을 때 소년은 크리스티안을 보았다. 그는 갑자기 멈춰 섰다.

「이리 와봐.」 크리스티안이 프랑스어를 말하는 것을 잊고 독일어로 거칠게 소리쳤다. 「이리 와봐.」

그는 소년에게로 다가가기 시작했다. 잠시 둘은 서로를 노려보았다. 검은 곱슬머리에, 겁을 집어먹은 검은 눈동자를 가진 소년은 무척 창백했다. 동물 같은 몸놀림으로 소년은 재빨리 자전거를 밀고 달아나기 시작했다. 크리스티안이 총을 풀기도 전에 그는 도망을 치고 있었다. 소년은 자전거에 올라탔다. 그는 몸을 숙인 채로 파란 셔츠를 나부끼며 크리스티안에게서 멀어져 미친 듯이 페달을 밟으며 달아나고 있었다.

크리스티안은 아무 생각 없이 총을 쏘았다. 그는 두 번째 탄환으로 소년을 맞혔다. 자전거가 도로 옆에 있는 도랑 속으로 처박혔다. 소년은 도로 가로 굴러 꼼짝 않고 누워 있었다.

크리스티안은 고요한 아침에 신발로 둔탁한 소리를 내며 울퉁불퉁한 도로를 따라 재빨리 걸어갔다. 그는 자전가가 있는 곳으로 가 그것을 일으켜 세웠다. 그는 페달을 돌려 보았다. 자전거는 부서진 데가 없었다. 그는 소년을 보았다. 곱슬머리 아래로 상처를 입지 않은, 무척 창백한 소년의 얼굴이 그를 바라보고 있었다. 소년의 가는 코 아래에는 연한 금발의 솜털이 나 있었다. 색이 바랜 파란 셔츠 뒤쪽에서 붉은 자국이 천천히 번지고 있었다. 크리스티안은 소년 쪽으로 가려다 말고 그러지 않는 게 좋겠다는 생각을 했다. 마을에서 누군가가 총소리를 들은 후 그곳에 와 죽어 가고 있는 아이 옆에 그가 있는 것을 보면 자신을 그냥 두지 않을 게 분명했다.

크리스티안은 자전거에 올라타 동쪽으로 가기 시작했다. 며칠 동안 힘겹게 걸은 후라 자전거를 타고 가자 무척 편안했고, 빨리 가는 것 같았다. 그는 다리가 가벼웠다. 새벽의 가벼운 바람이 그의 뺨에 부드럽고 시원하게 부딪혔다. 그리고 도로 양쪽에 있는, 이슬을 머금은 초록색 나뭇잎은 눈을 즐겁게 해주었다. 장교만 뭔가를 타고 가라는 법은 없어, 하고 크리스티안은 생각했다.

프랑스의 도로는 자전거를 위해 만들어진 것 같았다. 포장

상태가 양호한 도로는 별로 거칠지 않았고, 높은 언덕도 없었다. 하루에 2백 킬로미터 정도는 쉽게 갈 수 있을 것 같았다.

그는 자신이 젊고 튼튼하게 느껴졌으며, 오래전에 일진이 사나웠던 그날 아침 해안의 하늘 위로 첫 번째 글라이더가 내려오는 것을 본 이후로 처음으로 자신에게도 얼마간의 희망이 있다는 느낌이 들기 시작했다. 30분 후, 아침의 햇볕 속에서 연한 노란색으로 보이는, 반쯤 자란 밀밭 사이에 있는, 경사가 가파르지 않은 길을 내려가며 그는 휴가 중인 사람처럼, 휴일을 즐기는 사람처럼 태평스럽게 휘파람을 불었고, 즐겁게 들리는 그 소리는 더욱 높아졌다.

그날 종일 그는 파리를 향해 동쪽으로 갔다. 그는 그림과 가구와 사과술 병이 가득한 마차를 몰고 천천히 걸어가고 있는 사람들을 지나쳐 갔다. 그는 오래전에도 프랑스에서 피난민들을 지나쳐 간 적이 있었다. 하지만 당시 그들은 주로 여자들과 아이들과 노인들이었고, 그래서 좀 더 자연스러웠다. 그들이 매트리스와 단지와 가구들에 집착하는 이유는 이해할 수 있었다. 그들은 다른 어딘가에 살림을 차리기를 원했던 것이다. 하지만 군복을 입고 총을 든 독일군이 그런 식으로 터벅터벅 걸어가고 있는 것을 보자 이상했다. 그들은 어떤 기적이 일어나 다른 전선에 배치되거나, 사방에서 자신들을 향해 진격해 오는 미군과 싸우거나, 그들에게 붙잡히게 될 것이다. 어떤 경우이든 노르망디의 성에서 훔친, 액자에 든 그림과 칠보 세공 램프는 그들에게 별로 도움이 되지 않을 게 분명했다. 그럼에도 패잔병들은 굳은 얼굴로 상식을 뛰어넘는 일을 벌이며 여름날 도로를 따라 파리로 천천히 가고 있었다. 장교는 보이지 않았고, 그들은 대열을 이루지도 않은 채로 아무런 규율도 없이 걸어가고 있었다. 그리고 그들 뒤에서는 미군 탱크와 비행기가 그들을 따라오고 있었다. 이따금 석탄을 때는 시끄러운 프랑스 버스가 먼지를 뒤집어쓴 병사들을 가득 태운 채로 지나갔다. 언덕을 지날 때면 사람들은 버스에서 내려 그것을 밀어야 했다. 이따금 장교가 보이긴 했지만 사병과 마찬가지로 멍한 얼굴로 입을 굳게 다물고 있었다.

그사이 완전한 여름이 된 시골에는 꽃이 만발해 있었다. 농가 벽에는 제라늄이 분홍색과 붉은색으로 높게 자라며 해가 긴 완벽한 낮 시간 동안 사랑스럽게 반짝이고 있었다.

저녁 무렵 크리스티안은 완전히 지쳤다. 그는 몇 년 동안 자전거를 탄 적이 없었고, 처음 한두 시간 동안 너무 빨리 달렸다. 그리고 그날 그는 두 번 총격을 받았다. 그는 총탄이 머리 옆을 스치며 지나가는 소리를 들었고, 그래서 위험에서 벗어나기 위해 미친 듯이 페달을 밟았다. 그가 해가 질 무렵 꽤 큰 마을의 광장에 천천히 들어섰을 때에는 자전거가 거의 통제할 수 없을 정도로 흔들거렸다. 그는 병사들이 카페에 앉아 있거나 완전히 지쳐 읍사무소 앞에 있는 돌로 만든 벤치에 누워 자고 있는 모습을 보자 정신은 멍했지만 기분이 좋았다. 어떤 사람들은 몇 킬로미터를 더 가려고 고장 난 1925년식 시트로엔을 고치고 있었다. 이곳에서는 최소한 잠시라도 안전할 것 같았다.

그는 자전거에서 내렸다. 이제 자전거는 뼈대만 앙상한 교활하고 악의적인 적처럼 보였다. 교활한 머리를 달고 있는 그 프랑스제 기계는 힘이 다한 것처럼 보였다. 그날 그는 굽은 도로와 길의 보이지 않게 튀어나온 곳을 지나다 네다섯 번이나 자전거에서 떨어질 뻔했다.

그는 굳어지고 힘이 빠진 다리를 움직이며 자전거를 끌고 갔다. 광장에 앉아 있거나 누워 있는 다른 사람들이 잠시 그를 굳은 얼굴로 바라보더니 무관심한 표정으로 시선을 떨어뜨렸다. 그는 지치고, 낯설게 보이며, 시선이 냉혹한 그들이 자전거의 바퀴 두 개와 낡은 안장 하나를 얻기 위해서라면 얼마든지 자신을 죽일 수도 있다는 생각을 하며 자전거를 꽉 거머쥐었다.

그는 몇 시간 동안 누워 잠을 자고 싶었지만 그럴 용기가 나지 않았다. 도로에서 두 번 총격을 받은 후로 그는 사람들이 전혀 없는 조용한 곳에서조차 걸음을 멈추는 위험을 감수하고 싶지 않았다. 이제 숨어서 기다리고 있는 프랑스인에게서 유일하게 안전한 방법은 속도를 높여 자전거를 타고 가거나 아군이 많이 있는 곳에 있는 것뿐이었다. 그런데 그는 자신이 잠이 들 경우 누군가가 자전거를 훔쳐 갈 게 뻔해 아군들 가운데서도 누울 수가 없었다. 그는 자신 역시 기회만 주어진다면 자고 있는 동료에게서, 심지어는 로멜 장군에게서도 자전거를 훔칠 것이었다. 따라서 광장에 있는, 발이 아프고 물불을 가리지 않을 다른 사람들이 자전거를 고르는 데 좀더 까다로울 거라고 믿을 근거는 전혀 없었다.

술을 한잔하면 숨을 쉴 수 있고, 계속해서 갈 수도 있을 것 같다고 크리스티안은 생각했다.

그는 자전거를 끌고 열려 있는 카페 문으로 걸어 들어갔다. 뒤쪽에 앉아 있던 사람들이 그를 흘낏 쳐다보았다. 하지만 그들은 독일군 병장이 자전거나 말을 끌거나 장갑차를 타고 카페에 들어오는 것만큼 자연스러운 일은 세상에 없다는 듯 전혀 놀라지 않았다. 크리스티안은 자전거를 벽에 조심스럽게 세운 후 의자 하나를 뒷바퀴에 댄 후 천천히 의자에 앉았다. 그는 바 뒤에 있는 노인에게 몸짓을 했다. 「코냑 한 잔 줘요.」 그가 말했다. 「더블로.」

크리스티안은 어둑한 실내를 둘러보았다. 병사들에게 술을 파는 규칙과, 화요일과 목요일에는 아페리티프만 판다는 안내문이 프랑스어와 독일어로 적혀 있었다. 크리스티안은 그날이 목요일이라는 사실을 멍하게 떠올렸다. 하지만 그 특별한 목요일에는 프랑스 비시 정부의 내무부 장관의 지시 또한 무시될 수 있을 것 같았다. 그러한 지시를 내린 장관 자신 또한 그 순간만큼은 서둘러 바로 가 약간의 코냑을 마실 수 있는 것에 고마워할 게 분명했다. 그날 저녁 모두가 따라야 하는 유일한 법은 미 공군의 법이었다. 그리고 그곳에서 유일하게 권위를 가진 사람은 미 육군 1군과 3군이었다. 그들의 소리는 아직까지 그곳에서 들리지 않았지만 이미 그 존재는 느껴졌다. 미군은 미리부터 독일군을 무섭게 지배하고 있었다.

늙은 프랑스인이 작은 브랜디 잔을 꺼냈다. 노인은 유대인 예언자처럼 보이는 수염을 기르고 있었고, 심하게 썩은 이에서는 악취가 났다. 〈이 시원하고 어두운 곳에서조차도 썩어 가는 시신의 냄새와 죽어 가는 육체에서 나는 악취를 피할 도리가 없단 말인가?〉

「50프랑이오.」 잔을 조심스럽게 쥔 채로 크리스티안에게 몸을 숙이며 노인이 말했다.

잠시 크리스티안은 터무니없는 값을 요구하는 그 늙은 도둑에게 따지고 들까 생각했다. 그 프랑스인은 승리와 패배, 진격과 후퇴, 그리고 친구와 적으로부터 괜찮은 수입을 올리고 있었다. 미군이 프랑스를 점령하게 되면 프랑스인들이 얼마나 행복해할지 보도록 하지, 하고 크리스티안은 시큰둥하게 생각했다. 그는 독일군이 인쇄한 50프랑 지폐를 테이블 위에 던졌다. 어쨌든 곧 그는 프랑화를 쓸 일이 거의 없게 될 것이다. 그는 노인이 새로운 정복자들로부터도 돈을 긁어모으려고 애를 쓸 거라는 생각을 하며 속으로 미소를 지었다.

노인은 기계적으로 돈을 챙긴 후 다른 병사들이 뻗은 다리 사이를 지나 바 뒤에 있는 그의 자리로 돌아갔다. 크리스티안은 어깨를 나무 의자 등받이에 편안하게 기댄 채로, 아픈 다리를 쉬게 하며 잠시 만족스러운 상태에서 그냥 앉아 아직 술은 마시지 않고 술잔을 만지작거렸다. 그는 바에 있는 다른 사람들을 한가롭게 바라보았다. 실내가 너무 어두워 그들의 얼굴을 분명하게 볼 수는 없었다. 그들은 말을 하거나 무슨 소리를 내지도 않고 지친 모습으로 생각에 잠겨 천천히 술을 홀짝이고 있었다. 마치 그들은 오랫동안 술을 마실 수 없으리라는 것을 알고 있고, 그래서 가능한 한 최대한 혀끝에 닿는 톡 쏘는 알코올의 맛을 기억하려는 것처럼 보였다.

크리스티안은 멍하게 오래전 렌에 있는 다른 바에서 있었던 일을 떠올렸다. 그곳에서는 군복의 단추를 푼 병사들이 싸구려 샴페인을 마시며 큰 소리로 시끄럽게 떠들었다. 하지만 이제는 누구도 샴페인을 마시지 않았고, 누구도 큰 소리를 내지 않았다. 사람들은 말을 할 경우에도 단문으로 이야기했고, 상대 역시 〈그래〉와 〈아니〉라는 말만 했다. 「우리는 내일 죽게 될까? 미군은 우리를 어떻게 할까? 렌으로 가는 길을 지나갈 수 있을까? 독일 육군 기갑 사단은 어떻게 되었는지 들었어? BBC 방송에서는 뭐라고 하고 있지? 전쟁은 아직 끝나지 않은 것인가, 아니면 끝난 것인가?」 크리스티안은 술잔을 만지작거리다 문득 자신이 오래전 불복종과 부적절한 행동을 했다며 상부에 보고한 공병 이병은 어떻게 되었을지 궁금해졌다. 아마 한 달간 외출이 금지되었을 것이었다. 크리스티안은 자전거 쪽으로 몸을 기대며 희미한 미소를 지었다. 그리고 그는 한 달간 외출이 금지되는 것이 어떤 느낌일지 생각해 보았다. 미 1군과 8공군, 그리고 독일에 있는 오스트리아군 전체를 부적절한 행동을 했다며 한 달간 외출 금지를 시키는 거야.

그는 천천히 코냑을 들이켰다. 독하게 느껴지는 그것은 코냑이 아닐 수도 있었다. 어쩌면 그것은 사흘 전에 알코올을 타 만든 것인지도 몰랐다. 망할 놈의 프랑스인. 그는 바 뒤에 있는 노인을 바라보며 그를 증오했다. 그는 노인이 은퇴를 했음에도 그 주에 일을 하기 위해 힘든 몸을 이끌고 나온 게 분명하다고 생각했다. 어쩌면 힘이 센, 살찐 상인과 뚱뚱한 그의 아내가 그곳 주인으로서 그 가게를 얼마 전까지 운영해 왔는지도 모른다. 하지만 독일군 쓰레기들이 마을을 통과해 지나가는 것을 처음 본 그들은 독일군 또한 그 늙고 불쌍한 노인만큼은 어떻게 하지 않으리라는 생각을 하며 그를 바 뒤에 있게 했는지도 모른다. 주인과 아내는 어딘가 안전한 다락방에서 쇠고기와 샐러드와 독한 포도주를 들고 있거나 아니면 땀 냄새와 마늘 냄새를 풍기며 침대에서 뒹굴고 있는지도 몰랐다. (그는 암소 같은 몸에 손이 우유 짜는 여자 같으며, 염색한 머리칼이 밧줄처럼 굵었던, 렌에 있는 코린을 떠올렸다.) 그 순간 주인과 아내는 따뜻한 깃털 침대에서 서로를 끌어안은 채로 자신들의 작은 카페에서 피로한 병사들이 아버지에게 터무니없는 값을 치르고 있는 것에, 그리고 도로에 죽어 있는 독일군과 형편없는 술을 마시기 위해 더 많은 돈도 기꺼이 내게 될, 그 마을을 향해 오고 있는 미군을 생각하며 낄낄거리고 있는지도 모른다.

그는 노인을 노려보았다. 노인은 작고 검은 눈으로 무례하게 그를 노려보았다. 늙어서 썩어 가는 것 같은 얼굴은 경멸의 표정을 담고 있었다. 크리스티안에게는 쓸모없게 될 프랑화를 수천 프랑이나 호주머니에 넣고 있는, 이가 썩은 노인은 자기 딸 소유의 카페에서 조용히 앉아 있는 젊은 병사들 절반보다는 자신이 더 오래 살 거라고 생각하고 있는지도 몰랐다. 그리고 그는 반은 포로가 되었고, 반은 죽은 것이나 다름없는, 황혼 무렵의 얼룩진 테이블에 웅크리고 앉아 있는 이 외국인들 앞에 모진 시련이 기다리고 있을 거라는 생각을 하며 속으로 흐뭇해할 수도 있었다.

「원하는 거라도?」 노인은 실내에 있는 다른 사람들은 듣지 못한 농담을 듣고 있기라도 한 듯 씨근거리는 목소리로 말했다.

「아무것도 없어요.」 크리스티안이 말했다. 〈문제는 우리가 프랑스인들에게 너무 관대했다는 거야. 적이 있고 친구가 있을 뿐 그 사이에는 아무것도 없어. 사랑과 살인 사이의 다른 모든 것은 정치이며 부패와 나약함일 뿐이야. 그리고 끝내 그것 때문에 대가를 치르게 되지. 카프리 섬의 그 병실에서 얼굴이 뭉개진 채로 있던 하르덴부르크는 그 점을 이해했지만 정치가들은 그것을 이해하지 못했어.〉

노인이 눈을 감았다. 지저분한 낡은 종이 같은, 노랗고 주름진 눈꺼풀이 조롱하는 듯한 까만 동공을 가렸다. 그는 고개를 돌렸고, 크리스티안은 노인이 자신을 이겼다는 느낌을 받았다.

그는 코냑을 마셨다. 알코올이 서서히 그에게 영향을 끼치기 시작했다. 그는 곧 졸음에 빠졌고, 꿈속에서 자신이 거인처럼 느껴졌다. 그는 꿈속에서 천천히 움직이며 무의식 상태에서 뭔가를 엄청난 힘으로 때려눕힐 수 있을 것 같았다.

「술을 마저 마셔, 병장.」 귀에 익은 낮은 목소리가 들렸고, 크리스티안은 고개를 들어 테이블 앞에 서 있는 희미한 형체를 바라보았다.

「뭐라고요?」 그가 멍청하게 물었다.

「자네와 이야기하고 싶네, 병장.」 누구인지 모를 그는 미소를 짓고 있었다.

크리스티안은 고개를 흔들며 눈을 크게 떴다. 그리고 그 순간 그 남자를 알아보았다. 브란트였다. 그는 장교복을 입은 채로, 먼지를 뒤집어쓴 모습으로 그의 앞에 서 있었다. 야위고, 모자를 쓰고 있지 않았지만 브란트가 틀림없었고, 그는 미소를 짓고 있었다.

「브란트.」

「쉬.」 브란트가 손으로 크리스티안의 팔을 잡았다. 「술을 마저 마시고 밖으로 나오게.」

브란트는 몸을 돌려 밖으로 나갔다. 크리스티안은 브란트가 카페 창문에 등을 기댄 채로 서 있는 것을 보았다. 그의 앞으로 지친 부대가 지나가고 있었다. 크리스티안은 코냑을 비운 후 자리에서 일어났다. 노인이 다시 그를 바라보고 있었다. 크리스티안은 의자를 밀치고 조심스럽게 자전거 핸들을 잡고 문 쪽으로 끌고 갔다. 그는 문 앞에서 1870년 정도에 태어났을, 눈이 까만 프랑스인이 자신을 조롱하며 보고 있는 모습을 마지막으로 한 번 더 뒤돌아보지 않을 수 없었다. 노인은 독일군이 프랑스어로 그린 포스터 앞에 서 있었다. 포스터

속에서는, 한쪽 뿔에는 미국 국기가 다른 쪽 뿔에는 영국 국기가 달려 있는 달팽이 한 마리가 이탈리아 반도를 천천히 기어가고 있었다. 포스터에 적힌 말은 달팽이더라도 이제는 로마에 이르렀겠다는 것을 역설적으로 꼬집고 있었다. 마지막 오만함이군, 하고 크리스티안은 생각했다. 어쩌면 노인은 바로 그 주에 포스터를 붙여, 도망가는 독일군들이 그것을 보며 고통을 느끼기를 바랐는지도 몰랐다.

「저 신사분이 술을 잘 마셨기를 빌어.」 양로원의 흔들의자에 앉은 노인들에게서 들리는 것 같은 웃음소리를 내며 노인이 말했다.

프랑스인이 결국 우리 모두를 물리칠 거야, 하고 크리스티안은 화가 나 생각했다.

그는 밖으로 나가 브란트에게로 갔다.

「나와 함께 걷지.」 브란트가 부드럽게 말했다. 「광장을 천천히 걸어. 내가 하는 말을 누가 듣는 걸 원치 않으니까.」

그는 셔터가 내려진 가게들이 줄지어 서 있는 좁은 뒷골목을 따라 걷기 시작했다. 크리스티안은 브란트가 마지막으로 보았을 때에 비해 훨씬 늙었으며, 그의 관자놀이에 흰머리가 많이 생기고, 눈가와 입가에 주름이 깊이 생겼으며, 무척 야윈 것을 보고 놀랐다.

「자네가 들어오는 것을 보았네.」 브란트가 말했다. 「내 눈을 믿을 수가 없었네. 자네가 맞는지 5분 동안 지켜보았네. 도대체 사람들이 자네를 어떻게 한 건가?」

크리스티안은 그 자신도 별로 건강해 보이지 않는 브란트를 보며 약간 화가 났고, 그래서 어깨를 으쓱했다. 「이곳저곳을 옮겨 다녔죠.」 크리스티안이 말했다. 「여기서 뭘 하고 있는 거죠?」

「나는 노르망디에 배치되었지.」브란트가 말했다.「적의 침공 모습과, 포로가 된 미군과, 미군의 폭격으로 죽은 프랑스 여자와, 아이들의 잔혹한 모습을 사진으로 찍는 임무를 지시받았지. 늘 하는 일이지. 계속해서 걷게. 멈추지 마. 어디 멈춰 서게 되면 어떤 장교가 와 서류를 요구한 후 아무 부대에라도 자네를 배치하려고 할 거야. 그런 불쾌한 일을 하려 드는 자들이 많이 있어.」

그들은 지시를 받아 갈 데가 있는 병사들처럼 광장 옆을 기계적으로 걸어갔다. 건물의 회색 돌벽은 이제 석양 속에서 자주색으로 보였고, 초조하게 어슬렁거리는 사람들의 모습이 바닥에 깔린 돌과 셔터가 내려진 창문에 희미하게 비쳤다.

「내 말을 듣게.」브란트가 말했다.「자네는 어떻게 할 생각인가?」

크리스티안은 웃음을 터트렸다. 그는 자신의 목구멍에서 메마른 소리가 나오는 것에 놀랐다. 다가오는 미군의 위협을 피하기 위해 여러 날 동안 도망을 친 후 자신이 어떤 의도를 가질 수 있다는 생각에 미치자 기분이 좋아졌다.

「왜 웃는 건가?」브란트가 의심스러운 듯 그를 쳐다보았고, 크리스티안은 브란트의 기분을 상하게 하면 그가 귀중한 정보를 얘기하지 않을 수도 있다는 생각에 표정을 고쳤다.

「아무것도 아니에요.」크리스티안이 말했다.「솔직히 말해 아무것도 아니에요. 그냥 약간 지친 것뿐이에요. 이제 막 유럽 전역을 도는 9일간의 크로스컨트리 자전거 경주 대회에서 승리를 해 나 자신을 제대로 통제할 수가 없을 뿐이에요. 괜찮아질 거예요.」

「그래?」브란트가 따지듯이 물었다. 크리스티안은 사진작가의 음색을 통해 그가 비밀을 얘기하기 직전이라는 것을 알 수 있었다.「그래, 자네는 어떻게 할 생각인가?」

「자전거로 베를린까지 가려고요.」크리스티안이 말했다.「지금까지의 기록을 유지하려고요.」

「농담은 그만하게.」브란트가 말했다.

「나는 프랑스의 역사적인 시골을 자전거를 타고 지나가는 게 좋아요.」크리스티안이 가볍게 말했다.「전통 의상을 입은 채로 수류탄과 영국제 스텐 경기관총을 들고 있는 주민들과 얘기를 나누면서요. 하지만 더 좋은 방법이 있다면 그쪽에 관심이 갈 수도 있죠.」

「내 말을 들어 봐.」브란트가 말했다.「여기서 1.6킬로미터 떨어진 헛간에 좌석이 두 개인 영국제 차 한 대를 숨겨 놓았네.」

크리스티안은 무척 차분해졌고, 웃고 싶은 마음이 순식간에 사라졌다.

「계속해서 움직이게!」브란트가 나지막하게 말했다.「멈추지 마. 나는 파리로 돌아갈 생각이야. 내 멍청한 운전사가 어젯밤에 일을 그만두었어. 어제 공격을 받은 후 그는 신경이 과민해졌지. 그는 자정 무렵 미군 진영 쪽으로 가기 시작했어.」

「그런데요?」그의 말을 완전히 이해했다는 내색을 하며 크리스티안이 말했다.「왜 하루 종일 이곳에 머문 거죠?」

「나는 운전을 못해.」브란트가 시큰둥하게 말했다.「내가 운전을 배운 적이 없다는 게 상상이 가?」

이번에는 크리스티안은 웃음소리를 낮출 수가 없었다.「오, 맙소사.」그가 말했다.「현대적인 사람이 어떻게 그럴 수가 있죠?」

「그렇게 우스운 일은 아냐.」 브란트가 말했다. 「너무 긴장해 운전을 배울 수가 없었어. 1935년에 한 번 시도를 하다가 하마터면 죽을 뻔했지.」

그는 전쟁 기간 동안 운이 좋았던 사람보다 갑작스럽게 자신이 유리해졌다는 생각을 하며, 지금 세기는 너무 긴장하는 사람에게는 좋지 않다고 생각했다. 「왜 여기 있는 누군가에게」라고 말하며 크리스티안은 읍사무소 계단에서 쉬고 있는 사람들을 가리켰다. 「운전을 부탁하지 않았죠?」

「그들을 믿지 못하겠어.」 초조하게 주위를 둘러보며 브란트가 우울하게 말했다. 「지난 며칠 사이 아군에게 죽은 장교들에 대해 들은 얘기를 절반만 해도 자네는…… 나는 이 망할 놈의 작은 마을에서 거의 스물네 시간을 앉아 있으면서 무엇을 해야 할지, 그리고 믿을 만한 사람을 어떻게 찾아낼지 궁리를 하고 있었네. 하지만 사람들은 모두 무리를 지어 가고 있고, 동료들이 있어. 그런데 차에는 자리가 두 개밖에 없어. 그리고 내일이면 미군이 이곳에 오게 될지, 아니면 파리로 가는 길이 봉쇄될지 누가 알겠나. 크리스티안, 고백하건대, 자네 얼굴을 카페 안에서 본 순간 나는 눈물을 흘릴 뻔했네. 내 말을 들어 보게.」 브란트가 초조하게 그의 팔을 잡았다. 「자네는 혼자지? 그렇지?」

「걱정 말아요.」 크리스티안이 말했다. 「혼자예요.」

갑자기 브란트가 말을 멈췄다. 그는 초조하게 얼굴을 닦았다. 「그 생각은 못 했는데……」 그가 속삭였다. 「운전은 할 줄 아나?」

아군이 완전히 무너지고 있는 그 순간 그 단순하고 멍청한 질문을 하는 브란트의 얼굴에 그대로 떠오른 고통이 그의 삶에 있어 가장 결정적인 문제이자 비극이라는 사실을 생각하자 크리스티안은 야위고 나이가 든, 한때 예술가였던 그에게 기이한 연민을 느꼈다.「걱정 마요, 동지.」크리스티안은 브란트의 어깨를 두드리며 그를 달랬다.「운전할 수 있어요.」

「하느님 감사합니다.」브란트가 안도의 한숨을 쉬었다.「같이 가겠나?」

크리스티안은 약간 기운이 없었고 어지러웠다. 브란트는 안전과 속도와 고향과 삶을 제안하고 있었다.「어디 한번 해보죠.」그가 대답했다. 그들은 물에 빠져 허우적거리면서도 서로 도우며 어떻게든 해변까지 가려는 두 사람처럼 희미한 미소를 지었다.

「지금 바로 출발하지.」브란트가 말했다.

「잠시만요.」크리스티안이 말했다.「이 자전거를 누구에게 주고 싶어요. 누군가에게 도망칠 수 있는 기회를 주는 거예요.」그는 읍사무소 앞에 있는 희미한 형체들을 보며 누구에게 행운을 줘 살아남게 할지 생각을 했다.

「아냐.」브란트가 크리스티안을 자신 쪽으로 당겼다.「그 자전거는 쓸모가 있을 거야. 농장에 있는 프랑스인은 우리가 그 자전거를 가져가면 먹을 것을 모두 내놓을 거야.」

크리스티안은 머뭇거렸지만 잠시 그랬을 뿐이다.「그래요.」그가 차분하게 말했다.「내가 무슨 생각을 할 수 있겠어요?」

브란트가 어깨 너머로 누군가가 따라오지 않는지 초조하게 보는 가운데 크리스티안은 자전거를 끌고 왔다. 그들은 마을을 빠져나와 크리스티안이 30분 전 지나왔던 길로 다시 갔다. 고요한 저녁 공기 속에서 자욱한 향기를 풍기고 있는, 꽃을 피운 서양산사나무가 서 있는 둑 사이로 난 흙길이 고속도로로 이어지는 첫 번째 교차로에서 그들은 방향을 바꿨다. 15분을 걸은 그들은 제라늄이 심어진 편안한 농가에 이르렀다. 브란트는 돌로 지은 커다란 헛간의 건초 더미 아래에 2인승 자동차를 숨겨 놓은 상태였다.

브란트가 자전거에 대해 한 말은 옳았다. 저녁별이 뜨기 시작했을 때 농가에서 이어지는 좁은 흙길을 출발한 그들에게는 햄 두 개와 커다란 깡통에 든 우유와 커다란 치즈 반 조각, 칼바도스 1리터와 사과술 2리터, 두껍고 거친 갈색 빵 여섯 조각, 그리고 그들이 소형차에서 건초를 치우는 동안 농부의 아내가 삶아 준 계란 한 바구니 등이 있었다. 자전거가 그 무엇보다도 쓸모가 있었다는 사실이 증명된 것이다.

배를 채운 후 작지만 실내가 아름다운 차 안 운전대 뒤에 느긋하게 앉아 달빛이 비치는 저녁에 간선 도로로 이어지는, 연한 빛을 띤 서양산사나무 사이로 난 길을 달리며 크리스티안은 속으로 미소를 지었다. 그날 아침 일찍 텅 빈 도로에서 파란색 셔츠를 입은 아이를 만난 것은 그가 생각한 것보다 훨씬 큰 도움이 된 것이다.

그들은 다시 마을을 지나갔지만 멈추지는 않았다. 그들이 광장을 빠른 속도로 지나갈 때 누군가가 소리쳤지만 멈추라는 명령인지, 차를 태워 달라는 애원인지, 아니면 그들이 너무 빨리 지나가 길을 가던 사람을 위험하게 해 욕을 한 것인지는 그들도 알 수 없었다. 크리스티안은 최대 속도로 달렸다. 잠시 후 그들은 달빛이 비치는 시골 너머로, 2백 미터 떨어진, 파리로 향하는, 희미하게 보이는 도로 위로 들어섰다.

「독일은 끝났어.」브란트가 말했다. 그의 목소리는 가늘고 지친 기색이었지만, 잠이 든 시골길을 지붕을 연 차를 타고 일정한 속도로 달리며 밤바람을 맞으면서도 들을 수 있을 만큼 충분히 컸다. 「미친 자만이 그 사실을 모를 거야. 무슨 일이 일어나고 있는지 보게. 온통 몰락하는 모습밖에는 보이지 않아. 한데 아무도 신경을 쓰지 않고 있지. 백만 명에 이르는 병사들이 각자 알아서 해야 하는 상황에 처해 있어. 그들은 지휘하는 장교도 거의 없는 상태에서 먹을 것도, 계획도, 탄약도 없이 미군의 수중에 넘어가기만을 기다리고 있지. 아니면, 멍청하게도 미군에 대항할 경우 죽임을 당하겠지. 독일은 더 이상 군대를 부양할 수가 없어. 어딘가에서 사람들이 군대를 일부 모아 전선을 구축할 수도 있겠지만 그것은 형식적인 몸짓밖에 되지 못할 거야. 일시적이고, 피에 굶주린 것 같은 몸짓 말이야. 그건 낭만적인 바이킹족의 병적인 장례식 같은 거지. 클라우제비츠와 바그너와 장군들과 지크프리트가 합세해 묘지라는 연극적인 효과를 내는 것 같을 거야. 나는 누구보다도 애국자야. 나는 최선을 다해 이탈리아와 러시아와 이곳 프랑스에서 독일을 위해 일했어. 하지만 나는 사람들이 지금 우리에게 하는 일을 감당하기에는 너무 문명화되었어. 나는 바이킹족을 믿지 않아. 나는 괴벨의 화장터에서 불에 타고 싶지 않아. 문명화된 인간과 사나운 야수 사이의 차이점은, 인간은 자신이 패배한 때를 알고 스스로를 구하기 위해 조처를 취한다는 거지. 전쟁이 시작되려 했을 때 나는 프랑스 공화국의 시민이 되려고 지원 서류를 제출했다가 포기했지. 독일이 나를 필요로 했으니까.」브란트는 상식을 갖고 솔직하면서도 엄정하게, 옆자리에 있는 사람뿐만 아니라 자신 또한 설득하려고 진지하게 말을 잇고 있었다. 「그리고 나는 나를 조국에 바쳤네. 내가 할 수 있는 것을 했지. 나는 많은 사진을 찍었고, 그 사진을 찍기 위해 많은 일들을 겪었어! 하지만 더 이상 찍을 사진이 없어. 아무도 그 사진들을 인화하지 않고, 설사 인화를 한나 하더라도 아무도 믿지 않으며 감동을 받지도 않지. 나는 내 카메라를 가솔린 10리터에 농부와 바꿨네. 전쟁은 더 이상 사진작가를 위한 주제가 아냐. 이 전쟁에서 사진을 찍을 것이 남아 있지 않으니까. 패잔병들을 소탕하는 과정만 남아 있을 뿐이지. 그건 미국 사진작가들이 알아서 하겠지. 이미 소탕되고 있는 사람들이 그 과정을 필름에 담는 것은 우스꽝스러운 일이지. 누구도 우리에게서 그런 것을 기대할 수는 없어. 어떤 병사가 군대에 들어올 때에는 군대가 그와 체결하는 기본적인 계약이라는 게 있지. 그것은 설사 군대가 그에게 죽을 것을 요구할 경우에도 그것을 공공연히 요구하지는 않는다는 거야. 정부가 지금 평화를 요구하지 않는다면, 그리고 그런 일이 일어나고 있다는 징후가 없다면 정부는 나를 위시해 프랑스에 있는 모든 병사들과의 계약을 위반하고 있는 거야. 우리는 우리 정부에 빚진 게 아무것도 없어. 아무것도.」

「왜 그런 이야기를 하는 거죠?」 앞쪽의 희미한 길에서 눈을 떼지 않으면서 크리스티안이 말했다. 그는 조심스럽게 〈브란트에게는 계획이 있는 게 분명해. 하지만 아직은 그에게 의지하지 않을 거야〉라고 생각했다.

「파리에 도착하게 되면.」 브란트가 천천히 말했다. 「군대를 저버릴 거니까.」

그들은 1분 정도 아무 말 없이 갔다.

「그 표현은 정확하지 않군.」 브란트가 말했다. 「내가 군대를 저버리는 게 아니니까. 군대가 나를 저버렸어. 다만 이번에 나의 이탈을 공식화하려는 거야.」

저버린다는 말이 크리스티안의 귓전에서 맴돌았다. 오래전에 미군은 전단과 안전한 통행증을 살포하며, 전쟁은 끝났으며 포로를 잘 대해 줄 테니 부대를 이탈하라고 했다. 그런 시도를 하다가 체포되어 여섯 명씩 나무에 목이 매달리고, 독일에 있는 가족은 총살당했다는 이야기가 나돌기도 했다. 브란트는 가족이 없었고 누구보다도 자유로웠다. 물론 이런 혼란 속에서는 누가 군대를 저버렸는지, 누가 죽었는지, 누가 영웅적으로 싸우다 죽었는지 아무도 모를 것이었다. 오랜 시간이 지난 후, 어쩌면 1960년쯤 어떤 소문이 나돌 수도 있고, 아니면 아무 얘기도 없을 수도 있었다. 하지만 지금 그 문제에 대해 걱정하는 것은 불가능했다.

「왜 파리에 가 군을 저버리겠다는 거죠?」 전단을 떠올리며 크리스티안이 말했다. 「왜 반대쪽으로 가 처음으로 만나는 미군 부대에 투항하지 않는 거죠?」

「그 생각도 해봤네.」 브란트가 말했다. 「내가 그 생각도 안 해보았다고 생각지는 말게. 하지만 그건 너무 위험하네. 야전 부대는 믿을 수가 없네. 그들은 흥분해 있을 수도 있어. 불과 20분 전에 저격수에게 동료 하나가 죽었을 수도 있으니까. 아니면 어디로 서둘러 가고 있을 수도 있고, 유대인인 누군가의 친척이 부헨발트에 있을 수도 있지. 그리고 이런 시골에서는 미군을 결코 만나지 못할 수도 있어. 이곳과 셰르부르 사이에 있는 프랑스인 모두가 이제는 총을 갖고 있지. 그들은 너무 늦기 전에 독일군 한 명을 죽이려고 혈안이 되어 있어.

그렇게 할 경우 자신들의 기록에도 도움이 되니까. 나는 군을 이탈하고 싶지 죽고 싶지는 않아, 친구.」

그는 미리 이성적으로 모든 것을 생각해 내는 신중한 사람이라고 크리스티안은 생각했다. 브란트가 존경스러웠다. 그가 군에서 그토록 살하고, 선전국이 좋아할 사진을 찍고, 파리에서 잡지사 일을 하며 돈을 많이 벌고, 비싼 아파트에서 그토록 오래도록 머물고, 잘 먹고, 잘 입고, 고급 창녀들과 어울린 것은 놀라운 일이 아니었다.

「내 말을 들어 보게.」 브란트가 말했다. 「내 친구 시몬 알지?」

「아직도 그녀와 연락을 하고 있나요?」 크리스티안이 놀라며 말했다. 브란트는 일찍이 1940년에 시몬과 함께 살았다. 크리스티안은 파리로 첫 휴가를 갔을 때 브란트와 함께 그녀를 만난 적이 있었다. 그들은 함께 외출을 했고 시몬은 친구 — 그녀의 이름이 뭐였더라? — 프랑수아즈를 데려왔지만 프랑수아즈는 무척 차가웠고, 독일인을 좋아하지 않는다는 사실을 감추지 않았다. 이번 전쟁에서 브란트는 운이 좋았다. 독일군의 군복을 입긴 했지만, 거의 프랑스어가 유창해 프랑스 시민이나 다름없었던 그는 양 진영에서 최대한 유리한 것을 취했다.

「물론, 시몬과는 여전히 연락하지.」 브란트가 말했다. 「그래서는 안 될 이유라도 있나?」

「모르겠어요.」 크리스티안은 미소를 지었다. 「화내지 말아요, 오래전 일이라서…… 4년 전인가요? 게다가 전쟁 중이라…….」 시몬은 무척 예쁘긴 했지만 크리스티안은 늘 기회가 많은 브란트가 수년 동안 매력적인 한 여자로부터 다른 매력적인 여자에게로 가는 상상을 했었다.

「우리는 결혼할 생각이야.」브란트가 단호하게 말했다.「이 망할 놈의 전쟁이 끝나는 대로.」

「그래야죠.」한 줄로 서서 조용히 도로 가장자리를 걸어가고 있는 사람들을 지나면서 크리스티안은 속도를 줄였다. 그들이 들고 있는 무기의 쇠붙이가 달빛 속에서 반짝였다.「물론 그래야죠. 안 될 이유가 없잖아요.」그는 운이 좋고 지각이 있는 브란트가 부상도 입지 않은 채로 전쟁을 뒤로하고 편안하고 따뜻한 미래를 모두 계획해 놓았다는 생각을 하며 그를 부러워했다.

「그녀 집으로 곧장 갈 생각이네.」브란트가 말했다.「그런 다음 이 군복을 벗고 민간인 옷을 입을 거야. 그리고 그곳에서 미군이 도착할 때까지 기다릴 거야. 그때 가서, 사람들의 흥분이 가라앉으면 시몬이 미군 헌병대에 가 내가 독일군 장교로 투항하려 한다는 얘기를 할 거야. 미군은 무척 올바르지. 그들은 포로를 신사적으로 대해. 그리고 전쟁은 곧 끝날 거야. 그들은 나를 풀어 줄 거고, 나는 시몬과 결혼해 다시 그림을 그릴 거야.」

〈운이 좋은 브란트는 아내와 일 그리고 모든 것을 영리하게 계획해 두었어.〉

「내 말을 들어 보게, 크리스티안.」브란트가 말했다.「자네도 그렇게 하면 될 거야.」

「뭐라고요?」크리스티안이 미소를 지으며 말했다.「시몬이 나와 결혼하고 싶어 하나요?」

「농담하지 말게.」브란트가 말했다.「그녀는 침실이 두 개 있는 커다란 아파트를 갖고 있어. 자네도 그곳에서 지낼 수 있네. 자네는 이 망할 놈의 전쟁에서 파멸하기에는 사람이 너무 좋아.」브란트는 손을 뻣뻣하게 내저으며 도로 위를 걸어가고 있는 사람들과 하늘에 드리운 죽음과 국가의 몰락을 받아들이는 것 같았다.「자네는 할 만큼 했네. 자네 몫을 다 했어. 그 이상을 했지. 지금은 바보가 아니라면 모두 스스로를 돌봐야 할 때야.」브란트는 간청을 하듯 크리스티안의 팔을 살며시 잡았다.「할 얘기가 있네, 크리스티안.」그가 말했다.「파리로 가는 길에서의 첫날 이후로 나는 자네를 존경했고, 자네 걱정을 했네. 그리고 내가 살아남는 데 있어 누군가 한 사람을 고를 수 있다면 자네야말로 그 사람이라고 생각했네. 전쟁이 끝나게 되면 자네 같은 사람이 필요할 걸세. 자네 스스로는 그럴 필요가 없다고 생각하더라도 조국을 위해서는 그렇게 해야 하네. 나와 함께 지내겠나, 크리스티안?」

「그럴 수도 있죠.」크리스티안이 천천히 말했다.「그럴 수도 있죠.」그는 고개를 흔들어 피로와 졸음을 떨쳐 버리며 도로 위에 나뒹굴고 있는 고장 난 차량 한 대를 피해 갔다. 병사 세 명이 희미한 자동차 불빛 속에서 일을 하고 있었다.「그럴 수도 있죠. 하지만 먼저 파리까지 가야죠. 그런 다음에야 무엇을 할지 고민할 수 있을 거예요.」

「무사히 갈 거야.」브란트가 차분하게 말했다.「나는 확신해. 절대적으로 확신해.」

그들은 이튿날 밤 파리에 도착했다. 길에는 차량이 거의 다니지 않았다. 무척 어두웠고, 크리스티안이 독일이 침공하기 전 며칠 동안 왔을 때와 다르지 않았다. 독일군 장교가 탄 차가 여전히 거리를 질주하고 있었고, 카페 문이 열릴 때면 불빛이 잠시 새어 나왔고, 천천히 걸어가고 있는 병사들이 웃음을 터트리기도 했다. 여전히 오페라 좌 근처에 있는 여자들은 그곳 앞을 지나는 병사들에게 소리치고 있었다. 적이 1천 킬로미터 밖에 있건 바로 외곽에 있건, 미군이 알제에 있건 알랑송[22]에 있건 장사의 세계는 계속되고 있군, 하고 크리스티안은 침울하게 생각했다.

브란트는 이제 무척 긴장하고 있었다. 그는 좌석에 엉덩이를 걸치고 앉아 숨을 가쁘게 쉬며 불이 꺼진, 복잡한 거리에서 크리스티안에게 길을 가르쳐 주고 있었다. 크리스티안은 브란트와 함께 그 대로를 지나갔던 때를 떠올렸다. 당시 히믈러 병장이 전문 관광 안내인처럼 명소들을 가리켰고, 하르덴부르크는 앞자리에 앉아 있었다. 농담을 곧잘 하던 히믈러는 이제 사막의 모래 언덕에 뼈만 남은 채로 누워 있고, 하르덴부르크는 이탈리아에서 자살을 한 상태였다. 하지만 브란트와 그는 아직도 살아남은 채로 같은 도로 위를 달리며 오래된 그 도시의 똑같은 시큼한 냄새를 맡으며 변함없이 흐르는 강을 따라 서 있는 똑같은 기념물들을 지나쳐 가고 있었다.

「여기야.」 브란트가 속삭였다. 「이곳에 차를 세우게.」

크리스티안은 차를 세운 후 시동을 껐다. 그는 무척 피로했다. 그들은 아무런 장식도 없는 커다란 문과 가파른 시멘트 비탈이 있는 차고 앞에 있었다. 「나를 기다리게.」 브란트는 그 말을 한 후 서둘러 차에서 내렸다. 그는 비탈 한쪽에 있는 문을 두드렸다. 곧 문이 열렸고, 브란트는 그 안으로 사라졌다. (크리스티안은 히믈러가 창녀집의 문으로 사라진 것과 무어풍의 벽걸이와 차가운 샴페인 병과 얼굴이 검은 여자가 붉은

22 파리 서쪽에 있는 소도시.

입술에 머금고 있던 미소를 떠올렸다. 〈이상한 취향 아니에요?〉 하고 붉은 입술의 여자가 말하자 브란트는 〈우리는 이상한 사람들이야. 그 점을 알게 될 거야. 할 일을 해〉라고 말했다. 그리고 히믈러가 손에 들고 있던 초록색 비단 드레스와 벽에 휘갈겨 쓴 1918이라는 숫자도 기억이 났다.) 프랑스인들이 결국에는 우리를 물리칠 것이라고 크리스티안은 마음속 깊은 곳에서 다시 한번 생각했다.

요란한 소리가 들리며 차고 문이 활짝 열렸다. 비탈 꼭대기에서 빛이 희미하게 비치며 건물이 노랗게 보였다. 브란트가 서둘러 나왔다. 그는 텅 빈 거리를 둘러보았다.

「차를 몰고 들어와.」 그가 크리스티안에게 속삭였다. 「재빨리.」

크리스티안은 시동을 걸어 차를 불빛을 향해 비탈 위로 몰고 갔다. 그는 그의 뒤에서 차고 문이 닫히는 소리를 들었다. 그는 좁은 통로를 조심스럽게 올라가 꼭대기에서 멈췄다. 그는 주위를 둘러보았다. 희미한 빛 속에서 그는 다른 차 서너 대가 방수포에 덮여 있는 것을 보았다.

「됐어.」 브란트가 그의 뒤에서 말했다. 「여기서 내려.」

크리스티안은 시동을 끄고 차에서 내렸다. 브란트와 다른 남자 하나가 그를 향해 오고 있었다. 다른 남자는 키가 작고 살이 쪘으며 챙이 좁은 펠트 모자를 쓰고 있었는데 그 그늘진 장소에서 그 순간 그것은 우스꽝스러운 동시에 불길하게 보였다.

펠트 모자를 쓴 남자는 천천히 차 주위를 돌며 이따금 차에 손을 대어 보았다. 「아주 훌륭하군요.」 그가 프랑스어로 말했다. 그는 몸을 돌려 한쪽에 있는 작은 사무실로 사라졌다. 사무실에서는 숨겨진 램프의 희미한 빛이 새어 나오고 있었다.

「내 말을 듣게.」브란트가 말했다. 「차를 팔았네. 7만 5천 프랑에.」그는 크리스티안 앞에서 지폐를 흔들었다. 크리스티안은 그것을 제대로 볼 수는 없었지만 종잇장이 부스럭거리는 소리는 들었다. 「저 사람들은 앞으로 몇 주 동안 무척 많은 도움이 될 걸세. 짐을 꺼낸 후 걸어가세.」

크리스티안은 브란트를 도와 빵과 햄, 치즈와 칼바도스를 내리며 〈7만 5천 프랑이라니, 대단하군〉 하고 생각했다. 〈이 사람은 어디에서든 살아남을 거야! 그는 도처에 언제라도 그를 도우려는 친구들과 사업상 아는 사람들이 있어.〉

펠트 모자를 쓴 남자가 삼베 부대 두 개를 들고 다시 왔다. 크리스티안과 브란트는 소지품을 모두 그 안에 담았다. 프랑스인은 도움을 자청하지는 않았지만 한 줄기 불빛이 비치는 곳 옆에서 무표정하게 지켜보고 있었다. 그들이 짐을 모두 싸고 나자 그는 그들을 데리고 계단을 반쯤 내려간 후 문을 열었다. 「또 봐요, 브란트 씨.」그가 말했다. 그의 목소리는 평탄했다. 「파리에서 좋은 시간을 보내길 빌어요.」프랑스인의 목소리에는 경고와 조롱이 섞여 있는 것 같았다. 크리스티안은 그를 붙들어 불빛 아래로 데려가 그를 자세히 보고 싶었다. 하지만 그가 머뭇거리는 사이 브란트가 초조하게 그의 팔을 잡아당겼다. 그는 브란트를 따라 거리로 나섰다. 그들 뒤에서 문이 닫혔고, 그는 자물쇠가 조용히 잠기는 소리를 들었다.

「이쪽이야.」브란트가 그 말을 하며 자루 부대를 어깨에 멘 채로 걸음을 옮기기 시작했다. 「멀리 가지 않아도 돼.」크리스티안은 그를 따라 어두운 거리를 걸어갔다. 그는 나중에 브란트에게 펠트 모자를 쓴 프랑스인과 그가 그 소형차로 무엇을 하려는지 물어봐야겠다는 생각을 했다. 지금은 그는 너무 피로했고, 브란트는 서둘러 앞장을 서 조용히 여자친구의 집으로 가고 있었다.

2분 후 브란트는 어떤 4층 건물의 문 앞에서 걸음을 멈췄다. 거리 쪽으로 나 있는 그늘진 창문에는 블라인드가 쳐져 있었다. 브란트는 초인종을 눌렀다. 그들은 오는 길에 누구와도 마주치지 않았다.

한참 후에야 문이 열렸는데 조금밖에는 열리지 않았다. 브란트는 문틈 사이로 뭔가를 속삭였고, 크리스티안은 어떤 노파의 목소리를 들었다. 그 목소리는 처음에는 따지듯 들렸으나 브란트가 신원을 밝히자 곧 따뜻하게 환영하는 목소리로 들렸다. 체인이 벗겨지는 작은 소리가 들린 후 문이 활짝 열렸다. 크리스티안은 브란트를 따라 조용히 있는 관리인을 지나쳐 계단을 올라갔다. 브란트는 어떤 문을 두드려야 하는지, 그리고 문을 열기 위해서는 무슨 말을 해야 하는지 정확하게 알고 있다고 크리스티안은 생각했다. 누군가가 버튼을 눌렀고, 계단에 불이 켜졌다. 크리스티안은 그곳이 깨끗하고 고급스러운 대리석 계단이 있는 아주 훌륭한 건물이라는 것을 알 수 있었다. 그곳은 부통령이나 정부 고위 관료가 살 법한 곳이었다.

20초 후 불이 꺼졌다. 그들은 어둠 속에서 계단을 올라갔다. 크리스티안이 어깨에 멘 슈마이서가 벽에 부딪치며 쇳소리를 냈다. 「조용히 하게!」 브란트가 거칠게 속삭였다. 「조심해.」 그는 다음 층계참에서 버튼을 눌렀고, 불이 또다시 20초 동안 켜졌다. 그것은 절약이 몸에 밴 프랑스인다운 것이었다.

그들은 꼭대기 층으로 올라갔고, 브란트가 문을 살며시 두드렸다. 그 아파트에 살고 있는 사람이 그 신호를 기다리기라도 한 것처럼 문이 금방 열렸다. 한 줄기 빛이 복도로 새어 나왔고, 크리스티안은 긴 드레스를 입은 여자를 보았다. 그 순간 그녀가 브란트의 품에 몸을 던졌다. 그녀는 흐느끼며 「이제야 왔군요, 이제야 왔어요. 이제야……」하고 말했다.

크리스티안은 소리가 나지 않도록 총 개머리판을 쥔 채로 두 사람이 포옹을 하는 것을 지켜보며 벽 쪽에서 어색하게 서 있었다. 그들은 열정적이기보다는 안도를 하듯, 마치 부부가 하는 것처럼 그렇게 포옹을 했다. 눈물을 쏟으며, 그다지 아름답지 않았지만 무척 안도하며 서로를 포옹하는 그들의 모습은 감동적이었다. 크리스티안은 자신이 그 자리에 없었다면 더 나았을 거라는 생각을 했다.

마침내 반은 흐느끼며, 반은 웃으며 시몬이 포옹을 풀고 한 손으로 긴 머리를 뒤로 넘겼다. 하지만 그녀는 여전히 다른 한 손으로는 그의 팔을 잡고 있었다. 마치 그가 실재하며, 다음 순간에 사라지지 않으리라는 것을 자신에게 확신시키려는 것 같았다.

「자.」그녀가 말했다. 크리스티안은 그녀의 가볍고 부드러운 목소리를 잘 기억하고 있었다. 「이제 예의를 차릴 때인 것 같아요.」그녀가 크리스티안에게로 몸을 돌렸다.

「디스를 기억하지?」브란트가 말했다.

「물론이죠. 그렇고말고요.」그녀가 충동적으로 손을 내밀었다. 크리스티안은 악수를 했다. 「당신을 만나게 되어 무척 기뻐요. 우리는 당신에 대해 무척 자주 얘기했어요. 들어와요. 밤새 복도에 서 있을 수는 없죠.」

그들은 아파트 안으로 들어갔고, 시몬은 문을 잠갔다. 그 소리를 듣자 크리스티안은 그곳이 진짜 집처럼 느껴졌고, 안전하게 생각되었다. 브란트와 크리스티안은 그녀를 따라 거실로 들어갔다. 창문에 쳐진 커튼 앞에는 누비옷을 입은 여자가 서 있었다. 소파 근처에 있는 테이블 위의 램프 불빛 바깥에 있는 그녀의 얼굴은 어둠 속에 있어서 잘 보이지 않았다.

「짐을 내려놓아요. 몸을 씻고 싶겠죠. 아니, 그전에 배가 무척 고프겠죠.」 시몬이 자상한 아내처럼 말했다. 「포도주가 조금 있어요. 포도주를 한 병 따 축하를 해야죠. 오, 프랑수아즈, 여기 누가 왔는지 봐. 멋지지 않아?」

독일인을 증오하는 프랑수아즈. 크리스티안은 그녀를 기억했다. 그는 프랑수아즈가 창문 근처에서 조심스럽게 다가와 브란트와 악수를 하는 것을 바라보았다.

「만나서 무척 기뻐요.」 프랑수아즈가 말했다.

키가 크고, 밤색 머리가 층이 지고, 절제된 입 위로 코가 길고 우아하게 생긴 그녀는 크리스티안이 기억하고 있던 것보다 훨씬 예뻤다. 그녀는 미소를 지으며 크리스티안에게로 몸을 돌려 손을 내밀었다. 「환영해요, 디스틀 병장님!」 프랑수아즈가 말했다. 그녀는 따뜻하게 손을 쥐었다.

「오.」 크리스티안이 조심스럽게 말했다. 「나를 기억하는군요.」

「물론이죠.」 그를 똑바로 쳐다보며 프랑수아즈가 말했다. 「여러 번 당신을 생각했어요.」

그녀는 무엇을 향해 미소를 짓고 있지, 그리고 나를 여러 번 생각했다는 건 무슨 의미지, 하고 불안한 생각을 하며 크리스티안은 그녀의 그늘진 초록빛 눈을 바라보았다.

「프랑수아즈와 함께 지난 달에 이곳으로 이사를 왔어요,

내 사랑.」시몬이 브란트에게 말했다.「그녀의 아파트는 징발되었죠. 당신들 군대에게.」그녀는 브란트를 향해 매력적인 얼굴을 살짝 찌푸렸고, 브란트는 껄껄 웃으며 그녀에게 키스를 했다. 그녀의 손이 그의 어깨 위에서 잠시 머뭇거리다가 내려졌다. 크리스티안은 그녀가 훨씬 더 나이가 들어 보이는 것을 보았다. 그녀는 여전히 작고 단정했지만 눈 주위에는 근심 때문인 듯한 주름이 패여 있었고, 피부도 메말라 생기가 없어 보였다.

「오래 머물 건가요?」프랑수아즈가 물었다.

크리스티안은 잠시 머뭇거리다가「아직 우리의 계획은 분명하지 않아요, 우리는……」하고 확실하게 말했다.

그는 브란트가 웃다가 잠시 후 웃음을 멈추는 것을 들었다. 웃음소리는 안도감과 기쁨이 함께 실린 듯 높고, 거의 발작에 가까운 것이었다.「크리스티안.」브란트가 말했다.「이제 그만 올곧은 사람인 척해. 우리는 전쟁이 끝날 때까지 머물 계획이잖아.」

그 순간 시몬이 자리에 주저앉았다. 그녀는 소파 가장자리에 앉았고, 브란트는 그녀를 달래 주었다. 크리스티안은 잠시 프랑수아즈의 눈이 반짝이는 것을 보았다. 그녀는 속으로 흐뭇해하고 있는 것처럼 보였다. 하지만 곧 그녀는 정중하게 몸을 돌려 창가로 갔다.

「됐어요.」시몬이 말했다.「이건 우스꽝스러워요. 내가 왜 우는지 모르겠어요. 나는 점차 내 어머니를 닮아 가고 있어요. 그녀는 행복해도, 슬퍼도, 햇살이 환해도, 비가 오기 시작해도 울었죠. 가서 몸을 씻어요. 당신이 화장실에서 나오면 나는 이성적으로 바뀌어 있을 거예요. 그리고 맛있는 저녁 식사를 준비해 놓을게요. 자, 가요. 그런 눈으로 나를 보지 말아요. 자, 가요.」

브란트는 집에 돌아온 가장처럼 멍청하며, 아이 같은 미소를 지었다. 그런데 그 미소는 노르망디에서 그곳까지 오느라 먼지를 뒤집어 써 지저분하지만 지적이고 야위었으며, 주름이 진 얼굴에는 어울리지 않았다.

「자, 크리스티안.」 브란트가 말했다. 「얼굴에 있는 먼지를 씻어 내지.」

그들은 함께 욕실로 들어갔다. 크리스티안은 그들이 거실을 나서는 것을 쳐다보지도 않는 프랑수아즈를 보았다.

욕실에서 물이 흘러내리는 가운데 (연료 상황이 좋지 않아 냉수밖에 나오지 않았다) 브란트가 비누 거품을 묻힌 채로 얘기를 했고, 크리스티안은 검은 머리에 물을 적신 후 누군가의 빗으로 머리를 정리했다. 「저 여자에게는 내가 다른 누구에게서도 발견하지 못한 뭔가가 있어.」 브란트가 말했다. 「나는…… 나는 그녀의 모든 것을 받아들일 수 있겠어. 한데 다른 여자에게 내가 지나치게 비판적이었던 건 약간 우스워. 그들은 너무 야위고, 허영심이 많았으며, 약간 멍청했어. 2~3주 전에는 더 이상 그들을 참을 수가 없었어. 하지만 시몬은…… 그녀가 약간 감상적이고, 더 늙었고, 주름도 있다는 것을 알고 있어. 그리고…….」 그는 비누칠을 하며 미소를 지었다. 「나는 그녀가 지나치게 똑똑하지 않은 게 좋아. 진짜야. 그녀는 걸핏하면 흐느끼지. 한데 나는 그게 좋아.」 그 말을 한 다음 그는 아주 심각하게 얘기를 했다. 「그녀는 내가 전쟁에서 얻은 유일하게 좋은 것이야.」 그는 그토록 솔직하게 말을 한 것이 창피하기라도 한 듯 수돗물을 제일 세게 틀고 얼굴과 목에 칠

한 비누를 씻어 냈다. 그는 상의를 모두 벗고 있었고, 크리스티안은 그의 친구가 어린아이처럼, 뼈가 살갗 밖으로 빠져나올 듯이 튀어나오고, 팔이 무척 야윈 것을 보며 동정심을 느끼면서도 기분이 좋았다. 대단한 연인이자 대단한 군인인 그는 4년간의 전쟁에서 어떻게 살아남은 것일까, 하고 크리스티안은 생각했다.

브란트는 몸을 일으킨 후 얼굴을 수건으로 닦았다. 「크리스티안.」 그가 수건을 얼굴에 댄 채로 심각하게 말했다. 「나와 함께 머물 거지, 그렇지?」

크리스티안이 흐르는 물소리에 자신이 하는 소리가 바깥에 들리지 않도록 목소리를 낮춰 말했다. 「그 여자는 어떻게 하죠?」

「프랑수아즈 말인가?」 브란트는 손을 내저었다. 「그녀 걱정은 하지 마. 방은 많이 있어. 자네는 소파에서 자도 돼. 아니면…….」 그는 미소를 지었다. 「그녀를 좀 더 잘 알게 되면 소파에서 자지 않아도 되지.」

「사람이 너무 많은 것을 걱정하는 게 아니에요.」 크리스티안이 말했다.

브란트는 손을 내밀어 수도꼭지를 잠그려고 했다. 「물을 틀어 놓아요.」 브란트의 손을 잡으며 크리스티안이 날카롭게 말했다.

「왜 그래?」 브란트가 놀라며 물었다.

「그녀는 독일인을 좋아하지 않아요.」 크리스티안이 말했다. 「그녀는 많은 문제를 일으킬 수도 있어요.」

「말도 안 되는 소리.」 브란트가 재빨리 수도꼭지를 잠갔다. 「나는 그녀를 알아. 그녀에 대해서는 안심해도 돼. 그녀는 자네를 무척 좋아하게 될 거야. 이제, 내 말을 듣게, 머물겠다고 약속하게.」

「좋아요.」 크리스티안이 천천히 말했다. 「머물게요.」 그는 브란트의 눈이 반짝이는 것을 보았다. 크리스티안의 맨 어깨를 두드리는 브란트의 손은 약간 떨리고 있었다.

「우리는 안전해, 크리스티안.」 브란트가 속삭였다. 「마침내 안전하게 되었어.」

그는 몸을 돌려 서투르게 셔츠를 입은 후 밖으로 나갔다. 크리스티안은 천천히 셔츠를 입은 후 조심스럽게 단추를 잠그고 거울을 들여다보며 수척한 눈과 주름진 뺨과 얼굴에 희미하지만 영원히 씌워진 것 같은 두려움과 슬픔 그리고 피로의 기색을 보았다. 그는 거울 가까이로 몸을 숙여 머리칼을 보았다. 관자놀이 부근에 무성하게 난 새치가 반짝이는 것이 보였다. 〈맙소사, 이건 본 적이 없는데〉 하고 크리스티안은 생각했다. 〈나이가 들고 있는 거야.〉 그는 잠시 자신에 대한 연민의 물결이 스쳐간 것을 혐오하며 스스로를 추스른 후 거실로 나왔다.

거실은 아늑했고, 갓을 씌운 램프가 현대적인 노란색 목재 가구와 연한 붉은색 양탄자, 꽃무늬가 있는 커튼과 빈 잔 그리고 부드러운 소파에 몸을 기댄 채로 앉아 있는 프랑수아즈의 긴 얼굴에 둔한 장밋빛 빛을 비추고 있었다.

브란트와 시몬은 복도에서 그랬던 것처럼 부부처럼 손을 잡은 채 침대로 간 상태였다. 식사를 하고, 지난 며칠간에 대한 두서없고 정확하지 않은 얘기를 한 후 브란트는 의자에서 거의 잠이 들었고, 시몬은 다정하게 그의 손을 잡아 그를 일으켜 침실로 데려가며 그늘진 거실에 남게 된 크리스티안과 프랑수아즈에게 거의 어머니처럼 미소를 지었다.

「전쟁은 끝났어.」브란트가 잘 자라는 인사를 하며 중얼거렸다.「전쟁은 끝났어. 나는 자러 갈 거야. 제3제국의 군대 소속 브란트 중위도 이제 안녕이야.」그는 반쯤 졸면서 말했다.「안녕, 병사. 내일이면 나는 다시 한번 아내 옆 민간인 침대에서 깨어나 추상화를 그리는 퇴폐적인 화가가 되어 있을 거야.」그는 지친 가운데서도 프랑수아즈에게 부드럽게 가리켰다.「내 친구에게 잘해 줘요. 그를 사랑해 줘요. 그는 최고 중의 최고예요. 강하고, 섬세하며, 포화 속에서도 살아났죠. 그는 새로운 유럽이 있게 되고, 그것에 대한 희망이 있다면 새로운 유럽의 희망이에요. 그를 사랑해 줘요.」

시몬은 다정하게 고개를 저으며「이 사람은 취해서 혀가 꼬였어요」하고 말하며 그를 살며시 침실 쪽으로 떠밀었다.

「잘 자요.」그들은 브란트가 복도에서 고별사를 하듯 잘 자라는 인사를 들었다.「잘 자요, 내 가장 친한 친구들이여.」

그런 다음 문이 닫혔고, 색이 연한 목재 가구와 화장대 거울과 부드러운 색채의 쿠션과, 전쟁 전 베레모를 쓰고 바스크 사람들이 입는 것 같은 셔츠를 입은 브란트의 사진이 은색 액자 속에 들어 있는, 여성스러운 작은 방에서는 더 이상 아무 소리도 들리지 않았다.

크리스티안은 프랑수아즈를 쳐다보았다. 얼굴 절반이 어둠 속에 있는 그녀는 손을 머리 뒤로 한 채 쿠션 속에 파묻혀 천장을 올려다보고 있었다. 파란색 누비옷 아래로 있는 그녀의 몸은 꼼짝도 않고 있었다. 이따금 그녀는 게으른 동작으로 바닥이 평평한 새틴 슬리퍼를 신은 한쪽 발의 발가락으로 살짝 소파 끝을 가리켰다가 다시 본래의 위치로 가져오곤 했다.

크리스티안은 막연하게 과거에 본 적이 있는 또 다른 누비옷을 떠올렸다. 그것은 그가 베를린에 있는 커다란 아파트 문 앞에서 그레첸 하르덴부르크를 처음 봤을 때 그녀가 입고 있던 진한 붉은색 누비옷이었다. 그는 하르덴부르크 부인이 지금 뭘 하고 있는지, 그 건물이 아직 그대로 있는지, 그녀가 살아 있는지, 혹은 아직도 머리가 희끗한 프랑스 여자와 함께 돌아다니고 있는지 궁금했다.

「지친 병사예요.」프랑수아즈가 쿠션 속에 몸을 파묻은 채로 중얼거렸다. 「무척 지친 병사예요, 우리의 브란트 중위님은요.」

「그래요.」그녀를 조심스럽게 바라보며 크리스티안이 말했다.

「그는 힘든 시간을 보냈죠?」프랑수아즈가 발가락을 움직였다. 「지난 몇 주가 유쾌하지는 않았죠?」

「그래요.」

프랑수아즈가 순진한 목소리로 평탄하게 말했다. 「미군은 무척 강하고 새롭죠, 그렇죠?」

「그럴 거예요.」

「이곳 신문들은.」프랑수아즈는 몸을 살짝 움직였다. 은빛 그늘 속에서 그녀의 옷 아래로 몸의 긴 선들이 위치를 바꿨다. 「모든 것이 계획대로 될 거라고 하고 있어요. 미군도 별수 없을 것이며 독일군의 기습적인 반격이 있을 거라고요.」느리게 말하고 있는 프랑수아즈는 자신의 말투를 즐기고 있는 게 분명했다. 「신문은 무척 고무적인 얘기를 하고 있어요. 브란트 씨도 신문을 좀 더 자주 읽어야 할 거예요.」그녀는 살며시 웃었다. 크리스티안은 만약 그들이 서로 다른 주제에 대해 이야기하고 있는 게 맞다면 그 웃음은 그를 유혹하는 관능적인 웃음이라는 생각이 들었다. 「브란트 씨는.」프랑수아즈가 부드럽게 말했다. 「독일군이 미군을 물리칠 수 있다고 생각지 않고 있어요. 그는 독일군이 반격을 하지 못할 거라고 생각하고 있어요, 그렇죠?」

「그런 것 같아요.」이 여자가 뭘 하려는 거지, 하는 생각을 하며 크리스티안이 말했다.

「당신은 어때요?」그녀는 딱히 크리스티안을 향해서가 아니라, 따스하고 어렴풋한 공기를 향해서인 듯 모호하게 말했다.

「나도 브란트와 생각이 같은 것 같아요.」크리스티안이 말했다.

「당신도 무척 지쳤죠, 그렇죠?」프랑수아즈는 몸을 곧추세우고 그를 쳐다보았다. 그녀의 곧은 입술은 연민을 담고 있는 듯 보였지만 눈꺼풀이 무거워 보이는 초록색 눈은 크리스티안에게는 은밀하게 보이는 미소를 띠며 수축되었다. 「당신도 자고 싶겠죠.」

「당장은 아니에요.」크리스티안이 말했다. 문득 그는 사지가 길고, 눈이 초록색인, 자신을 조롱하는 듯한 그 여자가 자신을 혼자 남겨 놓고 간다는 생각을 하니 참을 수가 없었다. 「이전에는 지금보다 훨씬 더 피로했죠.」

「오.」프랑수아즈가 다시 몸을 기댔다. 「오, 대단히 훌륭한 병사군요. 금욕적이고 지칠 줄 모르는. 당신 같은 병사가 있는 군대가 어떻게 전쟁에서 질 수 있죠?」

크리스티안은 그녀를 증오하며 바라보았다. 그녀는 졸린 듯 머리를 쿠션 위에 기댄 채로 그를 바라보았다. 램프의 빛 속에서 그녀의 목의 창백한 살갗 아래에 있는 긴 근육이 그녀의 피부에 새로운 모양을 섬세하게 만들어 냈다. 그녀를 바라보며 크리스티안은 마침내 목 아래에서 반쯤 드러난 어깨 사이의 상앗빛 살이 자신이 키스를 해야 하는 곳이라는 사실을 알게 되었다.

「오래전 당신 같은 남자를 알았어요.」 이제 더 이상 미소를 짓지 않고 그를 똑바로 쳐다보며 프랑수아즈가 말했다. 「프랑스인이었죠. 강했고, 불평을 하지 않았죠. 단호한 애국자였어요. 그를 무척 좋아했다고 말해야 할 거예요.」 그의 귓속에 그녀의 깊은 목소리가 울렸다. 「그는 1940년에 죽었죠. 후퇴하던 중에요. 당신은 죽을 거라고 생각하나요, 병장님?」

「아뇨.」 크리스티안이 천천히 말했다. 「그렇게 생각하지 않아요.」

「좋아요.」 프랑수아즈의 도톰한 입술이 작은 미소를 지었다. 「당신 친구 말에 따르면 당신은 최고 중의 최고이고, 새로운 유럽의 희망이에요. 자신을 새로운 유럽의 희망이라고 생각하나요, 병장님?」

「브란트는 취했어요.」

「그랬나요? 그럴 수도 있죠. 자고 싶지 않은 게 확실해요?」

「확실해요.」

「무척 피로해 보여요.」

「자고 싶지는 않아요.」

프랑수아즈는 살며시 고개를 끄덕였다. 「늘 깨어 있는 병장이군요. 자고 싶어 하지도 않고, 엄청난 개인적인 희생을 치르면서도 깨어 있기를 바라며, 미군이 파리에 들어올 때까지는 별로 할 일도 없는 외로운 프랑스 여자를 즐겁게 해주려고 노력하는 병장이군요.」 그녀는 손바닥을 위쪽으로 한 채로 손을 눈 위로 올렸다. 헐렁한 소매가 가는 손목과, 손톱이 날카로운 긴 손가락에서 흘러내렸다. 「내일.」 그녀가 말했다. 「우리는 프랑스 국민에게 기여한 공로로 당신이 레지옹 도뇌르 2종을 받을 수 있도록 당신 이름을 올릴 거예요.」

「그만해요.」 의자에서 꼼짝도 않은 채로 크리스티안이 말했다. 「그만 놀려요.」

「내 머릿속을 떠나지 않는 어떤 생각이 있어요.」 프랑수아즈가 평탄한 목소리로 말했다. 「군인으로서 얘기해 봐요, 병장님, 미군이 이곳에 오기까지 얼마나 걸릴 것 같아요?」

「2주요.」 크리스티안이 말했다. 「아니면 한 달쯤.」

「오.」 프랑수아즈가 말했다. 「우리는 흥미로운 시기를 맞고 있죠, 그렇죠?」

「그래요.」

「한 가지 얘기해도 될까요, 병장님?」

「무슨 얘기를요?」

「나는 우리가 함께한 작은 저녁 파티가 여러 번 기억이 났어요. 1940년이었던가요? 아니면 41년?」

「40년이었죠.」

「나는 하얀 드레스를 입고 있었죠. 당신은 무척 잘생겨 보였어요. 키가 크고 솔직하고 지적이며 용감했죠. 군복을 입은 당신은 빛이 났고, 기계화된 전쟁의 젊은 신처럼 보였어요.」 그녀는 웃음을 터트렸다.

「다시 나를 놀리고 있군요.」 크리스티안이 말했다. 「유쾌하지 않아요.」

「나는 당신에게서 무척 깊은 인상을 받았어요.」 그녀의 말을 반박하고 싶지만 크리스티안이 감히 말하지 못하는 생각을 멈추게 하려는 듯 그녀는 손을 저었다.「솔직히, 그랬어요. 당신에게 무척 차갑게 대했죠, 그렇지 않나요?」다시 그녀는 작은 소리를 내며 웃었다.「그렇게 하는 것이 얼마나 어려웠는지 당신은 모를 거예요. 나는 젊은 남자의 매력에 무감각하지 않아요, 병장님. 그리고 당신은 너무도 아름다웠어요, 병장님.」문명화된 어두운 방에서 음악적으로 들리는, 최면에 걸린 것 같은 졸린 목소리는 비현실적으로 아련하게 들렸다.「정복자처럼 오만하면서도 성숙하고 아름다웠죠. 나 자신을 통제하는 게 무척 힘들었어요. 이제 당신은 덜 오만하겠죠, 그렇죠?」

「그래요.」크리스티안은 가수면 상태에서, 향기로운 냄새가 나며 부드럽지만 약간은 위험한 파도에 규칙적으로 떠밀리는 것 같은 느낌 속에서 말했다.

「당신은 이제 무척 지쳤어요.」여자가 중얼거렸다.「약간 머리도 세고요. 기운도 좀 없는 것 같아요. 1940년에는 당신이 지치는 일은 없을 것 같았어요. 당시 나는 당신이 총탄을 맞고 영광스럽게 죽는 일은 있더라도 지치는 일은 없을 거라고 생각했어요. 이제 당신은 무척 달라요, 병장님, 무척 달라요. 일반적인 기준에서 보면 누구도 당신이 지금 아름답다고 말할 수는 없을 거예요. 사지가 흐늘흐늘하고, 머리가 세고, 얼굴이 야위었으니까요. 하지만 한 가지 얘기를 하죠, 병장님. 나는 취향이 이상한 여자예요. 당신의 군복은 더 이상 반짝이지 않아요. 당신 얼굴도 늙었고요. 기계화된 전쟁의 젊은 신처럼 보이던 당신과 지금의 당신 사이에는 아무런 공통점이 없어요.」그녀의 목소리에는 부드러운 웃음에 대한 마지막 암시가 실려 있었다.「하지만 오늘 밤 당신은 훨씬 더 매력적이에요, 훨씬 더…….」

그녀는 말을 멈췄다. 아편처럼 사람을 취하게 하는 그녀의 목소리가 쿠션이 있는 소파의 그늘 속에서 잦아들었다.

크리스티안은 자리에서 일어났다. 그는 그녀에게로 가 잠시 그녀를 쳐다보았다. 그녀는 눈을 활짝 뜨고 솔직한 미소를 지으며 그를 올려다보았다.

그는 무릎을 꿇고 그녀에게 키스를 했다.

그는 어두운 방 안에서 그녀 옆에 누워 있었다. 걷어 놓은, 창문의 커튼이 여름밤의 바람에 살며시 흔들리고 있었다. 연한 은색 달빛이 책상과 화장대, 그리고 그녀의 옷이 걸쳐져 있는 의자의 윤곽을 부드럽게 만들었다.

그는 여러 명의 여자들과 잠자리를 했지만 이번만큼 열정적이고 관능적이며, 마치 익사하는 것 같은 경험을 한 적은 없었다. 무한한 욕망이 그를 휩쓸며 힘들었던 모든 시간과, 죽은 의무병들에게서 나던 악취와 행군과 죽어 가던 프랑스 소년과, 혐오스러운 자전거와, 훔친 소형차를 타고 수척한 눈으로 후퇴를 하는 병사들 옆을 지나가던 일 등에 대한 모든 기억을 씻어 주었다. 이곳 부드러운 침대와 달빛이 비치는 방 안에서 전쟁의 모든 것이 사라져 버렸다. 오래전 프랑스에 처음 도착한 이후로 처음으로, 그리고 너무도 뒤늦게야 크리스티안은 한때 믿었지만 결국에는 잊혀진, 멋진 여자에 대한 약속이 실현되었다는 것을 깨달았다.

〈독일인을 증오하는 여자.〉 그는 미소를 지으며 고개를 돌렸다. 그녀의 머리칼이 베개 위에 검고 향기로운 다발을 이루고 있었다. 프랑수아즈는 그의 옆에 누워, 흔들리는 연한 빛 속에서 더욱 수수께끼 같아진 눈을 뜬 채로, 손가락 끝으로 그를 가볍게 만지고 있었다.

그녀가 천천히 미소를 지었다. 「당신은 결국 그다지 지치지 않았어요, 그렇죠?」

그들은 함께 웃음을 티트렸다. 그는 머리를 움직여 그녀의 목이 어깨와 만나는 매끈한 피부에 키스를 했다. 피부와 머리칼이 만나는 그곳에서는 그 두 가지의 좋은 향기가 함께 맡아졌다.

「당신들은 퇴각하고 있지만 할 얘기가 있어요.」프랑수아즈가 속삭였다.

열어 놓은 창문 사이로 행군하는 병사들의 소리가 들려왔다. 병사들의 구두 징이 규칙적으로 부딪치는 소리가 희미하게 들렸다. 크리스티안은 비밀스러운 방 안에서 좋은 향기가 나는 여자의 뒤엉킨 머리칼 사이로 그 소리를 듣고 있자 그것이 유쾌하면서도 무의미하게 여겨졌다.

「당신을 본 순간 알았어요.」프랑수아즈가 말했다. 「오래전 당신을 처음 보았을 때 이렇게 되리라는 것을 알았어요. 놀라운 일이지만 알 수 있었어요.」

「왜 그토록 오래 기다린 거죠?」크리스티안은 살며시 몸을 빼낸 후 고개를 돌려 거울에 반사된 달빛이 천장에 만들어 놓은 무늬를 올려다보았다. 「맙소사, 우리는 많은 시간을 허비했어요. 왜 그때 이렇게 하지 않은 거죠?」

「당시 나는 독일인과는 사랑을 나누지 않았어요.」프랑수아즈가 담담하게 말했다. 「나는 조국의 모든 것을 정복자에게 바치는 것은 나쁘다고 생각했어요. 믿지 않을 수도 있겠지만 당신은 내가 내 몸을 만지도록 허락한 최초의 독일인이에요. 당신이 그걸 믿든 믿지 않든 상관없어요.」

「당신을 믿어요.」크리스티안이 말했다. 실제로 그는 그 말을 믿었다. 그녀의 다른 잘못이 무엇이든 그녀가 솔직한 것만큼은 분명했다.

「그것이 쉬운 일이었다고는 생각지 말아요.」프랑수아즈가 말했다.「나는 수녀가 아니에요.」

「오, 그래요.」크리스티안이 진지하게 말했다.「그 얘기를 내가 쓰는 글에 넣도록 하죠.」프랑수아즈는 웃지 않았다.「물론 내가 잠자리를 같이한 사람은 당신만이 아니에요.」그녀가 말했다.「여러 명의 멋진 젊은이들과 잠자리를 같이했죠. 하지만 독일 남자와는 한 번도 잔 적이 없어요. 정복자들은 내게서 아무것도 갖지 못했죠, 오늘 밤까지는.」

크리스티안은 어쩐 일인지 걱정이 되었고, 그래서 약간 머뭇거렸다.「그런데.」그가 물었다.「왜 이제 와서 바뀐 거죠?」

「오, 이제는 괜찮아요.」프랑수아즈가 교활하면서도 졸린 듯한, 만족한 여자처럼 웃었다.「이제는 확실히 괜찮아요. 당신은 더 이상 정복자가 아니라 피난자예요.」그녀는 그의 위로 몸을 돌려 키스를 했다.「이제 잘 시간이에요.」그녀가 말했다.

그녀는 침대의 자기 자리로 갔다. 반듯이 누워, 팔을 옆쪽으로 내린 채로, 하얀 시트 아래로 긴 몸의 윤곽이 드러난 상태에서 그녀는 잠이 들었다. 조용한 방에서 그녀의 숨소리는 고르면서도 건강하게 들렸다.

크리스티안은 잠을 자지 않았다. 그는 불편하게 누워 있었고, 갈수록 몸이 뻐근했다. 그는 옆에 있는 여자의 숨소리를 들으며 달과 천장에 있는 무늬를 바라보았다. 바깥에서는 조용한 포장도로 위로 순찰을 도는 독일군 병사의 구두 징 소리가 점차 커졌다가 다시 작아졌다. 그 소리는 더 이상 희미하거나 유쾌하거나 무의미하게 들리지 않았다.

〈피난자라고〉 하고 크리스티안은 생각했다. 그는 그녀가 그 말을 한 후 조롱하듯 낮게 웃은 것을 떠올렸다. 그는 고개를 약간 돌려 프랑수아즈를 쳐다보았다. 그녀는 자고 있었지만 그는 그녀의 길고 열정적인 입가에서 승자가 머금는 우월한 작은 미소를 본 것 같은 생각이 들었다. 더 이상 정복자가 아니라 피난자인 크리스티안 디스틀은 마침내 파리 여자들과 잠자리를 같이하기 시작한 것이다. 〈프랑스인들이 결국에는 우리를 물리칠 거야.〉 그는 다시 그 생각을 했다. 〈그런데 그보다도 더 나쁜 것은 그들이 그 사실을 알고 있다는 거야.〉

자신의 옆에서, 베개를 베고 있는 길고 아름다운 얼굴을 바라보며 그는 점차 화가 치미는 것을 깨닫고는 자신이 이용당하고 유혹당했다고 느꼈다. 그는 역설적인 방식으로, 우월한 존재의 욕망에 이용당한 것이다. 옆방에서 술에 취해, 지쳤지만 희망에 차 있는 브란트 역시 〈프랑스제〉 여자의 덫에 걸려 있었다.

그는 누운 채로 그토록 기꺼이 덫에 걸리고자 했던 브란트를 미워하기 시작했다. 그는 자기와 만난 후 결국에는 죽은 모든 남자들을 생각했다. 하르덴부르크, 크라우스, 베르, 파리로 가는 길에 있던, 용감하지만 가망이 없었던 키가 작은 프랑스인, 자전거를 타고 가던 소년, 읍사무소 지하실에서 열려 있는 노란 관 옆에 있던 농부, 노르망디에 있었던 그의 소대원들, 이탈리아에서 지뢰가 설치된 다리에서 총을 쏘던, 옷이 반쯤 벗겨졌지만 무척이나 용감했던 미군 병사 등을 생각했다. 그는 강한 사람들이 죽는 반면 부드러운 사람들이 살아남는 것은 불공평하다고 생각했다. 비단이 깔린 파리 여자의 침대에서 민간인처럼 교활하고 사치스럽게 지내고 있는 브란트는 그들 모두에게 혐오스러운 존재였다. 어느 문을 두드려야 하며, 문이 열렸을 때 무슨 말을 해야 하는지 아는 남자들이 너무도 많았다. 약한 자들이 사치를 누리는 지금 선한 자들은 몰락해야 하는 것인가? 사치에 대한 최상의 치료책은 죽음이었다. 그리고 죽음은 가장 쉽게 적용할 수 있는 치료책이었다. 4년 동안 브란트보다 나은 친구들이 그의 옆에서 죽어 갔다. 브란트가 살아남아 하르덴부르크의 뼈를 빨아먹어야 한단 말인가? 결과가 수단을 정당화해 주는가? 수많은 학살을 한 브란트가 서너 달 미군의 영창에서 편안한 생활을 한 후 부드러운 프랑스인 아내에게 돌아가 멍청하고 시시한 그림을 그리며, 이후 20년 동안 자신이 배신한, 강하지만 죽은 사람들에 대해 승자에게 사과를 하게 되는 것이 옳은가? 죽음은 처음부터 크리스티안의 손 안에 있었다. 이제 감상적인 우정에서 나온 생각으로, 살 가치가 없는 친구의 목숨을 살려 주어야 하는가? 그것이 그가 4년 동안 사람들을 죽이면서 배운 것인가?

크리스티안은 브란트가 옆방에서 나지막하게 코를 골며 자고 있을 생각을 하자 참을 수가 없었다. 그리고 자신을 편안하지만 무자비하게 이용한 멋진 모습의 여자가 옆에 있는 것이 참을 수가 없었다. 그는 소리 없이 바닥으로 내려와 맨발에 알몸으로 창가로 갔다. 그는 잠이 든 도시의 지붕과 달빛 아래 반짝이는 굴뚝, 다른 세기들의 기억을 간직한 채로 꾸불꾸불 나 있는 좁은 길, 그리고 멀리 다리 아래로 반짝이는 강을 바라보았다. 그는 멀리서 아직도 어두운 거리를 용감하게 걸어가는 정찰대의 희미한 소리를 들었고, 그들이 교차로를 지나는 것을 얼핏 보았다. 독일군 다섯 명이 신중하게 적지의 밤거리를 걸어가고 있었다. 언제든 적의 공격을 받을 수도 있는 그들은 무신경하고 병적으로 보였다.

크리스티안은 소리를 내지 않고 재빨리 옷을 입었다. 프랑수아즈는 한 번 몸을 뒤척이며 나른하게 침대 옆쪽으로 팔을 뻗었지만 잠에서 깨지는 않았다. 하얀 그녀의 팔은 따뜻한 빈 공간 속으로 뱀처럼 뻗어 있었다.

신발을 손에 든 크리스티안은 살금살금 문 쪽으로 갔다. 그는 아무 소리도 내지 않고 문을 살며시 열었다. 문 앞에 서서 그는 마지막으로 뒤를 돌아보았다. 프랑수아즈는 기분 좋은 꿈을 꾸며 자신이 정복한 연인을 초대하기라도 하듯 한 팔을 뻗은 채로 그대로 누워 있었다. 크리스티안은 그녀의 얼굴에서 만족스러운, 새로운 관능과 승리의 미소를 본 것 같았다.

크리스티안은 문 밖으로 나가 살며시 문을 닫았다.

15분 후 그는 나치 친위대 대령 사무실의 책상 앞에 서 있었다. 잠이 든 도시에서도 나치 친위대 장교는 잠을 자지 않았다. 방에는 환하게 불이 켜져 있었고, 사람들이 끝없이 들어오고 나갔으며, 타자기와 전신 타자기를 두드리는 소리가 들렸다. 그곳은 기계를 모두 가동하며 야근을 하는 공장처럼 열기가 넘쳤고, 비현실적으로 보였다.

책상 뒤에 있는 대령은 활짝 깨어 있었다. 그는 키가 작았고, 무거운 뿔테 안경을 쓰고 있었지만 행정 장교처럼 보이지는 않았다. 그는 희미한 흉터가 있었고, 안경을 써 확대되어 보이는 연한 색깔의 눈은 차갑게 안경 너머를 향하고 있었다. 그는 언제든 적을 습격할 준비가 되어 있는 무기처럼 보였다.

「아주 좋아, 병장.」대령이 말했다. 「폰 슐라인 중위와 함께 가 어느 집인지 알려 주고, 변절자와 그를 숨겨 주고 있는 여자들을 확인해 줘.」

「네, 대령님.」크리스티안이 말했다.

「자네 부대가 더 이상 존재하지 않는다는 생각은 옳아.」대령이 담담하게 말했다. 「5일 전 궤멸되었지. 그럼에도 자네는 스스로를 구하는 동시에 대단한 용기와 비상한 재주를 보여 주었네.」크리스티안은 대령이 자신을 비꼬는지 아닌지는 알 수 없었지만 불편함을 느꼈다. 그는 대령이 다른 사람들을 불편하게 만드는 기술이 있다는 것을 깨달았지만 그것은 특별한 기술일 수도 있었다. 「자네가.」대령이 두꺼운 렌즈 뒤로 눈을 반짝이며 말했다. 「잠시 독일로 휴가를 간 다음 그곳에 있는 새로운 부대에 배치될 수 있도록 조처를 취하겠네.」대령은 무척이나 담담한 목소리로 말했다. 「병장, 곧 우리는 조국에서 자네 같은 사람들이 필요할 걸세. 이상이네. 하일 히틀러.」

크리스티안은 경례를 한 후 역시 안경을 쓰고 있는 폰 슐라인 중위와 함께 방을 나왔다.

작은 자동차 안에서 크리스티안은 폰 슐라인 중위에게 「그는 어떻게 되는 거죠?」하고 물었다. 병사들이 탄, 지붕이 없는 트럭이 그 차를 뒤따르고 있었다.

「오.」하품을 하며 안경을 벗으며 폰 슐라인이 말했다. 「내일 그를 총살할 거야. 하루에 변절자 열두 명 정도를 총살하지. 지금은 후퇴를 하는 중이라 그 어느 때보다도 바쁘지.」그는 안경을 다시 쓴 후 앞쪽을 바라보았다. 「이 거리인가?」

「그렇습니다.」크리스티안이 말했다. 「여기서 멈추십시오.」

작은 차는 크리스티안이 잘 기억하는 문 앞에서 멈췄다. 트럭이 뒤에서 소리를 내며 멈췄고, 병사들이 뛰어내렸다.

「자네는 우리와 함께 올라갈 필요는 없어.」유쾌하지 않을 수도 있으니까. 몇 층의 어느 문인지만 말하면 내가 곧 처리할게.」

「꼭대기 층입니다.」크리스티안이 말했다. 「계단 오른쪽으로 첫 번째 문입니다.」

「좋아.」폰 슐라인이 말했다. 그는 마치 자신의 위대한 재능을 군이 제대로 사용하지 못한다고 느끼는 듯 귀족처럼 경멸을 담은 목소리로 말했다. 그는 세상이 자신의 재능을 즉시 이해하지 못하는 것이 못마땅한 것처럼 보였다. 그는 트럭을 타고 온 병사 네 명에게 나른하게 몸짓을 한 후 계단을 올라가 큰 소리가 나게 초인종을 눌렀다.

길가에 서 있는 작은 차에 몸을 기댄 채로 크리스티안은 초인종 소리가, 잠이 든 그 건물의 관리인이 있는 층에 울려 퍼지는 것을 들었다. 폰 슐라인은 초인종에서 손가락을 떼지 않았고 초인종 소리는 더욱 크고 공허하게, 그리고 초조하게 울렸다. 크리스티안은 담배를 한 대 붙여 힘껏 빨았다. 위층에서도 그 소리를 듣겠군, 하고 크리스티안은 생각했다. 저 폰 슐라인은 멍청이군.

마침내 문이 열리는 소리가 들렸고, 크리스티안은 관리인의 졸리면서도 짜증스러운 목소리를 들었다. 폰 슐라인이 그녀에게 프랑스어로 빠르게 이야기하자 문이 열렸다. 폰 슐라인과 네 명의 병사는 안으로 들어가 문을 닫았다.

크리스티안은 담배를 빨며 차 옆을 천천히 왔다 갔다 했다. 새벽이 밝아 오기 시작했고, 진주색 빛이 비밀스러운 푸른색과 라벤더의 은색과 섞이며 파리의 거리와 건물 위로 퍼져 나갔다. 무척 아름다웠지만 크리스티안은 그것이 싫었다. 곧, 어쩌면 그날 그는 파리를 떠날 것이며, 어쩌면 다시는 그곳을 못 볼 수도 있는데 그것이 기뻤다. 〈파리는 유연하며, 기만적이고, 영원히 승리하는 프랑스인들에게 맡기는 거야.〉 그는 프랑스에 질린 상태였다. 프랑스는 처음에는 멋진 목초지 같아 보였지만 결국에는 미끄러운 늪지대임이 드러났다. 그리고 프랑스는 아름다움과 약속으로 가득 찬 것처럼 보였지만 맛있는 미끼를 내던지는 지저분한 덫이며, 남자의 위엄과 영예에는 치명적인 곳임이 드러났다. 기만적으로 부드러운 프랑스는 그곳을 공격하는 모든 무기를 무디게 만들었으며, 기만적으로 즐거운 그곳은 정복자를 유혹해 끝없는 우수 속에 빠트렸다. 오래전 전쟁에서 의무대가 옳은 일을 했다. 그 냉소적인 사람들은 독일군에게 파리를 정복하는 데 있어 유일하게 적절한 장비를 주었는데 그것은 매독약인 살바르산 튜브 세 개였다.

문이 활짝 열렸고, 파자마 위에 민간인 외투를 입은 브란트가 병사 두 명 사이에서 끌려 나왔다. 그리고 바로 뒤에서 프랑수아즈와 시몬이 드레스와 슬리퍼 차림으로 나왔다. 시몬은 아이처럼 발작적으로 흐느끼고 있었지만 프랑수아즈는 경멸을 담은 차분한 시선으로 병사들을 바라보고 있었다.

크리스티안은 어렴풋한 빛 속에서 고통스러운 얼굴로 자신을 바라보는 브란트를 지켜보았다. 깊은 잠에서 깬 브란트의 얼굴에는 약간 피로한 기색 외에 아무런 표정이 실려 있지 않았다. 크리스티안은 주름이 지고, 섬세해 보이며, 타협적인 그 패배한 얼굴이 싫었다. 그는 브란트가 독일인처럼 보이지도 않는다고 생각하며 조금 놀랐다.

「그 사람입니다.」크리스티안이 폰 슐라인에게 말했다.「그 두 여자가 맞습니다.」

병사들이 브란트를 밀어 트럭에 태운 후 눈물을 흘리고 있는 시몬을 다소 살며시 태웠다. 트럭에 탄 시몬은 무력하게 브란트를 향해 손을 내밀었다. 크리스티안은 브란트가 자신이 저버린 동지들 앞에서 아무런 수치심도 느끼지 않고 부드러우면서도 비극적인 방식으로 손을 내밀어 시몬의 손을 잡아 자신의 뺨에 대는 것이 무척 경멸스럽게 느껴졌다.

프랑수아즈는 병사들이 자신이 트럭에 타도록 돕는 것을 뿌리쳤다. 그녀는 잠시 강렬한 시선으로 크리스티안을 노려보더니 혼란스럽다는 듯 살며시 고개를 저은 후 직접 트럭에 탔다.

그녀를 바라보며 크리스티안은 〈그 봐요, 아직 모든 게 끝난 건 아니에요〉 하고 생각했다. 〈지금도 우리가 거둘 수 있는 승리는 아직 남아 있어요.〉

트럭이 출발했다. 크리스티안은 폰 슐라인과 함께 소형차를 타고 트럭을 따라 라벤더 향기가 나는, 새벽이 밝아 오는 파리의 거리를 지나서 나치 친위대 본부로 향했다.

32

그 마을은 뭔가 잘못된 것 같았다. 쿠탕스에서 오는 길에 있던 여느 마을과는 달리 그 마을에는 집 창문 밖으로 어떤 국기도 내걸려 있지 않았다. 미군을 환영한다는, 급히 만든 표지판도 없었고, 지프를 본 프랑스인 두 명은 마이클이 자신들을 부르자 집 안으로 몸을 숨겼다.

「지프를 세워.」마이클이 스텔레바토에게 말했다.「여긴 뭔가 수상해.」

그들은 그 마을의 외곽, 대로가 교차하는 곳에 있었다. 회색빛 아침에 황량하게 뻗어 있는 길은 춥고 텅 비어 있었다. 어디에서도 어떤 움직임도 보이지 않았고, 창문에 덧문을 내린 돌로 지은 집들과 아무것도 지나다니지 않는 텅 빈 길만 있을 뿐이었다. 한 달간 프랑스의 거의 모든 길이 탱크와 반무한궤도 차량과 가솔린 트럭과 대포와 행군하는 병사들로 북적이고, 모든 마을에서 프랑스의 남자와 여자들이 기뻐하며 가장 밝은 옷을 입고 나와 독일 점령기 동안 숨겨 놓았던 국기를 흔들며 국가를 노래하던 것을 본 후라 그들 주위의 쥐 죽은 듯한 고요는 위협적인 동시에 불길하게 여겨졌다.

「무슨 일이야, 보?」킨이 뒷좌석에서 물었다.「엉뚱한 기차를 타기라도 한 거야?」

「모르겠어.」킨에게 짜증을 내며 마이클이 말했다. 사흘 전 파본은 그에게 킨을 데려오라고 했는데 사흘 동안 킨은 줄곧 우는 소리를 했다. 킨은 이 전쟁이 맥이 빠진 채로 치러지고 있으며, 아내가 고향의 물가가 올라 그가 보내 주는 돈으로는 가족의 생계를 유지하기도 어렵다는 편지를 보내 왔다는 이야기를 했다. 킨의 이야기 덕분에 이제 고기와 버터, 빵과 아이들 신발 가격이 마이클의 머릿속에도 지울 수 없게 새겨졌을 정도였다.「1970년이 되어 누군가가 1944년 여름 햄버거

값이 얼마였는지 물어도 나는 고민할 필요도 없이 1파운드에 65센트라고 대답하게 될 거야.」

그는 지도를 꺼내 무릎 위에 펼쳤다. 그의 뒤에서 킨이 카빈 소총의 안전장치를 푸는 소리가 들렸다. 지도를 보며 마이클은 〈카우보이, 피에 굶주린 무뇌아 같은 카우보이〉라고 생각했다.

그의 옆 앞자리에 앉아 있던 스텔레바토는 철모를 뒤로 넘긴 채로 담배를 피우며 말했다. 「지금 내게 필요한 게 뭔지 알아요? 포도주 한 병과 프랑스 여자죠.」 스텔레바토는 가을의 위험한 아침과 그들 앞에 있는 수상한 건물들에 아무런 영향을 받지 않을 만큼 너무 젊거나 지나치게 용감하거나 무척 멍청한지도 모른다.

「좋아, 이곳이 맞아.」 마이클이 말했다. 「하지만 내가 보기에는 괜찮은 것 같지 않아.」 나흘 전 파본은 그들이 조사한 열두 곳 정도의 마을에 대한 보고서를 한 자루 가득 12군에 보냈다. 그 보고서는 공공시설의 상황과 식량 재고량, 지역 주민들에게 고발당한 현직 관리들의 수 등에 관한 것이었다. 그후 파본은 마이클에게 자신이 보병 사단 본부에 있을 테니 보고를 하라고 지시했지만, 사단 본부에서는 파본이 전날 떠나며 이튿날 그 마을에서 자신을 만나라고 마이클에게 지시를 했다고 말했다. 오전 10시까지는 장갑차 부대와 기계화 부대로 이루어진 선발대가 그 마을에 도착해 있어야 했다. 그리고 파본 또한 그들과 함께 있어야 했다.

이제 11시였고, 화살 하나가 그려진, 〈워터 포인트〉라는 영어로 쓴 작은 표지판이 하나 있을 뿐 1919년 이후로 미군이 그곳에 왔다는 아무런 징후도 없었다.

「가지, 친구.」킨이 말했다. 「뭘 기다리는 거야? 나는 파리를 보고 싶어.」

「우리는 아직 파리를 접수하지는 못했어.」지도를 치우면서, 자기 앞에 있는 텅 빈 거리에 무슨 일이 있는지 이해하려 애쓰며 마이클이 말했다.

「오늘 아침 BBC에서 들었어.」킨이 말했다. 「독일이 파리에서 휴전 협정 체결을 요구했다는 얘기를.」

「그래? 하지만 나한테는 요구하지 않았는걸.」그는 부담스러운 책임을 져야 하는 그 순간 파본이 옆에 없는 것이 아쉬웠다. 그에게 지시를 하는 사람이 아무도 없는 상태에서 자신이 직접 지휘를 하며 프랑스의 시골을 지나면서 사람들의 축하를 받은 지난 사흘은 즐거웠다. 하지만 이날 아침 이곳에는 어떠한 축하도 없었다. 그것만큼은 분명했다. 그는 자신이 다음 15분 내에 잘못 생각을 할 경우 그들 모두가 정오 전에 죽게 될 거라는 불편한 느낌이 들었다.

「될 대로 되라지.」마이클이 스텔레바토의 옆구리를 슬쩍 찔렀다. 「워터 포인트에서는 무슨 일이 일어나고 있는지 살펴보지.」

스텔레바토가 지프를 출발시켰고, 그들은 작은 도로를 따라 멀리 보이는, 작은 개울 위로 난 다리를 향해 천천히 갔다. 그곳에는 또 다른 표지판과, 커다란 캔버스로 된 물통과 양수기가 있었다. 잠시 마이클은 그 마을의 나머지 지역과 함께 워터 포인트 역시 버려져 있다고 생각했다. 한데 그 순간 나뭇가지로 뒤덮인 구덩이 속에서 철모 하나가 조심스럽게 모습을 드러내는 것을 보았다.

「자동차 소리를 들었어.」철모를 쓴 병사가 말했다. 젊고 눈이 피로해 보이는 그는 창백했고, 마이클이 보기에 겁을 먹고 있는 것 같았다. 다른 병사 하나가 그의 옆에서 일어났고, 둘은 지프가 있는 곳으로 왔다.

「여긴 어떻게 된 거야?」 마이클이 말했다.

「당신이 알면 얘기해 봐요.」 첫 번째 병사가 말했다.

「선발대가 오늘 아침 이곳을 지나가지 않은 거야?」

「이곳을 지나간 사람은 아무도 없어.」 두 번째 병사가 말했다. 마흔 살쯤으로 키가 작고 땅딸막한 그는 수염이 무성하게 자라 있었고, 스웨덴어 발음이 섞인 목소리로 말했다. 「4군 기갑 사단 본부가 어젯밤 이곳을 지나가며 우리를 떨어트린 후 남쪽으로 갔어. 그 후로는 이곳에는 우리밖에 없었어. 새벽 무렵 마을 한가운데서 총성이 몇 발 들렸어.」

「그건 어떻게 된 일이야?」 마이클이 말했다.

「나한테 묻지 마, 형제.」 땅딸막한 남자가 말했다. 「사람들은 나를 개울에서 물을 퍼 올리라고 이곳에 배치했지 개인적으로 조사를 하라고 배치한 게 아니니까. 숲에는 독일놈들이 우글거려. 그들은 프랑스놈들에게 총을 쏘고 있고, 프랑스놈들은 그들에게 총을 쏘고 있지. 나는 지원군을 기다리는 중이야.」

「마을로 들어가 둘러보도록 하지.」 킨이 재촉을 했다.

「입 좀 닥쳐.」 마이클이 몸을 돌려 최대한 날카롭게 얘기를 했다. 두꺼운 안경을 쓴 킨은 못마땅한 얼굴로 미소를 지었다.

「나와 여기 있는 내 친구는.」 땅딸막한 남자가 말했다. 「아예 철수를 해야 하는지 말아야 하는지를 놓고 논쟁을 하고 있었어. 연못에 있는 오리처럼 이곳에 앉아 있기만 해서는 아무런 도움도 되지 않을 테니까. 오늘 아침 프랑스놈 하나가 와서 서툰 영어로 마을의 반대쪽에 독일놈 8백 명과 탱크 석 대가 있으며, 프랑스인들이 오늘 아침 이곳을 통해 마을로 들어가 이곳을 점령할 거라고 했어.」

「멋지군.」마이클이 말했다. 깃발이 걸려 있지 않은 이유가 거기에 있었다.

「독일놈 8백 명이라.」스텔레바토가 말했다.「집으로 돌아가죠.」

「이곳은 안전한 것 같아요?」얼굴이 창백한 젊은 병사가 마이클에게 물었다.

「자네 집 거실 같군.」마이클이 말했다.「내가 어떻게 알겠어?」

「그냥 물어본 거예요.」젊은 병사가 나무라듯 말했다.

「마음에 들지 않아.」스웨덴어 발음이 섞인 목소리로 말하는 병사가 거리를 바라보며 말했다.「마음에 안 들어. 그들은 우리만 이렇게, 이 망할 놈의 개울 옆에 앉아 있게 남겨 놓고 갈 권리가 없어.」

「니키.」마이클이 스텔레바토에게 말했다.「필요할 경우 최대한 빨리 도망을 칠 수 있도록 지프를 돌려 도로 위에 세워 둬.」

「왜 그래?」킨이 마이클 쪽으로 몸을 숙이며 물었다.「겁이 난 거야?」

「이봐, 패튼 장군님.」짜증을 내며 마이클이 말했다.「영웅이 필요하면 자네에게 연락을 하지. 니키, 지프를 돌려.」

「고향에 그대로 있었어야 하는 건데.」스텔레바토가 말했다. 하지만 그는 지프에 타 그것을 돌려 놓았다. 그는 차창 밑에서 기관단총을 꺼내 쌓여 있는 먼지를 불었다.

「어떻게 할 거야, 보?」킨이 물었다. 그는 더러운 커다란 손으로 카빈 소총을 만지작거렸다. 마이클은 혐오감을 느끼며 그를 쳐다보았다. 그의 형은 어쩌면 너무도 멍청한 나머지 의 회에서 주는 명예 훈장을 받은 것 같았다.

「잠시 이곳에 앉아.」마이클이 말했다. 「기다리도록 하지.」

「뭘 기다린다는 거야?」킨이 물었다.

「파본 대령을.」

「그가 나타나지 않으면?」킨이 따지고 들었다.

「그럼 다른 결정을 내리지. 오늘은 내게 운이 좋은 날이야.」마이클이 활달하게 말했다. 「해가 질 때까지 세 번에 걸쳐 결정을 내릴 수 있을 거야.」

「파본은 잊어버리고.」킨이 말했다. 「파리로 곧장 가야 할 것 같아. BBC에서…….」

「BBC에서 뭐라고 하고 있는지는 나도 알아.」마이클이 말했다. 「그리고 자네가 무슨 얘기를 하려는지도 알고. 하지만 이곳에 앉아 기다리는 거야.」

그는 킨에게서 멀어져 풀밭에 앉아 개울을 따라 나 있는 낮은 돌벽에 몸을 기댔다. 기갑 사단 소속 병사 둘은 그를 의심스러운 눈길로 쳐다본 후 구덩이 속으로 들어가 머리 위로 조심스럽게 나뭇가지를 덮었다. 스텔레바토는 총을 벽에 기대어 세운 후 누웠고, 곧 잠이 들었다. 그는 손을 눈 위에 올려놓은 채로 똑바로 누워 있었다. 그는 죽은 사람처럼 보였다.

킨은 돌 위에 앉아 종이와 연필을 꺼내 아내에게 편지를 쓰기 시작했다. 그는 사상자에 대한 아주 끔찍한 묘사를 포함해, 그가 한 모든 것들을 자세히 써갔다. 〈나는 그녀가 지금 세상이 어떤 일을 겪고 있는지 보게 하고 싶어〉라고 그는 진지하게 말했다. 〈우리가 겪고 있는 일을 이해할 경우 삶을 보

918

는 그녀의 관점이 나아질 수도 있을 거야.〉

마이클은 5천 킬로미터 떨어진 곳에 있는 불감증인 아내의 삶에 대한 관점을 나아지게 하려는 남자의, 철모를 쓴 머리 너머를 바라보았다. 킨의 반대쪽에는 손상을 입지 않은 오래된 벽과, 깃발은 내걸리지 않고 덧문이 내려진 창문이 수수께끼 같은 비밀을 간직하고 있었다.

마이클은 눈을 감았다. 누군가가 내게 편지를 보내 내가 무슨 일을 겪게 될지 알려 줬으면 좋겠군, 하고 그는 생각했다. 지난달에는 너무도 다양한 경험을 해 그것들을 분류하고 정리하고 거기에서 의미를 찾아내려면 몇 년이 걸릴 것 같았다. 폭격이 이루어지고, 적을 포로로 잡고, 더운 프랑스 여름 날씨 속에서 먼지를 뒤집어쓴 호송대와 만나고, 사람들이 손을 흔들고 여자들이 키스를 보내고, 저격병을 만나고, 불길이 치솟았던 그때에는 그 어딘가에 중요하고 오래도록 남을 어떤 의미가 있었다. 그는 커다란 사건과 죽음이 있던 그 환희의 한 달 동안 어딘가에서 어떤 열쇠가, 전쟁과 억압을 설명해 주고, 유럽과 미국의 의미를 파헤쳐 줄 열쇠가 나올 거라고 느꼈다.

노르망디에서 보초를 서던 그날 밤 파본이 그의 부탁을 잔인하게 묵살한 후 마이클은 전쟁에서 자신이 도움이 될 수도 있다는 희망을 거의 포기한 상태였다. 그리고 이제 그는 그렇게 하는 대신 최소한 전쟁을 이해하려 하고 있었다.

하지만 그 무엇도 일반화할 수가 없었다. 그는 다른 사람들처럼 〈미국은 이러저러하니까 승리하고 있어〉 또는 〈프랑스 사람들이 이런 식으로 행동하는 것은 그들의 본성 때문이야〉 또는 〈독일은 이런 잘못된 생각 때문에 실패하고 있어〉라고 말할 수가 없었다.

그의 머릿속에서는 폭력과 혼란의 사나운 드라마가 계속해서 재연되고 있었고, 그 때문에 며칠을 열기 속에서 보내 완전히 지친 상태였지만 잠이 들 수가 없었다. 그는 파리로 향하는 길 위에 있는, 생기라곤 없는 조용한 회색의 그 마을에서 어쩌면 자신의 목숨이 조용히 위협받는 그 순간에도 머릿속을 채우고 있는 그 드라마에 대한 생각을 떨쳐 버릴 수가 없었다.

둑 사이로 조용히 흐르는 개울물 소리가, 킨이 바쁘게 쓰고 있는 연필의 부드러운 소리와 섞여 들렸다. 눈을 감은 채 벽에 몸을 기대어, 잠을 제대로 자지 못해 무척 졸렸지만 졸음에 저항하며 마이클은 지난달에 있었던 일들을 머릿속으로 떠올렸다.

〈해가 비치는 마을 이름. 마치 프루스트의 소설에나 나올 것 같은 마을 이름. 마리니, 쿠탕스, 생장르토마, 아브랑슈, 퐁토르송. 여름의 바닷가에서, 노르망디와 브르타뉴가 쾌락과 전설의 은빛 초록색 안개 속에 합쳐져 있는, 요술 속에 나올 것 같은 시골. 병에 걸려 코르크 조각을 댄 방에 누워 있던 프루스트가 1944년의 밝고 치명적인 8월에도 살아 있었다면 자신이 사랑하는 그곳 연해주에 대해 무슨 말을 했을까? 그리고 그는 105밀리미터 포와 급강하 폭격기가 14세기 교회의 건축 양식에 가져온 변화에 대해 반짝이는 물결 같은 자신의 문장으로 어떻게 표현했을까? 또한 그는 서양산사나무 덤불숲 아래에 있는 도랑 속의 죽은 말들과 쇠와 살이 합쳐져 이상한 냄새를 내뿜고 있는, 불에 탄 탱크에 대해 어떤 반응을 보였을까? 샤를뤼스 씨와 게르망트 부인은 몽생미셸을 지나는 오래된 도로 위를 지나가고 있는 새로운 여행자들에 대해 어떤 우아하면서도 미묘하고 절망적인 얘기를 할 수 있을까?〉

「5일째 걷고 있어.」지프 옆에서 중서부 출신의 젊은 병사가 말했었다. 「한데 아직 총 한 발 쏘지 못했어. 내 말을 오해하지는 마. 불평을 하는 게 아냐. 나는 죽을 때까지 걷게 될 거야, 상부에서 바라는 게 그것인지는 모르겠지만…….」

그리고 샤르트르에서, 성당에서 보아 광장 건너편에 있던 셔먼 탱크 옆에 몸을 기대고 있던, 얼굴이 시무룩한 늙은 대위는 「그토록 오랫동안 사람들이 왜 이 나라에 대해 열광했는지 모르겠어. 캘리포니아에 비하면 이곳에는 아무것도 없는 것이나 마찬가지야」하고 말했다.

그리고 어떤 교차로에서는 공병 부대의 지뢰 제거반 사이에서 붉은 페즈[23]를 쓴, 얼굴이 초콜릿 색깔인 난쟁이 하나가 탱크병들을 즐겁게 해주고 있었다. 병사들은 그날 아침 길에서 사람들이 선물로 준 칼바도스를 그에게 줘 술에 취하게 했다.

그리고 손에 팬지와 제라늄으로 이루어진 작은 화환을 들고 폐허가 된 거리를 가고 있던, 술에 취한 두 노인은 그 화환을 파본과 마이클에게 주고 경례를 하며 미군이 자신들의 마을에 온 것을 환영했다. 그런데 그들이 묻고 싶은 질문은 한 가지였다. 그것은 미국 독립 기념일에, 시내에 독일군이 단 한 명도 없는데 왜 미군이 날아와 폭탄을 투하해 30분 만에 그곳을 폐허로 만들었는가 하는 점이었다.

그리고 1사단 포로수용소에 있던 독일군 중위는 깨끗한 양

---

23 붉은 바탕에 검은 술이 달려 있는 터키 모자.

말 한 켤레를 받은 대가로, 드레스덴에서 탈출한 유대인으로 지금은 헌병대 병장으로 있는 병사 앞에서, 자신이 지휘하던 88포대의 정확한 위치를 지도상에서 가리켰다.

그리고 근엄한 얼굴의 한 프랑스 농부는 어느 날 아침 내내 일을 해 길 옆에 있는 자신의 집 울타리에 장미로 〈미군 환영〉이라는 말을 커다랗게 수놓아 지나가는 병사들을 즐겁게 했으며, 다른 농부들과 그들의 아내들은 정원에서 꺾은 장미와 협죽초, 작약, 아이리스로 길에 죽어 있는 미군 병사를 덮어 그 여름 아침 죽음을 잠시 즐겁고 매력적이며 감동적인 것으로 보이게 했다. 보병들은 그 옆을 지나가다 밝은 꽃 무덤을 에워싸고 조의를 표했다.

그리고 수천 명의 독일군 포로들은 겁에 질린 표정을 짓고 있었는데 그들의 얼굴을 보면 그들이 유럽을 뿌리째 뒤흔들어 놓고, 5천 킬로미터에 걸쳐 가스실에서 사람들을 죽이고, 교수형에 처하고 고문해서 3천만 명을 학살한 사람들이라는 사실이 믿기지 않았다. 그들의 얼굴에는 피로와 두려움밖에 없었고, 솔직히 그들이 일직 사관의 옷을 입고 있었다면 모두 신시내티에서 온 사람들로 보였을 것이다.

그리고 생말로 근처의 작은 마을에서는 사방에 포탄이 쏟아지는 가운데 프랑스 국내 항독군 대원의 장례식이 있었다. 장례 행렬은 검은 말과 삐걱거리는 운구차 뒤를 따라 언덕을 올라가 공동묘지로 향하고 있었다. 그 마을의 사람들 모두가 제일 좋은 옷을 입고 먼지가 이는 길을 걸어가 교회 입구에 서 있던, 죽은 사람의 친척들과 악수를 나누었다. 교회에서 추모 예배를 집도한 젊은 신부는 마이클이 죽은 사람이 누구인지 묻자 「모르겠어요. 나는 다른 마을에서 왔어요」라고 말했다.

그리고 캐나다에서 태어나 독일군이 해안 요새를 만드는 일을 도와야 했던, 그랑빌의 목수는 고개를 저으며「이제는 달라질 게 없어요, 친구. 당신들은 너무 늦게 왔어요. 1942년 이나 1943년이었다면 나는 당신과 악수를 하며 기꺼이 당신들을 환영했을 겁니다. 이제는 너무 늦었어요, 친구」라고 말한 후 어깨를 으쓱했다.

그리고 셰르부르의 열다섯 살짜리 소년은 미군에게 무척 화가 나 있었다.「미군들은 바보들이에요.」그는 화가 나 말했다.「그들은 독일군과 살던 여자들을 취하고 있어요. 민주주의자들이라고요! 웃기는 얘기예요! 나는 이 마을에 사는 여자 다섯 명의 머리를 밀었어요. 그들은 독일군의 창녀들이었죠. 그때는 연합군이 프랑스에 상륙하기 전이었고, 그 일은 위험했죠. 나는 또다시 그 일을 할 거예요. 또다시요.」

그리고 창녀집에서는 여자들이 짧은 치마를 입고 있었고, 마담은 카운터에서 줄을 지어 들어오는 병사들에게서 돈을 받은 후 수건과 아주 작은 비누를 주며「어린 여자 아이들에게 잘 대해 줘요. 신사처럼 굴어요」하고 말했다. 병사들은 M1 소총과 기관단총을 든 채로 방으로 올라갔다.

스텔레바토는 코를 골고 있었고, 킨이 연필로 글을 쓰는 소리가 계속해서 들렸다. 그들 주위의 회색 마을에서는 아무런 소리도 들리지 않았다. 마이클은 자리에서 일어나 작은 다리로 가 그 아래로 흘러가는 진한 갈색 물을 내려다보았다. 그는 8백 명의 독일군이 공격을 해올 거라면 빨리 하기를 바랐다. 하지만 그보다는 기동 부대가 파본과 함께 나타나기를 바랐다. 전쟁터에서는 수백 명의 사람들에게 둘러싸여 있어 자신이 책임을 지지 않아도 될 때 좀 더 참을 만했다. 그럴 때면 제대로 훈련을 받은 사람들이 있어 자신은 책임을 지지 않아도 되었다. 그런데 잊혀진, 조용한 마을에 있는 이름도 알 수 없는 시커먼 개울 위의 낡고 이끼가 긴 다리 위에 있자 8백 명의 독일군이 와 총을 쏘아 댄다 해도 아무도 상관하지 않을 거라는 방치된 느낌이 들었다. 마이클은 자신이 적과 싸우건 항복을 하건 도망을 치건 아무도 상관하지 않을 거라는 느낌이 들었다. 이건 민간인의 삶 같아, 하고 마이클은 생각했다. 〈내가 죽건 살건 아무도 상관하지 않을 거야.〉

파본과 기동 부대를 30분 더 기다린 후 철수해야겠다고 마이클은 생각했다. 〈돌아가 미군 부대를 찾아 합류하는 거야.〉

그는 불편한 마음으로 하늘을 올려다보았다. 하늘은 온통 회색으로 위협적으로 보였다. 낮은 구름은 불길하게 보였다. 그전까지 하늘은 무척 맑았다. 햇빛이 환했을 때는 운이 따라 저격을 받았을 때에도 총알이 자신을 빗나가는 것도 당연하게 여겨졌다. 아브랑슈 교외에 있는 도로에서 포탄 공격을 받아 도랑 속에 죽어 있는 기갑 사단 소속 상병의 몸 위로 몸을 던졌을 때에도 죽는 일은 없을 거라는 생각이 들었는데 실제로 그랬다. 생말로 교외의 연대 지휘 본부에서 전화기에 대고 애기를 하고 있는, 눈이 충혈되고 긴장한 병사들에게 그곳을 방문한 장군이 「포병 부대 병사들은 뭘 하고 있는 거야? 왜 적을 못 맞히는 거야? 그들에게 연락을 해 위치를 알려 줘!」하고 소리치는 사이 포탄이 터지며 건물이 흔들리고, 바같에 있던 사람들이 구덩이 속에 몸을 웅크리고 있을 때에도 무사할 거라는 생각이 들었다.

한데 그날은 어쩐지 다르게 느껴졌다. 구름이 껴 있었고, 마이클은 오늘은 운이 따르지 않을 것만 같았다.

햇살 아래에서의 신나는 행군은 끝이 난 것처럼 보였다. 그는 어린 소녀가 생제임스의 바에서 프랑스 국가를 부르고, 최초의 보병 부대가 미니악이라는 작은 마을을 지나갈 때 사람들이 모두 몰려나와 행진을 하고, 렌에서 공짜로 브랜디를 마시고, 르망 근처 도로에서 수녀와 아이들이 줄지어 서 있고, 진지한 얼굴의 보이 스카우트 소년들이 일요일에 알랑송 근처에서 하이킹을 하고, 가족들이 햇빛이 환한 날 빌렌 강둑에서 파티를 즐기고, 포로와 함께 있던 자랑스러운 얼굴의 레지스탕스 대원들이 손가락으로 V자를 만들며 깃발을 흔들던 것을 떠올렸다. 그런데 그 모든 것이 이제는 사라져 다른 시대의 일처럼 여겨졌다. 오늘은 새로운 시대의 시작처럼 여겨졌고, 흐린 날씨처럼 운이 따르지 않을 것 같았다.

「제기랄.」마이클이 킨에게로 고개를 돌리며 말했다.「마을로 들어가 무슨 일이 있는지 보도록 하지.」

킨이 씁쓸한 웃음을 지었다.「좋아, 친구.」글을 적고 있던 종잇장을 치우며 그가 말했다.「자네는 나를 알지. 나는 어디든 가.」

〈개자식, 그럴 테지〉하고 마이클은 생각했다. 마이클은 스텔레바토에게로 가 몸을 숙여 그의 철모를 두드렸다. 얼음 장수의 어떤 부도덕하고 감미로운 꿈에 빠져 있던 스텔레바토는 가볍게 신음을 했다.「나를 내버려 둬요.」그가 중얼거렸다.

「자, 일어나!」마이클이 좀 더 세게 철모를 두드렸다.「가서 적을 물리치는 거야.」

기갑 사단 병사 둘이 구덩이에서 나왔다.

「우리를 이곳에 내버려 두고 갈 건가?」땅딸막한 남자가 책망하듯 말했다.

「세상에서 제일 잘 훈련을 받고 잘 먹고 훌륭한 장비를 갖고 있는 두 명이라면 어느 때라도 독일군 8백 명은 상대할 수 있을 거예요.」 마이클이 말했다.

「우리를 이렇게 남겨 놓고 가다니 장난을 치는 건가?」 땅딸막한 남자가 슬픈 목소리로 말했다.

마이클은 지프에 올라탔다. 「걱정 말아요.」 그가 말했다. 「그냥 마을을 한번 보고자 하는 것뿐이니까요. 뭔가 알아내면 알려 줄게요.」

「장난을 치는군.」 땅딸막한 남자는 동료를 슬픈 얼굴로 바라보며 말했다. 그 사이 스텔레바토는 천천히 차를 몰아 다리를 건너갔다.

그들이 카빈 소총의 방아쇠에 손가락을 댄 채로 마을 광장에 조심스럽게 도착했을 때 그곳은 완전히 텅 빈 것처럼 보였다. 가게 창문에는 양철 셔터가 내려져 있었고, 교회 문도 닫혀 있었다. 호텔 또한 몇 주째 아무도 들어가거나 나오지 않은 것처럼 보였다. 마이클은 주위를 둘러보며 자신의 뺨 근육이 긴장되는 것을 느꼈다. 뒷자리에 탄 킨 역시 조용했다.

「이제 어떻게 하죠?」 스텔레바토가 속삭였다.

「차를 세워.」 마이클이 말했다.

스텔레바토는 브레이크를 밟았고, 그들은 돌이 깔린 광장 한가운데 멈춰 섰다.

그때 요란한 소리가 들렸다. 마이클은 소총을 단단히 거머쥐었다. 호텔 문이 열리며 사람들이 쏟아져 나왔다. 그들 중 다수가 무장을 하고 있었다. 어떤 사람들은 스텐 소총을 들고 있었고, 다른 사람들은 허리띠에 수류탄을 차고 있었다. 그들 가운데는 여자도 있었는데 그들이 두른 밝은 스카프가 모자를 쓰거나 검은 머리를 드러낸 남자들 사이에서 눈에 띄었다.

「프랑스놈들이군.」킨이 뒷자리에서 말했다.

잠시 후 지프는 사람들에게 둘러싸였지만 환호하는 분위기는 아니었다. 사람들은 모두 심각한 얼굴로 겁을 먹은 모습이었다. 팔에 적십자 완장을 찬, 반바지 차림의 남자는 머리에 피가 묻은 붕대를 감고 있었다.

「무슨 일이 있는 거죠?」마이클이 프랑스어로 물었다.

「독일군이 올 거라고 예상했어요.」남자 스웨터와 작업화 차림의 땅딸막하고 살이 찐 중년 여자가 말했다. 그녀는 아일랜드 사투리가 섞인 영어로 말했고, 순간적으로 마이클은 그녀가 교묘하면서도 위험한 장난을 치고 있다는 느낌을 받았다.「여긴 어떻게 들어왔죠?」

「그냥 차를 타고 왔어요.」마이클은 사람들이 그토록 소심한 태도를 보이는 것에 터무니없이 짜증이 났다.「여긴 어떻게 된 거죠?」

「마을의 다른 쪽에 독일군 8백 명이 있어요.」팔에 적십자 완장을 찬 남자가 말했다.

「그리고 탱크 세 대도 있죠.」마이클이 말했다.「우리도 그건 알아요. 오늘 아침 미군 호송대가 지나가지 않았나요?」

「오늘 아침 독일군 트럭 한 대가 이곳을 지나갔죠.」여자가 말했다.「그들이 앙드레 푸레를 쏘았어요. 오늘 아침 7시 반에. 그 후로는 아무 일도 없었어요.」

「파리로 가는 길인가요?」적십자 완장을 찬 남자가 말했다. 그는 모자를 쓰고 있지 않았고, 피가 묻은 붕대 위로 그의 금발이 길게 흘러내렸다. 그는 짧은 양말을 신고 있었고, 맨다리가 불룩한 반바지 사이로 보였다. 마이클은 그를 보며, 이 사람은 뭔가를 위해 일부러 이런 차림을 하고 있는 게 분명해, 이 사람이 입은 옷은 진짜 옷이 아냐, 하는 생각을 했다. 「말해 봐요, 파리로 가는 길인가요?」 그가 지프 위로 몸을 숙이며 간절하게 말했다.

「궁극적으로는요.」 마이클이 말했다.

「나를 따라와요.」 적십자 완장을 찬 남자가 말했다. 「내게 오토바이가 있어요. 나는 이제 막 파리에서 왔죠. 한 시간밖에 걸리지 않아요.」

「독일군 8백 명과 탱크 세 대는요?」 그 남자가 자신을 함정에 빠트리려는 게 분명하다는 생각을 하며 마이클이 말했다.

「나는 뒷길로 다니죠.」 적십자 완장을 찬 남자가 말했다. 「나는 두 번밖에 공격을 받지 않았어요. 나는 어디에 지뢰가 묻혀 있는지 잘 알아요. 당신들은 소총 세 자루를 갖고 있죠. 파리에서는 총이 필요해요. 우리는 사흘 동안 전투를 했는데 도움이 필요해요.」

지프 주위에 서 있던 다른 사람들은 어두운 얼굴로 고개를 끄덕이며 프랑스어로 아주 빠르게 말을 했고, 마이클은 그 말을 알아들을 수가 없었다.

「잠시만요.」 마이클이 영어로 말한 여자의 팔을 잡았다. 「정리를 해보죠. 부인 성함이⋯⋯.」

「내 이름은 더멀린이에요. 아일랜드 시민이죠.」 여자는 큰 소리로 공격적인 태도로 말했다. 「하지만 이 마을에서 30년 동안 살았어요. 자, 젊은이, 당신들이 우리를 지켜 줄 건가요?」

마이클은 멍하니 고개를 끄덕였다. 「내 힘이 닿는 한 그럴 게요, 부인.」 그 말을 하면서도 그는 이 전쟁은 어떻게 할 수가 없어, 하는 생각을 했다.

928

「당신들한테는 탄약도 있죠.」적십자 완장을 찬 남자가 상자와 침낭이 뒤엉켜 있는 지프 뒷자리를 들여다보며 말했다.「좋아요. 나를 따라오면 당신들은 아무 문제도 없을 거예요. 나처럼 완장을 차요. 그러면 독일군이 총을 쏘지 않을 거예요.」

「파리는 파리 사람들이 알아서 하라고 해요.」더멀린 부인이 다짜고짜 말했다.「우리는 독일군 8백 명을 상대해야 해요.」

「한 번에 하나씩 하죠.」멍하니 손을 뻗으며 마이클이 말했다. 이건 베닝 기지에서 아무도 얘기한 적이 없는 상황이야, 하고 마이클은 생각했다.「우선 독일군을 실제로 본 사람이 있는지 알고 싶어요.」

「자클린!」더멀린 부인이 큰 소리로 말했다.「이 젊은이에게 얘기해 줘.」

「부탁인데 천천히 얘기해 줘요.」마이클이 말했다.「내 프랑스어 실력이 별로거든요.」

「나는 마을에서 1킬로미터 떨어진 곳에 살아요.」앞니가 모두 빠진 땅딸막한 소녀가 말했다.「어젯밤 독일군 탱크 한 대가 멈춰 섰고, 중위가 나와 버터와 치즈와 빵을 요구했어요. 그는 충고를 하겠다며 미군을 환영하지 말라고 했어요. 미군은 마을을 그냥 지나쳐 우리를 내버려 둘 거라면서요. 그리고 독일군이 다시 올 거라고 했어요. 그는 미군을 환영한 사람은 모두 총으로 쏘아 죽일 것이며, 자신은 독일군 8백 명과 함께 있다고 했어요. 그런데 그의 말이 옳았어요.」자클린이 흥분해 말했다.「미군이 왔지만 한 시간 후 가버렸어요. 독일군이 저녁때까지 마을 전체를 불태우지 않으면 우리는 운이 좋은 거예요.」

「수치스러운 일이에요.」더멀린 부인이 단호하게 말했다.
「미군은 스스로를 부끄럽게 생각해야 해요. 그들은 이곳에
와 머물든지 아니면 아예 오지 말았어야 해요. 나는 당신들의
보호를 요청하는 바예요.」

「파리의 노동자들이 탄약도 없이 개처럼 총에 맞아 죽어
가는데 총 세 자루와 탄창 수백 개가 있는 당신들이 이곳에
이렇게 앉아 있는 건 범죄 행위예요.」적십자 완장을 찬 남자
가 말했다.

「신사 숙녀 여러분.」마이클이 일어나 큰 소리로 웅변을 하
듯 말했다. 「내가 하고 싶은 말은……..」

「조심해요! 조심해요!」군중들 가에 있던 한 여자가 날카
롭게 소리쳤다.

마이클은 몸을 돌렸다. 지붕이 없는 차 한 대가 광장으로 빠
른 속도로 오고 있었다. 차 안에는 두 명이 손을 머리 위로 올
린 채로 서 있었다. 그들은 회색 독일군 군복을 입고 있었다.

지프 주위에 서 있던 사람들은 잠시 놀라 조용히 있었다.

「독일군이야!」누군가가 소리쳤다. 「항복을 하려는 거야.」

그런데 차가 지프와 거의 나란하게 되었을 때 손을 들고 서
있던 두 남자가 차 안으로 몸을 숨겼고, 차는 앞쪽으로 지나
갔다. 그리고 뒷자리에 있던 한 인물이 일어났고, 요란한 기
관총 소리와 총에 맞은 사람들의 비명 소리가 들렸다. 마이클
은 속도를 내며 가고 있는 차를 멍청하게 바라보았다. 그런
다음 발밑에 있는 카빈 소총을 집어 들었다. 안전장치가 채워
져 있었고, 그것을 푸는 데 한참이 걸리는 것 같았다.

그의 뒤쪽에서 카빈 소총 소리가 날카롭게 들렸다. 독일군
차를 운전하던 병사의 손이 갑자기 떨어졌고, 차는 인도의 연

석을 들이받으며 뒤집히면서 모퉁이에 있던 식료품 가게 안으로 돌진했다. 양철 셔터가 내려지며 심벌즈를 연주하는 것 같은 소리가 들렸고, 뒤쪽에 있던 창문이 깨졌다. 차는 천천히 옆쪽으로 기울며 두 사람이 밖으로 기어 나왔다.

마이클은 소총의 안전장치를 풀었다. 스텔레바토는 놀란 나머지 몸이 얼어붙은 채로 손으로 운전대를 잡고 꼼짝 않고 앉아 있었다. 「무슨 일이죠?」 그가 화가 나 속삭였다. 「어떻게 된 일이죠?」

마이클은 몸을 돌렸다. 킨은 카빈 소총을 든 채로 그의 뒤에 서서 부상당한 독일군들을 바라보며 씁쓸한 웃음을 짓고 있었다. 불에 탄 화약의 시큼한 냄새가 났다. 「이제 저들도 뭔가를 알게 되었을 거야.」 킨은 기쁨으로 누런 이를 드러낸 채 말했다.

마이클은 한숨을 쉬며 주위를 둘러보았다. 프랑스 사람들은 부서진 차를 바라보며 천천히, 조심스럽게 자리에서 일어났다. 두 명이 길 위에 쓰러져 있었다. 마이클은 그중 하나가 자클린이라는 것을 알아차렸다. 그녀의 드레스가 무릎 위로 올라가 있었다. 그녀는 허벅지가 굵고 노랬다. 더멀린 부인이 그녀 위로 몸을 숙이고 있었다. 어디선가 한 여자가 흐느끼고 있었다.

마이클은 지프에서 내렸고, 킨도 그를 따라 내렸다. 그들은 총을 겨냥한 채로 조심스럽게 광장을 가로질러 뒤집힌 차 쪽으로 갔다.

길 위에 쓰러져 있는 독일군 두 명을 보며 마이클은, 우리를 책임져야 하는 건 킨이라고 생각했다. 〈그는 나보다 더 빠르고 더 믿을 만 해. 나는 안전장치도 못 풀고 있었어. 내가 총을

쏠 준비가 되었을 때쯤 독일군은 이미 파리까지 갔을 거야.〉

마이클은 차 안에 네 명이 있었다는 것을 알게 되었다. 그중 세 명은 장교였다. 일병인 운전사는 입술 사이로 피를 흘리며 아직 살아 있었다. 마이클이 그에게 갔을 때 그는 끈덕지게 기어서 도망을 치러고 했다. 그는 마이클의 신발을 보고는 동작을 멈췄다. 킨은 세 장교를 보았다.

「죽었어.」 그는 역겨운 미소를 지으며 말했다. 「세 명 모두. 우리는 최소한 청동 성장은 받아야 마땅해. 파본에게 보고서를 올리게 하는 거야. 저자는 어떻게 하지?」 킨이 발가락으로 부상당한 운전사를 가리켰다.

「상태가 좋지 않은 것 같은데.」 마이클이 말했다. 그는 몸을 숙여 그 남자의 어깨를 살며시 만졌다. 「프랑스어를 할 줄 알아?」 그가 물었다.

병사는 고개를 들었다. 그는 열여덟 혹은 열아홉 정도로 무척 젊었고, 입술에는 피 거품이 묻어 있었으며, 눈 아래가 길게 찢어져 있어 동물처럼 병적으로 보였다. 그는 고개를 끄덕였다. 그는 머리를 움직이느라 입술이 아픈 모양이었다. 피한 방울이 마이클의 신발 위로 떨어졌다.

「움직이지 마.」 마이클은 몸을 숙인 채로 소년의 귀에 대고 부드럽게 말했다. 「도와줄게.」

소년은 포장도로 위에 살며시 누웠다. 그는 그렇게 누운 채로 찢어진 눈으로 마이클을 올려다보았다.

이제 프랑스 사람들은 부서진 차를 에워싸고 있었다. 적십자 완장을 찬 남자는 기관단총 두 자루를 들고 있었다. 「멋져요.」 그가 행복한 듯 말했다. 「멋져요. 이 사람들은 파리에서 대단한 환영을 받을 거예요.」 그는 부상당한 소년에게로 가 소년의 권총집에서 재빨리 권총을 꺼냈다.「좋아.」그가 말했다.「우리한테는 이 총에 맞는 38구경 탄환이 있어요.」

부상당한 소년은 프랑스인이 팔에 찬 적십자 완장을 멍청하게 바라보았다.「의사 선생님.」그가 천천히 말했다.「의사 선생님. 도와줘요.」

「오.」프랑스 남자가 기쁜 듯이 적십자를 만지며 말했다.「이건 그냥 위장일 뿐이야. 길에 있는 독일군들을 지나쳐 가기 위한 것이지. 나는 의사가 아냐. 너는 너를 도와줄 다른 사람을 찾아야 할 거야, 나이 든 사람으로…….」그는 독일군들에게서 뺏은 것들을 자세히 살펴보기 시작했다.

「저 돼지 같은 놈에게 시간을 낭비하지 말아요.」더멀린 부인이 차갑게 말했다.「저자의 고통을 덜어 줘요.」

마이클은 믿을 수 없다는 눈으로 그녀를 쳐다보았다. 그녀는 살찐 가슴 위로 팔짱을 낀 채로 부상당한 소년의 머리 위쪽에 서서 말했다. 마이클은 그녀의 뒤에 모여 선 사람들의 거친 얼굴을 보았다.

「잠시만요.」마이클이 말했다.「이자는 우리 포로이고 우리 미군은 포로를 쏘아 죽이지는 않아요.」

「의사 선생님.」길 위에 누워 있던 병사가 말했다.

「죽여요.」더멀린 부인 뒤에 있던 누군가가 말했다.

「미군이 탄약을 낭비하기를 원치 않는다면.」다른 사람이 말했다.「내가 돌로 쳐서 죽이겠소.」

「당신들은 어떻게 된 거예요?」마이클이 소리쳤다.「당신들은 동물인가요?」그는 모두가 알아들을 수 있도록 프랑스어로 말했는데, 고등학교 때 배운 프랑스어로 자신의 분노와 혐오감을 전달하는 것이 무척 어려웠다. 그는 더멀린 부인을 노려보았다. 프랑스에서 일어나고 있는 전쟁의 한가운데 있는 아일랜드 출신의 땅딸막한 여자가 동정이라곤 보이지 않고 피를 보기를 원하다니 믿을 수 없어, 하고 마이클은 생각했다. 「이자는 부상을 당했고, 당신들에게 아무런 해도 끼치지 않을 거예요.」 마이클은 적절한 단어가 막상 잘 떠오르지 않는 것에 화가 나 천천히 말했다. 「이자를 죽여서 어떻게 하자는 건가요?」

더멀린 부인이 차갑게 말했다. 「저기 있는 자클린에게 가봐요. 폐에 총알이 박힌, 저기 누워 있는 알렉상드르 씨에게 가봐요. 그러면 좀 더 잘 이해할 수 있을 거예요.」

「독일군 세 명이 죽었어요.」 마이클이 더멀린 부인에게 사정을 했다. 「그만하면 충분하지 않나요?」

「충분치 않아요.」 그녀의 얼굴은 분노로 창백했고, 거의 자주색에 가깝게 검은 눈은 광기가 서려 있었다. 「당신에게는 충분할지도 모르죠, 젊은이. 당신은 이곳에서 4년간 독일군 치하에 살지 않았으니까요. 당신은 자기 아들이 끌려가 죽는 것을 보지 않았어요. 자클린은 당신 이웃이 아니에요. 당신은 미군이에요. 당신에게는 인간답게 구는 게 쉽겠죠. 하지만 우리는 그렇지 않아요!」 이제 그녀는 마이클의 코앞에 주먹을 흔들며 미친 듯이 소리치고 있었다. 「우리는 미군이 아니고 인간적이길 원치 않아요. 우리는 저자를 죽이고자 해요. 마음이 그토록 여리다면 뒤로 돌아 있도록 해요. 우리가 할 테니까요. 당신들의 예쁜 양심은 깨끗하게 유지하도록 해요.」

「의사 선생님.」 길 위에 누워 있던 소년이 신음을 했다.

「제발.」 마이클이 더멀린 부인 뒤에 서 있는 차가운 얼굴들을 바라보며 호소를 했다. 낯선 자로서 그들과 그들의 나라,

그들의 용기와 고통을 사랑했던 그는 그들의 마을에 있는 길 위에서 그러한 중대한 문제에 대해 그들에게 반대하는 입장을 취하고 있는 것에 죄책감을 느꼈다.「제발.」그는 어쩌면 그녀의 말이 옳으며, 자신으로 하여금 그러한 논쟁을 벌이게 하는 것은 나약함과 우유부단함일 수도 있다는 혼란스러운 생각을 하며 말했다.「부상자를 이렇게 죽이는 건 있을 수 없는 일이에요.」

그의 뒤에서 총성이 들렸다. 마이클은 몸을 돌렸다. 킨이 카빈 소총의 방아쇠에 손가락을 댄 채로 얼굴에 역겨운 미소를 지으며 독일군 머리 쪽에 서 있었다. 이제 독일군은 꼼짝 않고 있었다. 주민들은 조용히, 거의 점잖은 모습으로 미군 두 명을 바라보고 있었다.

「알 게 뭐야.」킨이 미소를 지으며 말했다.「어쨌든 죽어 가고 있었잖아. 이제 부인도 행복해할 거야.」킨은 소총을 어깨에 멨다.

「잘했어요.」더멀린 부인이 담담하게 말했다.「잘했어요. 고마워요.」그녀는 몸을 돌렸고, 뒤에 있던 사람들은 그녀가 지나갈 수 있게 길을 터주었다. 마이클은 출산과 세탁과 부엌에서의 끝없는 노동의 흔적이 고스란히 배어 있는, 작고 통통하고 거의 우스꽝스러운 모습을 한 그녀가 몸을 뒤뚱거리며 회색 광장을 가로질러 못생긴 농부 출신의 소녀가 누워 있는 곳으로 가는 것을 바라보았다. 자클린은 이제 모든 노동으로부터 자유로워진 채 치마가 추켜올려진 상태로 누워 있었다.

프랑스 사람들은 죽은 소년의 몸 위로 서 있는 미군 두 명을 남겨 놓은 채로 한 명씩 딴 데로 갔다. 마이클은 그들이 폐에 탄환이 박힌 남자를 호텔 안으로 옮기는 것을 바라보았다.

그런 다음 킨에게로 몸을 돌렸다. 킨은 죽은 소년 위로 몸을 숙인 채 호주머니를 뒤지고 있었다. 킨이 지갑을 꺼냈다. 그는 지갑을 열어 접힌 카드를 꺼냈다.

「월급 명세서군.」킨이 말했다.「이름은 요아힘 리터이고, 열아홉 살이군. 석 달 치 월급을 못 받았어.」킨이 마이클을 향해 미소를 지었다.「미군하고 다를 바가 없군.」그는 지갑을 뒤져 사진을 한 장 꺼냈다.「요아힘과 그의 여자친구야.」킨이 사진을 내밀었다.「봐, 매력적인 여자야.」

마이클은 멍하니 사진을 바라보았다. 놀이공원에 있는 몸이 야윈 소년이 그를 바라보고 있었다. 소년의 옆에는 짧은 금발 머리에 젊은 병사의 모자를 쓴 통통한 금발 소녀가 있었다. 사진 앞면에는 독일어로 잉크로 휘갈겨 쓴 말이 적혀 있었다.

「당신 품 안에서 영원히, 엘자.」킨이 말했다.「그렇게 적혀 있어. 독일어로. 내 아내에게 보내서 간직하게 해야겠어. 재미있는 전리품이 될 거야.」

놀이공원에서 찍은 광택이 나는 사진을 들고 있는 마이클의 손이 떨렸다. 그는 하마터면 그것을 찢을 뻔했다. 그는 킨이 미웠고, 나중에 미국에 돌아간, 얼굴이 길고 이가 누런 그가 행복한 얼굴로 그 사진을 만지작거리며 오늘 아침을 기쁘게 기억하리라는 사실이 증오스러웠다. 하지만 그는 그 사진을 찢을 권리가 없다는 것을 알고 있었다. 그는 킨이 미웠지만 그가 자신의 전리품을 획득했다는 것을 알고 있었다. 마이클이 주춤거릴 때 킨은 군인처럼 행동했다. 그는 그 어떤 두려움도 없이 전혀 주저하지 않고 응급 상황에 대처했으며 주위에 있던 모두가 놀라 몸이 얼어붙은 상황에서 적을 쓰러트렸다. 마이클은 킨이 부상당한 소년을 죽인 것도 잘한 일인지 모른다는 생각을 했다. 그 병사에게 해줄 수 있는 일은 별로 없었다. 그들은 그를 남겨 놓고 가야 했으며, 그렇게 했을 경우 곧바로 프랑스 사람들이 그를 돌로 머리를 쳐 죽였을 것이다. 킨은 가학적인 방식이긴 하지만 프랑스 사람들의 뜻을 따랐다. 그들이 유럽에 온 것도 프랑스 사람들을 돕기 위해서였다. 단 한 발의 총탄으로 킨은 가족을 잃고 독일군에게 위협을 당한 마을 사람들에게 정의가 실현되었다는 느낌을 전해 주었다. 사람들은 최소한 그날 아침 자신들이 그토록 오랫동안 겪은 고통에 대한 보상을 받았다고 느꼈을 것이다. 킨이 우리와 함께 있는 것에 기뻐해야 마땅해, 하고 마이클은 쓰라린 생각을 했다. 나라면 결코 그런 짓을 못했을 거야. 킨이 한 대로 했어야 해.

마이클은 지프 옆에 서 있는 스텔레바토를 바라보았다. 그는 구역질이 났고 피로했다. 우리가 이곳에 온 이유는 여기에 있어, 우리는 독일군을 죽이러 온 거야, 하고 마이클은 생각했다. 〈승자처럼 마음이 가벼워져야 해.〉

하지만 그는 의기양양하지 않았다. 마이클 휘테이크, 적을 죽이지 못하는, 의심 많은 민간인 같은 자, 군인으로서는 적절치 못한 자. 도로 위에서 받은 여자들의 키스와 울타리의 장미, 그리고 공짜 브랜디는 그를 위한 것이 아니었다. 그는 아무 일도 하지 않은 것이다. 발아래에서 죽어 가던 소년의 머리에 총알을 박아 미소를 지을 수 있는 킨은 이제 낯선 사진을 조심스럽게 접어 전리품으로 간직하기 위해 지갑 속에 넣었다. 킨이야말로 햇빛 찬란한 날들에 해안에서 행군을 해오는 동안 유럽인들이 환영을 한 사람이었다. 승자인 킨은 군인으로서 적절했고, 이 복수의 달에 적격인 해방군이었다.

적십자 완장을 찬 프랑스인이 오토바이를 타고 왔다. 임시로 바리케이드를 친, 파리에 있는 친구들에게 갖다줄 총 두 자루와 탄환 수백 발이 새로 생겨 기분이 좋아진 그는 손을 흔들었다. 우스꽝스러운 반바지를 입어 다리가 드러나 있고, 피가 묻은 붕대를 두른 그가 뒤집힌 차를 재빨리 지나쳐 독일군 8백 명과 지뢰가 묻혀 있는 교차로를 지나 프랑스의 수도 쪽으로 가는 것을 마이클은 쳐다보지 않았다.

「맙소사.」 스텔레바토가 목이 쉰 듯한 목소리로 이탈리아인처럼 말했다. 「대단한 아침이군. 괜찮아요?」

「괜찮아.」 마이클이 담담하게 말했다. 「괜찮아.」

「니키.」 킨이 말했다. 「가서 독일군을 한번 보고 싶지 않아?」

「아뇨.」 스텔레바토가 말했다. 「그들은 장의사들에게 맡기죠.」

「괜찮은 전리품을 챙길 수도 있을 텐데.」 킨이 말했다. 「가족들에게 보낼 수 있는.」

「내 가족은 그 어떤 전리품도 원치 않아요.」 스텔레바토가 말했다. 「그들이 원하는 전리품은 나 자신이에요.」

「이걸 봐.」 킨은 다시 사진을 꺼내 스텔레바토의 코앞에 흔들었다. 「이름이 요아힘 리터야.」

스텔레바토는 천천히 사진을 받아 그것을 바라보았다. 「불쌍한 소녀.」 그가 부드럽게 말했다. 「불쌍한 어린 금발 소녀.」

마이클은 스텔레바토를 안아 주고 싶었다.

스텔레바토는 사진을 킨에게 돌려주었다. 「워터 포인트로 돌아가야 할 것 같아요.」 스텔레바토가 말했다. 「거기 있는 친구들에게 방금 일을 얘기해 주는 거예요. 그들도 총소리를 듣고 잔뜩 겁을 먹고 있을 테니까요.」

마이클은 지프에 올라타다가 멈췄다. 지프 한 대가 대로를 따라 천천히 오고 있었다. 그는 킨이 탄창을 소총에 끼우는 소리를 들었다.

「멈춰.」 마이클이 날카롭게 말했다. 「우리 편이야.」

지프가 천천히 그들 옆으로 왔고, 마이클은 크레이머와 모리슨이 차에 타고 있는 것을 보았다. 그들은 사흘 전 파본과 함께 있었다. 호텔 계단에 무리를 지어 서 있던 마을 사람들이 차가운 얼굴로 새로 도착한 사람들을 바라보고 있었다.

「안녕, 친구들.」 모리슨이 말했다. 「즐거운 시간을 보내고 있어?」

「멋졌어, 친구.」 킨이 따뜻하게 말했다.

「무슨 일이 있었던 거야?」 크레이머가 믿을 수 없다는 듯 죽은 독일군과 뒤집힌 차를 가리켰다. 「교통사고라도 난 거야?」

「내가 쏘아 죽였어.」 킨이 미소를 지으며 큰 소리로 말했다. 「하루 만에 대단한 성과를 올렸지.」

「농담하는 거야?」 크레이머가 마이클에게 물었다.

「농담하는 게 아냐.」 마이클이 말했다. 「킨이 모두 죽였어.」

「맙소사!」 크레이머는 노르망디에 도착한 이후로 부대의 웃음거리였던 킨을 존경심을 갖고 새롭게 바라보았다. 「떠벌이 킨이…… 킨이 이런 친구인 줄 알았어?」

「민정 담당치고는 큰일을 했군.」 모리슨이 말했다.

「파본은 어디 있어?」 마이클이 말했다. 「오늘 아침 여기로 오는 거야?」

모리슨과 크레이머는 죽은 독일군들을 바라보고 있었다. 다른 많은 병사들과 마찬가지로 그들도 프랑스에 도착한 후로 싸움을 한 번도 본 적이 없었고, 솔직히 그들은 커다란 인상을 받은 상태였다. 「계획이 바뀌었어.」 크레이머가 말했다. 「기동 부대는 이곳을 지나가지 않을 거야. 파본이 자네들을 데리고 오라고 했어. 그는 랑부예라는 마을에 있어. 여기서 한 시간 거리에 있지. 디들 프랑스 레지스탕스가 파리로 가는 길을 안내하기를 기다리고 있어. 거기로 가는 길을 알아. 니키, 우리를 따라와.」

스텔레바토는 어떻게 하면 좋을지 묻는 투로 마이클을 쳐다보았다. 마이클은 멍한 상태에서 이제 자신이 결정을 하지 않아도 된다는 사실에 약간 안도했다. 「좋아, 니키.」 마이클이 말했다. 「출발해.」

「이곳은 꽤 괜찮은 마을인 것 같은데.」 크레이머가 말했다. 「저 프랑스놈들이 우리한테 먹을 것을 줄 것 같지 않아?」

「나는 스테이크가 먹고 싶어 미칠 지경이야.」 모리슨이 말했다. 「프렌치프라이하고.」

마이클은 식료품점 앞에 독일군이 죽어 있고, 마을 사람들이 차갑게 바라보고 있는 가운데 그 마을에 더 머무르는 게 참을 수 없게 여겨졌다. 「파본에게 가지.」 그가 말했다. 「우리가 필요할 테니까.」

「신경 쓰이는 게 한 가지 있다면 그건, 휘테이크, 자네한테는 일병도 과분하다는 거야.」 모리슨은 그 말을 한 후 지프를 돌렸다.

스텔레바토는 지프를 돌려 모리슨을 따라가기 시작했다. 마이클은 앞자리에 뻣뻣하게 앉아 있었다. 그는 더멀린 부인이 이웃 사람들과 함께 서 있는 호텔 계단을 보지 않으려고 시선을 피했다.

「이봐요!」더멀린 부인이 명령을 하듯 큰 소리로 말했다.
「이봐요!」

마이클은 한숨을 쉬었다. 「멈춰.」그가 스텔레바토에게 말했다.

스텔레바토는 지프를 멈추고 모리슨에게 경적을 울렸다. 모리슨도 멈춰 섰다.

더멀린 부인이 다른 사람들과 함께 호텔 계단을 내려왔다. 그녀는 노동으로 지친, 색이 바랜 우스꽝스러운 옷을 입은 농부와 상인들에게 둘러싸인 채로 마이클 옆에 섰다.

「이봐요.」더멀린 부인이 또다시 평퍼짐한 가슴에 팔짱을 낀 채로 말했다. 그녀의 커다란 엉덩이 주위로 바람에 낡은 스웨터가 조금씩 펄럭거렸다. 「떠날 작정인가요?」

「그래요, 부인.」마이클이 조용히 말했다. 「명령을 받았어요.」

「독일군 8백 명은 어떻게 하고요?」더멀린 부인이 억제된 목소리로 말했다.

「그들이 돌아올 것 같지는 않은데요.」마이클이 말했다.

「당신은 그들이 돌아올 것이라고 생각하고 있는 것 같은데요.」마이클의 말을 흉내 내며 더멀린 부인이 말했다. 「그들이 당신 생각대로 하지 않으면 어떻게 하죠? 그들이 돌아오면 어떻게 하죠?」

「미안해요, 부인.」마이클이 지친 기색으로 말했다. 「우리는 가야 해요. 그리고 그들이 돌아온다 해도 미군 다섯 명이 무슨 소용이 있겠어요?」

「당신들은 우리를 버리고 가고 있어요.」더멀린 부인이 큰 소리로 말했다. 「그들은 다시 와 저기 죽어 있는 네 명을 보고 여자와 아이 할 것 없이 우리 모두를 죽일 거예요. 당신들은 가서는 안 돼요. 그런 식으로 행동해서는 안 돼요. 이곳에 남아 우리를 보호해 줘야 해요.」

마이클은 지프 두 대에 탄 스텔레바토와 킨, 모리슨, 크레이머, 그리고 자신이 그 작은 광장에 꼼짝 못하고 있는 것을 보았다. 킨은 화가 나 총을 쏜 유일한 사람이고 그는 그날 자신의 몫을 다한 사람으로 여겨질 수도 있었다. 마이클은 사나운 얼굴로 서 있는 더멀린 부인을 돌아보며, 맙소사, 이 다섯 명이 유령 같은 독일군 대대로부터 어떻게 보호해 주기를 원하는 건가요, 하고 생각했다. 「부인.」 마이클이 말했다. 「소용없어요. 우리는 도움이 안 될 거예요. 우리는 명령을 받은 곳으로 떠나야 하고 명령을 받은 대로 행동해야 해요.」 그는 더멀린 부인 뒤에 있는, 초조한 얼굴에 책망하는 표정으로 자신을 바라보고 있는 사람들을 보며 자신의 좋은 의도와 그들에 대한 동정심, 그리고 자신의 무기력함을 전달하려고 애를 썼다. 하지만 폐허가 된 자신들의 집에서 그날 죽게 될 거라고 확신하고 있는 그들의 겁먹은 얼굴은 무표정하기만 했다. 「용서해 줘요, 부인.」 거의 흐느끼며 마이클이 말했다. 「도울 수가 없어요.」

「당신들은 이곳에 머물 준비가 되지도 않았으면서 이곳에 올 권리는 없었어요.」 더멀린 부인이 갑자기 조용한 목소리로 말했다. 「어젯밤에는 탱크가 지나가더니 오늘 아침에는 당신들이 왔어요. 전쟁 중이건 아니건, 당신들이 미군이건 아니건 인간을 이렇게 취급할 권리는 없어요.」

「니키.」 마이클이 재빨리 말했다. 「이곳을 떠나! 빨리!」

「더러워요.」 스텔레바토가 지프를 출발하는 순간 더멀린 부인이 자신의 뒤에 있는 초라한 모습의 사람들을 대신해 말했다. 「더러워요. 문명인이 아니에요.」

마이클은 그녀의 마지막 말은 듣지 못했다. 그들이 크레이머와 모리슨을 따라 파본 대령이 있는 곳으로 재빨리 가는 동안 그는 뒤를 돌아보지 않았다.

테이블 위에는 샴페인 병이 놓여 있었다. 나이트클럽 안에는 촛불만 수백 개가 켜져 있었다. 실내는 무척 북적였다. 열개 나라가 넘는 곳에서 온 병사들의 군복 사이로 화사한 드레스와 노출된 팔, 그리고 반짝이는 머리칼이 보였다. 모두가 한꺼번에 말을 하고 있는 것처럼 보였다. 전날 파리가 해방된 후 오후에는 시가 행렬이 있었다. 건물 지붕에는 아군 저격병들이 자리하고 있었다. 클럽에 있는 사람들을 이야기를 쏟아냈고, 구석에서 3인조 밴드가 연주를 하고 있어 큰 소리로 얘기를 해야 했다. 밴드는 아주 큰 소리로 「셔플 오프 투 버팔로」를 연주하고 있었다.

파본은 마이클 맞은편에 앉아 시가를 입에 물고 환하게 웃고 있었다. 그는 가짜 눈썹을 길게 붙인, 안색이 창백한 여자의 허리에 팔을 가볍게 두르고 있었다. 이따금 그는 마이클을 향해 시가를 흔들며 유쾌하게 인사를 했다. 마이클의 옆에는 『콜리어스』라는 잡지에 게재할, 두려움에 대한 연구를 하고 있는 통신원 에이헌과, 옷을 잘 차려 입은 중년의 프랑스 공군 조종사가 앉아 있었다.

테이블에는 미국인 통신원 둘이 더 있었는데 약간 취해 있었다. 그들은 높은 목소리로 심각하게 서로 얘기를 나누고 있었다.

「장군님.」 첫 번째 통신원이 말했다. 「내가 강에 이르면 어떤 명령을 내리겠습니까?」

「강을 건너야지.」

「그럴 수가 없습니다. 강 반대쪽에는 기갑 사단 여덟 개가 있습니다.」

「그럼 자네는 그냥 있어. 자네가 강을 건널 수 없다면 그럴 수 있는 다른 사람을 찾아야지.」

「어디 출신이야, 친구?」 첫 번째 통신원이 말했다.

「이스트 세인트루이스.」

「악수하지.」

그들은 악수를 했다.

「자네는 그냥 있어.」 두 번째 통신원이 말했다.

그들은 잔을 비운 후 무희들을 심각하게 바라보았다.

「오.」 프랑스 조종사가 말했다. 그는 프랑스 제2기갑 사단 소속의 임무가 분명치 않은 연락 장교로 영국 공군과 함께 세 차례 출격을 한 후 파리에 도착한 상태였다. 「오, 그날들.」 그는 1928년 미국 뉴욕에 와 월스트리트에 있는 중개업 사무실에서 일하던 때를 그다지 심각하지 않게 얘기하고 있었다. 「파크 애비뉴에 아파트가 한 채 있었죠.」 조종사가 미소를 지으며 말했다. 「매주 목요일마다 친구들을 위해 칵테일파티를 열었죠. 한데 한 가지 규칙이 있었어요. 모든 남자가 그곳에 온 적이 없는 여자를 한 명씩 데리고 와야 했죠. 그렇게 해서 수백 명의 여자들을 알게 되었죠.」 그는 경제 호황기 때 멋진 젊은 시절을 보낸 것에 감탄하며 고개를 저었다. 「우리는 밤늦게 할렘에 가곤 했죠. 흑인 여자들과 그곳에서 연주된 음악! 그것들을 떠올리면 마음이 떨려요.」 그는 아홉 번째 샴페인 잔을 마신 후 마이클을 향해 미소를 지었다. 「나는 파리의 방돔 광장보다도 뉴욕의 135번가를 더 잘 알아요. 전쟁이 끝나면 아마도 미국으로 돌아가게 될 것 같아요.」 그는 생각에 잠긴 얼굴로 말했다. 「135번가에 아파트를 빌리게 되겠지요.」

레이스가 달린 검은 숄을 걸친 얼굴이 검은 여자가 다른 테이블에서 와 조종사에게 키스를 했다. 「친애하는 중위님.」 여자가 말했다. 「프랑스 장교를 보게 되어 무척 기쁩니다.」

조종사는 자리에서 일어나 점잖게 인사를 한 후 그녀가 춤을 추기를 원하는지 물었다. 여자는 그의 팔에 안겼고, 둘은 사람들로 북적이는 작은 댄스 플로어로 나갔다. 이제 밴드는 룸바를 연주하고 있었고, 파란색 군복을 입은 우아한 모습의 조종사는 진지하지만 기쁜 얼굴로 쿠바 사람처럼 춤을 췄다.

「휘테이크.」 테이블 건너편에서 파본이 말했다. 「이 도시를 떠나면 자네는 바보야.」

「동감입니다, 대령님.」 마이클이 말했다. 「전쟁이 끝나면 제대를 한 후 샹젤리제로 갈 작정입니다.」 잠시이긴 하지만 그것은 진심이었다. 군인들로 가득한 트럭 사이에서 파리의 지붕 위로 솟은 에펠탑을 본 순간 그는 진짜 고향에 온 것 같았다. 키스를 하고 악수를 나누고 감사의 말을 듣는 와중에도 그의 머릿속에는 어려서부터 마음속에서 떠나지 않았던 거리 이름들이 맴돌았다. 「리볼리가, 오페라 좌, 카퓌신 대로.」 그는 모든 죄책감과 절망이 씻겨 나간 것처럼 느꼈다. 남은 독일군들이 정원과 기념물들 사이에서 항복하기 전 탄약을 허비하며 총을 쏘아 대어 산발적인 전투가 벌어질 때에도 그것들 역시 그 위대한 도시에 어울리는 즐거운 환영 행사처럼 느껴졌다. 또한 거리에 남아 있는 혈흔과 프랑스 레지스탕스 소속 적십자사 여자들이 들것에 부상자들과 죽어 가는 사람들을 옮기는 장면 역시 위대한 해방에 필요한 고통처럼 여겨졌다.

그는 당시가 어땠는지 결코 기억하지 못하리라는 것을 알고 있었다. 그는 자신의 셔츠에 묻은 립스틱 자국과 키스 세례와 포옹과 눈물과, 자신이 위대하며 무적이고 사람들의 사랑을 받았다는 사실만 기억하게 될 것이었다.

「이봐요.」 첫 번째 통신원이 말했다.

「네.」 두 번째 통신원이 말했다.

「제2기갑 사단 본부로 가려면 어떻게 가야 하죠?」

「모르겠어요. 나도 생크스 기지에서 방금 도착했거든요.」

「당신은 그냥 있어요.」

「네.」

그들은 근엄한 얼굴로 술을 마셨다.

「기억나는데.」 에이헌이 말했다. 「지난번에 당신을 만났을 때 두려움이라는 주제에 대해 물은 적이 있죠.」

「그래요.」 햇볕에 그을린 붉은 얼굴과 진지한 회색 눈을 바라보며 마이클이 말했다. 「요즘 편집자들은 두려움에 대해 어떻게 생각하고 있죠?」

「그것에 관한 글은 미루기로 했어요.」 에이헌이 진지하게 말했다. 「그런 글은 지나치게 많이 있어요. 지난번 전쟁 이후 많은 작가들에 그것에 관한 글을 썼고, 정신분석학자들도 가세를 했죠. 두려움은 존경할 만한 것이 되었고, 그에 대한 이야기는 지겨울 정도로 많이 나왔죠. 그런데 그건 민간인들이 생각하는 두려움이에요. 병사들은 소설가들이 표현하는 것만큼 두려움에 대해 신경을 쓰지 않죠. 실제로 전쟁을 참을 수 없는 경험으로 그리는 것은 잘못된 생각이에요. 나는 마음을 열고 조심스럽게 지켜보았죠. 전쟁은 즐길 만한 것이고, 전쟁에 참가한 대부분의 사람들이 그렇게 하고 있어요. 전쟁은 정상적이며 만족스러운 경험이죠. 지난 한 달 동안 프랑스에서 있으면서 가장 충격적인 일이 뭐였죠?」

「글쎄요.」마이클이 말했다.「그건.」

「기쁨이죠.」에이헌이 말했다.「휴가를 보내는 것 같은 느낌요. 그리고 웃음이 넘쳤죠. 우리는 웃으며 적군을 뚫고 5백 킬로미터를 이동했어요. 나는 그것에 대해『콜리어스』에 쓸 작정이에요.」

「멋져요.」마이클이 진지하게 말했다.「그 글을 한번 보고 싶군요.」

「전투에 대해 정확하게 쓴 유일한 사람은.」에이헌이 마이클 얼굴 가까이 얼굴을 숙이며 말했다.「스탕달뿐이죠. 실제로 문학사를 통틀어 작품을 두 번 읽을 가치가 있는 작가는 스탕달과 비용과 플로베르뿐이죠.」

「전쟁은 30일 안에 끝날 거예요.」테이블의 다른 쪽에 있던 아주 잘생긴 영국군 통신원이 말했다.「그런데 아쉬운 게 있어요. 죽어야 하는 독일군이 많이 있어요. 전쟁이 계속되면 우리는 그 일을 할 수 있어요. 하지만 전쟁이 끝난다 해도 독일군은 죽어야 해요. 한데 영국군과 미군은 그 일을 하려 들지 않을 거예요. 우리는 유럽 한가운데 강력한 적을 남겨 놓게 될 거예요. 개인적으로 나는 우리의 운명이 끔찍하게 역전되기를 기도하고 있어요.」

〈오, 달콤하고 사랑스러운 처녀여, 착하게 굴어요〉 하고 트럼펫 연주자가 영국식 발음으로 노래하고 있었다. 〈오, 처녀

여, 내게 착하게 굴어요.〉

「스탕달은 전쟁의 예상하지 못한, 정신 나가고 유머러스한 측면을 포착했죠.」에이헌이 말했다. 「그가 일기에서 러시아 공략 때 부하들을 다시 집결시킨 대령에 대해 묘사한 것 기억해요?」

「아뇨.」마이클이 말했다.

「어떤 상황이었죠?」첫 번째 통신원이 말했다.

「우리는 정예 사단 두 개에 포위되어 있었죠.」

「당신은 그냥 있어요. 당신이 강을 건널 수 없다면 그럴 수 있는 다른 사람을 찾을 거예요.」첫 번째 통신원이 말했다.

그들은 술을 마셨다.

「당신은 괜찮지만 외로운 병사처럼 보여요.」15분 전 마이클이 미소를 보낸, 꽃무늬 옷을 입은, 키가 크고 머리가 검은 여자였다. 그녀는 테이블 위로 몸을 숙이고 서서 마이클의 손을 잡았다. 그녀의 드레스는 가슴이 많이 파여 있었고, 마이클은 아주 가까이 있는 그녀의 단단한 올리브색 젖가슴을 보았다. 「미군에게 감사하는 숙녀와 함께 춤을 추겠어요?」

마이클은 그녀를 향해 미소를 지었다. 「5분만 있다가요.」그가 말했다. 「머리가 맑아지면요.」

「좋아요.」여자는 고개를 끄덕이며 다정하게 미소를 지었다. 「내가 어디 앉아 있는지 알죠?」

「그래요. 그럼요.」마이클이 말했다. 그는 여자가 춤을 추는 사람들 사이를 지나가는 것을 바라보았다. 아주 좋아, 하고 그는 생각했다. 파리 여자와 사랑을 나눠야만 파리에 공식적으로 입성한 것이 되지.

「전시의 남자와 여자의 문제에 관해 많은 글에서 다뤄져야 해요.」에이헌이 말했다.

「그렇겠죠.」마이클이 말했다. 여자는 자신의 테이블에 앉아 그를 향해 미소를 지었다.

「전시 동안에 남녀 관계는 건강하고 자유롭죠. 그리고 거기에는 낭만적인 비극이 있죠. 사람들은 마음이 급해지고요.」에이헌이 말했다. 「내 경우만 해도 그래요. 나는 디트로이트에 아내와 아이 둘이 있죠. 솔직히 나는 아내를 무척 대단한 여자라고 생각해요. 하지만 이제는 그녀 생각을 하면 지겨워요. 그녀는 키가 작고 평범한 얼굴에 머리칼도 가늘어지고 있죠. 런던에서 나는 조달부에서 일하는 풍만한 몸매의 열아홉 살짜리 여자하고 살고 있어요. 그녀는 전쟁에서 살아남았고, 내가 많은 일을 겪어야 하는 것을 이해했어요. 나는 그녀와 함께 있는 게 무척 행복해요. 그런데 솔직하게 디트로이트로 돌아가야 한다는 얘기를 어떻게 해야 좋을지 모르겠어요.」

마이클이 정중하게 말했다. 「모두가 나름의 문제를 갖고 있죠.」

실내 반대쪽에서 외침 소리가 들렸고, 소총을 들고 레지스탕스 완장을 찬 젊은 남자 넷이 춤을 추는 사람들 사이로 눈에 긴 상처가 나 피가 흐르는 젊은 남자를 끌고 가고 있었다. 「거짓말쟁이들!」피가 흐르는 남자가 소리쳤다. 「다들 거짓말쟁이들이야! 나는 이 안에 있는 사람들과 다를 바 없는 부역자일 뿐이야!」

레지스탕스 대원 하나가 그의 목 뒤쪽을 때렸다. 그는 머리를 앞으로 숙이며 잠잠해졌다. 피가 댄스 플로어 위로 희미한 원을 그리며 뿜어져 나왔다. 레지스탕스 대원 넷이 적갈색 벽에 매달린 유리 촛대 안에서 타고 있는 촛불을 지나 계단 위로 그를 끌고 갔다. 오케스트라가 그전보다도 더 큰 소리로 연주를 했다.

「야만인들!」어떤 여자가 영어로 소리쳤다. 마흔쯤 되는 여자가 프랑스 조종사가 비운 자리에 앉아 있었다. 그녀는 진한 붉은색을 칠한 손톱을 길게 기르고 있었고, 단순하지만 우아한 검은 드레스를 입고 있었는데 무척 아름다워 보였다. 「다들 체포되어야 해. 소란을 일으킨 데 대해 변명하는 자들까지도. 미군에게 얘기해 모두 무장해제를 하게 해야겠어.」그녀의 발음은 미국식 영어가 분명했고, 에이헌과 마이클은 놀라며 그녀를 쳐다보았다. 그녀는 에이헌에게 가볍게 고개를 까닥한 후 마이클이 장교가 아니라는 것을 알아차린 다음에는 좀 더 차갑게 그를 바라보았다. 「내 이름은 메이블 캐스퍼예요.」그녀가 말했다. 「그렇게 놀라지 말아요. 나는 스키넥터디[24] 출신이에요.」

「만나서 반가워요, 메이블.」에이헌이 앉은 채로 고개를 숙여 인사를 하며 점잖게 말했다.

「나는 내가 무슨 말을 하고 있는지 알아요.」스키넥터디 출신의 여자가 흥분해 말했다. 그녀는 술을 서너 잔을 마셔 약간 취한 것처럼 보였다. 「나는 파리에 산 지 12년 됐어요. 오, 얼마나 많은 고통을 겪었는지. 당신은 통신원이죠. 내가 독일군 치하에서 어떤 일을 겪었는지 얘기해 줄 수 있어요.」

「기꺼이 듣고 싶군요.」에이헌이 말했다.

「배급품으로 받은 음식.」샴페인을 가득 따라 반을 한꺼번에 마신 후 메이블 캐스퍼가 말했다. 「독일군은 내 아파트를 접수하며 15일 안에 가구를 옮기라고 했어요. 다행히 유대인

---

24 미국 뉴욕주 중부에 있는 도시.

950

부부가 살던 다른 아파트를 구할 수 있었죠. 그 남편은 지금 죽었어요. 그런데 파리가 해방된 지 이틀째인 오늘 오후 그녀가 내게 아파트를 돌려 달라고 했어요. 내가 이사를 갔을 때 그곳에는 가구라곤 전혀 없었어요. 나는 계약서를 작성하는 데 주의를 했죠. 이런 날이 올 거라는 것을 알았으니까요. 나는 미군 소속인 하비 대령에게 얘기를 했죠. 그는 나를 안심시키는 말을 했어요. 하비 대령을 아나요?」

「아뇨.」 에이헌이 말했다.

「프랑스에 사는 우리의 앞날은 험할 거예요.」 메이블 캐스퍼는 샴페인을 비웠다. 「쓰레기 같은 자들이 설치고 있죠. 폭력배들이 총을 들고 돌아다니고 있어요.」

「프랑스 국내 항독군을 얘기하는 건가요?」 마이클이 말했다.

「그래요.」 메이블 캐스퍼가 말했다.

「하지만 지하에서 싸움을 한 건 그들이잖아요.」 소음 속에서 그 여자가 무슨 얘기를 하려는지 생각해 내려 애를 쓰며 마이클이 말했다.

「지하라고요!」 메이블 캐스퍼는 화가 난 듯 코웃음을 쳤다. 「나는 지하의 모든 것들에 진력이 났어요. 빈둥대는 자들과, 선동가들과, 비참한 자들 모두에게. 그들은 걱정할 가족도, 재산도 일자리도 없었죠. 존경할 만한 사람들은 너무 바빴고, 이제 당신들이 우리를 도와주지 않으면 우리는 그 대가를 치르게 될 거예요.」 그녀는 샴페인을 한 잔 더 따른 후 마이클에게로 몸을 숙였다. 「당신들은 우리를 독일군에게서 해방시켜 주었어요. 이제 당신들은 우리를 프랑스인과 러시아인으로부터 해방시켜 줘야 해요.」 그녀는 잔을 비운 후 자리에서 일어났다. 「현명한 분들께 한마디한 거예요.」

마이클은 그녀가 단순하지만 멋진 검은 드레스를 입은 채로 어지럽게 널려 있는 테이블 사이를 걸어가는 것을 바라보았다. 「맙소사.」그가 조용히 말했다. 「스키넥터디 출신이라니.」

「내가 얘기한 것처럼 전쟁은 혼란스러운 요소로 가득하죠.」에이헌이 차분하게 말했다.

「상황은 어떻죠?」첫 번째 통신원이 물었다.

「내 왼쪽 편은 발걸음을 돌렸고, 오른쪽 편은 무너지고 있으며, 가운데는 후퇴했죠. 나는 공격할 거예요.」두 번째 통신원이 정신 나간 소리를 했다.

「당신은 그대로 있어요.」첫 번째 통신원이 말했다.

「전쟁이 끝나면.」잘생긴 영국군 통신원이 말했다. 「비아리츠 외곽에 있는 집을 사 그곳에서 머물 거예요. 나는 영국 음식은 못 참겠어요. 주말에 런던에 갈 일이 생기면 바구니에 음식을 가득 넣고 비행기를 타고 가 호텔 방 안에서 그것을 먹을 거예요.」

「이 포도주는.」테이블 다른 쪽에 있던 공보 장교가 말했다. 그는 반짝이는 새 권총집을 차고 있었다. 「제대로 숙성이 되지 않았군요.」

「미래에 희망이라는 게 있다면.」파본이 그날 밤 사단에서 무단 외출을 한 젊은 미군 보병 장교 둘에게 설교를 하는 소리가 들렸다. 「그것은 프랑스에 있어. 미국이 프랑스를 위해 싸우는 것으로는 충분치 않아. 미국은 프랑스를 이해하고, 이곳을 안정적인 곳으로 만들고, 프랑스에 대해 참을성을 가져야 해. 그런데 그건 쉬운 일이 아니지. 프랑스 사람들은 세상에서 가장 짜증스러운 사람들이니까. 그들이 짜증스러운 사람들인 이유는 국수적이고, 다른 사람들을 경멸하기 때문이지. 그리고 합리적이고 독립적이며 위대하기 때문이야. 내가 미국 대통령이라면 미국의 모든 젊은이들을 2년간 대학에 보내는 대신 프랑스로 보내겠어. 그러면 사내아이들은 음식과 예술에 대해, 그리고 여자 아이들은 섹스에 대해 배우게 될 거야. 그렇게 하면 20년 안에 미시시피 강변에 유토피아가 생길 거야.」

건너편에 있는, 꽃무늬 드레스를 입은 여자가 마이클을 유심히 바라보며, 그와 시선이 마주치자 환한 미소를 지으며 고개를 까닥했다.

「전쟁의 비합리적인 요소 한 가지가 우리의 문학에서 사라지고 있죠. 다시 한번 스탕달의 이야기에 나오는 대령에 관해 얘기를 하죠.」

「스탕달의 이야기에 나오는 대령이 무슨 얘기를 했죠?」 마이클이 말했다. 그는 샴페인과 담배 연기와 향수, 촛불, 그리고 욕망 속에서 행복하게 꿈속을 헤매는 것 같았다.

「그의 부하들은 사기가 꺾인 상태였죠.」 에이헌이 군인처럼 명령을 하는 목소리로 엄숙하게 말했다. 「그들은 러시아 군대의 공격에 달아나려 하고 있었죠. 그때 대령이 칼을 흔들며 〈내 똥구멍은 사과처럼 둥글어, 나를 따르라!〉라고 소리쳤죠. 그 말에 사람들은 그를 따랐고, 러시아군을 물리쳤죠. 그것이 바로 비합리적인 것이죠.」 에이헌은 강의를 하는 교수처럼 말하고 있었다. 「완전히 비합리적인 얘기죠. 하지만 그 말은 병사들의 가슴 속에 있는 모호한 애국심과 저항 의지를 일깨웠고, 그날 그들은 전투에서 승리했죠.」

「아.」 마이클이 한탄을 하듯 말했다. 「오늘날에는 그런 대령이 없죠.」

술에 취한 영국군 대위 하나가 아주 큰 소리로 노래를 부르고 있었다. 「우리는 지크프리트 전선에 빨래를 걸게 될 거야.」 그의 목소리는 워낙 커 오케스트라의 음악 소리가 묻힐 정도였다. 그 순간 다른 사람들도 그 노래를 따라 하기 시작했다. 오케스트라는 하던 연주를 멈추고, 노래하는 사람들의 노래에 맞춰 연주를 하기 시작했다. 거구에, 얼굴이 붉은, 술에 취한 대위는 이를 드러내며 어떤 여자를 붙들고 테이블 사이를 돌아다니며 춤을 추기 시작했다. 다른 남녀들도 자리에서 일어나 줄을 지어 탁자와 포도주 병 사이를 천천히 움직이며 노래를 불렀다. 곧 그 줄에 스무 쌍 정도가 가세를 했다. 그들은 길게 줄을 서 노래를 부르며 머리를 흔들며 앞에 있는 사람의 허리를 손으로 잡고 풋볼 시합이 끝난 후 춤을 추는 대학생들처럼 춤을 췄다. 다만 다른 것이 있다면 그곳 무대에는 촛불이 켜져 있었고, 천장이 낮았으며, 노래 소리가 귀를 멍하게 할 정도로 컸다는 것이었다.

「괜찮은 광경이에요.」 에이헌이 말했다. 「하지만 문학적인 관점에서 보자면 모든 게 너무도 정상적이어서 별로 흥미롭지 않다는 거죠. 어쨌든 이런 승리가 있은 다음에는 해방군과 해방된 자들이 노래를 하고 춤을 추는 것도 당연하죠. 하지만 젊은 사관생도들이 차르의 지하실에서 꺼낸 샴페인으로 수영장을 가득 채우고, 알몸의 발레리나를 열 명씩 거품 속에 던지며 적군이 와 자신들 모두를 처형하기를 기다리고 있던 세바스토폴의 차르의 궁전은 어땠을까요? 미안해요.」 에이헌이 진지한 얼굴로 말하며 자리에서 일어났다. 「나도 나가 봐야겠어요.」

그는 플로어로 가 스키넥터디 출신 여자의 허리에 손을 감았다. 그녀는 명주로 만든 옷을 입은 채로 엉덩이를 흔들며 줄 맨 끝에서 큰 소리로 노래를 부르고 있었다.

꽃무늬 드레스를 입은 여자는 테이블 앞에 서서 마이클을 바라보며 소란 속에서 미소를 짓고 있었다. 「이제 같이 출래요?」 그녀가 손을 내밀며 부드럽게 물었다.

「그래요.」 마이클이 말했다. 그는 자리에서 일어나 그녀의 손을 잡았다. 그들은 사람들 사이에 끼었다. 여자가 마이클 앞에 섰다. 그녀의 하늘거리는 실크 가운 아래로 작은 엉덩이가 탄력이 넘쳐 보였다.

이제 실내에 있는 모두가 줄을 서서 소리를 지르며 원을 그리며 돌고 있었다. 실크 옷을 입은 여자들과 군복을 입은 남자들이 댄스 플로어 위와, 요란한 음악을 연주하는 밴드와 테이블 사이를 돌아다니고 있었다. 〈우리는 지크프리트 전선에 빨래를 걸게 될 거야〉라고 사람들은 노래했다. 〈더러운 빨래가 있나요, 사랑하는 어머니?〉

마이클은 목청껏 노래를 불렀다. 그는 행복했고, 축제 분위기에 휩싸인 도시의, 승리감에 도취한 모든 젊은이 가운데서 하필이면 자신을 선택한 여자의 탐스러운 가는 허리를 꽉 거머쥐었다. 요란한 음악과 외침 소리에 파묻힌 채로 마이클은 1939년 처음 그 노래를 부른 영국군에게 독일군이 역설적인 뉘앙스를 담아 다시 그 가사를 말한 것을 떠올리며 그날 밤에는 모든 남자가 자신의 친구이며, 모든 여자가 자신의 연인이고, 모든 도시가 자신의 도시이며, 모든 승리가 가치 있고, 모든 삶이 불멸인 것처럼 느꼈다.

「우리는 지크프리트 전선에 빨래를 걸게 될 거야.」 사람들의 합창 소리가 촛불 사이에서 요란하게 들렸다. 「만약 지크프리트 전선이 아직도 그곳에 있다면...」 마이클은 자신이 이 순간을 위해 살아왔으며, 대양을 건넜고, 소총을 지니고 왔고, 죽음으로부터 탈출했다고 느꼈다.

노래가 그쳤다. 꽃무늬 드레스를 입은 여자가 몸을 돌려 그의 품에 안기며 키스를 하고 매달렸다. 주위에 있는 다른 사람들 모두가 신이 나 새해를 맞을 때면 부르는「올드 랭 사인」을 감상적으로 부르고 있고, 여자에게서 포도주와 헬리오트로프 향수 냄새가 진하게 나 그는 머리가 어지러웠다.

파크 애비뉴에 살며 1928년 기발한 파티를 열었고, 밤늦게 할렘에 갔고, 로렌 편대 소속으로 세 번 출격했으며, 수년 사이 친구들을 모두 잃었고, 이제는 마침내 파리로 돌아온 중년의 조종사는 노래를 부르며 흐느끼고 있었다. 그의 잘생겼지만 피로한 얼굴 위로 눈물이 하염없이 떨어지고 있었다. 〈옛날에 알던 사람들은 잊어야 해〉 하고 그는 파본의 어깨에 팔을 두른 채로 노래했다. 그는 이미 희망과 기쁨으로 가득한, 곧 지나갈 이 위대한 밤을 그리워하고 있는 것 같았다. 〈그리고 다시는 생각지 않을 거야.〉

여자가 마이클에게 더욱 거침없이 키스를 했다. 그는 자유롭게 된 도시가 그에게 준 선물인 그녀를 팔에 안은 채로 눈을 감고 그녀와 함께 살며시 몸을 흔들었다.

15분 후 소총을 챙긴 마이클은 꽃무늬 드레스를 입은 여자와 파본과 그의 창백한 얼굴의 여자와 함께 개선문을 향해 어두운 샹젤리제 거리를 걸어갔다. 그 근처에 마이클의 여자가 살고 있었다. 그곳으로 독일군이 진격해 왔고, 폭탄을 투하하기도 했다. 나무 아래에는 트럭이 한 대 서 있었고, 마이클과 파본은 여름이 되어 무성해진 나뭇잎 아래에서 차의 범퍼에 앉아 기다리기로 했다.

그로부터 2분 후 파본이 죽었다. 마이클은 타르 냄새가 나는 포장도로 위에 누워 있었다. 그는 의식은 무척 분명했지만 이상하게도 엉덩이 아래쪽 다리를 움직일 수가 없었다.

멀리서 사람들 목소리가 들렸고, 마이클은 실크 드레스를 입은 여자가 어떻게 되었는지 궁금했다. 그는 무슨 일이 일어났는지 알아내려 했다. 한데 총소리는 강 반대쪽에서만 들리는 것 같았고, 그는 폭탄이 떨어지는 소리는 전혀 듣지 못했다.

그 순간 그는 갑자기 어두운 형체의 뭔가가 교차로를 가로지른 것을 기억했다. 교통사고가 있었던 것이다. 그는 조용히 미소를 지었다. 프랑스를 여행한 적이 있는 친구들 모두가 프랑스의 운전사들을 조심하라고 말했다.

그는 다리를 움직일 수 없었고, 헤드라이트 불빛에 비친 파본의 얼굴은 그가 죽은 지 아주 오래된 것처럼 무척 창백했다. 그때 어떤 미국인이 「이봐요, 여길 봐요, 미국인이 죽어 있어요. 이봐요, 대령이에요. 어떻게 된 거죠? 이 사람은 미군처럼 보이는데요」라고 말했다.

마이클은 친구인 파본 대령에 대해 뭔가 분명하고 확실한 얘기를 하려고 했지만 말이 제대로 나오지 않았다. 여자들은 흐느끼고 있었다. 사람들이 혼란 속에서 그를 아주 살며시 일으키는 사이 그는 의식을 잃었다.

33

보충대 기지는 파리 근처의 평야 지대인 습지에 있었다. 아직도 그곳에는 만(卍)자 십자장과 독수리 그림 아래로 젊은 독일군 병사와, 조끼에 든 맥주를 마시며 웃고 있는 노인과, 페르슈롱 말 같은 다리를 드러낸 농부 출신 여자들을 다채로운 색상으로 그린 커다란 그림이 벽에 그려져 있는, 과거 독일군 막사와 텐트가 여기저기 있었다. 그리고 많은 미균들이 그 신성한 곳을 지나갔다는 것을 표시하기 위해 그림이 그려진 벽에다 자신의 이름을 적어 놓은 상태였다. 〈미주리주 캔자스시티 출신 조 재커리 병장, 미국 브루클린 출신 마이어 그린버그 일병〉 등의 이름이 사방에 적혀 있었다.

11월의 차가운 진흙 속에서 수천 명의 병사들이 사상자가 발생한 사단에 보내지기를 기다리고 있었다. 사람들은 조용히, 천천히 움직였고, 그곳 사람들은 마이클이 그전에 본, 소란스럽고 큰 소리로 불평을 늘어놓는 다른 미군들과는 무척 달랐다. 마이클은 자기가 지내는 텐트 입구에 서서 흐린 날씨 속에 내리는 가랑비와, 젖은 비옷을 입은 채로 긴 진창길을 초조하게 왔다 갔다 하는 사람들을 바라보며 그곳 기지는 사람 사는 곳 같지 않다는 생각을 했다. 그곳은 짐승들이 우리에 갇힌 채로, 마지막이 가까워졌다는 것을 불편하게 알아차리고는 도축장의 냄새를 맡고 있는, 시카고의 가축 사육장과 비슷했다.

「보병이라니!」 젊은 스피어가 텐트 안에서 화가 나 말하고 있었다. 「나는 2년을 하버드에 다녔고, 장교가 되었어야 해. 그런데 어떻게 된 일인지 그렇게 되지 않았어. 2년을 하버드에 다녔는데 보병 부대 일병이라니!」

「너무 힘들어.」 옆 침대에 있던 크레넥이 자신도 동감이라는 듯 말했다. 「이 군대는 완전히 엉망이야, 그건 틀림없는 사실이야. 모든 건 누굴 아느냐에 달려 있어.」

「나는 아는 사람이 많아.」 스피어가 날카롭게 말했다. 「내가 어떻게 하버드에 들어갔을 거라고 생각해? 하지만 내가 전출이 되었을 때 도움이 된 사람은 아무도 없어. 내 어머니는 거의 돌아가실 뻔했지.」

「맙소사.」 크레넥이 부드럽게 말했다. 「모두가 실망했겠어.」

마이클은 시큰둥하게 미소를 지으며, 몸을 돌려 크레넥을 봤다. 크레넥이 하버드 출신의 젊은이를 놀리고 있는 건 아닌지 궁금했다. 크레넥은 1사단 기관총 사수였는데 시칠리아에서 한 번 부상을 당한 후 디데이에 또 부상을 입었다. 그리고 또다시 부상을 당하게 되면 세 번째가 되었다. 하지만 시카고의 슬럼가 출신으로, 키가 작지만 강단이 있고, 얼굴이 검은 크레넥은 보스턴 출신의 젊은 명문가 자제에 대해 진심으로 유감으로 생각하고 있었다.

「아.」 마이클이 말했다. 「어쩌면 전쟁이 내일 끝날지도 몰라.」

「모든 비밀 정보를 입수했어?」 크레넥이 물었다.

「아니.」 마이클이 말했다. 「하지만 『성조』지에 따르면 러시아군이 하루에 80킬로미터씩 진격하고 있대.」

「오, 러시아군.」 크레넥이 고개를 저었다. 「나라면 전쟁에서 승리하는 데 러시아군에게 기대를 걸지 않겠어. 1사단이 결국 베를린에 들어가 끝을 내야 해.」

「다시 1사단으로 돌아가고 싶어?」 마이클이 말했다.

「절대로 그렇지 않아.」 크레넥은 고개를 저으며 간이침대 위에서 소제를 하고 있던 M1소총에서 눈을 뗐다. 「나는 이 전쟁에서 살아남고 싶어. 1사단은 너무 훌륭해. 다들 그것을 알고 있지. 너무도 유명하지. 그들에 대한 선전도 대단해. 공격해야 하는 힘든 해안이나 언덕이 있을 때나, 선도 공격을 해야 할 때면 1사단에 연락하지. 1사단에 들어가게 되면 양쪽 미간에 탄환이 박힌다고 봐야지. 나는 진주만 공습 이후로 단 하나의 마을도 점령하지 못한, 형편없지만 괜찮은 사단으로 가고 싶어. 1사단에 들어가게 되면 최고로 바랄 수 있는 게 부상을 당하는 거야. 나는 명예 전상장을 두 번이나 받았는데, 그때마다 소대원 모두가 축하를 해주더군. 그리고 늘 1사단 장군이 최고의 장군으로 여겨지지. 그들은 늘 싸우고, 아무것도 두려워하지 않으니까. 하지만 사병에게는 늘 죽음이 따를 뿐이지. 나는 지금껏 살아남았고, 내 신조는 영광은 다른 병사들이 누리게 하자는 거야.」 그는 M1 소총의 기름이 묻은 부분을 조심스럽게 닦기 시작했다.

「어때?」 스피어가 초조하게 물었다. 그는 금발의 곱슬머리에 눈이 파란, 잘생긴 젊은이였다. 그를 보고 있으면 여러 명의 가정교사와 친척 여자들이 그를 돌보며 일요일 오후에는 쿠세비츠키를 듣게 했을 거라는 생각이 들었다. 「보병 부대에 있는 건 어때?」

「보병 부대에 있는 건 어떠냐니?」 크레넥이 말했다. 「걷고 또 걷고 또 걷는 거지.」

「진지하게 묻는 거야.」 스피어가 말했다. 「뭘 하는 거지? 어딘가로 데려다주면 그곳에서 곧바로 싸워야 하는 거야?」

「점진적으로 싸움을 하는지 알고 싶어?」 크레넥이 말했다. 「그렇지 않아. 적어도 1사단에서는 그렇지 않았어.」

「자네는 어때?」 스피어가 마이클에게 물었다. 「어느 사단에 있었던 거야?」

마이클은 자신의 간이침대로 가 무겁게 앉았다. 「나는 어떤 사단에도 있지 않았어. 민정 업무를 담당했지.」

「민정 업무라.」 스피어가 말했다. 「나도 그런 일을 했어야 하는데.」

「민정 업무라고?」 크레넥이 놀라며 말했다. 「민정 업무를 하면서 어떻게 명예 전상장을 받았지?」

「파리에서 프랑스 택시 운전사가 몰던 차에 치였지.」 마이클이 말했다. 「그 때문에 왼쪽 다리가 부러졌어.」

「1사단에서는 그런 일로 명예 전상장을 받게 되는 일은 없어.」 크레넥이 자랑스럽게 말했다.

「다른 스무 명과 함께 병원에 있는데.」 마이클이 말했다. 「어느 날 아침 대령 한 사람이 와 모두에게 명예 전상장을 주더군.」

「제대를 하는 데 필요한 점수를 반은 땄군. 어느 날인가 망가진 다리에 대해 감사하게 될 거야.」

「맙소사.」 스피어가 말했다. 「다리가 부서진 사람을 보병에 넣다니, 도대체 무슨 분류 체계야?」

「이제는 괜찮아.」 마이클이 부드럽게 말했다. 「다 나았어. 의사 얘기로는 성형외과적으로는 문제가 있지만 그만하면 괜찮대. 특히 건조한 날씨에는 끄떡없대.」

「그렇다 하더라도.」 스피어가 말을 이었다. 「왜 민정 업무를 보는 부대로 돌아가지 않은 거야?」

「병장 이하는 본래 부대로 돌려보내지 않아.」 크레넥이 말했다. 「병장 이하는 아무 일이나 맡길 수 있는 거지.」

「그렇게 말해 줘 고마워, 크레넥.」 마이클이 시무룩하게 말했다. 「아홉 달 만에 들은 가장 좋은 얘기야.」

「자네 주특기 번호는 뭐야?」크레넥이 물었다.

「745.」마이클이 말했다.

「745라.」크레넥이 말했다.「기본 소총수지. 그것도 특기는 특기지. 다른 사람과 교체가 가능한. 우리 모두가 교체가 가능한 부품들이지.」

마이클은 스피어의 부드러운 입이 초조감과 혐오감으로 뒤틀리는 것을 보았다. 스피어는 자신이 교체가 가능한 부품이라는 생각이 마음에 들지 않는 게 분명했다. 그것은 그가 가정교사들 사이에서 그리고 하버드의 강의실에서 보낸 장밋빛 인생 속 자기 모습과는 어울리는 않는 것이었다.

「보충병이 있어서 다른 사단보다 괜찮은 곳이 있을 거야.」스피어가 자신의 문제를 고민하며 집요하게 이야기했다.

「미군의 어떤 사단에 있어도 죽을 수 있어.」크레넥이 현명하게 말했다.

「내 말은, 사람을 부드럽게 길들이는 사단 말이야. 한꺼번에 길들이지 않는.」

「하버드에서는 그런 식으로 교육을 받은 모양이지, 친구.」크레넥이 소총 위로 몸을 숙이며 말했다.「자네는 군 복무에 관한 멋진 얘기를 들은 모양이군.」

「파푸가!」스피어가 텐트 안에 있는 다른 병사에게 고개를 돌렸다. 파푸가는 뜬 눈을 깜박이지도 않고 머리 위의 축축한, 경사진 캔버스를 바라보며 침대에 조용히 누워 있었다.「파푸가, 자네는 어느 사단 소속이었어?」

파푸가는 고개를 돌리지 않았다. 그는 계속해서 생각에 잠겨 캔버스를 바라보며 있었다.「방공 포대에 있었어.」파푸가가 높낮이가 없는 희미한 목소리로 말했다.

파푸가는 서른다섯쯤 된, 살찐 남자로 얼굴에 마마 자국이 있었고, 건조한 검은 머리는 길었다. 그는 하루 종일 자신의 침대에 누워 있었는데 마이클은 그가 종종 끼니도 거르는 것을 보았다. 본래 하사가 입었던 파푸가의 군복에는 계급장을 떼어 낸 자국이 여기저기 있었다. 텐트 안에서도 파푸가는 얘기에 동참하는 일이 없었다. 그는 하루 종일 허공을 바라보고 있었고, 잘 먹지도 않았다. 계급이 강등된 것처럼 보이는 그는 다른 사람들에게는 수수께끼 같은 존재였다.

「방공 포대라.」크레넥이 즐거운 듯 고개를 끄덕이며 말했다.「이제 괜찮은 부대에 배치될 거야.」

「여기서 뭘 하고 있는 거야?」스피어는 알고 싶어 했다. 그는 도살장 냄새가 나는, 11월의 축축한 그 평원에서 위안을 찾고자 했다. 그리고 그는 주위에 있는 전쟁 경험자들로부터 뭐든 얻고 싶어 했다.「왜 방공 포대에 그대로 있지 않았어?」

「어느 날.」스피어를 보지도 않고 파푸가가 말했다.「P-47기[25] 세 대를 격추시켰지.」

천막 안이 조용해졌다. 마이클은 마음이 불편했고, 파푸가가 더 이상 아무 말도 하지 않기를 바랐다.

「나는 40밀리미터 포를 맡고 있었지.」잠시 후 녹음기 소리 같은, 평탄한 목소리로 파푸가가 말했다.「우리 포대는 P-47기 활주로를 지키고 있었어. 거의 어두워져 있었고, 그 시간이면 독일군은 비행기를 보내 공습을 하곤 했지. 나는 두 달간 하루도 못 쉰 상태였고, 잠도 제대로 잔 적이 없었지. 나는 아내에게서 편지를 막 받았는데 아기를 가졌다고 하더군. 나는 2년 동안 집에 간 적도 없는데…….」

25 제2차 세계 대전 때 활약한 미국의 전투기.

　마이클은 눈은 감은 채로, 파푸가가 말을 중단하기를 바랐다. 하지만 줄곧 침묵했던 파푸가의 내부에는 그동안 분출되어야만 하는 고뇌가 쌓여 있었던 게 분명했다. 이제 속내를 털어놓기 시작한 그는 멈출 수가 없는 것처럼 보였다.

　「나는 상태가 좋지 않았어.」 파푸가가 말했다. 「그런데 한 친구가 내게 프랑스 농부들이 만드는 마르크주를 한 병 줬어. 순수한 알코올 같은 그 술은 목구멍을 쓰라리게 하지. 나는 그 술을 혼자서 다 마셨어. 그런데 그때 비행기가 낮게 날아오기 시작했고, 누군가가 소리쳤어. 나는 약간 혼란스러웠던 게 분명해. 어두워지기 직전이었고, 나는 그 시간이면 독일군이 비행기를 보내 공습을 하곤 한다는 것을 알고 있었지.」 그는 말을 멈추고 한숨을 쉬며 손으로 천천히 눈을 주물렀다. 「나는 그것들을 향해 사격을 했어. 나는 훌륭한 사수였지. 그러자 다른 사수들도 그것들을 향해 사격을 하기 시작했어. 나는 세 번째 비행기 아랫부분에 별과 줄무늬가 그려져 있는 것을 보았지만 어떻게 된 노릇인지 멈출 수가 없었어. 비행기는 착륙하려고 보조익을 내린 채로 아주 천천히 내 위로 날아갔어. 한데 설명할 수는 없지만 사격을 멈출 수가 없었어.」 파푸가는 눈에서 손을 뗐다. 「두 대는 불이 났고.」 그가 평탄한 목소리로 말했다. 「한 대는 추락해 뒤집혔지. 10분 후 지휘관인 대령이 내게 왔어. 젊은 친구였지. 공군 대령이 다 그렇듯. 우리가 영국에 있는 동안 그는 무슨 일로 의회에서 수여하는 훈장을 탔지. 그는 내게 와 내 숨에서 나는 냄새를 맡았어. 나는 그가 그곳에서 당장 나를 쏴 죽일 걸로 생각했어. 사실 그 대령은 아무 잘못이 없어. 그리고 나는 그에게 아무런 유감도 없었지.」

크레넥이 짧고 요란한 소리를 내며 M1 소총의 노리쇠를 제자리로 돌렸다.

「하지만 그는 나를 쏘지 않았어.」파푸가가 멍하니 말을 했다. 「그는 나를 비행기가 추락해 있는 곳으로 데리고 가 불에 탄 두 조종사의 시신을 보게 한 후 뒤집혀 있는 다른 조종사를 군의관 막사로 데리고 가는 것을 돕게 했어. 하지만 그 역시 결국 죽었지.」

스피어는 초조하게 혀를 빠는 소리를 냈고, 마이클은 그 소년이 이런 이야기를 들어야 하는 것이 안타까웠다. 앞으로 그가 지크프리트 요새 전선에 갑자기 배치될 경우 이런 이야기는 결코 도움이 되지 않을 것이었다.

「나는 군법 회의에 회부되었고, 대령은 나를 교수형에 처할 거라고 말했어.」파푸가가 말했다. 「아까 얘기한 것처럼 나는 잠시도 그 대령 탓을 하지 않았어. 그냥 젊은 친구였지. 그런데 얼마 후 사람들이 와 〈파푸가, 기회를 주지, 자네를 군법 회의에 회부하는 대신 보병 부대로 보내려고 하네〉라고 말했어. 나는 〈마음대로 하시죠〉라고 말했어. 그들은 내 군복에 있는 계급장을 떼어 냈어. 내가 이곳으로 오기 전날 대령이 와 〈자네가 보병 부대에 배소된 첫날 불알에 총을 맞아 달아나길 바라네〉라고 말했어.」

파푸가는 말을 멈췄다. 그는 위쪽의 캔버스를 아무 표정 없이 바라보았다.

「자네가 1사단에 배치되지 않길 바라네.」크레넥이 말했다.

「어디에 배치되어도 상관없어.」파푸가가 말했다. 「나한테는 상관없는 일이야.」

바깥에서 호루라기 소리가 들렸다. 그들은 모두 자리에서 일어나 비옷을 입고 철모를 쓰고 밖으로 나가 줄을 섰다.

미국에서 이제 막 온 대규모 보충대 병력도 있었다. 사람들은 이슬비 속에서 신발이 진흙으로 범벅이 된 채로 자신의 이름이 호명될 때면 대답을 했다. 병장이 「네, 대위님. L 중대 전원이 집합했습니다」 하고 말하자 대위는 경례를 받은 후 저녁을 먹으러 갔다.

병장은 중대를 해산하지 않았다. 그는 제일 앞줄 앞에서 왔다 갔다 하며 진흙 속에 서 있는 사람들을 일일이 살펴보았다. 병장은 전쟁 전에 합창단원이었다는 소문이 나돌았다. 그는 호리호리했지만 운동선수 같아 보였고, 얼굴 또한 창백했지만 날카로워 보였다. 그는 모범을 보인 병사가 하는 리본과 미국 국방성에서 주는 리본, 그리고 유럽의 극장에서 준 리본을 달고 있었지만 전투 후 받은 별은 없었다.

「저녁을 먹으러 가기 전에.」 병장이 말을 꺼냈다. 「두어 가지 할 말이 있다.」

병사들 사이에서 거의 알아들을 수 없는 한숨 소리가 들렸다. 전쟁의 이 단계에서는 병장이 기분 좋게 들을 수 있는 말을 할 리가 없다는 사실을 모두가 알고 있었다.

「지난 며칠 사이 이곳에 문제가 약간 있었다.」 병장이 말했다. 「우리는 파리 가까이 있고, 그래서 몇몇 병사들이 밤에 몰래 나가 여자와 잠자리를 해도 좋다는 생각을 하게 되었어. 여기 있는 사람 중 그런 생각을 하는 사람이 있을지도 몰라 하는 말인데 그들은 파리까지 가지도 못했고, 여자와 잠자리를 하지도 못했다. 그들은 이미 독일 내부의 전선으로 배치되었다. 일단 독일 내로 들어가게 되면 다섯 명 중 한 명은 살아 돌아오지 못할 거야.」병장은 손을 호주머니 속에 넣은 채 땅바닥을 내려다보며 생각에 잠긴 얼굴로 걸음을 옮겼다. 마이클은 그가 무용수처럼 무척 우아하게 걷는다고 생각했다. 그는 무척 훌륭한 병사처럼 보였고, 옷을 멋지게 입고 있었다. 「한 가지 알려 주겠는데.」병장이 낮고 부드러운 목소리로 말했다. 「이곳에서는 파리에 가기 어려워. 파리로 향하는 모든 길과 입구에 헌병이 있어. 그리고 헌병은 모두의 서류를 아주 면밀하게 살펴보지.」

마이클은 트렌턴에 가 맥주 한두 잔을 마신 벌로 완전 무장을 한 채로 딕시 기지의 중대 사무실 앞을 천천히 왔다 갔다 하던 병사 둘을 떠올렸다. 우리에서 탈출하려는 동물처럼 하루 한 시간 맥주 한 잔을 하거나 여자를 만나러 가기 위해 무단 외출을 했다가 혹독한 대가를 치르는 병사들이 끊이지 않고 있었다.

「이곳 군대는 무척 관대한 편이야.」병장이 말했다. 「미국 내에서와는 달리 무단 외출을 한 사람을 군법 회의에 세우지도 않지. 기록도 남지 않아. 전쟁이 끝날 때까지 살아남는다면 틀림없이 명예 제대를 하게 될 거야. 다만 여기서는 무단 이탈자를 잡은 후 보충병을 요구하는 부대가 있는지 살펴보지. 그런 다음 〈아, 이달 들어 29사단에서 가장 심각한 사상자가 발생했군〉 하고 확인한 후 무단 이탈자를 그곳으로 보내지.」

「저 개자식은 페루 출신이야.」마이클 뒤에서 누군가가 속삭였다. 「그에 관한 이야기를 들었어. 미국 시민도 아닌 페루인이 저런 식으로 말하는 걸 믿을 수 있어?」

마이클은 새로운 관심을 갖고 병장을 쳐다보았다. 그가 얼굴이 검고 외국인처럼 보이는 것은 사실이었다. 마이클은 페루 사람을 한 번도 본 적이 없었고, 그래서 잠시 전쟁 전에 합창단원이었던 페루 출신의 선임 병장이 비가 내리는 프랑스 땅에서 훈계하는 소리를 듣고 서 있는 것이 약간 재미있게 여겨졌다. 그러면서 그는 민주주의는 정말로 알 수 없는 것이라는 생각을 했다.

「나는 오랫동안 보충병들을 관리해 왔어.」 병장이 말했다. 「나는 이 기지를 거쳐 간 미군 5만 명 혹은 7만 명을 보았어. 자네들이 무슨 생각을 하고 있는지 알아. 신문을 읽고 라디오에서 하는 연설을 들으며 다들 미군은 영웅처럼 용감하게 싸우고 있다고 말하지. 그리고 영웅인 한 뭐든 마음대로 할 수 있는 것처럼 느끼지. 무단 이탈을 해 파리로 가거나 술을 마시거나 적십자 클럽 바깥에서 5백 프랑을 주고 창녀를 산 후 임질에 걸릴 수도 있지. 하지만 이 말을 해두고 싶은데, 신문에서 읽은 것은 잊어버려. 그건 민간인을 위한 것이지 자네들을 위한 것이 아니야. 신문은 비행기를 제작하는 공장에서 한 시간에 4달러를 벌며 일하는 노동자와, 한 손에는 버드와이저 병을 들고 다른 한 손으로는 보병의 사랑하는 아내를 안고 있는, 미니애폴리스의 공습 대피 지도원을 위한 것이야. 자네들은 영웅이 아니라 도태된 자들이야. 자네들이 이곳에 있는 이유도 거기에 있어. 자네들은 다른 누구도 원하지 않는 사람들이야. 자네들은 타자를 칠 줄도, 라디오를 고칠 줄도, 숫자를 더할 줄도 모르는 사람들이야. 누구도 자네들을 사무실에서 쓰려고 하지 않을 거야. 미국에서 자네들은 아무 쓸모도 없는 자들이야. 자네들은 군대의 쓰레기들이고, 나는 그 사실을 알고 있어. 나는 신문을 읽지 않아. 신문은 워싱턴의 안도하는 자들의 말로 가득 차 있지. 그래서 자네들은 그것에 솔깃하지. 하지만 자네들이 고향에 돌아오건 말건 아무도 상관하지 않아. 자네들은 보충병이야. 군에서 보충병만큼 못난 이들은 없어. 매일같이 자네들이나 나 같은 보충병이 1천 명씩 땅에 묻히고 있어. 하지만 또 다른 1천 명이 새로 오지. 이 기지는 그런 곳이야. 이건 자네들을 위해서 하는 말이야. 다들 자신의 위치를 알라는 거야. 오늘 밤에도 킬머 기지 PX에서 마신 맥주가 아직 입술에서 마르지도 않은 많은 보충병들이 새로 왔어. 그 보충병들에게 말하는데 파리에 대한 황홀한 생각은 하지 말도록 해. 생각처럼 되지 않을 테니까. 자, 텐트로 돌아가 소총을 깨끗하게 소제하고 마지막 얘기를 가족들에게 하도록 해. 파리에 대해서는 잊어버려. 전쟁이 끝난 후 1950년에 다시 와 파리에 가도록 해. 그때면 얼마든지 갈 수 있을 테니까.」

사람들은 아무 말 없이 뻣뻣하게 서 있었다. 병장이 걸음을 멈췄다. 그는 장교의 모자처럼, 비를 막아 주는 셀로판지를 붙인 모자를 쓴 채 얼굴을 찌푸리며 병사들을 보며 우울한 미소를 지었다.

「내 얘기를 들어줘 고마워.」 병장이 말했다. 「이제 우리 위치가 어떤지 모두 알게 되었을 거야. 해산!」

병사들이 정신없이 해산하는 동안 병장은 중대 앞 도로를 따라 경쾌하게 걸어갔다.

「어머니에게 편지를 써야겠어.」 마이클 옆에 있던 스피어가 화가 나 말했다. 그들은 식기를 가지러 텐트 쪽으로 가고 있었다. 「어머니는 매사추세츠 출신의 상원 의원을 알고 있어.」

「꼭 그렇게 해.」 마이클이 정중하게 말했다.

「휘테이크.」

마이클이 몸을 돌렸다. 키가 작고, 약간 낯이 익은 누군가가 비옷에 몸이 거의 파묻힌 채로 서 있었다. 마이클은 그에게 좀 더 다가갔다. 어슴푸레한 빛 속에서 그는 눈썹이 찢어지고 얼굴이 망가진 누군가가 커다란 입을 벌린 채로 미소 짓고 있는 것을 보았고, 그가 누구인지 알아냈다.

「애커먼!」마이클이 말했다. 그들은 악수를 했다.

「나를 기억할지 몰랐어.」노아가 말했다. 그의 목소리는 낮고 평탄했으며, 마이클이 기억하는 것보다 훨씬 나이가 들어 보였다. 희미한 빛 속에서 그의 얼굴은 무척 야위었지만 그사이 성숙한 듯 느긋해 보였다.

「맙소사.」낯선 사람들 가운데서 한때 친했던 누군가를 만나게 되자 아주 운이 좋게도 적들 사이에서 아군을 발견하게 된 것 같았다. 「만나서 반가워.」

「밥 먹으러 가는 길이야?」애커먼이 물었다. 그는 식기를 들고 있었다.

「그래.」마이클은 애커먼의 팔을 잡았다. 미끌미끌한 비옷 아래로 팔은 무척이나 연약하게 느껴졌다. 「식기를 가져와야 하니 나와 함께 가.」

「그래.」노아가 말했다. 그는 우울한 미소를 지었고, 그들은 나란히 마이클의 텐트 쪽으로 걸어갔다. 「멋진 연설이지 않았어?」노아가 말했다.

「사기를 드높였지.」마이클이 말했다. 「밥을 먹기 전에 독일군 기관총 진지를 쓸어버리고 싶을 정도야.」

노아는 부드럽게 미소를 지었다. 「군은 연설하기를 좋아하지.」

「자리를 뜰 수도, 대꾸를 할 수도 없는 5백 명 앞에서 연설을 하는 건 뿌리치기 어려운 유혹일 거야. 이런 상황에서라면 나도 연설을 하고 싶어질 거야.」

「무슨 말을 할 건데?」노아가 물었다.

마이클은 잠시 생각을 했다. 「하느님께 우리를 도와 달라고.」그가 진지하게 말했다. 「〈하느님, 오늘 살아 있는 모든 남자와 여자와 아이들을 도와주세요〉라고.」

그는 텐트 안으로 들어가 식기를 갖고 나왔다. 그런 다음 그들은 식당 바깥에 길게 줄을 지어 서 있는 사람들을 향해 천천히 걸어갔다.

식당에서 노아가 비옷을 벗었을 때 마이클은 그의 가슴 호주머니 위에 은성 훈장이 달려 있는 것을 보고는 잠시 오래된 죄의식을 느꼈다. 노아는 택시에 치여 그것을 받은 것이 아닌 게 분명했다. 〈나와 함께 군 생활을 시작했고, 중간에 군을 떠날 많은 이유들이 있었지만 그렇게 하지 않은 불쌍한 노아 애커먼…….〉

마이클이 훈장을 보고 있는 것을 알아차리고는 노아가 말했다. 「몽고메리 장군이 나와 내 친구 조니 버네커에게 달아주었지. 노르망디에서. 우리는 보급품 창고에 가 새 군복으로 갈아입었지. 패튼과 아이젠하워도 그곳에 있었어. 사단 본부에 아주 괜찮은 정보 장교가 있었고, 그가 우리를 위해 손을 써줬지. 독립 기념일이었어. 영국과 미국 사이의 친선을 과시하는 자리이기도 했지.」노아는 미소를 지었다. 「몽고메리 장군이 호의를 보이며 내게 은성 훈장을 주었지. 제대를 하는 데 필요한 점수를 반은 벌었지.」

그들은 사람들로 북적이는 커다란 식당에서 따뜻하게 데

운 전투 식량과 잘게 썬 야채와 묽은 커피를 들었다.

「민간인들이 공군 때문에 맛 좋은 스테이크를 먹을 수 없게 된 건 민망한 일 아냐?」 크레넥이 테이블 위로 몸을 숙이며 말했다.

크레넥이 루이지애나와 페리아나, 그리고 팔레르모에서 식사를 할 때면 했던 그 농담에 아무도 웃지 않았다.

마이클은 플로리다에서 시작해 보충병 기지에 있게 된 사이의 시절에 대한 얘기를 노아와 주고받으며 즐겁게 식사를 했다. 그는 노아의 아들 사진(노아는 그에게 〈아들이 생겨 제대를 하는 데 필요한 점수를 12점을 벌었지. 아이에게 이가 일곱 개 났어〉라고 말했다)을 보았고, 카울리와 도널리와 리킷의 죽음과, 콜클러 대위와 헤어진 이야기를 들었다. 그는 플로리다에서는 너무도 떠나고 싶었던 옛날 중대에 대해 거의 가족에 대한 향수 같은 감정을 느꼈고, 그것이 놀랍게 여겨졌다.

노아는 무척 달라 보였다. 그는 초조해하는 것 같아 보이지 않았다. 이제 그는 무척 몸이 약했고, 심하게 기침을 했지만 어떤 마음의 균형을 찾고, 생각이 깊어지고 성숙한 것처럼 보였다. 그 때문에 마이클은 노아가 자신보다도 더 나이가 든 것처럼 느껴졌다. 노아는 비통한 감정이라곤 없이 부드럽게 말을 했다. 가까스로 억눌렀던 폭력적인 성향은 이제 사라진 것처럼 보였다. 마이클은 노아가 전쟁에서 살아남을 경우 앞으로의 삶에 대해 자신보다 훨씬 더 잘 준비가 되어 있을 거라고 느꼈다.

그들은 식기를 씻은 후 보급품으로 받은 싸구려 담배를 피우며 어둠 속에서 노아의 텐트를 향해 걸어갔다. 그들이 옆구리에 낀 식기가 절걱거리며 음악처럼 들렸다.

부대에서 리타 헤이워스가 나오는 16밀리 영화 「커버 걸」 이 상영되었고, 노아와 텐트를 함께 쓰는 병사들 모두가 그 영화를 보러 가고 없었다. 마이클은 텅 빈 텐트에서 노아의 간이침대 위에 앉아 담배를 피우며, 파란 담배 연기가 부드럽 게 소용돌이를 그리며 차가운 공기 속으로 흩어지는 것을 바 라보고 있었다.

「나는 내일 이곳을 떠날 거야.」 노아가 말했다.

「오.」 마이클이 갑자기 슬픔을 느끼며 말했다. 군이 친구인 그들을 불과 열두 시간 후에 그렇게 찢어 놓는 것은 부당하게 느껴졌다. 「명단에 올랐어?」

「아니.」 노아가 조용히 말했다. 「그냥 떠날 거야.」

마이클은 조심스럽게 연기를 내뿜었다. 「탈영을 하겠다고?」 그가 물었다.

「그래.」

그는 노아가 영창에서 보낸 때를 떠올리며 그것으로 충분 하지 않아, 하는 생각을 했다. 「파리로 갈 거야?」 그가 물었다.

「아니. 나는 파리에는 관심이 없어.」 노아는 몸을 숙여 배 낭에서 줄로 조심스럽게 묶은 편지 두 뭉치를 꺼냈다. 그는 여자가 쓴 게 분명한 봉투들을 침대 위에 쏟아 놓았다. 「내 아 내가 보낸 것들이야.」 노아가 차분한 목소리로 말했다. 「그녀 는 매일 편지를 보내고 있어. 이 뭉치는…….」 그는 다른 편지 뭉치를 가볍게 흔들었다. 「조니 버네커가 보낸 거야. 그는 시 간이 날 때마다 편지를 쓰고 있어. 그런데 늘 편지 끝에 〈자네 는 이곳으로 돌아와야 해〉라고 쓰지.」

「오.」 마이클은 금발에 얼굴은 여자 같지만 키가 크고, 뼈가 굵은 조니 버네커를 떠올리며 말했다.

「조니는 강박증을 갖고 있어.」 노아가 말했다. 「그는 내가 돌아와 자신과 함께 있을 경우 우리가 전쟁에서 살아남을 걸로 생각하고 있어. 그는 훌륭한 친구야. 내가 살면서 만난 최고의 남자지. 니는 그에게 돌아가야 해.」

「그런데 왜 탈영을 하려고 하지?」 마이클이 물었다. 「중대 사무실에 가 옛날 중대로 보내 달라고 하지 않는 거야?」

「그렇게 했어.」 노아가 말했다. 「그 페루인 병장에게. 하지만 그는 꺼지라고 하더군. 너무 바쁘고, 자신은 그럴 권한이 없다며. 나는 옛날 부대로 돌아갈 거야.」 노아는 버네커가 보낸 편지를 살며시 흔들었다. 그가 손에 든 편지들이 부딪치는 소리가 가볍게 들렸다. 「나는 면도를 하고 군복도 다렸어. 은성 훈장도 찼지. 하지만 그는 아무런 반응도 보이지 않았어. 그래서 내일 아침 아침 식사를 한 후 떠나려고 해.」

「아주 곤란해질 수도 있어.」 마이클이 말했다.

「아냐.」 노아가 고개를 저었다. 「사람들은 매일같이 탈영을 하고 있어. 어제만 해도 4중대 대위가 그렇게 했어. 그는 더 이상 이곳에서 빈둥거리는 것을 참을 수 없었던 거야. 그는 작은 배낭만 하나 갖고 갔어. 사람들은 그가 두고 간 나머지 물품을 챙겨 프랑스 사람들에게 팔았지. 파리로 가지 않는 한 헌병도 상관하지 않아. 전선 쪽으로 가면 괜찮아. 그린 중위가 이제 대위가 되어 C 중대를 지휘하고 있다는 얘기를 들었어. 그는 멋진 친구야. 그가 나를 위해 일을 처리해 줄 거야. 그는 나를 보면 기뻐할 거야.」

「그들이 어디 있는지 알아?」 마이클이 말했다.

「알아낼 거야.」 노아가 말했다. 「그렇게 어렵지 않을 거야.」

「미국에서 그런 일이 있은 후 더 곤란한 상황에 빠지게 되는 게 두렵지 않아?」마이클이 말했다.

노아는 부드럽게 미소를 지었다.「친구.」그가 말했다.「노르망디 상륙 작전 이후로는 미군이 어떤 짓을 내게 해도 괜찮을 것 같아졌어.」

「자네는 무모한 짓을 하고 있어.」마이클이 말했다.

노아는 어깨를 으쓱했다.「병원에서 내가 죽지 않을 거라는 사실을 알게 되자마자 조니 버네커에게 돌아가겠다고 편지를 썼지.」노아는 결단을 내린 것처럼 조용하게 말했고, 더 이상 따지고 들어도 소용이 없을 것 같았다.

「잘 돌아가 친구들에게 내 안부를 전해 주게.」마이클이 말했다.

「나와 함께 가는 건 어때?」

「뭐라고?」

「나와 함께 가.」노아가 다시 말했다.「친구들이 있는 중대로 돌아가게 될 경우 전쟁에서 살아남을 가능성이 더욱 커질 거야. 전쟁에서 살아남고 싶지 않아?」

「살아남고 싶어.」마이클은 희미한 미소를 지었다.「물론 그렇지.」그는 전쟁에서 살아남든 죽든 별로 상관이 없는 것처럼 보였던 때에 대해, 자신이 아무런 쓸모도 없는 자로 여겨졌던, 비가 내리는 노르망디에서의 피로한 밤과, 전쟁이 사람들을 죽게 만드는, 커져 가는 공동묘지로만 느껴졌을 때에 대해서는 이야기하지 않았다. 그리고 프랑스의 전장에서 부상당한 사람들에게 둘러싸여 있던, 영국의 병원에서 보낸 황량한 시간들에 대해서도 이야기하지 않았다. 그 병원에서는 효율적이지만 무감각한 의사와 간호사들의 손에 맡겨져 있있는데 그들은 런던에 갔다 올 수 있는 24시간짜리 통행증도 발행해 주지 않았다. 그들에게 그는 위안과 안식이 필요한 인간이 아니라 가능한 한 빨리 전선으로 돌려보내야 하는, 쉽게 낫지 않고 있는 다리의 주인일 뿐이었다.「아냐.」마이클이 말했다.「전쟁이 끝났을 때 살아 있지 않아도 상관없어. 사실을 말하면, 나는 전쟁이 끝나고 5년이 지나 우리를 빗나간 총탄 모두를 아쉬워하게 될 것 같아.」

「나는 그렇지 않아.」노아가 사납게 말했다.「나는 그렇지 않아. 나는 결코 그렇게 느끼지 않을 거야.」

「물론 그래야지.」마이클이 죄책감을 느끼며 말했다.「이런 얘기를 해 미안해.」

「보충병으로 투입될 경우 살아남을 가능성은 거의 없어.」노아가 말했다.「하지만 우리의 옛날 중대원들은 모두 친구로 서로에 대해 책임을 느끼고 있고, 서로를 구하기 위해서라면 무슨 일이든 할 거야. 사람들은 보충병들에게 모든 더럽고 위험한 일들을 맡기고 있어. 이곳 병장들은 우리의 이름도 알려고 하지 않아. 그들은 우리에 대해 그 무엇도 알려고 하지 않아. 그들은 우리를 전선으로 보내고 다른 보충병들을 기다릴 뿐이야. 새로운 중대에 배속될 경우 혼자서 정찰을 나가야 하고, 사방에서 공격을 받게 될 거야. 어딘가에서 총에 맞게 된다 해도 아무도 상관하지 않을 거야.」

노아는 검은 눈으로 강렬하게 마이클을 쳐다보며 열정적으로 말했다. 마이클은 그의 고독에 깊은 인상을 받았다. 그가 플로리다에서 곤란한 상황에 빠졌을 때 내가 한 건 아무것도 없어, 나는 뉴욕에 있는 그의 아내에게 아무런 위안이 되지 못했어, 하고 생각했다. 그는 얼굴이 검고 연약해 보이는

976

여자가 남편이 파리 외곽에 있는 젖은 평원에서 지금 무슨 말을 하는지, 외국의 추운 가을에 그가 어느 날 집에 돌아가 그녀의 손을 잡고 아들을 팔에 안기 위해 무슨 절망적인 생각을 하는지 알고나 있을지 궁금했다. 「미국에 있는 사람들은 전쟁에 대해 무엇을 알고 있는 걸까? 통신원들은 신문 1면에 보충대 기지에 대해 무슨 얘기를 해야 하는 걸까? 」

「자네도 친구가 있어야 해.」 노아가 사납게 말했다. 「자네를 보호해 줄 친구가 없는 곳으로 사람들이 자네를 보내게 내버려 둬서는 안 돼.」

「그래.」 손을 내밀어 노아의 기운 없는 팔을 잡으며 마이클이 부드럽게 말했다. 「자네와 함께 가지.」

하지만 마이클은 자신이야말로 친구들이 필요한 사람처럼 느껴져서 그 말을 한 것은 아니었다.

34

지프에 탄 군목이 샤토티에리의 반대쪽에서 그들을 차에 태웠다. 우중충한 날씨였고, 공동묘지 사이에 있는 낡은 기념물과 지난번 전쟁 때 설치한 녹슨 철조망은 음산하게 보였다.

남부 사투리를 쓰는 군목은 무척 젊었고, 말이 아주 많았다. 그는 P-51 전투 비행단 소속으로 랭스의 군법 회의에 회부된 어떤 조종사를 위해 증언을 하러 그곳으로 가는 중이었다.

「불쌍한 젊은 친구야.」 군목이 말했다. 「그런 친구는 만나기 무척 어렵지. 그는 경력도 화려하더군. 이미 스물두 번이나 출격했어. 대령이 개인적으로 증언을 하지 말라고 부탁했지만 기독교인의 의무를 믿는 나는 그곳에 가 증언을 할 거야.」

「그는 무슨 죄로 재판을 받는 거죠?」마이클이 말했다.

「적십자사 댄스 클럽에서 물의를 일으켰어.」군목이 말했다.「음악이 연주되는 가운데 댄스 플로어에 오줌을 눴어.」

마이클은 미소를 지었다.

「대령 말처럼 장교가 되는 데 부적절한 행동을 했지.」운전대를 잡은 채로 주위를 살피며 군목이 말했다.「그는 약간 취한 상태였어. 무슨 생각이 들었는지 모르겠어. 나는 이 사건에 개인적으로 많은 관심을 갖고 있어. 변호를 맡은 장교와 긴 편지를 주고받았지. 그는 전쟁 전에 포틀랜드에서 변호사로 일한 적이 있는, 아주 똑똑한 감독제주의자지. 그리고 대령은 내가 할 말을 하는 걸 막지 못할 거야. 그도 그 사실을 알고 있지. 버턴 대령은 그런 식으로 사람을 기소할 사람은 결코 아니지. 나는 법정에서 미국의 한복판인 댈러스의 댄스홀에서 여자들이 있는 가운데 그가 무슨 짓을 했는지 말할 거야. 믿을 수 없을지도 모르지만 버턴 대령은 군복을 입은 채로 호텔 댄스홀에 있는 고무나무 화분에 오줌을 눴어. 나는 내 눈으로 그것을 봤어. 그는 그곳에 있던 유일한 고위 장교였고, 우리는 쉬쉬했지. 하지만 이제 그 사실이 밝혀지게 될 거야.」

비가 내리기 시작했다. 빗물이 1917년에 설치된 철조망을 지지하는 썩은 나무 기둥과 오래된 흙벽 위로 떨어졌다. 군목은 속도를 늦추며 뿌연 차창 밖을 내다보았다. 앞자리에 앉아 있던 노아가 손으로 유리창을 닦았다. 그들은 1940년 프랑스인 열 명이 후퇴를 하던 도중 죽어 묻혀 있는 길가의, 울타리가 쳐진 곳을 지나쳤다. 어떤 무덤 위에는 색이 바랜 조화가 놓여 있었고, 회색 나무 받침대 위의 유리 상자 안에는 어떤 성인의 작은 동상이 서 있었다. 마이클은 군목에게서 눈길을 떼며 전쟁의 여러 면모들에 대한 모호한 생각을 했다.

군목이 갑자기 차를 멈춘 후 작은 공동묘지가 있는 곳으로 후진을 했다.

「내 앨범에 넣을 수 있는 아주 흥미로운 사진이 되겠어.」군목이 말했다. 「저 앞에서 포즈를 취해 주겠나?」

마이클과 노아는 차에서 내려 잘 정리된 작은 공동묘지 앞에 섰다. 「피에르 소렐.」한 십자가 위에 적힌 이름을 마이클이 읽었다. 「일등병, 1921년 태어나 1940년 사망.」가짜 월계수 잎과 그것에 묶여 있는 검은 리본이, 1940년과 1944년 사이의 비와 따뜻한 햇볕 속에서도 초록색과 검은색을 그대로 유지하고 있었다.

「전쟁이 시작된 이후로 나는 사진을 1천 장 이상 찍었어.」반짝이는 라이카 카메라를 만지작거리며 군목이 말했다. 「귀중한 기록이 될 거야. 조금 왼쪽으로, 친구들. 그래, 그거야.」카메라에서 찰칵 하는 소리가 들렸다. 「이건 작지만 훌륭한 카메라야.」군목이 자랑스럽게 말했다. 「어떤 빛 속에서도 사진이 찍히지. 독일놈들만이 훌륭한 카메라를 만들 줄 알아. 그들에게는 우리에게 없는 참을성이 있어. 자, 미국에 있는 자네 가족들 주소를 주겠나? 두 장을 더 뽑아 보내 자네들이 얼마나 건강한지 보여 주겠네.」

노아는 버몬트에서 아버지를 돌보고 있는 호프의 주소를 군목에게 알려 줬다. 군목은 호주머니에 있던 작은 수첩을 꺼내 조심스럽게 적었다. 검은 가죽으로 싸인 수첩 위에는 십자가가 그려져 있었다.

「나는 됐어요.」 자신의 아버지와 어머니가 빗속에서 몸에 맞지 않는 군복을 입은 채로 길가에 있는, 젊은 프랑스인 열 명이 묻혀 있는 공동묘지 앞에 서 있는 모습을 보고 싶어 하지 않을 거라는 생각을 하며 마이클이 말했다. 「괜히 성가시게 하고 싶지 않아요.」

「말도 안 되는 소리.」 군목이 말했다. 「자네 사진을 보고 행복해할 누군가가 있을 거야. 내가 사진을 찍어 보내 준 병사의 가족들이 보내온 훌륭한 편지들을 보면 놀랄 거야. 자네는 똑똑하고 잘생긴 젊은이고 자네 사진을 침대 맡 탁자에 놓아 두고 싶어 할 여자가 있는 게 분명해.」

마이클은 잠시 생각에 잠겼다. 「마거릿 프리맨틀 양.」 그가 말했다. 「뉴욕시 웨스트 10번가 26번지. 이 사진은 그녀의 침대맡 탁자에 필요할 거예요.」

군목이 수첩에 주소를 적는 동안 마이클은 뉴욕의 조용하고 유쾌한 거리에 사는 마거릿이 군목이 보낸 사진과 메모를 받는 것을 상상해 보았다. 「어쩌면 그녀는 편지를 보내올지도 몰라. 내게 무슨 말을 하게 될지, 나 또한 무슨 답장을 해야 할지 알 수 없지만. 수년이 지난 후 〈사랑해, 프랑스에서〉라고 쓴 편지를 보내게 될지도 모르지. 아니면 비가 내리는 가운데 〈1921년 태어나 1940년 사망한 피에르 소렐의 무덤 앞에서, 주특기 번호가 745인, 얼마든지 상대를 바꿀 수 있는 당신의 연인인 마이클 휘테이크가〉라고 편지를 써 보낼 수도 있겠지. 그리고 〈멋진 시간을 보내길, 그리고 바라건대……〉라고 적을 수도 있겠지.」

그들은 다시 지프에 탔고, 군목은 탱크 바퀴 자국과 그 위를 지나간 수많은 군용 차량들의 흔적이 있는 좁고 미끄러운 길을 따라 조심스럽게 운전을 했다.

「버몬트라.」군목이 유쾌한 목소리로 노아에게 말했다. 「그곳은 젊은 친구에게는 너무 조용한 곳이지, 그렇지?」

「전쟁이 끝난 후에 그곳에서 살지는 않을 겁니다.」노아가 말했다. 「아이오와로 갈 작정입니다.」

「텍사스로 오는 건 어때?」군목이 초대를 하듯 말했다. 「그곳에는 남자가 숨 쉴 공간이 있어. 아이오와에 가족이 있어?」

「그렇다고 할 수 있죠.」노아가 고개를 끄덕였다. 「친구 하나가 그곳 출신이죠. 조니 버네커라는 이름의. 그의 어머니가 한 달에 40달러를 주고 빌릴 수 있는 집을 한 채 알아봐 줬어요. 그의 삼촌이 신문사를 하는데 내가 돌아가면 받아 주겠다고 하는군요. 모든 게 얘기가 되었죠.」

「신문사를 한다고?」군목이 고개를 끄덕였다. 「재미있는 직업이지. 돈도 많이 벌고.」

「이 신문사는 그렇지 않아요.」노아가 말했다. 「일주일에 한 번 신문을 발행하죠. 8천2백 부 정도밖에 팔리지 않고요.」

「그렇게 시작하는 거지.」군목이 다정하게 말했다. 「그걸 발판으로 도시에서 더 크게 할 수 있지.」

「발판 같은 건 필요 없어요.」노아가 조용히 말했다. 「나는 도시에서 살고 싶지 않아요. 나는 어떤 야망도 없어요. 그냥 남은 생애 동안 아이오와의 작은 마을에서 아내와 아들과 친구 조니 버네커와 함께 살고 싶어요. 여행이 하고 싶으면 우체국에 갈 거예요.」

「오, 하지만 이미 세상을 구경해 그렇게 사는 것에 싫증이 나게 될 거야. 작은 마을은 무척 따분하게 여겨질 거야.」군목이 말했다.

「아닙니다.」 팔로 차창을 닦으며 노아가 단호하게 말했다. 「결코 싫증이 나지 않을 겁니다.」

「그렇다면 자네는 나와는 다른 사람이군.」 군목이 웃음을 터트렸다. 「나는 작은 마을 출신인데 다시 그곳으로 돌아가게 될 생각을 하면 벌써 싫증이 나. 사실 고향에서 나를 기다리고 있을 사람이 없는 것 같아.」 그는 처량한 웃음을 지었다. 「나는 아이가 없어. 전쟁이 시작되어 내가 입대를 해야 한다고 느꼈을 때 내 아내는 〈애슈턴, 당신은 군목이 되든가 아내에게 남든가 선택을 해야 해요. 나는 5년간 집에 앉아 당신이 세상을 돌아다니며 아무 여자하고나 어울리는 것을 바라만 보고 있지는 않을 거예요. 잠시도 나를 속일 생각은 하지 마요〉라고 말했어. 나는 그녀가 터무니없는 생각을 하고 있다고 했지만 그녀는 완고한 여자야. 내가 집에 돌아간 날 그녀는 이혼 수속을 밟을 게 틀림없어. 나는 한 가지 결심을 했지. 그 얘기를 해주지.」 그는 생각에 잠겨 한숨을 쉬었다. 「그사이 시간이 그다지 나쁘지 않았어. 12군 사령부에 아주 괜찮은 간호사가 하나 있지. 나는 그녀 덕분에 슬픔을 달랠 수 있었어.」 그는 미소를 지었다. 「그 간호사와 사진 덕분에 아내에 대한 생각은 전혀 하지 않을 수 있었지. 절망의 시간에 위안이 되어 주는 여자가 있고, 사진을 찍을 수 있는 필름이 충분히 있는 한 나는 무슨 일이든 감당할 수 있어.」

「필름은 어디서 구하는 거죠?」 군목이 앨범에 넣은 1천 장가량의 사진을 생각하며 마이클이 물었다. PX에서는 한 달에 필름 한 통을 구하는 것도 무척 어려웠다.

군목은 교활한 표정을 지으며 손가락으로 코를 만졌다. 「한동안은 어려움이 있었지만 이제는 쉽게 구할 수 있게 되었지.

그것도 세계 최고의 필름을. 조종사들이 임무를 끝내고 돌아오면 나는 공군 장교에게 부탁해 총에 장착된 카메라에 사용하고 남은 필름을 달라고 하지. 그런 식으로 얼마나 많은 필름을 구할 수 있는지 알게 되면 놀랄 걸세. 내가 마지막으로 부탁을 한 공군 장교는 무척 까다롭게 굴며 내가 정부 재산을 훔친다며 대령에게 일러바치려 했어. 그는 내가 하는 일을 이해하지 못했어.」 군목은 생각에 잠겨 미소를 지었다. 「하지만 더 이상 아무 문제가 없어.」 그가 말했다.

「어떻게 된 거죠?」 마이클이 물었다.

「그 공군 장교는 작전에 나갔지. 그는 훌륭한 조종사였어. 아주 훌륭했지.」 군목이 신이 나 말을 했다. 「그는 메서슈미트 한 대를 격추시켰지. 한데 비행장으로 돌아온 그는 축하를 하기 위해 관제탑과 애기를 하다가 불쌍하게도 60센티미터를 잘못 계산해 추락하고 말았지. 우리는 그의 사체를 거두기 위해 비행장 전체를 뒤져야 했어. 나는 그에게 미군 군목이 행한 장례식 중 가장 훌륭한 장례식을 치러 주었지. 정말로 성대하고 장엄한 장례식을……」 군목은 교활한 미소를 지었다. 「이제 나는 원하는 만큼 필름을 구할 수 있어.」

마이클은 군목이 술을 마신 것은 아닌가 하고 그를 쳐다보았지만 군목은 재판관처럼 멀쩡한 정신으로 느긋하게 차를 몰고 있었다. 군에서는 다들 어떻게든 타협을 하며 살아가고 있어, 하고 마이클은 멍한 생각을 했다.

그때 나무 아래에서 누군가가 나와 그들을 향해 손을 흔들었고, 군목은 차를 세웠다. 해군 재킷을 입은 공군 소위 한 명이 몸이 젖은 채로 서 있었다. 그는 개머리판을 접을 수 있는 기관단총을 들고 있었다. 「랭스로 가나요?」 소위가 물었다.

「차에 타게.」 군목이 다정하게 말했다. 「그곳으로 가는 길이네. 군목의 지프는 길에 있는 모두를 태우고 가지.」

소위는 마이클 옆에 탔고, 지프는 비가 퍼붓는 사이로 달려갔다. 마이클은 소위를 비스듬히 쳐다보았다. 무척 젊은 그는 지친 듯 동작이 굼떴고, 옷도 맞지 않았다. 소위는 마이클이 자신을 바라보는 것을 보았다.

「내가 여기서 뭘 하고 있었는지 궁금하겠지.」 소위가 말했다.

「꼭 그런 건 아닌데요.」 그와 쓸데없는 대화를 하게 되는 일이 없기를 바라며 마이클이 서둘러 말했다. 「전혀 궁금하지 않아요.」

「내 글라이더 편대를 찾으려고 무척 애를 썼어.」 소위가 말했다.

마이클은 글라이더 편대를 어떻게 지상에서 모두 잃어버릴 수 있는지 궁금했지만 더 이상 캐묻지는 않았다.

「네덜란드의 아른헴에 있었지.」 소위가 말했다. 「네덜란드의 독일군 전선 안에서 격추당했지.」

「늘 그렇듯이 영국이 모든 일을 망쳤지.」 군목이 활기찬 목소리로 말했다.

「그런가요?」 소위가 지친 기색으로 말했다. 「신문을 읽지 못해서요.」

「무슨 일이 있었죠?」 마이클이 물었다. 어쩐 일인지 얼굴이 부드럽고 창백해 보이는 그 젊은 친구가 적의 전선 안에서 글라이더를 타고 가다가 격추당했다고 상상하기가 어려웠다.

「세 번째 출격이었어.」 소위가 말했다. 「시칠리아에서 한 번, 노르망디에서 한 번, 그리고 그때였지. 위에서는 마지막 출격이 될 거라고 약속을 했지.」 그는 희미하게 미소를 지었다.

「내 경우만 놓고 보면 그들의 말이 거의 옳았어.」그는 어깨를 으쓱했다.「하지만 나는 그들 말을 믿지 않아. 그들은 우리를 전쟁 전에 일본에 투하시킬 거야.」지나치게 큰, 젖은 옷을 입은 그는 몸을 떨었다.「나는 별로 적과 싸우고 싶지 않아. 전혀 그럴 마음이 없어. 전에는 나 자신을 용감한 조종사라고 생각했지. 하지만 이제는 그렇지 않아. 내가 탄 비행기 날개가 대공포에 맞는 것을 보고는 더 이상 그것을 보고 있을 수가 없었어. 나는 고개를 돌렸고 불시착을 했지. 그러면서 〈프랜시스 오브라이언, 너는 싸움에는 어울리지 않는 사람이야〉라고 말했지.」

「프랜시스 오브라이언.」군목이 말했다.「자네는 로마 가톨릭교도인가?」

「네, 대위님.」글라이더 조종사가 말했다.

「어떤 문제에 대해 자네 생각을 듣고 싶네.」운전대 위로 몸을 숙인 채로 군목이 말했다.「아군의 포격에 심하게 파손된 노르망디의 한 교회에서 발로 페달을 밟는 작은 오르간 한 대를 발견했네. 일요일 예배에 쓰려고 그것을 부대로 가져온 뒤 오르간 연주자를 구한다는 광고를 냈지. 그런데 부대 내에서 오르간을 연주할 수 있는 자는 병기공 병장 한 사람뿐이었어. 그는 이탈리아인이었고 로마 가톨릭교도였어. 그는 호로비츠가 피아노를 연주하는 것처럼 오르간을 잘 연주했어. 나는 흑인 병사 한 명을 시켜 오르간에 공기를 넣게 한 후 그 병장에게 연주를 시켰지. 첫 번째 일요일에 우리는 내가 집도한 예배 중 최고로 만족스러운 예배를 드릴 수 있었지. 대령까지와 봄날의 황소개구리처럼 찬송가를 불렀지. 모두들 내가 도입한 변화에 무척 만족해했어. 그런데 그다음 주 일요일에 그 이탈리아인이 모습을 나타내지 않은 거야. 그날 오후 그를 찾아내 무슨 일인지 묻자 그는 자신의 양심상 이교도의 종교 의식을 위해 연주할 수는 없다는 결론을 내렸다고 말했어. 자, 프랜시스 오브라이언, 자네는 로마 가톨릭교도로 장교지. 자네는 그 병장이 기독교인으로서 적절한 태도를 보였다고 생각하나?」

글라이더 조종사는 살며시 한숨을 쉬었다. 그는 그 순간 교의에 관한 진지한 문제에 대해 신중한 판단을 내릴 만한 적절한 상황이 아니라고 생각하는 게 분명했다. 「글쎄요, 대위님.」 그가 말했다. 「그건 개인의 양심에 달린 문제처럼…….」

「자네라면 나를 위해 오르간을 연주했겠나?」 군목이 따지듯이 물었다.

「그랬을 겁니다.」 글라이더 조종사가 말했다.

「오르간을 연주할 줄 아나?」

「아닙니다, 대위님.」

「그 이탈리아인이 부대 전체에서 오르간을 연주할 줄 아는 유일한 자였어.」 군목이 어두운 목소리로 말했다. 「그 후로는 음악 없이 예배를 드려야 했어.」

그들은 빗속에서 포도밭과 전쟁의 상처가 있는 곳 사이를 한참을 아무 말 없이 갔다.

「오브라이언 소위님.」 마이클이 말했다. 그는 얼굴이 부드럽고 창백해 보이는 그 젊은 친구에게 매력을 느꼈다. 「말해 주기 싫으면 하지 않아도 되지만 어떻게 네덜란드에서 탈출했죠?」

「말해 주지.」 오브라이언이 말했다. 「내가 타고 있던 글라이더의 오른쪽 날개가 날아갔고, 나는 견인 비행기에게 이탈

신호를 보냈지. 내가 탄 글라이더는 들판에 세게 부딪혔고, 내가 글라이더에서 내렸을 때에는 타고 있던 사람들 모두가 흩어져 있었어. 1킬로미터쯤 떨어진 곳에 있는 농가에서 적이 우리를 향해 기관총을 쏘고 있었거든. 나는 있는 힘을 다해 달렸고, 내 옷에 붙은 날개를 떼어 내 버렸지. 사람들은 공군을 잡으면 무척 화를 내곤 하니까. 그동안 공군이 수많은 폭격을 하면서 오폭을 많이 했고, 민간인을 수도 없이 죽였으니까. 옷에 날개를 단 채로 잡히면 좋을 게 없었지. 나는 사흘간 도랑 속에 숨어 있었어. 그때 한 농부가 와서 먹을 것을 주더군. 그날 밤 그가 전투가 벌어지고 있는 곳을 뚫고 영국군 정찰대가 있는 곳으로 나를 데리고 갔어. 그곳에서 사람들이 나를 돌아가게 해주었지. 나는 미군 구축함을 얻어 탔고, 이 재킷을 얻었지. 구축함은 2주간 도버 해협 이곳저곳을 돌아다녔어. 나는 그토록 아픈 적이 없었어. 마침내 구축함은 사우샘프턴에 나를 내려 주었고, 나는 차를 얻어 타고 내 부대원들을 남겨 놓고 떠났던 곳으로 갔지. 하지만 일주일 전에 철수한 그들은 프랑스로 왔어. 그들은 나를 실종된 것으로 보고했어. 내 어머니가 그사이 어떤 마음고생을 했을지 몰라. 내 물품 모두를 미국으로 돌려보냈으니까. 아무도 내게 명령을 하려 들지 않았어. 폭격이 예정되어 있지 않을 때면 모두에게 글라이더 조종사는 무척 귀찮은 존재일 뿐인 것 같아. 아무도 내게 명령을 하려 들지 않았고, 어떤 신경도 쓰지 않았어.」 오브라이언은 악의 없는 웃음을 터트렸다. 「우리 부대가 랭스 근처에 있다는 얘기를 들었고, 그래서 나는 탄약과 전투 식량을 실은 리버티호를 얻어 타고 셰르부르까지 왔지. 나는 이틀 동안 파리에서 쉬었어. 물론 소위이긴 하지만 두 달가량 월급을 못 받아 파리에서 할 수 있는 것은 아무것도 없었지. 그런 다음 이렇게 여기에…….」

「전쟁은 아주 복잡한 문제야.」군목이 공식적인 말투로 말했다.

「불평을 하는 게 아닙니다.」오브라이언이 서둘러 말했다. 「솔직히 아무런 불만도 없습니다. 더 이상 폭격만 하지 않아도 되면 무척 행복할 겁니다. 그린 베이로 돌아가 전에 하던 기저귀 장사만 계속할 수 있다면 나를 어디에 배치해도 괜찮습니다.」

「뭘 했다고요?」마이클이 멍하게 물었다.

「기저귀 장사.」오브라이언이 부끄러운 듯 살며시 미소를 지으며 말했다. 「내 형과 나는 트럭 두 대로 괜찮은 사업을 했지. 지금은 내 형이 그 사업을 혼자 하고 있어. 그는 면 소재를 구하는 게 무척 어렵다고 편지를 보내왔어. 폭격이 있기 전 쓴 편지 다섯 통에서 나는 미국의 면 공장에 우리에게 줄 수 있는 면 소재가 있는지 물었지.」

그들이 랭스의 교외에 진입하는 동안 마이클은 겸허하게 이들이야말로 진정한 영웅들이라고 생각했다.

길모퉁이에는 헌병들이 있었고, 성당 근처에는 공무 차량들이 여러 대 있었다. 마이클은 앞자리에 앉은 노아가 후방의 이 소란 속에서 자신이 쫓겨나는 것은 아닌가 하고 긴장하는 것을 볼 수 있었다. 그러면서도 마이클은 안전하게 보관하기 위해 스테인드글라스를 떼어 낸, 모래주머니를 쌓은 성당을 흥미롭게 바라보았다. 그는 자신이 오하이오에서 초등학교를 다니던 어린 소년이었을 때, 지난번 전쟁에서 무참하게 파괴된 그 성당을 재건하는 데 10센트를 기부한 기억을 희미하게 떠올렸다. 군목의 지프에서 이제 높이 솟아 있는 성당을 바라보며 그는 자신의 돈이 낭비되지 않은 것에 흐뭇해했다.

지프는 통신대 본부 앞에서 멈춰 섰다. 「여기서 내려 저 안에 들어가 자네 부대로 갈 수 있는 차편을 제공해 달라고 하게, 소위.」 군목이 말했다. 「자네 부대가 어디에 있건. 점잖게 목소리를 높여 말해. 안에서 협조를 하지 않으면 여기서 나를 기다려. 내가 15분 후에 돌아와 안에 들어가 자네에게 좋은 대우를 하지 않으면 워싱턴에 편지를 보내겠다는 협박을 할 테니까.」

오브라이언이 차에서 내렸다. 그는 허름한 건물들을 보며 당황하고 겁을 먹은 듯한 표정을 짓고 있었다. 그는 군 내부의 연락망에 대해 의심을 갖고 있는 게 분명했다.

「아, 더 나은 생각이 있어.」 군목이 말했다. 「조금 전 우리는 두 구역 앞에 있는 카페를 지나쳐 왔어. 자네는 몸이 젖어 추울 거야. 그 카페에 들어가 더블 코냑을 한잔 마시며 기운을 차리게. 그곳에서 만나지. 자네 이름은 알고 있어, 친구.」

「고맙습니다.」 오브라이언이 막연한 목소리로 말했다. 「하지만 괜찮다면 여기서 만나도록 하죠.」

군목은 노아 너머에 있는 소위를 쳐다보았다. 그런 다음 호주머니에 손을 넣어 5백 프랑짜리 지폐를 한 장 꺼냈다. 「여기.」 그가 말하며 돈을 오브라이언에게 줬다. 「월급을 받지 못했다는 걸 깜빡했군.」

돈을 받는 오브라이언의 얼굴에 겸연쩍은 미소가 떠올랐다. 「고맙습니다.」 그가 말했다. 「고맙습니다.」 그는 손을 흔들며 두 구역 떨어진 곳에 있는 카페를 향해 걸어가기 시작했다.

「자.」 군목이 지프의 시동을 걸며 활기차게 말했다. 「이제 두 탈영병을 저 헌병들에게서 벗어나게 해줘야지.」

「뭐라고요?」마이클이 멍청하게 말했다.

「탈영병이라고 했어.」군목이 말했다.「얼굴에 그렇게 쓰여 있는걸. 자, 친구, 유리창을 닦아.」

노이와 마이클은 미소를 지으며 우중충하고 오래된 마을을 지나갔다. 그들은 가는 길에 헌병 여섯 명을 지나쳤다. 그들 중 한 명은 지프가 젖은 거리를 미끄러져 가는 동안 경례를 했다. 마이클은 근엄한 얼굴로 경례를 받았다.

35

마이클은 전선에 가까워질수록 사람들이 더 좋아지는 것을 느꼈다. 마침내 그들이 독일의 가을 벌판 위로 계속해서 총성이 들리는 곳에 이르렀을 때에는 모두가 낮고 세심한 목소리로 얘기를 하고, 기꺼이 먹을 것을 주고, 밤에 잘 곳을 제공하고, 술을 나눠 마시고, 자신의 아내 사진을 보여 주고, 상대의 가족 사진을 볼 수 없겠느냐고 정중하게 묻는 것처럼 보였다. 마치 천둥이 치는 한가운데로 들어가면서 이기심과 불신, 그리고 20세기 인간들의 나쁜 태도에서 벗어나는 것 같았다. 마치 그전까지는 인간이 영원히 그런 식으로 행동해 온 것처럼 믿으면 산 것 같았다.

모두가 그들에게 차를 태워 주었다. 장례 절차를 담당하는 부대의 중위는 자신의 부대원이 죽은 사람의 호주머니를 뒤져 소지품들을 모두 두 가지로 분류하는 것에 대해 전문적인 설명을 하기도 했다. 그 하나는 슬픔에 잠긴 가족들에게 보내게 될, 집에서 보내온 편지와 호주머니 속에 넣고 다니는 성경책, 훈장 등이고, 다른 하나는 주사위와 카드, 콘돔, 여자의 나체 사진, 그리고 영국의 솔즈베리 근처에 있는, 건초가 쌓인 들판이나 클라지스가에서 즐거운 밤을 보낸 것을 알게 해주는, 여자들이 보낸 솔직한 편지 등이었는데 이것들은 사망한 영웅에 대한 추억을 손상시킬 수도 있는 것들로서 파기되었다. 전쟁 전 샌프란시스코 매그닌 백화점의 숙녀화 가게에서 점원으로 일한 중위는 파괴적인 현대전으로 인해 몸이 산산조각이 난 사망자의 시신을 수습하고 확인하는 것이 얼마나 어려운지에 대해서도 얘기를 했다. 「한 가지 충고하겠는데.」 중위가 말했다. 「호주머니에 인식표를 넣고 다니도록 해. 폭탄에 맞을 경우 그 즉시 목이 달아나게 되는데, 그렇게 되면 인식표도 달아나기 쉽지. 하지만 열에 아홉꼴로 바지는 그대로 남아 있을 거야. 그러면 우리가 인식표를 찾아 정확한 보고를 할 수 있지.」

「고맙습니다.」 마이클이 말했다. 노아와 함께 지프에서 내린 그는 헌병대 대위의 차를 타기도 했다. 한데 대위는 그들이 탈영병인 것을 금방 알아보았다. 하지만 그는 적절한 경로를 통해 마땅한 임무를 주겠다며 자신의 중대로 들어오라는 제안을 했다. 그의 부대에는 인원이 턱없이 부족했던 것이다.

그들은 소장의 차를 얻어 타기까지 했다. 당시 소장의 사단은 전선 뒤에서 5일째 쉬고 있었다. 짧은 머리에, 배가 나온 장군은 아버지 같은 얼굴을 하고 있었다. 현대적인 병원의 신생아실에 있는 아이들 같은 용모를 갖고 있던 그는 친절하지만 날카로운 질문을 했다. 「어디 출신인가? 어느 부대로 가고 있는가?」

늘 장교들을 불신해 온 마이클은 마음속으로 그럴듯한 대답을 찾았지만 노아는 전혀 주저하지 않고 대답을 했다. 「우리는 탈영병들입니다, 장군님. 우리는 보충대에서 도망을 쳐 옛날 부대로 가는 중입니다. 우리는 옛날 중대로 돌아가야 합니다.」

장군은 이해할 수 있다는 듯 고개를 끄덕이며 노아의 훈장을 바라보았다. 「내 얘기를 들어 보게.」 그는 카드놀이를 하는 테이블용 램프 아래에서 값을 깎아 주겠다고 부드럽게 얘기하는 가구 외판원처럼 말을 했다. 「내 사단은 지금 인원이 약간 부족하네. 잠시 들러 그곳이 마음에 드는지 보지 않겠나? 내가 직접 필요한 서류를 작성해 주겠네.」

마이클은 보다 유연하고, 수용적인, 새로운 군대의 모습을 그리며 미소를 지었다. 「감사하지만 괜찮습니다, 장군님.」 노아가 단호하게 말했다. 「옛날 중대로 돌아가겠다고 굳은 맹세를 했습니다.」

장군은 다시 고개를 끄덕였다. 「어떤 기분인지 알겠네.」 그가 말했다. 「나는 1918년에 레인보 사단 소속이었지. 나는 부상을 당하고 죽을 고비를 넘긴 후 부대로 돌아갔지. 아무튼 잠시 우리 부대에 들러 저녁이나 들고 가게. 오늘은 일요일이고, 본부 식당에서는 닭고기가 나올 거야.」

총소리가 멀리 산등성이 사이로 점차 가까워지는 사이 마이클은 이제야 마침내 자신이 군에 들어가면서 꿈꿨지만 그때까지 경험하지 못한 점잖은 시민 의식과 허심탄회한 마음, 그리고 모두가 한목소리를 내며 좋다고 하는 정신을 발견하게 될 거라고 느꼈다. 언덕 사이로 포성이 계속해서 울리는 가운데 그는 자신의 앞에 고문받아 죽어 가고 있는, 미국 대

류에서 보지 못한 친구와 이웃들로 이루어진 미국, 그리고 그 안에서는 과도하게 문명화된 의심과 책에서 읽은 냉소주의, 그리고 자신의 현실적인 절망이 사라지는 미국이 있는 것을 발견하게 될 것이며 자신은 겸허하게, 고마운 마음으로 죽어 갈 수도 있을 거라고 느꼈다. 친구 조니 버네커에게 돌아가고 있는 노아는 이미 그러한 나라를 발견한 것처럼 보였고, 그는 그 점을 차분하면서도 확실하게 그동안 만난 병장들과 장군들에게 말했다. 독일 가까운 곳에서 죽음에 대한 두려움 속에서, 진창 속에 살아 있는 그 추방자들은 최소한 한 가지 점에서는 더 나은 고향을, 피가 뿌려진 유토피아를 발견한 것이다. 폭탄이 터지는 그곳에는 모든 사람이 공동체를 이루며 지내고, 모든 음식이 호주머니의 크기가 아니라 필요에 따라 분배되며, 전등과 난방, 숙소, 교통편, 의료 행위, 그리고 장례 절차가 정부의 비용으로, 백인이건 흑인이건 유대인이건 기독교인이건 노동자건 사장이건 모두에게 공평하게 제공되는 민주주의가 있었다. 그곳에서는 생산 수단, 즉 M1 소총과 30구경 기관총, 90밀리, 105밀리, 204밀리 포와 박격포, 바주카포 또한 대중의 손에 있었다. 그곳에서는 모든 노동자가 공동의 선을 위해 일하고 죽은 자만이 유산 계급인 궁극적인 기독교 사회주의가 실현된 것이다.

그린 대위의 지휘 본부는 작은 농가에 있었다. 지붕이 가파른 농가는 만화영화 속에 나오는 중세의 집처럼 보였다. 그 집은 한 번 포격을 받았고, 구멍에는 집 안 침실에서 떼어 낸 문이 대어져 있었다. 지프 두 대가 옆쪽 벽에 주차되어 있었는데 수염이 무성하게 자란 병사 두 명이 담요를 두르고, 철모를 코 위까지 내려 쓴 채로 그 안에서 자고 있었다. 이곳에서는 총성이 더욱 크게 들렸다. 하지만 그 대부분은 아군이 쏘는 소리였고, 그 소리들은 크게 들렸다가 갑자기 작아졌다. 바람은 거셌고, 나무는 헐벗은 채였으며, 길과 들판은 진창이었고, 지프 안에서 자고 있는 두 사람을 빼고는 아무도 보이지 않았다. 그곳은 11월의 바람과 비에 씻긴 여느 농장처럼 보였고, 농부는 봄이 오기를 꿈꾸며 안에서 긴 낮잠을 자고 있는 것처럼 보였다.

그들이 군대를 무시하고 프랑스의 반을 지나 길에 있는 무장 차량과 군인과 보급품 트럭들을 뚫고 전혀 위험해 보이지 않는, 이 조용하고 휑한 곳까지 왔다는 생각을 하자 그저 놀라울 뿐이었다. 콘월 진격대라고 불리는 C 중대는 전군 사령부, 육군 사령부, 사단, 연대, 대대로 이어지는 지휘 체계의 가장 아래에 있었다. 그들은 매듭이 있는 밧줄을 타고 내려가는 선원처럼 그 지휘 체계를 따라 내려갔고, 마침내 그곳에 이르게 된 것이다. 마이클은 잠시 머뭇거리며 문을 쳐다보며 자신들이 멍청한 짓을 한 것은 아닌지, 그런 고생을 했음에도 더욱 곤란하게 되는 건 아닌지 궁금했다. 마이클은 자신들이 가장 형식적인 제도인 군대 내에서 놀라울 정도로 비공식적인 태도로 행동을 했으며, 그러한 짓에 대한 처벌은 전시 행동 조항에 분명하게 명시되어 있을 거라는 생각을 하자 마음이 불안해졌다.

하지만 노아는 그런 생각에는 신경을 쓰지 않는 것처럼 보였다. 그는 마지막 5킬로미터를 진창 속에서, 발에 물집이 생기도록 열심히 걸었다. 문을 열며 안으로 들어가는 그의 입술에는 긴장한 미소가 떠올랐다. 마이클은 천천히 그의 뒤를 따라 들어갔다.

994

그린 대위는 등을 문 쪽으로 돌린 채로 무전기로 이야기하고 있었다. 「우리 중대 앞은 조용합니다, 소령님.」그가 말했다. 「언제라도 우유를 실은 마차를 끌고 지나갈 수 있습니다. 하지만 우리는 병력이 부족합니다. 지금 당장 최소한 마흔 명의 보충병이 필요합니다. 오버.」마이클은 무전기 저편에서 화가 난 대대 본부 소속 장교의 목소리를 들을 수 있었다. 그린은 무전기의 레버를 돌리며 「네, 알겠습니다. 보충병을 보내면 받을 수밖에 없죠. 하지만 그 사이 독일군이 공격해 오면 장어에 소금이 배는 것처럼 우리를 뚫고 지나갈 겁니다. 그들이 공격해 오면 어떻게 하죠? 오버〉 하고 말했다. 그는 다시 귀를 기울였다. 마이클은 무전기 저편에서 뭐라고 재빨리 두 마디 하는 소리를 들었다. 「네, 알겠습니다, 소령님.」그린이 말했다. 「이해합니다. 이상입니다, 소령님.」그는 무전을 끊고 임시로 만든 책상에 앉아 있는 상병에게 고개를 돌렸다. 「소령이 뭐라고 한 줄 알아?」그가 슬픈 얼굴로 말했다. 「공격을 받으면 자신에게 알려야 한다는 거야. 그는 농담을 하는 거야! 이제 우리는 보고 부대라는 군대 내 새로운 부대가 된 거야.」그가 지친 얼굴로 노아와 마이클에게로 고개를 돌렸다. 「무슨 일이죠?」

노아는 아무 말도 하지 않았다. 그린은 그를 쳐다보더니 힘없이 미소를 지으며 손을 내밀었다. 「애커먼.」그가 말했다. 그들은 악수를 했다. 「나는 지금쯤 자네가 민간인이 되었을 걸로 생각했네.」

「아닙니다, 대위님.」노아가 말했다. 「민간인이 아닙니다. 휘테이크를 기억하시죠?」

그린은 마이클을 쳐다보았다. 「그럼.」그는 거의 여자 같은 높은 목소리로 유쾌하게 말했다. 「플로리다에서 같이 있었지. 무슨 죄를 저질렀기에 C 중대로 다시 돌아왔나?」

그는 마이클과도 악수를 했다.

「돌아온 게 아닙니다, 대위님.」 노아가 말했다. 「보충대 기지에서 탈영했습니다.」

「잘했어.」 그린이 미소를 지으며 말했다. 「다른 생각은 하지 마. 아주 잘했어. 정말이야. 내가 곧 알아서 처리할게. 왜 이 비참한 중대로 다시 올 생각을 했는지는 묻지 않겠네. 자네들은 이제 우리 부대의 새로운 병력이 되는 거야.」 그는 감동을 받고, 기쁜 게 분명했다. 그는 다정하게, 거의 어머니처럼 노아의 팔을 토닥였다.

「대위님.」 노아가 말했다. 「조니 버네커는 근처에 있습니까?」 노아는 목소리를 될 수 있는 한 고르고 대수롭지 않게 내려고 했지만 별로 성공하지 못했다.

그린이 고개를 돌렸다. 책상에 앉은 상병은 손가락 끝으로 천천히 나무를 두드리고 있었다. 마이클은 이후 10분간이 끔찍할 거라는 생각을 했다.

「잠시 잊었네.」 그린이 차분한 목소리로 말했다. 「자네와 버네커가 얼마나 가까웠는지.」

「우리는 무척 가까웠습니다, 대위님.」 노아가 말했다.

「그는 하사가 됐네.」 그린이 말했다. 「지난 9월에 소대장이 됐지. 조니 버네커는 대단한 군인이야.」

「네, 대위님.」 노아가 말했다.

「한데 어젯밤에 포탄에 맞았네, 노아.」 그린이 말했다. 「단 한 발이 떨어졌는데 말이야. 그는 지난 닷새 동안 우리 중대에서 발생한 유일한 사상자였네.」

「죽었습니까, 대위님?」노아가 말했다.

「아니.」

마이클은 노아의 손을 보았다. 노아는 바짓단 옆에 쥐고 있던 손을 천천히 풀었다.

「아니.」그린이 말했다.「죽지 않았어. 그 일이 있은 후 그를 바로 돌려보냈지.」

「네. 그렇군요. 한 가지 커다란 부탁을 드려도 되겠습니까?」노아가 간절하게 물었다.

「뭔가?」

「그가 있는 곳으로 가 그와 얘기를 할 수 있게 통행증을 발급해 주실 수 있습니까?」

「지금쯤 야전 병원으로 후송되었을 걸세.」그린이 부드럽게 말했다.

「그를 봐야 합니다, 대위님.」노아가 아주 재빨리 말했다.「아주 중요합니다. 대위님은 얼마나 중요한지 모를 겁니다. 야전 병원은 뒤쪽으로 불과 25킬로미터 거리에 있더군요. 그곳을 보았습니다. 오는 길에 그곳을 지나왔습니다. 두어 시간이면 될 겁니다. 오래 지체하지 않겠습니다. 정말로 그럴 겁니다. 곧바로 돌아오겠습니다. 오늘 밤까지는 돌아오겠습니다. 그와 15분만 얘기를 나누고 싶습니다. 그렇게 하면 그는 무척 달라질 겁니다, 대위님.」

「좋아.」그린이 말했다. 그는 자리에 앉아 종이에 뭐라고 휘갈겨 썼다.「통행증이네. 밖에 나가 베런슨에게 내가 차를 태워 주라고 했다고 해.」

「고맙습니다.」노아가 말했다. 횅한 방에서 그의 목소리는 거의 알아듣기가 어려웠다.「고맙습니다, 대위님.」

「딴 길로 새지는 마.」벽에 걸린, 크레용으로 표시가 된, 셀로판지가 덮인 군사 지도를 쳐다보며 그린이 말했다. 「오늘 밤 그 지프를 써야 하니까.」

「딴 길로 새는 일은 없을 겁니다.」노아가 말했다. 「약속합니다.」그는 문 쪽으로 가다가 걸음을 멈췄다. 「대위님.」그가 말했다.

「그래?」

「그는 심하게 부상을 입었나요?」

「그래, 아주 심하게 부상을 입었어, 노아.」그린이 지친 기색으로 말했다. 「아주아주 심하게.」

노아는 얼굴 표정을 냉정하게 고친 후 통행증을 손에 들고 밖으로 나갔다. 잠시 후 마이클은 지프의 시동이 걸린 후 차가 진창 속을 헤집고 모터보트처럼 흔들리며 멀리 사라지는 소리를 들었다.

「휘테이크.」그린이 말했다. 「그가 돌아올 때까지 쉬고 있어도 되네.」

「고맙습니다, 대위님.」마이클이 말했다.

그린은 그를 날카롭게 쳐다보았다. 「그래, 자네는 어떤 군인이 되었나?」그가 물었다.

마이클은 잠시 생각에 잠겼다. 「비참한 군인이 되었습니다, 대위님.」

그린은 창백한 미소를 지었다. 그는 그 어느 때보다도, 크리스마스의 분주함 가운데 카운터 앞에서 긴 하루를 보낸 점원처럼 보였다. 「그 말을 기억해 두지.」그가 말했다. 그는 담배에 불을 붙인 후 문을 열었다. 그는 가을의 회색 시골 풍경을 배경으로 문 앞에 서 있었다. 멀리서, 열린 문 사이로 지프가 달려가는 소리가 희미하게 들렸다. 「아.」 그린이 말했다. 「그가 가지 못하게 했어야 하는데. 친구가 죽어 가는 것을 병사가 굳이 봐서 뭘 하겠나?」

그는 문을 닫은 후 다시 돌아와 자리에 앉았다. 무전기가 울렸고, 그는 나른한 표정으로 수화기를 들었다. 마이클은 대대 장교가 날카롭게 소리치는 것을 들었다. 「아닙니다, 소령님.」 졸린 목소리로 그린이 말했다. 「아침 7시 이후로는 소형 화기의 총성도 없습니다. 상황이 달라지면 연락드리겠습니다.」 그는 수화기를 내려놓은 후 조용히 앉아 담배 연기가 벽에 걸린 지도 앞에 만드는 형태를 바라보았다.

노아가 돌아온 것은 어두워진 지 한참이 지나서였다. 그날은 조용히 하루가 지나갔고, 순찰도 나가지 않았다. 하늘에서는 포성이 들렸지만 그것은 이따금 본부에 들러 그린 대위에게 보고를 하는 C 중대 부대원들과는 아무런 상관도 없는 것처럼 보였다. 마이클은 오후 내내 전쟁의 이 나른하고 느긋한 새로운 국면이 노르망디에서 줄기차게 싸운 후 미친 듯이 돌격을 하던 때와는 너무도 다르다는 생각을 하며 구석에서 졸았다. 그는 규칙적으로 들리는 포성을 들으며 반은 잠이 들어 이곳에서는 모든 게 느리게 이루어지는군, 하는 생각을 했다. 그곳에서 가장 중요한 문제는 몸을 따뜻하고 깨끗하게 유지하며 잘 먹는 일인 것처럼 보였다. 그린 대위가 가장 우려하는 문제는 갈수록 참호족염[26]에 걸리는 부대원들이 많이 생긴다는 점인 것처럼 보였다.

마이클은 자신이 그곳 전선까지 오는 길에 본 수천 명의 사

---

26 참호 속 냉습으로 인한 발병.

병과 분주한 장교들, 지프와 다른 차량과 철도 차량들이 대규모로 이동한 것이 결국에는 이 잊힌 전선에 있는, 졸린 눈으로 천천히 움직이는 쓸쓸한 병사들을 그 자리에 안전하게 있게 하기 위한 것이었다는 생각을 하니 놀라운 기분이 들었다. 그린이 보충병 마흔 명을 요구하는 것을 떠올리며 마이클은 물품 공급실과 사무실, 특수 임무 부서, 병원, 그리고 호송대를 비롯해 군의 다른 모든 곳에도 일을 담당하는 자는 두세 명뿐이었다는 사실을 깨달았다. 그런데도 적의 코앞에 있는 이곳에는 인원이 부족했다. 끔찍한 늦가을의 날씨 속에서, 축축한 참호 사이에 있는 이곳 중대는, 질병으로 사람들이 대부분이 죽고 가난한 거지들만 사는 어떤 나라를 대표하고 있는 것처럼 보였다. 마이클은 오래전 미국의 대통령이 국민의 3분의 1이 집도 제대로 없고, 제대로 먹지도 못한다고 한 말을 떠올렸다. 어떤 분배상의 문제로 인해 이곳 군대가 그 미국인 3분의 1을 대표하고 있는 것처럼 보였다.

마이클은 어두워진 바깥에서 지프가 돌아오는 소리를 들었다. 창문에는 빛이 새어 나가지 않도록 담요가 쳐져 있었는데 문 위에도 담요가 걸려 있었다. 문이 활짝 열리며 노아가 베런슨과 함께 천천히 들어왔다. 전기 램프 불빛 속에서 담요가 펄럭거렸고, 차가운 밤공기가 들어왔다.

노아가 문을 닫았다. 그는 지친 기색으로 벽에 기댔다. 그린이 그를 쳐다보았다.

「그래.」 그린이 부드럽게 물었다. 「그를 보았나, 노아?」

「보았습니다.」 노아의 목소리는 지쳐 있었고, 거칠었다.

「어디 있던가?」

「야전 병원에 있습니다.」

「후송할 거라고 하던가?」

「아닙니다, 대위님.」 노아가 말했다. 「후송하지 않을 거라고 합니다.」

베런슨은 방 한쪽 구석으로 가 배낭에서 전투 식량을 꺼냈다. 그는 마분지를 소리 나게 찢은 후 비스킷을 꺼냈다. 그는 딱딱한 비스킷을 깨물어 먹으며 요란한 소리를 냈다.

「아직 살아 있던가?」 그린이 머뭇거리며 부드럽게 물었다.

「네, 대위님.」 노아가 말했다. 「아직 살아 있습니다.」

노아가 더 이상 얘기를 하고 싶어 하지 않는 것을 보고 그린은 한숨을 쉬었다. 「좋아.」 그가 말했다. 「마음을 편히 갖게. 자네와 휘테이크를 내일 아침 2소대로 보내 주겠네. 푹 자게.」

「고맙습니다, 대위님.」 노아가 말했다. 「지프를 사용할 수 있게 배려해 줘 고맙습니다.」

「그래.」 그린이 말했다. 그는 작업을 하고 있던 보고서 위로 고개를 숙였다.

노아는 멍한 얼굴로 방을 둘러보았다. 그런 다음 갑자기 밖으로 나갔다. 마이클은 자리에서 일어났다. 노아는 돌아온 후로 그를 쳐다보지도 않았다. 마이클은 노아를 따라 칠흑같이 어두운 밤 속으로 나갔다. 그는 노아가 농가 벽에 기대어 있는 것을 보았다기보다는 감으로 느꼈다. 그의 옷이 바람에 조금씩 나부끼고 있었다.

「노아.」

「응?」 그의 목소리는 아무것도 말하지 않고 있었다. 지친 듯한 목소리는 평탄했고, 아무런 감정이 실려 있지 않았다. 「마이클.」

그들은 야간에도 일을 하는 공장처럼 멀리 지평선 위로 포탄이 밝게 번쩍이는 것을 바라보며 말없이 서 있었다.

「그는 괜찮아 보였어.」노아가 마침내 속삭이듯 말했다.「최소한 얼굴은 괜찮았어. 그리고 그가 면도를 해달라고 해서 오늘 아침 누군가가 그렇게 해주었더군. 그는 등에 포탄을 맞았어. 의사는 내게 그가 이상하게 행동할 거라고 경고를 해주었어. 하지만 그는 나를 알아보았어. 미소를 짓더니 울더군. 그는 한 번 운 적이 있어. 내가 다쳤을 때.」

「알아.」마이클이 말했다.「네가 얘기했지.」

「그는 여러 가지 질문을 했어. 내가 병원에서 어떤 대우를 받았는지, 요양 휴가는 받았는지, 파리에 갔었는지, 내 아이 사진은 있는지 등에 대해. 나는 한 달 전 호프에게서 받은 아이 사진을 보여 주었어. 아이가 풀밭 위에 있는 사진을. 그는 잘생긴 아이라고 했어. 내게는 전혀 그렇게 보이지 않는데. 그는 자신의 어머니에게서 소식을 들었다고 했어. 그래서 고향 마을에 있는 그 집을 한 달에 40달러를 주고 쓰는 걸로 모두 얘기가 되었다는 말도 들었어. 그리고 그의 어머니는 중고 냉장고를 어디서 구할 수 있는지도 알고 있대. 한데 그는 머리만 움직일 수 있었어. 어깨 아래로는 완전히 마비가 된 거야.」

그들은 아무 말 없이 서서 총탄이 번쩍이는 것을 바라보며 11월의 돌풍이 실어 온 총성을 들었다.

「병원은 북적였어.」노아가 말했다.「옆 침대에는 소위가 있었어. 켄터키 출신이었지. 그는 지뢰에 발뒤꿈치가 날아간 상태였어. 소위는 무척 기쁘다고 말했어. 프랑스와 독일의 언덕에서 제일 먼저 고개를 기웃거리다 총에 맞는 위험에 처하게 되는 것에 질린 거야.」

다시 그들은 아무 말 없이 있었다.

「내 인생에는 두 친구가 있었어.」노아가 말했다. 「두 명의 진정한 친구들이지. 로저 캐넌이라고 불리는 친구는 〈여유를 갖고 사랑을 멋진 것으로 만들어 봐. 당밀로 사탕을 만들듯이. 한데 돈은 벌고 있는 거야? 내가 알고 싶은 건 그것뿐이야〉라는 노래를 부르곤 했어.」노아는 차가운 진흙 속에서 천천히 몸을 움직이며 벽에다 비볐다. 뭔가가 긁히는 듯한 작은 소리가 났다. 「그는 필리핀에서 죽었어. 또 다른 친구는 조니 버네커였어. 많은 사람들은 친구가 수십 명이 있지. 사람들은 친구를 쉽게 만들고, 친구에게 의지를 하지. 하지만 나는 그렇지 않아. 그건 내 잘못이고, 나는 그것을 깨달았어. 나는 친구에게 줄 것이 많지 않아.」

멀리서 섬광이 밝게 번쩍였고, 칠흑같이 어두운 시골에 갑작스러운 총성이 한 발 울렸다. 어둠 속에서 성냥을 켜 자신의 위치를 적에게 노출시키는 바람에 아군이 총을 쏜 것 같았다.

「나는 그곳에 앉아 있었어, 조니 버네커의 손을 잡은 채로.」노아의 목소리가 고르지 않게 이어졌다. 「그런데 15분이 지나면서 그는 나를 아주 이상하게 보기 시작했어. 〈여기서 꺼져, 네가 나를 죽이도록 내버려 두지 않을 거야〉라고 그가 말했어. 나는 그를 진정시키려 했지만 그는 계속해서 내가 자기를 죽이러 왔으며, 자신이 건강해 스스로를 돌볼 수 있을 때는 멀리 있다가 이제 자신이 마비가 되자 그곳에 와 아무도 보지 않는 사이 자기를 질식시켜 죽이려 하고 있다고 말했어. 그는 나에 관한 모든 것을 알고 있으며, 처음부터 나를 예의 주시했다고 했어. 또한 자신이 나를 필요로 할 때 내가 자기를 저버렸으며, 이제 내가 자기를 죽일 거라고 했어. 그는 내가 칼을 갖고 있다고 소리쳤어. 그러자 다른 부상병들도 소리를 지르기 시작했어. 나는 그를 진정시킬 수가 없었어. 결국 의사가 와서 나를 떠나게 했지. 천막에서 나온 나는 조니 버네커가 사람들에게 내가 칼을 갖고 있으니 가까이 오지 못하게 하라고 소리 지르는 것을 들을 수 있었어.」잠시 노아가 말을 멈췄다. 마이클은 멀리서 독일의 한 농장이 화염에 휩싸이는 것을 보았다. 그는 깃털 침대와 식탁보, 도자기, 사진 앨범, 『나의 투쟁』, 부엌의 식탁, 맥주 조끼 등이 어둠 속에서 밝게 타고 있는 것을 보았다.

「의사는 무척 친절했어.」노아가 어둠 속에서 다시 이야기를 했다.「그는 투손 출신의 아주 늙은 사람이었어. 그는 전쟁 전에 결핵 전문의였다고 했어. 그는 조니에게 무슨 문제가 있는지 얘기를 하며 그가 말한 것을 마음에 두지 말라고 했어. 의사는 그가 포탄 파편에 척추가 부서져 신경계가 퇴화해 그를 치료할 방법이 전혀 없다고 했어. 신경계가 퇴화한 거야.」그는 그 말에 매혹된 듯 말했다.「그것은 더욱 더 악화되어 결국에는 죽게 된다고 했어. 그런 환자의 경우 정상이던 사람이 어느 날 편집증 환자가 되는 거야. 과대망상과, 자신이 박해받고 있다는 환영에 시달리게 되지. 의사는 그가 사흘 안에 죽을 것이며, 그때가 되면 완전히 미쳐 있을 거라고 했어. 그 때문에 그를 일반 병원에도 보내지 않은 거야. 떠나기 전 나는 천막 안을 다시 한번 보았어. 조니가 진정했을 수도 있을 거라는 생각에. 의사가 그럴 수도 있다고 했거든. 하지만 나를 본 그는 내가 자기를 죽이려 한다며 다시 소리치기 시작했어.」

마이클과 노아는 중대 본부의 축축하고 차가운 돌벽에 기대어 나란히 서 있었다. 그 벽 너머에서는 그린 대위가 참호 족염을 걱정하고 있었다. 멀리서 독일 농부의 집에 있는 목재와 물건에 불이 옮겨 붙으면서 불길은 더욱 환해졌다.

「조니 버네커가 우리에 대해 어떻게 느꼈는지 얘기했지?」 노아가 말했다. 「우리가 함께 있으면 아무 일도 일어나지 않을 거라는…….」

「그래.」 마이클이 말했다.

「우리는 함께 많은 것을 겪었어.」 노아가 말했다. 「우리는 고립되었다가 적지를 뚫고 나갔어. 그리고 디데이에 상륙정에서 포격을 받았을 때 우리는 부상을 당하지 않았어.」

「그래.」 마이클이 말했다.

「내가 그토록 느리지 않았다면.」 노아가 말했다. 「내가 이곳에 하루 먼저 왔다면 조니 버네커는 이 전쟁에서 살아남았을 거야.」

「바보같이 굴지 마.」 마이클이 말했다. 그는 이건 이 친구가 지고 가기에는 너무 큰 부담이라고 생각했다.

「바보처럼 구는 게 아냐.」 노아가 조용히 말했다. 「나는 재빨리 행동하지 않았어. 시간을 끈 거야. 5일을 그 보충대 기지에서 허비한 거야. 나는 그 페루 출신 병장에게 가 얘기를 했지. 그가 허락하지 않을 거라는 것을 알고 있었지만 나는 게으르게도 시간만 낭비했어.」

「노아, 그런 식으로 말하지 마.」

「그리고 우리는 이곳까지 오는 데 너무 많은 시간이 걸렸어.」 마이클의 말은 무시하고 노아가 말을 이었다. 「우리는 밤이면 걸음을 멈췄지. 그리고 장군이 마련해 준, 닭고기가 나온 저녁 때문에 반나절을 허비했어. 닭고기가 나온 저녁 때문에 나는 조니 버네커를 죽게 한 거야.」

「그만해!」 마이클이 소리쳤다. 그는 노아의 몸을 잡고 세게 흔들었다. 「그만해! 너는 미친놈처럼 말을 하고 있어! 다시는 그런 말 하지 마!」

「나를 내버려 둬.」 노아가 조용히 말했다. 「내게서 손을 떼. 미안해. 네가 내 고민을 들어야 할 이유는 없는데 말이야. 나도 알아.」

마이클은 천천히 손을 놓았다. 다시 한번 그는 자신이 그 어린 친구를 망쳐 놓았다는 느낌이 들었다.

노아는 몸을 옷 속에 파묻었다. 「이곳은 추워.」 그가 유쾌하게 말했다. 「안으로 들어가지.」

마이클은 그를 따라 중대 본부 안으로 들어갔다.

이튿날 아침 그린은 그들을 플로리다에서부터 함께했던 옛날 소대에 배치시켰다. 원래 소대원 40명 중 아직 세 명이 남아 있었다. 그들은 마이클과 노아를 진심으로 환영했다. 그들은 노아 앞에서 조니 버네커에 대한 이야기를 할 때면 무척 조심했다.

36

「그래서 사람들이 이 미군에게 집에 보내 주면 뭘 할 건지 물었지.」 파이퍼가 말하고 있었다. 그와 노아, 그리고 마이클은 낮은 돌벽 위로 반쯤 쓰러진 통나무 위에 앉아 식판 위에 있는 미트볼과 스파게티, 그리고 통조림 복숭아를 먹고 있었다. 그것은 그들이 사흘 만에 처음 먹는 따뜻한 음식이었고, 아주 가까운 곳에 취사병이 야전 부엌을 마련하고 있는 것에 모두가 무척 기뻐했다. 포탄이 떨어질 경우 한 번에 몇 명만 희생을 당하도록 사람들은 10미터씩 간격을 두고 떨어져 서 있었다. 그들 주위에는 포탄 자국이 있는 너도밤나무 한 그루가 죽어 있었다. 취사병이 재빨리 음식을 덜어 주는 사이 줄은 빠르게 움직였다.「집에 보내 주면 뭘 할 건지 물었지.」파이퍼가 입 안 가득 음식을 넣은 채로 다시 말했다.「그 미군은 잠시 생각을 하더니…… 이 얘기를 들은 적 있어?」파이퍼가 물었다.

「아니.」마이클이 정중하게 대답했다.

파이퍼는 기쁜 듯 고개를 끄덕였다.「미군은 먼저 신발을 벗고, 그다음에는 아내와 잠자리를 하고, 그런 다음 배낭을 벗겠다고 했어.」파이퍼는 자신의 농담에 요란하게 웃었다. 그가 갑자기 웃음을 멈췄다.「들은 적이 없는 게 확실해?」

「그래.」마이클이 말했다. 유럽 문명의 한복판에서 식사를 하며 하기에 괜찮은 대화야, 하고 마이클은 생각했다. 전선의 많은 임무에서 잠시 벗어나 한 시간 반 동안 휴식을 취하고 있는 그들 일행 중에는 예술을 겉핥기로 아는 병사가 하나 있었다. 캔자스의, 책을 만드는 사람들 사이에서 잘 알려져 있고, 그 지역의 일반 군사 법정에서는 유명인이기도 한 파이퍼 일병은 전쟁이 끝난 후의 문제에 대해 생각하기를 즐겼다. 서유럽에서 미국의 국립 극장을 대표해 공연을 하고 있는 것 같은, 점심을 먹고 있는 그들 중 한 명은 미국의 특산물인 통조림 복숭아를 먹으며 페르시아에서 필립이 공격을 하고 있을 때 마케도니아 출신의 아나크레온 일병이 바그다드 외곽에서 비슷한 이야기를 들었다고 했다. 즉 시저 군대의 백부장인 카이우스 푸블리우스가 영국에 상륙한 지 이틀 후 비슷한 이야기를 했다는 것이다. 무라트 군대의 부관인 줄리안 세인트

크리크가 아우스터리츠에 오기 전날 그 재치 있는 말을 그대로 번역해 동료들에게서 많은 웃음을 샀다. 역사를 공부하는, 생각이 많은 학생인 파이퍼는 진흙이 묻은 신발을 바라보며 자신의 발가락이 아직 썩지 않았는지 궁금해하며 그 이야기가 이프르에 있는 웰시 소총 부대 소속의 로빈슨 준위나 타넨베르크에 있는 펠트베벨 푸겔하이머, 아르곤 구릉으로 들어가는 길에 잠시 멈춰 서서 간식을 먹고 있는 제1해병대 소속의 빈센트 오플래허티 병장 등에게는 알려지지 않았을 거라는 생각을 했다.

「무척 재미있는 이야기야.」마이클이 말했다.

「좋아할 줄 알았어.」미트볼과 스파게티, 그리고 복숭아 즙을 말끔히 닦아 먹으며 파이퍼가 흡족해하며 말했다.「아무튼 이따금은 웃어야 해.」

파이퍼는 돌과, 호주머니에 늘 넣고 다니는 화장지로 식판을 열심히 닦았다. 그는 자리에서 일어나 검게 된 굴뚝 뒤에서 주사위 놀이를 하고 있는 사람들에게로 갔다. 굴뚝은 이번 전쟁 이전에 세 번의 전쟁에도 끄떡없던 집이 파괴되며 남은 유일한 잔해였다. 중위 한 명과 통신 부대 소속 병장 두 명이 놀이를 하고 있었다. 그들은 어쩌다 지프를 타고 이곳에 온 관광객 같은 상태였다. 그들은 주사위를 던지고 있었는데 돈이 많이 있는 것처럼 보였다. 그 돈은 보병이 갖고 있다면 더욱 유용하게 쓸 수 있는 것이었다.

마이클은 느긋하게 담뱃불을 붙였다. 그는 아직도 감각이 있는지 확인하기 위해 규칙적으로 발가락을 움직였다. 잘 먹고, 한 시간 동안은 아무런 위험이 없을 거라는 생각을 하자 그는 무척 기분이 좋았다.「미국에 돌아가면.」마이클이 노아에게 말했다. 「자네와 자네 부인을 스테이크가 나오는 저녁 식사에 초대하지. 뉴욕 3번가 2층에 있는 어떤 곳을 알고 있어. 식사를 하며 여자들이 지나가는 것을 볼 수 있을 거야. 스테이크는 자네 주먹만큼 두꺼워. 우리는 아주 살짝만 익혀 먹는 거야.」

「호프는 덜 익은 스테이크를 좋아하지 않아.」 노아가 심각하게 말했다.

「그렇다면 먹고 싶은 대로 먹으면 되지.」 마이클이 말했다. 「전채를 먹은 다음 스테이크를 먹는 거야. 겉만 구운 스테이크는 칼을 대면 저절로 잘리는 것 같아. 그리고 스파게티와 샐러드, 캘리포니아산 적포도주를 먹은 다음 럼에 적신 케이크와 레몬 껍질을 넣은 아주 검은 에스프레소를 마시는 거야. 미국에 돌아간 첫날밤에. 내가 사지. 원한다면 아들을 데려와도 좋아. 아이는 어린이 의자에 앉히는 거야.」

노아는 미소를 지었다. 「그날 밤에 아들은 집에 있게 하지.」 그가 말했다.

마이클은 그의 미소가 고마웠다. 그들이 중대로 돌아온 후로 지난 석 달 동안 노아는 거의 웃지 않았다. 그는 말도 거의 하지 않았고, 거의 웃지도 않았다. 그는 과묵하게 마이클 옆에서 떨어지지 않으면서 노련한 병사의 눈으로 그를 지켜보며 말과 행동으로 그를 지켜 주었다. 그러면서 그는 12월의 날씨 속에서 자신의 목숨을 부지하기 위해 힘든 노력을 하고 있었다. 중대가 트럭을 타고 가다가 갑자기 나타난, 궤멸된 것으로 여겨졌던 독일군 탱크 앞에 놓이게 되었을 때에도 마찬가지였다. 이제 발지 대전투로 불리는 그 전투에서 마이클이 평생 잊지 않을 게 한 가지 있다면 구덩이 속에서 몸을 웅크리고 있던 것이었다. 마이클은 이미 지친 상태였지만 노아는 그 구덩이를 60센티미터 더 깊게 파게 했다. 마이클은 노아의 까다로움에 짜증이 났다. 독일군 탱크는 텅 빈 들판 위에 나타나 그들을 향해 다가왔다. 바주카포 포탄은 이미 다 떨어진 상태였고, 그들 뒤에 있는 대전차포는 불에 타고 있어, 그들은 더 깊이 몸을 숨기는 수밖에 없었다. 탱크 운전병은 마이클이 몸을 숨기는 것을 보고는 그를 깔아뭉개려고 돌진했다. 거리가 너무 가까워 총을 쏠 수도 없었던 것이다. 무게가 70톤에 이르는 탱크의 궤도가 돌면서 머리 위로 진흙과 돌을 뿌려 철모와 등에 떨어지게 하는 사이 그는 어둠 속에서 소리 없이 비명을 지르고 있었다. 그 일을 돌이켜보면 그것은 마치 병역 면제를 위해 의무 부대에 있는 정신분석가 앞에서 얘기하는 악몽 같았다. 뉴욕에 괜찮은 아파트가 있고, 훌륭한 많은 식당들에서 식사를 하고, 옷장에 멋지고 부드러운 트위드 양복이 다섯 벌 있고, 5번가에서 지붕을 내린 컨버터블을 타고 얼굴에 햇살을 받으며 간 적이 있는, 서른이 넘은 사람에게 그런 일은 있을 수 없는 것처럼 여겨졌다. 그리고 그런 일이 일어나는 동안에는 그것으로부터 살아날 수 없을 것 같았다. 탱크의 궤도가 머리에서 불과 30센티미터 떨어진 위에서 돌아가고 있는데 살 수 있으리라 생각하기는 어려웠던 것이다. 그런 일을 겪고 있는 사람이 스테이크와 포도주와 5번가에 대해 다시 생각할 수 있게 되리라는 상상을 하기는 어려운 일이었다. 친구가 목숨을 건질 수 있도록 충분히 깊게 파라고 한 구덩이 속에 있는 그의 목숨을 앗아가려고 그 위를 지나가는 탱크는 그가 민간인의 삶으로 다시 돌아가는 것을 결정적으로 막아 버린 것처럼 여겨졌다. 마이클은 이제 그 일을 떠올릴 때면 어두운 계곡 같은 간극을 느꼈다. 그리고 그 간극은 늘 환각으로 채워졌다. 주변에 폭탄이 터지며 진흙이 튀어 오르는 가운데 들판을 가로질러 간 탱크를 떠올리며 이제 마이클은 자신은 그 순간에 비로소 군인이 되었다는 것을 깨달았다. 그때까지만 해도 그는 또 다른 인생을 살다가 잠시 군대에 배치된, 군복을 입은 사람에 지나지 않았던 것이다.

이제 『성조』지에서 발지 대전투로 부르는 그 전투에서 많은 사람이 죽었고, 리에주와 안트베르펜이 위협당했으며, 그 전투를 통해 미군이 얼마나 훌륭하게 대응했는지에 대한 얘기와, 몽고메리가 이제는 노아에게 은성 훈장을 수여한 독립 기념일만큼 영국과 미국의 친선 관계에 대해 좋은 생각을 갖고 있지 않다는 얘기가 나돌았다. 발지 대전투에 참가한 사람들은 청동 성장을 받았는데 그것은 제대를 위한 점수에 5점이 더 추가되는 것이었다. 마이클이 기억하는 것은 노아가 옆에 서서 무뚝뚝하게 〈자네가 얼마나 피곤한지는 상관없어. 60센티미터 더 깊이 파〉라고 말한 것과 진흙이 묻은 그의 철모 위로 탱크의 궤도가 지나간 것뿐이었다.

마이클은 노아를 쳐다보았다. 노아는 이제 돌벽에 기댄 채로 앉아서 자고 있었다. 그의 얼굴이 젊어 보이는 것은 그가 자고 있을 때뿐이었다. 금발에 성긴 그의 수염은 무척 숱이 적었다. 그에 반해 마이클의 수염은 두껍고 검고 무성했는데 그 때문에 그는 밴쿠버에서 마이애미로 가는 기차에 무임 승차한 뜨내기 일꾼 같아 보였다. 깨어 있을 때면 늘 나이 든 사람처럼 심각한 모습을 하고 있는 노아의 눈은 이제 감겨 있었다. 마이클은 처음으로 친구가 위로 말린 부드러운 눈썹을 갖고 있다는 것을 알아차렸다. 무성하고, 끝이 금발인 눈썹은 얼굴 위쪽을 부드럽게 보이게 했다. 마이클은 얼룩이 묻은 무거운 외투를 입은 채로 모직 장갑을 낀 손가락 끝으로 소총 총구를 살짝 쥐고 있는, 잠이 든 소년에게 감사와 연민의 마음을 느꼈다. 그런 식으로 그를 바라보며 마이클은 그 연약한 소년이 그 나라에서, 주위의 많은 사람들이 너무도 쉽게 죽어 가고 있는 그때 살아남기 위해 얼마나 악착같은 태도를 보였으며, 위험하지만 군인다운 결정을 내리고, 끈덕지게 싸워 왔는지 깨달았다. 주먹에 맞아 일그러진 얼굴 위에서 금발 눈썹이 부드럽게 흔들렸고, 마이클은 노아의 아내가 여자의 눈썹처럼 보이는 그것을, 슬픔과 기쁨을 동시에 느끼며 바라보았을 때의 심정을 생각해 보았다. 〈이 친구는 몇 살인가? 스물둘? 아니면 스물넷?〉 남편이자 아버지이자 군인인 그는 친구가 둘 있었지만 그들 모두를 잃었다. 다른 사람들이 공기를 필요로 하듯 친구를 필요로 하는 그는 그 필요에 의해 자신 또한 고통을 겪고 있으면서도 휘테이크라고 불리는 서툴고 나이 든 병사를 살아 있게 하기 위해 갖은 염려를 다하고 있었다. 마이클은 혼자였다면 지금쯤 지뢰를 밟았거나, 산등성이에서 몸을 노출시켜 저격병의 표적이 되었거나, 아니면 게으름과 미숙함 때문에 너무 얕게 판 구덩이에서 탱크에 짓이겨졌을 게 분명했다. 환각에 의해서만 채워지는 간극 사이로 떠오르는 스테이크와 캘리포니아산 적포도주에 대한 생각. 고향에 돌아간 첫날밤 자신이 저녁을 사겠다는 얘기……. 그것은 불가능한 일처럼 보였지만 이제는 반드시 그런 일이 일어나야 했다. 마이클은 눈을 감았고, 거대한, 슬픔과 함께하는 책임감을 느꼈다.

주사위 놀이를 하는 사람들의 목소리가 들려왔다. 「1천 프랑을 걸겠어. 9점이야.」

마이클은 눈을 뜬 후 조용히 일어나 소총을 든 채로 구경을 하러 갔다.

파이퍼가 주사위를 던졌는데 그는 꽤 잘하고 있었다. 그는 손에 구겨진 지폐를 쥐고 있었다. 중위는 놀이를 하고 있지 않았지만 병장 둘은 놀이를 하고 있었다. 중위는 얼룩 무늬의 멋진 장교용 외투를 입고 있었다. 마지막으로 뉴욕에 있을 때 마이클은 그런 외투를 애버크럼비 앤드 피치[27]의 윈도우에서 본 적이 있었다. 세 명 모두 낙하산병이 신는 부츠를 신고 있었지만, 그들이 술집의 의자보다도 높은 곳에서 뛰어내린 적은 한 번도 없는 게 분명했다. 그들은 모두 키가 크고 몸집이 컸으며, 깨끗하게 면도를 하고, 좋은 옷을 입고, 생기 넘치는 표정을 짓고 있었다. 그들과 함께 놀이를 하고 있는, 수염을 기른 보병들은 어떤 열등한 종족 출신으로서 스스로를 돌보지 않는, 위태로워 보이는 사람들 같았다.

방문객들은 자신감에 찬 큰 소리로 말했고, 기운이 넘쳤다. 반면에 사흘 만에 처음으로 따뜻한 식사를 한 사람들은 지쳐 행동이 굼떴다. 마을과 다리를 점령하기 위해 연대 병력을 모은다면 잘생기고, 생기가 넘치는 그 세 사람을 주저하지 않고 선발할 것이 분명했다. 하지만 군대는 약간 다른 식으로 일을 했다. 목소리가 자신감에 차 있고, 체격이 좋은 그 사람들은 80킬로미터 후방에 있는 편안한 사무실에서 서류를 타자로 치며 겨울의 추위를 몰아내기 위해 방 한가운데 있는 멋진 철제 난로에 석탄을 삽으로 퍼 넣으며 지내고 있었다. 마이클은 2소대의 훌리헌 병장이 보충병을 받을 때면 늘 하던 연설을

27 유명한 의류 회사.

떠올렸다. 「아.」 홀리헌은 말했다. 「왜 늘 보병 부대는 신체 검사 불합격자를 받지? 왜 병참 장교가 늘 자신의 부대원으로 역도 선수와 투포환 선수와 미식축구의 풀백을 뽑지? 여기에 60킬로그램 이상 나가는 자가 있으면 말해 봐.」 홀리헌은 그 말이 보충병들을 웃게 하고, 자신을 좋아하게 한다는 것을 알고 있었지만 그 말에는 진실의 바보 같은 부분이 포함되어 있는 것도 사실이었다.

마이클은 중위가 호주머니에서 술병을 꺼내 마시는 것을 보았다. 파이퍼는 진흙이 묻은 손으로 천천히 주사위를 굴리며 중위를 쳐다보았다. 「중위님.」 그가 말했다. 「호주머니 속에 든 게 뭐죠?」

중위가 웃음을 터트렸다. 「코냑이야.」 그가 말했다. 「브랜디지.」

「브랜디인 줄은 알아요.」 파이퍼가 말했다. 「얼마면 되죠?」

중위는 파이퍼가 손에 쥐고 있는 돈을 바라보았다. 「얼마나 있는데?」

파이퍼가 지폐를 셌다. 「2천 프랑요.」 그가 말했다. 「40달러죠. 뼈를 따뜻하게 녹여 줄 코냑 한 병을 마시고 싶군요.」

「4천 프랑.」 중위가 조용히 말했다. 「4천 프랑이면 병째 가질 수 있어.」

파이퍼는 눈을 가늘게 뜨고 중위를 쳐다보았다. 그는 천천히 침을 뱉었다. 그런 다음 주사위를 향해 말했다. 「주사위야.」 그가 말했다. 「아빠가 술을 마셔야겠다. 꼭 술을 한잔해야겠다.」

그는 2천 프랑을 걸었다. 어깨에 훈장이 달린 병장 둘도 돈을 걸었다.

「주사위야.」 파이퍼가 말했다. 「추운 날씨고 아빠는 목이 마른 상태란다.」 그는 꽃을 던지듯 주사위를 살며시 던졌다. 「뭐지?」 그가 미소도 짓지 않고 말했다. 「7이야.」 그는 다시 침을 뱉었다. 「돈을 집어요, 중위님. 그리고 병은 내게 줘요.」 그는 손을 내밀었다.

「좋아.」 중위가 말했다. 그는 술병을 파이퍼에게 준 후 돈을 챙겼다. 「여기 오길 잘했어.」

파이퍼는 술을 길게 들이켰다. 다들 그의 허세에 짜증이 나면서도 즐거워하며 그를 조용히 지켜보았다. 파이퍼는 조심스럽게 마개를 막은 후 외투 호주머니 속에 넣었다. 「오늘 밤 공격이 있을 거야.」 그가 호전적인 태도로 말했다. 「호주머니 속에 4천 프랑을 넣은 채로 그 망할 놈의 강을 건너면 뭘 하겠어. 오늘 밤 독일군이 나를 죽이게 되면 배 속에 괜찮은 술이 가득 찬 미군 한 명을 죽이게 되는 거야.」 그는 자부심에 찬 태도로 소총을 둘러메고 딴 곳으로 갔다.

「보급품 부대.」 놀이를 지켜보고 있던 보병 하나가 말했다. 「왜 그렇게 부르는지 알겠어.」

중위는 천연덕스럽게 웃음을 터트렸다. 그는 비난하기 어려운 사람이었다. 마이클은 사람들이 좋은 마음에서 별 이유 없이 그렇게 웃기도 한다는 사실을 잊은 상태였다. 그는 80킬로미터 후방에서나 그런 식으로 웃는 사람을 볼 수 있을 거라는 생각을 했다. 중위를 따라 웃는 사람은 아무도 없었다.

「우리가 왜 여기에 왔는지 얘기해 주지.」 중위가 말했다.

「한번 맞혀 볼까요?」 마이클과 같은 소대에 있는 크레인이 말했다. 「중위님은 정보와 교육을 담당하고 있고, 그래서 질문하기를 좋아하죠. 우리가 군 복무에 대해 행복하느냐고요?

우리가 하는 일을 좋아하느냐고요? 우리가 작년에 세 번 이상 임질에 걸렸느냐고요?」

중위는 다시 웃었다. 마이클은 그를 바라보며, 이 사람은 참 잘 웃는 중위군, 하고 생각했다.

「아냐.」중위가 말했다. 「우리는 사업상 이곳에 왔어. 이 숲 입구에서 아주 괜찮은 기념품을 구할 수 있다는 얘기를 들었거든. 나는 한 달에 두 번 파리에 가는데 루거 권총과 카메라 망원경 같은 물건들을 팔 수 있는 괜찮은 시장이 하나 있지. 우리는 꽤 괜찮은 가격을 치를 준비가 되어 있어. 어떤가? 팔고 싶은 게 없나?」

중위 주위에 있던 사람들은 말없이 서로를 쳐다보았다. 「괜찮은 개런드 소총이 한 정 있어요.」크레인이 말했다. 「5천 프랑만 주면 기꺼이 내놓겠어요. 아니면 괜찮은 야전 재킷은 어떤가요?」그 말을 한 다음 크레인은 태연하게 덧붙였다. 「약간 낡긴 했지만 추억이 서려 있는 거죠.」

중위는 껄껄 웃었다. 그는 전선에서 하루를 쉬며 즐거운 시간을 보내고 있는 게 분명했다. 마이클은 그가 위스콘신에 있는 여자친구에게 거칠지만 우스꽝스러운 보병들에 대해 편지를 쓸 수도 있을 거라는 생각을 했다. 「좋아.」그가 말했다. 「내가 직접 둘러보지. 지난주에 이곳에서 싸움이 있었다는 얘기를 들었어. 주위에 뭔가가 많이 있는 게 분명해.」

보병들은 서로를 차갑게 쳐다보았다. 「아주 많이 있죠.」크레인이 부드럽게 말했다. 「지프 여러 대에 실을 만큼요. 중위님은 파리에서 제일 돈이 많은 사람이 될 겁니다.」

「전선이 어느 쪽이지?」중위가 쾌활한 목소리로 물었다. 「한 번 둘러봐야겠어.」

다시 싸늘한 침묵이 감돌았다. 「전선을 한번 보고 싶은가요?」 크레인이 태연하게 말했다.

「그래, 병사.」 이제 중위는 별로 좋은 사람처럼 보이지 않았다.

「저쪽입니다, 중위님.」 크레인이 가리켰다. 「저쪽이지, 그렇지?」

「맞습니다, 중위님.」 병사들이 말했다.

「딴 곳에서 헤매게 되는 일은 없을 겁니다.」 크레인이 말했다.

이제 중위는 사람들이 농담을 하고 있다는 것을 알아차렸다. 그는 아무 말도 하지 않은 마이클에게로 고개를 돌렸다. 「자네.」 중위가 말했다. 「어떻게 하면 전선에 이르게 되는지 말해 주겠나?」

「그게 그러니까…….」 마이클이 말했다.

「이 길을 따라 가면 됩니다, 중위님.」 크레인이 끼어들었다. 「2.5킬로미터 정도 가면 됩니다. 숲속 길을 조금 올라가면 됩니다. 산등성이에 이르게 되면 아래쪽으로 강이 보일 겁니다. 그곳이 전선입니다, 중위님.」

「사실이야?」 중위가 나무라듯 물었다.

「네, 중위님.」 마이클이 말했다.

「좋아.」 중위는 자신의 부대 소속 병장 한 명에게 몸을 돌렸다. 「루이스.」 그가 말했다. 「지프는 이곳에 남겨 두고 가지. 걸어가는 거야. 지프는 움직이지 않게 해둬.」

「네, 중위님.」 루이스가 말했다. 그는 지프로 가 후드를 들어 배전기에서 회전자를 떼어 내고, 전선 몇 가닥을 떴다. 중위는 지프로 가 빈 배낭을 꺼내 어깨에 멨다.

「마이클.」노아의 목소리가 들렸다. 그는 마이클을 향해 손을 흔들고 있었다. 「자, 이제 돌아가야 해.」

마이클은 고개를 끄덕였다. 그는 중위에게 가 그곳을 떠나 따뜻한 난로가 있는 편안한 사무실로 돌아가라는 얘기를 할까 하다가 그만두었다. 그는 길가 진흙 속에서 2.5킬로미터 떨어진 중대로 돌아가고 있는 노아를 천천히 따라갔다.

마이클의 소대는 강이 내려다보이는 산등성이 바로 아래에 진지를 구축했다. 산등성이는 잎은 모두 떨어졌지만 관목과 묘목으로 무성해 몸을 가리기 좋은 곳이었고, 그래서 꽤 자유롭게 움직일 수 있었다. 산등성이 꼭대기에서는 덤불이 있는, 젖은 땅으로 이루어진 비탈이 내려다보였는데 맨 아래에 있는 좁은 들판 너머 강 건너편 산등성이 너머에는 독일군이 있었다. 겨울 풍경은 고요했고, 차가운 양쪽 둑 사이로 흐르는 강은 검게 보였다. 물속 여기저기에 쓰러진 나무 둥치가 썩어 가고 있었고, 물이 기름처럼 그 주위를 돌아 흘러가는 것이 보였다. 맞은편에 보이는, 군데군데 눈이 쌓인 비탈에도 고요가 감돌았다. 밤이 되면 이따금 총성이 울리긴 했지만 낮에는 정찰을 하기에도 몸이 너무 금방 드러났고, 그래서 일종의 마지못한 휴전 상태가 지속되고 있었다. 모두가 아는 한 양 진영의 전선은 약 1천2백 미터 정도 떨어져 있었고, 멀리 있는, 안전한 사단 본부의 지도에도 그렇게 표시되어 있었다.

마이클의 소대는 2주째 그곳에 있었고, 밤에 간헐적으로 총성이 들리는 것(마지막으로 총성이 들린 것은 사흘 전 밤이었다) 외에는 적이 그곳에 있다는 어떤 실제적인 증거도 없었다. 마이클은 독일군이 짐을 챙겨 고향으로 돌아간 것만 같았다.

하지만 훌리헌은 그렇게 생각지 않았다. 그는 독일군의 냄새를 잘 맡았다. 어떤 사람들은 독일 화가가 그린 진짜 걸작을 냄새만 맡고 알아보기도 했고, 어떤 사람들은 포도주 맛을 본 후 그것이 디종 교외에 있는 별로 유명하지 않은 포도주 제조 공장에서 1937년에 만들어졌다는 것을 알아냈는데, 훌리헌의 특기는 독일군이었다. 훌리헌은 얼굴이 갸름하고 지적으로 보이며, 이마가 넓은 아일랜드 학자 같은 모습을 하고 있었는데 더블린 대학에서 제임스 조이스가 룸메이트로 지낸 친구처럼 여겨졌다. 그는 계속해서 산등성이 꼭대기에 있는 덤불 사이를 바라보며 지친 목소리로 「저기 어딘가에 적진이 있어. 그들은 저곳에 기관총을 설치했어. 그런 다음 그곳에서 우리를 기다리고 있어」라고 말했다.

지금까지는 그것이 별 차이가 없었다. 소대는 아무 데도 가지 않았고, 강은 정찰을 하기에는 너무 큰 장애물이었다. 그리고 적이 기관총을 갖고 있는지는 알 수 없지만 설사 갖고 있다 해도 산등성이 너머까지는 사격을 가할 수가 없었다. 숲 속에 독일군이 박격포를 갖고 있는지도 알 수 없었다. 어쩌면 그들은 포탄을 아끼고 있는지도 몰랐다. 한데 그날 해가 질 무렵 공병 중대가 와서 폭이 50미터인 강에 부교를 놓으면 마이클의 중대가 다리를 건너가 맞은편 산등성이에서 독일군이 어떤 상태로 있는지 알아보게 될 거라는 얘기가 나돌았다. 그런 다음 이튿날 아침 새로운 중대가 와 그곳을 뚫고 진격을 하게 될 것이다. 그것은 후방에 있는 사단 본부에서는 괜찮은 계획처럼 보일 게 틀림없었다. 하지만 안경 너머로 자신의 앞에 있는, 얼음이 언 검은 강과, 관목과, 눈이 군데군데 있는 조

용한 비탈을 바라보는 훌리헌에게는 그것이 좋은 계획으로
보이지 않았다.

노아와 마이클, 그리고 파이퍼와 크레인이 가까이 왔을 때
훌리헌은 나무에 매달린 무전기로 그린과 얘기를 하고 있었
다. 「대위님.」 그가 말했다. 「적이 너무 조용한 게 마음에 걸
립니다. 저 산등성이 어딘가에 기관총이 숨겨져 있는 게 분명
합니다. 직감으로 알 수 있습니다. 오늘 밤 적들은 조명탄을
쏘아 올릴 겁니다. 그들 앞에는 5백 미터에 이르는 평지와 강
위에 놓인 다리가 있어 그들에게 결정적으로 유리할 겁니다.
오버.」

그는 귀를 기울였다. 수화기 속에서 대위의 목소리가 희미
하게 들렸다. 「네, 대위님.」 훌리헌이 말했다. 「알아내면 연락
을 드리죠.」 그는 한숨을 쉬며 수화기를 내려놓았다. 그는 고
뇌에 찬 학자처럼 생각에 잠겨 입술을 빨며 강 건너편을 바라
보았다. 「대위는 오늘 오후 우리가 정찰대를 내보내야 한다
고 말하고 있어.」 훌리헌이 말했다. 「탁 트인 곳에서 계속해서
강까지 가는 거야. 적의 대응을 이끌어 내는 거지. 대위는 적
이 어디에서 총을 쏘는지 알아내면 박격포로 그곳을 쓸어버
릴 거라고 말했어.」 훌리헌은 쌍안경을 들어 오후의 회색 공
기 사이로 강 건너편의 고요한 산등성이를 바라보았다. 「자
원자 있어?」 그가 무심하게 물었다.

마이클은 주위를 둘러보았다. 훌리헌의 말을 들은 사람은
모두 일곱이었다. 그들은 산등성이 바로 아래에 있는 얕은 구
덩이 속에 쪼그리고 앉아 있었는데 다들 소총과 바로 앞에 있
는 땅바닥, 그리고 덤불의 형태에 지나친 관심을 보이고 있었
다. 마이클은 석 달 전이었다면 자신이 자원을 해 멍청한 뭔

가를 증명하고, 뭔가에 대한 속죄를 했을 거라는 생각을 했다. 하지만 이제는 노아에게서 그렇게 하지 않는 게 현명하다라는 점을 배우게 되었다. 그는 고요 속에서 손톱을 꼼꼼하게 살펴보았다.

훌리헌은 살며시 한숨을 쉬었다. 1분이 지나갔다. 다들 정찰대의 맨 앞에 서는 사람이 독일군의 기관총받이가 될 거라는 생각을 하고 있었다.

「병장.」누군가가 정중하게 말했다.「우리가 껴도 될까?」

마이클은 고개를 들었다. 보급품 부대 중위와 그의 부하 둘이 미끄러운 언덕을 서투르게 올라오고 있었다. 중위의 말이 구덩이 속에 있는 사람들 위로 헝가리인이 쓴 희극 속에 나오는 공작 부인의 어떤 대사처럼 정중하게 들렸다.

훌리헌은 놀란 얼굴로 몸을 돌려 눈을 가늘게 뜨고 그를 쳐다보았다.

「병장님.」크레인이 말했다.「중위님은 파리로 갖고 갈 기념품을 사냥하러 이곳에 왔습니다.」

턱이 길고, 수염이 짙은 남색인 훌리헌의 여윈 얼굴 위로 알 수 없는 표정이 스쳤다.「중위님.」훌리헌이 솔직한 듯하면서도 아양을 떠는 듯한 말투로 말했다.「우리와 함께한다면 그야말로 영광이죠.」

중위는 비탈을 올라오느라 숨을 가쁘게 쉬었다. 그는 보기만큼 상태가 좋은 것 같지 않았다. 그는 최근 들어 폴로 경기를 하지 않고 있는 게 분명했다.

「이곳이 전선이라는 얘기를 들었네.」훌리헌이 내미는 손을 잡으며 중위가 단도직입적으로 말했다.「그런가?」

「어떤 점에서는 그렇습니다, 중위님.」훌리헌이 말했다. 다른 사람들은 아무 말도 하지 않았다.

「무척 조용하군.」놀란 듯한 얼굴로 주위를 둘러보며 중위가 말했다. 「두 시간 동안 총성을 한 번도 듣지 못했네. 확실하지?」

홀리헌은 정중하게 웃었다. 「중위님.」그가 비밀을 털어놓는 사람처럼 속삭이듯 말했다. 「독일군은 일주일 전에 철수한 게 분명합니다. 여기서부터 라인강까지 도보 여행을 해도 될 겁니다.」

마이클은 홀리헌의 얼굴을 쳐다보았다. 병장의 얼굴은 아이 같았다. 그는 전쟁 전에 뉴욕의 5번가에서 버스 운전사로 일했다. 하지만 그는 워싱턴 광장에서 버스를 운전하면서 지금 이런 상황에 있게 되리라는 것은 생각하지 못했을 게 분명했다.

「좋아.」중위가 미소를 지으며 말했다. 「후방에 있는 본부보다도 이곳이 훨씬 더 평화로운 것 같군. 그렇지 않나, 루이스?」

「그렇습니다, 중위님.」루이스가 말했다.

「들락거리면서 사람을 피곤하게 하는 대령들도 없어.」중위가 솔직하게 말했다. 「그리고 자네들은 매일 면도를 할 필요도 없지.」

「그렇습니다, 중위님.」홀리헌이 말했다. 「매일 면도를 할 필요도 없습니다.」

중위가 비탈 아래 강을 내려다보며 확신에 찬 목소리로 말했다. 「저 아래에서 독일군이 버리고 간 기념품을 주울 수 있다는 얘기를 들었어.」

「오, 그럼요, 중위님.」홀리헌이 말했다. 「물론 그럴 수 있죠. 저 들판은 철모와 루거 권총과 희귀한 카메라로 가득하죠.」

〈그 얘긴 지나쳐, 너무 심해〉라고 마이클은 생각했다. 그는 중위가 그 말을 어떻게 받아들이는지 보았다. 하지만 그의 건강하고 불그레한 얼굴에는 탐욕스러운 표정만이 서려 있었다. 〈맙소사, 누가 저런 자에게 월급을 지불하는 거지?〉 하는 생각을 하며 마이클은 혐오감을 느꼈다.

「루이스, 스티브.」 중위가 말했다. 「내려가 보도록 하지.」

「잠시만요, 중위님.」 루이스가 자신 없는 목소리로 말했다. 「먼저 지뢰가 있는지 물어보시죠.」

「오, 지뢰는 없어요.」 홀리헌이 말했다. 「내가 보장하죠.」

구덩이 속에 쪼그리고 앉아 있는 소대원 일곱 명은 꼼짝도 않고 땅을 쳐다보고 있었다.

「우리가 내려가 잠시 둘러봐도 괜찮겠나, 병장?」 중위가 말했다.

「마음대로 하십시오, 중위님.」 홀리헌이 말했다.

마이클은 이제 그가 그 말은 농담이며, 그들이 얼마나 바보같은 짓을 하고 있는지 얘기한 후 돌아가라고 말할 것이라고 생각했다.

하지만 홀리헌은 꼼짝 않고 서 있었다.

「우리를 지켜봐 주겠나, 병장?」 중위가 물었다.

「그럼요.」 홀리헌이 말했다.

「좋아. 가지, 친구들.」 중위는 서투르게 덤불 사이를 지나 산등성이 맞은편을 내려가기 시작했다. 병장 둘이 그의 뒤를 따라갔다.

마이클은 고개를 돌려 노아를 쳐다보았다. 노아는 나이 든 사람 같은 음울한 눈으로 그를 쳐다보고 있었다. 꿈쩍 않고 있는 그의 눈은 위협적이었다. 마이클은 노아가 말없는 시선으로 가만히 있으라고 사납게 신호를 보내고 있다는 것을 알 수 있었다. 〈그래, 이 친구들은 그의 소대원이고, 그는 이들을 나보다 오랫동안 알아 왔어〉 하고 마이클은 방어적인 생각을 했다.

그는 고개를 돌려 비딜 아래를 내려다보았다. 밝은 색 얼룩무늬 애버크럼비 앤드 피치 트렌치코트를 입은 중위가 병장 둘과 함께 차가운 진흙 비탈을 미끄러져 내려가며 덤불과 나무 둥치를 기웃거렸다. 〈아냐, 사람들이 나에 대해 어떻게 생각하는지는 상관없어. 저들이 저러도록 내버려 둬서는 안 돼〉 하고 마이클은 생각했다.

「훌리헌!」 그가 사나운 표정으로 강 건너 맞은편 산등성이를 주시하고 있는 병장 옆에서 벌떡 일어섰다. 「훌리헌, 이럴 수는 없어. 저들을 저런 식으로 저곳으로 보내서는 안 돼! 훌리헌!」

「닥쳐!」 훌리헌이 사납게 속삭였다. 「내게 명령하지 마. 이 소대를 지휘하는 건 나니까.」

「저들은 죽게 될 거야.」 지저분한 눈을 밟으며 미끄러져 내려가는 세 사람을 쳐다보며 마이클이 다급하게 말했다.

「그래.」 훌리헌이 말했다. 마이클은 입술이 얇고, 학자 같은 모습을 한 그의 얼굴에 혐오감과 증오의 표정이 서려 있는 것에 깜짝 놀랐다. 「자네는 어느 편이야? 저런 작자들은 이따금 죽어야 마땅해. 저들도 군인 아냐? 그런데 기념품이라고?」

「더 이상 못 가게 해야 해!」 마이클이 거칠게 말했다. 「그렇게 하지 않을 경우 보고서를 제출할 거야, 맹세컨대…….」

「닥쳐, 휘테이크.」 노아가 말했다.

「보고서를 제출한다고?」 훌리헌은 맞은편 산등성이에서

눈을 떼지 않았다. 「자네가 직접 가고 싶은 거야? 오늘 오후 저곳에서 죽고 싶은 거야? 그리고 애커먼과 크레인과 파이퍼를 죽게 하고 싶은 거야? 보급품 부대 소속의 저 살찐 돼지 같은 세 명 대신 친구들을 죽게 하고 싶은 거야? 저들은 죽기에는 아까운 사람들이라는 거야?」 악의로 떨리던 그의 목소리는 다른 사람들을 향해서 얘기를 하기 시작하면서부터는 갑자기 부드러워졌다. 「아래에 있는 들판을 내려다보지 마.」 그가 말했다. 「산등성이를 주시해. 두세 발이 날아올 거야. 예의 주시하도록 해. 사격 지점을 보면 얘기해. 아직도 내가 그들을 돌아오라고 하기를 바라나, 휘테이크?」

「나는…….」 마이클이 얘기를 시작하는 순간 총성이 들렸고, 그는 이미 때가 늦었다는 것을 알 수 있었다.

강가 들판에서 얼룩 무늬 외투가 수축되며 천천히 땅바닥 위로 넘어졌다. 루이스와 다른 한 명은 달아나기 시작했지만 멀리 가지는 못했다.

「병장님.」 노아가 말했다. 그의 목소리는 무척 차분했다. 「어디에서 총알이 날아오고 있는지 보입니다. 다른 덤불보다 조금 높이 솟아 있는 저 두 덤불 앞쪽 20미터 지점의 커다란 나무 오른쪽에서 총알이 날아오고 있습니다. 보이죠?」

「보여.」 홀리헌이 말했다.

「바로 거깁니다. 첫 번째 덤불에서 2~3미터 떨어진 곳.」

「확실해?」 홀리헌이 말했다. 「나는 못 봤어.」

「확실해요.」 노아가 말했다.

저 친구는 플로리다를 떠난 이후로 얼마나 많은 것들을 배운 것인가, 하는 생각을 하며 마이클은 노아에게 탄복하는 동시에 그를 증오했다.

「그래.」 훌리헌이 마이클에게로 고개를 돌리며 물었다. 「아직도 보고서를 제출하고 싶어?」

「아니.」 마이클이 말했다. 「아무것도 보고하지 않을 거야.」

「그래야지.」 훌리헌은 그의 팔꿈치를 다정하게 두드렸다. 「그렇게 하지 않으리라는 것을 알고 있었어.」 그는 무전기가 있는 곳으로 가 중대 본부에 연락을 했다. 마이클은 그가 독일군이 총을 쏘고 있는 정확한 장소를 얘기하는 것을 들었다. 곧 박격포 공격이 있을 것이다.

한데 그 순간 오후는 무척이나 고요했다. 불과 1분 전 기관총이 그 고요를 깨며 세 명을 죽게 만들었다는 것조차 잘 기억이 나지 않았다.

마이클은 고개를 돌려 노아를 쳐다보았다. 노아는 한쪽 무릎을 꿇고 진흙 속에서 소총 개머리판을 세운 채로 뺨을 총구에 대고 있었다. 그의 모습은 낡은 사진 속에 있는, 멀리 켄터키와 뉴멕시코에서 인디언과 전쟁을 벌이던 병사처럼 보였다. 노아는 이글거리는 듯한 사나운 눈으로 마이클을 노려보고 있었다.

마이클은 보충대 기지에서 노아가 친구들이 있는 곳으로 가겠다고 할 때 그가 무슨 이야기를 하려고 했는지를 마침내 완전하게 깨달으며 노아의 눈길을 피해 천천히 자리에 앉았다.

겨울의 이른 황혼이 드리워지기 직전에 박격포 공격이 시작되었다. 처음 두 발은 거리가 짧았고, 훌리헌은 무전기로 위치를 교정해 주었다. 세 번째와 네 번째 포탄이 그가 얘기한 곳에 정확하게 떨어졌다. 박격포탄이 떨어진 맞은편 산등성이에서 약간의 이상한 소란이 일더니 갑자기 뒤엉킨 나뭇가지가 흔들리는 것이 보였다. 누군가가 그 사이를 기어가려다가 쓰러진 것 같았다. 그런 다음 다시 조용해졌고, 훌리헌은 무전기에 대고「됐습니다, 대위님. 만약의 경우를 위해 같은 곳에 한 발만 더 쏘아 주십시오」라고 말했다.

같은 곳에 한 발이 더 떨어졌지만 맞은편 산등성이에는 더 이상 아무런 움직임이 없었다.

어두워지자마자 공병 중대가 와서 부교를 설치했다. 마이클과 다른 사람들은 거추장스러운 물건들을 강가로 옮기는 것을 도왔다. 그들은 얼룩 무늬 옷을 입은 사람 옆을 지나쳐 갔지만 마이클은 그를 쳐다보지 않았다. 공병들이 차가운 어둠 속에서 일을 하며 강을 반쯤 지나갔을 때 최초의 예광탄이 발사되었다. 그런 다음 양쪽 진영에서 포격이 시작되었다. 소총 소리가 조금 들렸다. 하지만 그것은 산발적이었고, 아무렇게나 쏘는 것 같았다. 그리고 박격포 공격이 이루어졌다. 독일군의 포탄은 이상한 형태로 떨어졌다. 마치 포탄이 별로 남아 있지 않고, 전방에서 지시하는 병사가 산등성이에 집중되는 포화에 당황한 것처럼 보였다. 그들이 쏜 포탄은 전혀 다리에 맞지 않았다. 멀리 있던 공병 셋이 부상을 당했고, 모두들 빗나가 떨어진 포탄에 튄 물에 몸이 흠뻑 젖었다.

강 위로 떨어지는 예광탄의 비현실적인 푸른색 빛에 풍경이 드러났다. 강 속에서 허우적거리는 사람들은 매우 여위어 곤충처럼 보였다. 공격을 주도하고 있던 소대원 중 제일 앞에 있던 몇 명은 강을 건넜지만 로슨과 무코스키는 총에 맞아 강물 속으로 떨어졌다.

마이클은 노아 옆에서 몸을 웅크리고 있었다. 노아는 그의 팔을 잡은 채로 그를 저지하고 있었다. 그들은 사람들이 하나씩 미끄럽고 좁은 널빤지를 하나씩 건너는 것을 바라보았다. 누군가가 총에 맞아 다리 위로 넘어져 누워 있었다. 다른 사람들은 그의 몸을 뛰어넘어 가야 했다.

노아가 잡고 있는 팔이 떨리는 것을 느끼며 마이클은, 내가 이런 일을 할 수 있다고 생각하다니, 이건 불가능해, 하고 생각했다.

「가!」 노아가 속삭였다. 「지금 가!」

마이클은 움직이지 않았다. 다리에서 3미터 떨어진 강물 속에 포탄이 한 발 떨어졌다. 물이 검은 커튼처럼 솟구치며 흔들리는 널빤지 위에 누워 있는 사람을 순간적으로 가렸다.

마이클은 노아가 그의 뒷덜미를 세게 때리는 것을 느꼈다. 「가!」 노아가 소리를 질렀다. 「지금 가란 말이야, 이 개자식아.」

마이클은 자리에서 일어나 뛰기 시작했다. 그가 미끄러운 널빤지를 3미터쯤 건넜을 때 다리 맞은편 근처에 포탄이 떨어졌다. 마이클은 다리가 여전히 그곳에 있는지 없는지 알 수 없었다. 하지만 그는 계속해서 뛰어갔다.

잠시 후 그는 다리를 건넜다. 누군가가 어둠 속에서 「이쪽이야, 이쪽」 하고 소리치는 것을 들었다. 그는 그 목소리가 들리는 곳을 향해 갔다. 그는 구덩이 속으로 들어갔고, 그 안에는 다른 누군가가 있었다.

「좋아.」 누군가가 거친 목소리로 말했다. 「나머지 중대원들이 모두 건너올 때까지 이곳에 가만히 있어.」

마이클은 뺨을 축축하고 차가운 땅바닥에 댔다. 땀이 흐르는 살갗에 땅바닥은 상쾌하고 아늑하게 느껴졌다. 그는 천천히 숨을 골랐다. 그는 고개를 들고 물이 분수처럼 솟아오르는 사이로 다리를 건너고 있는 가는 형체들을 보았다. 그는 심호흡을 했다. 나는 해냈어, 하고 그는 생각했다. 포화 속에서 진격을 한 거야. 이제 나는 할 수 있어. 다른 모두가 한 일을 해낸 거야. 그는 자신이 미소를 짓고 있는 것에 놀랐다. 그는 독일군 쪽으로 고개를 돌리며, 자신이 대단한 병사가 될 거라고 생각했다.

37

뒤로 나무가 심어진, 경사진 언덕이 있는 넓은 초록색 들판 한가운데 위치한 그곳은 보통의 군부대처럼 보였고, 무척 쾌적하게 느껴졌다. 막사처럼 보이는 건물들은 서로 좀 더 가까이 붙어 있었다. 물론 중간중간에 감시탑이 있는, 이중으로 된 철조망과 냄새는 사람을 역겹게 했다. 2백 미터 떨어진 곳에서는 어떤 화학 반응에 의해 고체로 변하려고 하는 기체 같은 냄새가 대기를 뒤덮었다.

하지만 크리스티안은 걸음을 멈추지 않았다. 그는 환한 봄날의 아침 햇살 속에서 지친 걸음으로 도로를 따라 정문 쪽으로 서둘러 갔다. 그는 먹을 것과 정보가 필요했다. 어쩌면 수용소 안에 있는 누군가가 아직 남아 있는 어떤 본부와 무전 연락이 가능할 수도 있었고, 아니면 누군가가 라디오를 듣고 있는지도 몰랐다. 그는 프랑스에서 퇴각하던 때를 떠올리며, 어쩌면 자전거를 한 대 구할 수도 있을 거라는 희망적인 생각을 했다.

수용소에 가까이 가며 그는 쓴웃음을 지었다. 〈나는 후퇴하는 기술에서만큼은 전문가가 되었어〉라고 그는 생각했다. 1945년 봄에 그런 기술을 갖고 있다는 것은 좋은 일이었다. 〈나는 해체되고 있는 군 조직에서 달아나는 법에 관한 한 최고의 전문가가 되었어. 나는 어떤 대령이 자신이 무슨 생각을 하고 있는지 깨닫기 이틀 전에 그가 항복을 하려 한다는 것도 알아차릴 수 있어.〉

다들 갑자기 유행처럼 항복을 했고, 수백만 명이 항복하는 가장 좋은 방법을 찾느라 모든 시간을 보내고 있는 것 같았지만 크리스티안은 항복하고 싶지 않았다. 지난 한 달 동안 군 내부에서 이루어지는 대부분의 대화는 그 문제에 관한 것이었다. 폐허가 된 도시와, 대로와, 도시의 입구에서 산발적으로 이루어지는 무력한 저항 가운데서도 그 대화들은 비슷했다. 1천 년 동안 손상을 입지 않은 도시를 파괴한 미 공군에 대한 증오와, 잔해 속에 묻혀 썩어 가고 있는 수천 명의 여자들과 아이들에 대한 복수에 관한 이야기는 없고 오직 〈미군에게 투항하는 게 가장 좋아. 그다음이 영국군이고 그다음이 프랑스군이야. 어쩔 수 없을 때에만 프랑스군에게 항복을 해야 해. 그리고 러시아군에게 투항하게 되면 시베리아로 보내질 거야〉라는 말만 되풀이되었다. 철십자 훈장을 단 사람들도, 히틀러가 준 훈장을 단 사람들도, 아프리카와 레닌그라드 전선에서 싸운 사람들도 모두 다를 바가 없었다. 노르망디의 성모 교회에서부터 모두가 마찬가지였다. 그것은 혐오스러웠다.

크리스티안은 미군의 관대함에 대해 다른 사람들이 얘기하는 것을 확신할 수가 없었다. 그것은 미신을 믿는 사람들이 스스로를 위안하기 위해 지어 낸 미신처럼 여겨졌다. 크리스티안은 노르망디의 나무 위에 매달려 있던, 죽은 낙하산병을 기억하고 있었다. 그 당시에도 그 미군의 얼굴은 거칠었고, 가차 없었다. 또한 그는 전투기 조종사가 총을 갈겨 죽인 적십자 호송대와 불쌍한 말들을 기억하고 있었다. 조종사는 적십자를 보았고, 그들이 뭘 하는 사람들인지 알고도 그들을 죽인 것이다. 베를린과 뮌헨, 그리고 드레스덴에서도 미군의 관대함은 찾아볼 수 없었다. 이제 크리스티안은 더 이상 그 미신을 믿을 수 없었다. 실제로 미군은 아무런 약속을 하지 않은 것 같았다. 미군은 라디오로 독일 안에 있는, 죄가 있는 모든 남자와 여자들이 범죄에 대한 대가를 치르게 될 거라는 말을 반복했다. 투항하게 되면 그는 유럽의 한쪽 끝에서 다른 쪽 끝으로 옮겨 다니며 재판을 받고 몇 년 동안 수용소 생활을 하게 될 것이었다. 그리고 노르망디에 있는 어떤 프랑스인이 크리스티안의 이름을 기억하고 베르가 해변에서 죽은 후 그가 두 남자를 고발해 옆방에서 고문당하게 했다는 것을 잊지 않고 있으면 어떻게 한단 말인가? 프랑스 국내 항독군이 어떤 기록을 보관하고 있는지, 그들이 얼마나 많은 것을 알고 있는지는 결코 알 수 없었다. 그리고 프랑수아즈라는 그 여자가 무슨 말을 할지도 알 수 없었다. 이제 그녀는 미군 장군과 함께 파리에 살며 그에게 보복하도록 부추기고 있는지도 몰랐다. 그리고 프랑스인들이 일부러 그를 찾지 않고 있다 하더라도 일단 그가 그들의 수중에 들어가게 되면 그들은 그가 저지르지도 않은 죄를 뒤집어씌울 수도 있었다. 또한 그가 하는 말을 누가 받아들여 줄 것이며, 누가 그가 죄가 없다는 것을 증명해 주려 할 것인가? 미군은 백만 명에 이르는 포로들을 프랑스인에게 넘겨 지뢰를 제거하고 파괴된 도시를 재건하는 일을 시킬 것이 분명한데 그것을 막을 수 있는 방법은 없었다. 어쨌든 수년간은 프랑스인들의 수중에 들어가지 않는 게 상책이었다. 그들에게 넘겨질 경우 살아남을 가능성은 거의 없었다.

죽는 것은 크리스티안의 계획에는 어울리지 않았다. 지난 5년 동안 그는 너무도 많은 것을 배웠다. 전쟁이 끝난 후 그동안 배운 것을 모두 버리기에는 그는 너무 아까운 존재였다. 물론 그는 3~4년 동안 몸을 사리고 살며 정복자들의 비위를 맞출 것이다. 어쩌면 그의 고향에 관광객들이 스키를 타러 다시 올 수도, 미국인이 그곳에 커다란 휴양 시설을 지을 수도 있다. 그렇게 될 경우 그는 일자리를 구해 미군 중위에게 스키를 타는 법을 가르쳐 줄 수도 있다. 그런 다음에는…… 그런 다음에는 그때 가서 알게 될 것이다. 그가 몸조심을 잘할 경우 전쟁이 끝나고 5년 후면 사람을 살인자처럼 죽일 줄 알고, 폭력적인 사람을 잘 다룰 줄 아는 그는 유용한 인적 자원이 될 수도 있었다.

고향 마을은 어떤 상황인지 몰랐지만 적군이 들어오기 전에 그곳에 도착하게 될 경우 그는 민간인 옷으로 갈아입고, 그의 아버지가 그를 위해 그럴듯한 이야기를 지어 낼 수도 있었다. 그곳은 그가 지금 있는 바이에른에서 멀지 않았고, 지평선 위로는 산뿐이었다. 마침내 전쟁은 내게 편리한 방향으로 바뀌었어, 하고 그는 흐뭇한 생각을 했다. 이제 나는 내 집 앞마당에서 마지막 싸움을 하기만 하면 되는 거야.

정문에는 보초가 한 명밖에 없었다. 50대 중반처럼 보이는 그는 땅딸막한 남자로, 국민 돌격대 완장을 하고 소총을 들고 서 있었다. 그는 그곳에 어울리지 않는 사람처럼 보였다. 국민 돌격대라니, 하고 크리스티안은 경멸감을 느끼며 생각했다. 그것은 한때는 멋진 생각이었다. 국민 돌격대는 히틀러가 노인을 위해 생각해 낸 것이라는 신랄한 농담이 한때 유행했다. 신문과 라디오에서는 열다섯 살이건 일흔 살이건 나이에 상관없이 고향이 위협을 당하고 있으니 침략자에 맞서 성난 사자처럼 싸우라는 얘기가 끊이지 않았었다. 하지만 동맥경화에 걸린, 주로 앉아서 지내는 국민 돌격대 소속의 많은 사람들은 사자처럼 싸우는 것에 대해 들은 적이 없는 게 분명했다. 그들 머리 위로 단 한 발의 총만 쏘아도 그들은 대대 병력 전체가 눈물을 흘리며 손을 든 채로 투항했다. 중년의 독일인을 사무실에서 나오게 하고, 아이들을 학교에서 나오게 해 그들을 2주 만에 군인으로 만들 수 있다고 생각한 것 또한 미신이었다. 크리스티안은 몸에 맞지 않는 군복을 입은 채로 정문 앞에 서 있는, 걱정스러운 얼굴의 살찐 남자를 보며 수사학이 우리 모두를 미치게 만들었어, 하고 생각했다. 〈우리는 수사학과 미신으로 전 세계의 모든 탱크 사단과 비행단과 가솔린과 총과 탄약에 맞선 거야.〉 하르덴부르크는 오래전 그것을 이해했지만 자살해 버렸다. 〈그래, 전쟁이 끝나면 수사학에 물들지 않고, 미신에 흔들리지 않는 사람이 쓸모가 있게 될 거야.〉

「하일 히틀러.」 불편하게 경례를 하며 국민 돌격대가 말했다.

〈하일 히틀러라니. 그것 역시 또 다른 농담이야.〉 크리스티안은 경례를 받지 않았다.

「여기서는 무슨 일이 일어나고 있는 건가요?」 크리스티안이 말했다.

「우리는 기다리고 있소.」 보초는 어깨를 으쓱했다.

「뭘요?」

보초는 다시 어깨를 으쓱했다. 그는 불편하게 미소를 지었다.

「새로운 소식은 없나요?」 보초가 물었다.

「미국이 막 항복을 했죠.」 크리스티안이 말했다. 「내일은 러시아가 항복할 거예요.」

잠시 보초는 그의 말을 거의 믿는 것처럼 보였다. 그의 얼굴에 기쁨이 스쳤다. 하지만 그는 그것이 사실이 아니라는 것을 깨달은 듯 보였다. 「기분이 좋은 모양이군요.」 그가 슬픈 목소리로 말했다.

「그래요.」 크리스티안이 말했다. 「봄 휴가에서 막 돌아왔거든요.」

「오늘 미군이 이곳에 올 거라고 생각하나요?」 보초가 걱정스럽게 물었다.

「10분 안에 올 수도, 열흘 안에 올 수도 있어요.」 크리스티안이 말했다. 「아니면 10주 안에 올 수도 있고요. 미군이 뭘할지 누가 알겠어요.」

「그들이 곧 왔으면 좋겠어요.」 보초가 말했다. 「그들은 다른 나라 군대에 비하면…….」

이자 역시 마찬가지군, 하고 크리스티안은 생각했다. 「알아요.」 그가 짧게 말했다. 「그들은 러시아군이나 프랑스군에 비하면 낫죠.」

「다들 그렇게 말하고 있어요.」 보초가 불행한 목소리로 말했다.

「맙소사.」 크리스티안은 코를 킁킁거렸다. 「이 악취를 어떻게 참을 수 있죠?」

보초는 고개를 끄덕였다. 「좋지 않죠?」 그가 말했다. 「하지만 나는 이곳에 온 지 일주일이 되었고, 이제는 잘 모르겠어요.」

「일주일이 되었다고요?」 크리스티안이 말했다. 「그것밖에 안 되었나요?」

「이곳에는 친위대 대대 병력이 있었는데 일주일 전에 그들 모두를 데리고 간 후 우리를 이곳에 배치했죠. 한 개 중대만 요.」 보초가 슬픈 목소리로 말했다. 「우리가 살아 있는 건 순전히 운이 좋아서죠.」

「여기 뭐가 있죠?」 크리스티안은 냄새가 나는 쪽으로 고개를 돌렸다.

「다른 데와 비슷하죠. 유대인, 러시아인, 정치인, 유고슬라비아와 그리스 같은 데서 온 사람들. 이틀 전에 그들 모두를 가뒀죠. 그들은 무슨 일이 있다는 것을 알고 있고, 그래서 점차 위험해지고 있어요. 우리는 한 개 중대인 반면 그들은 수천 명에 이르기 때문에 마음만 먹으면 그들이 우리를 15분 만에 쓸어버릴 수도 있죠. 그들은 한 시간 전에 요란한 소리를 냈어요.」 그는 몸을 돌려 잠긴 막사를 불편하게 바라보았다. 「지금은 아무 소리도 들리지 않지만 그들이 무슨 일을 꾸미고 있는지는 알 수 없죠.」

「왜 당신들은 이곳에 있는 거죠?」 크리스티안이 궁금해 물었다.

보초는 어깨를 으쓱하며 다시 병적으로 보이는 멍청한 미소를 지었다. 「모르겠어요. 그냥 기다리는 거예요.」

「문을 열어요.」 크리스티안이 말했다. 「들어가 보고 싶어요.」

「들어가 보고 싶다고요?」 보초가 믿을 수 없다는 듯 말했다. 「왜요?」

「베를린 본부의 지시를 받고 여름 휴양지로 쓸 만한 곳을 조사하고 있거든요.」크리스티안이 말했다.「누군가가 이 수용소를 추천하더군요. 문을 열어요. 먹을 것도 필요하고, 자전거를 빌릴 수 있는지 보고 싶어요.」

보초는 크리스티안을 조심스럽게 지켜보고 있던, 탑 위에 있는 또 다른 보초에게 신호를 보냈다. 정문이 천천히 열렸다.

「자전거는 찾지 못할 거예요.」국민 돌격대가 말했다.「친위대가 지난주에 떠나면서 바퀴가 달린 모든 것을 갖고 갔으니까요.」

「알았어요.」크리스티안이 말했다. 그는 이중으로 된 문을 지나 행정 건물 쪽으로 향했다. 안으로 들어갈수록 냄새는 더욱 역했다. 멋진 모습의, 티롤 지방 스타일의 오두막인 행정 건물 앞에는 초록색 잔디와 하얗게 풍화된 돌이 있었고, 높은 국기 게양대 위에 있는 깃발이 아침 바람에 펄럭이고 있었다. 막사에서는 사람의 소리 같지 않은, 소리를 죽인 듯한 낮은 소리가 들려왔다. 형식이 지나치게 자유롭고, 너무 불쾌해 오르간으로는 연주할 수 없어 어떤 새로운 악기로 연주하는 것 같은 소리였다. 창문에는 모두 널빤지가 대어져 있었고, 영내에 사람은 전혀 보이지 않았다.

크리스티안은 오두막의 반들반들한 돌계단을 올라가 안으로 들어갔다.

그는 부엌에서 예순쯤 되어 보이는, 군복을 입지 않은 요리사에게서 소시지와 대용품 커피를 얻어먹었다. 요리사는「실컷 먹어요, 젊은이. 언제 또 뭘 먹을 수 있을지 어떻게 알겠소?」라고 말했다.

몸에 맞지 않는 중고 군복을 입은 국민 돌격대 여러 명이 행정 건물 홀에 불편하게 몸을 웅크리고 있었다. 그들은 조심스럽게 무기를 들고 있었지만 얼굴에는 혐오스러운 표정이 역력했다. 그들 역시 정문을 지키는 보초와 마찬가지로 기다리고 있었다. 그들은 자신들 앞을 지나가는 크리스티안을 불행한 눈으로 바라보았다. 크리스티안은 그들이 목소리를 낮춰 자신이 젊은 것과, 전쟁에서 진 것에 대해 못마땅하게 이야기하는 것을 들었다. 히틀러는 늘 젊은이들이 자신의 가장 큰 힘이라고 자랑을 했다. 그런데 이제 전쟁의 막바지에 고향에서 차출된 그 오합지졸 군인들은 휑한 얼굴에 못마땅한 표정을 지음으로써 전선에서 후퇴하고 있는, 그들이 낳은 세대들에 대해 어떻게 생각하는지를 보여 주고 있었다.

크리스티안은 차가운 표정으로, 슈마이서를 가볍게 쥔 채로 무척 꼿꼿하게 홀에 있는 사람들 사이를 지나갔다. 그는 사령관 사무실로 가 문을 두드린 다음 안으로 들어갔다. 바깥 사무실에서는 줄무늬 옷을 입은 죄수 하나가 바닥을 걸레로 닦고 있었고, 상병 하나가 책상에 앉아 있었다. 안쪽 사무실 문은 열려 있었다. 책상에 앉아 있던 사람이 크리스티안이 「사령관과 얘기를 하고 싶습니다」라고 말하는 것을 듣고는 안으로 들어오라고 했다.

사령관은 크리스티안이 본 사람 중 가장 나이가 많이 든 중위였다. 조각조각 벗겨지는 치즈를 합쳐 놓은 것 같은 얼굴을 한 그는 예순이 훨씬 넘은 것처럼 보였다.

「자전거는 없어.」 크리스티안의 요청에 중위가 갈라진 목소리로 말했다. 「아무것도 없어. 먹을 것도 없어. 친위대는 아무것도 남겨 놓지 않고 갔어. 그냥 질서를 유지하라는 지시만 하고 갔지. 어제 베를린에 갔는데 어떤 멍청이가 전화로 이곳

에 있는 모두를 즉시 죽이라는 얘기를 하더군.」 중위가 시큰
둥하게 웃었다. 「1만 1천 명을. 무척 실용적이지. 그 후로는
아무와도 연락이 닿지 않았어.」 그는 크리스티안을 쳐다보았
다. 「전선에서 왔나?」

크리스티안은 미소를 지었다. 「전선이라고 할 수 있을지 모
르겠군요.」

치즈 조각을 붙여 놓은 것 같은, 주름지고 창백한 얼굴을 한
중위는 한숨을 쉬었다. 「지난번 전쟁은.」 그가 말했다. 「무척
달랐어. 우리는 무척 질서 있게 퇴각을 했지. 우리 중대 전체
는 무기를 소지한 채로 뮌헨으로 행군해 들어갔지. 그때는 훨
씬 더 질서가 있었어.」 그는 자신들의 아버지들과는 달리 질
서 있게 전쟁에서 지는 법을 모르는 독일의 새로운 세대를 나
무라듯 말했다.

크리스티안이 말했다. 「중위님이 저를 도울 수는 없겠군
요. 저는 가봐야 할 것 같습니다.」

「어디 얘기를 해보게.」 늙은 중위가 말했다. 창문에 화려한
커튼이 걸려 있고, 소파에는 거친 천이 씌워져 있으며, 벽에
는 겨울 알프스의 밝은 파란색 그림이 있는, 깨끗하고 예쁜
그 사무실에서 무척이나 외로웠던 듯 그는 크리스티안이 잠
시나마 더 있기를 바라는 것 같았다. 「어디 얘기를 해보게. 미
군이 오늘 이곳에 올 것 같나?」

「모르겠습니다, 중위님.」 크리스티안이 말했다. 「라디오를
못 들었습니까?」

「라디오라.」 중위는 한숨을 쉬었다. 「라디오는 무척 혼란스
러워. 오늘 아침에는 러시아군과 미군이 엘베강에서 서로 싸
우고 있다는 얘기가 베를린에서 들려왔어. 그게 가능하다고

생각하나?」그는 간절하게 물었다. 「결국 우리 모두가 알고 있다시피, 상황은…….」

사람을 자살로 몰아가는 미신이 계속되고 있군, 하고 크리스티안은 생각했다. 「물론 가능합니다, 중위님.」그가 분명하게 말했다. 「저라면 그 소식에도 전혀 놀라지 않겠습니다.」그는 문 쪽으로 가다가 무슨 소리를 듣고는 걸음을 멈췄다.

열린 창문과 예쁜 커튼 너머로 들려오는 그 소리는 급물살처럼 곧 커졌다. 사람들의 웅성거림 사이로 날카로운 소리가 들렸다. 크리스티안은 창가로 달려가 밖을 내다보았다. 군복을 입은 두 명이 행정 건물 쪽으로 숨 가쁘게 뛰어오고 있었다. 그들은 달려오면서 소총을 내던졌다. 뮌헨의 맥주 광고에나 나올 것 같은 뚱뚱한 그들은 크리스티안이 있는 쪽으로 달려왔다. 막사 한 곳의 모퉁이에서 죄수복을 입은 사람 하나가 나오더니 세 명이 더 나왔다. 그런 다음 수백 명처럼 보이는 사람들이 떼를 이뤄 보초 둘을 뒤쫓고 있었다. 웅성거림은 그곳에서 들려오고 있었다. 첫 번째 죄수가 잠시 걸음을 멈추고 보초가 버린 소총을 집어 들었다. 하지만 그는 보초들을 뒤쫓으면서 총을 쏘는 대신 그냥 그것을 들고 뛰어오고 있었다. 그는 다리가 길고 키가 컸고, 곧 보초들을 따라잡았다. 그는 소총을 몽둥이처럼 휘둘렀고, 맥주 광고에 나오는 것 같은 남자 하나가 쓰러졌다. 안전한 행정 건물까지 오기에는 너무 멀리 떨어져 있다는 것을 확인한 두 번째 보초는 그냥 땅바닥 위에 주저앉았다. 그는 서커스의 코끼리처럼 엉덩이를 든 채로 무릎을 꿇고 앉아 머리를 숨기려는 듯 땅바닥에 댔다. 죄수가 소총 개머리판을 휘둘러 보초의 머리를 박살냈다.

「오, 맙소사.」창가에 있던 중위가 속삭였다.

죽은 보초 주위로 사람들이 몰려들었다. 죄수들은 무척 조용히 죽은 보초 두 명을 발길질했다. 그들은 서로를 밀치며 시신을 발로 찼다.

중위는 창가에서 멀어져 몸을 떨며 벽에 기댔다. 「1만 1천 명이야.」 그가 말했다. 「10분 안에 모두 풀려날 거야.」

정문 근처에서 총성이 몇 발 들렸고, 죄수 서너 명이 쓰러졌다. 하지만 아무도 그들에게 신경을 쓰지 않았다. 군중 일부는 웅얼거리며 정문 쪽으로 달려갔다.

다른 막사에서도 사람들이 나타났다. 그들은 스페인 영화에 나오는 황소 떼처럼 몰려왔다. 그들은 여기저기서 보초들을 붙잡아 모두가 달려들어 죽였다.

바깥 복도에서 비명 소리가 들렸다. 머릿속에 지난번 전쟁에서 질서 있게 후퇴를 한 기억을 갖고 있는 그는 권총을 꺼내며 부하들이 있는 곳으로 갔다.

크리스티안은 이런 상황에 빠지게 된 자신을 저주하며 재빨리 머릿속으로 묘책을 떠올리며 창가에서 멀어졌다. 그토록 많은 전투에서 수많은 탱크와 포와 잘 훈련된 적과 맞서면서도 살아남은 후 자신의 자유의지로 이런 상황에 빠지게 된 것이다.

크리스티안은 다른 사무실로 들어갔다. 그곳에는 모범수가 창가에 혼자 서 있었다. 「이리 와.」 크리스티안이 말했다. 모범수는 그를 차갑게 쳐다보더니 그에게로 왔다. 크리스티안은 죄수에게서 눈을 떼지 않으며 문을 닫았다. 다행히도 그는 몸집이 컸다. 「옷을 벗어.」 크리스티안이 말했다.

죄수는 아무 말 없이 기계적으로 줄무늬가 있는 헐렁한 재킷과 바지를 벗기 시작했다. 바깥의 소음은 더욱 커졌고, 이제 총소리도 요란하게 들렸다.

「서둘러!」크리스티안이 말했다.

이제 죄수는 바지를 벗은 상태였다. 그는 무척 야위었고, 삼베로 만든 회색의 속옷을 입고 있었다. 「이리 와.」크리스티안이 말했다.

죄수는 천천히 걸어와 크리스티안 앞에 섰다. 크리스티안은 기관단총을 휘둘렀다. 총구가 죄수의 눈 위에 맞았다. 그는 한 걸음 뒤로 물러나더니 바닥으로 쓰러졌다. 눈 위에는 거의 아무런 자국도 남아 있지 않았다. 크리스티안은 양손으로 그의 목을 잡아 그를 방 맞은편에 있는 옷장으로 끌고 갔다. 옷장을 연 그는 의식을 잃은 죄수를 그 안에 집어넣었다. 옷장 안에는 장교용 외투와 드레스 두 벌이 걸려 있었는데 향수 냄새가 조금 났다.

크리스티안은 옷장을 닫고 죄수의 옷이 놓여 있는 곳으로 갔다. 그는 군복 단추를 풀기 시작했다. 바깥의 소음은 더욱 커졌고, 복도에서도 혼란스러운 외침 소리가 들렸다. 그는 시간이 없다는 판단을 내렸다. 그는 서둘러 자신의 바지 위에 바지를 입고 외투를 걸쳤다. 그는 단추를 목까지 채웠다. 그는 옷장 문에 달린 거울을 보았다. 자신의 군복은 보이지 않았다. 그는 서둘러 주위를 둘러보며 총을 숨길 곳을 찾았고, 곧 몸을 숙여 그것을 소파 아래로 던졌다. 사람들은 금방 그것을 찾아내지는 못할 것이었다. 그는 죄수복 아래로 칼집에 든 단검을 차고 있었다. 죄수복에서는 염소 냄새와 땀 냄새가 역하게 났다.

크리스티안은 창가로 갔다. 막사 문이 부서지며 새로운 죄수들이 아래쪽으로 몰려오고 있었다. 그들은 보초들을 찾아 죽이고 있었다. 행정 건물의 다른 쪽에서는 아직도 총성이 들리고 있었지만 이쪽 편에서는 누구도 죄수들과 맞서려 하지 않는 것처럼 보였다. 죄수들 일부는 1백 미터 떨어진, 헛간 같은 구조물에 있는 이중문을 발로 차 무너뜨리고 있었다. 문이 쓰러지자 많은 죄수들이 그 안으로 들어간 뒤 날 감자와 밀가루를 먹으며 다시 나왔다. 그들의 손과 얼굴은 하얀 가루로 뒤덮여 있었다. 크리스티안은 거구의 죄수 하나가 어떤 보초 위로 몸을 숙여 무릎으로 목을 짓누르고 있는 것을 보았다. 죄수는 갑자기 아직 살아 있는 보초를 내버려 두고 창고 안으로 들어갔다. 크리스티안은 그가 잠시 후 감자를 손에 가득 들고 나오는 것을 보았다.

크리스티안은 창문을 발로 차 연 후 재빨리 밖으로 뛰어내렸다. 아래로 뛰어내린 그는 넘어졌지만 곧 일어났다. 그의 주위에는 그와 똑같은 차림을 한 사람들이 수백 명이 있었다. 냄새와 소음은 더 이상 참을 수 없을 정도였다.

크리스티안은 행정 건물 모퉁이에서 몸을 돌려 정문 쪽으로 가기 시작했다. 한쪽 눈알이 빠진 수척한 죄수 하나가 벽에 몸을 기대고 있었다. 그는 크리스티안을 빤히 쳐다보더니 그를 따라오기 시작했다. 크리스티안은 그 남자가 자신을 의심하고 있는 게 분명하다는 생각을 하며 사람들의 주의를 끌지 않으며 재빨리 움직이려고 했다. 하지만 행정 건물 앞에 있는 군중들은 이제 무척 밀집해 있었고, 눈이 하나밖에 없는 남자는 크리스티안 바로 뒤를 따라오고 있었다.

이제 건물 안에 있던 보초들은 투항을 해 두 명씩 짝을 지어 앞문으로 나오고 있었다. 잠시 새로 풀려난 죄수들은 이상할 정도로 조용히 포로들을 바라보았다. 그때 대머리인 거구의 사내가 녹이 슨 주머니칼을 꺼냈다. 그는 폴란드어로 뭐라고 했고, 가장 가까이 있는 보초를 잡아 목을 긋기 시작했다. 칼은 무뎠고, 한참이 걸렸다. 살해당하는 보초는 저항을 하지도, 소리를 지르지도 않았다. 이곳에서는 고문과 죽음이 너무도 흔한 일이어서 누구를 막론하고 희생자는 그것을 자연스럽게 받아들이는 것 같았다. 이미 오래전부터 자비를 구하며 소리치는 일이 쓸데없는 것이라는 것을 모두가 잘 봐왔기 때문에 이날도 그 누구도 쓸데없는 짓을 하지 않는 것 같았다. 마흔다섯쯤 된 서기로 보이는 보초는 자신을 죽이고 있는 사람에게 몸을 기댄 채로 그를 쳐다보고 있었다. 그들의 눈은 15센티미터밖에 떨어져 있지 않았다. 결국 녹슨 칼이 그의 동맥을 끊었고, 그는 잔디밭 위로 쓰러졌다.

이것을 신호로 죄수들은 다른 보초들을 죽이기 시작했다. 무기가 부족한 탓에 여러 보초가 맞아 죽었다. 그것을 지켜보던 크리스티안은 감히 어떤 표정을 짓지도, 빠져나가지도 못했다. 눈이 하나밖에 없는 남자가 그의 바로 뒤에 서서 그의 어깨를 압박하고 있었던 것이다.

「당신.」 눈이 하나밖에 없는 남자가 말했다. 크리스티안은 그가 자신의 외투를 잡고 그 아래에 있는 군복 천을 감지한 것을 느낄 수 있었다. 「얘기를 하고 싶은데…….」

크리스티안은 갑자기 움직였다. 중위가 정문 근처 벽에 기대어 서 있었다. 사람들은 아직 그를 붙잡지는 못한 상태였다. 중위는 그곳에 서서 애원하는 듯 손을 조금 흔들었다. 굶주려 뼈만 앙상한 사람들이 그를 에워쌌지만 너무 지친 나머지 그를 바로 죽이지는 못했다. 크리스티안은 사람들을 뚫고 가 중위의 목을 잡았다.

「오, 맙소사.」 중위가 아주 큰 소리로 외쳤다. 그 사이 살인은 너무도 조용히 이루어졌고, 그래서 그의 외침 소리는 놀랍게 들렸다.

크리스티안은 칼을 꺼냈다. 한 손으로 중위를 벽에 밀친 채로 그는 그의 목을 그었다. 그의 목에서 피가 쏟아지는 소리가 들렸고, 한순간 그는 뭐라고 외쳤다. 크리스티안은 손을 그의 군복에 닦은 후 그를 쓰러지게 했다. 크리스티안은 몸을 돌려 눈이 하나밖에 없는 남자가 아직도 자신을 지켜보고 있는지 보았다. 하지만 그 남자는 만족해 다른 곳으로 가고 없었다.

크리스티안은 안도의 한숨을 쉬며 손에 칼을 든 채로 행정 건물 홀로 들어가 사령관 사무실로 나 있는 계단을 올라갔다. 계단에는 시체들이 널려 있었고, 해방된 죄수들은 사방에서 책상을 뒤집고 종잇장을 흩뿌리고 있었다.

사령관 사무실에는 서너 명이 있었다. 옷장 문은 열려 있었다. 크리스티안이 때린, 반은 알몸인 남자는 쓰러진 그대로 누워 있었다. 죄수들은 사령관 책상 위에 있는 병에서 브랜디를 따라 차례로 마시고 있었다. 병이 비자 그들 중 하나가 그것을 벽에 걸린, 밝은 파란색의 겨울 알프스 그림을 향해 던졌다.

누구도 크리스티안에게 주의를 기울이지 않았다. 그는 몸을 숙여 소파 밑에서 기관단총을 꺼냈다.

크리스티안은 홀로 다시 나가 밀려드는 죄수들 사이를 뚫고 정문 쪽으로 갔다. 이제 많은 죄수들이 무기를 갖고 있었고, 크리스티안은 슈마이서를 공개적으로 들고 가도 안전하게 느껴졌다. 그는 사람들 무리에 섞여 천천히 걸어갔다. 그는 안도하며 혼자 있는 것을 보이고 싶지 않았다. 눈이 예리한 어떤 죄수가 그의 머리가 다른 사람들보다 길고, 살도 훨씬 더 찐 것을 알아차릴 수도 있었던 것이다.

그는 정문에 이르렀다. 그를 맞아 안으로 들어가게 해준 보초는 철조망 위에 쓰러져 있었다. 그의 죽은 얼굴에는 미소 같은 표정이 서려 있었다. 정문에는 많은 죄수들이 있었지만 밖으로 나가는 사람은 드물었다. 그들은 하루 동안에 자신들이 할 수 있는 인간적인 일을 모두 했다고 느끼고 있는 것 같았다. 막사에서 해방된 그들은 충분한 자유를 누리게 되었다고 생각하고 있는 게 분명했다. 그들은 열린 정문 앞에 서서 초록색 시골에 난 길을 바라보며 있었다. 그 길로 미군이 곧 와서 그들에게 뭘 해야 하는지 알려 줄 것이다. 아니면 그들의 너무도 많은 감정들이 그곳과 너무도 깊이 연결되어 있어 이제는 자유의 몸이 되었음에도 그곳을 떠나는 것을 참을 수 없게 되었는지도 모른다. 그래서 그들은 그곳에 남아 자신들이 고통을 당했고, 이제 복수를 해야 하는 그곳을 천천히 살펴보아야 하는지도 모른다.

크리스티안은 죽은 국민 돌격대 병사 주위에 모여 있는 사람들을 뚫고 지나갔다. 그는 총을 든 채로 재빨리 길을 따라 미군이 진격해 오고 있는 쪽으로 갔다. 그는 독일 후방으로 향하는 다른 쪽으로는 감히 갈 수가 없었다. 정문에 있는 사람 하나가 그것을 알아차리고는 그에게 따지고 들 수도 있었던 것이다.

크리스티안은 약간 흐느적거리며 재빨리 걸어갔다. 그는 수용소의 냄새를 지우기 위해 봄의 신선한 공기를 깊게 들이켰다. 그는 무척 피로했지만 걸음을 늦추지 않았다. 수용소가 보이지 않는 안전한 곳에 이른 그는 방향을 틀었다. 그는 넓게 들판을 가로질러 수용소를 안전하게 돌아갔다. 그는 새싹이 트고 있는 숲속으로 들어갔다. 코끝에 소나무 냄새가 맡아졌고, 숲속에서 자라는, 분홍색과 자주색의 작은 꽃들이 밟혔다. 그는 앞쪽으로 햇빛이 비치는, 텅 빈 도로가 나 있는 것을 보았다. 하지만 그 순간에는 너무 피곤한 나머지 한 발자국도 옮길 수가 없었다. 그는 염소 냄새와 땀 냄새가 나는 모범수의 옷을 벗어 둥글게 만 다음 덤불 아래로 던졌다. 그런 다음 누워 나무뿌리를 베개 삼아 뻤다. 그의 주위로 새싹이 자라나고 있었고, 신선한 냄새가 났다. 머리 위 나뭇가지에서 새 두 마리가 서로를 향해 노래하고 있었다. 새들이 흔들리는 나뭇가지를 옮겨 다니면서 파란색과 금색의 햇살이 비쳤다가 사라졌다가 했다. 크리스티안은 안도의 한숨을 쉬며 몸을 죽 폈고, 곧 잠이 들었다.

38

트럭에 타고 있던 사람들은 차가 열려 있는 문으로 향하자 조용해졌다. 냄새 자체만으로도 그들을 조용하게 만들기에 충분했다. 정문과 철조망 뒤에는 사체들이 널려 있는 것이 보였고, 남루한 줄무늬 옷을 입은 허수아비 같은 사람들이 천천히 걸어와 트럭과 그린 대위가 탄 지프를 에워쌌다.

사람들은 별로 소리를 내지 않았다. 많은 사람들이 웃었고, 여러 사람이 미소를 지으려 했다. 하지만 얼굴이 해골 같고, 빤히 쳐다보는 눈이 움푹 파인 그들은 흐느껴도 미소를 지어도 그 모습에 별 차이가 없었다. 그들은 너무도 큰 비극을 겪은 나머지 동물 수준의 절망 상태에 빠져 인간적인 반응을 보일 수 없게 된 것처럼 보였다. 그래서 한동안은 자신들을 해방시켜 줄 사람들을 환영하며 섬세한 슬픔과 행복의 표정을 지을 수 없을 것 같았다. 죽어 가는, 굳은 얼굴들을 바라보며 마이클은 여기저기 있는 사람들이 미소를 짓고 있다는 것을 직관적으로만 알 수 있었다.

사람들은 거의 말을 하려 들지 않았다. 그들은 수줍게 손가락 끝으로 뭔가를 만짐으로써만 이 새롭고 놀라운 현실에 대한 지식을 얻을 수 있는 것처럼 물건 — 트럭의 철제 차체, 병사들의 군복, 그리고 소총의 총구 — 을 만지작거릴 뿐이었다.

그린은 트럭에 보초를 세운 후 중대원을 이끌고 벌 떼처럼 모여 있는, 풀려난 죄수들 사이를 지나 천천히 수용소 안으로 들어갔다.

그린이 첫 번째 막사 문 사이로 들어갔을 때 마이클과 노아는 바로 그의 뒤에 있었다. 문은 부서져 있었고, 창문도 대부분 깨져 있었다. 그럼에도 악취는 견디기 어려웠다. 봄날의 햇살이 군데군데 비치는 사이로 먼지가 이는, 곰팡내 나는 공기 속에서 마이클은 뼈만 앙상한 형체들이 누워 있는 것을 볼 수 있었다. 악취 나는 방 안에서 나른하게 팔을 휘젓거나, 이글거리는 눈을 천천히 뜨는 등 조금씩 움직이고 있는 사람들의 모습이 무척 끔찍해 보였다. 어떤 사람들은 이미 오래전에 죽음을 맞이한 것처럼 해골 같은 얼굴에 달린 창백한 입술을 비틀고 있었다. 건물 안쪽에서 누더기를 걸친, 뼈만 앙상한 누군가가 천천히 기어서 문 쪽으로 오고 있는 것이 보였다. 그 근처에서 한 남자가 자리에서 일어나 기계적인 동작으로 그린을 향해 걸어왔다. 그 남자는 자신이 미소를 짓고 있다고 믿는 것 같았다. 그는 터무니없을 정도로 진부한 환영의 몸짓을 보이며 손을 뻗었다. 하지만 그는 그린이 있는 곳까지 오지 못했다. 그는 여전히 팔을 뻗은 채로 지저분한 바닥 위로 쓰러졌다. 몸을 숙인 마이클은 그가 죽은 것을 확인했다.

〈이곳이 세상의 중심이야.〉 자신의 눈앞에서 그토록 쉽게, 조용히 죽은 사람 위로 무릎을 꿇고 앉아 있는 마이클의 머릿속에 어떤 말이 집요하게, 미친 듯이 맴돌았다. 〈지금 나는 세상의 중심에 있어, 세상의 중심에.〉

손을 내민 채로 죽은 사람은 키가 180센티미터쯤 되었다. 그는 알몸이었고, 살갗 아래로 뼈가 모두 분명하게 보였다. 그는 35킬로그램도 안 나가는 것처럼 보였고, 살집이 너무 없어 기이할 정도로 크고 길어 보였다.

밖에서 총성이 몇 발 들렸고, 마이클과 노아는 그린을 따라 막사 밖으로 나갔다. 독일군이 죄수들을 불에 태운 시체 소각실이 있는 벽돌 건물 안에서 바리케이드를 치고 있던 서른두 명의 보초들은 미군을 보고는 항복을 했지만 크레인이 그들을 향해 총을 쏜 것이다. 훌리헌이 그의 소총을 빼앗았을 때에는 이미 그는 보초 두 명을 다치게 한 상태였다. 부상당한 보초 하나는 바닥에 앉아 흐느끼며 배를 움켜쥐고 있었다. 피가 그의 손 위로 조금 흘러내렸다. 목 뒷덜미에 살이 찐 그는 엄청난 거구였다. 그는 땅바닥에 앉아 유모에게 불평을 하는, 버릇없는 아이처럼 보였다.

동료 두 명이 크레인의 팔을 잡고 서 있었다. 크레인은 숨을 가쁘게 쉬며 미친 듯이 눈알을 굴리고 있었다. 그린이 보초들을 안전하게 행정 건물 안으로 데리고 가라고 지시하자 크레인은 자신이 쏜 살찐 남자를 발로 찼다. 살찐 남자는 큰 소리로 흐느꼈다. 그를 행정 건물 안으로 데리고 들어가는 데에는 네 명이 필요했다.

그린이 할 수 있는 일은 별로 없었다. 하지만 그는 행정 건물 안에 있는 사령관실에 본부를 설치하고, 마치 보병 대위가 세상의 혼란의 중심에 와 질서를 잡는 것이 미군의 일상적인 일이기라도 한 것처럼 몇 가지 분명하고 간단한 지시를 내렸다. 그는 자신이 타고 온 지프를 보내 의료진과, 트럭 한 대분의 전투 식량을 요청했다. 그는 중대원 모두의 식량을 차에서 내리게 해 행정 건물 안에 들여다 놓고 보초를 세워 지키게 했다. 그런 다음 지금까지 찾아낸 사람들과, 분대원들이 막사에서 찾아낸 사람들 중 가장 굶주린 사람들부터 식량을 나눠 주게 했다. 그는 독일군 보초들을 그의 사무실 문 밖에 있는 홀 끝에 분리시켜 그들을 해치지 못하게 했다.

노아와 함께 그린에게 상황을 보고를 하고 있던 마이클은 독일군 보초 한 명이 능숙한 영어로 소총을 겨누고 있는 파이퍼에게 불평을 하는 것을 들었다. 그는 자신들은 이 수용소에 배치된 지 일주일밖에 되지 않았고, 죄수들에게 아무런 해도 끼치지 않았는데 수용소 내의 모든 고문과 학살에 대한 책임이 있는, 수년간 그곳에 주둔한 나치 친위대 대대 병사들은 무사히 빠져나가 지금쯤 미군 감옥에서 오렌지 주스를 마시고 있을지도 모르는 이 상황이 무척 불공평하다고 했다. 그 불쌍한 국민 돌격대 보초의 불평은 나름대로 일리가 있었지만 파이퍼는 「아가리를 차기 전에 입 닥쳐」라고 말했다.

해방된 죄수에게는 수용소를 통제하기 위해 비밀리에 선출한 집행 위원회가 있었다. 그린은 위원회 위원장을 불러들였다. 키가 작은 50대의 그 남자는 이상한 발음으로 아주 형식적인 영어를 했다. 그의 이름은 줄룸이고, 그는 전쟁 전에 알바니아의 외무부에서 일했다. 그는 그린에게 자신이 3년 반 동안 죄수로 지냈다고 했다. 완전히 대머리인 그는 작고 검은 눈에 하얀 점이 있었고, 얼굴은 여전히 조금 통통한 편이었다. 그는 권위가 있어 보였고, 그린이 더 건강한 죄수들을 시켜 막사에서 죽은 사람들을 끌어내고, 병자를 모아 죽어 가는 사람과 상태가 중한 사람, 그리고 위험하지 않은 사람들로 분류하는 데 많은 도움을 주었다. 그린은 상태가 중한 사람에게만 트럭과 수용소의 거의 텅 빈 창고에서 꺼낸 약간의 먹을 것을 나눠 주라는 지시를 했다. 죽어 가는 사람들은 길가에 누워 자신의 수척한 이마 위로 비치는 햇살과 봄날의 신선한 공기에 마지막으로 위안을 느끼며 평화롭게 목숨이 꺼지기를 기다리고 있었다.

첫날 오후가 끝날 무렵 마이클은 여자같이 높은 목소리로 일상적인 일을 처리하듯 차분하게, 하지만 약간은 부끄러운 듯 지시를 내리는 왜소한 체격의 그린 대위에게 커다란 존경심을 느꼈다. 마이클은 문득 그린의 세계에서는 모든 것이 개선될 수 있다는 것을 깨달았다. 독일군이 그 죽음의 수용소에 남겨 놓고 간 끝없는 인간적 타락과 한없는 절망을 포함한 모든 것이 한 훌륭한 인간의 정직하고 꼼꼼한 상식과 활력에 의해 바로잡힐 수 있는 것이다. 그린이 알바니아인과 훌리헌 병장과 폴란드인과 러시아인과 유대인과 독일 공산주의자들에게 활발하게 지각 있는 지시를 내리는 것을 보며 마이클은 그린이 자신이 하는 일이 자신의 위치에 있는 사람이라면 베닝 기지의 보병 장교 후보생 학교를 졸업한 누구라도 하게 될,

평범한 일이라고 믿고 있다는 것을 알 수 있었다.

조지아의 중대 사무실에 앉아 근무 일지를 작성하는 것처럼 차분하고 효율적으로 일을 하는 그린을 바라보며 마이클은 자신이 장교 학교에 가지 않은 것을 다행으로 여겼다. 〈나는 저렇게 하지 못했을 거야, 나는 사람들이 나를 딴 곳으로 데리고 갈 때까지 손으로 머리를 감싸고 흐느꼈을 거야〉 하고 마이클은 생각했다. 그린은 흐느끼지 않았다. 실제로 오후가 끝날 무렵, 하루 종일 누구에게도 연민을 보이지 않은 그의 목소리는 더욱 딱딱해지고 사무적이며 군인처럼 되었다.

마이클은 노아도 조심스럽게 지켜보았다. 하지만 노아는 얼굴 표정이 전혀 달라지지 않았다. 그는 생각에 잠긴 듯한 냉정한 표정을 짓고 있었고, 마치 남은 돈을 전부 털어 구입해 가장 극단적인 상황에서도 너무 아까워 버릴 수 없는 아주 비싼 옷에 집착하는 사람의 표정으로 일관했다. 오후 내내 단 한 번, 그들이 대위의 심부름으로 먼지 긴 땅바닥 위에 길게 줄을 지어 누워 있는, 전혀 가망이 없어 보이는 사람들 옆을 지나갈 때 노아는 잠시 걸음을 멈췄다. 노아는 승리도 해방도 아무런 의미가 없는 상태에서 허약해져 뼈가 앙상한, 거의 알몸 상태로 죽어 가고 있는 사람들을 바라보았고, 그의 얼굴이 일순간 떨렸다. 그의 그 비싼 표정이 잠시 사라지는 것 같았다. 하지만 그는 스스로를 억제했다. 그는 잠시 눈을 감은 채로 손등으로 입술을 훔치며 다시 걸음을 내디디며 「자, 가지. 왜 걸음을 멈춘 거야?」라고 말했다.

그들이 사령관실에 돌아왔을 때에는 사람들이 노인 한 명을 대위 앞으로 데려가고 있었다. 그는 나이가 많이 든 것처럼 보였고, 몸이 구부정했으며 길고 누런 손은 속이 비칠 정도로 야위어 있었다. 하지만 수용소 내의 거의 모두가 늙어 보이거나 나이를 알기 어려워 그의 나이가 어떻게 되었는지 도 말하기 쉽지 않았다.

「내 이름은.」노인이 영어로 천천히 말했다. 「조제프 실버슨 입니다. 나는 랍비입니다. 수용소 내에서 유일한 랍비죠.」

「알겠습니다.」그린 대위가 활발하게 말했다. 그는 의약품 을 요청하는 글을 쓰던 종이에서 눈을 들지 않았다.

「장교님을 귀찮게 하고 싶지는 않습니다.」랍비가 말했다. 「하지만 한 가지 요청을 할 게 있습니다.」

「뭔데요?」그린 대위는 여전히 고개를 들지 않았다. 그는 철모와 야전 재킷은 벗은 상태였다. 그의 허리띠는 의자 등받 이에 걸려 있었다. 그는 창고에서 송장을 점검하고 있는 바쁜 직원처럼 보였다.

「수천 명의 유대인이.」랍비가 천천히 그리고 조심스럽게 말했다. 「이 수용소에서 죽었습니다. 그리고 저 밖에 있는 수 백 명이……」랍비는 속이 비칠 정도로 야윈 손으로 창문 쪽을 살며시 가리켰다. 「오늘, 오늘 밤, 아니면 내일이면 죽게 될 겁니다.」

「죄송합니다, 랍비 선생님.」그린 대위가 말했다. 「나는 내 가 할 수 있는 최선을 다하고 있습니다.」

「물론이죠.」랍비는 서둘러 고개를 끄덕였다. 「알고 있습니 다. 그들을 위해 할 수 있는 건 아무것도 없습니다. 그들의 육 체를 위해서 할 수 있는 건 아무것도 없죠. 이해합니다. 그 모 든 것을 이해합니다. 할 수 있는 물질적인 것은 없습니다. 사 람들도 이해할 겁니다. 그들은 그늘 속에 있고, 모든 노력은 살아 있는 자들에게 집중되어야 합니다. 사람들은 불행해하지도 않습니다. 그들은 자유롭게 죽어 가고 있고, 거기에는 커다란 기쁨이 있습니다. 나는 뭔가 사치스러운 것을 요청하는 바입니다.」마이클은 랍비가 미소를 지으려 하고 있다는 것을 알 수 있었다. 주름이 파인 높은 이마 아래에 있는 좁은 얼굴 속의 움푹 들어간, 아주 커다란 초록색 눈에서는 계속해서 빛이 났다.「내가 저기 광장에 있는, 아무런 희망도 없는, 살아 있는 사람 모두를 모아…….」그는 또다시 투명해 보이는 손을 저었다.「종교 의식을 행할 수 있도록 허락해 주기 바랍니다. 이곳에서 죽은 자를 위한 종교 의식을요.」

마이클은 노아를 쳐다보았다. 노아는 딴 생각에 빠진 듯한 차분한 얼굴로 그린 대위를 가만히 바라보고 있었다.

그린 대위는 고개를 들지 않았다. 그는 글을 쓰는 것은 멈췄지만 마치 잠이 든 것처럼 지친 모습으로 고개를 숙이고 앉아 있었다.

「이곳에는 우리를 위한 종교 의식이 행해진 적이 없죠.」랍비가 부드럽게 말했다.「그런데 수천 명이 죽었죠.」

「제가 한 말씀 드려도 될까요?」그린의 지시를 실행에 옮기는 데 많은 도움을 준 알바니아 출신 외교관이었다. 그는 랍비 옆으로 가 대위의 책상 앞에 서서 몸을 숙인 채로 외교관처럼 빠르고 분명하게 얘기를 했다.「끼어들고 싶지는 않습니다, 대위님. 랍비가 왜 이런 요청을 하는지 이해합니다. 하지만 지금은 적절한 때가 아닙니다. 나는 유럽인이고, 이곳에 오랫동안 있었고, 대위님이 이해하지 못할 수도 있는 것을 이해하고 있습니다. 이미 말한 것처럼 끼어들고 싶지는 않습니다만 이곳에서 유대인의 종교 의식을 공개적으로 행하도록 허락하는 것은 받아들일 수 없을 듯합니다.」그린이 뭔가를 말하기를 기다리며 알바니아인은 말을 멈췄다. 하지만 그린은 아무 말도 하지 않았다. 그는 이제 막 잠에서 깨려는 사람처럼 고개를 약간 까닥하며 책상에 앉아 있었다.

「대위님은 그 감정을 이해하지 못할 수도 있을 겁니다.」알바니아인은 빠르게 얘기를 했다. 「유럽 사람들이 느끼는 감정을요. 이런 수용소 안에 있는.」알바니아인은 매끄럽게 얘기를 했다. 「좋든 싫든, 이유야 어떻든, 감정이라는 게 존재합니다. 그건 사실입니다. 이분이 자신의 종교 의식을 행하도록 허락할 경우 그 결과를 장담할 수 없습니다. 경고하건대 피가 뿌려지는 폭력 사태와 폭동이 일어날 겁니다. 다른 죄수들은 그것을 참지 않을 것입니다.」

「다른 죄수들은 그것을 참지 않을 것입니다.」그린이 아무런 음색도 실리지 않은 목소리로 그 말을 반복했다.

「맞습니다, 대위님.」알바니아인은 활발하게 얘기를 했다. 「다른 죄수들이 그것을 참지 않으리라는 걸 장담하는 바입니다.」

마이클은 노아를 쳐다보았다. 그의 고귀한 표정이 천천히, 하지만 사납게 녹듯 사라지며 공포와 절망으로 일그러졌다.

그린이 자리에서 일어났다. 「한 가지 장담을 하죠.」그가 랍비에게 말했다. 「한 시간 안에 당신이 바깥 광장에서 종교 의식을 행하게 될 거라는 것을 장담하죠. 이 건물 지붕에 기관총을 설치하겠어요. 당신의 종교 의식을 방해하려는 자는 기관총 세례를 받게 되리라는 것을 장담하죠.」그는 알바니아인에게 고개를 돌렸다. 「이 방에 다시 들어오려 할 경우 당신은 방에 갇히게 될 겁니다. 이게 다입니다.」

알바니아인은 재빨리 방에서 나갔다. 마이클은 그의 발자국 소리가 복도에서 멀어지는 것을 들었다.

랍비는 근엄하게 인사했다.「대단히 고맙습니다, 대위님.」그가 그린에게 말했다.

그린은 손을 내밀었다. 랍비는 악수를 한 후 몸을 돌려 알바니아인을 따라 나갔다. 그린은 선 채로 창밖을 내다보았다.

그린은 노아를 쳐다보았다. 노아의 얼굴에 나이 든 사람 같은 억제되고 차분한 표정이 다시 돌아왔다.

「애커먼.」그린이 재빨리 말했다.「두 시간 정도는 이곳에 자네가 필요 없을 것 같네. 휘테이크와 함께 잠시 밖에 나가 산책을 하는 건 어떤가? 수용소 밖에서. 도움이 될 걸세.」

「고맙습니다, 대위님.」노아가 말했다. 그는 방을 나갔다.

「휘테이크.」그린은 계속해서 창밖을 내다보며 지친 목소리로 말했다.「휘테이크, 그를 돌봐 주게.」

「네, 대위님.」마이클이 말했다. 그는 노아를 뒤따라 나갔다.

그들은 아무 말 없이 걸었다. 해는 낮게 떠 있었고, 북쪽 언덕으로 긴 자주색 그늘이 져 있었다. 그들은 도로에서 물러난 곳에 있는 농가 하나를 지나쳐 갔지만 그곳에는 아무런 움직임이 없었다. 하얀색 농가는 서쪽으로 지고 있는 태양 아래에서 죽은 것처럼 잠들어 있었다. 집은 최근에 새로 칠을 했고, 앞쪽에 있는 돌벽은 풍화되어 하얗게 보였다. 돌벽은 햇빛 속에서 연한 파란색으로 보였다. 맑은 하늘 높은 곳에서는 기지로 돌아가는 전투기 편대의 알루미늄 날개에 햇빛이 반사되는 것이 보였다.

도로 한쪽 편에는 건강해 보이는 소나무와 느릅나무가 자라는 숲이 있었다. 어두운 색의 나무 둥치는 연한 초록색의 새 잎 때문에 거의 검게 보였다. 햇살이 나뭇잎 사이로 작고 밝은 반점처럼 반짝이며 나무 사이에 있는 빈터의, 이제 막 피기 시작한 꽃 위로 떨어졌다. 수용소는 그들 뒤로 있었고, 하루 종일 해가 비쳐 따뜻해진 공기에서는 향긋한 소나무 냄새가 났다. 그들이 신은 군화의 고무 밑창이 양쪽에 있는 도랑 사이에 난 좁은 아스팔트 도로 위에서 평화로운 작은 소리를 냈다. 그들은 조용히 또 다른 농가를 지나쳐 갔다. 그곳은 문이 잠겨 있었고, 덧문이 내려져 있었다. 마이클은 틈 사이로 누군가가 자신들을 지켜보고 있다는 느낌이 들었지만 두렵지는 않았다. 독일에 남은 사람이라곤 백만 명에 이르는 아이들과 나이 든 여자들과 상이군인뿐이었다. 정중하고, 전쟁과는 무관해 보이는 그들은 미군 지프와 탱크, 그리고 독일군 포로들을 감옥으로 싣고 가는 트럭을 향해 태연하게 손을 흔들었다.

거위 세 마리가 먼지가 이는 농가의 뜰을 가로질러 갔다. 크리스마스 저녁 때 로건베리[28] 잼과 굴 소스와 함께 저것들을 먹어도 되겠군, 하고 크리스티안은 한가로운 생각을 했다. 그는 뉴욕 14번가의 루차우 식당 벽에 있는 참나무 패널과, 바그너의 오페라에 나오는 장면을 그린 그림을 떠올렸다. 그들은 농가를 지나쳐 갔다. 이제 그들 양쪽으로는 무성한 숲이 펼쳐져 있었고, 낙엽 사이에 펼쳐져 있는 키가 큰 나무들은 희미하긴 하지만 분명하게 맡아지는 봄 내음을 발산하고 있었다.

노아는 그들이 그린의 사무실을 나온 후로 한마디도 하지 않고 있었고, 그래서 마이클은 아스팔트를 밟는 그들의 부츠 소리 위로 친구의 목소리를 듣고는 깜짝 놀랐다.

28 라즈베리와 블랙베리의 잡종.

「기분이 어때?」노아가 물었다.

마이클은 잠시 생각을 했다. 「죽은 것 같아.」그가 말했다. 「죽고, 상처를 입고, 실종된 것 같아.」

그들은 20미터를 더 갔다. 「무척 심했지, 그렇지?」노아가 말했다.

「그래.」

「좋지 않다는 것은 알고 있었을 거야.」노아가 말했다. 「하지만 그렇게까지 심할 줄은 몰랐을 거야.」

「그래.」마이클이 말했다.

「인간은……..」그들은 봄날 오후에 싹이 트고 있는 예쁜 나무들 사이로, 고무 밑창 소리를 들으며 독일 한가운데 있는 도로 위를 걸었다. 노아가 말했다. 「내 삼촌은 이런 곳 중 하나에 들어갔지. 시체 소각실을 봤어?」

「그래.」마이클이 말했다.

「물론 나는 그를 한 번도 본 적이 없어. 삼촌 말이야.」노아가 말했다. 소총 멜빵을 손으로 잡고 있는 그는, 토끼 사냥을 나갔다가 돌아오는 어린아이처럼 보였다. 「그는 내 아버지와 문제가 있었지. 1905년 오데사에서. 내 아버지는 바보였어. 하지만 그는 이런 것들에 대해 알고 있었어. 그는 유럽에서 왔지. 내 아버지 얘기를 한 적이 있나?」

「아니.」마이클이 말했다.

「죽고, 상처를 입고, 실종되었지.」노아가 부드럽게 말했다. 그들은 행군을 하듯 70센티미터씩 발을 떼며 천천히, 하지만 꾸준하게 걸어갔다. 「기억해?」노아가 물었다. 「보충대 기지에서 자네가 한 말? 전쟁이 끝나고 5년이 지나면 우리를 빗나간 총탄 모두를 아쉬워하게 될 것 같다고 한 말?」

「그래.」마이클이 말했다. 「기억나.」

「지금은 어때?」

마이클은 잠시 머뭇거렸다. 「모르겠어.」그는 솔직하게 말했다.

「오늘 오후.」노아가 일부러 그러는 것처럼 정확하게 보폭을 떼며 말했다. 「나는 자네와 같은 생각이었어. 그 알바니아인이 얘기를 꺼냈을 때 말이야. 그건 내가 유대인이기 때문이 아냐. 최소한 그 때문은 아니라고 생각해. 한 인간으로서…… 그 알바니아인이 얘기를 꺼냈을 때 나는 홀로 나가 머리에 총을 쏠 준비가 되어 있었어.」

「알아.」마이클이 부드럽게 말했다. 「나도 똑같이 느꼈어.」

「한데 그린은 자신이 해야 할 말을 했지.」노아는 걸음을 멈추고 금빛 햇살 속에서 금빛을 머금은 초록색으로 보이는 나무 꼭대기를 올려다보았다. 「〈장담하건대…… 장담하건대……〉라고 말했지.」그는 한숨을 쉬었다. 「자네는 어떻게 생각하는지 모르겠어.」노아가 말했다. 「하지만 그린 대위에게는 많은 희망이 있는 것 같아.」

「나도 그렇게 생각해.」마이클이 말했다.

「전쟁이 끝나면.」노아가 말했다. 그의 목소리가 커졌다. 「그 망할 놈의 알바니아인이 아니라 그린이 세상을 이끌고 나갈 거야.」

「맞아.」마이클이 말했다.

「인간이 세상을 이끌고 나갈 거야!」이제 노아는 그늘진 도로 한가운데 서서 독일의 숲에 있는, 끝에 햇빛이 비치는 나뭇가지를 향해 소리치고 있었다. 「인간들! 수많은 그린 대위가 있어! 그는 예외적인 존재가 아냐. 그와 같은 사람들이 수

백만 명이 있어.」 노아는 머리를 뒤로 젖힌 채로 아주 꼿꼿이 서서 마치 오랫동안 사납게 억눌렀던, 마음속 깊은 곳에 있던 모든 것이 마침내 분출하는 듯 미친 듯이 소리를 질렀다. 「인간들!」 그 말이 죽음과 슬픔에 대항하는 마술적인 주문이며, 자신의 아들과 아내를 보호해 주는 굳건한 방패이며, 최근 몇 년간의 고통에 대한 풍부한 보상이며, 미래에 대한 약속과 보장이라도 되는 듯 그는 무겁게 소리쳤다. 「이 세상은 그런 사람들로 가득해!」

총소리가 들린 것은 그 순간이었다.

크리스티안은 잠에서 깬 지 5~6분 후 사람들의 목소리를 들었다. 그는 깊은 잠을 잤고, 잠에서 깨자마자 숲에 그림자가 길게 드리워진 것을 보고는 오후 늦은 시각이라는 것을 알았다. 하지만 금방 움직이기에는 너무 지쳐 있었다. 그는 등을 대고 누운 채로 무성한 초록색 나뭇잎을 올려다보며 봄을 일깨우는 곤충들과, 나무 위쪽 가지에서 노래하는 새들, 그리고 바람에 살랑거리는 나뭇가지 같은 봄의 소리에 귀를 기울였다. 비행기들이 날아갔고, 그 소리가 들렸지만 나무 사이로 비행기가 보이지는 않았다. 오랫동안 그랬던 것처럼 다시 한 번 비행기 소리는 이 전쟁에서 싸운 미군이 얼마나 풍요로웠는지를 떠올리게 해주었다. 그들이 전쟁에서 이긴 것은 놀라운 일이 아니었다. 그들은 군인 같지가 않았다. 크리스티안은 그 생각을 수백 번은 했다. 하지만 그것이 무슨 차이가 있단 말인가? 미군들이 갖고 있는 그 많은 비행기와 탱크들이 있었다면 늙은 여자들과 노병들만으로도 프랑스와 싸운 프러시아 전쟁에서도 이겼을 것이다. 그는 그 장비 중 3분의 1만 있었어도 3년 전에 아군이 승리했을 거라는 생각을 하며 자신에 대한 연민을 느꼈다. 수용소에 있던 그 비참한 중위는 지난번 전쟁과는 달리 이번 전쟁에서는 아군이 질서 있게 패배하지 않고 있다며 불평을 했다. 그가 좀 덜 불평을 하고, 더 열심히 일을 했다면 이런 식으로는 되지 않았을 것이다. 사람들이 공장에서 몇 시간을 더 일하고, 대중 집회와 파티장에서 몇 시간을 덜 보냈다면 하늘을 나는 저 비행기는 독일군 소속이고, 중위는 지금쯤 사무실 앞에서 죽어 있거나 하지 않을 것이며 자신 또한 지금 이곳에서 사냥개에게 쫓기는 여우처럼 굴을 찾으며 숨어 있지 않았을 것이다.

그 순간 그는 길을 따라 자기 쪽으로 걸어오는 사람들의 발자국 소리를 들었다. 그는 길에서 10미터 떨어진 곳에서 몸을 잘 숨긴 채로 있었지만 수용소 방향이 잘 보였고, 미군이 아주 멀리서 오고 있을 때부터 그들을 볼 수 있었다. 그 순간에는 그는 아무런 감정 없이 호기심 있게 그들을 지켜보았다. 소총을 든 그들은 꾸준하게 걸어오고 있었다. 그들 중 키가 좀 더 큰 자는 손에 총을 들고 있었고, 다른 한 명은 어깨에 메고 있었다. 다음 전쟁이 있을 때까지는 폭탄 파편에 맞을 위험이 없었음에도 그들은 터무니없어 보이는 철모를 쓰고 있었고, 그들은 왼쪽이나 오른쪽을 보지도 않았다. 그들은 아주 큰 소리로 얘기를 나누고 있었다. 그들은 그 근방에 있는 독일인이 자신들에게 해를 끼칠 일은 없을 거라고 생각하는 듯 마치 고향에서처럼 안전하다고 느끼고 있는 게 분명했다.

그들이 계속해서 그쪽 방향으로 올 경우 크리스티안이 있는 곳에서 10미터도 안 되는 곳을 지나가게 될 것이다. 그 생각을 하며 크리스티안은 미소를 지었지만 즐거운 기분은 들지 않았다. 그는 조용히 기관단총을 집어 들었다. 하지만 더 나은 생각이 떠올랐다. 지금쯤 사방에 수백 명의 미군이 있고, 총소리에 그들이 달려올 것이 분명했다. 그렇게 될 경우 그가 살아남을 가능성은 없었다. 미군이 관대하다고는 하지만 저격병에게까지 관대하지는 않을 것이었다.

그 순간 미군들이 걸음을 멈췄다. 그들은 6미터쯤 떨어진 곳에 있었다. 도로는 약간 굽어 있었고, 그들은 그가 숨어 있는 작은 둔덕 바로 앞에 있었다. 그들은 아주 큰 소리로 얘기를 나누고 있었다. 실제로 미군 한 명은 소리를 지르고 있었다. 크리스티안은 그가 「인간들!」 하고 말하는 것까지 들을 수 있었다. 그 미군은 무슨 이유에서인지 계속해서 소리치고 있었다.

크리스티안은 그들을 차갑게 바라보았다. 독일 땅인 바이에른 지방 한가운데에서 그들이 느긋하게 숲속을 단둘이서 산책하며 영어로 얘기를 하는 것은 지나친 일로 여겨졌다. 그들은 알프스에서 여름을 보내고, 그 지역 여자들과 함께 관광 호텔에서 지내기를 바라고 있는지도 몰랐다. 그리고 그러한 자들은 무수하게 많은 게 분명했다. 잘 먹어 건강이 좋고 젊으며, 잘 손질한 부츠를 신고 좋은 옷을 입은 미군. 국민 돌격대 같은 것에 대해서는 걱정하지 않아도 되는 미군. 공군과 가솔린을 연료로 사용하는 구급차를 갖고 있으며, 누구에게 항복하는 것이 좋은지에 대해 고민하지 않아도 되는 미군. 그들은 전쟁이 끝나면 죽은 독일군의 머리에서 벗겨 낸 철모와 죽은 자의 가슴에서 뜯어 낸 철십자 훈장과, 폭격을 맞은 집의 벽과 죽은 독일군 병사의 애인 사진과 같은 전쟁 기념품을 가득 싣고 그 풍요로운 나라로 돌아가게 될 것이다. 그들은 단 한 발의 총성도 들린 적이 없고, 단 한 곳의 벽도 떨린 적이 없으며, 단 한 장의 유리창도 깨진 적이 없는 나라로 돌아가게 될 것이다.

아무런 손상도 입지 않고, 아무런 손상도 가할 수 없는 풍요로운 나라로……

크리스티안은 심한 혐오감에 얼굴을 찌푸리며 입술이 뒤틀리는 것을 느꼈다. 그는 천천히 총을 들었다. 두 명 정도 더 죽여서 안 될 이유가 어디 있는가, 하고 크리스티안은 생각했다. 그는 더 가까이 있는, 소리를 지르고 있는 자를 겨냥하며 조용히 콧노래를 불렀다. 그는 살며시 방아쇠에 손가락을 대며, 곧 너는 그렇게 큰 소리를 지르지 않게 될 거야, 하는 생각을 했다. 그러면서 그는 문득 언젠가 지금과 무척 비슷한 때에, 하르덴부르크가 아프리카의 어느 산등성이에서 아침을 먹고 있는 영국군 호송대를 지켜보며 콧노래를 부른 적이 있다는 것을 떠올렸다. 그는 그 사실이 기억난 것이 기뻤다. 방아쇠를 당기기 전 그는 다시 한번 주변에 있는 다른 미군이 총소리를 듣고 달려와 자신을 찾아 내 죽일 수도 있다는 생각을 했다. 그는 잠시 머뭇거렸다. 그런 다음 고개를 저으며 눈을 깜박였다. 〈될 대로 되라지, 이건 그만한 가치가 있어〉 하고 크리스티안은 생각했다.

그는 총을 쏘았다. 그는 두 발을 발사했다. 그 순간 실탄이 막혔다. 그는 그 망할 자식들 중 한 명은 맞혔다는 것을 알 수 있었다. 하지만 막힌 탄창을 고치려고 사납게 노력하면서 고개를 다시 들었을 때에는 두 명이 사라지고 난 후였다. 그는 한 명이 달아나는 것을 보았지만 도로 위에는 다른 한 명의 손에서 떨어진 소총밖에는 없었다. 진한 파란색 소총은 총구

옆이 햇빛을 반사하며 도로 한가운데 놓여 있었다.

무척 서툰 짓을 한 거야, 하고 크리스티안은 생각했다. 그는 조심스럽게 귀를 기울였지만 도로 위나 숲속에서는 아무 소리도 들리지 않았다. 미군은 두 명뿐이었어, 하고 그는 결론을 내렸다. 그리고 이제는 한 명뿐인 게 틀림없었다. 총에 맞은 다른 한 명이 아직 살아 있다 해도 움직일 수 없는 상태일 거야.

이제 그는 움직여야 했다. 부상당하지 않은 자는 총탄이 날아온 방향을 곧 알아낼 것이었다. 그는 자신을 쫓아올 수도, 그렇지 않을 수도 있었다. 크리스티안은 그가 어쩌면 오지 않을 거라고 생각했다. 미군은 이런 순간에는 그다지 열의를 보이지 않았다. 그들은 공군이나 탱크, 그리고 포병을 기다리는 식이었다. 하지만 이런 고요한 숲속에서, 30분만 있으면 해가 지는데 소총수 한 명을 잡으려고 탱크나 포를 동원할 가능성은 없었다. 크리스티안은 전쟁이 거의 끝나 가고 있는 지금과 같은 순간에 미군 혼자서 모험을 할 가능성은 없다고 확신했다. 그 미군은 그런 일이 쓸데없다고 생각할 것이 분명했다. 총에 맞은 자가 이제 죽었다면 살아남은 자는 자신의 부대로 달려가 지원군을 데려오려 할 것이다. 하지만 총에 맞은 자가 부상만 당했을 경우 동료는 그의 옆에 서 있을 것이다. 그렇다면 그는 재빨리 움직이지도 조용히 움직이지도 못할 것이고, 쉬운 목표물이 될 것이다.

크리스티안은 미소를 지었다. 한 명만 더 죽이면 나는 이 전쟁에서 물러나는 거야, 하고 그는 생각했다. 그는 소총이 놓여 있는 도로를 조심스럽게 바라보았다. 그런 다음 앞쪽으로 희미해지고 있는 햇빛 속에서 둔하게 반짝이는 덤불과 나무 둥치에 가려진, 약간 솟아 있는 땅을 살폈다. 그곳에는 아무런 움직임도 없었다.

그는 아주 조심스럽게 몸을 웅크린 채로 원을 그리며 숲속 깊은 곳으로 들어갔다.

마이클은 오른손에 아무런 감각이 없었다. 그는 몸을 숙여 노아를 내려놓은 후에야 그 사실을 깨달았다. 총탄 한 발이 마이클이 손으로 들고 있던 개머리판에 맞으며 어깨가 망치로 맞은 것처럼 아팠다. 노아를 잡아 숲속으로 끌고 가는 혼란 속에서 그는 그것을 알아차리지 못했다. 이제 부상당한 소년 위로 몸을 숙이며 그는 자기 몸의 일부가 무감각한 것을 느꼈고, 그것은 그 상황에서는 좋지 않은 것으로 느껴졌다.

노아는 목 아래 옆쪽에 총을 맞은 상태였다. 그는 심하게 피를 흘리고 있었지만 아직 발작적으로 숨을 몰아쉬고 있었다. 그는 의식이 없었다. 마이클은 그의 옆에 앉아 붕대를 감아 주었다. 하지만 그것으로 피를 멎게 하지는 못했다. 노아는 등을 대고 누워 있었다. 그의 철모는 땅에서 아주 가까이서 자라는 연한 분홍색의 작은 꽃들 위에 놓여 있었다. 그의 얼굴에는 아득한 생각을 하고 있는 것 같은, 그의 비싼 표정이 다시 돌아와 있었다. 그의 눈은 감겨 있었고, 끝이 금발인 눈썹은 연한 솜털이 난 얼굴 위로 말려 있었다. 그의 얼굴 위쪽은 젊은 여자 같은, 예의 그 상처 입기 쉬운 사람의 표정을 보여 주고 있었다.

마이클은 그를 오랫동안 바라보지 않았다. 그의 뇌는 잘 작동하지 않는 것 같았다. 「그를 이곳에 내버려 두고 갈 수는 없어. 그렇지만 그를 데리고 갈 수도 없어. 그를 데리고 서투르게 숲속을 지나갈 경우 저격병의 완벽한 목표물이 될 거야.」

머리 위쪽의 나뭇가지가 반짝거렸다. 마이클은 고개를 휙 젖혔다. 그는 자신이 어디에 있었는지를 기억해 냈다. 그리고 노아를 쏜 자가 지금쯤 자신의 뒤를 밟고 있을 거라는 생각을 했다. 하지만 이번에는 새가 날아가면서 나뭇가지 끝이 흔들린 것뿐이었다. 새는 나무 아래의 차가워지고 있는 공기 속으로 날아갔다. 하지만 곧 자신을 죽이고자 하는 무장한 자가 나타날 것이 틀림없었다.

마이클은 몸을 숙였다. 그는 노아의 몸을 살며시 들어 어깨에서 소총을 빼냈다. 그는 다시 한번 아래를 내려다본 후 천천히 숲속으로 걸어 들어갔다. 한두 걸음을 옮기면서 그는 여전히 부상당한 친구가 미약하게 기계적으로 숨을 몰아쉬는 소리를 들었다. 좋지 않은 일이었지만 노아는 잠시 혼자서 숨을 쉬고 있어야 했다.

여기서 그 적을 잡아야 해, 하고 마이클은 생각했다. 그렇게 해야만 그곳을 벗어날 수 있었다. 〈총을 두 발 쏜 그가 나를 잡기 전에 그를 찾아내야 해. 그것이 이곳을 벗어날 수 있는 유일한 길이야. 그것이 노아와 나를 위하는 일이야.〉

그는 심장이 무척 빨리 뛰는 것을 느낄 수 있었다. 그런데도 계속해서 초조하게 하품이 나왔다. 그는 자신이 죽게 될 거라는 생각을 하자 기분이 좋지 않았다.

그는 몸을 숙인 채로 두꺼운 나무 둥치 뒤에서 걸음을 멈췄다가 귀를 기울이며 조심스럽게 걸어갔다. 그는 자신의 숨소리와 이따금 지저귀는 새의 노랫소리, 벌레가 윙윙거리는 소리, 그리고 근처 물에서 개구리가 한 마리 뛰어오르는 소리, 그리고 미풍에 흔들리는 나뭇가지 소리를 들었다. 하지만 발자국 소리나 소총이 달그락거리는 소리는 들리지 않았다.

그는 길에서 멀어져 숲속으로 더 깊이 들어갔다. 그는 목에 구멍이 난 채로 누워 있는 노아와, 분홍색 꽃 위에 떨어져 있는 그의 철모에서 더욱 멀어져 갔다. 그는 거의 본능적으로 도로 가까이 있는 것은 적에게 더 많이 노출되어 좋지 않을 거라고 느꼈다. 그곳 숲은 나무가 빽빽하지 않았다.

그의 무거운 신발이 발아래 있는, 마른 나뭇잎과 그 속에 숨겨진 나뭇가지를 밟으며 사각거렸다. 그는 자신이 서툴게 움직이는 것에 화가 났다. 하지만 무성한 덤불 사이에서는 그가 아무리 천천히 가도 소리를 낼 수밖에 없을 것 같았다.

그는 이따금 걸음을 멈추고 귀를 기울였다. 하지만 늦은 오후 숲속에서 나는 소리만 들릴 뿐이었다.

그는 그 독일놈에게 집중을 하려고 애를 썼다.「그 작자는 어떤 자일까?」

어쩌면 그는 총을 쏜 후 짐을 챙겨 곧장 오스트리아 국경 쪽으로 갔을지도 모른다. 전쟁이 끝날 무렵 하루에 미군 한 명을 총으로 쏘아 맞힌 것은 괜찮은 수확이다. 히틀러 또한 그 이상은 요구할 수 없을 것이다. 아니면 군인이 아닌지도 모른다. 열 살 된 어떤 정신 나간 소년이 지난번 전쟁 때 쓰던 소총을 다락에서 꺼내 뛰쳐나왔는지도 모른다. 어쩌면 마이클은 금발에 맨발이고, 겁을 먹은 표정으로 자신의 키보다 세 배는 더 큰 소총을 들고 있는 소년과 마주치게 될지도 모른다.「그렇게 되면 어떻게 할 것인가? 그를 쏠 것인가? 아니면 엉덩이를 한 대 때려 줄 것인가?」

마이클은 자신이 발견하게 될 자가 병사이기를 바랐다. 숲 속으로 비치는 갈색과 초록색 빛 사이를 천천히 나아가면서 두꺼운 나뭇잎을 옆으로 밀치며 그는 자신이 사냥하고 있는 대상이 소년이 아니기를 기도하고 있다는 것을 알아차렸다. 그는 적이 전의에 불타 무장한 채로 자신을 찾고 있었던, 군복을 입은 성인이기를 바랐다.

그는 소총을 왼손으로 들고 감각이 없는 오른손 손가락을 폈다 쥐었다 했다. 이제 천천히 감각이 돌아오며 약간 쑤셨다. 그는 결정적인 시점에 그 손가락이 너무 느리게 반응하지 않을까 걱정스러웠다. 그 많은 훈련을 받으면서도 그는 이런 상황에서 어떻게 대처해야 하는지에 대해서는 교육을 받은 적이 없었다. 그가 분대와 소대에서 훈련받은 것은 공격을 하고, 자연 엄호물을 이용하고, 지평선 위로 몸을 노출시키지 않고, 철조망을 통과하는 것 등에 관한 것뿐이었다. 그는 의심스럽게 움직이는 덤불과 어린 나무들을 주시하고 앞으로 나아가며 자신이 이 상황에서 살아남을 수 있을지 궁금해했다. 경례를 하고, 밀집 대형으로 행진을 하고, 가장 현대적인 방법으로 성병을 예방하는 등 다른 모든 훈련은 받았지만 지금 상황에 대처하는 법은 배우지 못한 그는 자신이 군인으로서는 부적격자로 여겨졌다. 그는 자신의 군 생활의 정점이라고 할 수 있는 그 순간 군에서 예측하지 못한 문제에 직면해 어설픈 모습을 보이고 있었다. 자신의 가장 친한 친구를 조금 전 총으로 쏜 독일군 한 명을 어떻게 찾아내 죽일 것인가? 어쩌면 그 수가 더 많을지도 모른다. 총알은 두 발 발사되었다. 어쩌면 두 명, 혹은 여섯 명, 혹은 열두 명이 있을지도 모른다. 그들은 구덩이 속에서 그의 무거운 발걸음이 점점 더 가까워지는 소리를 들으며 그를 기다리며 미소를 짓고 있을지도 모른다.

그는 걸음을 멈췄다. 그는 잠시 현재 상황에 대해 생각했다. 하지만 곧 고개를 저었다. 그는 그 무엇도 이성적으로 추론하지 않았다. 머릿속에 드는 생각은 일관성이 없었다. 그는 다시 쑤시는 오른손에 소총을 든 후 바스락거리는 소리를 내며 앞으로 나아갔다.

좁은 도랑 위에 걸쳐 있는 통나무는 충분히 든든해 보였다. 부드러운 나무는 여기저기 조금 썩긴 했지만 두꺼워 보였다. 도랑은 폭이 최소한 2미터는 되었고, 깊이도 1미터는 되어 보였다. 이끼가 낀 돌이 부러진 나뭇가지와 죽은 나뭇잎 사이 도랑에 반쯤 잠겨 있었다. 통나무 위로 발을 내디디기 전에 마이클은 잠시 귀를 기울였다. 바람은 잦아들었고, 숲은 무척 고요했다. 그는 오랫동안 그 숲에 인간들이 발을 들여놓은 적이 없다는 생각이 들었다. 〈인간들. 아냐, 그 생각은 나중에 해야 해.〉

그는 통나무 위로 발을 내디뎠다. 그가 반쯤 그것을 건넜을 때 통나무가 부서지며 옆으로 돌아갔다. 마이클은 팔을 휘저으며 중심을 잡으려 했지만 결국 도랑 속으로 빠지고 말았다. 그는 투덜대며 손으로 돌을 잡았다. 돌의 날카로운 모서리에 부딪힌 광대뼈가 곧바로 아프기 시작했다. 조금 전 통나무는 부서지며 날카로운 소리를 냈고, 그가 도랑 바닥으로 떨어졌을 때에는 둔중한 소리를 내며 부서졌다. 그리고 그의 철모가 벗겨지며 돌에 부딪치며 요란한 소리를 냈다. 소총은 어떻게 된 거지, 하고 그는 멍청하게 생각했다. 무릎을 꿇은 채로 소총을 더듬는 순간 누군가가 요란하게 자신 쪽으로 곧장 달려오는 발자국 소리가 들렸다.

그는 몸을 일으켰다. 15미터쯤 떨어진 곳에서 어떤 남자가 그를 향해 총구를 겨눈 채로 그를 똑바로 쳐다보며 덤불 사이로 달려오고 있었다. 얼굴이 검은 그는 연한 초록색 나뭇잎 사이로 빠르게 달려오고 있어 윤곽이 분명치 않았다. 마이클이 꼼짝 않고 그를 쳐다보는 사이 그는 엉덩이 위로 들고 있던 총을 쏘았다. 총탄 소리가 요란하게 들렸다. 마이클은 자신의 바로 앞에 총탄이 떨어지며 진흙이 살갗에 튀는 것을 느꼈다. 사내는 계속해서 달려오고 있었다.

마이클은 몸을 낮췄다. 반사적으로 그는 허리띠에 차고 있던 수류탄을 꺼냈다. 그는 핀을 뽑은 후 몸을 일으켰다. 사내는 아주 가까이 와 있었다. 마이클은 셋을 센 후 수류탄을 던진 뒤 몸을 낮췄다. 그는 도랑 옆쪽으로 몸을 던지며 머리를 파묻었다. 그의 얼굴이 부드러운, 축축한 땅에 닿아 있었다. 맙소사, 숫자 세는 것을 기억하고 있었어, 하고 마이클은 생각했다.

수류탄은 한참 후에야 폭발한 것 같았다. 마이클은 쇳조각이 그의 머리 위로 날아가 주변에 있는 나무에 박히는 소리를 들을 수 있었다. 찢긴 나뭇잎이 그의 머리 위로 떨어지며 공중에서 펄럭거리는 소리가 났다.

마이클은 확실치는 않았지만, 폭발음으로 인해 귀가 멍멍한 상태에서도 비명 소리를 들은 것 같았다.

그는 5초를 기다린 후 도랑 밖을 내다보았다. 아무도 보이지 않았다. 나뭇가지 아래에서 연기가 조금 천천히 피어올랐고, 나뭇잎과 이끼가 덮여 있던 땅이 패여 젖은 갈색 땅이 드러나 있었다. 그것이 다였다. 그 순간 마이클은 공터 건너편에서 덤불 윗부분이 불규칙하게 흔들리다가 천천히 멈추는 것을 보았다. 마이클은 그것을 바라보며 사내가 그곳을 지나갔다는 것을 깨달았다. 그는 몸을 숙여 두 개의 둥근 돌 사이에 놓여 있던 소총을 집어 들었다. 그는 총구를 보았다. 총구가 진흙으로 막혀 있거나 하지는 않았다. 그는 손이 피로 범벅이 된 것을 보고는 깜짝 놀랐다. 쑤시는 광대뼈를 만지자 손에 진흙과 피가 묻어 있었다.

그는 천천히 도랑에서 나왔다. 오른손이 무척 아팠고, 찢어진 손에서 흐른 피 때문에 들고 있는 소총이 미끈거렸다. 그는 몸을 숨기지도 않은 채로 공터를 가로질러 가 수류탄이 떨어진 곳을 지나쳐 갔다. 5미터를 더 간 그는 누더기 같은 옷이 어린 나무 위에 걸려 있는 것을 보았다. 그것은 군복이었고, 피에 젖어 있었다.

마이클은 조금 전 흔들렸던 덤불 쪽으로 천천히 갔다. 나뭇잎에는 온통 피가 묻어 있었다. 멀리 가지 못했을 거야, 하고 마이클은 생각했다. 「이제는 도시 출신이더라도 도망가고 있는 독일인의 흔적을 쫓아가는 게 어렵지 않겠어.」 마이클은 으깨진 나뭇잎과, 눈에 익은 핏자국을 통해 그 사내가 쓰러졌다가 다시 일어나 손으로 어린 나무를 뽑으며 도주한 곳을 알아볼 수 있었다.

마이클은 천천히, 그리고 집요하게 크리스티안 디스틀과의 사이를 좁혀 갔다.

크리스티안은 커다란 나무 둥치에 기댄 채로 자신이 온 방향을 보며 생각에 잠겨 앉아 있었다. 나무 아래는 그늘이 져 시원했지만 햇빛 줄기가, 그가 그곳까지 오면서 지나온 다른 나무의 나뭇잎 사이로 스며들고 있었다. 등에 닿아 있는 나무의 껍질이 거칠고 단단하게 느껴졌다. 그는 슈마이서를 든 손을 움직이려고 했지만 총은 너무 무거웠다. 그는 화가 나 총을 밀쳤다. 총은 그에게서 미끄러졌다. 그는 덤불 사이로 난 틈을 바라보며 앉아 있었다. 그 틈으로 미군이 나타날 것이다.

〈누가 수류탄이 있을 거라 생각했겠어〉 하고 크리스티안은 생각했다. 「어설픈 미군은 황소처럼 도랑 속으로 몸을 처박았어. 그런데 도랑에서 수류탄이 날아오다니.」

그는 숨을 쉬는 것이 어려웠다. 지금껏 너무도 먼 거리를 도망쳐 왔는데, 하고 크리스티안은 생각했다. 〈한데 이제 도주는 끝났어.〉 그는 잘못 기어를 넣는 것처럼 정신이 오락가락했다. 파리 외곽의 봄의 숲과 슐레지엔의 죽은 소년, 체리가 묻어 있던 입술…… 오토바이를 탄 하르덴부르크, 얼굴이 박살이 난 하르덴부르크, 이탈리아의 지뢰가 설치된 다리에서 반은 알몸으로 총을 쏘다가 결국 기관총탄을 맞고 죽은 멍청한 미군…… 그레첸, 코린, 프랑수아즈, 이제 프랑스인이 모두를 포로로 만들었을 거야……. 그레첸의 침실에서 마신 보드카, 옷장 속에 있던 셰리주와 브랜디와 포도주, 검은색 레이스와 심홍색 브로치…… 비행기가 지나간 후 해변에서 베르의 신발을 벗기던 프랑스인, 늘 나타나는 비행기……. 〈이봐, 어떤 병사가 군대에 입대할 때에는 군대가 그와 체결하는 기본적인 계약이라는 게 있지.〉 그 말을 한 것은 누구인가? 그 말을 한 사람 또한 죽은 것일까? 이가 썩은 노인이 한 잔에 50프랑을 받고 내주던 브랜디. 〈더 큰 문제는 오스트리아죠.〉 〈결과가 수단을 정당화해 주지.〉 이것이 끝이다. 그런데 그것이 무엇을 정당화해 준다는 것인가? 또 다른 것들…… 눈 덮인 언덕 위에 있던 미국인 여자. 다시 한번 살아남아 제대를 하게 되면…… 순전히 우연과 하느님의 뜻과 운으로 살아남은, 멍청하고 어설프지만 용감한 미군…… 교회 벽에 분필로 쓴 1918이라는 숫자. 프랑스인들은 줄곧 알고 있었던 것이다.

그는 정신이 가물가물했다. 그리고 무척 추워졌다. 좁고 비스듬한 초록색 창문을 통해 숲속까지 들어오는 것 같은 햇빛은 점점 더 가늘어지고 있었다.

총을 두 발 쏘았는데 탄창이 막히다니. 물론 그것은 그렇게 되어야 마땅했다. 〈우리 중대 전체는 무기를 소지한 채로 뮌헨으로 행군해 들어갔지. 그때는 훨씬 더 질서가 있었어. 중요한 것은 항상 자전거 손잡이에 손을 올려놓을 수 있어야 한다는 거야.〉 그는 자기 연민에 가득 차 생각했다. 〈도대체 사람들은 누군가가 얼마나 오랫동안 도망칠 수 있을 거라고 생각하는 걸까.〉

그 순간 그는 미군을 보았다. 미군은 더 이상 조심하지 않고 있었다. 그는 엷은 초록색 햇빛 사이로 그를 향해 곧장 다가왔다. 미군은 더 이상 젊지 않았고, 군인처럼 보이지도 않았다. 미군이 그의 몸 위로 섰다.

크리스티안은 미소를 지었다. 「독일에 온 걸 환영해.」 자신이 배운 영어를 떠올리며 그가 말했다.

그는 미군이 총을 들어 방아쇠를 당기는 것을 보았다.

마이클은 노아를 남겨 둔 곳으로 돌아갔다. 노아의 숨은 멈춰 있었다. 그는 꽃 사이에 조용히 누워 있었다. 마이클은 잠시 멍하니 그를 내려다보았다. 그런 다음 그를 들어 어깨에 메고 석양빛 사이로, 한 번도 걸음을 멈추지 않고 수용소로 돌아갔다. 그는 중대의 다른 누군가가 시신을 옮기는 것을 돕게 하지 않았다. 그는 노아 애커먼을 그린 대위에게 직접 인계해야 한다는 것을 알고 있었다.

작품 평론
어윈 쇼의 생애와 작품 세계
제임스 솔터[1]

　어윈 쇼는 1913년 뉴욕에서 노동자 계층인 부모에게서 태어났으며 브루클린에서 고등학교와 대학교를 다녔다. 그는 먼저 극작가로서 유명해졌다. 라디오 연속극 대본을 쓴 경험이 있던 그는 스물두 살 때 케이프코드의 온화한 여름 날씨 속에서 열흘 만에 1막 분량의 희곡을 썼는데 이듬해 봄에 그것이 공연되면서 곧 유명해졌다. 당시의 반전 기운을 담고 있는, 뛰어난 상상력이 돋보이는 「죽은 자를 묻어라」라는 그 작품은 한 해 전에 나온 클리퍼드 오데츠의 충격적인 작품 「레프티를 기다리며」와 무척 닮았다. 쇼는 재능 있는 새로운 극작가로 손꼽히게 되었다. 그는 계속해서 자신을 극작가로서 생각할 수도 있었지만 그 후 오랫동안 그가 쓴 희곡들 가운데 한 작품만이 「죽은 자를 묻어라」와 비슷한 성공을 거두었다. 그 연극은 그에게 여러 면에서 사람들의 부러움을 살 만한 풍

---

　1 미국의 소설가. 1925년 뉴욕에서 출생했다. 제2차 세계 대전 당시 미 공군 전투기 조종사로 한국전에 참전했으며, 그 경험을 토대로 첫 번째 장편소설 『사냥꾼들』(1956)을 발표했다. 대표작에 소설집 『황혼과 다른 이야기들』(1988)이 있다.

요로운 삶의 서막이 되었다. 그 후 곧 두 가지 중요한 사건이 잇따랐다. 그는 당시로서는 상당한 금액인 일주일에 360달러를 받는 조건으로 할리우드에서 시나리오 작가로 일하지 않겠느냐는 제안을 받았다. 그는 주로 생계를 꾸려 가기 위해 그러한 제안을 받아들였는데 그 후에도 여러 번 그런 식의 작업을 했다. 그리고 1938년 그의 첫 단편소설이 『뉴요커』에 발표되었다.

비록 나중에는 상황이 바뀌었지만 당시만 해도 아직 『뉴요커』는 진지한 단편소설이 실리는, 전국적으로 읽히는 저명한 잡지가 아니었다. 그 잡지에는 재치 있고 유행을 따르는 소설이 실렸는데 그런 분위기를 바꾼 것이 어윈 쇼의 초기작이다. 1938년과 1939년 사이에 발표된 그의 단편소설 여섯 편은 정력적으로, 그리고 대부분 재빨리 쓰였다. 그 가운데는 「브레멘을 떠난 선원」과 아침나절 동안 단숨에 쓰인, 상징적인 내용을 담은 「여름옷을 입은 소녀들」이 있는데, 태평스러운 숙명론을 보여 주는 후자는 그 주제나 스타일에서 쇼의 그 어떤 작품보다도 돋보인다. 분명한 목소리를 가진 그 소설들은 처음부터 사람들 사이에서 큰 호응을 불러일으켰으며 독자뿐만 아니라 『뉴요커』의 직원들 역시 그의 글이 게재되기를 애타게 기다렸다. 쇼는 늘 빠르게, 열심히 작업했는데 그것은 그 후 그가 중병에 걸려 더 이상 일할 수 없을 때까지 쭉 계속되었다.

작품의 특성은 활기와 솔직함, 그리고 보통 사람들과 그들의 삶에 초점이 맞춰져 있었다. 쇼는 대학 시절 상당한 자부심을 갖고 있던, 작지만 특출한 풋볼 팀 선수였다. 그 후에도 그는 흙먼지가 날리는 운동장에서 오후에 시합을 하며 익힌 운동선수 기질과 태평스러운 태도를 잃지 않았다.『홍당무』의 작가 쥘 르나르는, 작가는 자신이 좋아하는 이야기는 뭐든 말할 수 있지만 자신이 원하는 식으로는 쓸 수 없으며, 자신의 존재에 대해서만 쓸 수 있다고 말한 바 있다. 이 말은 그 누구보다도 어윈 쇼에게 들어맞는다. 극적인 것에 대해 강렬한 충동을 갖고 있던 그는 남자다우면서도 도덕적이었으며 감상적이면서도 예민했다. 그는 최소한 10년에 걸쳐 형성된 거대한 물결이 제2차 세계 대전이 시작된 1939년 유럽을 휩쓸었을 때 두 가지 분야에서 최고봉에 이르렀다.

그는 강건한 남자다움과 자신의 능력을 자각하는 데서 오는 확신을 갖고 사병으로 복무하는 것이 전쟁을 경험하는 한 방법이라는 결론을 내렸다. 그는 그의 세대를 대변해 목소리를 내는 중요한 인물이 되었는데 그것은 거의 임무에 가까운 일이었다.『젊은 사자들』의 중심인물 중 하나인 마이클 휘테이크는 사람들이 자신의 이야기를 듣기를 바란다면 그러한 권리를 획득해야 한다고 말하는데, 휘테이크는 여러 면에서 쇼를 대변하고 있다. 휘테이크가 말하고 있는 것은 정치가의 일이지만 그것에 내포되어 있는 실제 존재와 진실성의 문제는 분명하다.

쇼는 1943년 봄 미 육군 이병 계급장을 달고 사진 부대의 통신병으로서 바다 건너 북아프리카로 갔다. 그 무렵 그가 쓴 희곡「아들들과 병사들」은 거의 전설적인 존재인 마르크스 라인하르트의 연출로 브로드웨이 무대에 올랐다. 당시 서른 살이던 쇼는 명성 덕분에 약간 특혜를 받았지만 사람들이 그에게 주목하지는 않았다. 대대적인 사막 작전이 끝난 후 그는 카이로에서 1년 넘게 주둔하며『양크』와 군 신문인『스타스

앤드 스트라이프스』에 글을 썼으며 장교들에 대한 경멸을 알게 되었다. 어느 시점에 그는 전투병으로서 이집트에서 그의 동생이 복무하던 알제리에 다녀올 수 있었다. 그 여행은 그 후 『젊은 사자들』의 여러 장면을 구성하는 데 도움이 되었다.

1944년 초 쇼는 대륙 침공이 준비되던 영국으로 전출되었다. 그 엄청난 규모의 사건에 전쟁의 결말이 달려 있었다. 런던에는 전시의 삶과 일상생활이 뒤섞여 있었다. 그는 아파트에 살며 종군 기자 또는 영화감독과 레스토랑에서 식사를 했다. 그는 어느 날 점심시간에 종군 기자 메리 웰시를 헤밍웨이에게 소개시켜 주었고, 그녀에게 반해 버린 헤밍웨이는 그 후 그녀와 결혼했다. 당시 런던에는 사로얀[2]과 사진작가 로버트 카파, A. J. 리블링,[3] 헤밍웨이, 그리고 쇼와 필적할 만한 다른 많은 사람들이 있었다.

대륙 침공이 시작된 직후 연합군이 대륙에서 진격하는 동안 쇼는 프랑스에서 전선의 뒤를 따라가며 전쟁의 현실을 몸소 경험했다. 이미 그는 자신의 소설을 쓰기 위해 메모를 하고 있었고, 노르망디 상륙 작전의 많은 이미지들이 『젊은 사자들』의 훌륭한 소재가 되었다.

두 달 후 파리가 탈환되었다. 그가 파리에 간 것은 그때가 처음이었지만 그 도시는 승리와 영광의 시간, 결코 잊을 수 없는 낮과 밤에 늘 그와 함께했다. 그때가 1944년 8월이었다. 그해 11월 그는 미국으로 돌아갔다. 그에게 전쟁은 사실상 끝난 것이나 마찬가지였다.

『젊은 사자들』은 1948년 10월에 출간되었다. 쇼는 1946년

2 미국의 현대 작가.
3 유명한 언론 비평가.

과 1947년을 빼고는 하루에 10에서 15페이지 또는 20페이지까지 쓰며 꾸준히 작업을 했다. 출판사인 랜덤하우스는 열렬한 반응을 보였지만 완성된 책은 분량이 너무 많았고, 그래서 쇼는 10만 단어 정도로 원고를 줄여야 했다. 그럼에도 원본은 거의 7백 페이지에 이를 정도로 두꺼웠다.

이 소설은 전쟁 동안 미국인 두 명과 독일인 한 명, 그리고 생생하게 묘사되고 있는 다른 많은 부차적인 인물들의 삶을 좇아가고 있다. 세부 묘사가 탁월하고, 글에서 드러나지 않을 수 없는 쇼의 강한 삶의 의식을 보여 주는 이 소설은 1938년 새해 전야에 시작되어 북아프리카와 이탈리아, 그리고 최종적으로 프랑스와 독일에서의 전투를 통해 전개된다. 그리고 결국 그들 세 명 중 한 명만 살아남는다. 소설의 마지막 단원은 비극적이며 거의 엄숙하기까지 하다.

『젊은 사자들』은 출간되기 전부터 화제에 올랐다. 모두가 그 책을 읽고 싶어 했다. 그 후 이 책과 경쟁을 하게 된 노먼 메일러의『벌거벗은 자와 죽은 자』는 이미 베스트셀러에 올라 있었다.『젊은 사자들』역시 출간되자마자 베스트셀러가 되었다. 이 책과 첫 소설을 통해 어윈 쇼는 최고의 소설가가 되었고, 그 후 열한 편의 소설을 더 썼다.『젊은 사자들』의 전투 장면은『무기여 잘 있거라』에서 헤밍웨이가 묘사한, 이탈리아군의 카포레토 철수 장면에 비교되었으며, 호소력 짙은 이 이야기는 쉽게 읽혔다. 쇼의 흡인력 있는 글은 독자들을 몰입하게 만들었으며, 글 속의 열정과 야망은 너무도 분명해 독자들은 종종 이 소설이 사실인 것처럼 느끼기도 했다. 또한 소설 속의 드라마는 단호하며 작가의 목소리는 삶이 의미 있는 것이 되어야 할 경우 필요한 인간적인 품위와 운명과 관련된 강렬한 힘으로 넘쳐 난다.

『루시 크라운』과『부유한 자와 가난한 자』를 포함해,『젊은 사자들』에 뒤이어 나온 거의 모든 소설들이 출간되자마자 엄청난 인기를 누렸다. 쇼는 명성을 누리던 중 1984년 일흔한 살의 나이로 세상을 떠났다.

제2차 세계 대전은 쇼의 세대에게는 중요한 사건이었다. 잊혀진 전쟁터를 뒤로하고 자신들의 직접적인 경험을 토대로 소설을 써 영광을 누린 노먼 메일러와 조지프 헬러, 제임스 존스와 제임스 미치너와 같은 많은 작가들 사이에 어윈 쇼는 우뚝 서 있다. 삶의 폭이 넓고 대인 관계가 좋았던 쇼는 그들 대부분을 개인적으로 알고 지냈다. 그는 당시 누구에게도 고개를 숙일 필요가 없었으며, 지금 그가 살아 있다 해도 그것은 마찬가지일 것이다.

불멸의 역사와 불멸의 역작

『젊은 사자들』은 1980년대 초 TV에서 방영되어 큰 인기를 누렸던 미니 시리즈 「야망의 계절Rich Man, Poor Man」(원작은 『부유한 자와 가난한 자』)의 원작자이기도 한, 20세기 미국의 대표적인 소설가이자 극작가인 어윈 쇼의 작품이다. 당시 대학을 다녔던 역자는 「야망의 계절」을 텔레비전에서 몇 번 보긴 했지만 커다란 인상을 받지도 않았고, 기억에 남아 있는 장면도 없다. 그 후로도 어윈 쇼라는 작가에 대해 들은 적은 있지만 — 어쩌면 「야망의 계절」 때문일 수도 있지만 — 그를 당대에 인기를 누린 대중작가 정도로만 생각해 왔다. 하지만 이번에 『젊은 사자들』을 번역하면서 그런 생각이 얼마나 틀린 것인지를 확인했다. 어윈 쇼는 분명 20세기 미국의 작가 중 거장의 반열에 올라 있으며, 대중성과 문학성을 동시에 겸비한, 드물게 행복한 작가라는 사실을 새삼 알게 되었다.

작가가 직접 참가한 전쟁을 바탕으로 저술하여 1948년 10월에 출간된 이 두꺼운 소설은 제2차 세계 대전에 참전한 미군 두 명과 독일군 한 명 그리고 다른 많은 부차적인 인물들의 삶과 죽음을 생생하게 그리고 있다. 어쩌면 작가 자신이

전쟁을 직접 경험했기 때문에 이처럼 전쟁을 생생하게 그려
낼 수 있었겠지만, 전쟁을 소재로 한 이 소설을 흔한 전쟁 소
설에 머물게 하지 않은 것은 역시 작가의 재능 덕분일 것이다.

한 편의 대서사시와 같은 이 소설에서 가장 탁월한 점은 세
부 묘사이다. 전쟁은 인간들의 이해가 가장 첨예하게 대립하
는 거대한 인간적인 국면이다. 전쟁의 배경에는 정치가와 자
본가들의 이해관계가 자리하고 있고, 제2차 대전 같은 큰 전
쟁에서는 인류의 생존과 인간성에 대한 믿음 같은 커다란 문
제가 모두의 것이 된다. 인간들 간의 적의가 가장 극단적인
방식으로 표출되는 전쟁은 인간성을 사정없이 유린하고 말
살하는, 가장 거대한 인간 드라마인 것이다.

하지만 거시적인 전쟁의 이면에는 아주 사소하고 일상적
인 전쟁의 또 다른 면이 있는데, 정작 전쟁터에 내몰린 병사
들의 삶은 후자에 근접해 있으며, 그로 인해 그것은 전쟁의
보다 진정한 측면을 보여 준다. 적이라는 또 다른 인간을 죽
이는 것이 유일한 목적이 되는 특수한 상황이지만 전쟁 역시
그것이 오래 이어질 때는 또 다른 일상이 되고 만다. 동료 인
간을 죽이는 것이 일상이 되는 상황 자체가 부조리한 것이기
도 하지만 오히려 진짜 부조리함은 전쟁터의 병사들이 느끼
는 나른함과 권태, 무력감과 맹목성 등에 있다.

무고한 프랑스인이 고문을 당하면서 내지르는, 참기 어려
운 비명 소리를 들으면서 독일군 병사가 약간 기운이 빠지며
어지러움을 느끼며 작고 횅한 방의 벽에 붙어 있는, 사타구니
에 깃털이 달린 다트가 박혀 있는, 알몸의, 돼지 같은 윈스턴
처칠의 만화를 보며 느끼는 감정은 인간이 얼마나 부조리한
상황에 처할 수 있는지를 잘 보여 주고 있다. 비극적이면서도

동시에 희극적인 그러한 상황에 대한 묘사는 이 소설 속에 수도 없이 등장하는데 다음의 에피소드도 그 대표적인 것이다.

길 건너편, 주위의 나머지 땅보다 훨씬 높이 솟아 있는 공터에는 군용 트럭 두 대와 대공포 한 대, 그리고 군모를 쓴 채로 땅을 파고 있는 병사들이 있었다. 마개가 씌워진 채 하늘을 향해 있는, 포신이 긴 대공포와, 이미 포격을 받고 있는 것처럼 땅을 파느라 여념이 없는 병사들의 모습은 모순적이면서도 희극적으로 보였다. 이것 역시 지역적인 현상이 틀림없다고 그는 생각했다. 미국의 다른 곳에서 군이 그런 멜로드라마 같은 짓을 하고 있다는 상상을 하기는 어려웠다. 그리고 병사들과 무기는, 대부분의 미국인들에게도 마찬가지일 테지만 늘 마이클에게는 실재적인 무언가가 아니라 어른들이 지루한 게임에 사용하는 도구처럼 보였다. 그리고 그의 앞에 있는 그 대공포는 월요일인 그날 어떤 여자가 빨랫줄에 걸어 놓은 브래지어와 실크 스타킹, 거들과 스페인식 방갈로의 뒤쪽 문 사이에 삐죽 솟아 있었다. 방갈로 계단에는 아직도 새벽에 배달된 우유가 놓여 있었다. (본문 299~300면)

어윈 쇼를 거장의 반열에 올려놓는 것은 바로 위와 같은 문장이다. 그는 전쟁의 두 당사자 중 어느 한편에 치우치지 않고, 냉정하게 객관적인 입장을 유지함으로써 전쟁의 가장 진정한 속성인 어리석음과 광기와 우스꽝스러움을 탁월하게 포착하고 있다. 그 점에서 이 소설은 전쟁을 소재로 하고 있지만 인간의 내면에 가장 깊이 있게 접근한 심리 소설이기도

하다. 실제로 작가가 독자에게 보여 주고자 하는 것은 전쟁의 참상보다는 전쟁이라는 하나의 특수하지만 보편적인 상황에 직면한 인간들의 가장 적나라한 면모들이다. 그리고 그것들은 작가의 지극히 섬세한 필치를 통해 엄청난 감동을 자아낸다. 전쟁이라는 특수한 상황을 소재로 하고 있긴 하지만 이 소설이 보편적인 공감을 불러일으킬 수 있는 이유도 거기에 있을 것이다.

인간이 스스로를 몰아넣은 부조리한 상황을 이처럼 잘 그려 낸 작품은 무척 드문 것 같다. 이 소설은 비슷한 시기 혹은 그 이후에 쓰인, 소위 부조리극 작가의 작품에 비해도 손색이 없을 뿐만 아니라 어떤 점에서는 오히려 그들을 능가하고 있다. 지난 세기의 잊힌 전쟁은 어윈 쇼라는 거장에 의해 다시 한번 불멸의 역사로 남게 될 것이며, 그 역사를 불멸로 만든 이 작품 또한 불멸의 역작으로 남게 될 것이다.

정영문

어윈 쇼 연보

1913년 출생 　2월 27일 뉴욕 브롱크스에서 러시아 출신의 유대인 이주민 부모 사이에서 출생. 본명은 어윈 길버트 샴포로프. 세일즈맨이던 아버지 윌리엄 샴포로프와 어머니 로즈 (톰킨스) 샴포로프는 성(姓)을 쇼로 바꾸고 브루클린의 시프스헤드만 지역으로 이사, 어윈은 어린 시절의 대부분을 그곳에서 보냄.

1934년 21세 　예술학 학사로 브루클린 칼리지 졸업. 대학 재학 당시 풋볼을 했으며, 학교 신문 기자로 활동. 졸업 후 라디오 쇼를 위한 대본을 쓰고, 「딕 트레이시Dick Tracy」, 「검프스The Gumps」, 「스튜디오 원 Studio One」의 에피소드를 각색하는 것을 시작으로 작가의 길로 들어섬.

1936년 23세 　그가 쓴 최초의 희곡이자 반전극으로, 전투에서 죽은 여섯 명의 병사들이 무덤 속에서 일어난다는 내용의 「죽은 자를 묻어라 Bury the Dead」가 뉴욕의 에설 배리모어 극장에서 공연됨. 이 각본에 기초해 마크 롭슨이 연출한 영화 「나는 너를 원한다I Want You」(1951)에 대해 퍼넬러피 휴스턴은 〈제3차 세계 대전을 거의 현실로 받아들이는 것처럼 보이는 모병 영화〉라고 지적.

1937년 24세 　희곡 「포위 공격Siege」 발표.

1938년 25세 　단편소설 「빅 게임The Big Game」 발표.

1939년 26세   2명의 가난한 남성이 주인공으로 등장하는 희곡「점잖은 사람들: 브루클린의 우화The Gentle People: A Brooklyn Fable」발표. 실험적인 그룹 시어터와「점잖은 사람들」공동 작업. 10월 13일 마리안 에드워즈와 결혼. 그녀와의 사이에서 아들 하나를 둠. 1930년대에 쇼는『뉴요커The New Yorker』와『에스콰이어Esquire』같은 잡지에 주로 작품을 실음. 이 시기에 미국인 운동선수와 나치 수병 사이의 싸움에 관한「브레멘을 떠난 선원Sailer Off the Bremen」(1939), 불행한 결혼을 다루고 있는「여름옷을 입은 소녀들The Girls in Their Summer Dresses」, 그리고 성공의 불안정함을 다룬「2순위 저당Second Mortgage」(1938),「80야드 달리기The Eighty-Yard Run」,「도시에 온 것을 환영합니다Welcome to the City」(1942) 등 그의 최고의 단편들이 발표됨. 쇼의 이 단편들은 20세기 미국의 고전으로 존 치버, 존 오하라 그리고 J. D. 샐린저의 작품들에 비견될 만한 수작으로 평가받음. 희곡「조용한 도시Quiet City」발표. 첫 소설집『브레멘을 떠난 선원과 다른 이야기들Sailor Off the Bremen and Other Stories』출간. 이 소설집으로 쇼는 즉각적이면서도 영구적인 명성을 얻음.

1940년 27세   희곡「쾌락으로의 후퇴Retreat to Pleasure」발표.

1941년 28세   단편소설「부끄러운 사람들과 외로운 사람들The Shy and the Lonely」발표.

1942년 29세   시드니 버크먼과 함께 시민적 자유에 관한 코미디「도시 이야기The Talk of the Town」의 시나리오 집필. 이 영화는 아카데미상의 몇몇 부문 후보에 오름.

1943년 30세   나치에 대항해 싸운 노르웨이의 특공대에 관한 영화「특공대는 새벽에 습격을 한다Commandos Strike at Dawn」(C. S. 포레스터 원작, 어윈 쇼 각본, 존 패로 연출) 개봉. 이 무렵에 건강 때문에 경기에 출전할 수 없는 풋볼 선수의 이야기를 그린 대본「쉬운 삶Easy Living」집필. 제2차 세계 대전 동안 미 육군 이병으로 입대, 나중에 준위에 오름. 영화감독 윌리엄 와일러William Wyler가 그를 자신의 부대에 작가로 배치하려 했으나 거절. 와일러에게 〈차분히 생각한 끝에 이병으로 당신과 함께 가는 것은 긴 좌절의 연속이 될 거라고 결론을 내렸다. (……) 그래서 나는 오늘 아침 정규군에 들어간다〉라고 전보를 보냄. 역설적이게도 쇼는 처음에 뉴욕의 퀸스에 있는 개조한 파라마운트 스튜디오의 통신 부대 내 영화 분대로 배속됨. 전쟁 동안 쇼는 런던에서 『타임』지 기자 메리 웰시와 사귐. 쇼는 그녀를 어니스트 헤밍웨이에게 소개시켜 주고, 그들은 1946년에 결혼. 쇼는 북아프리카에서도 복무.

1944년 31세   영국으로 전출. 희곡 「아들들과 병사들 Sons and Soldiers」 발표. 이 작품은 마르크스 라인하르트의 연출로 브로드웨이 무대에 오름. 『부상당한 채로 걷기 *Walking Wounded*』 발표. 이 작품으로 오 헨리 문학상 수상. 8월 다큐멘터리 영화 부대원으로서 파리가 해방되는 광경을 목격함. 11월 미국으로 귀환.

1945년 32세   『포수의 길목 *Gunner's Passage*』으로 오 헨리 문학상 다시 수상.

1946년 33세   단편집 『믿음의 행위와 다른 이야기들 *Act of Faith and Other Stories*』 발표. 연극 「암살자 The Assassin」가 혹평을 받아 조기에 막을 내리고, 쇼는 수년간 극작을 포기함.

1947~1948년 34~35세   뉴욕 대학에서 문예 창작 강의, 워싱턴 DC의 『뉴 리퍼블릭』지에 연극 비평 기고. 전국예술가협회 창작 기금의 지원을 받음.

1948년 35세   희곡 「생존자들 The Survivors」 발표. 10월 전장에서의 경험을 토대로 한 첫 장편소설 『젊은 사자들 *The Young Lions*』 출간. 전쟁 동안 유럽에서의 경험을 토대로 한 이 소설은 3인의 병사를 중심으로 전쟁 전의 시민 생활과 전쟁 체험을 그리고 있음. 제2차 세계 대전이 낳은 대표적인 전쟁 소설로 인정받은 이 작품은 큰 성공을 거두고 1958년 에드워드 드미트릭 Edward Dmytryk 감독에 의해 영화화됨. 각색은 비교적 충실하게 이루어졌지만 쇼는 이에 만족하지 못함. 하지만 이 소설의 상업적인 성공과 영화 수입을 경제적 발판으로 삼아 쇼는 남은 생애 동안 자유로이 창작 활동을 할 수 있게 됨.

1950년 37세   「뒤섞인 일행Mixed Company」과「이스라엘 보고서Report on Israel」 발표.

1951년 38세   좌우 양 세력 사이에 긴 한 방송 관계자의 고뇌를 다룬 것으로 매카시즘의 대두를 연대기화한 두 번째 장편소설『불안한 대기(大氣)*The Troubled Air*』 출간.
쇼는 반미 활동 조사 위원회의 청문회에서 의회 모욕죄로 기소된 존 하워드 로슨John Howard Lawson과 돌턴 트럼보Dalton Trumbo가 유죄 판결을 받자 미연방 대법원에 재심을 청원하는 탄원서에 서명함. 이 사건 이후 레드 채널스 퍼블리케이션Red Channels publication으로부터 공산주의자로 고발당한 쇼는 영화사 사장들의 할리우드 블랙리스트에 오르게 됨. 이로 인해 미국을 떠나 유럽으로 건너가 25년을 그곳에서 살게 됨. 주로 파리와 라이베리아, 스위스에서 거주. 그 후 그는 그 블랙리스트가 작가로서의 자신의 삶에 〈단지 빗나가게 상처를 입혔을 뿐〉이라고 술회. 유럽에 사는 동안 수많은 베스트셀러와 시나리오 집필.

1956년 43세   결혼 생활의 여러 문제를 다룬 소설『루시 크라운*Lucy Crown*』 발표.

1957년 44세   카리브 해의 비정기 화물선 이야기를 다룬 시나리오「아래쪽 불Fire Down Below」 집필.「죽은 기수에 대한 정보Tip on a Dead Jockey」 발표.

1958년 45세   유진 오닐의 희곡「느릅나무 아래의 욕망Desire Under the Elms」의 시나리오 각색 작업.

1960년 47세   인생의 기로에 선 알코올 중독 할리우드 스타에 관한 이야기인「다른 도시에서의 두 주Two Weeks in Another Town」 발표.

1961년 48세   『단편선집*Selected Short Stories*』 출간.「큰 도박The Big Gamble」 시나리오 작업.

1962년 49세   『게임의 자식들*Children from Their Games*』 발표.

1963년 50세   자신이 공동 연출한「프랑스 스타일로In the French

Style」 등의 시나리오 집필.

1964년 51세 『돌고래와 함께*In the Company of Dolphins*』 발표. 플레이보이상 수상.

1965년 52세 『여름날의 소리*Voices of A Summer Day*』와 『어두운 거리의 사랑*Love on a Dark Street*』 발표.

1966년 53세 『단편집*Short Stories*』 출간.

1967년 54세 『전쟁의 선택*A Choice of Wars*』 발표.

1970년 57세 『후퇴 외(外)*Retreat and Other Stories*』와 현대판 카인과 아벨의 이야기인 『부유한 자와 가난한 자*Rich Man, Poor Man*』(국내에서는 『야망의 계절』로 소개됨) 발표. 그 후 『부유한 자와 가난한 자』를 각색한 「거지와 도둑*Beggarman, Thief*」이라는 연속극 대본을 쓰지만 별다른 반응을 얻지 못함. 1976년에 다시 TV 미니 시리즈로 만들어져 대대적인 성공을 거둠. 플레이보이상 수상.

1972년 59세 『베들레헴의 속삭임*Whispers in Bedlam*』 발표.

1973년 60세 『신은 이곳에 있었지만 일찍 떠났다*God Was Here, but He Left Early*』 발표. 자신의 시나리오를 시험하기 위해 프랑스 칸으로 건너간 할리우드 연출자의 에피소드를 그린 『비잔틴의 저녁*Evening in Byzantium*』 발표.

1975년 62세 『야간 작업*Nightwork*』 발표.

1976년 63세 프랑스를 떠나 미국 롱아일랜드의 사우샘프턴과 스위스 클로스터스를 오가며 살기 시작.

1977년 64세 『파리! 파리!*Paris!Paris!*』 발표.

1978년 65세 『단편들 — 50년*Short Stories — Five Decades*』 출간.

1979년 66세 『언덕 꼭대기*The Top of the Hill*』 발표. 플레이보이상 수상.

1981년 68세 부유한 변호사가 평범한 한 가족의 소망을 충족시키기 시작하지만 그의 관용이 예기치 못한 결과를 낳는다는 내용의『물 위의 빵*Bread upon the Waters*』발표.『파리/매그넘-사진들, 1935~1981 *Paris/Magnum-Photographs*, 1935~1981』출간.

1982년 69세 수수께끼 같은 전화를 받은 후 주인공의 삶이 달라진다는 내용의『받아들일 수 있는 상실*Acceptable Losses*』발표.

1984년 71세 5월 16일 스위스 다보스에서 사망.

열린책들 세계문학 025 젊은 사자들 하

옮긴이 정영문 1963년 경남 함양에서 태어나 서울대학교 심리학과를 졸업하고, 1996년 『작가세계』 겨울호에 장편 「겨우 존재하는 인간」을 발표하면서 작품 활동을 시작했다. 1999년 『검은 이야기 사슬』로 제12회 동서문학상을 수상했으며, 현재 번역가로도 활동하고 있다. 지은 책으로는 『검은 이야기 사슬』, 『나를 두둔하는 악마에 대한 불온한 이야기』, 『더없이 어렴풋한 일요일』, 『꿈』, 『핏기 없는 독백』, 『하품』, 『달에 홀린 광대』, 『중얼거리다』가 있고, 옮긴 책으로는 존 파울즈의 『에보니 타워』, 아모스 오즈의 『물결을 스치며 바람을 스치며』, 레이먼드 카버의 『사랑을 말할 때 우리가 이야기하는 것』, 존 베런트의 『추락하는 천사들의 도시』·『선악의 정원』, 얀 아르튀스-베르트랑의 『발견: 하늘에서 본 지구 366』, 저메인 그리어의 『보이: 아름다운 소년』 등이 있다.

지은이 어윈 쇼 **옮긴이** 정영문 **발행인** 홍예빈 · 홍유진
발행처 주식회사 열린책들 **주소** 경기도 파주시 문발로 253 파주출판도시
전화 031-955-4000 **팩스** 031-955-4004 **홈페이지** www.openbooks.co.kr
Copyright (C) 주식회사 열린책들, 2006, 2009, *Printed in Korea.*
ISBN 978-89-329-0938-7 04840 ISBN 978-89-329-1499-2 (세트)
발행일 2006년 12월 15일 초판 1쇄 2009년 11월 30일 세계문학판 1쇄 2021년 5월 30일 세계문학판 2쇄

이 도서의 국립중앙도서관 출판예정도서목록(CIP)은 서지정보유통지원시스템 홈페이지(http://seoji.nl.go.kr)와 국가자료공동목록시스템(http://www.nl.go.kr/kolisnet)에서 이용하실 수 있습니다.(CIP제어번호:CIP2009003255)

열린책들 세계문학
Open Books World Literature

001 죄와 벌 전2권
표도르 도스또예프스끼 장편소설 | 홍대화 옮김 | 각 408, 504면
죄와 벌의 심리 과정을 따라가며 혁명 사상의 실제적 문제를 제시하는 명작
- 고려대학교 선정 〈교양 명저 60선〉
- 미국 대학 위원회 선정 SAT 추천 도서

003 최초의 인간
알베르 카뮈 장편소설 | 김화영 옮김 | 392면
20세기 문학의 정점을 이룬 알베르 카뮈 최후의 육성
- 1957년 노벨 문학상 수상 작가

004 소설 전2권
제임스 미치너 장편소설 | 윤희기 옮김 | 각 280, 368면
〈소설이란 무엇인가〉라는 주제를 작가, 편집자, 비평가, 독자의 입장에서 풀어 나간 작품
- 〈이달의 청소년도서〉 선정
- 한국 간행물 윤리 위원회 선정 〈청소년 권장 도서〉

006 개를 데리고 다니는 부인
안똔 체호프 소설선집 | 오종우 옮김 | 368면
삶의 진실과 인간의 참모습을 웃음과 울음으로 드러내는 위대한 작품
- 1993년 서울대학교 선정 〈동서 고전 200선〉
- 2002년 노벨 연구소가 선정한 〈세계문학 100선〉

007 우주 만화
이탈로 칼비노 장편소설 | 김운찬 옮김 | 416면
25편 단편 속 신비로운 존재 〈크프우프크〉를 통해 환상적으로 창조된 우스꽝스러운 우주

008 댈러웨이 부인
버지니아 울프 장편소설 | 최애리 옮김 | 296면
난해한 〈의식의 흐름〉 기법과 〈내적 독백〉을 시도한 영국 모더니즘 소설의 고전
- 2005년 『타임』지 선정 〈100대 영문 소설〉, 〈20세기 100선〉
- 2009년 『뉴스위크』 선정 〈세계 100대 명저〉

009 어머니
막심 고리끼 장편소설 | 최윤락 옮김 | 544면
혁명의 교과서이자 인간다운 삶의 권리를 일깨우는 영원한 고전
- 1912년 그리보예도프상
- 2006년 이고르 수히흐 교수 〈러시아 문학 20세기의 책 20권〉
- 서울대학교 권장 도서 100선

010 변신
프란츠 카프카 중단편집 | 홍성광 옮김 | 464면
어디에도 안주하지 못하는 인간의 모습을 초현실적으로 그려 낸 카프카의 주옥같은 단편들
- 서울대학교 권장 도서 100선

011 전도서에 바치는 장미
로저 젤라즈니 중단편집 | 김상훈 옮김 | 432면
신화와 SF의 융합, 흥미롭고 지적인 중단편 소설집

012 대위의 딸
알렉산드르 뿌쉬낀 장편소설 | 석영중 옮김 | 240면
역사적 대사건을 가정 소설과 연애 소설의 형식에 녹여 내어 조망한 산문 예술의 정점
- 2000년 한국 백상 출판 문화상 번역상

013 바다의 침묵
베르코르 소설선집 | 이상해 옮김 | 256면
전쟁과 이데올로기에 가려진 인간성에 대하여 고찰한 레지스탕스 문학의 백미

014 원수들, 사랑 이야기
아이작 싱어 장편소설 | 김진준 옮김 | 320면
유대인 학살에서 살아남은 네 남녀의 사랑과 상처를 그린 소설
- 1978년 노벨 문학상 수상 작가

015 백치 전2권
표도르 도스또예프스끼 장편소설 | 김근식 옮김 | 각 500, 528면
백치 미쉬낀을 통해 구현하는 완전한 아름다움과 순수한 인간의 형상
- 피터 박스올 〈죽기 전에 읽어야 할 1001권의 책〉

017 1984년
조지 오웰 장편소설 | 박경서 옮김 | 392면
감시하고 통제하는 전체주의의 권력 앞에 무력해지는 인간의 삶
- 2009년 『뉴스위크』 선정 〈세계 100대 명저〉
- 『타임』지가 뽑은 〈20세기 100선〉

018 수용소군도
알렉산드르 솔제니찐 기록문학 | 김학수 옮김 | 480면
20세기 최고의 고발 문학이자 세계적인 휴먼 다큐멘터리
- 1970년 노벨 문학상
- 『타임』지가 뽑은 〈20세기 100선〉

228 두이노의 비가

라이너 마리아 릴케 시 선집 | 손재준 옮김 | 504면

삶 속에서 죽음을 노래한 시인 릴케의 대표 시집 중 엄선한 170여 편의 주요 작품을 소개한 시 선집

- 동아일보 선정 〈세계를 움직인 100권의 책〉
- 고려대학교 선정 〈교양 명저 60선〉

229 페스트

알베르 카뮈 장편소설 | 최윤주 옮김 | 432면

죽음 앞에 선 인간의 고뇌와 역할에 대한 진지한 성찰이 담긴 〈제2차 세계 대전 이후 최대의 걸작〉

- 1957년 노벨 문학상 수상 작가
- 서울대학교 선정 권장 도서 100선
- 국립중앙도서관 선정 청소년 권장 도서 50선

230 여인의 초상 전2권

헨리 제임스 장편소설 | 정상준 옮김 | 각 520, 544면

자유로운 이상을 가진 한 여인의 이야기. 헨리 제임스의 심리적 사실주의를 대표하는 걸작

- 2004년 〈한국 문인이 선호하는 세계 명작 소설 100선〉
- 미국 대학 위원회 선정 SAT 추천 도서
- 서울대학교 선정 〈동서 고전 200선〉

232 성

프란츠 카프카 장편소설 | 이재황 옮김 | 560면

독일인이 뽑은 20세기 최고의 작가 카프카의 3대 장편소설 중 하나

- 2002년 노벨 연구소가 선정한 〈세계 문학 100선〉
- 피터 박스올 〈죽기 전에 읽어야 할 1001권의 책〉

233 차라투스트라는 이렇게 말했다

프리드리히 니체 산문시 | 김인순 옮김 | 464면

니체 철학의 가장 중심적인 사상들을 생동하는 문학적 언어로 녹여 낸 작품

- 국립중앙도서관 선정 고전 100선
- 동아일보 선정 〈세계를 움직이는 100권의 책〉

234 노래의 책

하인리히 하이네 시집 | 이재영 옮김 | 384면

독일을 대표하는 서정 시인이자 혁명적 저널리스트인 하이네의 시집. 실패한 사랑의 슬픔과 인습의 굴레에서 벗어나고자 했던 고아한 시성(詩聖)의 노래.

235 변신 이야기

오비디우스 서사시 | 이종인 옮김 | 632면

라틴 문학의 전성기를 대표하는 시인 오비디우스가 그리스 로마 신화를 응집한 역작

- 2002년 노벨 연구소가 선정한 〈세계문학 100선〉
- 서울대학교 권장 도서 100선
- 연세대학교 권장 도서 200선

236 안나 까레니나 전2권

레프 똘스또이 장편소설 | 이명현 옮김 | 각 800, 736면

사랑과 결혼, 가정 등 일상적인 소재를 통해 당대 러시아의 혼란한 사회상과 개인의 내면을 생생하게 묘사한, 똘스또이의 모든 고민을 집대성한 대표작

- 『가디언』 선정 역대 최고의 소설 100선
- 서울대학교 권장 도서 100선

238 이반 일리치의 죽음 · 광인의 수기

레프 똘스또이 장편소설 | 석영중 · 정지원 옮김 | 232면

죽음 앞에 선 인간 실존에 대한 똘스또이의 깊은 성찰이 담긴 걸작

- 시카고 대학 그레이트 북스
- 피터 박스올 〈죽기 전에 읽어야 할 1001권의 책〉

239 수레바퀴 아래서

헤르만 헤세 장편소설 | 강명순 옮김 | 232면

모순적인 교육 제도에 짓눌린 안타까운 청춘의 이야기. 헤세의 사춘기 시절 체험이 담긴 자전적 성장 소설

- 1946년 노벨 문학상 수상 작가
- 서울대학교 선정 동서 고전 200선

240 피터 팬

J. M. 배리 장편소설 | 최용준 옮김 | 272면

영원히 어른이 되고 싶지 않은 소년 피터팬. 신비의 섬 네버랜드에서 펼쳐지는 짜릿한 대모험

- 『가디언』 선정 〈모두가 읽어야 할 소설 1000선〉

241 정글 북

러디어드 키플링 중단편집 | 오숙은 옮김 | 272면

늑대 품에서 자란 소년 모글리. 대지가 살아 숨 쉬는 일곱 개의 빛나는 중단편들

- 1907년 노벨 문학상 수상 작가
- BBC 선정 아동 고전 소설

242 한여름 밤의 꿈

윌리엄 셰익스피어 희곡 | 박우수 옮김 | 160면

셰익스피어의 대표 낭만 희극. 꿈과 현실을 넘나드는 한바탕의 마법 같은 이야기

- 미국 대학 위원회 선정 SAT 추천 도서

243 좁은 문

앙드레 지드 | 김화영 옮김 | 264면

지상보다 천상의 행복을 사랑한 여인과, 그 여인을 사랑한 한 남자의 이야기. 현대 프랑스 문학의 거장 앙드레 지드의 대표작

- 1947년 노벨 문학상 수상 작가
- 2003년 국립중앙도서관 선정 〈고전 100선〉

266 로드 짐

조지프 콘래드 장편소설 | **최용준 옮김** | 608면

침몰하는 배와 승객을 버리고 도망친 한 선원의 파
멸과 방황. 모험을 그린 걸작. 영국 문학의 거장 조
지프 콘래드의 대표 장편소설

- 모던 라이브러리 선정 〈20세기 영문 소설 100선〉
- 르몽드 선정 〈20세기 최고의 책〉

267 푸코의 진자 전3권

움베르토 에코 장편소설 | 이윤기 옮김 | 각 392, 384, 416면

성전 기사단의 수수께끼를 컴퓨터로 풀어 보려던
편집자들에게 이상한 일들이 일어난다. 광신과 음
모론의 극한을 보여 주는 에코의 대표작

270 공포로의 여행

에릭 앰블러 장편소설 | **최용준 옮김** | 376면

전쟁 중 한 엔지니어의 생사를 둘러싸고 벌어지는
각국의 숨 막히는 첩보전. 현대 스파이 소설의 아
버지 에릭 앰블러의 걸작

271 심판의 날의 거장

레오 페루츠 장편소설 | 신동화 옮김 | 264면

유명 배우의 의문의 죽음, 그리고 수수께끼의 연쇄
자살 사건의 비밀. 독일어권 문학의 거장 레오 페
루츠의 대표작

각 권 8,800~15,800원